고전문학과 금기

아시아금기문화연구총서 1

고전문학과 금기

조선대학교 BK21+ 아시아금기문화전문인력양성사업팀

역락

아시아금기문화연구총서 발간에 부쳐

현대 사회는 자본의 요구에 따라 국경을 넘는 인구의 이동이 가장 활발한 시대에 속한다. 국경조차도 자본의 흐름을 막을 수 없는 이 시대에 인구의 이동은 인종 문제를 다시 전면에 등장시키는 배경이 된다. 국경을 넘는 인구의 이동에 따라 하나의 국가에 여러 인종이 공존하는 현상은 이제 흔한 일이 되었다. 우리 시대는 그러한 현상을 다문화주의라는 개념으로 설명하고 있다. 순수 혈통, 단일 문화를 자랑하던 한국도 이른바 다문화사회로 접어든 지는 충분히 오래되었다. 현재 전체 인구의 10% 이상이 해외 이주민으로 채워진 한국의 다문화 현상은 향후 더욱 가속화될 전망이다.

잘 알다시피 결혼과 노동, 그리고 유학 등의 이유로 한국 사회로 이주한 세계 시민 중에서는 아시아권이 단연 압도적이다. 한국이 다문화사회로 진입할 수 있었던 것도 아시아에서 유입된 인구를 배경으로 한다. 이제 한국 사회는 그들의 도움을 받지 않으면 사회 체제를 유지하지 못할 수준에 도달해 있다. 가족, 노동시장, 그리고 교육현장에 이르기까지 아시아 시민들이 활약하지 않는 곳은 찾아보기 어려울 정도이다. 이런 상황에서 아시아를 테마로 하는 학문적 연구가 활성화되는 것은 당연한 일이다.

조선대학교 국어국문학과에서 진행하고 있는 아시아금기문화연구 또한 그 연장선상에서 이해할 수 있다. 광주전남 지역은 다문화 가정의 비율이 높을 뿐 아니라 아시아 유학생의 숫자도 적지 않다. 그런 의미에서 광주전남은 이제 지역(locality)과 세계(global)가 연결되어 있는 글로컬 문화를 구성할 단계에 이르렀다. 그것은 문화적 혼종을 의미하는 것인데, 거기에는 화해와 친화만 있는 것이 아니라 갈등과 반목도 배제할 수 없는 현상으로 포함되어 있다. 서로 다른 문화권의 사람들이 한 국가에서 공존하다 보면 자연스럽게 발생하는 현상이기도 하다. 하지만 작은 갈등이 자칫 배타적 인종주의로 확산될 가능성도 배제하기 어렵다. 그래서 인종과 인종 사이에 문화적 차이에 대한 충분한 이해가 동반되어야 하는 것이다. 아시아 각국의 금기문화를 이해하려는 우리의 노력은 문화적 차이에 대한 상호 이해를 뒷받침하려는 이론적 작업에 해당한다.

이 책은 그동안의 연구 성과를 모아서 결산하고, 향후 연구의 방향을 새롭게 모색하기 위한 중간점검의 의미가 크다. 이 책을 시작으로 우리 연구팀은 아시아금기문화에 대한 연구 성과를 축적하고, 이를 단행본 형식으로 출간하는 작업을 지속할 예정이다. 우리 연구팀에는 현대문학, 고전문학, 언어학 등 전공별로 소규모 연구팀이 구성되어 있는데, 각 전공별 교수님을 중심으로 BK연구교수, 박사과정생, 그리고 석사과정생이 한 팀을 이루어 연구를 진행하고 있다. 사업 시작 초기에는 다문화적 상황을 포함하여 금기문화 자체에 대한 종합적 이해를 목적으로 연구를 진행하면서, 각 전공별 연구 주제를 모색하는 데에 시간을 충분히 투자하였다. 향후에는 이러한 기초적 연구를 중심으로 국내뿐 아니라 아시아로 연구의 범위를 점차 확산할 예정이다.

한국 사회의 다문화적 상황은 이후에도 더욱 심화될 것인데, 문화적 차이에 대한 몰이해로 인한 사회적 갈등을 사전에 예방할 수 있는 연구

도 필요하다. 우리 연구팀에서는 미래 한국 사회에서 발생할 것으로 예
상되는 다문화적 갈등 상황에 대비하는 연구를 진행하고 있는 것이다.
이것은 다문화 현상이 가장 활발하게 진행되고 있는 광주전남을 중심
으로 지역학문의 세계화를 달성하고자 하는 의지에 연결되어 있다. 지역
의 문제가 곧 세계의 문제라는 인식을 강조하면서, 글로컬리티(glocality)에
기반한 지역 학문의 독자성을 천명할 기회도 여기에 연결되어 있다. 이
논문들은 그 가능성의 중심을 엿보는 작업이라 할 수 있다.

2015. 6.

조선대학교 BK21＋ 아시아금기문화전문인력양성사업팀

팀장 오문석

차 례

제1부 구비문학 · 한문학

제2부 고전시가 · 고전산문

제1부

구비문학·한문학

전설에 나타난 숭고의 미학[*]

〈장자못〉 전설을 중심으로

심 우 장

1. 문제제기

개설류에 보면 "전설의 주인공은 신화나 민담의 경우보다 왜소하며, 예기치 않던 관계를 성공적으로 극복하지 못하는 경향이 많다."[1]고 되어 있다. 여기에서 연유하여 전설의 결구(結構)는 다분히 "비극적, 운명론적"[2]인 특성을 지닌다고 여기고 있으며, 한 발 더 나아가 전설의 미학으로 "비장미"를 꼽는 경우가 많다.[3] 한국문학에서 비장은 그리 두드러진 미적 범주가 아닌데도 불구하고 전설에서만은 집중적으로 순수하게 나타난다고 해서, 비장을 전설의 도드라진 특징으로 언급하기도 했다.[4]

---

* 이 글은 "『국문학연구』 제30집, 국문학회, 2014."에 게재된 것이다.

1) 장덕순 외, 『구비문학개설』(한글개정판), 일조각, 2006, 42쪽.
2) 조희웅, 「설화연구의 제측면」, 『고전문학을 찾아서』, 문학과지성사, 1976, 337쪽.
3) 장덕순 외, 앞의 책, 78쪽 ; 조동일 외, 『한국문학강의』, 길벗, 1994, 41쪽 ; 조동일, 「한국문학의 양상과 미적 범주」, 『한국문학 이해의 길잡이』, 집문당, 1996, 123~131쪽 ; 장장식, 「전설의 비극성과 상상력」, 『한국민속학』 19집, 한국민속학회, 1986, 503~504쪽.

설화 혹은 옛이야기를 신화와 전설과 민담으로 구분하는 것이 과연 타당한가에 대한 물음은 차치하고서라도,[5] 과연 전설을 위와 같은 특징들로 이해하는 것이 바람직한가에 대해서는 진지하게 되물어야 할 것 같다. 만약 전설을 자연전설, 인문전설, 인물전설로 분류할 수 있다면,[6] 각각의 전설에서 비장미가 주조를 이루는가는 따져봐야 한다. 인물전설을 예로 든다면, 아기장수나 힘내기한 오누이처럼 상상적 인물보다는 영웅, 이인, 고승 등 역사적 인물이 다수를 차지하고 있는데, 이러한 역사적 인물들은 왜소해 보이지도 않고 그들의 사연이 주로 비장해 보이지도 않는다. 몇몇 장수를 제외하고는 대부분 탁월한 능력을 발휘하는 면모가 강조되고 있다.[7]

예기치 못한 사태에 좌절을 겪는 전설의 경우도 그것을 비장미로 이해하는 것이 바람직한가에 대해서는 의문을 품어봄 직하다. 자연전설 한 편을 예로 들어보자. <떠내려 오는 산>이라는 유형이다.

> (1) 영산구읍에 인산(引山)이라는 조그마한 산이 있는데 어디서 들어온 산이라고 한다.
> (2) 어느 날 한 여자가 빨래를 하고 있는데 산 하나가 떠내려 오고 있어서 산이 떠내려 온다고 소리를 질렀더니 산이 그 자리에 머물렀다.
> (3) 이 여자만 아니었으면 인산이 더 멀리 가서 영산 땅이 훨씬 넓었을 것이다.[8]

---

4) 장덕순 외, 앞의 책, 78쪽.

5) 조희웅(앞의 논문, 338쪽)은 우리 자료의 편재성과 구분점의 애매함을 들어 설화 3분법의 문제점을 지적한 바 있다.

6) 천혜숙, 「전설」, 『한국민속문학사전 - 설화2』, 국립민속박물관, 2012, 654~656쪽.

7) 강진옥(「전설의 역사적 전개」, 『구비문학연구』 5집, 한국구비문학회, 1997, 38쪽)도 전설의 장르적 규정이 단편적 설명전설뿐만 아니라 인물전설류 등에서도 보편적으로 적용되기 어렵다는 점을 지적한 바 있다.

　물론 넓은 땅을 가질 수 있었는데 그렇지 못한 것에 대한 안타까움을 감지할 수는 있겠지만 그렇다고 그것을 비장미라고 하기는 좀 곤란한 것 같다. 특히 '떠내려 오는 산'이라는 이미지는 근본적으로 신성성을 담지하고 있어 표면적으로 부정적인 인식이 보이기는 하지만 비장함으로까지 이끌려가지는 않는다. 다른 여러 각편에서는 이런 산에 대해 신성시하고 제(祭)를 올리는 경우까지 있어서[9] 여기서의 부정적 인식이 비장으로 확대 해석될 수 있는 여지를 차단시키고 있다.[10]

　따지고 보면, <아기장수> 설화나 <오누이힘내기> 설화 등도 비장으로 느끼는 데 주저함이 있다. 그것은 이러한 이야기들의 기저에 깔려 있는 '신성'이라는 자장의 영향일 가능성이 높다. 특히 우리의 전설은 신화적 성격이 강해서[11] 비장으로 이해하고 말기에는 부담스러운 측면들이 많다. 이에 본 논문에서는 전설의 미학에 대한 기존의 관점에 문제제기를 하고 전설의 미적 범주를 '숭고'의 차원에서 새롭게 조명해보려고 한다. 숭고의 범주 편폭이 비장에 비해서 넓어서 비장으로 이해되는 미감까지를 포괄할 수 있기 때문이다.

　논의의 중심을 잡기 위해서는 구체적인 예가 필요한데, 이 글에서는 <장자못> 전설을 택했다. <아기장수>, <오누이힘내기>와 함께 전설

---

8) <引山>(『한국구전설화』 11권, 21쪽)
9) 권태효, 「거인설화적 관점에서 본 산이동설화의 성격과 변이」, 『구비문학연구』 4집, 한국구비문학회, 1997, 221쪽.
10) 조동일(「자아와 세계의 관계에 대한 전설의 설문」, 『한국문학의 갈래 이론』, 집문당, 1992, 156~165쪽)은 전설의 전형적인 작품으로 이 유형을 소개하고 전설적 좌절이 드러난다고 했다. 신화적 질서를 불신하게 되면서 나타나는 자아의 인식능력의 한계를 보여주고 있다고 했는데, 인용한 예에서(위의 논문, 156쪽) "동네 사람들은 모두 신기하게 여겨 그 바위를 수호신으로 삼게 되었다."고 한 것을 보면 신화적 질서가 불신되고 있는 것 같지는 않다. 때문에 세계의 경이를 새로운 시각에서 볼 수 있는 여지가 많다.
11) 천혜숙, 「전설의 신화적 성격에 관한 연구」, 계명대 박사논문, 1987.

적 인물의 좌절을 그리고 있는 대표적인 작품이면서[12] 앞의 두 작품과
다르게 작품 해석과 관련된 논란이 많기 때문에 논의의 생산성을 높일
수 있을 것이라 판단했다.

2. 금기의 이중성

　<장자못> 전설에 대한 기존의 논의들을 보면 대개는 뒤를 돌아보지
말라는 금기를 어기고 돌이 된 며느리의 행동에 지대한 관심을 보였다.
사실 작품 전체로 보면 악한 장자를 징치하는 것이 주된 서사로 이해되
어야 할 것 같은데, 서사적 합리성의 틀에서 보면 이것은 지극히 당연
한 것이어서 관심을 기울일 필요가 없었던 모양이다. 대신 며느리가 금
기를 어기고 돌이 된 부분에서 해석의 여지를 많이 찾았다. 착한 며느
리가 잠깐의 실수로 돌이 되었다는 것에는 분명 당연하지 않은 구석이
많았기 때문이다.[13]

　며느리의 금기 위반과 석화(石化)에 대한 해석은 크게 셋으로 요약할
수 있다. 초월적 신의 세계를 지향하지만 결코 이를 수 없는 인간적 삶
의 한계[14]라 생각할 수도 있고, 신이 설정한 운명의 덫에 대한 인간적
회의와 항변[15]이라 해석할 수도 있고, 미래의 삶으로 나아가지 못하고

---

12) 장덕순 외(앞의 책, 76쪽)도 <장자못> 전설을 예로 들어 전설에 나타난 인간관 및 미학
　　을 설명하고 있다.
13) 물론 여기에서도 전설에 대한 일반적인 인식이 작용했을 가능성이 높다. 전설은 비극적
　　이기 때문에 비극성이 강렬하게 드러난다고 생각되는 며느리의 석화(石化)에 주로 관심
　　을 보였다고 하겠다.
14) 강진옥, 「구전설화 유형군의 존재양상과 의미층위」, 이화여대 박사논문, 1986.
15) 천혜숙, 앞의 논문 ; 천혜숙, 「홍수설화의 신화학적 조명」,『민속학연구』1집, 안동대 민
　　속학회, 1989 ; 김선자, 「금기와 위반의 심리적 의미에 관한 고찰」,『중국어문학논집』

과거의 삶이라는 함정에 붙잡힌 좌절16)이라 이해할 수도 있다.17) '한
계'니 '회의'니 '좌절'이니 하는 부정적인 어휘들이 표현하고 있듯이, 어
찌 되었든 금기를 어긴 것은 잘못이기 때문에 석화도 부정적인 시각에
서 의미 부여를 하고 있다는 점에서는 세 가지 해석이 일관되어 있다.

　사실 이러한 부정적인 시각에 일조한 것이 전설이 가지는 비극적 미
감에 대한 인식론적 전제이다. 전설은 기본적으로 비극적이기 때문에
사소한 실수에 의해 운명이 뒤틀려버린 며느리의 행동은 다분히 부정
적으로 해석될 수밖에 없었다. 석화는 며느리의 '죽음'을 의미하고, 죽
음에는 응분의 이유가 있는데 그것이 바로 금기의 위반이라는 논리다.
문제는 장자에 비해서 며느리는 금기를 따르지 못한 것을 제외하고는
그다지 잘못한 것이 없다는 점이다. 굳이 '죽음'으로까지 몰아간 금기
의 정체에 대해서 쉽게 이해하기 어렵다는 것이다. 각편에 따라서 며느
리가 죽지 않았다고 하는 경우가 있는데,18) 대체로 이러한 이해의 선상
에서 이야기를 구연한 것이라 하겠다.

　이에 비해서 <장자못> 전설을 전설적인 성격보다는 신화적인 성격
에 초점을 맞춰 해석한 논의는 작품을 비극적으로 이해하지 않을 여지
를 남겼다는 점에서 주목해볼 필요가 있다.19) 이 작품은 신화적 성격이

　11집, 중국어문학연구회, 1999.
16) 신동흔, 「설화의 금기화소에 담긴 세계인식의 층위」, 『비교민속학』 33집, 비교민속학회,
　　2007.
17) 선행 연구의 핵심 정리는 '천혜숙, 「장자못」, 『한국민속문학사전-설화 2』, 국립민속박
　　물관, 2012.'를 따랐다.
18) <의림지 장자못 전설>, 『한국구비문학대계』 2-8, 556쪽. "그래 그 쌀 한 말 준 그 공로
　　다가 둘을 살렸단 말이여."라고 해서 며느리가 죽지 않는 해피엔딩으로 이야기가 마무리
　　되고 있다.
19) 신연우, 「장자못 전설의 신화적 이해」, 『열상고전연구』 13집, 열상고전연구회, 2000.

파편이 아니라 얼개의 형태로 존재해서 며느리가 화해서 된 바위는 그 자체로는 슬픔의 표현이 아니라 새로운 질서 출현의 표현이라고 했다.[20] 여기에서의 죽음은 재생을 위한 것으로 따라서 비극적이지 않을 수 있다는 것이다.[21] 이는 선행 연구에서 신적 질서를 거부하고 인간의 길을 선택한 며느리가 화해서 된 바위를 좌절한 인간 의지의 기념비로 이해했던 것[22]과 큰 틀에서 보면 공유되는 지점이 있기는 하지만, 이것을 확장시켜 비극성의 소거로까지 해석한 것은 차별적인 지점이라 할 수 있다.

여기에서 중요한 것은 <장자못> 전설에 대해서는 이렇듯 교차하는 두 가지 시선이 존재한다는 사실이다. 이것을 표면구조와 이면구조라 하든[23] 신화적 성격에 대한 '영향적 오류'에 의한 것이라 하든,[24] 분산되는 두 가지 시선이 미묘하게 갈등하면서 의미 충돌을 일으키고 있는 것은 분명해 보인다. 기존 연구에서 이 작품에 대해 다양한 의미 해석이 가능했던 것도 이러한 성격이 기본적으로 내재해 있기 때문이라 생각된다. 며느리의 석화를 둘러싼 부정적 시각과 긍정적 시각의 이와 같은 충돌은 연구자들의 시각 차이에서 기인한 것이 아니라 작품 자체의 지향이 그렇게 고지하고 있다는 점에 주목할 필요가 있다.

---

20) 위의 논문, 165쪽.
21) 물론 작품의 표면에 등장하는 미감이 비극적이라는 데에는 이견을 보이지 않았다. 다만 이것은 '영향적 오류'로, 원래는 비극이 아니었으나 수용자에 의해 비극으로 받아들여진 것이라고 했다.(위의 논문, 166쪽)
22) 김선자(앞의 논문), 천혜숙(「홍수설화의 신화학적 조명」)의 논의이다.
23) 신동흔, 앞의 논문, 423쪽.
24) 신연우, 앞의 논문, 166쪽.

(1) 그리구 그 낸은 그 자리서 <u>베락에 맞아서 죽구</u> 말았다.[25]

(2) 참 처음에 영험 있어. [청중 : 아무라도 그 자석 몬 놓는 사람 가서
   불공드리면 <u>아아(아이) 놓는다</u> 쿠거든.][26]

서사적으로는 며느리가 뒤를 돌아봐서 돌이 되었다는 사실이 중요하
다. 하지만 이러한 서사적 매듭이 어떠한 의미를 가질 것인가에 초점이
맞추어지면 구연의 방향이 나뉠 수 있다. (1)에서는 바위가 되었다는 내
용보다는 벼락에 맞아 죽었다는 내용이 더 강조되어 있다. 뒤를 돌아본
행위가 갖는 부정적인 의미에 초점을 맞추고 있어서 바위가 되었다는
사실조차 큰 의미를 갖지 않는 것이다. (2)에서는 바위의 영험함 쪽에
더 많은 관심을 두고 있다. 거기에 청중까지 가세해서 바위에 공을 들
이면 아이를 낳을 수 있다는 구체적인 영험을 소개하고 있다. 따라서
며느리가 바위가 된 것은 앞의 예에서와 같은 '죽음'으로 이해되지 않
고 오히려 그것의 신이함에 초점이 가 있다고 볼 수 있다.

비단 이 두 예만 특별한 것은 아니다. 각편들을 두루 살펴보면 석화
에 대한 부정적 시각과 긍정적 시각이 곳곳에 포진하고 있음을 어렵지
않게 목격할 수 있다.

(1-1)

• 그런데 이 메누리느 <u>돌아다본 죄로</u> 광주리 이고 애기 업은 채로 따
  러오든 개와 함께 바이가 되었다.[27]

• 그거로 인자 이역 시어른 있는데 저 머 그래 시어른부텅, 시어른

---

25) <바위로 화한 여자>, 『한국구전설화』 3권, 43쪽.

26) <의령 북실 장자못>, 『한국구비문학대계』 8-11, 476쪽.

27) <바위가 된 여자>, 『한국구전설화』 4권, 24쪽.

인제 어디 산에 가든 동 인자 피하라고. 자기만 들, 자기만 살라고
산에 올라가고 어른한테는 그 말로 안 한 때문에 <u>죄를 받아가주고</u>
그래 됐다 카데.²⁸⁾

(2-1)

- 그랬더이 메느리는 그 자리서 돌이 되어 <u>돌부처가</u> 돼서 그 자리에
서 버렸다.²⁹⁾
- 그리고 이 미니리 유씨부인 유씨는 애기 업은 채 <u>돌미륵이</u> 댔다.³⁰⁾

(2-2)

- 그래서 <u>그 여자 죽은 그 사당을 거기서 그 전에 그 동네서 모셨어</u>
<u>요</u> 모시던 그 비냥거리 – 산 꼭대기 다 요케(손으로 비석 선 모양
을 흉내 내며) 비석을 해서 – 해서 모셨었는데, 그래 해마다 그게
그 동네서 지사 지냈다구, 거기다.³¹⁾
- 웃선돌 사람들은 그 <u>벼를 우상 마냥 섬겨.</u> 웃선돌 사람들은 우리
같은 사람들 조상 제사 지내듯기. 정월 보름에는 막 장구치고 밥해
다 놓고, 절도 허구 장구치고 (중략) 웃선돌 사람들은 그 돌이 있으
야 동네가 좋지, 그 돌이 못해주고 그럼 그 동네가 아프고 소란이
난대. (중략) 웃선돌 사람은 그 비석을 우상처럼 섬겨야 좋다느만.³²⁾
- 그 6.26 사변 때 그 재난이 날려면 <u>그 바위에서 그 피가 비친다.</u> 그
전에도 6.25 사변 때 피가 비치길래 아주 그 재난이 날란가 보다 했
더니 6.25 사변 나고, 뭔일이 있으면 그 바위에서 뭐시 그 기운이
있는 개비데요.³³⁾
- 근데 시방도 거 고 속에 드가며는 해마다 한 번씩 고약이 나오는데,
방구에 오래 또 오래 그래 졌는데, 아들의 소문(小門)겉이 오래 째
졌는데. 꼭 고 고게 마이도 아니고 숟가락 한 서너 숟가락 정도로,

28) <장자못 다른 이야기>, 『한국구비문학대계』 7-3, 518쪽.
29) <부처봉과 장자늪>, 『한국구전설화』 11권, 25쪽.
30) <구무소>, 『한국구전설화』 12권, 27쪽.
31) <장자늪>, 『한국구비문학대계』 1-4, 268쪽.
32) <보안면 웃선돌의 장자못 전설>, 『한국구비문학대계』 5-3, 311쪽.
33) <상입석 선돌 이야기>, 『한국구비문학대계』 5-3, 635쪽.

[조사자에게] 조청, 조청이라꼬 꿈 한 거 있지 왜? [조사자 : 예.] 물에 요래 흘에도 안하고 빨간 게 고 나와 있는데. <u>그걸 끓어가주고 먹으면 속병에 고만 명약이래.</u>[34)

(1-1)에서는 며느리가 바위로 화한 것에 대한 이유를 제시하려는 의지가 강하다. 일단 돌아본 것 자체가 '죄'라고 생각할 수 있다. 하지만 이것은 납득하기 어려운 면이 많다. 단순히 뒤를 돌아본 것으로 사람이 죽을 수 있는가에 대한 의문이 생기면 두 번째 예와 같이 구연할 수 있다. 시어른들도 있는데 자기만 목숨을 구하려 했다는 것, 또는 두고 온 물건이나 재물에 대한 미련으로 뒤를 돌아본 것에 대한 징벌이라는 것이다. 하지만 이러한 이유는 서사 맥락과 잘 맞지 않는다. 시어른이 다름 아닌 행악으로 징치를 받은 장자이고, 앞쪽에서 제시된 며느리의 품성으로 봤을 때 재물에 대한 미련을 갖고 있을 것 같지 않기 때문이다.

(2-1)의 예들은 며느리가 뒤를 돌아봐서 그 자리에서 돌이 되었는데, 그것이 돌부처 혹은 돌미륵이라는 식으로 결론을 맺고 있는 것이다. 돌이 기본적으로 성현체(聖顯體)인 경우가 많기도 하지만 이렇게 직접적으로 돌부처 혹은 돌미륵으로 명명되었다는 것은 돌의 성격이 단순하지 않다는 것을 드러낸다고 할 수 있다. 며느리가 뒤를 돌아봤다는 이유로 화한 돌은 성스러움을 가지고 있는 우리 민속신앙의 돌일 가능성이 높다는 말이다.

(2-2)의 예들은 이러한 돌의 영험 혹은 신성함이 현실 속에서 맥락화되었다는 진술들이다. 비석을 세우고 해마다 제사를 지낸다는 것은 그것의 신성함을 널리 인지하고 있다는 것을 나타내는 것이다. 돌을 우상

---

34) <부자의 집터였던 황지못>, 『한국구비문학대계』 7-9, 849쪽.

처럼 섬기기도 하고, 돌이 재난을 미리 알려주거나, 속병에 좋은 고약을 주기도 한다는 것은 모두 영험 혹은 신성함이 구체적으로 드러난 예이다. 아이를 낳게 해주는 영험을 통해서는 바위가 가진 기자석(祈子石)으로서의 특징을 잘 보여주기도 한다.[35]

이처럼 부정적 시각과 긍정적 시각이 교차하면서 드러나는 것은 하나의 각편 안에서도 충분히 가능하다. 다시 말하면 하나의 각편 내에서도 두 가지 교차하는 시선이 공존할 수 있다는 것이다.

- 돌아보지 안했드라면 이 메누리는 생불이 됐일 텐디 재물이 탐이 나서 뒤를 돌아다봤기 때문에 돌부처가 되었다고 사람들은 말하고 있다.[36]
- "니는 돌아본 죄로 해서 그래 저 거석하러 몬 간다. 내 따로(따라) 그 저 득천하러 몬 간께네, 요게(여기에) 요래 있다가 애기 못 놓는 (낳는) 부녀 와서 공들이거던 애기나 태(태워) 주고 그래 있거라."[37]

첫 번째 예에서 며느리가 돌이 되었다는 것은 재물이 탐이 나서 뒤를 돌아봤다는 점에서는 부정적인 결과물이지만, 그것이 부처의 형상이라는 점에서는 긍정적인 언술로 이해될 여지가 많다. 둘이 연이어서 함께 진술되고 있다는 점에 주의할 필요가 있다. 두 번째 예에서도 마찬가지다. 돌아본 것 자체는 '죄'로 인식될 수 있지만, 득천하지 못한 것

---

35) 조현설(「동아시아의 돌 신화와 여신 서사의 변형」, 『구비문학연구』 36집, 한국구비문학회, 2013)은 금와왕 탄생신화의 돌, 유화신화의 돌, 평양의 조천석(朝天石)을 예로 들어 물과 연관성을 가지고 있는 돌이 모석(母石) 혹은 기자석(祈子石)의 이미지를 갖고 있다고 했다.

36) <두무소>, 『한국구전설화』 6권, 25쪽.

37) <의령 북실 장자못>, 『한국구비문학대계』 8-11, 476쪽.

뿐이고 그 바위에 공을 들이면 애를 낳을 수 있게 해주는 신이함의 측면에서 보면 나쁘지 않은 결과이다. 이처럼 하나의 각편에 두 가지 시선이 공존할 수 있다는 것은 두 경향 중 하나를 본래적인 것으로 상정하고 나머지는 부차적으로 취급하는 것이 애초에 불가능하다는 것을 이야기해준다.

사실 상반되는 두 가지 관점이 충돌하는 지점은 정확하게 이야기하면 며느리가 뒤를 돌아본 행위이다. 그러한 행위의 연장선상에 있는 석화를 어떻게 바라볼 것인가에 대한 이견인 셈이다. 문제의 지점을 거슬러 올라가면 근원적으로 '뒤를 돌아보지 말라'와 같은 금기에 대한 우리들의 시선이 분산되어 있다는 데에 이를 수 있다. 이 지점에서 금기(taboo)의 두 가지 특징을 언급하는 것이 좋을 것 같다.

첫째, 금기는 종교적 금지나 도덕적 금지와는 성격이 다소 다르다는 점이다.[38] 종교적이거나 도덕적이기 위해서는 금지의 명분이 뚜렷해야 한다. 하지만 신의 계율이나 도덕적 당위가 내재해 있지 않은 것이 금기의 주요한 특징이다. 금기에 의한 금지는 이유불문의 금지이며, 그 기원도 불분명하다. 따라서 금기에 대한 논의를 도덕적 명분으로 이해하고, 그것의 위반을 징벌로 이해하는 것은 금기의 기본적인 속성과 부합하지 않는다.[39]

---

38) Sigmund Freud, 김현조 역, 『토템과 금기』, 경진사, 1993, 36쪽. 이와 관련하여 프레이저도 금기의 대상물을 원시인들은 도덕적으로 구별을 짓지 않는다고 하였다.(프레이저, 안병길 역, 『황금가지』, 삼성출판사, 1982, 300쪽)

39) 그렇다고 하더라도 금기의 본래적 의미가 문화적인 지배력을 행사하고 있지 않은 경우에는 그것이 종교적, 도덕적인 잣대로 재단될 가능성은 여전히 남아 있다. 따라서 우리가 접하고 있는 전설에서 도덕적인 언술이 언뜻 드러나는 것은 어찌 보면 자연스런 변화를 보여주는 것이라고 할 수 있다. 다만, 이런 경우, 도덕적 언술이 작품의 다른 부분과 맥락적 조화를 흡족하게 만들어내지는 못하는 것 같다.

<장자못 전설>에서 제시된 '뒤를 돌아보지 말라'는 금기 역시 대부분 이유가 제시되어 있지 않다.

> • 그러니꺼니 중은 메느리과 "낼 정오때 데 앞산으루 올라가라. 가는 데 뒤에서 무슨 큰 소리레 나두 절대루 뒤돌아다보디 말구 근냥 올라 가라우" 이렇게 말하구서 중은 없어뎄이요.[40]

대체로 많은 각편에서 위와 같은 방식으로 명령과 금기를 제시한다. 명령은 위의 예처럼 특정한 시간에 산으로 올라가는 것이거나 도승을 곧장 따르라는 것이고, 금기는 절대로 뒤를 돌아보지 말라는 것이다. 하지만 명령과 금기 어떤 것에도 이유가 제시되어 있지 않은 경우가 많다.[41] 그것은 이것이 도덕적인 금지가 아니라는 사실을 말해주는 것이다. 역으로 이야기하면 이유가 없기 때문에 그것은 금기일 수 있다. 소수이기는 하지만 몇몇 각편에서 이유가 제시되는 경우가 있기는 하지만, 이는 그것을 도덕적이거나 종교적으로 이해하려는 합리적인 지향 때문일 가능성이 높다. 금기는 이러한 합리적인 지향 이전에 존재하는 초월적인 금지에 가까운 것으로 이해하는 것이 바람직할 것 같다.

둘째, 금기는 서로 반대되는 두 방향의 의미 지향을 가지고 있다는

---

40) <애기팡구>, 『한국구전설화』 3권, 37쪽.
41) 이유가 없다는 것에 대한 부담감에 화자들이 부가적인 설명을 붙이는 경우가 있다. 다음의 예들이 그러한 경우인데, 이를 통해서 보더라도 원천적으로는 이유가 없음을 짐작할 수 있다. •그래니께 될대로 돼 그런지 그 아들 업고는 따라 나서니까 말이여.(<의림지 장자못 전설>, 『한국구비문학대계』 2-8, 556쪽) •그래 따러 갔단 말이다. 그 옛날 사람이라 어리숙인(어리석은)가배 요새 사람보다.(<중을 괄시한 만석꾼, 장자못>, 『한국구비문학대계』 7-2, 63쪽) •"그래, 와 그렇냐?" 고 쿤께, 그 연유는 내가 몬 가르쳐주겠다고. 그래 신랑하고 데리고 나가라."(<삭실늪이 생긴 유래>, 『한국구비문학대계』 8-11, 169쪽)

점이다. 이에 대해서는 프로이트의 다음과 같은 언급을 새겨봐야 한다.

> 우리는 타부의 의미를 서로 반대되는 두 방향에서 이해하고 있다. 타부는 우리들에게 한편으로 '거룩한' '신성한' 무엇이고, 다른 한편으로 '섬뜩한' '위험한' '금지된' '부정한' 것이다. (중략) "성스러운 기피(heilige Scheu)"라는 복합적 표현이 타부의 의미에 대체로 부합할 것 같다.[42]

금기에는 거룩함(holy)과 부정함(unclean)의 양면성이 함께 존재한다는 것이다.[43] 프로이트에 의하면 금기의 원시적 초기에서는 신성함과 부정함의 구별이 없었다고 한다. 따라서 금기 개념에는 그러한 대립을 기초로 하여 비로소 드러나는 의미가 결여되어 있다고 하겠다.[44] 그러니까 금기를 성스러운 것으로 전제하고 그것의 위반을 부정한 것으로 이해하려는 대립적인 시각은 금기의 기본적인 속성에는 잘 부합하지 않는다는 뜻이다. 금기는 신성한 것이면서 곧 부정한 것이고, 따라서 금기의 위반도 역시 신성한 것이면서 부정한 것일 수 있다는 말이다.

문제는 지금까지 금기 설화의 의미를 다루면서 이러한 두 방향의 의미 지향을 대립적인 것으로 이해하고 그것으로부터 의미를 추출하였다는 점이다. 금기에 대한 언명 자체가, 이유가 제시되어 있지 않은 초월적인 방식으로 드러나 있다면 그것을 지키지 않은 행위에 대한 이해도 비슷한 방식으로 이루어져야 할 것 같다. 근본적으로 뒤를 돌아보면 안

---

42) Sigmund Freud, 앞의 책, 36쪽.
43) 최창모, 『금기의 수수께끼』, 한길사, 2003, 27쪽. 프레이저(앞의 책, 300쪽)도 금기의 수용자들에게 신성과 오염이 구별되지 않는다고 하였다.
44) Sigmund Freud, 앞의 책, 44쪽.

되는 도덕적인 이유도 제시되어 있지 않은데, 그것을 지키지 않았다는 것이 '죽음의 벌'로 다스려야 하는 도덕적인 잘못으로 이해되는 것은 문제가 있어 보인다.[45]

요컨대 '뒤를 돌아보지 말라'는 금기는 신성함과 부정함이 함께 존재하는 이중적이면서 초월적인 것이다. 따라서 금기의 위반 역시 이중적인 관점에서 이해할 필요가 있다. 며느리가 뒤를 돌아봐서 돌이 된 것은 부정한 것이면서 또한 신성한 것이다. '죽음'으로 이해될 수도 있는 돌로의 고착화가 이루어졌다는 것은 분명 부정적인 것이지만 그 돌 자체가 신이한 것으로 숭배된다는 측면에서는 신성함이 여전히 유지되고 있다고 생각할 수 있다.

만약 이렇다면, <장자못 전설>은 금기가 가지는 이중적인 성격에 기초하여 새롭게 이해될 필요가 있다. 두 가지 의미 지향을 하나로 환원시키지 말고 그것의 충돌이 빚어내는 제3의 지대에서 작품을 이해할 수 있는 가능성을 타진해봐야 한다. 여기에서 주목해야 할 미적 범주가 바로 숭고이다.

3. 〈장자못〉 전설의 숭고

칸트는 범주적으로 '미'와 '숭고'를 구별하였다.[46] '미'는 평정한 관

---

45) 물론 후대적 변모를 통해 도덕적인 명분이 일부 수용되었다고 하더라도, 기본적으로 이유가 제시되지 않는 금기는 초월적인 성격을 가지고 있기 때문에 그것이 가지는 신성함과 부정함을 동시에 포착하려는 노력이 필요하다고 생각한다.

46) 칸트, 이석윤 역, 『판단력 비판』, 박영사. 1974 ; 안성찬, 「숭고의 미학―그 기원과 개념사 연구」, 서강대 박사논문, 2000 ; 김상현, 『칸트 판단력 비판』, 서울대 철학사상연구소, 2005 등을 참조하였다.

조의 상태에 있는 마음을 전제로 하고 숭고는 마음의 동요를 특징으로 한다고 했다. '미'가 대상으로부터 느끼는 쾌의 정서를 기반으로 하고 있다면 '숭고'는 불쾌와 쾌가 동시에 수반되는 복합적인 인지과정을 기반으로 하고 있다. 이럴 수 있는 것은 '숭고'가 절대적인 크기 혹은 힘을 지닌 어떤 대상과의 접촉을 통해서 유발될 수 있기 때문이다. 우리의 상상력을 파괴시킬 정도의 어마어마한 크기의 어떤 대상을 만났을 때, 우리는 그 크기나 힘에 압도되어 순간적으로 불쾌함을 느낄 수 있다. 하지만 곧 그것이 절대적인 크기를 가진 어떤 대상이라는 사실을 이성적으로 포착하면서 안도할 수 있는데, 이 지점에서 불쾌가 쾌로 전이된다는 것이다.[47]

예를 들어, 128m나 되는 세계 최대 높이의 중국 노산대불처럼 엄청나게 큰 대상 앞에 서게 된다면, 우리는 몸을 움찔하면서 뒤로 물러나게 마련이다. 엄청난 크기에 압도당하기 때문이다. 압도당했다는 것은 우리 상상력이 감당할 수 있는 한계를 넘어섰음을 의미한다. 하지만 곧 이렇게 엄청난 크기의 불상이 존재할 수 있다는 사실을 이성적으로 받아들이면서 안정을 되찾는다. 불편함에서 안도감으로의 이와 같은 전이는 절대적인 것을 포착할 수 있는 이성의 힘에 의해 인도된다. 초월적인 혹은 절대적인 존재를 그것 자체로 포착할 수 있는 이성의 능력이 숭고를 이끌어내는 셈이다. 그래서 칸트에게 숭고란 "감각적 본성의 한계를 느끼게 하는 한편, 한계를 넘어설 수 있는 이성적 능력을 일깨우는 대상"을 지칭한다.[48]

---

47) 칸트의 숭고에 대해서는 심우장(「『바리공주』에 나타난 숭고의 미학」, 『인문논총』 67집, 서울대 인문학연구원, 2012, 154~161쪽)이 정리한 것을 참조할 수 있다.
48) 김상현, 앞의 책, 141쪽.

여기에서 주목해야 할 지점은 숭고가 불쾌와 쾌의 복합, 즉 부정적인 미감과 긍정적인 미감의 복합으로 이루어져 있다는 사실이다. 이러한 복합적인 미감은 앞서 제시한 금기의 이중성과 무척 닮아 있다. 금기는 절대적인 힘을 가지고 있는 초월적인 금지이다. 절대적이기 때문에 특별한 이유가 제시되어 있지도 않다. 왜 뒤를 돌아보지 않아야 하는지 알려주지 않는다. 무조건 그렇게 하면 안 된다는 금기는 그래서 절대적이고 초월적일 수 있다. 따라서 금기는 그 자체로 숭고를 불러일으킬 수 있는 기본적인 조건을 갖추고 있다고 하겠다.

절대적이고 초월적이라는 차원에서 다시금 주목해 봐야 할 부분은 며느리가 뒤를 돌아보는 계기로서의 '소리'이다.

- 즈녁때가 되으스 메누리는 애기를 읍고 뒷산으로 올라갔는디 올라가니랑께 뇌승벽력이 일으나고 츤동븐개가 치며 폭우가 프붓드니 뒤에스 천지가 무느지는 큰 소리가 났다. 메누리는 이른 큰 소리를 듣자 노승이 말해 준 말을 잊고 뒤를 돌아다봤다.[49]
- 갑자기 천지가 무너지는 듯한 큰 소리가 났다. 메느리는 그 소리에 놀래서 중이 일러준 말도 잊어뿌리고 뒤를 돌아다봤다. 그랬더이 메느리는 그 자리서 돌이 되어 돌부처가 돼서 그 자리에 서 버렸다.[50]
- 유씨부인은 중으 말대로 어린 아들 등에 업고 집을 나서서 가는디 뒤에서 뻴안간 벵력소리가 나고 하늘이 무너진 소리가 나서 놀래서 그만 뒤돌아 봤다. (중략) 그리고 이 미느리 유씨부인 유씨는 애기 업은 채 돌미륵이 됐다.[51]

---

49) <장자못>, 『한국구전설화』6권, 229쪽.
50) <부처봉과 장자늪>, 『한국구전설화』11권, 24쪽.
51) <구무소>, 『한국구전설화』12권, 27쪽.

- 얼마 안 가서 말하자면, <u>천지가 무너지는 소리</u>가 나거덩. '쾅'하고. 그래 싹 돌아다 보니깐 자기 집이 온데 간데 없어요.52)
- <u>천지가 막 개벽하는 소리</u>가 막 꽝! 하는 소리가 나이까네. 이 여자가 안 돌아볼 수가 없는 게라.53)

　많은 각편에서 뒤를 돌아볼 수밖에 없었던 것은 뒤에서 들려오는 큰 소리 때문이라고 했다.54) 문제는 큰 소리의 정체인데, '천지가 무너지는 큰 소리' 혹은 '하늘이 무너지는 소리'라는 것은 이 세상에 존재하는 소리 중에서 가장 큰 것으로 가정해볼 수 있다. 다시 말하면 절대적으로 큰 소리인 셈이다. 이렇게 절대적으로 큰 소리는 부정한 소리이면서 또한 신성한 소리이다. 뒤를 돌아보지 말라는 금기는 이러한 절대적으로 큰 소리와 연결되어 있다. '뒤'란 절대적으로 큰 소리가 생성되는 공간이기 때문에 역시 신성한 공간이면서 부정한 공간이다.

　사실 따지고 보면 큰 비가 내려서 장자의 집이 물에 함몰되었다는 홍수신화 모티프는 천지창조의 축소적 재현을 의미한다. 이러한 천지창조가 이루어지고 있는 신성한 공간은 사람이 범접해서는 안 되는 공간이기도 하다. 신성한 공간이기에 일반 사람이 보면 안 되는 것이고, 이를 어기면 재앙이 올 수 있기 때문에 부정한 공간일 수 있다. 뒤를 돌아보지 말라고 한 것은 그것이 가지고 있는 공간의 절대성을 은유적으로 표현하고 있는 것으로 이해된다.

52) <황지못 전설>, 『한국구비문학대계』 1-8, 501쪽.
53) <황지못과 돌미륵>, 『한국구비문학대계』 7-10, 564쪽.
54) 물론 단순한 호기심 때문이라든지 두고 온 가족이나 물건들에 대한 애틋함 때문이라는 등의 설명이 부가된 경우도 있지만 그것보다는 뒤에 들려오는 '큰 소리'가 본원적인 형태라고 생각된다.

그럼에도 며느리는 그곳을 보지 않을 수 없었다. 절대적으로 큰 소리가 들려왔기 때문에 뒤를 돌아보지 말라는 금기를 생각할 겨를이 없었다. 며느리가 뒤를 돌아본 것은 이러한 절대적으로 큰 소리에 압도당했기 때문이다. 절대적인 소리가 울려 퍼져서 며느리를 감싸는 순간 며느리는 절대적인 공간으로 빨려 들어갈 수밖에 없었다. 따라서 뒤를 돌아본 행위는 범접하면 안 되는 신성과의 접촉을 의미한다. 즉 신성과의 접촉이 이루어진 순간에 며느리는 돌이 되는 부정함을 입게 된다.

> ①한참 가넌데 뒤에서 꽝! 하느 큰소리가 났다. ②메누리느 중이 말해 준 것으 잊고 뒤르 돌아다 봤다. ③살던 집도 없고 농사짓던 논도 밭도 없고 큰 호수가 새로 생겨 있었다. ④메누리느 광지르 머리에 인 채 돌이 됐다.[55]

대체로 많은 각편에서 며느리가 바위가 되는 과정을 위와 같이 설명하고 있다. ①에서처럼 어머어마하게 큰 소리가 나고, ②에서처럼 이 때문에 뒤를 돌아보고, ③에서처럼 그곳에 큰 호수가 새로 생겨난 것을 확인하고, ④에서처럼 비로소 돌이 된다. 즉 며느리에게 뒤를 돌아보게 한 것은 절대적으로 큰 소리이고, 며느리가 돌이 된 것은 계기적으로 보면 큰 호수로 상징되는 새로운 세상으로 탈바꿈시킨 광경을 목도한 때문이었다. 고개를 뒤로 돌리는 행위가 중요한 것이 아니라, 고개를 돌려서 며느리가 천지의 재창조가 이루어지고 있는 신성 공간을 '본' 것이 중요하다. 다음 예에서는 이와 같은 며느리가 돌이 되는 과정을 소상히 설명하고 있다. 살던 곳이 못으로 변화했다는 사실을 확인하고

---

55) <광지바이>, 『한국구전설화』 4권, 21쪽.

서 깜짝 놀라 소리를 지르려는 순간에 돌이 되었다고 했다.

> 갑작히 벼락 천둥소리가 나므로 집에 두고 온 자식들이 그리워서 스님말을 깜박 잊고 뒤를 돌아보니, 집은 간데없고 그 자리에는 소(沼)가 되어 물이 가득하게 찼드래요. 깜짝 놀라 소리를 지르려고 하는 순간에 부인은 돌로 변했다 하는 전설이 있습니다.56)

신성 공간과의 접촉은 부정한 것이다. 절대적인 공간을 침입하는 것이 용납되지 않기 때문이다. 신의 세계와 인간의 세계는 명확히 구분되어 있어야 한다. 절대적인 크기나 힘을 갖고 있는 것과의 접촉이 불쾌를 불러일으키는 것도 비슷한 맥락이다. 신성과의 접촉이 주는 부정함으로 며느리는 돌이 될 수밖에 없었고, 돌이 된 며느리를 지켜보는 것은 분명 쾌는 아니다. 인간이 순간적으로 돌로 변화한다는 것 자체도 우리의 상상력으로는 쉽게 감지할 수 없는 엄청난 현상임에 틀림없다. 즉 이해할 수 없는 일들이 연달아 벌어지고 그 과정에서 며느리가 돌이 되었다는 것은 상상력이 감당할 수 없어 인지적 불쾌를 유발할 수 있다.57)

---

56) <벼락소 전설>, 『한국구비문학대계』 6-8, 209쪽.
57) 실제 작품을 구연하는 과정에서는 이러한 경우 허탈한 '웃음'을 짓기도 한다. 이해할 수 없는 일이 벌어졌다는 것에 대한 황당함 혹은 부당함을 그렇게 표현했다고 볼 수 있다. 아무튼 이러한 웃음이 존재하는 한 최소한 비장으로 이해될 수 있는 여지는 차단된다고 하겠다.
- 아 굉장한 소리 [웃으면서] 지금으로 말하면 대포 소리보다 더 큰 게 으 천지가 울리게 나니까 돌아봤어요. / "에이 이것두 맘이 약해 못 쓰겠는데." / 하고 그거 '굴바우들'이라는 들머리에 그 여식의 형상같은 미륵이 항상 거기 있었어요. 그게 [웃으면서] 그 미륵이라고 하는데⋯.(<중 괄시해서 연못이 된 장자터>, 『한국구비문학대계』 3-3, 30쪽)
- 그 여인이 미륵이 [웃으며] 됐다는 그런 말은 전설은 있지요마는 그 누가 압니까? (<제천 의림지 전설>, 『한국구비문학대계』 3-3, 281쪽)

하지만 며느리가 화한 돌이 신성한 힘을 가지고 있다고 함으로써 부정함 뒤에 감춰져 있던 신성함이 표면에 드러나게 되었다. 돌부처나 돌미륵으로 대표되는 신성 표지는 금기가 가지고 있었던 성스러움의 외화이다. 이 지점에서 인지적 불쾌는 쾌로 전이될 수 있는 여지를 발견하게 된다. 며느리가 바위가 되었던 것은 절대적인 힘이 작용한 때문이고, 거기에는 우리의 상상력이 감지할 수는 없지만 어마어마한 무엇이 존재하고 있음을 이성적으로 포착함으로써 쾌로 전이될 수 있다. 그 절대적인 힘으로 아이를 잉태할 수 있게 해준다는 표현이 쾌로의 전이를 표면화한 것이라 하겠다.

이상과 같이 이해할 수 있다면 <장자못> 전설은 전형적인 숭고의 미학을 따르는 작품으로 생각할 수 있다. 견주어 보기 위해서 이미 이 작품과의 구조적 연관성이 논증되었던 <주몽신화>에 주목해 보기로 하자.58) 선행연구에서는 천신인 해모수가 하강하는 것은 도승이 내방하는 것에 상응하고, 해모수와 하백이 대결을 벌이는 것은 도승에 의해 장자가 징치되는 것에 상응하며, 하백과 유화가 친족관계로 설정된 것은 장자와 며느리가 친족관계로 설정된 것에 상응하는데, 다만 해모수와 유화가 결연을 맺는 것이 화합인 반면, 도승이 며느리를 징치한 것은 대립으로서 서로 상충한다고 했다. 그리고 이러한 차이를 신화의 체계에서 분리된 전설의 특징이라고 했다.59)

하지만 해모수와 유화의 결연이 화합이기만 한 것이었는지에 대해서

• 돌아보면 죽어. [웃음] 아, 그 중의 조화로 저 먼(무슨) 고개를 넘어간다.(<부안읍 장자못 전설>, 『한국구비문학대계』 5-3, 141쪽)
58) 천혜숙, 「전설의 신화적 성격에 관한 연구」, 계명대 박사논문, 1987, 54~56쪽.
59) 위의 논문, 58쪽.

는 의문이다. 유화가 해모수와 결연을 맺은 것에도 부정한 면이 많았다. 사실을 알게 된 하백이 크게 노한 것은 이 때문이다. 중매를 보내서 구혼을 하는 것이 마땅한데, 해모수가 사사로이 유화를 감금해둔 것도 문제였고 그 사이 정이 들어 유화가 해모수 곁을 떠나지 않았던 것도 문제였지만 궁극적으로는 둘의 만남 자체가 부정한 것이었다. 하백의 말을 빌면, '가르침을 따르지 않고 가문을 욕되게 하는 행동'이었다.

부정한 것에는 응분의 대가가 따르는 법이니 하백은 유화의 입을 잡아 늘려 그 입술의 길이가 석 자나 되게 하고서 우발수로 추방하였다. 여기에서 주목해야 하는 부분이 우발수로 추방했다는 부분이다. 추방하였다는 것은 도대체 무엇을 의미하는가? 이후 어사 강력부추가 금와왕의 명을 받고 우발수 가운데에서 쇠 그물로 유화를 끌어내는데, 한 여자가 돌 위에 앉아서 나왔다고 했다.[60] 여기에서 유추하면 우발수 가운데에 있는 돌 위에 앉아서 움직이지 못하도록 하는 것이 추방이었던 셈이다. 끌어내는 것이 쇠 그물로만 가능했다는 것은 유화와 돌이 일체가 되었다는 의미로 이해해도 무방할 것 같다. 그러니까 며느리가 돌이 된 것과 유화가 돌 위에 앉아 있었다는 것은 비슷한 신화적 의미로 이해할 수 있다는 것이다.[61] 그러고 보면 <장자못> 전설에서도 바위에 앉아 있는 유화와 비슷한 이미지를 발견할 수 있다.

- 그래가 마 그 바우에 앉아가 앉는 게 바우라. 자기는 마 그 자리에 앉았부고, 천하인신천상(天下人身天上)하고 참 좋은 데 갈낀데. 그래

---

60) <東明王篇>의 원문에는 "更造鐵網引之, 始得一女坐石而出"라고 되어 있다.(이복규, 『부여 · 고구려 건국신화 연구』, 집문당, 1998, 104쪽)
61) 신연우(앞의 논문, 155~159쪽)는 이에 대해 입사식의 상징이라는 차원에서 신화적으로 이해한 바 있다.

가 묻히노이 선관(仙官)이고 천상 선관이고, 그 쌀 준 때문에 그렇
그던.[62]

- 그래 그 부인이 산에 올라 가다가여, 밑에는 물이 채고 우에 물에
몸디-(몸둥이) 물이 안 채는 데는 올라 가다 방구가 되가주고. 위는
사람이고, 물 안 챈 데는 사람이 되갖고, 밑에는 방구라.[63]

첫 번째 예에서는 며느리가 바위에 앉았다고 했다.[64] 좋은 곳으로 가
지 못하고 바위에 주저앉아버렸다는 의미로 이해된다. 비록 물속은 아
니지만 바위에 앉아 있다는 점에서는 유화의 상황과 비슷한 면이 있다.
두 번째 예에서는 차올라오는 물에 몸이 반쯤 잠겨서, 잠긴 부분은 바
위가 되고 잠기지 않은 부분은 그대로 사람이었다고 했다. 물에 잠긴
반인반석(半人半石)의 이러한 모티프는 우발수에서 돌과 하나가 되어 돌
위에 앉아 있는 유화의 이미지와 매우 흡사하다. 결국 뒤를 돌아본다는
부정함에 이끌려 바위가 된 며느리와 몰래 해모수를 만나 사통해서 부
정함을 저지른 유화는 동일한 신화적 의의를 갖고 있다고 하겠다.

이후 유화는 주몽을 잉태, 출산하고 영웅 주몽이 새로운 나라를 건설
하는 것으로 서사는 일단락된다. 건국의 영웅을 탄생시켰다는 점에서
보면 유화와 해모수의 만남은 성스러움으로 이해될 수 있는 면도 함께
존재한다. 만남의 부정함과 영웅 탄생의 성스러움이 함께 한다는 점에
서 유화와 해모수의 만남은 숭고의 전형적인 형식을 따르고 있다. 두
사람의 만남이 가지는 절대성 혹은 숭고함을 드러내기 위해서 부정적

---

62) <중을 괄시한 만석꾼, 장자못>, 『한국구비문학대계』 7-2, 63쪽.
63) <장자못 다른 이야기>, 『한국구비문학대계』 7-3, 518쪽.
64) 특이한 내용이어서 의아하게 생각한 조사자가 돌이 된 것이냐고 재차 묻자("돌로 화했다
   는 말이지요?") 돌이 되어서 앉았다고 부연하기는 했지만 원래부터 이런 의도로 구연했
   는지는 미지수이다.

인 요소에 의한 불쾌와 신이한 요소에 의한 쾌를 복합적으로 드러냈다는 것이다.[65] 아이의 탄생이라는 성스러움의 측면에서 보면 바위로 화한 며느리도 유화와 비슷한 성격을 지닌다. 며느리 바위가 기자석으로 숭앙받는 것은 돌 위에 앉아 있던 유화가 후에 영웅을 잉태한다는 것과 연결될 수 있는 여지가 많다.[66]

이렇게 보면 <장자못> 전설에서 며느리가 뒤를 돌아본 행위는 유화와 해모수의 만남에 견줄 수 있는 신성과의 접촉으로 이해할 수 있을 것 같다. <주몽신화>를 숭고의 차원에서 이해하는 것이 전혀 문제가 없는 것과 마찬가지로 <장자못> 전설도 숭고의 미학으로 이해될 수 있는 면이 충분하다는 것이다. 이해의 폭을 넓히기 위해서 비슷한 모티프를 지니고 있는 몽골설화 <하늘나라의 사람>이라는 작품과 비교해 보기로 하자.

(1) 아득한 옛날 천신과 지신이 함께 하늘 위에서 살고 있었다.
(2) 천신은 지신이 다스리는 인간세계가 더 좋다고 생각해서 구경삼아 땅으로 내려왔다.
(3) 눈앞에 펼쳐진 자연의 아름다움을 감상하다가 어떤 왕자를 만났다.
(4) 천신이 장난삼아 옥토끼로 변해 왕자 앞에서 어슬렁거리다가 왕자

---

65) 상상력의 한계를 서사적으로 표현한 것이 만남의 부정함이고 이를 다시 영웅 탄생의 성스러움으로 이끌어낸 것은 불쾌를 쾌로 전이시키려는 서사적 전략으로 이해할 수 있다. 이는 <바리공주>에서도 비슷한 방식으로 드러난다. 부정적 묘사로 일관되어 있는 무장승과 결연을 맺는 바리공주의 모습은, 저승이라는 공간과의 접촉에 대한 상상력의 한계를 서사적으로 표현한 것이라 할 수 있다.(심우장, 앞의 논문 참조)
66) 이런 점에서 천혜숙(「남매혼신화와 반신화」, 『계명어문학』 4집, 계명어문학회, 1988)이 주장하는 것처럼 <장자못> 전설을 포함한 신화적 성격을 갖고 있는 일군의 전설을 반신화(anti-myth)로 이해하는 것은 신화에서의 부정함과 전설에서의 신성함에는 크게 주목하지 않고, 신화에서의 신성함과 전설에서의 부정함만을 강조한 측면이 있다고 생각한다.

가 쏜 화살에 맞고 도망쳤다.

(5) 왕자가 옥토끼를 쫓아가 보니 떠돌이 남자와 금빛 털이 난 산양이
　　있었다.

(6) 떠돌이 남자가 먹을 것을 주고 말을 빌려주면 금빛 털이 난 산양
　　을 주겠다고 했는데, 왕자는 강제로 이를 빼앗고 남자를 죽였다.

(7) 그러자 하늘에서 벼락 치는 소리가 들리면서 산양이 호랑이로 변
　　해서 왕자의 종들을 잡아먹어버렸다.

(8) 천신이 하늘로 돌아가 악한 사람들을 물로써 벌해야겠다고 지신에
　　게 말했다.

(9) 지신은 가난뱅이 할머니로 변신해서 인간 세상에서 죽음을 모면할
　　사람을 찾아 나섰다.

(10) 모두 할머니의 구걸에 응하지 않았는데, 가난한 목인(牧人) 아라
　　 드만이 음식을 대접해주고 시냇물을 건너게 해주었다.

(11) 지신은 아라드에게 다음날 아침 산 위로 올라가면 살 수 있다고
　　 이야기하고, 이 사실을 누구에게도 알리면 안 된다고 했다.

(12) 착한 아라드는 혼자만 살 수 없어서 다른 사람들에게 비밀을 이
　　 야기해주었더니 사람들이 그날 밤 모두 산 위로 올라갔다.

(13) 다음 날 아침, 천신이 은하수를 터 물줄기가 쏟아지자 온 세상이
　　 물바다로 변해 가는데, 아라드는 아직 산으로 올라가지 못한 한
　　 노인을 업고 그제야 산을 오르기 시작했다.

(14) 거센 홍수의 물결이 삽시간에 아라드를 따라잡는 순간, 아라드는
　　 바위가 되어 움직일 수 없었다.

(15) 바위만을 의지하고 있던 노인을 바위가 산 정상까지 움직여 구해
　　 냈다.

(16) 홍수로 왕자를 비롯한 사악한 무리들은 모두 죽고 마을은 다시
　　 평화를 되찾았다.

(17) 마을 사람들은 숭고한 아라드의 행위를 기리기 위해서 그 바위에
　　 제사를 지내주었다.[67]

---

67) 주채혁 역주, 『몽골구비설화』, 백산자료원, 1999, 90~98쪽.

왕자와 장자, 지신과 도승, 아라드와 며느리를 각각 대응시키면 <장자못> 전설과 거의 동일한 구조로 이해할 수 있는 작품이다. 선악의 대결, 악에 대한 하늘의 징벌(홍수), 금기의 위반에 따른 석화 등 핵심 골격을 공유하고 있는 작품이다. 아라드가 지신으로부터 비밀 이야기를 들은 것은 곧 신성과의 접촉을 의미한다. 신성과의 접촉은 성스러움이면서 또한 부정함을 내포하고 있는 것이다. 비밀이 지켜지지 않을 수 있기 때문이다. 결국 비밀을 지키지 않고 사람들에게 이야기를 해버림으로써 아라드는 부정함의 징벌을 받게 되었는데, 그것은 며느리와 같은 석화였다. 하지만 바위는 동시에 한 노인의 목숨을 살려주었던 매개가 되었고, 그런 만큼 성스러움을 함께 지니고 있었다. 마을 사람들이 이후에 이 바위에 제사를 지낼 수 있었던 것은 부정의 안타까움과 많은 사람을 살린 희생의 성스러움이 함께 존재하기 때문이다. 아라드의 행위는 이들에게 숭고함 그 자체였다.

> 그들은 소와 양을 각각 한 마리씩 통째로 메고 그 바위 앞으로 가서 그를 제사지내 주었다. 사람들의 눈에서는 저마다 하염없이 눈물이 흘러내렸다. 하나밖에 없는 제 목숨을 제물로 바쳐 온 동네 사람들을 구한 그 <u>숭고한 아라드의 모습</u>을 상기하면서 사람들은 울었다.[68]

여기에서 마을 사람들이 흘린 눈물은 비장함에서 오는 눈물이 아니라 숭고함에서 오는 눈물일 가능성이 높다. 물론 아라드의 행위는 마을 사람들을 구했다는 직접적인 선행이 있지만 며느리의 행위는 그저 뒤를 돌아본 것뿐이기 때문에 다르다고 할 수도 있을 것이다. 하지만 금

---

68) 위의 책, 97쪽.

기가 제시되고 그 금기를 어겨서 바위가 되는 과정이 정확히 일치하고 두 행동 모두 부정함과 성스러움으로 이해될 수 있는 여지가 많다는 점을 고려한다면 동일하게 의미를 부여하는 것이 바람직해 보인다.[69] 즉 며느리가 뒤를 돌아본 행위는 금기를 위반하는 행위이자 신성과의 접촉을 의미한다. 거대한 홍수의 물이 아라드의 피부에 접촉했을 때 바위가 된 것처럼 며느리도 천지가 무너지는 큰 소리와 접촉했을 때, 그래서 온 세상이 물바다가 된 것을 시각적으로 접수했을 때 바위가 되었다.

정리하자면, 착함을 내재하고 있는 며느리의 뒤를 돌아보는 행위는 부정한 행위이면서 성스러움을 내포한 행위이다. 그것은 신성과의 접촉을 의미하기 때문이다. 때문에 그러한 행위는 비극적인 것으로 이해되기보다는 그러한 비극성을 포괄하는 숭고함으로 이해하는 것이 바람직할 것 같다. 비극적으로 느끼는 것은 금기의 부정성 혹은 숭고에서 볼 수 있는 상상력의 한계가 불러일으키는 일면적인 성격일 뿐이다. 물론 각편에 따라서 이러한 성격이 부각되어서 비극적인 정감이 강조된 경우가 있을 수는 있지만 유형 전체적인 차원에서 보면 돌의 성스러움도 본원적인 것으로 이해해야 한다. 유화와 아라드가 부정함과 신성함을 함께 지니고 있듯이, 며느리 역시 부정함과 신성함을 함께 지니고 있다고 봐야 할 것 같다.

---

69) 두 인물 모두 '선한 사람'이라는 점에서도 동일하다. <장자못> 전설에서 도승에게 시주를 하는 며느리의 모습과 <하늘나라 사람>에서 지신에게 먹을 것을 내어주는 아라드의 모습도 비슷하게 볼 수 있는 여지가 많다.

4. 전설에 나타난 숭고의 미학

사실 <장자못> 전설이 숭고를 지향하고 있다고 한다면 작품의 핵심 근간인 스님과 장자의 대결에서 그러한 지향성이 설명 가능해야 한다. 하지만 앞서도 언급했듯이 스님과 장자의 대결은 뚜렷한 선악의 구도가 자리하고 있어서 해석의 여지를 남기지 않는다. 이 문제를 해결하기 위해 다시 <주몽신화>와 <장자못> 전설의 인물 구도의 유사성에 착목해 봐야 한다.

해모수-하백-유화의 인물 구도는 도승-장자-유화의 인물 구도와 유사하다. 해모수가 하백과 변신 대결을 벌이듯이 도승과 장자도 대결을 펼친다. 하백이 먼저 특정 동물로 변신하면 해모수가 이것을 물리칠 수 있는 동물로 변신하여 대결을 승리로 이끌 듯이, 도승도 처음에는 장자에게 소똥으로 조롱을 당하다가 나중에는 장자의 집을 물바다로 만들어 징치한다. 유화가 해모수를 따라 나섰듯이 며느리도 도승을 따라 나선다. 유화가 해모수와 헤어지고 결국 가문을 욕되게 했다는 이유로 내침을 당한 것처럼 며느리 역시 금기를 위반하여 응분의 대가를 받는다.

만약 이렇게 볼 수 있다면 장자는 하백과 비슷한 위상을 갖고 있는 인물이다. 하백이 물의 신인 것처럼 장자의 집도 물에 잠겨 물과의 친연성을 보여준다는 점에서도 설득력이 있을 수 있지만 보다 직접적인 논거는 다음과 같은 각편에서 찾을 수 있다.

> • 이전에 흉녕이 디게 져가주고 마 사람이 죽는다 카고 분삭날 때는 (법석떨 때는), 조개여 여 머머 큰 [큰소리로] 못가세(못가에) 막 줄 줄줄줄 카머, 그게 마커(모두) 쌀이래요[70]

> • 이 장자늪으 물을 푸면 비가 온다. 그래서 지금도 가뭄이 심할 때
>   에는 동네 부인네들이 모두 나서서 이 장자못으 물을 퍼낸다. 그러
>   면 꼭 비가 온다.[71]

첫 번째 예에서는 장자못 자체가 신성함을 지니고 있다는 것을 구체
적으로 표현하고 있다. 흉년에 사람들이 먹을 수 있는 쌀이 줄줄 나온
다는 것이다. 부정한 장자를 징치하는 과정에서 만들어진 장자못이 신
이함을 가지고 있다는 것은 선뜻 이해하기 어렵다. 착한 며느리가 화해
서 된 바위가 신성함을 지니고 있다고 보는 것과는 차원을 달리한다.
두 번째 예에서는 이를 보다 적절하게 표현하고 있다. 장자못은 가뭄이
왔을 때 비를 내리게 해주는 신격의 거주처라는 것이다. 이 지점에 오
면 장자의 신격은 하백의 신격과 하등에 다를 것이 없다. 신화적 상상
력을 충분히 가미해본다면 장자는 하백과 같은 수신격의 후대적 변모
일 가능성이 높다는 것이다. 다음의 예는 이를 잘 보여준다.

> • 거기 가면 방죽 한가운데가 버드나무가 요만한 놈 (눈 앞의 가로수
>   를 지적하며)이 있어. 거기까지는 목욕을 못 가. 왜냐허면 그 버드
>   나무 속에 큰 구렁이가 산다 이거여. 그 장자가 죽어서 <u>구렁이가
>   되었다</u> 이거지.[72]

장자가 수신격의 대표적 표지 동물인 구렁이가 되었다는 내용이다.
그리고 그 구렁이는 사람들에게 두려움을 줄 수 있는 존재이기 때문에

---

70) <장자못>, 『한국구비문학대계』 7-6, 292쪽.
71) <장자늪>, 『한국구전설화』 6권, 25쪽.
72) <부안 장자못 전설>, 『한국구비문학대계』 5-3, 211쪽.

신격으로서의 기본적인 조건을 갖추고 있다. 만약 이렇다면 중과 장자의 대결에 이은 징치의 수순도 선악의 구도 이전에 신격의 대결이 갖는 원형적 흔적을 내포하고 있다고 할 수 있을 것 같다. 홍수에 의한 수몰은 장자의 악에 대한 징치라는 표면적인 의의와 함께 장자의 수신격을 보증해주는 서사적 기능까지 겸하는 것이 된다. 결국 장자의 징치 과정에서도 부정함과 성스러움이 함께 작용하고 있음을 보게 된다. <장자못> 전설을 숭고의 차원에서 이해하는 것이 더욱 설득력을 얻는 대목이다.

여기에서 우리가 고민해 봐야 하는 부분은 <주몽신화>에 대한 우리의 미감과 <장자못> 전설에 대한 우리의 미감이 마냥 비슷한 것은 아니라는 사실이다. 숭고라는 차원에서는 비슷한 면이 있기는 하지만 <주몽신화>에서 해모수와 하백의 대결을 접하는 우리의 느낌과 <장자못> 전설에서 도승과 장자의 다툼을 접하는 우리의 느낌은 꽤 다르기 때문이다.

사실 <주몽신화>에서 잘못을 저지른 쪽은 하백이 아니라 해모수이다. 일단 유화를 사사로이 가두어 붙들어 놓은 것도 문제이고, 결혼을 하고자 하는데 중매를 보내지 아니한 것도 잘못이다. 예를 지키지 않은 이 두 가지를 하백이 지적하자 해모수는 "이를 부끄럽게 여겼다.(王慙之)"고 했으니 잘못을 인정한 셈이다. 결혼 승낙을 받은 후 유화의 비녀로 혁여를 뚫어 하늘로 올라가버린 것도, 이로 인해 하백이 크게 노했다고 했으니 큰 잘못이다. 문제는 이러한 해모수의 잘못이 그렇게 강렬하게 인식되지 않는다는 점이다. 이것은 우리가 서사의 초점을 해모수의 신성함에 맞추고 있기 때문이다. 천제의 아들인 해모수의 행동이기 때문에 혹 그 안에 부정함이 있다고 하더라도 이를 과도하게 해석하지

않으려는 지향이 있는 것 같다.[73]

이는 주몽과 송양의 대결에서도 마찬가지다. 부분노가 송양의 비류국에서 고각을 훔쳐온 것이나 썩은 나무로 기둥을 해서 궁실이 오래됐다고 속인 행동은 분명 부정함으로 이해될 수 있는 여지가 많다. 하지만 우리는 부정함을 그대로 이해하지 않는다. 천제의 손이고 하백의 외손인 주몽의 행동은 원초적인 신성함의 자장에 휩싸여 있기 때문이다. 송양에게 특별한 잘못이 없음에도 비류국을 표몰시킨 것도 너그러운 시선으로 용납한다. 부정함은 신성함이라는 틀 속에서 건국을 위한 수순으로 이해될 뿐이다. 다시 말하면 <주몽신화>의 곳곳에 보이는 부정함이라는 요소는 전체적인 신성함의 자장에 통합되어 두드러지게 인식되지 않는다는 것이다.

반면 <장자못> 전설의 장자와 도승의 대결에서는 이와는 사뭇 다른 느낌을 가질 수 있다. 일단 구조상 도승에게 있어야 할 잘못이 장자에게로 이동했고,[74] 며느리와의 대비를 통해 선악의 구도가 선명하게 드러났다. 장자가 가지고 있는 원초적인 신성함은 뒤로 밀리고 부정함이 강조됨으로써 <주몽신화>와는 다른 방향으로 서사를 전개시키고 있다. 물론 일부 각편에서 보이는 것처럼 장자못의 신이함, 구렁이로의 변신

---

73) 천혜숙(「남매혼신화와 반신화」,『계명어문학』 4집, 계명어문학회, 1988, 480쪽)도 이에 대해 지적한 바 있다.

74) 하지만 다음과 같은 각편에서는 중이 귀찮을 정도로 동냥을 와서 장자(여기에서는 황희 정승)가 중을 징치하는 것으로 서술되고 있어서 <주몽신화>와 비슷한 구도를 가지고 있다.

　• 강원도 금강산으로 강원도 그 태백산맥에서 어는 절에서 중이 노챦을 정도로 휘기 와서,
　"동냥 좀 줍시사. 동냥 좀 줍시사."
　그만 들오만 중을 무조건 코를 끼든가 목을 달아매든가 뒤에 갖다가 담장에 정원에 갖다아 수살해서, 달아매서, 골아죽이고 말랴직이는 이런 행위가 벌어지는데.(<황희정승과 황지못>,『한국구비문학대계』 7-13, 477쪽)

등이 신성함의 흔적으로 남아 있기는 하지만 큰 영향력을 발휘하기는
어려워 보인다.

유화와 며느리의 행동을 접하는 과정에서도 비슷한 경향을 읽을 수
있다. 유화가 하백에게 쫓겨나 우발수로 추방당하는 것은 주몽을 잉태
하고 출산하는 유화의 신성함으로 통합되어 이해된다면, 며느리 바위가
아기를 점지해준다는 신성함이 오히려 뒤를 돌아보는 잘못을 저질러
돌이 되었다는 부정함으로 통합되어 이해되려는 경향이 있는 것 같다.
둘 다 부정함과 신성함이 동시에 드러나지만 유화는 신성함이 워낙 강
해서 부정함이 묻히는 경향이라면, 며느리는 오히려 부정함이 강해서
신성함이 묻히는 경향이라는 것이다. 결론적으로 <주몽신화>는 주로
신성함에 의해 부정함이 통합되어 드러나는 반면, <장자못> 전설은 주
로 부정함에 의해 신성함이 통합되어 드러난다는 것이다.

따라서 부정함과 신성함이 함께 드러나는 숭고의 관점에서도 <주몽
신화>와 <장자못> 전설이 다른 경향성을 보인다. 절대적인 힘을 가진
숭고한 대상에 대한 상상력의 한계에 의해서 발생할 수 있는 불쾌가 서
사적으로는 주로 부정함으로 드러날 수 있고, 이것이 본래적인 절대성
으로 포착되는 이성에 의한 쾌가 서사적으로는 주로 신성함으로 드러
날 수 있다면, 이러한 면에서는 두 작품이 모두 숭고의 미학을 따르고
있다고 할 수 있다. 다만, <주몽신화>는 주로 쾌의 과정이 보다 강조
되고 불쾌의 과정이 축소되어 나타나는 반면, <장자못> 전설은 쾌보다
는 불쾌의 과정이 더욱 강조되어 부정적인 미감이 강하게 작용하는 것
으로 이해할 수 있다.

논의를 확장시켜보면, 신화와 전설은 숭고라는 차원에서 비슷한 미감
을 갖고 있다고 하겠다. 다만, 숭고를 드러내는 방식에 있어서 차이가

있을 뿐이다. 숭고가 내포하고 있는 불쾌와 쾌가 서사적으로 외화된 부정함과 신이성을, 신화의 경우는 신이함을 중심으로 부정함을 포괄하려는 경향이 강하고, 전설의 경우는 부정함을 중심으로 신이함을 포괄하려는 경향이 강하다고 생각된다. 우리가 전설을 비극적으로 인지하고 그러한 성격을 강조하고 있는 것은 부정함이 중심을 이루기 때문인데, 그렇다고 하더라도 전설의 주조는 부정함과 신이함의 교직으로 이해하는 것이 바람직해 보인다. 이렇게 보면 전설은 민담과의 친연성보다 오히려 신화와의 친연성이 더 강한 갈래이다.[75]

몇 가지 예를 들어 전설의 이러한 특징을 좀 더 구체적으로 확인해 보기로 하자.

> 원효의 성은 설(薛)이고 이름은 서당(誓幢)이다. 내마(奈麻) 담날의 아들로 29세 출가하여 영축산 낭지(朗智), 홍륜산 연기(緣起), 반용산 보덕(普德) 등과 수행하다가 34세에 입당구법을 결의하고 의상대사와 함께 남양 갯가 어느 무덤 사이에서 배오기를 기다렸다. 밤이 늦어 목이 몹시 마르므로 사방으로 물을 찾다가 손끝에 바가지 하나가 잡혀 그 속에 든 물을 달게 먹었는데 아침에 깨어서 보니 그것은 단샘의 물이 아니라 해골바가지의 송장 썩은 물이었다. 갑자기 비위가 뒤집혀 배를 움켜쥐고 토하려하다가 홀연히 한 소식을 얻었다. "마음이 나면 모든 법이 나고 마음이 멸하면 모든 법이 멸한다." 이어 원효는 부처님 말씀에 "3계가 오직 마음이라." 하였는데 어찌 부처님이 나를 속이겠는가. 당나라 구법을 포기하고 본국으로 돌아와 불행을 하니 가히 해동의 성자였다.[76]

---

75) *Standard Dictionary of Folklore, Mythology, and Legend* edited by Maria Leach, Funk & Wagnalls Company, New York, 1950, p.612)에서도 "신화와 전설의 구분선은 종종 모호하다.(The line between myth and legend is often vague.)"고 하였다. 조희웅(앞의 논문, 338~339쪽)도 우리에게 신화와 전설의 구분이 애매함을 이야기하고서, 신이담이라는 개념을 도입하여 신화와 전설의 대부분을 한데 묶어 분류한 바 있다.

세상에 존재하는 가장 더러운 물은 시체 썩은 물일 것이다. 가장 지독한 물이기 때문에 절대적인 크기를 지녔다고 할 수 있다. 이것은 우리의 상상력을 뛰어넘는다. 이러한 불쾌는 그 물을 원효가 마셨다는 것으로 이어져 더욱 강조된다. 하지만 곧 원효가 이를 통해 절대적인 크기를 가진 어떤 깨달음의 경지에 올라섰다는 부분에서 불쾌가 쾌로 전이된다. 깨달음의 경지가 뭔지는 명확하게 알기는 어려우나 그것이 대단한 것이라는 것은 이성적으로 충분히 인지할 수 있다. 시체 썩은 물의 부정성은 여기에서 원효의 위대함으로 전환된다. 인물의 위대함이 부정성의 틀을 관통하면서 절대적인 크기로 올라설 수 있었던 것이다. 이것 역시 숭고의 전형적인 과정을 거치고 있다고 하겠다.

인물전설의 경우, 인물의 비범함을 강조하여 드러내는 경우가 많은데, 이는 많은 경우 비장보다는 숭고의 미학으로 포섭할 수 있을 것 같다.[77] 보통의 사람들은 범접할 수 없는 높은 경지는 위와 같이 부정적인 요소와 결합하여 드러나는 경우가 많다. 다음 전설도 마찬가지다.

> (1) 전주에서 남쪽으로 십리쯤 가면 남고산이라는 산이 있고 그 밑에 호우석(虎遇石)이라는 큰 방구가 있다.
> (2) 옛날에 이성계가 어릴 때 친구들과 놀고 있는데 아래서 이상한 소리가 들렸다.
> (3) 떨지 말고 가보자고 해서 보니 호랑이가 있었다.

---

76) 한정섭 편저, 『불교설화대사전』(하), 이화문화출판사, 2003, 297쪽.
77) 강진옥(「전설의 역사적 전개」, 『구비문학연구』 5집, 한국구비문학회, 1997, 38쪽)은 "'세계의 경이'는 전승되는 전설의 대부분을 차지하는 단편적 설명전설은 차치하더라도, 최근 관심 속에서 논의되고 있는 상당수의 인물전설들에도 그대로 적용되지는 않을 것 같다."고 하여, '세계의 경이'와 '자아의 좌절'로 표상되는 전설의 특징이 특히 인물전설에는 적용되기 어려운 면이 많다고 하였다. 미학적 성격에서도 마찬가지라 생각된다. 인물전설 일반과 비장은 그다지 잘 어울리지 않는다고 하겠다.

(4) 아이들은 적삼을 벗어던져 호랑이가 무는 적삼의 주인만 호랑이밥
     이 되자고 했는데, 호랑이가 이성계 적삼을 물었다.

(5) 이성계가 호랑이 앞으로 나가자 갑자기 쿵하는 소리가 났고 호랑
     이가 달아났다.

(6) 뒤돌아보니 바위가 굴러 떨어져 아이들이 모두 죽었다.[78]

호우석에 대한 유래전설로 볼 수도 있고 이성계에 대한 인물전설로
볼 수도 있는 작품이다. 이성계는 조선을 건국했던 영웅인데 하필이면
목숨을 부지할 수 없는 어마어마한 힘을 가진 호랑이에게 잡아먹힐 위
기에 빠져 있었다. 호랑이의 절대적인 힘 때문에 이성계가 죽을 위기에
처한 것은 부정적 정감을 불러일으키기에 충분하다. 하지만 호랑이와
이성계의 만남은 오히려 굴러 떨어진 바위로부터 이성계를 구하는 신
이한 계기가 되었다는 점에서 쾌로 전이된다. 이러한 과정을 통해서 이
성계가 가지는 천우신조의 신성함이 감지되는데, 역시 전형적인 숭고의
미감이다.

이외에도 어머니를 잡아간 금돼지의 아이로 태어난 최치원의 탄생담
이라든지,[79] 밤나무 100그루를 심어야 살 수 있다고 하여 심은 것이 99
그루밖에 안 됐는데 굴밤나무가 나도 밤나무라고 하여 죽지 않고 살았
다는 이율곡의 이야기라든지[80] 철로 만든 방안에 엄청난 불을 피워 죽
이려 했는데 문을 열어보니 추위에 떨고 있었다는 사명당의 일화[81] 등
은 비장보다는 숭고에 훨씬 가까운 미감을 갖고 있다. 이상에서 예로

---

78) <李成桂의 幼時>, 『한국구전설화』 10권, 61쪽.
79) <최치원 출생담>, 『한국구전설화』 6권, 52쪽.
80) <이율곡과 밤나무>, 『한국구전설화』 7권, 75쪽.
81) <사명당 일화>, 『한국구전설화』 10권, 68쪽.

든 작품이 인물전설 내에서 특별한 것들은 아니다. 인물전설이 대체로 인물들의 특별함을 이야기하는 작품들이기 때문에 비장보다는 숭고에 더 가까운 미감을 불러일으킬 것이라는 예상은 충분히 설득력이 있다. 다만 인물의 특별함이 어느 정도의 수준인가에 따라서 유형별로 숭고의 수준이 낮아지거나 미약할 수는 있을 것 같다.

풍습이나 사물의 유래를 설명하는 전설의 경우도 마찬가지다. 예를 들어, '다리를 떨면 가난하게 산다'는 말의 유래를 설명하는 작품의 경우, 관상쟁이가 다리를 도끼로 찍어 잘라놓고 도망쳤다는 것은 불쾌함의 극치를 이룬다. 하지만 뒤에 그것이 그 사람의 운을 되돌리기 위한 방책이었다는 사실을 이해하면 그런 극단적인 행동에 대한 불쾌는 쾌로 전이하게 된다. 다리를 도끼로 자른 행동에는 부정함과 신이함이 함께 교직되어 있고, 때문에 숭고로 이해될 수 있는 여지가 많다. <에밀레종>에서 종을 위해서 아이를 희생하려는 것도 비장보다는 숭고로 이해될 수 있는 여지가 많다.

서두에서 예로 들었던 <떠내려 오는 산>류의 작품에서도 마찬가지다. 산이 떠내려 온다는 것은 우리의 상상력이 감당할 없는 엄청난 사건이기에 불쾌하다. 그 광경을 목격하고 소리를 지르는 것은 신성과의 접촉이면서 상상력의 한계를 언표하는 행동이다. 그리고 이것은 부정함과 신성함을 동시에 지니기에 숭고한 대상일 수 있다. 이내 산이 그 자리에 머물러 마을 사람들에게 신성시되었다는 것은 절대적인 현상이 신성함이라는 틀로 안착했다는 것으로 전형적인 쾌로의 전이를 의미한다.

물론 신화, 전설, 민담의 삼분법이 가지고 있는 기본적인 맹점이기도 하지만, 갈래 내부의 편폭이 무척 커서 이러한 기본적인 미적 범주의 구분에서 벗어나는 작품들이 충분히 있을 수는 있다. 하지만 최소한 전설의 경우, 비장보다는 숭고로 이해할 수 있는 작품이 훨씬 많고, 때문에 전설의 주된 미적 범주는 숭고로 이해하는 것이 보다 타당할 것 같다. 부정함의 입장에서 신성함을 포괄하고 있어서 표면적으로 비장이 우세한 것처럼 보일 수는 있지만 실제로는 숭고가 주조를 이루고 있는 것이 전설의 주요한 특징임을 다시 한 번 확인한다.

5. 맺음말

사실 전설이 숭고의 미학을 주조로 하고 있다고 주장하기는 했지만, 이것이 시론적 성격을 갖고 있는 이 글을 통해서 충분히 논증되었다고 보기는 어려울지도 모르겠다. 전설과 같은 역사적 장르가 가지는 미학적인 성격을 단편적인 논문으로 설득력 있게 논증하는 것이 쉽지 않기 때문이다. 그럼에도 이러한 주장을 펼치고 있는 것은 전설을 다른 차원에서 검토할 수 있는 여지를 만들어보려는 전략적인 차원의 노력이라 할 수 있다. 최소한 전설에 나타난 숭고의 미학에 주목할 필요가 있다는 점에 대해서는 충분한 논의가 이루어졌다고 생각한다.

특히 이 부분이 중요한 것은 기존의 전설 연구가 많은 부분 이미 당연한 것으로 표준화되어버린 전설의 기본적인 성격에 구속된 측면이 많다는 점 때문이다. 전설의 주인공은 왜소하고 예기치 않던 관계를 성공적으로 극복하지 못하고, 그래서 작품은 비극적이고 운명론적일 수밖에 없으며, 이로 인해 비장미가 주조를 이룬다는 등의 개론적 내용이 가지는 통제력이 필요 이상으로 과도하다는 느낌이다. 삼분법에 의해서 주어진 전설이라는 개념은 다분히 기능적인 것으로 생각해야 할 것 같다. 그런 만큼 개론적인 수준의 함의를 개별 유형에 귀속시키지 말고 개별 유형의 다양한 특징들을 통해 전설의 다채로운 모습을 드러내 보여주는 것이 더 생산적인 논의가 될 수 있을 것이라 생각한다. 이 글도 그러한 의미로 이해되기를 원한다.

구비설화에 형상화된 여성 억압의 양상과 비판 의식*

〈강피 훑는 여자〉 유형을 중심으로

정 규 식

1. 서론

전통사회에서 여성이 남성에 비해 상대적으로 억압적인 삶을 살았다는 점에 대해서는 누구나 동의하는 사실일 것이다. 정도의 차이는 있겠으나 여성에 대한 억압은 지배층이나 피지배층 모두에게 적용되는 현상이었을 것이다. 당시 남성 중심의 지배 질서는 여성의 억압적인 삶을 당연시하거나 혹은 지배 이념의 정당화를 위한 수단으로 인식했을 가능성이 높다. 이 글은 이러한 관점에서, 한국의 구비설화를 대상으로 전통사회의 여성 억압 양상을 구체적으로 살피고 나아가 억압의 결과로써 가족이 해체되고 여성이 죽음에 이르는 과정에서 드러나는 작품의 비판 의식을 새롭게 해석하고자 한다.

주지하는 바, 구비설화는 여성의 삶이 선명하게 형상화되어 있는 대

---

* 이 글은 "『동남어문논집』 제36집, 동남어문학회, 2013."에 게재된 것이다.

표적인 문학 갈래 가운데 하나이다. 설화뿐만 아니라 여타의 문학 장르
에도 여성의 삶이 형상화되어 있지만 구비설화만큼 다양하고 심도 있
게 다루고 있지는 못하다. 따라서 전통사회에서 여성의 억압과 그로 인
한 가족의 해체 과정, 작품 속에 내재한 비판 의식을 살피는 데에는 다른
문학 장르보다 구비설화를 대상으로 논의하는 것이 효과적일 수 있다.

그간 구비설화를 대상으로 논의된 여성의 삶에 대한 연구는 주로 주
체적이고 진취적인 여성을 조명하는 방향으로 진행되는 경향이 강했다.
이러한 연구는 대개 전통사회에서도 자신의 목소리를 당당하게 드러내
면서 자기주도적인 삶을 개척해 온 여성이 있었으며, 이로 인해 우리의
전통적 여성상은 억압받으면서 굴종하는 소극적인 존재만이 아니라 진
취적이고 주체적인 면모를 담지한 존재라는 점을 강조하는 방향으로
진행되었다.[1] 그 결과, 여러 논의들이 '위기를 극복하고 난제를 해결하

---

1) 기존 연구에서 주로 여성주의적 관점으로 논의한 성과물들이 여기에 해당한다. 직간접적
으로 관련되는 대표적인 논의를 들면 다음과 같다.
곽정식, 「설화에서 본 여성 주체의 자각과 성장」, 『동양한문학연구』 18집, 동양한문학회,
2003.
김대숙, 「결혼 이주 여성의 주체적 삶을 위한 설화 전승의 의의」, 『한국고전연구』 25집,
한국고전연구학회, 2012.
박상란, 「구전설화에 나타나는 성적 주체로서의 여성캐릭터 : '목화 따는 노과부'를 중심
으로」, 『한국고전여성문학연구』 12집, 한국고전여성문학회, 2006.
이은희, 「설화에 내재된 여성인물의 영웅성 고찰 : '이인으로 바뀐 못난 여자' 유형을 중
심으로」, 『어문론집』 48집, 중앙어문학회, 2011.
이은희, 『한국 설화 여성인물의 영웅성 연구』, 강원대학교 박사학위논문, 2012.
이인경, 「口碑說話에 나타난 여성의 '性的 主體性' 문제」, 『구비문학연구』 12집, 한국구비
문학회, 2001.
임재해, 「설화에 나타난 여성주의다운 상상력 읽기와 민중의 여성인식」, 『구비문학연구』
12집, 한국구비문학회, 2001.
장영란, 「한국 신화 속의 여성의 주체의식과 모성—어머니의 원형적 이미지 분석과 모성
이데올로기의 비판」, 『한국여성철학』 8집, 한국여성철학회, 2007.
정규식, 「한국 여성주의 설화 연구 : 溫達·薯童·'내 복에 산다' 설화를 중심으로」, 『동

며 미래를 개척하면서 자기의 삶을 주도해가는 자'[2]와 같은 진취적인
여성상을 제시하는 방향으로 전개되었다.

한국의 구비설화에는 분명, 진취적이고 주체적이면서 자기주도적 삶
을 산 여성들이 등장하는 것이 사실이지만 거시적 관점으로 보면 그러
한 여성상이 주류라고 하기는 어렵다. 오히려 지배질서의 견고한 체계
속에서 억압적인 삶을 감내하거나 혹은 그로 인한 비극적 삶을 살아 온
여성들이 더 많이 등장한다고 보아야 한다. 그러므로 이 글에서는 이러
한 삶을 살아온 여성을 대상으로 당시의 지배 질서가 어떠한 방식으로
여성을 억압했으며 그 억압의 결과는 어떠했는지를 면밀히 검토하고자
한다.

그런데 이러한 논의가 피상적이거나 일반론적으로 진행될 경우, 논의
의 결과 역시 기존 성과와 차별화되기 어렵다. 따라서 기존의 관점과는
다른 시각으로 텍스트를 분석해야 하며 그것을 바탕으로 여성 억압의
구체적인 양상을 살펴야 한다. 그래야만 기존 논의들과 변별되는 결과
를 도출할 수 있을 것이다.

한국의 구비설화에는 지배 질서에 의한 여성 억압을 나타내는 작품
들이 다양하다. 그 가운데 이 글에서 중점적으로 다루고자 하는 작품은
<강피 훑는 여자> 유형이다.[3] 그간 이 유형에 대한 부분적인 논의가
있었던 것이 사실이다. 그런데 대체로 비지인지감(非知人知鑑)을 통하여
박복한 운명의 여자[4] 혹은 강태공 설화와의 관련성,[5] 남편 버린 여자[6]

남어문논집』 14집, 동남어문학회, 2002.

2) 이인경, 「기혼여성의 삶, 타자 혹은 주체」,『한국고전여성연구』 16집, 한국고전여성문학
회, 2008, 281쪽.

3) 이 글을 위해 연구자가 확인한 자료는 다음과 같다.

연번	제목	출처
(1)	〈강피 훑는 여자와 글만 읽는 남편〉	『한국구전설화』 임석재 전집 10. 경상남도편 Ⅰ (임석재, 평민사, 1993.)
(2)	〈매미 울음의 유래〉	『한국구비문학대계』 8집8책(한국정신문화연구원, 1983.)
(3)	〈매미가 된 할멈〉	『한국구비문학대계』 8집9책(한국정신문화연구원, 1983.)
(4)	〈매미가 된 아내〉	현지조사 자료(1999년 10월, 부산 기장군 철마면)
(5)	〈매미 울음소리의 기원〉	현지조사 자료(1999년 10월, 부산 동래구 복천동)
(6)	〈매미가 된 갱피 훑는 마누라(1)〉	『한국구전설화집』18 남해군편(류경자, 민속원, 2011.)
(7)	〈매미가 된 갱피 훑는 마누라(2)〉	『한국구전설화집』18 남해군편(류경자, 민속원, 2011.)
(8)	〈매미가 된 갱피 훑는 마누라(3)〉	『한국구전설화집』18 남해군편(류경자, 민속원, 2011.)
(9)	〈매미가 된 갱피 훑는 마누라(4)〉	『한국구전설화집』18 남해군편(류경자, 민속원, 2011.)
(10)	〈강피 훑는 여자 이야기〉	현지조사 자료(2012년 2월, 경남 산청군 신안면)
(11)	〈책 읽는 선비와 강피 훑는 아낙〉	부산구술문화총서1『동부산문화권 설화(1)』 기장군편(박경수·황경숙 편저, 부산광역시시편찬위원회, 2012.)
(12)	〈강피 훑는 여자 이야기〉	현지조사 자료(2013년 1월, 경남 함안군 가야읍)

아직 이 유형에 대한 공식적인 명칭이 정립되지 않은 듯하다. 기존 논의에서도 이 유형에 대한 집중적인 연구가 진행되지 않은 상태이므로 유형 명칭, 하위 유형 등에 대한 구체적인 논의를 찾기 어렵다. 다만 이 유형을 '복 없는 아내'형, '고생하는 남편 버린 여자'형, '비지인지감(非知人知鑑)'형 등으로 분류하여 부분적인 논의를 시도한 경우가 있을 뿐이다. 따라서 이 글에서는 이 유형을 <강피 훑는 여자> 유형이라 명명하고자 한다.

또한 이 유형에는 여러 하위 유형이 있다. 이야기의 결말에 따라, 남편과 아내가 다시 결합하기도 하고 남편은 잘 살고 아내는 못 사는 것으로 끝나기도 하고 아내가 죽는 것으로 끝나기도 하고 죽어서 매미가 되는 것으로 끝나기도 한다. 하지만 이 글에서는 아내가 죽어서 매미가 되는 유형을 중심으로 논의함을 밝힌다. 유형 명칭, 하위 유형 등에 대한 논의는 추후 심도 있게 진행되어야 할 것이다.

이 유형은 이 글에서 거론한 각편 외에도 다양하게 확인할 수 있다. 지금도 현지에서 어렵지 않게 조사되고 있으며 기존 자료에서도 쉽게 확인할 수 있는 유형이다. 기존 자료 가운데 이 유형에 속하는 작품들에 대한 부분적인 소개는 이인경(앞의 논문, 260~264쪽.)에서도 제시되어 있다. 이하, 이 글에서 제시하는 각편의 번호는 위의 표에 의거한 것임을 밝힌다.

4) 이인경, 앞의 논문, 262쪽.

등으로 유표화되는 유형으로 다루어져 왔었다. 따라서 이 유형은, 여성에 대한 비판적 시각을 형상화한 작품으로 이해되기도 한다. 즉, 현실을 부정하고 남편을 버린 여성에 대한 인과응보를 강조하는 향유자들의 의식이 반영된 작품이라고 할 수 있는 것이다. 하지만 이 유형을 이러한 관점으로 한정하여 다룰 수만은 없는 문제이다. 작품 속의 여성을 중심으로 바라보면, 왜 아내가 그러한 선택을 할 수밖에 없었는가, 라는 문제제기가 가능한데 이러한 관점이 바로 이 유형을 다시 논의해야 할 필요성을 제기한다고 할 수 있기 때문이다.

특히 이 유형에는 전통사회의 지배질서에 의한 여성의 억압 양상이 너무나 선명하게 제시되어 있어 있기 때문에 기존 논의와 차별화되는 새로운 방법으로 작품에 대한 구체적인 실상에 접근하여 연구할 필요가 있다. 이에 이 글에서는 한국의 구비설화 <강피 훑는 여자> 유형을, 미국의 여성학자 아이리스 마리온 영(Iris Marion Young)의 관점에 의거하여 전통사회의 공고한 지배 질서 속에서 여성에 대한 억압의 양상이 어떻게 전개되었는가를 살피고 이를 바탕으로 가족의 해체 과정과 그 속에 내재한 작품의 비판 의식을 고찰하고자 한다.7)

---

5) 손지봉, 「韓·中설화에 나타난 '姜太公'」, 『구비문학연구』 2집, 한국구비문학회, 1995, 144~145쪽.

6) 『한국구비문학대계』 설화 분류에서도 이 유형을 '441-8 고생하는 남편 버린 여자'로 분류하고 있다.

7) 한국의 구비설화에는 여성에 대한 억압이 드러나는 작품이 다양하다. 그럼에도 이 글에서 굳이 <강피 훑는 여자> 유형을 논의의 대상으로 정한 것은 다음의 두 가지 이유 때문이다. 첫째, 이 유형에는 지배질서에 의한 여성 억압의 양상이 잘 형상화되어 있다고 판단했기 때문이다. 억압에 대한 기존 논의들은 다양하지만 이 글은 아이리스 마리온 영(Iris Marion Young)의 관점으로 논의를 진행할 것인데 <강피 훑는 여자> 유형이 영의 관점으로 논의하기에 가장 적합하다고 판단한다. 영은 '지배와 억압'에 대한 탁월한 견해를 제시한 여성학자로 유명하다. 특히 영이 제시한 억압에 대한 관점은, 기존의 억압 이론들과

2. 여성 억압의 제양상

여성에 대한 억압은 다양한 방식으로 논의될 수 있다. 하지만 이 글에서는 미국의 여성학자 아이리스 마리온 영(Iris Marion Young)의 관점으로 논의하고자 한다. 그녀는 여성문제에 대해 다양하게 논의해 왔는데 그 중에서도 그녀의 주저인 『정의와 차이의 정치』8)에는 억압에 대한 탁월한 관점이 제시되어 있다.

영은 억압의 형태를 착취(exploitation), 주변화(marginalization), 무권력 (powerless), 문화적 제국주의(cultural imperialism), 폭력(violence) 등으로 구분하였다. 그러면서 그녀는 이러한 억압 형태가 특정한 개인이나 주체에 의해 행사되기 보다는 사회의 구조적인 기반을 매개로 이루어지며 억압의 대상은 주로 사회적 약자인데 여기에는 여성도 포함된다고 하였다.9)

그렇다면 우리는, 한국의 구비설화인 <강피 훑는 여자> 유형에서 영이 지적한 억압의 양상을 어떻게 확인할 수 있을까? 이를 위해 아래의 각편을 대상으로 구체적인 논의를 진행하도록 하겠다.

는 상당한 차이를 지닌다. 그러면서 억압의 양상을 다섯 영역으로 구분하여 구체화하고 있는데 이는 현실적 상황을 이해하는 데도 도움이 되지만 문학적 상황을 분석하는 데도 아주 유용한 관점이라 할 수 있다. 둘째, <강피 훑는 여자> 유형에 대한 기존 논의가 상당히 미진하다는 점이다. 이 유형은 오늘날에도 현지에서 어렵지 않게 조사되는 광포설화인데 이 유형만을 대상으로(물론 이 유형을 부분적으로 다룬 몇몇 논의들이 있는 것은 사실이다.) 논의한 성과물을 찾기 어렵다. 따라서 그간 논의가 미진했던 유형을 통해 새로운 관점으로 분석하고 그에 따라 의미를 도출하는 것은 구비설화 연구에서 필요한 작업이라 판단한다.

8) Iris Marion Young, *Justice and the Politics of Difference*, Princeton University Press, 1990. (이하의 원문 인용에서는 JPD로 표기함을 밝힌다.)

9) JPD, pp. 39~65.

어찌 영감이 께을 은지(게으르던지), 께을 은지, 그래 인자 할마이가만 날(늘) 저게(저기) 벌판에 가서 갱피(돌피) 그거로 훑어 가지고 만날묵고 사는데, 이 영갬이 다시(도무지) 께을받고 만날 공부만 하거든. 할마이가 애가 터져서르 시사아(세상에) 우째 저래 갱피로 그래 갱피 그거로훑어 오이까네 마다아다(마당에다) 늘어 놓고 가노이까네 공부한다고, 이남자 가 공부한다고, 그 속나우(소나기)마 왕대같이 따루거든. 따라도 갱피 덕 식이(멍석) 그걸 안 채 덮었어(안 치우고 안 덮었어) 안 채 덮고 있으이 와서르,

"아이구 몸서리야이. 저 갱피를 시사아 좀 덮도 안 하고 뭐로 묵고 살 것고."

캄서러 이라이까네, 그래 그 공부로 지극히 해가 남자가 과게로 간다 말이 다. 과게를 가이, 그래 이 여자가 몬 살아서 문디 겉은 갱피 덕식 이도 덮도안 하고, 내가 저 영감 바래고 우째 살겠노 싶어서 마 영감을 얻어 가뿠다. 마 가뿠어. 가 가지고 그래 갔는데, 할마이가 뵉(복)이 없 어. 그래영감이 과게로 가 가지고 크으(그) 어사 벼슬로 턱 해 가지고 내 려오이까네, 그 할마이가 또 갱피를 훑거든, 저 벌판에서. 그래 그 신랭 이 보이까네 참 그 살로 간 할마이가 또 그 갱피로 훑거든. 훑으이까네 그래 그 남자가 안 카나.

"훑는 갱피 또 훑는다."

고. 이러 카고 내려오이까네, 그래 보이, 휘떡 쳐다보이 저거 영갬이 거든.신랭이거든. 그래 따라오믄서르 따라오믄서르 그래 막 돌아보고 가 라고그래쌓도 돌아도 안 보고 막 그 신랭이 가는 기라. 가이 그래 이 사 람이따라감서르 날뛰다가 엎어져 마 안 죽어 뿠나. 죽어뿌 가지고 그래 매미가 되었는 기라.

그래 저 매미가 되어 가지고, 그래 자앙(늘) 사시로 갱피 훑는 그 노래 로 함서 그래 '먐-먐-먐, 정감감사(경상감사) 정감감사 매암스럽고 매암 매암 매암.' 카거든. [청중 : 매미 그기 그래 그 매미 되었구나] 야 그래, 매미가 되었어.

위의 인용문은 각편 (3)으로, 『한국구비문학대계』 8집9책에 <매미가
된 할멈>이라는 제목으로 실려 있는 작품이다. 인용된 작품은 <강피
훑는 여자> 유형의 대표적인 각편인데, 이 각편을 토대로 이 유형에서
확인되는 공통적인 내용을 제시하면 아래와 같다.

> A) 남편과 아내가 살았는데 아내는 강피를 훑고 남편은 글공부만 한다.
> B) 남편은 아내가 훑어 놓은 강피가 빗물에 쓸려 가는데도 글공부만
>   한다.
> C) 아내는 저런 남편과는 살 수 없다고 하면서 집을 떠나 다른 남자
>   에게 살러 간다.
> D) 아내는 다른 남자한테 가서도 여전히 강피를 훑으며 산다.
> E) 남편이 과거에 급제하여 금의환향하다가 아내를 만나는데 아내는
>   남편을 따라 가겠다고 한다.
> F) 남편은 온갖 시험을 통해 아내를 거절한다.
> G) 아내는 결국 죽어서 매미가 된다.

영은 착취의 핵심적인 개념을, 노동의 결과가 지속적으로 이전되어
(자기 자신 혹은 자신이 속한 집단이 아니라) 다른 존재를 이롭게 하는
과정에서 발생하는 것으로 이해했다.[10] 영의 관점으로 볼 때, 위의
A)~B)는 착취의 과정이라 할 수 있다.

위의 각편을 통해, 남편은 글공부만 하고 있는 반면 아내는 직접 집
밖에서 강피를 훑어 생계를 책임지고 있는 여성 노동자의 역할을 수행
하고 있음을 알 수 있다. 위의 각편뿐 아니라 자료 (2), (6), (7), (10) 등

---

10) 'The central insight expressed in the concept of exploitation, then, is that oppression
occurs through a steady process of the transfer of the results of the labor of one social
group to benefit another.' JPD, p. 49.

에서도 확인되는 바, 아내의 강피 훑는 행위는 구체적으로 '먹고 살 길이 없어' 어쩔 수 없이 선택한 최후의 생계 수단이었다. 즉, 부부의 생존을 위해 아내가 직접 노동을 행하고 있다는 것이다.

물론 다른 유형의 설화에서도 아내가 직접 생계를 위해 노동을 행하는 경우는 얼마든지 발견된다. 하지만 <강피 훑는 여자> 유형의 아내는, 단순히 가난한 삶에서 기인하는 경제적 결핍을 해소하기 위한 노동 행위에 머물지 않는다는 점이다. 이런 점은 B)에 잘 나타난다. 말려 놓은 강피가 빗물에 쓸려 가는데도 남편은 무심하게 글공부만 하고 있다는 점에서 확인되는데, 이는 집의 안과 밖에서 이루어지는 모든 노동이 아내에게 집중되어 있음을 나타낸다. 아내는 결국, 생계를 위한 노동뿐만 아니라 집안에서 발생하는 가사노동까지 행해야 하는 존재인 것이다. 다시 말해, 아내는 가족의 경제적 궁핍을 해결하기 위해 집 밖에서는 '일을 하는 여성'이 아니라 모든 노동이 그녀에게 집중되어 집의 안과 밖에서 '일만 하는 여성'인 것이다.

그렇다면 아내의 노동은 누구를 위한 것인가? 주지하듯, 노동의 혜택은 결국 아내 자신이 아닌 남편에게 전이되고 있다. 자기가 행한 노동의 직접적인 혜택을 받지 못하고 다른 존재가 그 혜택을 받을 때, 바로 영이 지적한 착취라는 억압이 작동하게 되는 것이다. 따라서 <강피 훑는 여자> 유형에 등장하는 여성(아내)의 노동은 지속적으로 남편(남성)의 이익으로 전이되고 있으며 또한 노동이 일방적으로 여성에게만 강요되어 결국 남편(남성)에 의한 아내(여성)의 노동력 착취가 발생하는 것이다. 그로 인해 남편은 집의 안팎에서 일어나는 일에 대하여 아무런 관심이 없으며 오로지 글공부에만 몰두 할 수 있었던 것이다.

이 유형이 흥미로운 점은, 이러한 착취의 과정이 다음에 이어지는 또 다른 억압의 양상과 밀접하게 연관되어 있다는 점이다. 영에 의하면 주변화는 가장 위험한 억압의 한 유형이다. 주변화된 존재는 사회적인 관계 속에서 발생하는 중요한 참여에서 배제되며 물질적인 박탈을 당하거나 심지어는 절멸될 수도 있는 대상이다.[11]

영이 제시한 관점으로 바라보면, C)~D)[12]에서 주변화 및 무권력의 억압 양상을 발견할 수 있다. 위의 각편에서도 확인되듯이, C)는 가사일을 전혀 도와주지 않는 무심한 남편과는 함께 살 수 없다고 판단한 아내가, 남편을 떠나 다른 남자에게 살러 간 상황을 나타낸다. 주변화의 핵심은 어떠한 중요한 결정에서 배제되어 물질적 박탈과 절멸을 당할 수도 있다는 점이다. 이런 관점에서 <강피 훑는 여자>에 등장하는 아내는 철저하게 남편으로부터 주변화된 존재라고 할 수 있다.

말려 놓은 강피에 대한 남편의 태도에서 알 수 있듯이, 남편에게 아내의 입장이나 의사는 전혀 중요치 않은 것이다. 생계를 위해 현장에서 땀 흘리고 다시 집으로 돌아오니 자신의 노동의 결과가 모두 물거품이 되는 상황이 펼쳐진다는 것은 아내의 존재 및 아내의 결정은 철저히 배제되고 주변화되어 있음을 나타낸다. 그로 인해 생계에 있어 필수적인 물질인 강피를 박탈당하고 말았으며 결국 생존의 위협을 느꼈던 것이다.

또한 아내가 남편을 떠나 다른 남자에게 살러 가는 장면에서도 아내의 주변화 현상은 목격된다. 이는 얼핏 보면 부당한 대우에 대한 여성

---

11) 'Marginalization is perhaps the most dangerous from of oppression. A whole category of people is expelled from useful participation in social life and thus potentially subjected to severe material deprivation and even extermination.', JPD, p. 53.
12) 각편에 따라 남편이 과거를 하러 간 후에 여자가 집을 떠나 다른 남자에게 살러 간 경우도 있다. 하지만 아내가 남편을 떠난 시점은 중요하지 않다. 중요한 것은 아내가 남편을 떠나 다른 남자에게 간 이유와 떠난 후의 상황이다.

의 저항 혹은 주체적인 목소리의 발현 등으로 볼 수도 있으나13) 이면적으로 남편에 의한 아내의 주변화 현상에 다름 아니다. 아내가 자신을 떠나 다른 남자에게 가는데도 만류하거나 혹은 비난하는 등의 아무런 반응을 보이지 않고 그냥 글공부만 한다는 것은 남편이 아내를 어떠한 존재로 인식하고 있었는지를 극명히 보여준다. 또한 고생한 아내가 가고 난 뒤, 글공부에 매진하여 과거에 급제했다는 것은 남편에게 있어 아내 혹은 아내와의 이별은 아무런 의미가 없었던 것임을 나타낸다고 할 수 있다.

결론적으로 <강피 훑는 여자> 유형에 등장하는 아내는 '부부-가족'으로서 살아가는 삶의 과정에서 자신의 의견이 배제당하고 참여의 기회를 박탈당하게 되고, 그로 인해 남편에게 있어 자신의 존재 혹은 부재가 특별한 의미를 지니지 않는 주변화된 인물이었던 것이다.

영은 이러한 주변화는 자연스럽게 무권력과 연관된다고 하였다. 그에 의하면 무권력은 지시를 받으면서 자기 자신을 위한 권리를 가지지 못하는 상태이다. 또한 자기 일에 대한 자치권, 제안권, 판단권이 없으며 기술적인 전문지식이나 권위도 없다. 특히 사회적인 존경을 받지도 못한다.14)

---

13) 여타의 설화에는 부당한 대우를 받으면서도 순종하고 살아가는 아내들이 등장한다. 그에 비해 <강피 훑는 여자> 유형의 아내는 남편을 떠나 다른 남자에게 가 버린다. 이런 점만 보면, 여성의 주체적 판단 혹은 저항 의식, 나아가 여성 의식의 변화 등으로 읽힐 수 있으나 작품의 전체적인 맥락에서 바라보면, 여기에서의 떠남은 아내로서 자신의 생존을 위한 어쩔 수 없는 선택이라 할 수 있다. 다시 말해, 남성 중심 지배 질서의 억압 속에서 자신의 생존을 위해 마지못해 하는 선택, 즉 구조적으로 강요된 선택이었다고 할 수 있다.

14) 'the powerless are situated so that they must take orders and rarely have the right to give them. …… The powerless have little or no work autonomy, exercise little creativity or judgment in their work, have no technical expertise or authority, express themselves awkwardly, especially in public or bureaucratic settings, and do not command respect.',

영이 제시한 무권력의 양상은 D)에 잘 나타나 있다. 위에서 보이듯이 D)는 남편을 떠나 다른 남자에게 살러 간 아내가 다시 강피를 훑으면서 살고 있음을 나타내는데, 이는 그녀에게는 일에 대한 선택권이나 결정권이 없으며 그로 인해 다시 그 지긋지긋한 강피 훑는 일을 할 수밖에 없음을 의미한다고 할 것이다. 각편 (2)를 보면 '남의 논'에 난 피를 훑는 장면이 등장하는데 이는 자신의 고유한 일터가 없어 일에 대한 선택권이 없고 그로 인해 노동의 형태가 지극히 제한되어 있는 상태임을 의미한다.

결국, 자신의 의지와는 무관하게 남편을 떠날 수밖에 없는 상황 하에서 집을 나온 아내가, 자기 자신의 일에 대한 어떠한 권리도 행사하지 못하고 다른 곳, 다른 남자와의 삶에서 조차도 또다시 강피를 훑고 있다는 것은 그녀 스스로가 얼마나 무력한 존재인가를 단적으로 나타낸다고 하겠다.

따라서 <강피 훑는 여자> 유형의 C)~D)에는 남성 중심의 지배 질서가 공고히 유지되던 당시 사회에서, 부부로서 하나의 가족을 형성하고 유지하기 위해 요구되는 적극적인 참여의 기회가 박탈되고 의사가 배제당하는 주변화된 여성과 자신에 대한 권리는 물론 일에 대한 아무런 선택권이 없는 무권력한 여성이 등장하고 있음을 알 수 있다.

문화적 제국주의는 지배 집단의 문화와 규범이 일반적이고 규범적인 것으로 강요되는 현상을 말한다. 새로운 집단이 등장하여 지배 집단에 도전하면, 지배 집단은 자신들의 기준에 의거하여 그들을 포섭함으로써 자신들의 위치를 강화한다. 결론적으로, 남성으로부터의 여성의 차이,

JPD, pp. 56-57.

전문가들로부터의 노동자의 차이 등은 일탈적이고 열등한 것으로 재구조화된다. 지배 집단은 어떤 집단이 결핍되고 부정(否定)하다고 하면서 차별하게 되고 이로 인해 그 집단은 타자화 되고 만다.15)

영에 의하면 문화적 제국주의의 핵심은 지배 집단의 문화나 규범이 일방적으로 강요되는 것에 있다. 이런 측면에서 <강피 훑는 여자> 유형에는 영이 말한 문화적 제국주의의 양상이 선명하게 확인된다. 바로 E)의 내용이 그것이다. 각편의 내용에서도 드러나듯이, 이 유형에서는 작품의 전반에서 '글공부-과거 급제' 중심의 양반 사대부 문화의 우월성과 보편성을 지속적으로 강조하고 있다.

앞서 살핀 주변화 양상에서도 나타났듯이, 강피가 빗물에 쓸려 가는 데도 아무렇지 않게 글공부만 하는 남편을 통해 당시의 지배 질서가 강피를 훑는 일(즉, 지배 문화가 아닌 하층 문화)을 어떻게 바라고 있는지를 잘 알 수 있다. 나아가 E)에서는 집을 떠났던 아내마저 오히려 이러한 지배 문화를 추종하면서 맹목적으로 수용하려는 태도를 보이고 있는데16) 바로 이러한 점이 <강피 훑는 여자> 유형에 나타나는 문화적 제국주의의 양상이라 할 수 있다. 결국, 강피를 훑는 육체적 노동으로 이루어

---

15) 'Cultural imperialism involves the universalization of a dominant group's experience and culture, and its establishment as the norm. ⋯⋯ An encounter with other groups, however, can challenge the dominant group's claim to universality. The dominant group reinforces its position by bringing the other groups under the measure of its dominant norms. Consequently, the difference of women from men, American Indians or Africans from Europeans, Jews from Christians, homosexuals from heterosexuals, workers from professionals, becomes reconstructed largely as deviance and inferiority. ⋯⋯ the dominant group constructs the differences which some groups exhibits lack and negation. These group become marked as Other.', JPD, p. 59.

16) 이런 차원에서 강피를 훑는 아내의 노동이 궁극적으로 지배 문화에로의 이행이라는 욕망, 즉 지배 문화를 동경하는 행위의 과정이었는데 그것이 전남편을 통해 실현될 가능성이 적다고 판단해서 집을 떠났을 것이라고 생각할 수도 있다.

지는 피지배 문화가 과거를 통해 벼슬에 올라 관리가 되는 지배 문화에 종속되어 일방적으로 타자화 되고 있는 것이다.

영은 무권력한 많은 집단들이 조직적인 폭력에 시달린다고 하였다. 그들은 그들 자신과 재산에 대한 정당하지 않은 공격에 두려워하고 아무런 이유 없이 상처받고 굴욕당하거나 결국 파괴당하기도 한다.[17] 오늘날에도 여성이나 소수자 등에게는 개인적 차원뿐만 아니라 사회적으로 구조화되어 일상에 만연되어 있는 다양한 폭력이 행사되는 것이 사실이다. 더구나, 폭력은 위에서 언급한 네 가지의 억압보다 가장 강력한 억압의 종류라는 데 문제가 있다. 폭력의 결과는 대부분 비극적이기 때문이다.

<강피 훑는 여자> 유형에서 영이 말하는 폭력의 양상이 드러나는 부분은 F)~G)이다. 연구자가 살핀 대부분의 각편에서 작품의 말미에 폭력이 행사되고 있음을 알 수 있었다. 남편은 자신을 따라가겠다고 말하는 아내에게, 다양한 방식으로 시험을 하게 되는데 사실 시험의 대부분은 거절을 전제한 폭력의 행사이다. 인간으로서는 도저히 불가능한 문제를 제시하여 그것을 통과하도록 하는 것은 그것 자체로 폭력과 다름 아니다.

폭력을 행사하는 방법도 다양하다. 각편 (1), (5), (6) 등은 굽 높은 나막신을 신고 말발자국을 따라 오게 하거나 거기에다 물을 푸면서 따라 오도록 한다. 각편 (9)는 굽 높은 나막신을 신고 물양동이를 이고 십리

---

17) 'Finally, many groups suffer the oppression of systematic violence. Members of groups live with the knowledge that they must fear random, unprovoked attacks on their persons or property, which have no motive but to damage, humiliate, or destroy the person.', JPD, p. 61.

를 따라 오게 하고, 각편 (4)는 말꼬리를 잡고 따라 오게 한다. 인간의 물리적 능력으로는 불가능한 것들이다. 극단적인 폭력이다. 그렇기 때문에 그 결과는 대부분 죽음으로 귀결되는 것이다.

또한 폭력이 보다 직접적으로 행사되는 경우도 있는데 각편 (2)가 대표적이다. 거기에는 따라 오는 아내를 말채로 후려 쳐서 죽게 하는 장면이 등장한다. 이 각편의 경우, 구연이 끝난 후 청중이 같은 이야기를 하면서 "본 남편에게 뺨을 맞아 죽은 원혼이 매미가 되었기 때문에 매미의 눈이 툭 튀어 나왔다."라고 한 경우도 있다. 이처럼 폭력이 직접적으로 행사되는 경우는 상당히 자극적이면서도 선정적이다.[18]

한편 폭력이 간접적으로 행사되는 경우도 있다. 각편 (3)은 남편이 자신을 따라 가겠다는 아내를 쳐다보지도 않자 아내가 그만 넘어져 죽게 되기도 하고, 각편 (12)에서는 남편이 "필요없다."라고 단호하게 거절하자 아내가 눈물을 흘리고는 죽게 된다. 각편 (3)은 무시 혹은 무관심과 같은 심리적 폭력에 해당하며 각편 (12)는 언어적 폭력에 해당한다고 할 수 있다.

이처럼 이 유형에서 전개되는 폭력의 종류는 다양하다. 우선 물리적 폭력은 주로 나막신을 신고 말발자국을 따라 오게 하는 것이 일반적이지만 거기에다 물양동이, 십리, 말꼬리 등의 까다로운 조건이 부과되기도 한다. 보다 직접적으로는 말채로 때리거나 뺨을 때리기도 한다. 심

---

18) 이 유형이 민요로 구연되는 경우도 있는데 거기에서는 더 잔인한 폭력의 현장을 목격할 수 있다. 『한국구비문학대계』 8집 5책에 수록되어 있는 <갱피 훑는 저 마누라>라는 각편에는 "꿈높은나무께/신고// 청동화리에/불담아여고// 날따라/오더라요"와 같은 내용이 등장한다. 여기에는 뜨거운 불이 담긴 청동화로가 등장한다. 다시 말해, 청동화로에 불을 담아서 그것을 머리에 이고 따라 오라는 것이다. 아주 극단적인 표현이다. 이처럼 이 유형의 작품에서 형상화되는 폭력은 잔인하면서도 파괴적이다.

리적 폭력은 무시나 무관심으로 일관하는 것으로 언어적 폭력은 상대의 제안을 단호히 거절하는 것으로 나타나고 있다. 하지만 중요한 점은 이러한 폭력의 결과는 대부분 죽음이라는 극단적인 형태로 귀결된다는 점이다. 그리고 그것은 남성 중심의 지배 문화가 여성 중심의 피지배 문화에 행사는 억압의 일종으로 상대를 죽음으로 견인하는 결정적인 역할을 한다는 점에서는 동일하다.

지금까지 논의한 내용을 정리하면 아래의 표와 같다.

〈강피 훑는 여자〉	억압의 양상
A)~B): 아내의 노동과 남편의 착취	착취
C): 아내의 떠남과 남편의 무관심	주변화
D): 아내의 노동	무권력
E): 남편의 과거 급제와 아내의 추종	문화적 제국주의
F): 남편의 시험과 아내의 죽음	폭력

지금까지의 논의 결과, 〈강피 훑는 여자〉 유형은 전통 사회에서 남성 혹은 남성 중심의 지배 질서가 여성을 어떠한 방식으로 억압해 왔는지를 잘 제시해 주는 작품이라 할 수 있다. 따라서 〈강피 훑는 여자〉 유형을 통해, 아이리스 영이 지적한 착취, 주변화, 무권력, 문화적 제국주의, 폭력 등의 다양한 억압 기제들이 전통 사회에서 여성이라는 타자를 향해 어떻게 작동되고 있었는지를 알 수 있었다.

3. 작품의 내적 의미와 비판 의식

그렇다면 이 유형의 작품 속에 내재한 본질적 의미는 무엇일까? 이를 위해, 조사된 자료에서 확인되는 구연자들의 전승 의식을 잠시 살펴보자.

> 옛날에 한 선비 시집을 갔어. 그래놓으니 남편이 내 과개 보러 갈라
> 고, 과거 보러 갈라고, 내 방안에서 책만 보고 있거든, 책만 보고 있으노
> 니께네, 타작을 해가지고 옛날에는 마당 나락을 넣어놔도, 각시가 일하
> 고 돌아오면 나락 떠내려가도 모르거든.
> 　이래가 마 내 책만, 나락이 떠내려가거나 비가 오거나 말거나 과거 볼
> 라고 내~공부만 하고 있어 놓으니께, '내가 저 남편하고 못 살겠다.' 싶
> 어서 딴데로 마 살러 가삤어. 이 씬랑은 각시가 가기나 말기나 내 공부
> 만 일절 해가지고 과거 보러 가가, 마 과거를 벼슬로 해가, 인자 또 내
> 려왔다. 내려 오니까네 그 마누라는 얼마나 잘 사는고 보니까네, 역시
> 피를 훑고 있더란다.
> 　그래가 지는 가면 잘 사는가 여깄더니, 마 나락 떠내려 가서도 거서
> 살았시믄 그 신랑 과거와 잘 살건데, 그 가야 갱피만, 논에 피만 훑고
> 있더랍니다. 그래 그 뒤에는 옳게 모르겠다. 그러니까네, 마 우째끼나
> 본서방이 지질이라.

위 인용문은 각편 (11)에 해당하는 작품이다. 이 각편에는 전승자의
전승 의식이 드러나고 있다. 인용문의 마지막에 "그래가 지는 가면 잘
사는가 여깄더니, 마 나락 떠내려 가서도 거서 살았시믄 그 신랑 과거
와 잘 살건데, 그 가야 갱피만, 논에 피만 훑고 있더랍니다. 그래 그 뒤
에는 옳게 모르겠다. 그러니까네, 마 우째끼나 본서방이 지질이라."라는
내용이 등장한다. 힘들더라도 남편을 떠나지 말고 함께 살았으면 과거
급제한 남편과 행복하게 잘 살았을 것이므로, 결국 원래의 남편이 제일
좋은 것이라는 점을 강조하면서 아내의 잘못된 선택을 비판하고 있다.
서론에서도 잠시 언급하였듯이, 이 유형은 기존 논의에서도 비지인지
감이나 복 없는 여자, 그리고 남편 버린 아내 등의 의미로 해석되곤 하

였다. 아래의 인용문도 마찬가지이다.

> …(전략)…
>
> 하모. 살로 가갖고 하모. 살로 가가지고 살로 가가지고 살로 가뺐지 가모 살로 가지 하모.
>
> 그래 인자. 저 갱피 내나 갱피 훑더라캐.
>
> [청중 : 또 그 가서 또 갱피 훑었어.]
>
> 그래 이 남편되는 사람이 과개 하고 오는 사람이 갱피 훑는 저 마누래 간대 쪽쪽 갱피 훑는 구나. 쿠고 가만 지키고 살았시면 여자가 아무리 고생해도 남편을 지고 살았시면 뒤에
>
> [청중 : 과개(과거)를 못해도?]
>
> 하모 아이가?
>
> [청중 : 복이 짧아 과개를 몬 해. 복이 작이 과개를 몬 해.]
>
> 그건 또 우리 소리고.
>
> [청중 : 안 돼. 그기 있시몬.]
>
> 지키고 있으면 또 개안은 기라.
>
> [청중 : 안 돼.]
>
> 안 돼?
>
> [조사자 : 그래 어찌 됐습니까?]
>
> 그래 갖고 인자 남편은 과개를 해가 와서 잘 살고, 여자는 밤낮 그리 고생하고 있더랍니다.

위 인용문 각편 (10)의 후반부로 2012년 2월 경남 산청군 신안면에서 필자가 직접 조사한 자료이다. 위 각편에는 아내의 선택에 대한 구연자와 청중 간에 설전이 벌어지고 있음을 확인할 수 있다. 구연자는 "가만 지키고 살았시면 여자가 아무리 고생해도 남편을 지고 살았시면 뒤에"라고 하면서 아내의 선택이 잘 못되었다고 주장하는 반면, 청중은 "안 돼. 그기 있시몬."이라고 반응하면서 아내가 집을 나가게 된 것을

어쩔 수 없는 선택이었음을 암시하고 있다. 그렇다고 청중의 이러한 반
응이 아내의 선택을 긍정하는 것은 아니다. 인용문에도 나타나듯이 이
청중은 "복이 짧아 과개를 몬 해. 복이 작이 과개를 몬 해"라고 하면서
남편의 과거 급제는 아내의 복에 달려 있는 것이며 그 아내가 아무리
남편을 섬기더라도 복 없는 아내로 인해 아내가 떠나지 않으면 남편은
과거 급제를 할 수 없었을 것이고, 결국 아내가 떠났기 때문에 남편이
과거 급제를 할 수 있었다고 생각하는 것이다. 화자와 청중의 관점에
다소의 차이가 있기는 하지만, 해석의 중심에는 아내의 선택과 남편의
성공이 있으며 그에 따라 결국 여성은 복 없는 아내로 귀결되고 있다는
점에서는 동일하다.

　이런 점에서, 어떤 여성들은 가부장적 질서에 순치되고 세뇌되어 이
를 억압이나 차별로 인식하지 못하고 아주 자연스러운 상황으로 받아
들이려는 경향19)이 있다는 지적은 음미할만하다. 전통 사회에서 여성들
은 자신들의 삶을 숙명처럼 받아들이면서 부당함에 대해 아무런 저항
없이 평생을 살아가는 경우가 다반사였다. 자연히 그러한 삶이 미덕이
되어 하나의 상(象)으로 고착되기도 하였다. 그러므로 <강피 훑는 아
내>를 향유했던 많은 전승자들의 전승 의식 속에서도 복 없는 아내 혹
은 남편 버린 여자라는 의미가 자리 잡게 되었다고 할 수 있다. 기존
논의에서도 주로 이러한 전승 의식과 결부된 해석을 해 왔다.

　하지만 이러한 전승 의식이 작품의 내적 의미와 반드시 상통하는 것
은 아니다. 이러한 전승 의식은 시대적 상황과 결부된 것인데, 이는 가
부장적 질서 체계가 공고히 작동하던 시대의 설화 향유자들이 작품의

---

19) 임재해, 앞의 논문, 357쪽.

내적 의미에 대한 고민을 진지하게 하지 않은 상태에서 발현된 것이라 할 수 있다. 그러므로 작품의 내적 의미를 보다 적실하게 고찰하기 위해서는, 지금까지 살폈던 남편/남성/지배문화가 아내/여성/피지배문화에게 행한 다양한 억압의 양상이 전제되는 해석을 해야 한다. 이런 점에서 필자는 <강피 훑는 여자> 유형은 남성 중심의 지배 질서가 공고히 유지되었던 전통 사회에서 여성이 어떠한 방식으로 억압 받았는지를 문학적으로 형상화함으로써 가족이 해체되고 지배 이념이 강화되는 일련의 과정에 대한 비판 의식을 담은 작품이라 생각한다.

앞서 살폈듯이, 이 유형에는 영이 지적한 억압의 다섯 가지 양상이 잘 드러나 있다. 여성에 대한 억압은 당시 지배 질서가 지닌 여성에 대한 부당한 시선의 결과이다. 개인적 차원에서나 사회적 차원에서 여성 혹은 여성 집단을 유의미한 존재로 인정하지 않고 단지 수단적 혹은 도구적 존재로만 인식하는 데 머물고 있었기 때문이다. 그 결과, 현존하는 집단들의 이질성과 차이성을 무시하고 지배 집단 중심의 보편성과 일반성만을 강조하는 동일성의 정치를 통해 현존하는 사회적 지배와 억압을 강화하고[20] 있는 것이다.

영의 지적처럼, <강피 훑는 여자> 유형에는 남성 혹은 지배 집단이 여성 혹은 여성 집단에게 차이성을 인정하지 않고 일반성만을 강요한 결과 가족이 해체되고 나아가 여성이 죽음에까지 이르게 되는 과정이 잘 나타나 있다. 즉, 한 때는 부부였지만 자기 집단에 포함되지 않은 여성의 존재를 부정하고 그 존재를 절멸시킨 것이라 할 수 있다. 이는 가

---

20) 김원식, 「정의론과 여성주의 : 아이리스 영의 경우를 중심으로」, 『사회와 철학』 24집, 사회와철학연구회, 2012, 40쪽.

족이라는 공동체로 묶인 부부일지라도 이질성이 확인되면 철저히 타자화 하여 그 존재를 인정하지 않으려는 당시 지배 질서가 지닌 경직성의 결과라 할 수 있을 것이다.

최근 김경미는 조선 후기 여성들의 노동에 대해 흥미로운 주장을 펼쳤다. 그는 가내에서 이루어지는 여성들의 노동이 폄하되고 여성들의 지위가 하락하는 것은 친정과의 거리가 멀어지고 친정 재산의 분배에서 배제되는 것과 연관된 현상으로 보았다. 그로 인해 여성들은 가내에서 게으름을 피우지 않는 것과 부지런함을 미덕으로 삼게 되었으며 이러한 것을 강조하게 되었던 당시 사회는 자연히 가부장제를 강화하게 되었고 여성들의 노동력을 착취할 수 있었다는 것이다.[21]

김경미의 지적에서도 확인되듯이 당시의 여성은 남성들과 달리, 존재 자체가 목적성을 지니는 것이 아니라 그가 어떤 존재인가에 따라 달라졌던 것이다. 따라서 가정의 안팎에서 쉼 없이 노동을 해야 했고 부지런함과 게으르지 않음으로 유표화되기 위해 온 힘을 쏟다 보니 자연스럽게 사회의 구조적 억압에 빠져들 수밖에 없었던 것이다. 그러므로 당시 사회의 여성들은 이러한 구조적 모순에 노출되어 일방적인 억압 속에 살다가 가족까지 해체되어 결국엔 죽음에 이르게 되었을 것이다.[22] 그러므로 <강피 훑는 여자> 유형은 당시 여성의 이러한 삶을 문학적으로 잘 형상화하여 압축적으로 제시했다고 할 수 있다.

그러므로 <강피 훑는 여자> 유형에는 앞서 살핀 구연자들의 전승

---

21) 김경미, 『家와 여성』, 여이연, 2012, 265쪽.

22) 아마 당시 사회에서는 실제로 이러한 여성들이 상당히 많았을 것이다. 자의든 타의든 결혼한 여성이 경험하게 되는 가족의 해체는 결국 죽음이라는 극단적인 상황과 대면할 수밖에 없었을 것이다.

의식과는 달리, 여성들의 억압적인 삶과 가족 해체 및 여성의 죽음, 그로 인한 지배 이념의 강화를 무비판적으로 수용하고 있지는 않다는 점이 주목된다. 이는 F)에서 나타나듯이 이 유형의 많은 각편에서 아내가 죽어 매미가 되는데 왜 굳이 매미인가? 라는 것과도 관련되는 문제이다.

이 유형의 말미에는, "그래 저 매미가 되어 가지고, 그래 자양(늘) 사시로 갱피 훑는 그 노래로 함서 그래 '맘-맘-맘, 정감감사(경상감사) 정감감사 매암스럽고 매암매암 매암.' 카거든. [청중 : 매미 그기 그래 그 매미 되었구나] 야 그래, 매미가 되었어."와 같이 죽어서 매미가 되었다는 것으로 끝나는 것이 일반적이다. 혹독한 폭력의 결과, 아내는 결국 처참하게 죽게 되고 그로 인해 '맴맴'하고 우는 매미가 되었다는 것인데 왜 매미가 울음소리를 그렇게 내게 되었는가도 흥미롭다. 여기서 '매양'은 '늘, 항상'의 의미이다. 다시 말해, '네가 언제까지나 항상 경상감사를 할 줄 아느냐?'라는 원망을 담기 위해 그렇게 울었다는 것이다.

아내가 죽어 매미가 되었다는 것은 당시 사회에서 남성과 여성은 인간과 동물의 관계처럼 일방적이었음을 상징하는 것이라 할 수 있는데, 이는 인간에게 동물이 그렇듯이 남성에게 여성은 철저히 수단화, 도구화 되었던 지배와 억압의 대상이었음을 나타내는 것이라 할 수 있다. 하지만 죽은 아내가 다른 동물이 아니라 매미가 되었다는 점이 중요하다. 매미는 소리로써 자신의 존재를 표출하는 동물이다. 자신을 위해 최선을 다한 사람을 버리고 처참하게 죽음에까지 이르게 한 남편, 남성, 당시의 지배질서에 대한 부당함과 모순을 비판하는 여성의 목소리를 멀리까지 지속적으로 알리기 위함이라 할 수 있다. 그러므로 아내가 죽어서 매미가 되었다는 것은 여성의 비판적 목소리의 발현이라 할 수 있으며 이것이 당시 사회에서 취할 수 있는 여성으로서의 최후의 수단이었음을 나타낸다고 할 것이다.

이미 죽어서 매미가 된 아내로서 할 수 있는 유일한 행위가, 매미가 되어 '네가 평생 동안 경상감사 할 줄 아느냐?'라고 울었다는 것은, 자신을 죽음에까지 이르게 한 무정하고 매정한 남편의 부당한 행위를 나름의 방식대로 비판한 것임을 의미한다. 그것은 매미의 우렁찬 소리를 통해 자신의 한을 표출하려는 소극적이지만 강렬한 비판 의식의 발로이며 아내의 억울함과 원망, 그리고 설움을 담은 소리라 할 수 있을 것이다. 또한 살아 있는 동안에는 아무런 비판을 하지 않다가 죽어서 매미가 되어 비판했다는 것은 당시와 같이 지배 질서 체계가 공고히 작동하는 사회 내에서는 여성이 아무리 부당한 억압을 당했을지라도 그에 대한 현실적인 대응이나 비판은 불가능했으며 그로 인해 죽어서라도 소리 내어 비판하고 싶다는 향유자들의 강렬한 내면 의식을 나타내는 것이라 할 수 있다.

결국, <강피 훑는 여자> 유형은 전통사회에서 남성 중심의 지배 질서가 어떠한 방식으로 여성을 억압해 왔는가를 문학적으로 잘 형상화한 작품이며 그로 인해 가족이 해체되고 여성이 죽어서 매미가 되었다는 것을 통해 남성 중심의 지배 질서에 대한 비판 의식을 담은 내면적 목소리를 내재하고 있는 유형의 작품이라 할 수 있을 것이다.

4. 결론

지금까지 미국의 여성학자 아이리스 마리온 영(Iris Marion Young)의 억압에 대한 관점을 중심으로 한국의 구비설화 <강피 훑는 여자> 유형의 작품에 나타난 억압의 양상과 비판 의식을 살펴보았다. 영은 억압에

대한 양상을 착취, 주변화, 무권력, 문화적 제국주의, 폭력 등으로 구분
하였는데 흥미롭게도 영이 제시한 이러한 양상이 <강피 훑는 여자>
유형에 그대로 재현되고 있다는 점이다.

   <강피 훑는 여자> 유형에는 남성 중심의 지배 질서 속에서 '글공부
－과거 급제'를 지향하는 남편에 의해, 착취당하고 주변화 되어 무권력
한 상태로 현실 세계 속에 노출되다가 문화적 제국주의에 사로잡혀 결
국 폭력에 희생당하는 전통사회의 여성이 등장한다. 이는 민중들이 당
시 사회가 여성에게 행한 불합리하고 부당한 억압적 지배 체계를 문학
적으로 형상화한 것이라 할 수 있다. 또한, 여성이 죽어 매미가 되어 울
음소리로써 남편을 비판했다는 것은 당시의 지배 질서 속에서는 아무
리 억압을 받을지라도 살아 있는 동안에는 어쩔 수 없이 그것을 수용할
수밖에 없지만 그 억압으로 인한 고통은 죽어서도 사라지지 않은 것이
라는 점을 강조한 것이라 할 수 있다. 즉, 살아 있는 동안의 현실적 대
응 방식이 아니라 죽어서도 비판하고자 하는 억압받은 여성의 내면적
대응 방식이라 할 수 있을 것이다.

'유혹하는 여성의 몸'과 남성 주체의 우울*

비극적 구전서사 〈달래나 보지〉를 중심으로

김 영 희

1. 들어가며

〈달래나 보지〉는 흔히 '홍수설화' 가운데 하나로 분류되는 '남매혼' 이야기와 같이 근친상간 모티프를 다루지만 신화적으로 봉합·승인된 '남매혼'과 달리 비극적인 파탄을 보여주는 방향으로 전개되는 이야기다. 비가 많이 내리는 어느날 남매가 길을 나서 둘만 있게 되었는데 옷이 젖어 드러난 누이의 몸매를 보고 성적인 욕망을 느낀 남동생이 자신의 성기를 훼손하여 자결하고, 이 사실을 안 누이가 '달래나 보지'라고 말하고 목숨을 끊었다는 것이 이야기의 대략적인 내용이다. '비가 많이 내렸다'거나 '소나기가 퍼부었다'는 모티프는 흔히 '홍수' 모티프의 변이형으로 인식되고, '남매 둘이서만 산속이나 계곡을 걸어갔다'는 모티

---

* 이 글은 "『동양고전연구』 제51집, 동양고전학회, 2013."에 게재된 논문을 부분적으로 수정한 것이다.

프 역시 홍수로 인한 종말 이후 남매만 남게 된 상황을 드러내는 모티
프와 유사한 것으로 인식되곤 한다.

　이 이야기는 '구비문학' 연구 초기 단계부터 한국을 대표하는 '전설',
혹은 비극 서사로 주목을 받아왔다. 손진태[1] 이래 최래옥이 <달래나
보지>를 '비극성'이 뚜렷한 '광포 전설'로 범주화하여 이를 분석하였
고[2] 뒤이어 김재용이 <달래나 보지> 유형에 해당하는 <달래산>을
'전설'의 비극적 성격이 드러나는 작품으로 규정하고 그 구조와 주제를
분석하였다.[3] 초기 연구자들은 <달래나 보지>를 '홍수설화'로 재해석
함으로써 해당 작품의 신화적 성격을 적극적으로 규명하고자 하였다.
'광포전설'의 '비극성'에 주목했던 최래옥은 <달래나 보지>를 아예
'홍수전설'로 소개하였고[4] '전승집단의 의식'에 주목했던 강진옥도
<달래나 보지>를 '홍수 신화'나 '남매혼 신화'에 결부시켜 분석하였
다.[5] 천혜숙은 이들 작품을, 신화소를 지니고 있지만 신화와는 상반된
지향성을 드러내는 '반신화'로 규정하고[6] <달래나 보지>에서 드러나

---

1) 손진태는 『조선민담집(朝鮮民譚集)』에서 조선의 대표적인 민담을 '신화·전설류', '민속·
　신앙에 대한 설화', '우화(寓話)·돈지설화(頓智說話)·소화(笑話)', '기타 민담'으로 분류
　한 후 <말이나 해보지 고개>(이 글의 <달래나 보지>)를 '장자못이야기' 등과 함께 '신
　화·전설류' 항목에서 언급하였다.(손진태, 『조선민담집(朝鮮民譚集)』(『손진태선생전집』
　3), 향토연구사, 1930 참조.)
2) 최래옥, 「한국홍수설화에 대하여」, 『한국민속학』 9, 민속학회, 1976 참조. ; 최래옥, 「한국
　홍수설화의 변이양상」, 『한국민속학』 12, 민속학회, 1980 참조. ; 최래옥, 『한국구비전설
　의 연구-그 변이와 분포를 중심으로』, 일조각, 1981 참조.
3) 김재용, 「전설의 비극적 성격에 대한 일고찰」, 『서강어문』 1, 서강대학교 국어국문학과,
　1981, 109~126쪽.
4) 최래옥, 앞의 논문(1976) 참조. ; 최래옥, 앞의 논문(1980) 참조.
5) 강진옥, 『한국 전설에 나타난 전승집단의 의식구조 연구』, 이화여자대학교 석사학위논문,
　1980 참조.
6) 천혜숙, 「남매혼신화와 반신화」, 『계명어문학』 4, 한국어문연구학회(구 계명어문학회),
　1988 참조.

는 '남매혼' 모티프의 흔적에 주목하였다. 그는 신성시된 남매혼신화가 오히려 속화의 길을 걸은 데 반해 근친상간을 부정한 <달래나 보지>가 죽음과 인간 존재의 의미를 물으며 성화(聖化)의 길을 걸었다고 주장하였다. 이후 나경수는 '남매혼설화'를 신화로, '달래고개전설'을 전설로 규정하고 '달래고개전설'이 통과의례라는 신화소를 다루면서도 이를 종교적인 차원으로 승화시키지 못한 채 비극적 결말을 구성함으로써 신화와는 상반된 길을 걸어갔음을 논증하였다.7) 박정세나 박계옥도 <달래나 보지>를 '홍수'와 '남매혼'을 다룬, 신화적 성격이 강한 이야기로 분석하였다.8)

<달래나 보지>의 주제에 주목한 이들은 해당 작품의 주제를 정신분석학적 관점에서 재조명하기도 하였다. 일반적으로 <달래나 보지>는 근친상간적 욕망과 그에 대한 처벌의 주제를 다룬 작품으로 논의되었는데9) 2000년대 들어 강은경은 오이디푸스 콤플렉스에 기인한 거세공포의 관점에서 작품의 주제를 해석하였다.10) 조현설은 두 남매의 극단

---

7) 나경수, 「남매혼설화의 신화론적 검토」, 『한국언어문학』 26, 한국언어문학회, 1988 참조.
8) 박정세, 「한국 홍수 설화의 유형과 특성」, 『신학논단』 23. 연세대 신과대학, 1995 참조 ; 박계옥, 「한국 홍수설화의 신화적 성격과 그 원리」, 『새국어교육』 75, 한국국어교육학회, 2007 참조.
9) 정유석과 한동세는 <달래나 보지>의 주제를 '근친상간에의 완고한 고집과 이에 따르는 자책감에 의한 형벌로서의 성기자상(性器自傷)'으로 보고 이들의 자살을 '가학적인 초자아에 양면가치적 의존과 참을 수 없는 죄책감에 의한 긴장을 벗어나려는 욕구의 결합'으로 해석하였다.(정유석·한동세, 『철원 '달래산' 전설에 대한 심리학적 소고」, 『신경정신의학』 6-1, 대한 신경정신의학회, 1967 참조.) 이홍우는 <달래나 보지>의 공간 구조를 '사회적 공간에서 자연적 공간으로 이동했다가 다시 사회적 공간으로 회귀한 것'으로 분석하고 이를 '무의식의 세계로 나아갔다가 다시 초자아에 의해 억압된 닫힌 의식의 세계로 돌아온 남동생의 내면 세계가 서사화된 결과'로 해석하였다.(이홍우, 「<달래나 보지> 전설의 구조와 의미」, 『계명어문학』 8, 계명어문학회, 1993 참조.)
10) 강은경은, '시집간 누이가 친정에 왔다가 돌아가는 길'이라는 상황 설정 자체가 '남자의 연령이 유아기의 성고착단계를 벗어나 사회적 규범이 인정하는 이성애로 넘어가는 단계

적 자기 처벌에 근친상간 금지의 윤리와 함께 오이디푸스 콤플렉스를 둘러싼 심리적 갈등이 다각적으로 얽혀 있음을 논증하였다. 그는 입법화된 금지에 따라 이미 남동생에게 근친상간적 욕망 자체가 죄악이라는 율법이 신체에 깊이 새겨져 있었음을 밝히고, '달래나 보지'를 외친 누이가 죽음을 선택한 결말 역시 욕망을 긍정적으로 인식하려는 도덕적 전복의 움직임을 차단하는 윤리적 장치가 실행된 것으로 해석하였다.[11]

<달래나 보지>는 이처럼 주로 신화학이나 심리학의 관점에서 분석 대상이 되어왔다. 그러나 해당 이야기의 신화적 성격은 탈신화화의 측면과 아울러 고찰되어야 하며, 심리적 주제 탐색 역시 비극성을 중심축으로 하여 신화비평의 관점을 아우를 때 좀더 의미있는 성과를 거둘 수 있다. 특히 <달래나 보지>의 신화적 의미와 심리적 주제는 '젠더화 전략'이 관통하는 지점에서 상호 교차하며 새로운 의미망을 형성한다. <달래나 보지>의 서사와 연행을 통해 구현되는 근친상간 금지나 거세 콤플렉스가 '여성의 죄'라는 시나리오를 만들어내며 이를 통해 젠더 주체로서 '남성'의 형성에 작용하기 때문이다.

에 있는 이행기'임을 상징하며 강이나 고개로 표현된 자연적 공간은 사회적, 윤리적 울타리를 벗어난, '이드'의 성욕이 자유롭게 표출될 수 있는 조건을 표현한다고 보았다. 근친상간 욕구의 원천적 봉쇄와 유년기의 통과제의, 그리고 근친상간이라는 무의식적 욕구의 소망충족을 표현하는 서사가 바로 <달래나 보지>라는 것이다.(강은경, 「달래 전설과 <원형의 전설>」, 『순천향어문논집』 6, 순천향어문학연구회, 2000.2. 참조.) 이와 반대로 생명을 존중하는 동시에 근친상간 금기를 수용하는 연행집단의 윤리의식이, 누이의 자기희생과 오빠의 도덕적 승리를 통해 표출되었다고 보는 해석도 존재한다.(배도식, 「달래고개 전설에 나타나는 갈등의 자의식」, 『동남어문논집』 21, 동남어문학회, 2006.5. 참조.)

11) 조현설은 중국 소수 민족 사이에 전승되는 유사 신화와 <달래나 보지>를 비교·분석하여 신화적 신성성이 탈락한 자리에 전설의 비극적 결말이 자리하게 된 배후에 근친상간 금지의 기제가 작동하고 있음을 지적하였다.(조현설, 「동아시아 창세신화 연구(1)−남매혼 신화와 근친상간금지의 윤리학−」, 『구비문학연구』 11, 한국구비문학회, 2000 참조.)

이에 따라 이 글에서는 신화 비평을 계승한 비극 시학적 분석과 정신분석학적 비평의 관점에 기초하여 <달래나 보지>를 재맥락화하려 한다. '남매혼 신화의 반신화화'나 '오이디푸스 콤플렉스의 발현'을 확인하는 데 머무르지 않고 해당 이야기의 서사가 '남성'과 '여성' 주체에 대해 어떤 정체성을 기술하는지 밝히고, 이와 같은 정체성의 시나리오가 연행을 통해 젠더 주체를 어떤 방식으로 생산해내는지 분석하려는 것이다. 특히 비극적 결말을 초래한 결함이 마치 '여성의 몸'으로 표상된 여성 섹슈얼리티(sexuality)에 내재하는 것처럼 그려낸 비극적 구도에 어떤 젠더화 전략이 깃들어 있는지 살펴보게 될 것이다.

<달래나 보지>에서, 남동생의 극단적인 자기 처벌과 이에 뒤따른 누이의 자기 처벌 내지는 통한의 반성은 모두 성적 욕망의 발현이 아니라 성적 욕망 자체에 기인한다. 이 욕망은 표현되거나 실현된 적이 없으며 그 어떤 성적 행위도 유발하지 않았다. 그럼에도 불구하고 오누이가 자기 처벌에 나서는 것은 욕망을 품은 것 자체를 죄악시했기 때문이다. 자기 처벌을 부추길 만한 '죄'는 이야기 속 그 어디에도 등장하지 않는다.

다만 서사 전개를 통해 강조되는 것은 남동생으로서는 성적 욕망을 억누르는 것이 불가항력의 상황이었다는 사실이다. 그리고 남동생에게 성적 욕망을 불러일으킨 '누이의 몸'이 서사적으로 초점화된다. 비에 젖어 살빛과 몸의 실루엣을 고스란히 드러낸 '누이의 몸'이 강조됨으로써 남동생에게 성적 욕망을 야기한 '누이의 몸'이 비극적 결과를 초래한 핵심 원인으로 맥락화되는 것이다. 비극적 결말이 성적 욕망에 기인하고 이 성적 욕망이 불가항력적인 유혹에 기인하는 것처럼 형상화됨으로써 파토스의 모든 책임을 결국 '누이의 몸'이 떠안게 된 것으로 이해할 수 있다. 누이의 '달래나 보지'라는 외침은, 남동생의 성적 욕망에

대해 면죄부를 주기 위한 발언에 다름 아니다. 남동생의 성적 욕망에 '죄'가 없다면 이 모든 '죄'는 결국 '누이의 몸'에 있는 것이 된다.

이 글은 '여성의 몸'을 문제삼는 이와 같은 이야기가 만들어내는 효과가 무엇인가에 대한 질문으로 시작되었다. 무엇이 '여성의 몸'을 '죄'로 의심케 하는 이야기를 요구하는지, 이들 이야기를 통해 자연화되거나 정당화되는 표상은 무엇인지, 해당 이야기를 연행하는 이들에게 '비극적 파멸을 초래하는 여성의 몸'을 이야기하는 것이 어떤 효과를 만들어내는지 탐색하려는 것이다. 이는 곧 해당 작품의 연행이 어떤 젠더정체성의 시나리오를 만들어내는지, 그리고 이와 같은 정체성의 수행이 결과적으로 젠더 주체 생산에 어떤 방식으로 작용하는지 살펴보는 과정이 될 것이다.

2. 〈달래나 보지〉의 연행 및 전승 양상

<달래나 보지>의 전승 양상을 고려하여 상대적으로 전승의 지속 지향이 강하게 드러나는 서사 단락을 정리하면 다음과 같다.

단락 번호	서 사 단 락 내 용
1	옛날에 오누이가 길을 떠났다.
2	갑자기 소나기가 내려 두 사람 모두 흠뻑 젖었다.
3	젖은 옷 때문에 누이의 몸매가 드러났다.
4	함께 가던 남형제가 누이에게 성적인 충동을 느꼈다.
5	남형제가 자신의 성기를 끊어 자살하였다. * 5-1. 물에 빠져 죽었다. (변이형)
6	앞서 가던 누이가 돌아보니 동생이 보이지 않았다.
7	동생이 죽은 것을 안 누이는 '달래나 보지'라며 울다 스스로 목숨을 끊었다.
8	지금도 달래고개라는 이름이 전해 내려온다. * 8-1. 지금도 달래강이라는 이름이 전해 내려온다. (변이형)

위에서 정리한 서사단락을 중심으로 이제까지 보고된 <달래나 보지> 이야기의 연행 및 전승 양상을 살펴보면 다음과 같다.12)

번호	제목	연행자			조사 지역	조사 시기	서사단락별 지속·변화 지향13)	자료 수록 현황
		이름	성별	나이				
1	말이나 해보지 고개	이복진	남	80	경기도 안성군 안성읍 동본동	1981. 7. 14.	1* - 2 - 3 - 4 - 5 - 6 - 7 - 8 1* 난리가 나서 피난 가는 길.	대계 1-6
2	달래강 유래	한재순	남	83	강원도 횡성군 안흥면 안흥 4리	1983. 7. 19.	1 - 2* - 3 - 6 - 7 - 8 2* 강을 건너느라 둘 다 옷을 벗음. * 조사자들이 여성이라 세부 내용 생략한 듯.	대계 2-6
3	달래강 유래	김화영	여	69	충북 충주시 안림동	1979. 5. 15.	1 - 2 - 3 - 4 - 5 - 6 - 7 - 8	대계 3-1
4	도라바구 전설	박봉천	남	50	전남 고흥군 고흥읍 서문리	1983. 2. 3.	1* - 2 - 3 - 4 - 5 - 6 - 7* - 8 1* 시집간 누이가 친정 왔다가 이바지 음식 들고 시댁 가는 길. 7* 누이가 목숨을 끊은 것은 아님.	대계 6-3
5	달래 고개	김창현	남	46	전남 장성군 진원면 진원리	1982. 1. 14.	1* - 2 - 3 - 4 - 5* - 6 - 7* - 8 1* 신거무 아들의 이야기. 5*, 7* 죽었다는 언급 없음.	대계 6-8
6	달래나 보지	정판주	남	48	전남 화순군 이서면 장학리	1984. 7. 25.	1 - 2 - 3 - 4 - 5 - 6 - 7 - 8	대계 6-9

12) 아래 표의 '자료 수록 현황'에 기재된 자료명의 세부 사항은 참고문헌을 참조하기로 한다.
13) 이 항목에서는 앞서 정리한 서사단락 번호를 중심으로 각 자료의 서사적 특성을 개괄하였다. 번호 다음에 '*'를 붙인 것은 부분적인 변이가 나타났음을 표시한 것이다.

번호	제목	연행자			조사 지역	조사 시기	서사단락별 지속 · 변화 지향	자료 수록 현황
		이름	성별	나이				
7	김연중 장사	김재수	남	76	전남 화순군 동복면 천변리	1984. 7. 25.	1 - 2 - 3 - 4 - 5 - 6 - 7* - 8* 7* '달려나 보지 박어나 보게'라고 외침. 죽지는 않음. 8* 그래서 '달래 딸'.	대계 6-11
8	욕정 못 이겨 죽은 남매바위	박광호	남	55	전남 보성군 웅치면 대은동	1986. 5. 25.	1 - 2 - 3 - 4* - 5 - 6 - 7 - 8* 4* 남매가 정을 통함. 7* 누나는 동생이 죽은 것을 알고 바로 자결. 8* 남매바위에 남은 흔적. 남매바위가 비친 마을에서 강간사건 등이 발생. 중이 찾아와 바위를 덮으라 함. 시킨 대로 했으나 완전히 덮는 것은 실패. 부분적으로 덮었더니 다시 그런 일이 없었음. 그러나 비가 많이 내려 덮은 부분이 사라지자 다시 그와 같은 일이 발생하기 시작하여 마을에서 다시 덮었음.	대계 6-12
9	통정 이야기나 할께지, 달래고개	김인식	남	71	경북 영덕군 영해면 대진2동	1980. 6. 6.	1* - 2 - 3 - 4 - 5 - 6 - 7* - 8 1* 여자가 친정 왔다 시댁 가는 길. 7* 누이가 죽은 것은 아님.	대계 7-7
10	가천 달래 마을 전설	이기환	남	62	경북 상주군 청리면 원장2리	1981. 10. 18.	1* - 2 - 3 - 4* - 5* - 6 - 7* - 8 1* 여자가 친정 왔다 시댁 가는 길. 4* 실제 성적 결합을 한 것처럼 말함. 5* 스스로 때려서 죽었다고 표현. 7* 누이가 죽은 것은 아님.	대계 7-8
11	충주 달래강 전설	길용이	여	73	경북 상주군 청리면 원장1리	1981. 10. 19.	1 - 2* - 3 - 4* - 5 - 6 - 7* - 8 2* 옷을 벗고 내를 건넘. 4* 성적인 충동을 느낀 동생이 누이에게 뒤에 오라 했으나 영문을 모르는 누나가 자꾸 같이 가자 함. 7* 누이가 죽은 것은 아님.	대계 7-8

| 번호 | 제목 | 연행자 | | | 조사 지역 | 조사 시기 | 서사단락별 지속·변화 지향 | 자료 수록 현황 |
		이름	성별	나이				
12	속내 달래 마을 지명 유래	김영희	여	77	경북 상주군 화서면 신봉 1리	1981. 12. 1.	1 - 4 - 5 - 6 - 7* 7* 누이는 죽지 않았음.	대계 7-8
13	달래고개 전설	이병철	남	78	경북 선산군 옥성면 초곡동	1984. 7. 26.	1* - 2 - 3 - 4 - 5 - 6 - 7* 1* 친정 왔다 시댁에 가는 길. 7* 누이가 죽지는 않음.	대계 7-16
14	고이 산재와 울음의 재	이병원	남	47	경남 거제군 장승포읍 옥포리	1979. 7. 30	1* - 2 - 3 - 4 - 5 - 6 - 7* - 8 1* 친정 왔다 시댁에 가는 길. 7* 누이가 죽지는 않음.	대계 8-1
15	울음재의 유래	장재형	남	72	경남 거제군 둔덕면 학산리	1979. 8. 8.	1 - 5 - 4 - 7* - 8 7* 누이가 울었음.	대계 8-2
16	총각무덤	어용증	남	57	경남 진양군 미천면 오방리	1980. 8. 4.	1 - 2 - 3 - 4 - 5 - 6 - 7* - 8 7* 누이가 죽지는 않음.	대계 8-4
17	대에바지	박시원	남	75	경남 진양군 미천면 오방리	1980. 8. 4.	1 - 4 - 5 - 6 - 7* - 8 7* 누이가 죽지는 않음.	대계 8-4
18	문돌랭이	강응규	남	81	제주도 남제주군 대정읍 신평리	1982. 2. 5.	1 - 2 - 3 - 4 - 5 - 6 - 7* - 8 7* 누이는 죽지 않았음.	대계 9-3
19	달래나 보지 강	장명한 탁시덕	남 남		평북 철산군 운산면 / 정주군 정주읍	1932. 7. 1940. 7.	1 -2 - 3 - 4 - 5 - 6 - 7* - 8 7* 누이는 죽지 않았음.	임석재 2권

번호	제목	연행자			조사 지역	조사 시기	서사단락별 지속·변화 지향	자료 수록 현황
		이름	성별	나이				
20	달래강	이경수	남	65	충북 보은군 보은읍 삼산리	1974. 10. 11.	1* -2 - 3 - 4 - 5 - 6 - 7* - 8 1* 친정 왔다 시집 가는 길. 7* 누이는 죽지 않았음.	임석재 6권
21	달래강	오택영	여	28	충북 음성군 소이면 비산리	1974. 10. 16.	1 -2 - 3 - 4 - 5 - 6 - 7* - 8 7* 누이는 죽지 않았음.	임석재 6권
22	달래보지 고개	이석하	남	61	충남 아산군 영인면 아산리	1973. 9. 20.	1* -2 - 3 - 4 - 5 - 6 - 7* - 8 1* 친정에서 시집으로 가던 길. 7* 누이는 죽지 않았음.	임석재 6권
23	달래지 고개	윤경일	남		충남 홍성군 홍성읍 오관리	1962. 6. 25.	1 -2 - 3 - 4 - 5 - 6 - 7 - 8	임석재 6권
24	말이나 해보지 고개1	명주영	남		경남 마산부 표정 (表町)	1927. 8.	* - 1 - 2 - 3 - 4- 5 - 6 - 7 - 8 * "'말이나 해보지 고개'라는 곳이 있는데 다음과 같은 유래가 전한다."라는 말로 시작.	손진태 〈조선 민담집〉
25	말이나 해보지 고개2	이상오	남		경북 대구부 본정 (本町)	1930. 3.	* - 1 - 2* - 3* - 4 - 5 - 6 - 7 - 8 * 경주 형산강 서쪽 '달래나 보지 고개'에 얽힌 전설로 소개. 2* 천둥과 큰비 3* 큰비에 놀라 바위 밑에 숨었는데 장소가 좁아 서로 껴안게 되었음.	손진태 〈조선 민담집〉
26	말이나 해보지 고개3	이상오	남		경북 대구부 본정 (本町)	1930. 3.	* - 1* - 2 - 3 - 4- 5* - 6 - 7* - 8 * 충청도 '내 몰랐구나 고개'에 얽힌 이야기라며 소개. 1* 스님과 조카딸 5* 스님이 조카딸에게 뒤에서 걸어오라 하였지만 조카딸이 말을 듣지 않았음. 그 후 자살. 7* 조카딸이 '내가 나빴다, 내가 몰랐다'라는 말을 하며 한탄.	손진태 〈조선 민담집〉

| 번호 | 제목 | 연행자 | | | 조사 지역 | 조사 시기 | 서사단락별 지속·변화 지향 | 자료 수록 현황 |
		이름	성별	나이				
27	오누이 바윗굴	전윤근	남	68	경북 안동군 길안면 금곡동	1966. 9.	1 - 2 - 3* - 4* - 5·6·7* - 8* 3* 비 피하러 바위굴에 들어갔다가 서로 부둥켜안게 됨. 4* 서로에게 성적 충동을 느낌. 5·6·7* 둘이 넘어선 안 될 선을 넘으려는 순간 벼락이 쳐서 압사당함. 8* 두 사람이 흘린 피 자국이 남아 있음.	류증선
28	짝바위 전설	박우순	여	72	강원도 강릉시 노암동	1991. 5. 4.	1〉1·4* - 7* - 5* - 8* 2〉1·4* - 8* 1〉1·4* 전실 부인의 아들과 두 번째 부인의 딸이 서로 사랑하여 누이가 임신을 함. 7* 누이가 자살. 5* 오빠도 따라 자살. 8* 오뉘가 죽어서 바위가 됨. 2〉1·4* 오뉘가 흩어져 남매인 줄 모르고 살다가 서로 사랑하여 만남. 8* 하느님이 벌을 내려 바위가 되게 함.	두창구 〈한국 강릉 지역의 설화〉
29	달래나 보지	이일순	여	55	경기도 용인시 구성면 청덕리	1996. 6. 16.	1 - 2 - 3 - 4 - 5* - 7* - 8 5* 뒤따르던 오빠가 여동생을 겁탈하려 함. 7* 동생이 '달래 보지'라며 만류. 둘이 함께 물에 빠짐.	박종수·강현모 〈용인 서부 지역의 구비 전승〉
30	달래나 보지 언덕1	심윤재	남	71	강원도 철원군 김화읍 생창 4반	2003. 3. 29.	1* - 2 - 3 - 4 - 5* - 7* - 8 1* 미륵당 있던 미륵고개에 얽힌 이야기. 5* 남동생이 상사병이 들어 죽게 되었다. 7* 동생의 임종시 누이가 '달래나 보지'라고 말함.	〈강원 설화 총람〉 1권

번호	제목	연행자			조사 지역	조사 시기	서사단락별 지속·변화 지향	자료 수록 현황
		이름	성별	나이				
31	달래나 보지 언덕2	김영인	남	43	강원도 철원군 김화읍 생창 2반	2003. 9. 21.	1* - 2 - 3 - 4 - 5* - 7* - 8 1* 미륵당 있던 미륵고개에 얽힌 이 야기. 5* 남동생이 상사병이 들어 죽게 되 었다. 7* 동생의 임종시 누이가 '달래나 보 지'라고 말함.	〈강원 설화 총람〉 1권
32	달래오리	김수철	남	59	강원도 화천군 화천읍 상1리	2005. 10. 25.	1* - 2 - 3 - 4 - 5 - 6 - 7* - 8 1* 어머니를 마중 나간 오누이. 7* 누이는 따라 죽지 않음.	〈강원 설화 총람〉 1권
33	달래 모퉁이	정병춘	남	71	강원도 화천군 상서면 구운리	2003. 1. 24.	1 - 2 - 3* - 4 - 5 - 7 - 8 3* 비를 피하려고 바위에 들어감.	〈강원 설화 총람〉 1권
34	달라지고 개 유래	강낙동	남	81	강원도 속초시 영랑동	2006. 3. 10.	1 - 2 - 3 - 5 - 6 - 4 - 7 - 8	〈강원 설화 총람〉 7권
35	무정태 고개 이야기	송병권	남	81	경남 창녕군 도천면 예리1리	1999. 4. 1.	1 - 2 - 3 - 4 - 5 - 8* 8* 동생이 무정하다 하여 '무정태 고 개'라 함.	〈영남 구전 자료집〉 7권
36	원한 고개 이야기	김금자	여	77	경남 창녕군 도천면 예리2리	1999. 4. 1.	1 - 2 - 3 - 4 - 5 - 8* 8* 원한 맺혀 죽었다 하여 '원한고 개'.	〈영남 구전 자료집〉 7권
37	달래 고개	이강석	남	78	전북 익산시 용동면 대조리	1996. 12. 6.	1 - 2 - 3 - 4 - 5 - 6 - 7 - 8	〈이강석 구연 설화집〉

위에 정리한 37편의 작품 가운데 7편을 제외한 나머지 각편을 남성 연행자들이 연행하였다. 90년대 들어서야 여성 연행의 비중이 높아진

현상이나 '여성'인 7명의 연행자 가운데 일부가 자신의 친정 아버지에게 들은 이야기라고 진술한 내용을 참조할 때 <달래나 보지>의 주 연행층은 '남성'인 것으로 생각할 수 있다. 특히 현재까지 보고된 자료를 토대로 할 때 <달래나 보지>의 연행은 토박이들로 구성된 남성 동성 집단 내에서 이루어지는 경우가 많다.

이것은 <달래나 보지>가, 연행 주체가 소속된 마을공동체 내에 존재하는 특정 지형이나 지명의 유래담으로 전승되는 정황과 긴밀하게 연관된다. 마을 지형 및 지명 유래담을 연행하는 주체는 대부분 토박이 남성 동성 집단으로 구성되며 연행을 주도하는 것은 이들 집단의 전통과 역사를 전승하고 훈육하는 자격을 공동체로부터 부여받은 이들이기 때문이다.14) 마을 지형 및 지명 유래담은 해당 공동체의 역사와 전통을 상징하는 표상적 대상으로서, 이야기 연행과 전승에의 참여가 공동체로의 입문에 해당하는 기능을 수행한다. 물론 이는 '남성' 연행자에게 한정된 현상으로, 연행과 전승에 참여한 일부 '여성' 연행자들은 단순히 이야기의 주제에 흥미를 가져 연행에 나서기도 한다.

마을 지형 및 지명 유래담으로 전승되는 이야기답게 <달래나 보지>의 전승은 전반적으로 강한 지속 지향성을 보인다. 특히 부분적인 변이를 보이더라도 물을 동반한 특수한 조건에서 누이의 몸이 드러나고 이 때문에 남동생이 성적 욕망을 느껴 자신의 성기를 훼손하는 것, 그리고 이로 인해 남동생이 목숨을 잃고 이 사실을 안 누이가 '달래나 보지'라고 외친 후 비탄에 빠지거나 자살하는 내용이 어느 각편에서나 반복된

---

14) 김영희, 「마을 지형 및 지명 유래담의 공동체 구성력 탐구」, 『비교민속학』 46, 비교민속학회, 2011, 603~641쪽 참조.

다. 큰비가 내리거나 계곡에 빠지는 등의 특수 조건, 그리고 이로 인해 누이의 몸이 온전히 시각화되는 상황, 성적 욕망을 느낀 남동생의 자기 거세, 남동생의 죽음을 확인한 누이의 외침과 자기 처벌이 <달래나 보지>의 서사 골격을 유지하는 기본 구도면서, 이야기 전승의 전통에 가장 강하게 견인되는 구조적 요소인 것이다.15)

　　<달래나 보지>에서 가장 강한 지속 지향성을 보이는 것은 오누이가 고립된 채 둘만 남게 된 상황에서 남동생이 누이에게 성적 욕망을 느끼는 장면이다.16) 일부 작품(8, 10, 25, 27, 28, 29번)에서 성적 욕망을 실현하려는 시도가 있거나 실제로 성적 욕망을 실현한 사건이 전개되기는 하지만, 대부분의 작품에서 남동생은 단지 성적 욕망을 느끼기만 할 뿐 실제로 행동에 옮기지는 않는다. 이야기에서 성적 욕망을 느끼는 것은 오로지 남동생이며 누이는 남동생이 죽음에 이르기까지 어떤 일이 전개되고 있는지 전혀 알지 못하는 것으로 그려진다.17)

　　'달래나 보지'를 외치는 누이의 비통함에는 동생의 죽음에 대한 슬픔 외에 안타까움과 회한의 감정, 그리고 일종의 죄의식이 묻어난다. 이것은 한편으로 동생의 욕망을 '그럴 수 있는 일'로 인정하고 동생의 죽음을 '일어나서는 안 될 안타까운 일'로 규정하는 태도를 드러낸다. 아울

---

15) 선행 연구에서 <달래나 보지>를 '홍수설화'의 변이형으로 보거나 '남매혼 신화'의 '반신화'로 규정한 것도 바로 이와 같은 연유에서다.

16) 작품 26번에서는 스님과 조카딸 사이에 근친상간적 욕망이 싹트는 것으로 설정되어 있지만 나머지 모든 작품에서 이야기의 주인공은 오누이다.

17) 8, 27, 28번 작품에서는 오누이가 모두 서로에게 성적 욕망을 느끼는 것으로 그려진다. 그러나 그밖에 대부분의 작품에서 누이는 남동생이 자기 거세를 통해 죽음에 이른 후에야 상황을 파악하게 되고 상황을 파악한 후에는 '달래나 보지'라는 말을 외치며 남동생의 죽음을 애통해 한다. 전체 37편 작품 가운데 17편에서 누이는 죽지 않고, 동생의 죽음을 슬퍼하는 장면에서 사건이 일단락된다.

러 여기에는 동생의 욕망을 눈치채지 못한 자신, 혹은 더 나아가 동생으로 하여금 금지된 욕망을 품게 한 스스로에 대한 죄의식의 감정이 개입되어 있다. '내가 나빴다, 내가 몰랐다'는 조카딸의 외침이나(26번) 동생의 욕망을 충족시켜 주지 않은 누이를 무정하다 일컫는 태도(35번)에서는 이런 감정이 좀더 적극적으로 드러난다. '달래나 보지'라는 외침은 '말이나 해보지' 등으로 바뀌긴 해도 결국 같은 어조와 의도를 드러내는데, 여기에는 남동생이 말을 했더라면 그의 성적 욕망을 충족시켜 줄 수도 있었을 것이라는 의미가 담겨 있다.

<달래나 보지>는 마을공동체를 표상하는 대표적인 상징적 지형, 혹은 지명의 유래를 설명하는 것으로 시작되거나 마무리된다. 해당 지형 및 지명은 공동체의 전통과 역사를 표상하는 대상이라 할 수 있는데 근친상간적 욕망과 관련된 충격적이고 예외적이며 비극적인 사건이 결부됨으로써 공동체에 대한 인상을 더욱 뚜렷하게 각인시키는 효과를 갖는다. 공동체를 대표하는 문신이나 문양, 혹은 깃발처럼 공동체를 다른 공동체와 구별하고 공동체 내 구성원들을 결속시키는 상징적 효과를 만들어내는 것이다.

마을 지형 유래담으로서 <달래나 보지>는 마을 우주의 창조 과정을 설명하는 이야기로 기능한다. 마을 우주의 기원을 설명하는, 일종의 신화적 서사로 기능하는 것이다. <달래나 보지>의 사건이 시작되는 위기 상황을 '홍수' 등의 신화적 상황으로 해석할 수 있는 것도 이와 같은 이유에서다. <달래나 보지>의 사건 전개는 오누이가 다른 사람 없이 둘만 길을 떠나는 것으로 시작된다. 큰비가 내렸거나 갑자기 소나기가 내리는 설정이 대부분인데 간혹 난리가 나서 피난을 가기도 한다.(1번) '홍수설화'와 마찬가지로 이 최초의 설정은 질서화 이전의 혼돈 상태,

혹은 규범과 질서가 위기를 맞이한 어떤 국면을 표상하는 신화적 사건의 흔적을 안고 있다. 질서가 무너지거나 무화된 위기 상황이기에 오누이가 둘이서 길을 떠나는 상황이 더욱 극적이고, 더욱 신화적인 것이다.

큰비에 온 세상이 물에 잠겨 오누이만 남게 된 상황에서 인류의 시조가 되는, 신화 속 남매혼 모티프의 흔적을 안고 <달래나 보지>는 근친상간적 욕망을 둘러싼 사건 전개를 보여준다. 근친상간적 결합은 그 자체로 신화적 사건이지만 <달래나 보지>는 탈신화, 혹은 반신화의 궤적을 안고 근친상간적 욕망만을 구현한다. 그리고 이제 더 이상 신화적 사건일 수 없는 근친상간적 결합은 사회적 금기의 대상으로 규정되며 이로써 근친상간적 욕망은 윤리적 판단과 처벌의 대상이 된다. 이에 따라 <달래나 보지>는 오누이의 성적 결합이 아니라 성적 욕망을 느낀 남동생의 극단적 자기 처벌과 이에 대한 누이의 회한으로 귀결된다.

'홍수설화'의 흔적이나 근친상간적 결합의 배후적 암시 외에도 <달래나 보지>의 신화적 성격은 해당 이야기에 결부된 공동체 내 지형의 주술적 성격을 통해서도 드러난다. 작품 8번은 남매의 성적 결합과 자살이라는 사건만을 다루지 않고 이야기가 결부된 '남매바위'의 주술적 권능에 관한 일화를 소개하는 데 서사의 많은 비중을 할애하고 있다. 해당 작품은, '남매바위'가 비친 마을에서 강간사건이 발생하자 중이 찾아와 바위를 덮으라 했으며 중의 말대로 바위를 완전히 덮으려 했으나 실패하고 부분적으로 덮었더니 강간사건이 더 이상 일어나지 않았다는 후일담을 소개한다. 흥미로운 것은 '소나기'가 내려 바위 덮은 부분이 사라졌고 이 일로 인해 다시 강간사건이 발생했으며 이와 같은 일이 벌어진 후 바위를 다시 덮었다는 내용의 후일담이다. 근친상간적 사건의 발생과 이에 결부된 비극적 파토스의 에너지는 해당 지형에 내재한 주술적 힘, 곧 성현(聖顯, 히에로파니)[18]을 표상한다. 이는 <달래나 보지>의 서사를 유래담으로 하는 지형 지물이 공동체 내에서 주술적 권능을 지닌 대상으로 인식되는 정황을 유추할 만한 사례라 할 수 있으며, 이것은 다시 <달래나 보지>의 서사에 내재한 신화의 흔적을 추론케 하는 근거가 된다.

그러나 이것은 어디까지나 흔적일 뿐 대부분의 각편에서 남동생이 누이에 대해 근친상간적 욕망을 품고 이로 인해 스스로 거세를 통해 자기 처벌에 이르는 과정은 신화적 사건이기보다 사회적 사건으로 그려진다. 이것은 연행 및 전승 주체의 해석적 지향이 개입한 결과이기도 하다. 탈신화화된 근친상간적 모티프의 효과는 사회적 금기를 넘어선 욕망에 대한 자기 처벌적 암시와 죄의 감정을 만들어낸다. 근친상간적 욕망은 아직 행위로 구체화되지도 않은 상태에서 윤리적 판단과 처벌의 대상이 되어 존재할지 모르는 위반에 대한 앞선 통제와 처벌을 유인하고, 이와 같은 강박적 자기 처벌은 강력한 금제의 위력을 표상하는 동시에 금제가 유발하는 불안과 우울을 암시한다. 신화적 사건이 탈신화화의 여정을 거쳐 사회적 금기와 금기가 유발하는 불안을 표상하는 비극적 사건으로 재맥락화되는 과정에서 젠더정체성의 수행을 매개로 한 공동체의 정치적 기제가 작동하기 시작하는 것이다.

---

18) 성현(聖顯)은 성이 드러나는 것으로 '히에로파니'라고 한다. 엘리아데는 '어떤 영역에서나 완전함은 외경심을 불러일으키며' '성이나 주술이 갖고 있는 완전함의 속성이야말로 두려움의 대상'이라 하였다. 성(聖)은 '외래의 것, 이상한 것, 신기한 것'으로서 인간에게 공포나 두려움을 느끼게 하는데 성(聖)의 이와 같은 측면을 '역현(力顯)', 곧 '크라토파니'라고도 한다. 이 '크라토파니'는 성현(聖顯)인 '히에로파니'와 모순적으로 병존하는데, 이 병존이 의미하는 바는 '성(聖)이 성스러운 동시에 더럽혀진 것이며 성스러운 동시에 저주스러운 것'이라는 사실이다.(엘리아데, 이은봉 옮김, 『종교형태론』, 한길사, 1996, 68~71쪽.)

3. 비극적 파토스를 초래하는 '여성의 몸'과 만들어진 '여성의 죄'

　비극적19) 구전서사는, 내용적으로 비극적 세계관에 기반한 주제가 구현되고, 형식적인 면에서 비극적 플롯이 드러나며, 구술 연행(口述 演行, oral performance)을 통해 창작·향유되면서 비극적 효과를 발현하는 구전서사20)를 가리킨다. <달래나 보지>는 구술 연행을 통해 전승되는 서사면서 비극적 주제와 플롯을 드러내는 대표적인 '비극적 구전서사'다. 이 이야기는 근친상간적 욕망의 발견과 이에 기인한 극단적인 자기 처벌, 강박적이고 경직된 선택과 이로 인한 주인공의 파멸 등을 구현한다는 점에서 비극 서사로서의 자질을 유감없이 보여준다.

　선행 연구자들이 비극적 구전서사를 범주화하면서21) 주목한 비극적 결말의 구도는 사실상 비극적 주인공의 형상을 통해 드러나는 미적 효

---

19) 여기서 '비극적(tragic)'이라 함은, 소위 그리스 비극으로 지칭되는 역사적 장르, 혹은 양식으로서의 '비극(tragedy)'이 아니라 비극적 자질을 지시하는 개념적 수식어에 가까우며, 서사적 특성과 효과, 주제론적 지향과 세계관의 측면에서 드러나는 비극적 경향성을 암시하는 표현이라고 할 수 있다.(김영희, 「비극적 구전서사의 연행과 '여성의 죄'」, 연세대학교 박사학위논문, 2009 참조.)

20) 이 글에서 '구전서사(oral-narrative)'는 '입에서 입으로 전해지는 이야기'를 가리키는 말로, 그 존재와 형태의 측면에서 본질적으로 '연행(performance)'이라는 조건을 고려해야 하는 하지 않을 수 없는 구술(oral-narration) 서사 텍스트를 가리키는 개념이다. 이 글에서 '구전이야기'와 '구전서사'는 같은 의미를 내포한 용어로 통용되지만, 굳이 구분해서 논하자면 '이야기'가 연행 주체들이 연행 현장에서 주로 사용하는 경험적 용어에 가까운 반면 '서사'는 연구 현장에서 연구 주체들에 의해 주로 사용되는 비평적이고 분석적인 용어에 가까운 것이라고 설명할 수 있다.

21) 선행 연구를 통해 드러난 비극적 구전서사 범주화의 근거는 광포성, 신화적 성격, 유형화 경향, 증거물에 견인되는 연행 방식, '믿음'의 구조 등이었는데 이는 모두 해당 서사의 연행과 전승을 통해 드러나는 '지속 지향성'을 암시한다. 모든 구전서사는 서사와 연행의 층위에서 지속과 변화의 두 가지 지향을 동시에 드러내는데, 비극적 구전서사의 연행에서는 변화 지향에 비해 지속 지향이 상대적으로 더욱 강하게 드러난다.(김영희, 「비극적 구전서사의 연행과 '여성의 죄'」, 연세대 박사학위논문, 2009.8 참조.)

과와 긴밀하게 연계되어 있다. 앞선 연구자들이 비극적 구전서사를 '전설'로 범주화하고 그 장르적 지표를 '세계가 우위에 선 자아와 세계의 대결이 자아의 좌절로 귀결되는 구조'나 '세계와의 대결에서 패배한 자아의 상에서 드러나는 전설적 경이'[22] 등으로 기술한 까닭도 여기에 있다. 선행 연구를 통해 갈무리된 '전설 주인공'의 형상은 '인간의 한계'를 표현하는 '실수'에서 비롯된 '예기치 않은 사태'가 '불행'을 야기하여 주인공 스스로를 파멸에 이르게 하는 것으로 그려진다.[23] 이는 곧 비극적 주인공의 형상으로, 비극 속에서 주인공은 비극적 필연성에 이끌려 스스로를 파멸케 하는 결함을 드러낸다. 이 때문에 비극 시학에서 가장 핵심적인 요소는 비극적 필연성을 구현하는 '플롯'이며[24] 이 '플롯'의 중추는 '비극적 결함(하마르티아, hamartia)'[25]이다.

　비극적 서사의 주인공은 자기 의지를 넘어선 어떤 필연성에 이끌려 참혹한 고통과 슬픔의 파국(파토스, pathos)을 맞이한다. 의도하지 않은 단

---

22) 조동일, 「자아와 세계의 관계에 대한 전설적 설문」, 『어문학』 27』, 한국어문학회, 1972 참조. ; 조동일, 『한국소설의 이론』, 지식산업사, 1981(3판, 1977년 초판) 참조. ; 조동일, 『한국문학의 갈래이론』, 집문당, 1992 참조. ; 조동일, 『한국문학통사』 1(제2판), 지식산업사, 1993 참조.

23) 장덕순·조동일·서대석·조희웅, 『구비문학개설』, 일조각, 1971, 45~46쪽.

24) 아리스토텔레스는 『시학』에서 "비극의 제1원리, 또는 비극의 생명과 영혼은 플롯(plot)이고, 성격은 제2위이다."라고 언급한 바 있다. 이는 비극적 플롯이 주인공을 파멸로 이끄는 인과성의 논리를 극명하게 드러내면서 비극적 효과를 창출하는 핵심 요소로 작용하기 때문이다.(아리스토텔레스, 『시학』 6장, 문예출판사, 1998(개역판 12쇄), 51쪽.)

25) '비극적 결함(하마르티아)'은 비극적 플롯의 가장 핵심적인 요소이며, 비극적 미학에서 가장 중추에 해당하는 내용이라 할 수 있다. 비극적 주인공은 이 '결함'으로 인해 비극적 파토스의 주인공이 된다. 이와 같은 결함은 비극적 필연성을 구성하는 요소로서, 주인공이 선택하거나 회피할 수 없는 내용으로 그려진다. 비극적 결함으로 표상되는 주인공의 한계나 결핍은 인간의 보편적 한계를 상징한다. 그리하여 비극의 주인공은 인간 운명의 대리자 내지는 대속자가 된다. 연민과 공포를 통해 비극적 주인공의 고통과 참혹한 운명이 비극적 서사를 향유하는 모두의 것으로 확대되는 것도 바로 이런 까닭에서다.

순하고 순간적인 실수가 그 스스로를 파멸에 이르게 하는데 이때 이 실수는 성격적 결함이나 존재론적 한계로 표상되는 경우가 많다. 그의 행동은 맹목적이고 강박적이다. 어떤 다른 선택도 불가능하다는 듯이 비극적 주인공은 오로지 하나의 선택을 향해 설명할 수 없는 열정으로 달려든다. 그의 동기가 무엇인지 그가 왜 그토록 한 가지 선택과 판단에 열중해야 하는지, 비극적 서사는 어떤 설명도 제시하지 않는다. 간혹 동기나 이유가 설명되는 경우에도 쉽게 납득하기 어려운 경직성을 드러낸다.[26]

　비극적 주인공은 자신의 의지를 초월하여 외재적으로 존재하는 어떤 필연성, 곧 운명(moira)에 대해 전혀 인식하지 못하는 '무지'의 상태에서 자신이 마음대로 바꿀 수 없는 어떤 속성이나 아무 생각없이 행한 어떤 행동의 결과가 불행한 결말을 야기하는 결정적 '결함', 혹은 '과오'임을 갑작스럽게 깨닫게 된다. 이 순간의 인식과 발견을 '아나그노리시스(anagnorisis, 인식 혹은 발견)'라고 한다. 이 발견으로 인해 상황은 파국을 향해 급반전하여 돌진하는데 이 전환점(turning point)을 '페리페테이아(peripeteia, 급전(急轉)－급격한 상황의 반전)'라고 한다. '페리페테이아'와 '아나그노리시스'가 결합된 형태로 등장할 때 비극적 서사를 수용하는 주체가 느끼는 연민과 공포도 극대화된다.[27] '깨달음'과 동시에 손 써볼 새도 없이 파국으로 치닫는 주인공을 보면서 거대한 감정적 격동을 경험하게 되는 것이다.

---

26) 왜 그와 같이 행동해야 하는지 아무런 언급도 없이, 그렇게 하지 않으면 안 된다는 태도로 집중하는 비극적 주인공의 행동 때문에 비극적 서사의 수용자들은 그로 하여금 그렇게 행동하지 않으면 안 된다고 무언의 명령을 내린 필연성에 대해 의문을 품고 질문을 던진다.(김영희, 앞의 논문 참조.)

27) 김영희, 앞의 논문 참조.

신화의 흔적을 내포한 비극적 구전서사로서, <달래나 보지>는 스스로의 의지를 초월한 성적 욕망과 이에 선행하는 금제 때문에 자기 파멸의 길을 걸어야 했던 남동생의 비극이면서, 스스로도 까닭을 알지 못한 채 남동생을 죽음으로 몰고간 원인 제공자가 되어 버린 누이의 비극이다. 특히 <달래나 보지>에서는 성적인 결합이라는 구체적인 행위나 사건이 일어나지 않았는데도 근친상간적 욕망을 느꼈다는 것만으로 '자기 처벌'이 단행된다. 근친상간적 욕망을 품는 것이 '죄'가 되는지 여부를 물을 새도 없이, 혹은 물을 필요도 없이, 전제된 강력한 규범과 내면화된 자기 명령에 따라 '거세'와 '처벌'이 이루어지기에 사건은 더욱 비극적인 것으로 인식된다.

남동생의 비극이라는 관점에서 볼 때 비극적 결함은 근친상간적 욕망이며 이것은 '발기한 성기'라는 시각화된 대상으로 구체화된다. 남동생은 물에 젖어 온전히 드러난 누이 몸의 실루엣을 목격하는 순간 발기한 자신의 성기를 발견하게 된다. '발기한 성기'는 남동생이 자신의 근친상간적 욕망을 '발견'한 순간을 인상적으로 초점화하는 시각적 표현이라 할 수 있다. 이 '발견'으로 상황이 '급전'하면서 남동생은 자신의 성기를 짓이겨 죽음에 이르게 된다. 따라서 비극적 파토스를 유발하는 '결함'은 근친상간적 욕망에 뿌리를 두고 있기는 하되 근친상간 금기라는 규범을 향한 남동생의 강박적 자기 처벌에 있기도 하다. 욕망을 실현하려는 어떤 시도도 없이 욕망 그 자체만으로도 자신을 처벌해야 한다고 생각하고 망설임 없이 이를 단행하는 남동생의 강박적 불안은 일종의 성격적 결함으로 해석될 수 있다.

누이의 관점에서 <달래나 보지>의 비극적 결함은 누이의 몸 그 자체라고 할 수 있다. 누이의 존재속성에 해당하는 '여성 섹슈얼리티' 자체가 남성으로 하여금 의식적으로 통제할 수 없는 성적 욕망을 불러일으켰고 이것이 극단적 자기 처벌의 빌미가 되었다는 점에서 파국을 야기한 핵심 '결함'은 성적 매력으로 충만한 '누이의 몸'이자 그녀의 '여성 섹슈얼리티'이다. 누이의 비극이라는 관점에서 재해석할 때 '발견'과 '급전'은 '달래나 보지'를 외치는 한 장면으로 압축된다. 남동생의 비극 서사라는 관점에서 '발견'과 '급전'이 '발기한 성기'라는 시각적 표현으로 압축되었던 것처럼, 누이의 '발견'과 '급전'은 이 회한 섞인 한 마디 외침으로 집약된다. 누이는 이전까지 상황을 전혀 알지 못하고 있다가 남동생의 죽음 이후에야 자신의 몸이 남동생의 근친상간적 욕망을 불러일으켰고 이 때문에 동생이 스스로 목숨을 끊은 사실을 알게 된다. 이 순간 남동생을 잃은 누이의 슬픔과, 남동생이 죽은 이유가 자신에게 있다는 누이의 죄의식이 비극적 파토스의 핵심을 이룬다. 각편에 따라 누이는 남동생의 죽음이 자신의 몸에 기인한다는 죄의식으로 극단적인 자기 처벌을 단행하기도 한다.

<달래나 보지>에서는 '남·여' 주인공이 모두 자멸하는 파토스의 중첩으로 마지막까지 비극성이 고조된다. 남동생의 죽음이 자아내는 파토스는 '처벌'의 대상이 될 만한 구체적인 행위, 곧 '죄'가 드러나지 않은 채 자기 처벌이 단행된다는 사실 때문에 더 큰 비극적 효과를 만들어낸다. 남동생이 느낀 성적 욕망과 내면적 갈등에 대해, 구전서사의 연행과 전승에 참여한 이들 대부분은 '인간이라면 누구나 경험할 만한', 자연스럽고 보편적인 상황으로 받아들인다. 이 때문에 그에 대한 연민의 정서가 더욱 강해지는 것이다. <달래나 보지>에서 남동생은 젖은 누이 몸의 실루엣을 보고 발기한 자신의 성기를 발견하는 바로 그 순간에 곧바로 자기 처벌에 돌입한다. 욕망이 처벌로 이어지는 과정에 개입

하는 어떤 내면적 계기도, 동기화의 기제도 서사적 문맥을 통해 드러나지 않는다. 이는 자기 처벌의 동인이 행위 자체에 있는 것이 아니라 행위 바깥에 이미 전제되어 있음을 암시한다. 동생으로 하여금 자신의 욕망을 '죄'로 규정하고 이를 처벌하게 하는 것은 근친상간 금기다. 이 강력한 금제가 행위에 앞서 욕망마저도 처벌 대상으로 삼을 만큼 '남성' 주체의 내면에 무겁게 자리하고 있는 것이다.

서사의 마지막 단계에 등장하는 누이의 파토스는 그 의미가 한층 복합적이다. '달래나 보지'라는 외침에 담긴 의미가 단순하지 않기 때문이다. '달래나 보지'라는 말 속에는 동생의 죽음에 대한 안타까움과 그 죽음의 원인이 자신에게 있다는 자책의 감정이 깃들어 있다. 또한 이 말은 동생이 죽지 않고 말이라도 해 보았더라면, 스스로를 처벌하기 이전에 자신에게 고백했더라면 그 욕망을 풀어주거나 충족시켜주었을 것이라는 감정과 의식을 암시한다. 누이 스스로 자신의 섹슈얼리티를 동생의 욕망 대상으로 규정하고 동생의 성적 욕망을 긍정적으로 인식하는 태도를 드러내는 것이다. 이는 남동생의 생명 가치에 비한다면, 그녀의 몸을 대상으로 남동생이 성적 욕망을 실현하는 것은 아무런 문제가 될 수 없음을 표현하는 말이기도 하다. 다시 말해 누이는 자기 자신의 의지나 감정, 혹은 그것을 넘어선 스스로의 성적 자기 결정권을 전혀 고려하지 않은 채 오로지 남동생의 성적 욕망만을 인정하면서 그의 죽음을 애도하고 있다.

'달래나 보지'라는 한 마디 외침은 두 가지 사실을 명확하게 만든다. 하나는 남동생의 자살이 그를 유혹한 누이의 몸에 기인한다는 사실이고 다른 하나는 남동생의 근친상간적 욕망은 불가피한 것이었으니 나머지 선택은 누이의 몫이었다는 사실이다. 누이는 마치 남동생이 솔직히 털어놓았더라면 남동생과의 성적 행위를 할 수도 있었다는 듯이 말한다. 남동생이 근친상간적 욕망을 처벌할 것이냐 묵인할 것이냐를 놓고 갈등했던 것처럼 누이 스스로도 남동생의 성적 욕망을 인정하고 수용할 것인지 여부를 두고 갈등했어야 한다는 듯이 말하는 것이다. 남동생이 다른 선택의 여지가 없다는 듯 죽음에 이른 것처럼 누이 역시 남동생의 욕망을 승인할 것인지 여부를 둘러싼 선택 외에는 다른 길이 없다는 듯이 반응한다. 그리하여 전체 유형군 내 반수 이상의 각편에서 누이 역시 동생의 뒤를 따라 극단적인 자기 처벌을 단행한다.

　누이는 그저 동생의 죽음을 슬퍼하는 데 머무를 수도 있다. 친동기간을 잃은 슬픔의 깊이를 보여주는 것만으로도 충분했을 것이다. 그러나 누이는 '달래나 보지'라는 한 마디 외침을 통해 남동생의 문제를 자신의 문제로 만들고 있다. 남동생의 죽음이 처음부터 끝까지 자신에게 있다는 듯이 행동하는 것이다. 남동생이 다른 어떤 융통성도 발휘하지 못한 채 자기 처벌에 강박적으로 매달렸던 것처럼 누이 역시 동생 죽음의 원인이 자신에게 있다는 죄의식의 감정과 서사에 긴박되어 있다. 남동생의 성적 욕망을 알았더라도 그녀는 다양한 선택을 할 수 있다. 그의 욕망을 외면할 수도 있고 질책할 수도 있었을 것이다. 그러나 그녀에게는 일체의 다른 가능성이 존재하지 않는 듯이 보인다. 남동생의 성적 욕망을 알았더라면 그녀는 그에 응했을 것이고 그랬더라면 남동생이 죽지 않았을 것이라는 사실만이 그녀에게 의미를 가질 뿐이다.

　서사 속에서 그녀는 의지와 감정을 가진 인격체로 그려지지 않는다. <달래나 보지>에서 누이는 오로지 남성 주체의 성적 대상으로서, '몸'에 지나지 않는 존재다. 그녀는 남동생을 유혹하지 않았으며 그런 동기나 의지, 감정을 가진 존재로도 그려지지 않는다. 남동생의 성적 욕망을 부추긴 것은, 다시 말해 정확하게 성적 충동을 야기한 대상은 '그녀의 몸'이다. 남동생의 죽음 이후에도 그녀가 집착하는 것은 남동생의 성적 욕망을 충족시킬 수도 있었던 자신의 '몸'이다. 누이의 성적 욕망이나 남동생의 성적 욕망에 대한 누이의 감정과 태도 등은 전혀 문제가 되지 않는다. 그녀의 존재 의미와 가치는 오로지 남동생의 생명 가치를 유지하는 데 기여할 수 있느냐 여부에 달려 있는 듯 보인다.

이와 같은 누이의 강박적 태도는 남동생의 죽음이 그녀의 몸에 기인한다는 죄의식에서 비롯된 것이다. 그리고 '달래나 보지'라는 한 마디 말에는 '자신의 몸 따위는 아무것도 아니라'는 어조가 담겨 있다. '달래나 보지'는 누이가 자신의 존재 가치를 남동생의 성적 욕망을 부추기거나 그 욕망을 실현할 수 있는 대상으로서의 몸에 한정하고, 누이 스스로 자신의 여성 섹슈얼리티를 부정하거나 부인하는 태도를 드러낸 것으로 볼 수 있다. 특히 '달래나 보지'를 외치며 자살을 선택하는 누이의 경우, 여성 섹슈얼리티를 부정하거나 부인하는 데 그치지 않고 남동생의 죽음을 유발한 자신의 몸에 대한 극단적인 자기 처벌로 나아간 양상을 확인할 수 있다.

이 비극적 사건의 아이러니는 남동생의 경우 극단적인 자기 처벌에 이르기까지 전혀 누이를 고려하지 않은 반면 오히려 누이는 남동생의 죽음을 전적으로 자신에게 결부된 사건으로 인식한 데 있다. 남동생은 오직 근친상간 금지의 윤리와 규범을 절대적인 기준으로 삼아 자기 처벌로 나아갔을 뿐이다. 그는 누이가 자신의 욕망을 어떻게 받아들일지, 누이에게 누가 되거나 해가 되지는 않을지, 자신의 욕망이 누이를 모욕하거나 누이에게 폭력을 유발하지는 않을지 등을 고려하지 않았다. 그러나 오히려 누이는 남동생의 죽음을 전적으로 자신의 문제로 재해석하고 자신의 몸, 다시 말해 자신의 섹슈얼리티에 기인한 사건으로 받아들이고 있다. 이 사건에 앞서 자신의 존재 의미를 남동생을 지지하거나 지원하는 역할로 한정하고 남동생의 문제를 자신의 문제로 환원하거나 부정적 결과의 원인을 자신에게 한정하는 정체성의 시나리오가 누이에게 이미 전제되어 있었던 것이다. 서사 전개 과정에서, 노출된 '누이의 몸'과 이 '몸'이 유발한 남동생의 '발기'가 시각적으로 강조되고 여기에 곧바로 남동생의 자기 처벌이 연달아 배치됨으로써 비극을 유발한 누이의 '죄'가 암시되기는 하였다. 그러나 이 '죄'를 확정짓고 완성한 것은 '달래나 보지'라는 누이의 회한 섞인 외침이다.

　'달래나 보지'라는, '남성' 주체의 욕망을 대리 발화하는 '여성' 주체의 복화술적 외침은 '여성' 주체 스스로 자신의 섹슈얼리티를 '몸(육체)'이라는 물적 대상에 한정하는 동시에 '남성적 욕망'의 관점에서 자신의 육체를 대상화함으로써 자기 자신의 존재속성 자체를 일종의 '죄'로 규정하는 인식태도를 보여준다. 누이의 '몸'으로 표상된 그녀의 섹슈얼리티는 '남성' 주체의 자멸을 부른 위험천만한 대상이자, 그 자체로 파토스를 자아낸 '죄'가 되는 것이다. 여기에는 '남성' 주체의 성적 욕망을 실현케 함으로써 그를 구원하지 않고 그가 자기 처벌로 나아가도록 방관하고 방임한 '죄'가 포함된다. 처음부터 끝까지 누이는 '누이의 몸'으로 한정되고, 누이의 '몸'은 '남성' 주체의 금기 위반을 유인하는 대상이자 '남성' 주체의 성적 욕망을 실현할 수 있는 대상으로 타자화된 것이다. 이처럼 '누이의 몸'으로 표상된 '여성' 섹슈얼리티는 부정되거나 부인된 채 '남성' 주체의 성적 욕망에 결부된 대상으로만 소환되기에 이른다.

4. 남성 주체의 우울을 대리하는 '유혹하는 여성의 몸'

비극적 서사의 수용자들은 비극적 주인공의 고통을 간접적으로 경험
하면서 그를 자신의 운명을 대리한 존재로 인식하기 때문에[28] 부분적
으로나마 그가 느끼는 고통과 절망을 자신의 것으로 체험한다. 비극적
주인공의 한계와 파멸은 곧 인간의 존재론적 필연성을 표상하기 때문
이다. 아리스토텔레스는 "우리 자신과 유사한 자가 불행에 빠지는 것을
볼 때" 공포의 감정이 환기된다 했는데,[29] 클리포드 역시 "우리들 중의
한 사람인 비극적 주인공"이 "우리들 현실의 일부분인 극중 현실" 속에
서 "우리를 대신해 고통받고 죽을 때" 감정의 정화 작용이 일어난다 하
였다.[30] 마치 예방주사를 맞듯, 비극적 주인공을 통해 자신에게 닥쳐올
고난과 그에 따른 극한의 감정을 앞서 체험함으로써 지나친 공포와 나
약한 감정을 극복하게 되는 것이다. 그러나 이와 같은 공포의 감정은
'나'와 같은 처지에 있는 그가 부당하게 고통받고 있다는 느낌을 수반
하기 때문에 필연적으로 연민의 감정을 동반한다. 아리스토텔레스가 『수
사학』에서 지적한 대로 "파괴적 또는 고통스러운 악이 어떤 사람에게
부당하게 발생하는 것을 볼 때, 또한 그런 일이 우리와 우리의 친구들
에게도 일어날 수 있으며 또 일어날지도 모를 때"[31] 인간은 누구나 연
민의 감정에 휩싸이게 되는 것이다. 연민의 감정은 타인의 고통과 불행

---

28) 테리 이글턴은 쇼펜하우어의 이론을 인용하여 비극의 주인공이 자신의 죄가 아니라 모
    든 인간의 죄를 속죄함으로써 희생의 정당성과 부당성을 함께 보여준다고 지적하였다.
    (테리 이글턴, 이현석 옮김, 『우리 시대의 비극론』, 경성대 출판부, 2006, 263쪽.)
29) S. H. Butcher, *Aristotle's Theory of Poetry and Fine Art*, New York : Dover Publications,
    inc., 1951.
30) 클리포드 리치, 문상득 옮김, 『비극』, 서울대 출판부, 1979, 66・76쪽.
31) 이상섭, 『아리스토텔레스의 <시학> 연구』, 문학과지성사, 2002, 195쪽.

에 대해 느끼는 안타까움인 동시에 자기 자신의 한계에 대해 느끼는 슬픔과 절망이라는 점에서 '자기연민'으로 이행해가기 쉽다.

비극적 구전서사의 경우, 이와 같은 카타르시스의 비극적 효과는 연행을 통해 작동된다. 비극적 구전서사의 연행은 비극적인 이야기를 단순히 텍스트로 향유할 때보다 훨씬 더 극적인 효과를 연출한다. 비극적 주인공의 고통과 그의 파멸을 이끌어내는 필연성의 논리가 구술 언어와 몸짓 등에 의해 매개됨으로써 감각적으로 재현되기 때문이다. 연행을 통한 직접적인 매개는 연행 현장에 참여한 이들이 이야기 속 비극적 주인공에게 자신의 감정을 이입하고 스스로를 그와 동일시하는 효과를 낳는다.32) 이는 곧 비극적 구전서사의 주인공이 직면한 한계와 그가 느끼는 죄의식이 서사 향유자들의 것으로 전이되는 과정이라고 할 수 있다. <달래나 보지>처럼 '남성' 동성 집단 내에서 연행이 이루어지는 경우 연행 주체들 사이의 감정적 전이와 동일시 효과는 더욱 커지지 않을 수 없다. 이것은 집단 연행의 일반적 효과이기도 하다.

<달래나 보지>의 '남성' 주인공이 보여주는 인간 조건은 근친상간 금기와 이 금기를 넘어선 성적 욕망이다. 이때 근친상간 금기는 남성 주체가 사회 입문 과정에서 내면화해야 하는 모든 표준화 기제를 대표하는 규범을 표상한다. 마찬가지로 근친상간 금기를 넘어서는 그의 성적 욕망은 표준화 기제를 벗어난 욕망, 집단 동일성과 사회적 규범을 넘어선 위반의 계기를 표상한다. 따라서 <달래나 보지>의 '남성' 주인공을 통해 드러나는 인간 한계와 조건은 연행과 전승에 참여한 모든 '남성' 주체의 것으로 확대될 수 있는 사회 입문적 가치의 수용과 그것

---

32) 김영희, 앞의 논문 참조.

을 넘어선 위반 의지, 혹은 표준화 기제와 그 기제를 벗어난 잉여라고 할 수 있다.

<달래나 보지>의 누이를 통해 드러나는 조건은 위반을 유발하는 그녀의 몸, 곧 존재 자체로 '죄'가 되는 '여성' 섹슈얼리티의 현존이다. 누이의 몸은 남성의 위반을 부추길 뿐 아니라 남성이 영원히 사회적 금제나 표준화 기제를 내면화할 수 없으리라는 불안, 사회 입문에 성공하더라도 이를 위해 필연적으로 표준화 기제에서 벗어난 잉여를 스스로 거세해야 하는 '남성' 주체의 억압과 상실을 여실히 증명한다. 누이의 몸이 '남성' 주체의 의지를 넘어선 욕망과 영원히 길들일 수 없는 잉여의 부분들을 선명하게 드러내기 때문이다. 또한 누이의 몸은 자기 거세라는 사건을 증언하는 대상으로서, '남성'이 사회적 주체가 되는 과정에서 피할 수 없었던 자기 상실을 '남성' 주체에게 지속적으로 환기하는 대상이기도 하다.

<달래나 보지>의 연행에서 초점화되고 강조되는 부분은 다음의 네 장면이다. 첫 번째는 비에 젖거나 물에 빠져 누이 몸의 실루엣이 남동생이나 오라비 앞에 여실히 드러나 시각화되는 장면이다. 두 번째는 이누이의 몸을 목격한 '남성' 주인공이 스스로 성적 욕망을 느끼고 있음을 확인하는 장면으로, 주로 자신의 성기가 발기한 상태를 발견하는 장면으로 묘사된다. 세 번째는 '남성' 주인공이 자신의 성기를 훼손하는 자기 거세를 통해 스스로를 처벌하는 장면이고 네 번째는 '남성' 주인공의 죽음을 확인한 누이가 '달래나 보지'를 외치면서 비탄에 빠지고 뒤이어 스스로를 처벌하는 장면이다.

"아 비가 밎아서 옷이 함빡 젖었어. 함빡 젖어서 사내는 옷이 젖어서 옷이 자지가 들러붙어 자지가 불방맹이처럼 이라구[팔뚝을 들어 흔든다.], 여자는 들러 붙어서-- 고 짝 들붙었으니까 아 이거 남-- 오라버니래는 게 동생 앞에 가 이래는 것은-- 동생을 앞… 그래 '이거 도무지 안 되겠다.'구. 그 오라버니가. … 산등성일 올라오니까 당체 자지가 달랠 수가 없어. 어떻게 이게 빳빳하게 일어나는지. 야 이늠 걸세다구. 근데 그 고개에 바위가 이리 넓드락한 바위가 있어. '야 요늠으 새끼 버릇 없이 동생이 앞에 가는데 네가 일어나서 골-- 골질을 하믄 뭘 하느냐?'구, '요늠의 새끼 죽여야 한다.'구. 아 자질 끄내 놓구 바윗돌에 놓구 막 부벼대니까 자지가 그저 죽었어. … 그래서 하는 말이, '이이구 오라버니 달래나보지- 줄런지 안 줄런지 몰르구 죽었나, 달래나 보지-'. 그래 달래 지고개래야."(작품 1번)

"그게 왜 그런가 하니 두 오누우 그렇지? [조사자 : 네 그렇죠. 오누이가 맞죠.] 오누이, 두 오누이 물을 건너갔는데 둘 다 홀딱 벗었지. 벗고 건너 가서 그것도 참, 무지한 쌍스런 얘기야. [조사자 : 괜찮아요] 그래 건너가 보니 누이는 먼저 앞에 갔단 말야. 동생은 인제 옷 입는다고 뒤따라 가고 누이가 앞에 가다 보니 동생이 안 오거든. 그래 안 오니 그 자리 와 봤지. 와 보니, 이거 뭐 돌멩이를 포개 놓고 이놈의 대가리를 끊어서 죽었단 말야. 아 저거 여북해야 저러고 죽었겠나. '아, 이놈아 달래나 보지.' 어 그래 달래강이라고 그러지. [조사자 : 달래강이 어디 있대요?] 있어. [조사자 : 어디 있다는 얘기는 못 들으셨어요?] 어디 있다는 건 몰라도 달래강이야. 그래서 두고 오누이 하나는 거기서 물에 빠져 죽고, 동생은 자지를 돌멩이로 깨 끊어 죽고 그래. '달래나 보지.' 그래 달래강이 그래 됐대. '달래나 보지.' 이래고 죽었기 때문에. '달래나 보지.' 이런 거기다 논을 내놓고 물에 빠져 죽었거든. [조사자 : 논을 냈어요?] 논을 냈지. '이놈아, 달래나 보지.' 써 놓고 죽었으니 알지 어떻게 알아?"(작품 2번)

"달래강을 건너가 농사를 짓다 보니까 소낙비가 오니까 달래강 물이 많아졌어. 과년한 오빠하구 과년한 동생하구 둘이 밭을 매 농사를 짓다가 그래 되니까 옷을 벗구서 강을 건너오다 보니까 그만 참 [이야기를 망설이며, 조사자의 눈치를 보면서] 저어 마음에 그러니까 남자가 여자를 벗은 걸 보니까 자지가 일어서니까 그만, '아 이놈, 너 일어설 때 일어설 일이지 이런 데 일어서는 법이 어디 있느냐?' 하고 낫을 가지고 일하러 갔다가 낫으로 제 부자질 뚝 자르고 그만 그 자리에서 쓰러져 죽었어. 그러니까 그 동생이 하는 말이, '날 보고 달래나 보지, 달래나 보지' 하고 자꾸 울고 앉았어. 그래서 통곡을 하다 그 동생도 그만 오빠가 죽은 데서 그만 죽었어. 그래 '달래나 보지' '달래나 보지' 그랬다 해서 그래 달래강이라 이름을 지었어."(작품 3번)

"음담패설 같지만 우리 지방에 전해오는 전설을 하나 하지요. -중략- 이제 자기 남동생 앞에다가, 등실곤, 아주 인제 말하자믄, 사춘기에 뭐가 임박한, 사춘기 임박한, 사춘기가 됐지요. 인제 열, 한 칠팔살 먹었으니까. -중략- 육체가 그대로 완전히 드러나버렸어. 나체가 돼부렸단 말이여. 딱딱 옷이 몸에가 붙어갖고는 기냥 인체의 곡선미가 싹 다 전부다 눈에 보여뿌린단 말이여. 이러니까 아무리 친오누이간이지마는 이 남자도 열칠팔 살 나가지고 이성이 뭐인가 알게 돼갖고 있고. -중략- 바위 위에 가 앉아서 생각을 해 보니까, 이놈이 죽일 놈이거든. 자기 누나의 뭐인가 몸을 보고는, 이놈이 뭐인가 이성이 발동했다는 것은 사람의 새끼가 아니라, 지가 생각해 볼 때, 이래서 이 수신을 뭐인가 바위 욱에다 끄집어 냈어. 끄집어 내놓곤 돌라 가지고 탕탕 쫓아부렸단 말이여. '내 마음도 나쁘지마는 요것이 나쁘다.' 이 말이여. 이래서 이 바위에다가 기냥 수신을 끄집어 내놓고는 기냥 땅땅 쫓아부렸단 말이여. 그래가지고 죽어부렸어요. 거기서 죽어부렸어요 죽어버렸는데. -중략- 그래가지고 나 몸 하나를 희생을 하단데도, 넘이 부끄럽단데도 하나밖에 없는 남동생을 뭐인가 살렸어야 될 거다 그 말이라. 그런데, 그 동생이 자기의 발동한 마음을 갖다가 누나한테 전하질 못해가지고, 뭐인가 죽었다 이 말이여. 이런께 인자 뭐인가 나의 육체를 요구나 해보고, 차라리 나 육체를 요구하제 그랬냐? 그래서 도라바구, 도란 말이나 해보지. 사투린

데, 도란 말이나 해보지. 그렇게 죽었냐? [청중 : 도라, 도라.] 도라, 주라, 응, 나의 육체를 주란 말이여. 그랬으며는 나의 육체를 주고라도 니를 살렸을 것인데, 왜 주란 말 한 마디도 안 하고 그렇게 무참하게 죽었냐 하는 데서 원통해서, 뭐인가 '도라 도란 말이나 해보지' 그랬다 그래가지고 그 동생이 죽어 있는 그 바위가 도라바구라고 해, 도라바구라고." (작품 4번)

네 장면에서 문제로 부각되는 것은 '몸'이다. 절대 훼손되어서는 안 될 금기를 넘어서게 하는 유혹의 대상도 '여성'의 '몸'이고, 위반의 욕망을 확인하게 하는 실체적 대상도 '남성'의 '몸'이다. 그리하여 훼손되는 대상도 '남성'의 '몸'이고, 죄의식과 처벌의 대상이 되는 것도 '여성'의 '몸'이다. 연행을 통해 '몸'은 시각화된 대상으로 강조되며, 근친상간적 욕망과 이에 대한 자기 처벌이라는 비극적 사건을 구현하는 핵심 표상으로 부각된다.

<달래나 보지>에서 '몸'의 시각화는 욕망의 전경화를 의미한다. 해당 작품에서 '몸'은 금기 위반을 부추기는 욕망, 혹은 표준화 기제를 벗어난 잉여적 욕망을 표상한다. '몸'으로 표상된 욕망은 <달래나 보지>에서 통제 불가능한 대상, 길들여질 수 없는 대상, 시스템과 규범을 벗어난 나머지의 무엇, 곧 잉여로 드러난다. <달래나 보지>에서 이 잉여는 '자기 거세'로 표상된 처벌을 통해 극단적으로 부정되거나 거부된다. 또한 욕망을 부추긴 대상(누이의 몸)이나 욕망을 드러낸 대상(발기한 남성의 성기)으로서 몸은 금기 위반을 부추기거나 금기 위반의 징후를 드러낸 '죄'로 인식된다.

젠더 주체로서 '남성'의 주체화 과정, 곧 '남성'이라는 젠더 주체가 되어가는 과정은 단순히 성적 규범을 내면화하고 이에 순응하는 과정

을 넘어선다. 주체화(subjectivation)33)에 이미 종속화 과정이 내재되어 있음을, 종속화 과정 없이 주체가 될 수 없음을 논증한 미셸 푸코의 논의를 참조할 때 '남성'이라는 주체가 만들어지는 과정은('여성' 주체가 만들어지는 과정도 마찬가지이지만) 젠더 권력과 젠더 권력을 작동시키는 시스템에 대한 종속을 전제한다. 이는 젠더 규범을 포함하는 사회 시스템에 부합하는 존재로 거듭나는 과정으로서, 젠더 표준화 기제에 맞지 않는 잉여적 요소들을 스스로 거세하여 표준화된 주체로 형성되는 과정을 의미한다. 젠더 표준화 기제에 맞지 않는 '몸'을 완전히 버리고 이 표준화 기제에 부합하는 '몸'으로 다시 형성되어야 하는 것이다. 이는 이념이나 규범에 순응하는 의식적이고 심리적인 측면만을 의미하는 것이 아니라 표준화 시스템에 들어맞는 '몸'의 형성을 의미한다. 따라서 잉여적 대상으로서의 '몸'은 처벌되거나 소멸되어야 한다. <달래나 보지>의 주인공이 보여주는 거세와 자살은 이와 같은 잉여적 '몸'에 대한 처벌의 의미를 지닌다.

<달래나 보지>가 암시하는 바대로, 젠더 주체로서 '여성'보다 젠더 주체로서 '남성'에게 잉여적 몸이 더욱 문제시된다. '여성'의 경우 성적 충동에 휩싸이거나 성적 욕망을 느끼는 존재로 인식되지 않으며 성적 충동에 휩싸여 금기를 넘어설 위험에 직면한 것은 오로지 '남성'인 것

---

33) 미셸 푸코는 『감시와 처벌』에서 '사람은 오로지 근본적인 의존을 의미하는 종속, 곧 권력에 종속되는 것에 의해서만 자율의 형상에 깃들 수 있다'는 내용으로 '주체화(종속화, subjectivation)'를 규정했다. 종속이라는 권력의 효과를 통해 주체가 양산된다는 의미에서 개인은 종속을 통해 비로소 주체가 된다는 것이다. '주체화(종속화)'는 주체에 대한 외적인 지배와 통제, 신체에 대한 물리적이고 실질적인 속박과 감금의 형태로 구현되기도 하지만, 주체의 정신 세계 안에서 표준화의 규범과 통제의 원칙을 내면화하는 계기를 통해 발생하기도 한다.(미셸 푸코, 오생근 역, 『감시와 처벌』, 나남출판, 1994 참조.)

으로 인식되기 때문이다. '남성'이라는 젠더 주체의 탄생에는 표준화 기제와 규범을 벗어난 '잉여적 몸'에 대한 처벌, 곧 이 몸을 버리고 시스템에 부합하는 몸으로 거듭나는 과정이 필연적으로 요구된다.[34] 따라서 '남성'은 젠더 주체가 되는 과정에서 필연적으로 자기 상실을 경험하게 되며 이는 곧 불안과 우울을 만든다. 잉여적 몸을 버리고 새롭게 거듭난 '남성'의 신체에는 자기 거세와 상실이 야기한 불안과 우울이 이미 합체되어 있는 것이다.

프로이트는 상실이 분명히 일어났으나 상실한 대상이 무엇인지 몰라 애도할 수 없는 심리적 상태를 '우울(Melancholie)'로 명명하였다. 우울은 상실한 대상이 자아에 합체되어 상실이 무의식적으로 부인되고, 상실한 대상에 대한 비난이 결국 자아에 대한 비난과 처벌로 전환되는 과정을 통해 심화되는데 문제는 이와 같은 과정을 거쳐 자아가 형성되고, 양심을 가진 주체가 만들어진다는 사실이다.[35] 주체화의 과정에서 모든 개인은 표준화에 어긋나는 요소들의 상실을 필연적으로 경험하게 되는데 이 상실은 무의식적으로 부인되어 애도될 기회를 잃어버린 채 리비도

---

34) 원초적인 무의식적 충동들을 억압하고 사회적 규제와 표준화의 기준에 부합하는 주체로 거듭나기 위해 자아는 초자아의 강력한 명령을 따르지 않을 수 없다. 문제는 자아가 리비도적 충동들을 영원히, 그리고 완전히 제압한 채 초자아의 요구에 전적으로 순응할 수 없다는 데 있다. 자아는 영원히 순간적으로 솟구쳐 오르는 리비도의 에너지와 갑작스레 회귀하는 무의식적 충동들에 이끌릴 수밖에 없으며 다른 한편 양심이라는 이름을 가진 초자아의 억압과 괴롭힘에서 완전히 해방될 수도 없다.(프로이트, 윤희기·박찬부 옮김, 『정신분석학의 근본 개념』, 열린책들, 2005(재간 3쇄) 참조.)

35) 그에 따르면, 상실을 부인하기 위해 상실한 대상을 자아로 합체한 우울증적 주체는 대상에 대한 비난을 자아에게 돌림으로써 극단적인 자기 비난과 자기 징벌, 자존감의 상실과 자아의 빈곤 등의 증상을 드러낸다. 그는 '애도(Mourning)' 속에서는 세계가 빈곤해지지만 우울 속에서는 자아가 빈곤해진다는 말로 이와 같은 증상을 설명하였다.(지그문트 프로이트, 윤희기 옮김, 「슬픔과 우울증」, 『정신분석학의 근본 개념』, 열린책들, 2005(재간 3쇄), 243~265쪽 참조.)

의 저장고에 저장된다. 이 애도되지 못한 상실이 우울을 만드는데 이 우울이 자아를 비난하고 처벌하는 초자아, 곧 양심을 만들어내는 것이다. 결국 모든 사회화된 개인, 호명된 주체들은 애도되지 못한 상실로 인한 우울 속에서 형성된 존재들이라는 점에서, 또한 그 상실을 우울 속에 보존하고 있다는 점에서 '우울증적 주체'가 된다. 이와 같은 맥락에서 주디스 버틀러는 모든 '젠더 주체', 곧 '젠더화된 주체'는 '우울증적 주체'라고 말한 바 있다.36) 젠더화 과정에서 젠더 범주와 젠더 규범을 벗어난 모든 무의식적 충동들은 억압되거나 허용 가능한 다른 내용으로 대체되었으며 이 과정에서 의식하지 못한 채 무의식적으로 부인된 수많은 상실이 존재한다는 것이다. 애도되지 못한 이 상실이 젠더화된 주체를 구성해낸다는 점에서 젠더 주체는 우울증적 주체가 된다.37)

비극적 구전서사의 연행을 우울증적 젠더 주체인 '남성'의 멜랑콜리가 발현되는 과정으로 이해하면 여기서도 '남성'의 우울을 대리 표상하고 매개하는 존재는 바로 '여성'이다.38) '여성'을 대상화하고 타자화하는 과정을 통해 '남성'의 우울을 드러내는 것이다. 애도하지 못한 상실을 안은 채 젠더 주체가 된 '남성'의 우울을 가시화하고 이를 보상하기 위해 일종의 알리바이로서 '여성의 죄'라는 이미지가 동원되고 있는 셈

---

36) Judith Butler, *The Psychic Life of Power*, Stanford University Press, 1997 참조.
37) 김영희, 「'여성 신성'의 배제와 남성 주체의 불안─<오뉘힘내기> 이야기를 중심으로─」, 『한국고전여성문학연구』 26, 한국고전여성문학회, 2013 참조.
38) '멜랑콜리(Melancholie)'의 사회문화적 전통 속에서 우울증적 주체는 심연을 들여다보는 철학자, 이상을 상실한 혁명가, 천재적인 예술가, 타락한 천사 등 고립된 상태에서 내면으로의 탐색을 시도한 이들로 형상화되었는데 예술사에서 이들은 대부분 '남성'으로 표상되었다. '멜랑콜리'의 문화와 예술적 전통을 연구하는 이들의 지적에 따르면 일반적으로 '멜랑콜리'의 주체는 '남성'으로 등장하는 반면 '멜랑콜리'인 천재적 '남성'을 방해하거나 '멜랑콜리' 자체를 표현하는 대상이자 매개로 등장하는 것은 '여성'이다.

이다. 이런 맥락에서 비극적 구전서사의 연행은 '남성'의 우울을 애도하는 작업으로도 이해될 수 있다. 애도하지 못했던 상실을 가시화하는 작업이기 때문이다. 그러나 비극적 구전서사의 연행을 통해 '남성'의 상실은 애도되지 못한다. 주체의 우울에 직면하여 상실 대상을 대면하기보다는 타자화된 이미지인 '여성의 죄'로 여전히 상실을 부인하고 우울을 회피하고 있기 때문이다. 따라서 '남성' 주체가 비극적 구전서사의 연행을 통해 자신의 상실을 애도하려 하면 할수록 여전히 어긋나고 뒤틀린 애도 때문에 실질적인 애도가 지연되며, 이로써 '남성'의 우울 또한 더욱 심화된다.

상실을 통해 젠더 주체로 구성될 수밖에 없는 '남성'에게는 불안을 회피하거나, 우울을 심리적으로 방어하고 보상할 그 무엇이 필요하다. 그러나 상실을 요구한 금기의 규범과 젠더 권력, 혹은 표준화 기제와 사회 시스템을 문제삼거나 여기에 책임을 물을 수는 없다. 이는 '남성' 주체에게 이미 절대적인 대상이기 때문이다. 따라서 상실을 보상할 다른 대상이 필요한데 이 때문에 만들어진 것이 '여성의 죄'다. '발기한 성기'로 표상된 남성의 성적 욕망을 어찌할 수 없는 충동으로 묘사하고, 윤리적 과오가 없음에도 불구하고 이 충동에 대해 거세라는 극단적인 자기 처벌을 단행하는 것으로 스스로에게는 면죄부를 주는 대신 '발기'를 유인한 '여성의 몸'에 모든 책임을 돌리는 것이다. 이는 젠더 주체로서 자기 안에 내재한 결핍과 한계, 불안과 우울을 '여성의 몸'으로 대리하게 만듦으로써 잉여적 몸에 대한 자기 상실을 은폐하거나 이를 스스로 부인한 결과로 볼 수 있다.

이처럼 '남성'이라는 젠더 주체는 균열과 결핍의 주체이며, 젠더화 기획은 처음부터 채울 수 없는 여백과 메울 수 없는 틈새를 지니고 있다. 결핍의 존재이자 부인된 상실을 안은 존재인 '남성'은 이 젠더화의 기획 속에서 영원히 불완전한 주체로 남을 수밖에 없다. 이것은 '여성'을 대상화함으로써 배타적으로 자신의 정체성을 기술하는 '남성' 주체의 존재 방식과, 거부하고 배제한 '여성'에게 역설적으로 의존해 있는 '남성' 주체의 구성 방식에 이미 내재한 한계다. '남성' 주체를 구성하고 기술하는 타자화의 논리적 오류 때문에 '남성'은 영원히 '여성'에 의지하지 않고서는 설명이 불가능하고 존재할 수도 없는 존재로 남는 것이다.[39)]

5. 나오며

'여성 섹슈얼리티'를 표상하는 '여성의 몸'은 거부할 수 없는 강렬한 욕망의 대상이 되는 동시에, 바로 그 갈망의 열정 때문에 혐오와 배제의 대상이 되기도 한다. 통제 불가능한 욕망을 억압하고 길들이는 사회적 규범과 표준화된 기제를 내면화하는 과정을 통해 주체로 형성되는 '남성'에게, 이런 양가(兩價) 감정은 일종의 숙명이자 피할 수 없는 실존적 조건이다. 금기를 통해 주체로 거듭나지만, 그래서 '남성'은 영원히 억압 속의 주인공일 수밖에 없는 것이다. 금기가 위반을 유인하듯이, 억압을 통해 무의식에 잠겨들었던 충동들은 언제 어디서든 예고 없이

---

39) 데리다는 이분법의 어디에도 속하지 않는 것, 내부와 외부의 경계 설정을 넘어서는 것, 이미 체계 안에 들어와 있으나 체계로 환원될 수 없는 이질성을 가리켜 '구성적 외부'라고 했는데, 주디스 버틀러는 이를 전유하여 어떤 범주를 구성하는 것의 외부에 있지만 범주를 구성하는 데 필수적인 요소로 작용하는 것을 '구성적 외부'로 명명한 바 있다. (주디스 버틀러, 김윤상 옮김, 『의미를 체현하는 육체』, 인간사랑, 2003 참조. ; 조현준, 『주디스 버틀러의 젠더정체성 이론』, 한국학술정보(주), 2007 참조.)

불쑥 솟아오른다. 이 갑작스런 출몰, 억압된 무의식적 충동들의 회귀와
귀환이 동질적으로 가정되었던 주체의 틈과 구멍을 드러내는 일종의
'파열'을 만들어낸다. 따라서 억압의 주인공인 '남성'은 근원적인 결여
와 결핍을 안고 있는 이질적인 주체일 수밖에 없다.

'여성의 몸'이 불안과 동요를 자아내는 위협적인 대상인 이유가 금기
위반을 감행케 할 정도로 통제 불가능한 열정과 갈망을 이끌어내는 욕
망 대상이기 때문이라면, '불길하고 위험한 존재'로 표상되는 여성의
'성적 매력'은 남성 주체의 욕망과 불안이 투사된 결과로 이해할 수 있
다. <달래나 보지>에서 '남성' 주체나 '남성적' 세계를 동요시키는 '여
성'은, 억압을 통해 비로소 주체로 거듭나는 남성의 불안정한 의식과
강박적 우울을 환기하는 대상인 동시에 그 자체로 남성 주체에 내재한
결핍과 한계를 표상한다. 해당 이야기에서 비극을 초래하는 남성 주인
공의 강박적 행동은 모두 '남성' 주체에 내재한 강렬한 욕망과 그로 인
한 양가적 갈등에 기인하기 때문이다. 결국 여성의 '성적 매력'은 끝내
버릴 수 없는 끈질긴 유혹이지만, 바로 그 때문에 존재 자체를 뒤흔드
는 위험 요인이 된다.

<달래나 보지>에서 구현된 남성 주체의 '자기 거세'는 이야기를 연
행하고 향유하는 연행 주체의 공감과 연민을 통해 연행 주체의 우울과
불안을 환기하는 사건으로 확대 재생산된다. 근친상간적 욕망은 실현된
적이 없지만 심리적 충동을 경험한 것만으로도 '죄'로 각인될 만큼 남
성 주체에게 강력한 금지의 대상이다. 그러나 이 욕망은 남성 주체에
의해 버려지고 부인될수록 더욱 강력하게 들러붙어 남성 주체 내부에
메울 수 없는 구멍을 만든다. 이것은 <달래나 보지> 속 남동생의 현존
이면서 이야기 연행과 전승에 참여한 '남성' 주체들의 현존이기도 하다.

이들 모두에게는 근친상간적 욕망을 품은 것은 죄가 아니라는 위로, 그리고 동시에 근친상간적 욕망을 품은 것은 '유혹하는 여성의 몸' 때문일 뿐 그밖의 다른 이유가 아니라는 자기방어적 알리바이가 필요하다. 이 때문에 스스로는 자기 처벌을 단행하되 남은 누이의 입을 통해 '달래나 보지'를 외치게 하는 것이다. 이 한 마디의 외침은 누이의 입을 빌린 것이되 남동생의 발화로, 누이는 그저 복화술사처럼 그의 목소리를 대변하고 있을 뿐이다. '달래나 보지'라는 한 마디를 통해 남동생의 근친상간적 욕망은 더 이상 죄가 아니라는 신호가 발신된다. 누이의 목소리를 통해 남동생의 욕망은 인간이라면 누구나 그럴 수 있다는 위로와 승인을 받는다.

한 마디 외침에 잇따른 누이의 자기 처벌은 욕망을 품은 남동생의 죄가 더 이상 그의 것이 아니라 그녀의 것임을 확인하는 행위다. 남동생으로 하여금 근친상간적 욕망을 품게 한 그녀의 신체에 대한 처벌인 것이다. 물론 이것은 윤리적 처벌이 아니다. 그녀는 근친상간적 욕망을 부추기는 그 어떤 행위도 하지 않았기 때문이다. 다만 그녀의 '몸'이 문제였다. 그녀의 '몸'이 생겨서는 안 될 욕망을 부추긴 것이다. 따라서 그녀의 몸은 남성의 눈앞에 드러나는 것만으로, 다시 말해 그녀의 섹슈얼리티는 존재하는 것만으로 금지된 대상에 대한 위반적 욕망을 부추기는 위험한 대상이다. 누이의 자살은 스스로에 대한 윤리적 처벌이기보다는 욕망 대상으로서 그녀의 몸을 훼손하고 소멸시키는 행위다. 그리고 이것은 그녀 스스로에게는 자기 섹슈얼리티에 대한 부정이며 부인이다.

누이의 자기 처벌이 뒤따라야 하는 까닭은 이것을 통해 남성 주체인 남동생의 알리바이가 완성되기 때문이다. 누이 스스로가 자신의 몸을 훼손하거나 소멸시킴으로써 남동생이 품었던 근친상간적 욕망은 오로지 누이의 '몸'에 기인한, 불가피한 상황으로 해석된다. 일부 각편에서처럼 누이가 자살하지 않고 살아남는 경우에도 '달래나 보지'라는 외침과 잇따른 누이의 회한 섞인 비탄은, 강도는 약할지언정 같은 내용의 알리바이를 완성한다. 근친상간적 위반의 욕망이 남성 주체의 '죄'가 아니라 '유혹하는 여성의 몸'이 부추긴 불가피하고 필연적인 상황이라는, 남성 주체의 자기방어적 시나리오가 어느 경우에나 관철되어야 하는 것이다.

이 오랜 연원을 지닌 이야기는 오늘날까지 지속되는 젠더정체성의 시나리오 — '남성' 및 '여성' 주체를 만드는 시나리오 — 가 얼마나 깊은 뿌리를 갖고 있는지 보여준다. 이 시나리오의 내용은 다음과 같다. 근친상간적 욕망을 포함하는 남성의 성적 욕망은 자연적인 것이며 의식적으로 통제될 수 없는 강렬한 충동이다. 여성의 섹슈얼리티 앞에서 이를 조절하거나 통제할 수 있는 남성은 없다. 오죽하면 자신의 누이에게도 그런 욕망을 느끼겠는가. 따라서 남성의 '죄'를 막기 위해서는 여성의 섹슈얼리티 자체가 드러나서는 안 된다. 그것은 늘 가려지거나 특별한 방식으로 통제된 — 부인되거나 왜곡된 채로 — 상태로 드러나야 한다. 위반을 부추기며 문제를 일으키는 것은 언제나 '유혹하는 여성의 몸'이기 때문이다. 따라서 여성은 언제나 자신의 몸이 남성의 죄를 유발할 수 있다는 사실을 명심해야 한다.

<달래나 보지>는 '남성' 주체의 불안과 우울의 원인을 '여성'에게 돌리는 방식으로 회피하거나 '여성' 이미지를 알리바이로 삼아 방어하려는 젠더화 전략의 한 단면을 엿보게 한다. 구전서사의 연행과 전승이 이에 참여한 주체들로 하여금 일정 내용의 젠더정체성을 수행케 함으

로써40) 젠더 주체를 호명하고 생산하는 과정이라면, <달래나 보지>의 연행과 전승이 만들어내는 젠더정체성의 내용은 '유혹하는 여성의 몸' 때문에 언제든지 위반의 주체가 될 수 있는 '남성'과 위반을 부추기는 '몸'을 가진 '여성'으로 구성된다. 존재론적으로 '죄'를 가진 '여성'과 이 '죄' 때문에 언제든지 '파멸'할 수 있는 '남성'이라는 정체성의 시나리오가 연행을 통해 작동함으로써, 그 결과 '여성'과 '남성'이라는 젠더 주체 생산에 기여하게 되는 것이다. 젠더 규범과 질서에 기초한, 이와 같은 자기동일적인 정체성의 기입은 '여성'에게는 죄의식의 정서를, '남성'에게는 항시적인 유혹에 대한 강박적 경계 태세를 각인시킴으로써 젠더정체성의 내용에 부합하는 훈육 결과를 낳는다.

---

40) 주디스 버틀러는 정체성을 담론의 효과이자 허구적 구성물로 바라보고 수행적 관점에서 젠더정체성을 설명하고자 하였다. 그는 발화 자체가 정체성을 행하는 것(doing)인 동시에 수행하는(performance) 것이라고 말한다. 주디스 버틀러는, 정체성이 담론 이전에 존재하거나 담론의 결과로 나타나는 것이 아니라 담론의 효과로, 담론의 틀 안에서 구성되고 작동된다고 주장하였다. 갓 태어난 갓난아이가 성적 정체성을 획득하는 것은 아이의 유전자 구조나 생물학적 신체 구조를 통해서가 아니라 '사내아이가 태어났군요'라는 의사의 발화를 통해서라고 버틀러는 주장한다.(Judith Butler, *Gender Trouble*, Routledge, Chapman & Hall, Inc., 1990 참조.)

한국 전래 동화 속의 금기 파기의 특성과 의미*

〈선녀와 나무꾼〉, 〈해와 달이 된 오누이〉, 〈구렁덩덩 새 선비〉를 중심으로

배 덕 임

1. 서론

금기는 사회 내에서 적지 않은 규제력을 갖고 있으며 특정한 상황에서는 강한 구속력을 발휘하기도 한다. 이와 같은 금기가 형성되는 요건으로 그 사회 내의 문화적인 요인들을 들 수 있다. 금기는 같은 문화권 내1)에서 해야 할 것과 하지 말아야 할 것으로 양분하는 측면이 강하며 한국인들 역시 다양한 금기를 지켜가고 있다. 시험 보는 날 미역국을

---

* 이 글은 "『동북아문화연구』 제41집, 동북아시아문화학회, 2014."에 게재된 것이다.

1) 여기서 언급한 '같은 문화권 내'는 앙리 르페브르의 '사회적 공간'과 같은 의미로 사용되었다. "사회적 공간은 동등한 진행 방향을 제공하지만 다른 한편으로는 특정 방향에 훨씬 가치를 부여한다. 모서리나 회전(왼쪽은 '서툰', '불운한' 등을 의미하며, 오른쪽은 '곧은', '바른' 등을 의미한다)에 있어서도 마찬가지다. 한편으로 공간은 동질적이고 합리적이며, 허가되거나 지시된 행위에 개방적이고자 하면서, 다른 한편으로는 개인 혹은 집단에 대해 금지, 비밀스럽고 신비함, 신망과 신망 없음 등을 나타내기도 한다. 하나의 중심적인 위치 매김에 방사선적 분산으로 화답하고, 하나의 중심을 향한 집중에 여러 곳으로의 분산 파급 등으로 응수한다."(앙리 르페브르, 양영란 옮김, 『공간의 생산』, 에코리브르, 2011, 291쪽)

먹지 않거나, 손톱과 발톱을 깎지 않는 것들에 대해 혹자들은 미신으로
치부하기도 하지만 한국 사회 내에서는 현재에도 보편적인 금기행위로
자리매김 되고 있다.

금기 파기와 관련하여 프로이드는 금기(터부, taboo)[2]를 모르고 어겼다
고 하더라도 죄의식이 경감되지 않는다는 점을 주목하면서 오이디푸스
신화를 언급하였다. 우리는 오이디푸스 신화에 대해 익히 잘 알고 있다
보니 '터부의 손상은 끔찍한 죄의식을 생기게 하며 비록 죄의식의 기원
이 알려지지 않았지만 매우 자명한 것이라.'[3]는 프로이드 주장에 관심
을 보이게 된다.

다음은 금기를 지키는 것이 그 사회 구성원들 사이에 유대감을 형성
시켜준다는 점과 금기를 지키는 행위가 이데올로기로 수용되고 있는
점이다.[4] 사회구성원들은 집단 따돌림이나 거부를 피하고 유대감을 형
성해 가기 위해 금기를 파기하지 않는다고 볼 수 있다. 이런 측면에서
볼 때 우리는 자율적인 삶을 살아가는 것 같지만 실제로는 '재사회화(再

---

2) 터부(taboo)는 우리 사회에서 금기(禁忌)라는 의미로 사용되고 있으며 금제(禁制), 기휘(忌
諱) 등으로 번역되기도 한다. 금기의 뜻을 지닌 폴리네시아의 토속어 'taboo'를 서구 사회
에 처음 소개한 사람은 영국의 탐험가 쿡 선장(Captain J·Cook)이다. 터부는 19세기 말
엽부터 Smith, Frazer 그리고 Mead 등 많은 연구자들에게 학술적으로 주목되기 시작하여
그 연구 업적도 상당한 수준에 이르렀다.(박정열·최상진, 「금기어 분석을 통한 한국인의
심층심리탐색」, 『한국심리학회지』 22호, 2003, 48쪽) 금기에 대한 학술적 조명은 민속학
이나 인류학, 종교학 등에서 중요한 주제로 다루어지고 있는데 금기는 성스러운 것(神聖)
을 침범하지 못하게 하는 것과 부정(不淨)하고 위험한 것을 피하게 하는 양가적인 의미를
내포하고 있다.
3) 지그문트 프로이트, 강영계 옮김, 『토템과 터부』, 지식을 만드는 지식, 2013, 65쪽.
4) 다음의 정종진의 견해와 그 의미를 받아들여 개진해낸 개념이다. "금기는 사회의 질서 유
지를 위해 중요한 역할을 하며 사회통제의 일반적인 체계들과도 밀접히 관련되어 있다.
그래서 금기는 한 공동체 내의 다른 어떤 관습보다도 더 강하게 공동체적 통일성과 정체
성을 갖게 해 준다고 할 수 있다."(정종진, 「금기 형성의 특성과 위반에 대한 사회적 대응
의 의미」, 『인간연구』 제23호, 가톨릭대학교 인간학연구소, 2012, 84쪽)

社會化, resocialization)'[5] 되고 있다고 할 수 있다.

본 연구는 전래 동화[6] 속에 나타난 '금기 파기'에 관한 연구이므로 문학작품을 통해 한국인의 의식적 특성 대해 살펴보고자 한다. 아리스 토텔레스는 문학을 인간 삶의 미메시스[7]로 언급하였는데 이와 같은 견 해는 한국문학 작품 속에 한국인의 생활상과 의식 세계가 내재해 있음 을 뒷받침해준다.

문학의 교훈적 기능은 어린이들이 읽는 작품에서 그 활용도가 매우 크게 작용하고 있다. "문학은 그것을 감싸고 있는 여러 조건들 속에 맥 락화됨으로써 그것이 지닌 의의나 가치가 보다 상승될 수 있다"[8]는 견 해처럼 어린이들이 주 독자인 전래 동화는 어린 독자들에게 가치를 전 수시키는 역할을 수행하고 있으며, 사회의 제도 및 이데올로기를 '재사 회화'하는 기능도 담당한다.[9] 하지만 문학 작품에는 많은 상징과 은유

---

5) 개인의 태도·가치관·자아개념 등을 포함한 전반적 생활방식에 있어서의 근본적인 변화 를 불러오게 하는 것을 뜻한다. 개인에게 일어나는 점진적인 변화는 사회화(社會化)의 계 속으로 본다.(서울대학교 교육연구소, 『교육학용어사전』, 하우동설, 2011)

6) 전래 동화는 아동들을 주 대상으로 한 작품이지만 처음부터 아동들을 위해 창작된 것이 아니다. 신화·전설·민담 중에서 아동들에게 적합하다고 판단된 작품들을 선별하여 원 작을 그대로 발표하지 않고 아동들이 이해하기 쉽게 용어와 상황을 수정을 하거나 원전 의 내용을 순화시켜 발표한 작품들을 일컬어 전래 동화라고 규정하여 지칭하고 있다. 일 부 학자들은 '전래 동화'라는 용어에 부정적인 견해를 제기하면서 '전래 동화' 대신 '옛이 야기'라 지칭해야 한다는 주장을 제기하기도 한다. 용어에 대해 다양한 의견이 있음에도 본 연구자는 시중에 시판되고 있는 책들이 '전래 동화'라는 용어를 사용하여 출판되고 있 고, 직접적인 도서 구매자인 학부모들 역시 '전래 동화'라는 개념을 더 많이 사용하고 있 기에 본 연구에서는 '전래 동화'라는 용어를 사용하고자 한다.

7) 이 단어는 그리스어로 '모방'('복제'라기보다는 '재현'의 뜻)이라는 뜻이다. 플라톤과 아리 스토텔레스는 미메시스를 자연의 재현이라고 말했다.(브리태니커 백과사전 참조) 본 연구 에서는 '재현' 의미로 미메시스를 사용하였다.

8) 박민수·엄해영·전기철 외, 『문학과 수용』, 도서출판 박이정, 2012, 61쪽.

9) 전근대적 세계관에서는 아동을 독자적인 존재로 인식하지 못하고 어른의 전유물이나 심 하게는 소유물 정도로 인식하기도 하였다. 그러다보니 미성숙한 어른이나 어른의 축소판

가 내포돼 있다는 점을 간과해서는 안 된다는 점이다. 상징과 은유는 해석이 필요하며 문학작품의 올바른 해석을 위해서는 역사적·사회문화적 위치를 고려해야 한다.[10]

전래 동화 속에서 금기 파기는 쉽게 찾아볼 수 있는 모티브 중 하나이다. 그러므로 본 연구에서는 전래 동화 속에 들어있는 '금기 파기'의 특징 분석을 통해 한국 전래 동화의 이해 폭을 확장시키고자 한다. 이를 위해 금기 파기에 따른 대응 양상을 분석하여 상징적 의미에 대해 해석하고자 한다. 연구에 있어 "똑같이 중요하지만 덜 명확한 또 다른 측면 — 우리의 내면적인 심리적, 정신적 세계와 관련된 측면 — 의 상징적 표현이 있다. 그 내면적 세계 안에서는 한 상징은 직접적인 표현으로는 잡히지 않는 어떤 깊은 직관적 지혜를 나타낼 수 있다."[11]는 점을 착안하여 전래 동화의 미적가치 측면에서 접근해 볼 것이다.[12] 이를

으로 여겨지던 어린이를 위한 독자적인 문학작품의 필요성에 대해 인식하지 못하게 되었던 것이다. 어른들이 읽던 작품 중에서 어린이들에게 읽힐 가치가 있다고 판단되는 작품들을 골라 어린이들 책으로 엮었다. 특히 전래 동화 류의 작품들은 사회 내의 기득권층의 이데올로기나 가치가 선별 기준으로 작용 하였다. 기득권층의 가치관과 이데올로기에 적합한 작품들만이 어린이들에게 읽힐 가치가 있다고 판정되어 책으로 엮었다. 이런 측면을 고려해 볼 때 전래 동화 속에는 기득권층의 세계관이 들어가 있다고 할 수 있겠다.

10) 전설과 신화의 상징 부분에 관해 두 견해를 살펴보면 다음과 같다. "전설은 역사 그 자체는 아니지만 전대 전승의 기반 위에 향유 층이 속해 있는 사회·역사·문화적 상황에 탄력적으로 대응해 나감으로써 당대의 역사적 현실을 보다 압축된 형태로 보여주고 있는 갈래라고 하였다.(강진옥, 『한국 구비문학사 연구』, 박이정, 1998, 72쪽.) "특히 신화와 전설 같은 상징적 이야기는 진리, 정의, 영웅적 자질, 자비, 지혜, 용기, 사랑 같은 추상적 특질을 표현하기 위해서 사용되어 왔다."는 점을 주목하였다.(데이비드 폰태너, 최승자 옮김, 『상징의 비밀』, 문학동네, 1998, 13쪽)

11) 데이비드 폰태너, 위의 책, 8쪽.

12) 권영민은 문학 작품을 예술적 영역으로서 그 속성을 명확하게 하는 게 필요하다고 보았다. 그리고 문학의 매체가 되는 언어의 의미와 비유적 표현과 상징 그리고 언어와 리듬에 대한 정밀한 분석과 이해가 이루어져야 한다는 점 등을 강조하였다.(권영민, 『문학의 이해』, 민음사, 2009, 16쪽)

위해 전래 동화 작품의 절대적 요소인 형식적 측면으로 금기 파기가 전래 동화의 서사 전개와 서사 내용에 어떠한 특징을 보이는지에 대해 고찰하고자 한다. 더불어 한국 사회의 사회적 맥락에서 금기 파기에 따른 대응 양상과 금기 파기가 지닌 상징적 의미를 상대적 요소로 종합하여 분석하고자 한다. 이와 같은 연구를 통해 한국인들이 추구하는 가치와 세계관을 좀더 구체적으로 들여다 볼 수 있게 될 것이다.

2. 금기 파기의 특성

좋은 문학 작품은 감각적인 감정을 자극하는 데 멈추지 않고 이성적으로 사고하고 행동으로 옮기게 만드는 힘이 있다. 특히 어린이 독자들은 긍정적인 세계관에 대해서 행위로 모방하려는 의도성을 표출하고자 한다. 이런 어린이의 행동적 특성과 관련하여 아동문학 작품들은 서사 전개가 성인대상 문학작품들과는 달리 구성되기도 한다. 어린이들이 주 독자인 전래 동화 속에 나타나는 금기의 유형들은 행동관련 금기들이 주로 사용되고 있는 점을 발견할 수 있는데 이 점은 아동문학인 전래 동화의 특성 중 하나이다.[13]

생활 속에서 강조되고 있는 '-마라, - 하면 안 된다.' 등의 금기는 간혹 절대 권력을 갖기도 한다. 즉 그 사회 내에서 질서와 체제를 유지시키는 기능을 수행하고 있는 것이다. 하지만 문학 작품 속에서 금기는

---

13) 전래 동화 작품 속에 행동 관련 금기 모티프가 많이 사용되는 데는 아동문학의 서사적 특성 때문으로 볼 수 있다. 아동문학은 성인 문학에 비해 묘사보다는 사건 중심의 서사 진행에 중점을 두고 있는데 이는 주 독자인 아동의 인지능력 때문이기도 하다. 아동은 성인에 비해 인지 능력이 낮게 나타나기 때문에 인식적 측면에서 성인독자 대상의 작품들과는 형식적인 측면에서도 차별을 두고 있는 것이다.

생활에서와 다르게 지켜지기보다는 어겨지는 구조로 자주 등장한다.

1) 서사 전개상 금기 파기의 특성

전래 동화 <선녀와 나무꾼>[14]·<해와 달이 된 오누이>·<구렁덩 덩 새 선비>[15]의 서사 구조를 금기 모티프와 관련하여 나누면 다음과 같다.

〈선녀와 나무꾼〉

1) 금기 제시 전 : 사냥꾼에게 쫓기는 사슴을 나무꾼이 도와준다.

2) 금기 제시 : 선녀가 아이를 셋 낳을 때까지 날개옷을 보여주지 마라한다.

3) 금기 파기 : 나무꾼이 아이를 둘 낳은 선녀에게 날개옷을 보여준다.

4) 금기 파기 결과 : 선녀가 아이들을 데리고 하늘나라로 가버린다.

5) 그 뒤 전개 : 사슴의 도움을 받아 나무꾼도 하늘나라로 올라가서 행복하게 산다.

---

14) <선녀와 나무꾼>의 유형은 '선녀승천형', '나무꾼승천형', '천상시련극복형', '수탉유래형', '지상하강형', '뻐꾹새 유래형' 등 다양하다. 현재 시중에 출간된 <선녀와 나무꾼> 전래 동화집은 서사 줄거리에서 크게 두 개 유형으로 나뉜다. 하나는 나무꾼이 하늘나라에서 살다가 지상에 두고 온 어머니 때문에 내려와서 다시 금기를 파기하여 하늘나라로 올라가지 못하고 수탉으로 변한 '수탉유래형'이고, 다른 하나는 나무꾼이 하늘나라로 올라가서 행복하게 사는 것으로 끝나는 '나무꾼승천형'이다. 본 연구에서는 연구목적 측면을 고려하여 두 번째 유형인 나무꾼이 하늘나라에서 행복하게 사는 것으로 끝나는 '나무꾼승천형'을 선택하여 연구에 임하였다.

15) 본 작품은 <구렁덩덩 새 선비>, <구렁덩덩 신 선비> 등 제목이 약간씩 다른 형태로 출판돼 있다. 구전설화의 제목이 '구렁덩덩 신 선비'이지만 본 연구에서는 <구렁덩덩 새 선비>를 연구 자료로 선정하였다. 이는 현재 출판된 책으로 <구렁덩덩 신 선비>라는 제목의 텍스트가 있음에도 보림본 <구렁덩덩 새 선비>를 연구 자료로 선정한 이유는 전래 동화로 재구성하면서 '신 선비'를 '새 선비'로 바꾼 점은 거슬리지만 보림본에만 호랑이 눈썹 뽑기 화소가 있어서 연구 자료로 선정하게 되었다.

〈해와 달이 된 오누이〉16)

1) 금기 제시 전 : 호랑이에게 쫓기던 오누이가 나무 위로 올라간다.

2) 금기 제시 : 나무 위로 올라오는 방법을 호랑이에게 알려 주면 안 된다.

3) 금기 파기 : 동생이 호랑이에게 나무 위로 올라오는 방법을 알려 준다.

4) 금기 파기 결과 : 호랑이가 도끼로 나무를 찍으며 올라와서 잡아먹 히게 생겼다.

5) 그 뒤 전개 : 하늘에서 동아줄이 내려와 하늘나라로 올라가 해와 달이 되었다.

〈구렁덩덩 새 선비〉

1) 금기 제시 전 : 할머니가 구렁이를 낳았는데 정승집 셋째 딸과 결 혼을 하게 된다.

2) 금기 제시 : 뱀 허물을 벗고 멋진 모습으로 변한 신랑이 뱀 허물을 절대 보여주거나 태우지 마라 한다.

3) 금기 파기 : 언니들의 꼬드김에 넘어가 뱀 허물을 보여주자 언니 들이 불에 태워버린다.

4) 금기 파기 결과 : 금기를 파기 한 것을 안 신랑이 집을 나가 돌아오 지를 않는다.

5) 그 뒤 전개 : 신랑을 찾기 위해 온갖 어려운 역경을 겪게 되지만 결 국 신랑과 함께 행복하게 살게 된다.

위의 분류를 살펴보면 '금기 제시' 단계는 서사 진행상 인물이 호기

---

16) 〈해와 달이 된 오누이〉에서의 금기는 직접적으로 말해지거나 표면으로 드러나지 않고 문맥 속에 감춰져 있는 형태이다. 이런 형태의 금기 역시 본 연구와 관련하여 연계성이 있으므로 표면적으로 들어난 〈선녀와 나무꾼〉의 "아이 셋을 낳을 때까지 날개옷을 보여 주지 마라."와 〈구렁덩덩 새 선비〉의 "허물을 보여주지도 말고 태우지도 마라"의 금기를 같은 기능으로 보고 연구에 임하였다.

심을 보이게 되어 행동을 유발시키는 장치로 활용되고 있는 것을 발견할 수 있다. 그리고 제시된 금기는 독자들로 하여금 금기를 제시 받은 인물이 과연 금기를 파기하지 않고 잘 지켜낼 수 있을지에 대해 호기심을 갖게 만든다. 그리고 '금기 제시'와 '금기 파기'는 서사 내에서 유기적인 관계를 갖고 있으므로 독해력이 높은 독자들은 금기 제시와 함께 금기 파기를 떠올리기도 한다. 하지만 어린이 독자들은 성인 독자에 비해 독해력의 수준이 떨어진 경우가 보편적이다. 이런 어린이 독자의 특성 때문에 어린이가 주 독자인 전래 동화 내에서의 금기 제시는 어린이 독자들의 호기심을 훨씬 더 강하게 유발시키는 촉진제로서 역할을 하게 된다.

다음은 위의 '금기 제시 전─금기 제시─금기 파기─금기 파기 결과─그 뒤 전개'의 구조에서 볼 수 있듯이 '금기 파기'는 각각의 작품에서 서사의 중심축 기능을 한다. 즉 금기 파기는 서사구성상 서사의 중심축으로서 서사진행 전후를 유기적인 관계로 엮어주는 역할을 수행하고 있다.

금기 제시 전 인물의 유형은 <선녀와 나무꾼>은 착한 효자형으로, <해와 달이 된 오누이>는 착한 아이형으로, <구렁덩덩 새 선비>는 내면을 꿰뚫어 볼 수 있는 비범한 인물형으로 분류된다. 그리고 <선녀와 나무꾼>과 <해와 달이 된 오누이>는 착한 인물형으로 통합하여 묶을 수 있고, <구렁덩덩 새 선비>의 인물형은 비범함으로 개별화 할 수 있으므로 세 작품의 금기 파기 전 인물 유형은 '착한 인물형'과 '비범한 인물형'으로 양분이 된다. 이처럼 인물 유형을 구분한데는 인물 유형에 따라 서사 전개방식이 뚜렷한 차이를 보이기 때문이다. 인물 유형에 따라서 서사 전개방식이 달라지는 데는 먼저 '착하다'는 점이 부여된 것과 부여되지 않음으로 인해 서사 전개상 차이가 나타난다. 위의 서사 구조에 나타나 있듯이 '착한 인물형'은 통과 의례를 거치지 않고 구조자의 도움으로 금기 파기로 발생한 결과를 해결해 낸다. 하지만 착하다는 것이 배제된 '비범한 인물형'은 통과의례를 거쳐야만 금기 파기로 발생한 결과를 해결할 수 있게 된다. 바로 이 점이 금기 파기가 갖는 서사 전개 방식 상의 특성 중 하나이다.

금기를 파기하는 인물들의 행동 형태는 두 가지로 나뉘게 된다. 먼저 <선녀와 나무꾼>에서 금기 파기 인물인 나무꾼은 선녀가 하늘을 올려다보며 슬퍼하는 모습을 지켜보면서 심리적 갈등을 일으킨다. 나무꾼은 선녀를 속여 결혼한 것에 대해 스스로 양심의 가책을 느끼고서 괴로워하며 고민을 하게 되고 그 결과 자신의 비도덕적 행위에 대해 반성을 하여 외부의 간섭이나 강요 없이 자기 주도적으로 금기를 파기한다.

<해와 달이 된 오누이>에서는 어린이 본성에 의해 동생이 금기를 파기 하게 된다. 호랑이에게 쫓기고 있는 급박한 상황 속에서도 동생은 천진함을 잃지 않고 어린이의 본성에 충실하게 행동한다. 이는 계산적이고 자신의 이득을 중심으로 행동하는 보편적인 어른들과는 사뭇 다르다. 여기서 금기를 파기한 동생은 순진하고 천진난만한 어린이의 순수성을 토대로 행동하고 있으므로 동생의 금기 파기는 어린이 본성에 의한 행위로 규정할 수 있다. 즉 동생은 자발적으로 금기를 파기하므로 자기 주도형에 속한다.

다음 <구렁덩덩 새 선비>는 외부의 강압을 이겨내지 못하고 금기를 파기하는 형태를 취하고 있다. 셋째는 신랑과의 약속을 지키기 위해 노력한다. 하지만 질투심에 불탄 언니들은 셋째가 신랑의 약속을 파기시키도록 온갖 수단을 동원하여 꼬드긴다. 결국 셋째는 언니들의 꼬드김

에 넘어가 금기를 파기하게 되는데 이는 셋째의 자발적인 의도보다는 언니들의 꼬드김이 원인이 되므로 외부 강압 형에 속한다.

세 편의 금기 파기 인물들의 행동 유형을 살펴봤을 때 '자기 주도형'과 '외부 강압형'으로 분류된다. 하지만 모두 인간의 나약한 본성적 측면에 의해 금기를 파기한다는 공통점을 찾아볼 수 있다. 즉 인간이기 때문에 나약한 점이 원인이 되어 금기를 파기하게 되는데 바로 이점이 공통점으로서 또 하나의 특성으로 자리매김 된다.

다음은 인간적 속성과 관련하여 서사 전개의 차이를 살펴보면 '자기 주도형'으로 금기를 파기한 <선녀와 나무꾼>과 <해와 달이 된 오누이>의 인물들은 구조자의 적극적인 도움을 받는다. 즉 '자기주도형' 금기 파기자들은 별다른 어려움을 거치지 않고 금기 파기로 발생한 사건의 해결을 보게 된다. 하지만 <구렁덩덩 새 선비>의 '외부 강압형'은 구조자의 도움이 '자기주도형'에 비해 훨씬 미약하게 나타난다. '외부 강압형'에게는 구조자의 적극적인 해결이 아닌 금기 파기자가 갖은 고생을 겪은 후 온갖 노력으로 금기 파기에 따른 문제 상황을 해결해내야만 하는 상황이 주어진다.

이처럼 문제 해결 방법이 서로 다른 것은 금기 파기의 형태가 서로 다른 차이로 말미암아 나타난다. 금기를 파기하는 인물들의 인간 본성적 측면은 공통적이지만 금기 파기에 따른 서로 다른 행위 형태에 따라서 서사 전개 방식을 다르게 취하고 있다. 즉 금기 파기자의 인물 행동 유형이 '자기 주도형'인지 '외부 강압형'인지에 따라서 구조자들이 어느 상황까지 도와줘야 하는지에 대한 서사 전개방식이 달라지는 특성이 있다.

2) 서사 내용상 금기 파기의 특성

먼저 <선녀와 나무꾼>에서 금기 파기의 서사 내용상 역할은 나무꾼의 인간애적인 심성을 구체적으로 드러내주는 장치로서 기능을 수행한 점이 특성으로 나타난다. '선녀가 아이를 셋 낳을 때까지 날개옷을 보여주지 마라'는 금기는 심성이 착한 나무꾼에게는 고통이며 징벌로 작용한 것이다. 만약 나무꾼이 금기를 파기하지 않았다면 나무꾼의 심성이 드러나지 않았을 것이다. 하지만 나무꾼이 금기를 파기함으로써 나무꾼의 이타적인 사랑이 명확히 드러나게 되었다. 그러므로 금기 파기는 서사 내용면에서 나무꾼의 심성을 구체적으로 부각시켜주는 특성을 드러내게 된다.

<해와 달이 된 오누이>에서는 금기 파기가 동생의 어린이로서의 정체성을 획득하게 하는 장치로서 특성을 갖고 있다. <해와 달이 된 오누이>에서 금기 파기의 원인은 어린이의 순수성이라 할 수 있다. 동생은 금기를 파기 했을 때 자신에게 닥칠 불행 따위는 고려하지 않고 단지 눈앞에 펼쳐지는 상황을 보며 감정에 충실하게 행동을 한다. 이와 같은 특성이 어린이의 대표성 중의 하나이므로 <해와 달이 된 오누이>에서 금기 파기는 서사 내용적인 측면에서 동생의 어린이다운 특성을 부각 시키고 있다.

<구렁덩덩 새 선비>에서 셋째는 어릴 때부터 비범함을 갖고 있는 인물이다. 하지만 보편적 인물이기도 하다. 셋째의 보편성은 한국 속담 "설마가 사람 잡는다"에서 찾아 볼 수 있는데 서사 내에서 셋째가 보여주는 '호기심과 설마 하는 궁금증'이 바로 셋째의 보편성을 뒷받침하고 있다. 즉 셋째는 "설마가 사람 잡는다"는 속담과 어울리게 '설마' 하는

마음으로 금기를 파기하는데 이는 보편적인 한국적 정서를 구체적으로 보여주는 것이 된다. 즉 보편적 내용을 보여주는 점이 특성으로서 서사 내용상 기능을 하고 있는 것이다. 또한 인간은 본성적으로 호기심과 궁금증에 나약하다는 특성을 드러냄으로써 정보 제공의 측면으로 기능하고 있다.

다음으로 금기 파기는 주제 내용면에서 해피엔딩을 유도하는 특성을 보여 준다는 점이다. 만약 금기 파기가 없을 경우 서사 내용이 평이해지게 되고 해피엔딩의 의미가 미약해질 수 있다. 그런데 금기를 파기함으로써 해피엔딩에 대한 의도성이 약해지게 되고 그 의도성은 오히려 문맥 속으로 숨어들게 되었다. 이와 같은 점을 고려해 볼 때 금기 파기는 주제 내용면과 연관되어 있다는 특성이 드러난다.

3. 금기 파기에 따른 대응 양상

문학에서 상징은 직접적인 해석보다는 다의미적인 해석을 중요시하며 이와 관련하여 엘리아데는 상징의 고유한 특성 중 하나로 다가성(多價性)을 언급하기도 하였다. 더불어 상징의 의미를 모두 설명하기란 매우 어려운 일이라고 언급하였다. 특히 상징이 다양한 맥락을 가지며 그 각각의 차원에 상응하는 가치를 가지고 있는 점을 주목하였으며, 하나의 상징에 내포된 참된 메시지를 포착하기에는 위험이 따른다는 점도 지적하였다. 그리고 상징은 다양한 차원을 이어주는 통합성이 존재한다는 점과 가능한 모든 의미를 단지 하나의 '근본적'인 의미만으로 환원시키는 상징 해석은 옳지 못하다고 보았다. 상징의 인식 기능은 바로 그것이 우리에게 사물을 다르게 볼 수 있는 관점을 제공해 준다[17]고 보았는데 본 연구는 이와 같은 관점을 토대로 하여 금기 파기에 따른 대응 양상의 상징적 의미를 분석하고자 한다.

1) 보상과 수용의 승천형

<선녀와 나무꾼>·<해와 달이 된 오누이>는 금기를 깬 후 처벌과 배제를 당하는 형태를 보이지 않고 오히려 보상과 수용의 형태를 보여준다. 지켜야 하는 금기를 파기 했는데도 새로운 세계로 진입시켜주는 하늘나라로의 승천형태를 취하는데 이에 대한 상징적 의미로는 먼저 민중들의 현실 극복 욕구를 성취시켜주는 것이라고 의미 해석을 할 수 있겠다. 금기 파기는 주로 소수자나 억압받는 피지배층에게서 나타난다. 즉 금기를 파기하는 인물들은 중심세력에서 배제된 주변 인물들로 중심 세력 내로의 합류를 열망하는 계층들이다.

<선녀와 나무꾼>·<해와 달이 된 오누이> 작품 속의 금기 파기 인물들도 역시 피지배계층에 속한 이들이다. 이들은 금기를 어김으로써 비로소 새로운 세계로 들어 설 수 있게 된다. 만약 이들이 금기를 파기하지 않았더라면 결코 하늘나라로 입성할 수 없었을 것이다. <선녀와 나무꾼>에서 나무꾼은 지상에서 양심의 괴로움을 느끼면서 살아갔을 것이고, <해와 달이 된 오누이>에서는 호랑이가 지쳐서 포기하거나 누군가의 구조자가 나타날 때까지 불안에 계속 떨어야만 했을 것이다. 하지만 착하게 살아온 효자이고 순진무구한 어린이들이 금기를 파기 하게 된다. 착하다는 것과 순진하다는 것은 민중들의 한 특징적인 면모이

---

17) 미르치아 엘리아데, 박태규 옮김, 『상징, 신성, 예술』, 서광사, 1991, 35~36쪽.

므로 천상 세계로 갈 수 있도록 기회가 주어진 것은 민중들의 초월로 향한 욕구를 실현시켜 줌으로 해석이 된다.

다음으로 나무꾼과 어린 동생의 금기 파기에 따른 대가로 승천형을 보여줌으로써 부정(不正)의 세계에서도 얼마든지 옳거나 바른 세계로의 회귀를 열망해도 된다는 논리성을 상징화 한 것으로 풀이 된다. 그리고 승천형에 대한 또 다른 해석으로는 민중들에게 긍정적인 세계관을 부여해 준다는 점이다. 금기를 위반했는데도 구조자가 나서서 적극적으로 개입하여 하늘나라로 올라가게 해주는데 이는 천상계와 지상계의 융합이 가능하다는 포용정신의 표현으로도 해석이 된다. "시원[18]으로의 복귀는 재생의 희망을 안겨준다."[19]는데 <해와 달이 된 오누이>에서 같은 의미를 찾아볼 수 있다. 오누이가 동아줄을 타고 하늘나라로 올라가는데 이는 귀환을 통해 해와 달로 새롭게 탄생[20]하는 재생의 구조를 보여준 것으로 풀이 된다.[21]

앞의 새롭게 탄생하는 재생과 관련하여 좀더 구체화 해보면 <해와 달이 된 오누이>에서 인물들은 호랑이의 위험을 피해 간신히 나무 위로 올라갔지만 동생의 금기 파기로 인해 결국 목숨이 위태롭게 된다. 이는 엘리아데가 풀이한 "새로운 탄생을 준비하기 위해 혼돈으로 모범

---

18) 단군신화에 하느님의 아들인 환웅이 하늘에서 내려와 단군을 낳았다고 서술하고 있다. 이와 관련하여 한국인들은 하늘나라를 시원으로 여긴다.

19) 미르치아 엘리아데, 이은봉 옮김, 『신화와 현실』, 한길사, 2011, 92쪽.

20) 해와 달이 되는 것은 생명의 원천으로의 재탄생을 뜻한다.

21) <해와 달이 된 오누이>에서 어머니는 잔치 집에 일을 하러 가면서 오누이를 작은 오두막 집 방안에 있게 한다. 엘리아데는 오두막에 갇히는 것의 상징을 태초의 미분화 상태, 우주적인 밤으로 회귀하는 것으로 풀이하였다. 뱃속이나 어두운 오두막, 가입식의 '무덤'에서 나오는 것은 우주 창조에 해당하는 것으로 본 것이다. 가입식의 죽음은 우주 창조의 반복을 가능케 하기 위해, 즉 새로운 탄생을 준비하기 위해 혼돈으로 모범적 회귀를 재현한다는 것이다.(미르치아 엘리아데, 앞의 책, 177쪽.)

적 회귀를 재현"하는 '혼돈의 상황'이 펼쳐진 것이라 할 수 있다. 또한 오누이가 호랑이에게 쫓겨 나무 꼭대기로 계속해서 올라가는 것은 천상계와 가까워지는 것을 상징함이다. 높은 곳과 꼭대기는 신성한 곳의 상징적 표현이며 좀더 쉽게 구원을 받을 수 있는 위치이다. 그러므로 '새롭게 탄생하는' 것과 상징적 관련성이 깊음이 의미적으로 통하게 된다.

2) 속죄와 정화로서의 통과의례[22]

<구렁덩덩 새 선비>의 금기 파기자인 셋째는 이미 중심부에 속한 인물로서 계층 상승이나 현실극복의 열망은 제거된 상태이다. 때문에 구조자의 도움을 받아 계층적 상승은 필요하지 않으며 다만 "터부를 손상시켜서 생기는 특정한 위험들은 속죄행위와 정화의식(淨化儀式)을 통해서 제거 될 수 있"[23]으므로 이에 따른 과정만이 필요하다. 그러므로 <구렁덩덩 새 선비>에서 금기를 파기한 대가로 내기에 이겨야 하는 통과의례는 속죄행위와 정화의식으로서의 상징적 의미로 풀이된다.

또한 <구렁덩덩 새 선비>의 인물은 언니와의 천륜의 정을 어기지 못해서 금기를 파기하였다. 이는 금기를 파기할 수밖에 없게 만드는 주변 인물들의 의도적 방해로 인해 비극성이 창출되었기에 이에 따른 처벌은 나타나지 않고 통과의례 과정만 거쳐 가게 한 것이다. 즉 금기 파기자에게 주어진 통과의례가 다른 관점에서는 처벌로도 볼 수도 있겠지만 이 작품에서는 처벌이 아닌 속죄와 정화의 과정으로 다시 회귀할

---

22) 통과의례를 처벌의 또 다른 의례적 혹은 사회적 변이 형태로 생각할 수 있다.(정종진, 앞의 논문, 91쪽)
23) 지그문트 프로이트, 앞의 책, 37쪽.

수 있는 기회를 준다는 상징 풀이가 가능해진다.[24]

통과의례 과정 중에 셋째는 호랑이 눈썹을 뽑아오기 내기에서 승리를 하여 신랑을 되찾아 간다. 이를 통해 금기를 위반했다고 하여 철저하게 배척을 하지 않고 회복할 수 있는 기회를 부여해 준다는 것을 알수 있다. 그리고 행복하게 사는 것을 통해 공동체 내로 다시 들어올 수있도록 유도하였다는 풀이가 가능해진다. 그러므로 <구렁덩덩 새 선비>내에서의 통과의례는 배척과 처벌이 아닌 수용의 또 다른 방식으로포용의 세계관이 만들어낸 수용을 위한 상징적 장치가 된다.

<구렁덩덩 새 선비>에 등장하는 뱀의 허물은 양가적인 의미가 있다. 하나는 이전 세계를 입증하는 소중한 증거물이고, 다른 하나는 미성장의 증거물로서 감추고 싶은 것이다. 그리고 뱀이 허물을 벗는 것의 상징적 의미는 셋째가 거쳐야 하는 통과의례와 내적으로 의미가 통한다. 둘의 통과의례는 성장과 새로움으로 탄생하는 것을 상징하기 때문이다. 그리고 통과의례는 다른 측면에서 부부사이의 평등성을 지향하는 또다른 상징장치로도 해석이 가능해진다. 금기 파기에 따른 시련을 묵묵히 받아들이지 않고 셋째는 능동적으로 신랑을 찾아 나서게 되는데[25]

---

24) "위반을 수용하는 이유는 금기에는 위반이 필연적으로 따르지만 질서 속에 무질서가 내재되어 있듯 금기와 위반은 우리 인간의 무의식 속에 내재되고 혼재되어 있는 속이기 때문이다."(정종진, 앞의 논문, 94쪽)

25) 셋째가 신랑을 찾아 나서는 과정은 '옳음−부정−옳음'의 과정이라 할 수 있다. 셋째가 신랑을 찾아 나설 수밖에 없는 의식세계를 살펴보면 첫째, 부인이 신랑의 말을 어긴다는 것은 가정의 파기를 의미한다. 그러므로 아내 된 입장으로 신랑의 약속을 지키지 않았다는 것은 윤리적인 측면에서 부도덕한 행위이므로 찾아 나서야만 한다. 둘째, 신랑이 이미 새로운 가정을 꾸리고 있는데도 찾아나서야 한다는 점은 일부종사 사상이 강하게 표현 되었다는 해석이 가능하다. 신랑이 살아있는 것을 알면서도 외면하거나 찾아 나서지 않는다는 것은 커다란 죄악이 되기 때문이다. 셋째, 안살림을 꾸리는데도 온갖 역경을 이겨내야 한다는 점으로 상징된다. 셋째는 호랑이 눈썹을 뽑아가는 시험을 통과해야만 한다. 이는 목숨이 위태로운 상황에 직면하게 될 수도 있다. 그런데도 포기하지 않는데

이는 셋째의 비범성을 통해 부부의 평등성을 지향하는 상징적 의미로
도 해석이 가능해 진다.

4. 금기 파기의 상징적 의미

1) 긍정의 의미 장치

현실에서 금기 파기는 부정한 것이지만 문학에서 금기 파기는 사건
전개의 중요한 변환 축으로 기능하여 인물을 능동적으로 행동하게 한다.

<표 1> 금기 파기 후 인물 행동

선녀와 나무꾼	선녀가 하늘나라로 가버리자 사슴을 찾아간다. (능동적 행동)
해와 달이 된 오누이	호랑이가 나무 위로 올라오자 하늘에 호소한다. (능동적 행동)
구렁덩덩 새 선비	신랑이 돌아오지 않자 직접 찾아 나선다. (능동적 행동)

위의 <표 1>에서 금기 파기 후 인물들은 금기 파기로 발생한 문제
를 해결하기 위해 능동적으로 행동을 한다. 이는 금기 파기가 인물 행
동에 변화를 가져다주는 작용을 한다는 것을 뒷받침한다. 장장식의 연
구[26]에서도 유사한 관점을 발견할 수 있는데 그는 설화 속에 장치된
금기 모티프가 금기 파기 전의 상황과 인물간의 상황을 제어 변화시키
는 작용을 함으로써 역전의 상황으로 전개시키고 있다고 보았다. 그러
므로 금기 파기는 서사 내에서 인물행동의 변화를 주는 행동촉진제 역

이는 집안 살림을 잘 꾸리기 위해서는 지혜로워야 하고 목숨까지 내 놓을 수 있을 만큼
큰 용기가 필요하다는 점을 상징적으로 보여주는 것이라 하겠다.

26) 장장식, 「금기 설화 연구」, 『한국민속학』 17, 한국민속학회, 1984.

할을 한다고 할 수 있다.

다음으로 금기 파기는 독자들에게 긴장감을 유발하고 흥미감을 주고 있는 점이다. 작품 속 인물들은 금기가 위반됨으로써 고통스러운 상황에 빠지기도 하고 위험한 상황에 직면하기도 한다.

〈표 2〉 금기 파기로 인한 긴장감 유발

선녀와 나무꾼	선녀가 아이들을 데리고 하늘나라로 가버린다. • **긴장감 유발**-이제 나무꾼은 어떻게 되지? • **행동**-하늘나라로 가는 방법을 알아내기 위해 도움을 줬던 사슴을 찾아간다.
해와 달이 된 오누이	호랑이가 도끼로 찍어가며 나무 위로 올라온다. • **긴장감 유발**-오누이가 호랑이에게 잡아먹히면 어떡하지? • **행동**-목숨을 구하기 위해 하늘에 간곡히 기도한다.
구렁덩덩 새 선비	언니들이 신랑의 뱀허물을 불에 태워 버리자 신랑이 집을 나가 돌아오질 않는다. • **긴장감 유발**-뱀 허물을 태우면 절대 안 된다고 했는데, 신랑이 영영 안 돌아오면 어쩌지? • **행동**-돌아오지 않는 신랑을 찾아 나선다.

위의 〈표 2〉를 살펴보면 긴박한 상황이 전개 되어 독자들로 하여금 긴장 속으로 빨려들게 만들고 있다. 이와 같이 금기 파기는 생동감을 주고 활력을 부여하여 독자들에게는 긴장감과 함께 흥미를 부여하는 서사 탄력 장치의 기능이 있다.

앞의 견해를 토대로 확장 해석을 해보면 다음과 같은 새로운 의미 해석이 가능해진다. '금기 파기'는 부정(나쁨)과 긍정(좋음)에서 부정이 아닌 긍정의 형태로 수용이 되고 있다. 즉 서사 구성면에서의 탄력 장치로서 상징적 의미뿐만 아니라 내용면에서 금기를 파기하는 인물들을 더 나은 상황으로 유도해 주는 긍정의 장치로 기능한다. 이와 같은 점을 고려해 볼 때 금기 파기가 현실 생활에서는 부정 의미에 해당하는

행위이지만 문학 작품인 전래 동화 속에서는 긍정의 의미 장치로 기능
을 하고 있음 알 수 있게 된다.

2) 시-공간 확장27)의 축

금기 파기가 지닌 상징적 의미는 앞에서 살펴 본 서사 인물들을 능동
적으로 활동하게 만들고 긴장감과 흥미감을 높여주는 긍정의 의미장치
외에도 물리적이고 정신적인 시-공간 확장의 축으로서 의미하고 있다.

〈표 3〉 금기 파기 후 공간 변화

	금기 파기 전	금기 파기 후
선녀와 나무꾼	지상계	천상계
해와 달이 된 오누이	지상계	천상계
구렁덩덩 새 선비	마을 내	마을 밖

위의 〈표 3〉에 금기 파기 후 세 작품 모두 물리적 시-공간의 확장이
확연히 나타나고 있다. 〈선녀와 나무꾼〉·〈해와 달이 된 오누이〉는
지상계에서 천상계로 확장을 보여주고, 〈구렁덩덩 새 선비〉는 마을 내
의 공간에서 마을 밖의 공간으로 확장되었다. 본 연구에서 텍스트로 선
정한 전래 동화들은 설화를 변형한 작품들로 이와 같은 작품들이 사멸
되지 않고 계속 전승되고 있는 것은 사회적 이데올로기의 '재사회화'
기능 때문이라고 할 수 있다. 사회학자들은 어떻게 권력 관계를 생성하
고 유지하는가에 따라 사회 체계의 차이가 발생한다고 본다. 이런 견해

---

27) 시간-공간 확장(time-space distanciation) 개념은 앤서니 기든스(Anthony Giddens, 1979 ·
   1981 등)가 사회적 행위와 상호작용을 분석하기 위해 제안한 것이다.

를 참조해 볼 때 연구대상이 된 작품들도 기득권층이 자신들의 이데올로기를 다음 세대로 전승하기 위해 재사회화 한 것으로 볼 수 있으며, 이점이 바로 정신적인 시-공간 확장이라고 할 수 있는 것이다.

설화작품에 등장하는 주인공은 대부분 당대를 지배하던 세계관과 부합한 행위를 하는데 이는 지배세력의 이데올로기에 의해 행동하게 되고 사고하기 때문이다. 아무런 이유 없이 인물들이 움직이지 않거나 사고하지 않는 것은 주인공의 행동이나 사고가 지배층의 이데올로기를 강조하거나 추구하기 위함이다. 먼저 <선녀와 나무꾼>에서 작품 속에 금기 파기 모티프가 없었다면 인물들의 옳고 그름의 가치를 전달하기가 쉽지 않았을 것이다. 작품 내에 금기 파기 모티프가 있음으로 인해 당시 세계관의 옳고 그름에 대한 가치가 분명하게 표현된 것이다. 나무꾼이 현실의 안위를 포기하면서까지 금기를 파기 하도록 만든 것은 양심을 속여 가면서 현실의 안위를 누리는 것은 결코 옳지 않다는 당시 시대의 윤리관을 심어주기 위한 것이라고 할 수 있다. 그러므로 <선녀와 나무꾼>에서는 옳고 그름에 대한 양심의 윤리관이 재사회화를 통해 정신적인 시-공간 확장이 이루어지고 있다.

또한 <해와 달이 된 오누이>에서는 어린이 본성대로 행동한 동생의 금기 파기는 어렵고 불우한 환경에 있는 어린이들도 착하게 생활하면서 어린이의 본성을 잃지 않으면 구원을 받는다는 '권선징악(勸善懲惡)'사상을 재사회화함으로써 정신적인 시-공간 확장이 이루어지고 있다. 다음은 <구렁덩덩 새 선비>에서 당시 사회는 신랑의 부재가 사회문화적으로 부정(不正)한 세계로 인식된다. 때문에 셋째는 부정한 세계를 극복해내기 위해 시-공간이 확장된 곳으로 나아가야만 한다는 풀이가 가능해진다. 그 당시 여성이 가정과 공동체를 벗어나 혼자서 길을 나선다는 것은 죽음을 전재할 만큼 위험한 행위이지만 집을 나간 남편을 찾아 나서야만 하는데 이는 당시대의 삼강오륜(三綱五倫)과 여필종부(女必從夫) 사상을 정신적으로 재사회화하는 시-공간 확장이 되는 것이다.

5. 결론

본 연구는 문학의 수용 측면에서 접근을 시도하였다. 문학을 해석할 때 흔히 형식과 내용의 측면을 중점적으로 다루고 있는데 본 연구에서는 형식과 내용 측면의 분석에 그치지 않고 상징적 의미를 재해석하는 데 초점을 맞추었다. 연구를 통해 '금기 파기' 모티프가 서사 전개 측면에서 독자들에게 호기심과 궁금증을 유발시키는 역할을 하는 점과 인물들에게 개연성을 부여하는 특성으로 서사 진행의 전후를 유기적인 관계로 엮는 기능이 있음을 분석하였다. 뿐만 아니라 서사 전개상 인물 행동 유형을 구분하는 역할을 하여 서사 전개 양상의 차이를 주는 역할을 하고 있음을 살펴보았다.

'금기 파기'의 서사 내용적 특성으로는 <나무꾼과 선녀>에서는 나무꾼의 인간적 심성을 구체적으로 드러내주는 장치로서 기능과, <해와 달이 된 오누이>에서는 금기를 파기한 동생의 어린이로서의 정체성을 획득하게 하는 장치적 특성이 있음을 해석 해냈다. <구렁덩덩 새 선비>에서는 인간의 본성을 보여주는 기능을 한다는 것과 인간은 본성적으로 호기심과 궁금증에 나약하다는 정보 제공 역할을 하는 점들을 분석해 냈다. 또한 "설마-" 하는 한국적인 정서를 구체화해서 보여주는 특성까지 발견하였다.

금기 파기에 따른 대응 양상으로 승천형에서는 하늘나라로의 수용을 통해 민중들의 현실 극복 욕구를 성취시켜준다는 상징성과 부정의 세계에서도 올바른 세계로의 회귀를 열망해도 된다는 점을 상징화하여 긍정적인 세계관을 심어준 점을 해석해 냈다. 그리고 새롭게 탄생하는 재생 구조의 상징성에 대해서도 의미를 발견하였다. 통과의례 형에서는 금기 파기가 중심부에 속한 인물들의 금기 파기는 응당한 대가를 치러야 한다는 숨겨진 의미와 내용면에서 해피엔딩을 유도하는 장치로서의 기능을 하고 있음에 대한 재해석을 하였다.

금기 파기의 상징적 의미를 긍정적인 의미 장치와 인물들을 적극적으로 행동하게 하는 행동촉진제로서의 기능과 긴장감과 함께 흥미를 부여하는 기능의 축으로서 역할로 재의미화 하였다. 그리고 인식의 폭을 한 단계 더 확장 시켜 일상생활에서 부정에 속하는 '금기 파기'를 문학작품에서는 처벌하지 않고 긍정적 측면에서 수용하는 상징적 의미라는 점을 재해석 하였다. 또한 금기파기가 시-공간의 확장의 축으로 기능하여 기득권층의 이데올로기를 제사회화 하는 기능을 수행함으로써 정신적인 공간 확장을 꾀하는 상징성까지 새롭게 의미화하였다.

본 연구는 문학 수용측면에서 한국 사회문화적인 상징성을 해석하는 데 기여를 할 수 있을 것으로 기대해보며 이를 본 연구의 의의로 삼고자 한다. 연구를 마감하면서 다소 미진한 점도 있지만 계속하여 전래동화에 대한 연구가 이어지고 확장 됐으면 하는 바람이다.

산천굿 무가사설의 구성적 특징과 죽음에 대한 인식[*]

신 호 림

1. 서론

<산천굿>은 함경도 망묵굿(새남굿)¹⁾의 한 제차에서 연행되는 서사무가이다.²⁾ 망자(亡者)의 저승길을 닦아주는 망묵굿은 각 제차마다 신(神)을 불러, 그 직능에 따라 각기 다른 저승길을 닦아 주는데, '산천굿'³⁾의 경우 "불근이 불러내여 산천(山川) 질을 닦"아주는 기능을 수행한다.⁴⁾ 즉,

---

* 이 글은 "『한국무속학』 제28집, 한국무속학회, 2014."에 게재된 것이다.

1) 함경남도 홍원군 출신 무녀 지금섬(池金纖)에 의하면 "主要한 家庭굿의 종류는 病을 고치기 위한 病 굿, 營業 繁昌을 祈願하는 재수굿, 死靈의 極樂往生을 위한 亡묵이굿으로 三大分"되는데, 북청 지역에서는 망묵이굿을 새남굿이라고도 부른다고 한다. 장주근, 「무속신앙」, 『한국민속종합조사보고서』 12(함경남·북도편), 문화공보부 문화재관리국, 1981, 97쪽.

2) 김태곤이 조사한 이고분(李高扮)의 보유 무가를 보면, 산천굿은 망묵굿이 아닌 '재수굿'의 10번째 제차에 위치하고 있다. 하지만 이고분이 망인의 길 닦음 제의인 망묵굿을 전문으로 하는 무당이라는 점, 채록자에게 쉽게 무가나 제의에 관한 정보를 알려주지 않았다는 점, 그리고 김태곤을 제외한 다른 연구자들은 모두 산천굿을 망묵굿의 제차로 제시했다는 점 등을 고려했을 때, 산천굿은 재수굿이 아닌 망묵굿의 한 거리였을 확률이 더 높다고 판단한다. 김태곤의 조사 환경과 과정에 대해서는 김태곤, 『한국무가집』Ⅲ, 원광대학교 민속학연구소, 1978, 70~72쪽 참고.

3) 무가 사설을 지칭할 때만 < >로 표기하도록 하겠다.

"붉은선비와 영산각시에 관한 설화"[5)]가 무가의 주된 내용으로 구송되면서, 그들의 행위가 근본이 되어 산천 길을 닦는 산천굿을 하게 되었다는 것이다.

<산천굿>은 1965년 7월 26일에 채록된 김복순[6)] 본이 유일본이지만,[7)] 독립된 거리로서의 '산천굿'은 함경도 망묵굿의 주요 제차로 알려져 있다. 현재까지 함경도 망묵굿의 거리 구성은 15거리,[8)] 21거리,[9)] 22

---

4) 이와 같은 양상은 망묵굿의 한 제차인 <천디굿>의 사설에서 구체적으로 확인할 수 있다. "망령이 저승에 평안히 가도록 주문으로 기원"(임석재, 「이승과 저승을 잇는 신화의 세계 −함경도 무속의 성격」, 『함경도 망묵굿−베를 갈라 저승길을 닦아주는 굿−』(한국의 굿 ⑧), 열화당, 1985, 89쪽)하는 <천디굿>에서 도랑선배와 청정각씨는 '선간 길'을, 궁상선비와 명월각씨는 '돈전 길'을, 양산백과 추양대는 '장봉 길'을 닦는 등 무가의 주인공들이 각각 특색에 맞게 망자의 저승길을 닦는 모습을 정리해서 보여주고 있다. 임재해·장주근 조사, <천디굿(또는 배송)>, 『관북지방무가(무형문화재조사보고서 13호)』, 문화재관리국 편저, 『무형문화재조사보고서』 제3집(13〜15), 한국인문과학원, 1998, 208〜209쪽(이하 『관북지방무가』로만 표기하고 해당 쪽수를 제시하도록 하겠다). 이는 김은희의 지적처럼 "여러 겹으로 이승과 저승에 대한 세계관을 보여"주는 함경도 서사무가의 특징이라고도 할 수 있다. 김은희, 「동해안과 함경도의 망자 천도굿」, 『한국학연구』 26, 고려대학교 한국학연구소, 2007, 106쪽.

5) 임석재, 위의 글, 85쪽.

6) 김복순(金福順)은 1925년 12월 4일생으로, 본적은 함경남도 성흥시 성주리라고 소개되어 있다. 채심대무(蔡心大巫)에게서 8세부터 18세까지 무업을 공부한 후, 본격적으로 무업에 종사하기 시작했으며, <돈전풀이>를 제외한 망묵굿에 관한 무가 일체를 보유하고 있다고 알려져 있다(「관북무가보유자명단」, 『관북지방무가』, 23〜24쪽). 『관북지방무가』에 수록되어있는 무가 중, <안택굿>과 <타성풀이>를 구송하기도 했으며, <문열이천수>에서는 장구를, <오기풀이>·<천디굿>·<신선굿>에서는 양푼을, <대감굿>에서는 제금을 연주한 것으로 기록되어 있다.

7) <산천굿>, 『관북지방무가』, 467〜509쪽. 국립예술자료원 소장 망묵굿 영상자료(1981)에서는 김복순이 '산천굿'을 연행하는 모습을 직접 확인할 수 있다. 『관북지방무가』 소재 <산천굿>과 국립예술자료원 영상자료 소재 <산천굿>의 서사는 큰 차이를 보이지 않는다고 알려져 있다. 이현미, 「함경도 서사무가 <산천굿> 연구」, 경기대학교 석사학위논문, 2014, 30〜33쪽.

8) '1.不淨−2.토세굿−3.成主굿−4.門열이 千手−5.請즘−6.앉은굿−7.왕당千手−8.同甲잿기 −9.타성풀이−10.도랑祝願(김가재굿)−11.옥이풀이−<u>12.山川굿</u>−13.삼자내기−14.돈전풀 이−15.뒷전놀이.' 장주근, 앞의 글, 98〜99쪽.

거리[10] 등 조사자에 따라 조금씩 다르게 보고되었지만, 산천굿이 '오기풀이' 다음에 위치한다는 공통점을 찾아볼 수 있다.[11] 그리고 흔치 않지만 '중이 갈음(또는 중니 갈기)' · '삼자내기' 등으로 불리는 제차와 함께 연행되기도 하며,[12] 그 제의적 기능은 "팔도의 명산대천에 기도하여 망자의 사후(死後) 안주(安住)와 그 유족의 길복을 비는"[13] 것으로 알려져 있다.

하지만 산천굿이 가지고 있는 제의적 기능이 거리 안에서 구송되는 무가 사설과 어떻게 조응되고 있는지에 대한 연구는 이루어지지 않았

---

9) '1.부정풀이─2.토세굿─3.성주 알림─4.문 열어 千手─5.청배 굿─6.앉인 굿─7.타성 풀이─8.왕당 千手─9.학청─10.동갑 잽기─11.도랑 축언─12.집 가제 굿─13.오기 풀이─**14. 山川 굿**─15.문 굿─16.돈전 풀이─17.(중이 갈음)─18.상시관 놀이─19.(동이 부침)─20.천디 굿─21.하직 千手.' 『관북지방무가』, 13~14쪽.

10) '1.부정풀이─2.토세굿─3.성주굿─4.문열이 천수(千手)─5.청배굿─6.앉인굿─7.타성풀이─8.왕당천수─9.신선굿─10.대감굿─11.화청─12.동갑접기─13.도랑축원─14.집가재굿─15.오기풀이─**16.산천굿**─17.문굿─18.돈전풀이─19.상시관놀이─20.동이부침─21.천디굿─22.하직천수.' 임석재, 앞의 글, 78~89쪽. 망묵굿을 22거리로 소개한 임석재의 견해는 이후 박전렬과 전경욱에게 수용되었다. 박전렬, 「북청의 무속의례 「새남굿」」, 『북청군지(개정증보판)』, 북청군지편찬위원회, 1994, 425~431쪽 ; 전경욱, 『함경도의 민속』, 고려대학교 출판부, 1999, 131~140쪽.

11) 산천굿이 망묵굿의 제차로 제시되어 있지 않은 김태곤의 조사 자료는 제외하더라도, 오기풀이 이후 산천굿이 연행된다는 사실은 일찍이 함흥 지방의 "망무기"를 조사한 아카마스 지조[赤松智城]와 아키바 다카시[秋葉隆]의 기록에서도 찾아볼 수 있다. 함경도 망묵굿의 제차를 구체적으로 보여주지는 않았지만, 바리데기 이야기를 일곱 번째로 소개한 후, 이어서 산천굿이 연행된다고 언급하고 있다. 赤松智城·秋葉隆, 심우성 역, 『조선무속의 연구』下, 동문선, 1991, 181쪽.

12) 1981년 12월 서울 봉천동에서 조사된 자료에서는 산천굿과 중니갈기가 연이어서 연행된 것으로 보인다. 사진 촬영과 해설을 담당한 김수남은, 산천굿과 중니갈기를 구분하는 듯 했지만, "황천길을 갈라 주면서 산천굿을 끝낸다"는 표현을 함으로써 두 제차를 하나의 거리로 소개하고 있다. 이는 중니갈기를 하는 과정에서, 무명을 가를 때 생긴 실올을 보며 점을 치는 것을 "산천다리 맞춘다"라고 부르기 때문에 생긴 혼란이 아닐까 싶다. 김수남, 「사진·해설」, 『함경도 망묵굿─베를 갈라 저승길을 닦아주는 굿─』(한국의 굿 ⑧), 열화당, 1985, 38~43쪽.

13) 임석재, 앞의 글, 84~85쪽.

다. <산천굿>에서 서술되는 붉은 선비와 영산 각시의 이야기는 <구렁이와 꾀 많은 신부>[14] 설화로 유형화 되어 전국적으로 전승되고 있지만, <구렁이와 꾀 많은 신부>의 서사가 <산천굿>으로 견인되면서 발생한 변개 지점과 새롭게 부연된 서사에 대해서도 관심을 기울일 필요가 있다.[15] 무가 사설이 기본적으로 종교 텍스트라는 점을 견지한다면, 설화를 기반으로 형성된 <산천굿>의 구성 원리를 도출하고, 이것이 제의적 기능과 맞닿아 있는 지점을 파악할 수 있을 때, 산천굿에 대한 온전한 이해에 다가갈 수 있을 것이다.

따라서 이 글에서는 다음과 같은 순서로 논의를 진행하도록 하겠다.

첫째, <산천굿>에 수용된 특정 설화나 화소를 파악함으로써 그 구성적 특징에 대해 밝힌다. 본론에서 소개할 테지만, <산천굿>은 <구

---

14) 연구자에 따라 <꿩과 이시미>(조동일 ; 강진옥), <구렁이와 꾀 많은 신부>(박종성), <신묘한 구슬>(최원오), <꿩과 구렁이>(이지영) 등으로 다르게 불리고 있다. <산천굿>에서는 '꿩'이 등장하지 않고, 이야기의 주된 화소가 신부와 구렁이와의 대결이기 때문에, 이 글에서는 박종성의 견해를 따라 <구렁이와 꾀 많은 신부>를 대표 제명(題名)으로 사용하도록 하겠다. 조동일, 「민담 구조와 그 의미」, 『구비문학의 세계(4판)』, 새문사, 1989, 126~144쪽 ; 강진옥, 「견묘쟁주형 설화의 유형결합양상과 그 의미」, 『논총』 52, 이화여자대학교 한국문화연구원, 1987 ; 박종성, 「<구렁이와 꾀많은 신부>의 구조와 의미」, 『관악어문연구』 18-1, 서울대학교 국어국문학과, 1993 ; 최원오, 「<신묘한 구슬> 설화 유형의 구조와 의미-유형 비교를 통한 고찰-」, 『구비문학연구』 1, 한국구비문학회, 1994 ; 이지영, 「용사신 승천담의 측면에서 본 <꿩과 구렁이>-'꿩'의 의미 해명을 겸하여-」, 『고전문학연구』 32, 한국고전문학회, 2007.

15) 이 글은 <산천굿>(서사무가)이 <구렁이와 꾀 많은 신부>(설화) 서사를 수용했다는 점을 기정사실화했다는 혐의에서 자유로울 수 없다. 다만, 아직까지 <산천굿>에 대한 선행연구가 부재한 상황이기 때문에 이 글에서는 우선 몇몇 대표적인 선행연구의 견해를 받아들여 '무가의 설화수용'이라는 시각에서 논의를 진행하도록 하겠다. 이 글에서 참고한 선행연구의 목록은 다음과 같다. 권태효, 「함경도 서사무가에 나타난 <아기장수전설>의 수용 양상」, 『한국 구전신화의 세계』, 지식산업사, 2005 ; 김헌선, 「함경도 무속 서사시연구 : <도랑선배·청정각시노래>를 중심으로」, 『구비문학연구』 8, 한국구비문학회, 1999 ; 김은희, 앞의 논문.

렁이와 꾀 많은 신부> 유형 설화의 이야기가 전반적으로 펼쳐지는 가운데, 적강화소(謫降話素), 금기화소(禁忌話素), 사체화생화소(死體化生話素)[16] 그리고 동티화소[動土話素]가 삽입되어 있다. 삽입화소들은 타 지역의 무가 사설에서 쉽게 찾아보기 힘들어 함경도 서사무가만의 특징을 보여주기도 하며, <구렁이와 꾀 많은 신부> 서사의 새로운 전환점을 만드는 계기가 되어 <산천굿>의 독자적 의미를 구축한다.

둘째, <산천굿>에서 변개된 지점에 초점을 맞추어 텍스트의 제의적 의미를 탐색한다. 물론, 산천굿의 제의적 기능은 밝혀져 있으며, <산천굿>은 그 자장 안에서 구송되기 때문에 제의성을 따로 언급하지 않아도 될 수 있다. 그러나 <산천굿>이 기본적으로 망묵굿이라는 죽음과 관련된 의례에서 불리는 노래라는 점을 상기했을 때, <산천굿>의 서사를 통해 무속 향유자들의 죽음에 대한 인식을 추출할 필요성이 있다. 죽음을 마주한 인간들의 서사적 대응이 종교 텍스트라는 기본적인 관점에서 <산천굿>의 의미를 탐색해 보고자 하는 것이다.

이와 같은 과정을 통해 <산천굿>을 분석한다면, 지금까지 줄거리 소개에 머물렀던 <산천굿> 연구사의 공백을 어느 정도 메울 수 있을 것이며, 더 나아가 설화 텍스트가 장르의 경계를 넘어 종교 텍스트로 거듭나는 역동성을 가시적으로 확인할 수 있을 것이라 기대한다.

---

16) 사체화생화소(死體化生話素)는 시체화생화소(屍體化生話素), 신체화생화소(身體化生話素) 등으로도 불리지만, 이 글에서는 오바야시 타로오[大林太良]의 견해를 받아들여 '사체화생화소'라는 용어를 사용하도록 하겠다. 大林太良, 兒玉仁夫·권태효 역, 『신화학입문』, 새문사, 1999, 98~99쪽.

2. 〈산천굿〉 서사단락 정리

아직까지 〈산천굿〉이 본격적인 논의의 대상이 된 적이 없기 때문에, 그 내용을 소개할 필요성이 있다. 현재까지 유일하게 채록된 김복순 본을 대상으로 〈산천굿〉의 서사단락을 정리하면 다음과 같다.

〈표 1〉〈산천굿〉 서사단락 정리

* 처음에는 주무(主巫)가 장구만 치면서 창송(唱誦)하다가 중간부터는 양푼을 같이 치면서 합주한다.
1. 붉은 선비와 영산 각시의 근본은 선간낙출(仙間落出)이다. 붉은 선비는 옥황상제 앞에서 연적에 물을 붓다가 벼루 돌을 지하궁에 떨어뜨려서 영산국 부산으로 정배를 내려왔다. 영산 각시는 옥황상제에게 아침에는 세숫물, 낮이면 양치물을 바쳤는데, 세수대를 지하궁에 떨어뜨려서 귀신 정배로 내려와 여자로 태어났다.
2. 붉은 선비가 14세, 영산 각시가 16세 때 혼사 말이 오갔다. 山허락을 받고 사주·궁합을 본 후, 붉은 선비와 영산 각시가 혼례를 올렸다.
3. 붉은 선비와 영산 각시가 혼인하고 칠월칠석날 시댁으로 내려가는데, 붉은 선비가 공부를 더 해야겠다고 말하며, 안혜산 금상절로 갔다.
4. 삼 년 동안 공부를 하는데, 하루는 스승이 산 놀이를 가자고 제안했다. 붉은 선비는 춘삼월 나비가 꽃 속에서 춤을 추는 것을 보면서 영산 각시를 생각했고, 제비 어미 새끼가 앞뒤로 서서 가는 것을 보면서 부모를 그리워했다.
5. 다음 날 아침 스승에게 집에 가겠다고 하자, 스승은 일진이 나쁘니 다른 날을 택하라고 했다. 그래도 붉은 선비가 집에 가겠다고 하자, 네 가지 금기를 제시했다.
    ① 내려가다가 목이 마르면, 길 위의 맑고 정한 물 말고 길 아래 흐리고 탁한 물을 마셔라.
    ② 10리를 내려가면, 머루·다래·포도가 익어 가는데, 모르는 척 하라.
    ③ 5리를 내려가면 악수(惡水)가 몰아칠 것인데, 멈추지 말고 그냥 가라.
    ④ 10리를 내려가면 십만 가지가 있는 십 년 묵은 나무가 있는데, 그 위에서 천불 지불 새파란 새 각시가 불을 꺼 달라고 소리쳐도 아는 척 말고 불을 꺼주지 말아라.
6. 붉은 선비가 집에 가는 길에 네 가지 금기를 모두 어겼다.
    ① 탁한 물 대신 깨끗한 물을 먹었다.
    ② 머루·다래·포도 두 송이를 따서 양손에 들고 내려갔다.
    ③ 비가 억수로 오자 비를 피했다.
    ④ 천불 지불이 붙은 새파란 새악씨가 불을 꺼달라고 소리치자 도복을 벗어 불을 껐다.
7. 새악씨가 세네 번 돌더니 대망신(大蟒神, 이무기 신)으로 변했다. 대망신은 옥황에서 정배를 내려와 십 년 동안 나무에 머물고 있었는데, 맑은 물과 머루·다래를 먹어서 천불 지불 불이 붙어 옥황으로 승천하려고 했다. 하지만 붉은 선비가 승천을 위한 물·머루·다래·포도를 먹었으니, 그를 잡아먹겠다고 말했다.

8. 붉은 선비는 자신이 오대독자니 부모를 뵙고 오겠다고 했고, 집에 가서 영산 각시에게 사정을 말하자, 영산 각시가 쑥새 칼을 품에 넣고 자신이 먼저 대망신에게 갔다.

9. 영산 각시는 남편이 없어도 평생 쓰고 입고 놀고 먹고 할 것을 달라고 했다. 그러자 대망신이 팔모 야광주를 뱉어내 영산 각시에게 주었고, 영산 각시가 사용법을 가르쳐달라고 하자, 대망신이 일곱 개 모의 기능을 가르쳐주었다.

   ① 첫째 모는 하산이 명산 되는 것이다.

   ② 둘째 모는 명산이 하산 되는 것이다.

   ③ 셋째 모는 없던 금전도 저절로 나오게 한다.

   ④ 넷째 모는 없던 사람도 저절로 나오게 한다.

   ⑤ 다섯째 모는 없던 집도 저절로 나오게 한다.

   ⑥ (여섯째는 없음)

   ⑦ 일곱째 모는 없던 살림도 저절로 나오게 한다.

10. 대망신이 마지막 모(여덟째 모)의 기능을 가르쳐주지 않자, 영산 각시가 품에 있던 쑥새 칼을 꺼내 쥐고 대망신을 겁박했다. 대망신은 눈물을 흘리며, 마지막 한 모는 미운 사람에게 던지면 저절로 죽는 모라고 가르쳐주었고, 영산 각시는 마지막 모를 던져서 대망신을 죽였다.

11. 영산 각시가 붉은 선비를 불러, 타상궁내로 들어가 나뭇가지 삼개로 우물 정(井)자를 만들어 대망신을 화장시켰다. 대망신의 재를 여덟 봉지에 싸 놓고 각 봉지를 ①함경남도에 던지자 백두산 산령이 났고, ②평안도에 던지니 모란봉에 산령이 났고, ③강원도에 던지니 금강산 산령이 났고 ④경기도에 던지니 삼각산 산령이 났고 ⑤황해도에 던지니 구월산 산령이 났고 ⑥전라도에 던지니 지리산 산령이 났고 ⑦충청도에 던지니 계룡산 산령이 났고 ⑧경상도에 던지니 백두산 산령이 났다. 그리고 재를 가져다가 ①사오방에 뿌리니 사대 큰 산령이 되었고 ②나무에 뿌리니 꽃신 산령이 되었고 ③돌에다 뿌리니 석신(石神) 산령이 되었고 ④물에다 뿌리니 짐승이 생겨났다.

12. 붉은 선비가 죽을병에 걸려, 대산천 댁에 가서 병점을 쳤다. 붉은 선비에게 산천 산령님의 산천 동티가 났다고 하자, 산령에게 기도를 드리고 제를 배설하며 山川굿을 했다. 山川굿을 하니 붉은 선비의 병이 나았다. 그때부터 지하궁 인간들이 산천 동토가 났을 때 산천굿을 했다.

* 망자가 山川에 가면, 백골이든 나무든 돌이든 동티 안정을 시켜 주어야 한다며, 붉은 선비와 영산 각시에게 동티 안정을 기원한다.

* 생자는 산천의 기운으로 운수를 받지만, 산천에 문제가 생기면 흉망한 일 또한 생긴다.

* 망자의 영혼이 극락으로 가길 아미타불 발원한다.

<산천굿>의 사설은 순차적 구조의 측면에서 봤을 때, 크게 4개의 단락으로 구성되어 있다. 즉, 붉은 선비와 영산 각시에 대해 소개하는 첫째 단락(서사단락 1), 혼인한 이후 붉은 선비가 "안혜산 금상사"로 공부하러 갔다가, 집에 오는 길에 대망신(大蟒神)을 만나 잡아먹힐 뻔 하고,

영산 각시의 기지로 대망신을 퇴치하는 두 번째 단락(서사단락 2~10), 대망신을 화장(火葬)하고 팔도(八道)에 그 재를 뿌린 결과 산령(山靈)과 여러 사물들이 만들어졌다는 세 번째 단락(서사단락 11), 그리고 마지막으로 붉은 선비가 동티[動土]가 나서 죽을병에 걸렸는데, 산천굿을 올리고 살아나 그때부터 산천굿의 근본이 만들어졌다는 네 번째 단락(서사단락 12)으로 구성되어 있는 것이다. 이후에는 산천 명당(明堂)에 망인을 잘 모셔야 후손들에게 명복(命福)이 깃들며, 망인 또한 산령(山靈)들을 잘 모셔야 극락세계로 갈 수 있다는 내용이 이어지면서 산천굿의 제의적 목적이 서술되지만, 서사구조 안에 포섭되는 내용은 아니라고 할 수 있다.

    <산천굿>의 서사구조를 살펴보았을 때, 두 번째 단락(서사단락 2~10)에 <구렁이와 꾀 많은 신부> 유형 설화가 삽입되어 있다. <산천굿> 서사에서 대부분의 비중을 차지하고 있으며, 이 때문에 선행연구에서도 <산천굿>에 수용된 설화로 <구렁이와 꾀 많은 신부>가 자주 언급되기도 했다.[17] 첫째 단락은 두 번째 단락에서 등장하는 인물에 대한 소개이며, 셋째 단락과 넷째 단락의 서사 또한 두 번째 단락을 기반으로 확장·부연된 것이기 때문에 <산천굿>의 이해에 있어서 우선적으로 <구렁이와 꾀 많은 신부>의 수용 양상을 고찰할 필요가 있다.

3. 〈구렁이와 꾀 많은 신부〉의 수용 양상

    붉은 선비와 영산 각시의 소개 이후, <산천굿>의 본격적인 서사가 시작되는데, 대략적인 이야기는 다음과 같다. 붉은 선비와 영산 각시가

---

17) 권태효, 앞의 논문, 106쪽 ; 김헌선, 앞의 논문, 249쪽 ; 김은희, 앞의 논문, 97쪽.

혼인하고, 붉은 선비는 글공부를 위해 금상절에 들어간다. 그러던 어느 날 부모와 영산 각시가 그리워서 집으로 돌아가는 도중, 스승이 제시한 금기를 모두 어기고 결국 대망신에게 먹힐 위기에 처한다. 다행히 영산 각시의 지혜로 대망신을 퇴치하고 붉은 선비는 위기에서 벗어나는데, 이 이야기는 현재까지 설화로 전승되고 있는 <구렁이와 꾀 많은 신부> 유형 설화[18]에서 발견되는 것이다.

본래 함경도 지방은 서사무가에 특정 화소나 서사를 수용하는 데 개방적인 성격을 가지고 있다.[19] <충열굿>, <도랑선배·청정각씨 노래>, <셍굿>, <앉인굿>, <숙영랑앵연랑신가> 등은 설화의 내용이나 특정 화소를 무가사설 안으로 수용했으며, <문굿>·<치원대 양산복>의 사례에서도 알 수 있듯이 고전소설의 서사 또한 무가사설에서 발견된다.[20] 즉, 함경도 서사무가에서는 필요에 따라 인접갈래의 이야기를 서사 안으로 수용하는 경향이 강하다는 것이다. <산천굿>에 삽입된 <구렁이와 꾀 많은 신부>의 존재양상은 이와 같은 함경도 서사무가의 문학적 관습 안에서 설명이 가능하다. 다만, 몇 가지 지점에서 차이점을 보이기 때문에 그 수용 맥락에 대해서 살펴볼 필요성이 있다.

<산천굿>에서 붉은 선비는 영산 각시와 결혼한 이후 글공부를 간다. 그리고 집에 돌아가는 길에 금기를 어겨서 대망신을 만나 위기에 봉착한다. 대부분의 <구렁이와 꾀 많은 신부> 각편에서 남자 주인공은 구렁이가 노리던 꿩을 부모가 잡아먹고 태어났기 때문에 구렁이가 목숨을 요구하는 것으로 나와 있다. 꿩을 먹고 태어난 아이라서 남자 주인

---

18) 이 글에서 대상으로 삼은 <구렁이와 꾀 많은 신부>의 각편 현황은 다음과 같다. 이후 설화 자료를 언급할 때, 연번과 쪽수만 표기하도록 하겠다.

공은 꿩과 동일시되며,21) 구렁이가 꿩을 탐하는 것은 용사신(龍蛇神)의

〈표 2〉〈구렁이와 꾀 많은 신부〉각편 현황

연번	출처	제목	설화번호	쪽수
①	『임석재전집』1	神妙한 硯滴	–	158쪽
②	『임석재전집』1	神妙한 보배	–	159쪽
③	『임석재전집』1	神妙한 보배	–	160~162쪽
④	『임석재전집』1	神妙한 보배	–	163~164쪽
⑤	『임석재전집』1	神妙한 구슬	–	164쪽
⑥	『임석재전집』1	여덟모의 寶玉	–	165쪽
⑦	『임석재전집』7	구렁이가 준 구슬	–	217~219쪽
⑧	『임석재전집』7	구렁이에서 얻은 靈珠	–	219~220쪽
⑨	『임석재전집』7	구렁이에서 얻은 영주와 고양이와 개	–	222~224쪽
⑩	『임석재전집』7	고양이와 개의 報恩	–	225~227쪽
⑪	『임석재전집』10	신부가 구렁이에게서 뺏은 보물	–	174~175쪽
⑫	『임석재전집』12	개와 고양이의 보은	–	68~69쪽
⑬	충청남도민담	구렁이와 연적	I-6	44~46쪽
⑭	『대계』1-6	네모진 구슬(개와 고양이의 구슬다툼)	이죽면 설화 4	636~640쪽
⑮	『대계』2-2	개와 고양이가 구슬찾은 이야기	신동면 설화 3	591~602쪽
⑯	『대계』2-6	구렁이가 준 연적	공근면 설화 21	600~602쪽
⑰	『대계』2-7	개와 고양이의 구슬다툼	둔내면 설화 75	243~251쪽
⑱	『대계』2-7	개와 고양이의 구슬다툼	서원면 설화 16	602~615쪽
⑲	『대계』4-3	구렁이의 보물	둔포면 설화 6	486~488쪽
⑳	『대계』4-4	주인 은혜갚은 고양이와 개	웅천면 설화 3	226~231쪽
㉑	『대계』4-6	구렁이 물리친 신부	유구면 설화 21	549~551쪽
㉒	『대계』5-1	구렁이와 꾀많은 신부	금지면 설화 8	450~452쪽
㉓	『대계』5-4	개와 고양이	개정면 설화 27	533~538쪽
㉔	『대계』5-7	구렁이의 신기한 방망이	북면 설화 9	197~199쪽
㉕	『대계』6-7	꾀많은 아내	도초면 설화 2	782~784쪽
㉖	『대계』7-1	꿩과 이시미	현곡면 설화 134	341~343쪽
㉗	『대계』7-13	구렁이가 준 퉁소와 꾀많은 신부	대구시 설화 14	79~86쪽
㉘	『대계』8-3	들꿩 신랑과 구렁이	금곡면 설화 58	594~598쪽
㉙	『대계』8-5	꿩덕이와 구렁이	웅양면 설화 11	614~618쪽

19) 권태효, 앞의 논문.

20) 신호림, 「소경과 앉은뱅이 서사의 불교적 의미와 구비문학적 수용 양상」, 『구비문학연구』 37, 한국구비문학회, 2013, 247~248쪽.

21) 이는 "너는 전에 내가 잡아먹을라구 하던 꿩이다"(③, 160쪽)라는 구렁이의 언급에서도 직접적으로 알 수 있으며, 선행연구에서도 이미 지적된 바 있다. 박종성, 앞의 논문, 234~235쪽 ; 이지영, 앞의 논문, 200쪽.

'승천담(昇天談)'과 관련이 깊은 것으로 알려져 있다.22) 즉, 단순한 식욕을 넘어 존재의 전환을 꾀하는 제의적 행위로 구렁이의 식욕을 해석할 수 있다는 것이다.

꿩을 잡아먹는 방법 외에도 <구렁이와 꾀 많은 신부>의 몇몇 각편 (㉒㉓㉕㉗)에서는 '불'을 매개로 구렁이가 승천을 도모하는 장면이 등장한다. 이때 주로 도사나 점쟁이가 금기를 부여하는데, 금기의 내용은 "고목낭게 구리가 앉아서 불이 나가주고 활활 타는데 불 좀 꺼주지 마라"(㉗, 80쪽)와 같이 나타난다. 박종성이 이미 언급한 바처럼 수성(水性)을 지닌 구렁이가 공간적으로 상승하기 위해서는 화성(火性)과의 결합이 요구되며,23) 주인공이 금기를 위반하는 것은 그 의도와 관계없이 구렁이의 승천을 방해하는 것으로 인식된다. 즉, 문면에서 보이는 섭취물과 불에 대한 구렁이의 욕망은 승천을 위한 두 가지 전제조건으로 자리 잡고 있다고 정리할 수 있다.

<산천굿>에서는 '꿩' 화소가 등장하지 않지만, 승천을 위한 두 가지 요소가 모두 나타난다. 대망신이 붉은 선비를 잡아먹으려는 장면에서 이를 직접적으로 살펴볼 수 있다.

> 오늘이 내 몸 만지 먹겠느 물이로다 멀기 다래로다 내가 만지 먹고 불이 붙어 천불 지불이 승천하야 옥황으로 올라 가겠는 걸 늬가 모도 만지 먹었으니 너르 잡아 먹어야지 나는 옥황으로 승천하겠다.24)

---

22) 이에 대해서는 박종성과 이지영이 자세하게 고찰한 바 있다. 다만, 박종성은 땅을 기어 다니는 구렁이가 승천을 하기 위해서, 하늘이라는 공간을 점유한 꿩과 하늘과 땅 사이를 점유하고 있는 인간을 취해야한다는 입장이고, 이지영의 경우, '공알→꽁알→꿩알'로 변화가 일어났다고 추론하면서 구렁이의 승천을 위해서는 '여인-여의주'와의 결합이 필요하다는 주장을 했다. 박종성, 앞의 논문, 238~239쪽 ; 이지영, 앞의 논문, 197~212쪽.
23) 박종성, 앞의 논문, 237~238쪽.

붉은 선비가 위반한 금기 내용 중 '맑은 물'과 '머루·다래'를 먹은 것은 대망신의 승천을 위한 섭취물을 가로챈 것이었으며, 각시의 몸에 붙은 '천불 지불'을 끈 것 또한 대망신의 승천을 방해한 행위였음을 알 수 있다. 특히, 섭취물을 통해 몸에 불이 붙는다는 인과성을 제시함으로써, <구렁이와 꾀 많은 신부>에 내재되어 있는 승천의 두 가지 조건을 자연스럽게 결합시키고 있다.

이후 서사에서도 영산 각시가 "내가 낭군이 없이 살자면으 이 펭생 이 쓰구 입구 놀구 할 것 대처하고 주욱 잡아 먹어라"[25]고 대망신에게 대항하고, 팔모 야광주(夜光珠)를 얻어 그 기능으로 대망신을 퇴치한다. 이 장면은 <구렁이와 꾀 많은 신부>의 모든 각편에서 나오는 것으로, 야광주의 형태와 기능만이 조금 달라졌을 뿐이다.

야광주는 <산천굿>에서 그 형태가 팔각형으로 나타나고 <구렁이와 꾀 많은 신부>에서는 보이지 않던 새로운 신력(神力)을 내재하고 있다는 특징이 있다. 사실 <구렁이와 꾀 많은 신부>에서 영주는 '구슬'(③⑥⑦⑧⑨⑩⑪⑭⑮⑰⑱㉓㉖) '연적'(①⑬⑯), '목탁'(㉑), '퉁소'(㉗) 등 다양한 형태[26]로 나타나는데, 이지영은 둥근 형태가 아니라는 이유로 이를 여의주와 동일시할 수 없다고 주장하기도 했다.[27] 그러나 구슬의 형태가 모

<hr />

24) <산천굿>, 『관북지방무가』, 481쪽.

25) <산천굿>, 『관북지방무가』, 484쪽.

26) 이 외에도 단순히 네모난 것(②㉕㉘)이라고 표현하거나, 공같이 생긴 나무토막(④), 삼모 돌맹이(⑲), 대통 세 마디(⑳), 가지가 세 개 돋은 것(㉒) 등으로 나타난다.

27) 이지영, 앞의 논문, 199쪽. 하지만 구렁이가 준 보물이 '승천'과 직접적인 영향관계가 없다고 해서 이를 여의주와 관계없는 재보(財寶)로만 치부할 수는 없다. 최원오의 지적처럼 구슬의 본래적 성격과 기능은 '승천'과 존재론적 '변신'에 있지만, 점차 인간중심적 사고가 발달하면서 '부의 획득 수단'으로 변모되어 인식되었을 가능성이 더 크기 때문이다. 최원오, 앞의 논문, 295~299쪽.

[方]가 난 형태로 형상화 된 것은 구슬이 가지고 있는 여러 가지 기능을 분화하여 각 모마다 부여했기 때문이라고 할 수 있다. 예를 들어, 연적 (硯滴)이 구슬을 대체할 경우, 각 모마다 돈, 쌀, 옷 등이 나오며 마지막 모는 "보기 싫은 사람이 있어서 죽으라믄 죽구 허는"(⑬, 45쪽) 기능을 발휘한다. 모 대신 구멍(⑦⑨⑬㉓㉔㉕㉗)이나 마디(㉑㉑), 가지(㉒)로 표현 되는 경우도 있으며, 형태적인 면을 변화시키지 않고 구슬의 개수가 여러 개로 나타나는 각편(⑤⑧⑨㉙)도 있다는 점을 감안한다면, 형태의 변화는 영주가 가지는 기능의 개수 변화와 관련이 있음을 알 수 있다.

하지만 <산천굿>에서 야광주의 형태는 단순히 기능의 개수만으로 설명하기는 힘들다. 하산(下山)이 명산(名山)이 되게 하거나 그 반대로 만드는 기능, 돈·사람·집·살림 등을 저절로 생기게 하는 기능 등 여러 가지 신력이 제시되어 있지만, 그 초점은 <구렁이와 꾀 많은 신부>처럼 "미분 사람기다가 전주시면 절로 죽는"[28] 마지막 모의 기능에 있을 뿐이다. 오히려 형태적인 면이 먼저 설정되고 각 모의 기능은 필요에 의해 붙여진 것으로 보인다.[29]

야광주가 팔각형을 가지게 된 것은 산천굿에서 '8'이라는 숫자가 가지는 상징성과 맞닿아 있다. 다음 장에서 자세하게 살피겠지만, 구렁이는 사후에 화장되어 여덟 개의 봉지에 담겨져 팔도 명산에 뿌려지게 된다. 그리고 마지막 부분의 사설을 구송할 때는 "계림 팔도 명산名山 노래"를 부르며, "식상食床 8개"를 차리는데, "8개의 식상食床은 이 팔도

---

28) <산천굿>, 『관북지방무가』, 487쪽.

29) 이는 <산천굿>에서 팔모 야광주의 기능이 7개만 제시된 것과도 연결된다. 사실 <산천 굿>에서 야광주는 팔각형이라는 형태와 마지막 모의 기능을 제외한다면, 어떤 종류의 기능이 삽입되어도 무관하다고 할 수 있다.

명산에 올리는 것"30)이라고 한다. 야광주는 대망신이 토해낸 것으로 자신의 생명과 연결된다는 점을 고려했을 때 '8모의 야광주→8분화 된 대망신의 신체→8도 명산의 산령(山靈)'은 관념상 연속선상에서 존재하게 된다. 야광주가 팔각형의 모습으로 변화한 것은 단순히 기능의 종류를 증가시키려는 것이 아니라, 하나의 매개로서 대망신에서부터 시작해서 팔도 명산의 산령까지 개념적 확장을 도모하기 위함이라고 할 수 있다.31)

4. 화소 삽입을 통한 서사적 전환

<산천굿>은 기본적으로 <구렁이와 꾀 많은 신부>의 서사를 수용했지만, <구렁이와 꾀 많은 신부>에서는 발견되지 않는 몇몇 화소들을 삽입함으로써 서사적 전환을 꾀한다. 특히 붉은 선비와 영산 각시를 소개할 때 나타나는 적강화소(서사단락 1), 붉은 선비가 대망신을 만나게 되는 계기인 금기화소(서사단락 5~6), 대망신의 사후 처리 과정에서 나타나는 사체화생화소(서사단락 11), 산천굿의 근본을 설명할 때 나타나는 동티화소(서사단락 12)는 <산천굿>만의 독자적 의미망을 구축하고 새로운 지향점을 열어준다. 본 장에서는 이 네 화소에 주목해서 <구렁이와 꾀 많은 신부>가 <산천굿>으로 재구성되는 과정에 대해 탐색하고자

---

30) 赤松智城·秋葉隆, 심우성 역, 앞의 책, 181쪽.
31) <산천굿>의 마지막 부분에서는 팔도명산뿐 아니라 전국의 산으로 대상이 확장된다. 시각예술을 심리학적 관점에서 연구한 야폐(Jaffe, Aniela)는 원의 상징에 대해 이야기하며 8방사성을 '전체성에 관한 실체'로 설명하고 있는데, 이를 참조했을 때 '8'이 가지는 상징은 전체성으로 이해해도 좋을 것이다. 카를 G. 융 외, 이윤기 역, 『인간과 상징(신판)』, 열린책들, 2009, 370~372쪽.

한다.

1) 적강화소(謫降話素)의 수용배경과 기능

<산천굿>은 붉은 선비와 영산 각시에 대한 소개로 시작된다. 여기
에서 특징적인 부분은 바로 붉은 선비와 영산 각시의 근본을 '선간낙출
(仙間落出)'로 묘사한다는 점이다. 본래 옥황의 세계에서 살고 있던 두 인
물은 득죄(得罪) 후 인간세계(지하궁)로 정배(定配)를 떠나는 것으로 설정되
어 있다. 인간세계에서 환생했지만, 결국 두 인물이 천상계의 인물임을
강조하고 있는 것이다.

적강(謫降)을 하강(下降)과는 다르게 '천상적 존재가 천상에서 지은 죄
과로 인해 지상으로 유배된 것'[32]이라고 규정할 때, <산천굿>에 수용
된 적강화소가 문제시 되는 것은 지금까지 서사무가의 적강화소는 고
전소설의 그것과는 다르다는 선행연구의 시각 때문이라고 할 수 있
다.[33] 물론, 서사무가의 대표적인 자료로 제주도의 <천지왕본풀이>와
<세경본풀이>만을 다루었기 때문에 발생한 결과라고도 할 수 있지만,
일반적으로 서사무가에 적강화소가 잘 나타나지 않음을 부정할 수 없
다.[34]

---

32) 성현경, 『한국소설의 구조와 실상』, 영남대학교 출판부, 1981, 63쪽. 참고로 하강(下降)
은 천상적 존재가 죄과와는 관계없이 지상에 내려온 것이라고 정의내리고 있다.
33) "고전소설에서는 주인공이 적강하는 반면, 서사무가에서는 주인공의 아버지가 적강한다.
그리고 고전소설에서처럼 적강태몽이나 출산과정, 출산 후의 원조가 나타나지 않는다.
단지 천제자가 적강하여 지상의 여인과 결연하고, 얼마 후 지상의 여인이 아들을 낳은
것으로 그렸을 뿐이다. 그리하여 서사무가의 적강화소는 어느 모로 보나 고전소설의 그
것과 거리가 있다." 김진영, 「古典小說에 나타난 謫降話素의 起源探索」, 『어문연구』 64,
어문연구학회, 2010, 112쪽.

그렇다면 두 가지 측면에서 <산천굿>의 적강화소를 다룰 필요가 있다. 먼저, <산천굿>에 적강화소가 어떻게 수용될 수 있었으며, 그리고 적강화소가 어떤 기능을 하는가에 대한 답을 찾는 접근이 시도되어야 하는 것이다.

첫 번째 질문은 <산천굿> 외의 무가자료에서 적강화소가 수용된 사례를 검토함으로써 어느 정도 해결할 수 있다. 굿에서 서사무가로 구송되는 자료들을 살펴보면, 적강화소는 함경도 지역의 굿에서 주로 나타나고 있다. <궁상이굿>에서 궁상선비는 선간 사람으로 소개되며, 이후 좌정할 때 "인간 세상이 내려서 득죄(得罪) 진 거 벗어 가지구 선간에 가서 선간 사람"[35]이라고 서술된다. 함경도의 바리데기 이야기인 <칠공주>와 <오기풀이>의 덕주아 부인도 본래 선간 사람인데, 천상에서 득죄를 해서 지상에 내려온 인물이며,[36] <살풀이>의 구슬부인도 옥황에서 득죄를 하고 인간세계에 내려와 탄생한 인물이다.[37] <셍굿>에 등장하는 강방덱이 또한 죄를 짓고 옥황에서 지하궁으로 내려온 인물이

---

34) 성현경은 양평지역에서 채록된 <제석본풀이>(장덕순 · 서대석, 「제석본 풀이」, 『동아문화』 9, 서울대학교 동아문화연구소, 1970, 169~211쪽)와 동해안 지역에서 채록된 <바리데기>(최정여 · 서대석, 『동해안무가』, 형설출판사, 1980, 354~398쪽)에서도 적강 모티프가 나타난다고 지적했다. 이중 양평본 <제석본풀이>의 적강화소는 본래적인 것이며, 동해안 지역의 <바리데기>는 <심청전>의 영향을 받은 <심청무가>에서 적강화소가 유입되었다고 보았다. 함경도 지역 외의 무가에서도 적강화소가 발견된다는 점 또한 알 수 있지만, 지역적 분포로 봤을 때 적강화소는 함경도 무가에 집중되어 있다고 할 수 있다. 성현경, 앞의 책, 75~78쪽.

35) <궁상이굿>, 김태곤, 『한국무가집』Ⅲ, 원광대학교 민속학연구소, 1978, 91~92쪽.

36) <칠공주>에서는 꽃물에 물을 주다가 꽃대가 시들어서 인간세계로 정배를 내려온 것으로 되어있으며, <오기풀이>에서는 세숫대를 떨어뜨려서 정배를 내려온 것으로 되어 있다. <오기풀이>에서는 덕주아 부인뿐 아니라, 수차랑 선비도 벼룻돌을 떨어뜨려서 지상 세계로 정배온 인물로 설정되어 있다. <칠공주>, 김태곤, 위의 책, 124쪽 ; <오기풀이>, 『관북지방무가』, 97쪽.

37) <살풀이>, 『관북지방무가』, 355쪽.

며,[38] 죄의 내용은 나타나지 않지만 선간낙출한 인물로 <성주>의 중 [僧][39]과 <문굿>의 양산백·추양대[40] 등을 찾아볼 수 있다.

함경도 서사무가에서 나타나는 적강화소는 형식적으로 고전소설의 그것과 별반 다르지 않다. 오히려 위에서 살펴본 대로 적강화소는 함경도 서사무가에서 하나의 문학적 관습으로 통용되고 있음을 알 수 있다. 앞에서도 언급했듯이 함경도 지역의 서사무가는 특정 모티프나 서사를 수용하는 데 있어 개방적인 모습을 보여준다. 고전소설의 대표적인 화소인 적강화소가 함경도 서사무가에 견인될 수 있었던 것 또한 인접갈래의 화소를 수용하는 데 있어 개방적인 함경도 무가권의 성격과 무관하지 않을 것이다.

하지만 서사무가에 적강화소가 수용되었다고 해서, 그 서사적 기능 또한 고전소설의 그것과 같다고 말할 수 없다.[41] 사실 서사무가에서 나타나는 인물들의 행적은 득죄한 죄목과는 전혀 관련이 없다. 죄목도 자세하게 밝혀진 경우가 거의 없으며, 천상계의 인물이기 때문에 신의 원조를 받거나 신적 능력을 특별하게 발휘하지도 않는다.

다만, 서사무가에서 적강화소는 이후에 적강한 인물들이 천상계로 돌

---

38) <셍굿>, 『관북지방무가』, 283쪽.

39) <성주>, 김태곤, 앞의 책, 119~122쪽.

40) <문굿>, 『관북지방무가』, 153쪽.

41) 김선정은 적강화소가 고전소설에서 하나의 문학적 관습으로 굳혀지게 된 배경을 다음과 같이 설명했다. 즉, ①천상계 인물의 개입으로 인해 탁월한 능력을 발휘하여 스스로 국난극복을 한다는 점, ②적강형 인물이 천상계에서의 득죄한 죄목과 지상계에서의 행적이 같음으로써 민중들이 더 수긍하고 흥미 있어 한다는 점, ③영웅이 죽는다는 비극적인 종말보다는 다시 천상으로 복귀함으로써 '영웅은 죽지 않고 영원히 우리의 마음속에 있다'는 기대심리를 공유한다는 점으로 정리할 수 있다. 김선정, 「적강형 영웅소설 연구 -<유충렬전>, <유문성전>, <김진옥전>, <소대성전>을 중심으로-」, 『인문논총』 2, 경남대학교 인문과학연구소, 1990, 151~152쪽.

아갈 수 있는 서사적 개연성을 마련해준다. 그리고 서사의 마지막에 나타나는 주인공이 천상계로 회귀하는 장면은 곧 신으로의 좌정을 뜻하는바,[42] 이는 곧 적강화소가 인물들의 내재된 신성(神性)을 표현하는 장치임을 암시한다. 더욱이 범상한 인간들의 삶을 묘사하는 것처럼 보이지만, <산천굿>의 붉은 선비와 영산 각시가 활동하는 무대는 지하궁으로 표현되는 인간세계 중에서도 이와 차별되는 특별한 공간이다. 단적인 예로, 적강한 붉은 선비가 정배 간 곳을 '부산'이라고 서술하는데, 부산은 <문굿>에서 묘사되듯이 뿌리가 삼천리 밖으로 뻗어있는 나무 또는 그 나무가 있는 산으로, 일월(日月)이 생겨나는 신성한 공간이다.[43] 적강한 장소마저 신성한 지역으로 설정함으로써, 인물들이 이끌어 나가는 이야기를 신화적 공간으로 편입시키고 있는데, 적강화소 또한 이와 조응하고 있는 것이다.

<산천굿>에서 나타나는 적강화소의 또 다른 특징은 영산 각시에 의해 퇴치되는 대망신 또한 적강한 인물로 묘사한다는 점이다.[44] 이는 대

---

42) 물론, 덕주아 부인의 경우 적강한 인물이지만, 죽음을 맞이한다는 점에서 적강화소가 천상계로의 회귀, 곧 신으로의 좌정과 연결되지 않는 것처럼 보일 수 있다. 하지만 "큰 목숨이 없어질까 봐 그 말을 듣지 말구 그냥 가셨으면 선간느루 다시 환도(還道)를 하잤넌데 그말 듣구 목심이 무섭다구"(<칠공주>, 김태곤, 앞의 책, 149쪽)라는 언급을 보면, 덕주아 부인도 천상계로의 회귀가 가능한 인물이었음을 알 수 있다.

43) "예술山嶺이 있으되 그山에 부산이란 냉기 있소 부리(根)는 三千里밖에 벋고 가지는 / (노래) 十方 가지로다 名山이라고 생겼소다 아헤-에-아 / (말) 그 山에 부산이라는 냉기에다 부리는 三千里 밖에 벋고 가지는 十方 가지요 그 나무 가운데서 日月이 出動합니다" <문굿>, 『관북지방무가』, 144~145쪽. 부산의 형상은 <셍굿>에서 "뿌리는 三千里 밖에 벋고 가지는 十萬 가"지를 가진 "봉내 이출산"의 나무와 유사한 형태를 가진다(<셍굿>, 『관북지방무가』, 286쪽). 해와 달이 열린다는 점은 교술무가로 전승되는 <성주풀이>와 민요로 전승되는 <줌치 노래>에서도 발견되는데, 이 나무의 신화적 성격과 기능에 대해서는 다음의 논의를 참고할 수 있다. 신호림, 「<줌치 노래>의 신화적 성격과 민요적 향유 양상」, 『구비문학연구』 35, 한국구비문학회, 2012, 345~354쪽.

44) "여봐라 불근선배 들어라 오늘으느 내가 이 나무 十年에다 옥황에서 정배로 네리 와서

망신의 사후(死後)에 등장하는 '사체화생화소' 및 '동티화소'와도 연결되기 때문에, 본 절에서는 대망신이 붉은 선비와 영산 각시처럼 적강한 인물이며 신성을 내재한 인물이라는 점만 지적하도록 하겠다.

2) 금기화소(禁忌話素)의 수용과 특징

<산천굿>에서는 대부분의 <구렁이와 꾀 많은 신부>에서 발견되는 '꿩 화소' 대신 절에 공부하러 갔다가 스승에게 금기를 부여받는 형식을 택하고 있다. 일반적인 꿩 화소 대신 금기화소를 취한 이유는 우선적으로 붉은 선비가 옥황세계에서 적강한 인물이라는 점에서 찾아볼 수 있다. <구렁이와 꾀 많은 신부>에서의 남자 주인공은 꿩과 동일선상에 있는 존재로, 구렁이가 승천을 위해 섭취해야할 대상에 불과했다. 그러나 붉은 선비는 본래 옥황세계에 있다가 정배를 내려온 인물로서 꿩의 후신(後身)으로 설정할 수 없고, 따라서 대망신의 섭취물로 깨끗한 물 및 머루와 달래 등이 따로 제시되면서 붉은 선비가 글공부를 떠나는 형식을 택한 것으로 보인다.[45]

글공부를 떠난 붉은 선비는 절에 머물다가 "日辰이 나뿌니 못갈 길이 분명"[46]한 날에 금기를 부여받는다. 붉은 선비는 결국 금기를 어기고 목숨을 위협받는 상황에 이르는데, 이와 같은 구조는 제주도의 서사무

十年 마추구 오늘이 내 몸 만지 먹겠느 물이로다 멀기 다래로다 내가 만지 먹고 둘이 붙어 천불 지불이 승천하야 옥항으로 올라 가겠는 걸" <산천굿>, 『관북지방무가』, 481쪽.

45) 글공부를 떠나는 개연성을 확보하기 위해, <산천굿>의 초반부에서는 붉은 선비가 삼세 때 독서당을 꾸며놓고 글공부를 하는 모습을 보여주기도 한다. <산천굿>, 『관북지방무가』, 470쪽.

46) <산천굿>, 『관북지방무가』, 478쪽.

가인 <차사본풀이>에서도 보인다. 즉, 수명을 연장[定命]하기 위해 동개
남 은중절로 갔던 버물왕 삼형제는 소사중이 제시한 금기를 어기고 집
으로 돌아오는 길에 목숨을 잃게 되는 것이다.[47] 서사무가에서 금기화
소는 쉽게 찾아볼 수 없는 화소지만,[48] 이처럼 절에 들어갔다가 집으로
향하는 길에 금기가 부여됨으로써 결과적으로는 목숨을 위협받게 되는
구조는 <산천굿>과 <차사본풀이>에 동일하게 나타난다. 부분적이지
만 함경도와 제주도 서사무가의 동질성을 확인할 수 있는 화소라고 할
수 있다.

이때 금기화소가 삽입된 부분에서 붉은 선비가 글공부를 위해 떠나
는 장소를 '금상절'로 설정했다는 사실은 시사적이라고 할 수 있다.
<문굿>이나 <치원대 양산복>에서 양산복과 치원대가 글공부를 떠나
는 장소도 '안혜산 금상절(은하사)'이며, <안택굿>에서 감천이 또한 '안
혜산 금상절관'으로 글공부를 떠난다. 금상절은 일차적으로 함경도 서
사무가 속 인물들이 학습을 위해 떠나는 장소로 어느 정도 관습화되어
있음을 알 수 있다. 더 나아가 <셍굿>의 '청애 선비' 삽화와 <오기풀
이>에서는 기자치성의 장소로, <혼쉬굿>에서는 소경과 앉은뱅이의 병
을 치유해주는 영험한 장소로 설정되어 있으며, <안택굿>에서는 "그
절관이자 우리 옥황으 달린<매여있는> 절관이요"라고 표현한다. 금상
절은 학습을 위한 장소일 뿐 아니라, 신적 능력이 발휘되고 옥황세계와
지하궁 세계를 매개하는 신화적 공간인 셈이다. <셍굿>에서 '세주애

---

47) <차사본풀이>의 이본 중 박봉춘 본, 고대중 본, 김해춘 본에서 금기가 뚜렷하게 나타난다.
48) 물론, <장자못> 설화를 수용한 함경도 지역의 <셍굿>에서도 금기화소가 발견되며, 그
    기능 또한 <산천굿> 및 <차사본풀이>에 나타나는 금기화소와 유사하다고 할 수 있다.
    하지만 이는 설화 자체를 수용하는 과정에서 나타난 것으로, <산천굿>과 <차사본풀
    이>에 나타난 금기화소와는 그 출현 배경이 다르다고 할 수 있다.

기'와 '서인님'이 결합해서 낳은 삼태자(三胎子)가 아버지를 찾아 간 곳이 "안혜산 금상절"이라는 사실도 이를 방증한다고 할 수 있다.

'금상절'은 앞에서 언급했던 '부산'이라는 공간과도 연결되면서, <산천굿>의 세계 인식을 확인할 수 있게 해준다. 즉, <산천굿>에서는 옥황으로 대표되는 신들의 공간, 지하궁으로 대표되는 인간들의 공간, 그리고 지하궁에 있으면서도 옥황의 세계와 맞닿아 있어 신성을 내재한 인물들이 활동하는 제3의 공간으로 구조화되어있는 것이다.

3) 사체화생화소(死體化生話素)의 등장과 의미

야광주의 마지막 신력으로 대망신을 퇴치한 이후, <산천굿>에서는 대망신의 사후처리에 대한 부분이 문제시된다. <구렁이와 꾀 많은 신부>의 한 각편에서도 구렁이를 화장해서 묻어주는 모습(⑧, 220쪽)이 나타나지만, <산천굿>에서는 이 장면을 적극적으로 확대하면서 서사적 전환을 꾀한다.

붉은 선비와 영산 각시는 "타상궁내"로 들어가, 이천 개의 나뭇가지가 있는 나무들로부터 삼천 개의 가지를 모아 우물 정(井)자를 만들어 그 위에서 대망신을 화장시킨다. 그리고 이후 재를 여덟 개의 봉지로 나누어 팔도로 던지는데, 함경남도 백두산·평안도 모란봉·강원도 금강산·경기도 삼각산·황해도 구월산·전라도 지리산·충청도 계룡산·경상도 태백산의 산령(山靈)이 생겨난다. 또한 남은 재를 사방에 뿌리자 사대(四大) 산령, 꽃신[花神], 석신(石神)이 되고, 물에다 뿌리니 각종 짐승이 나타나게 된다.

대망신의 신체가 분리되어 새로운 존재로 거듭나는 장면은 '사체화생화소'와 밀접한 관련이 있다. 사체화생화소는 주로 농경문화의 기원과 연결되거나[49] 해산물의 기원,[50] 거인신의 창세장면[51]에서 주로 나타난다. 사체화생화소의 본래적 성격이 살해 또는 희생을 통한 생산물의 생성 및 세상의 창조라는 점을 보여주는 지점이다. 그러나 <차사본풀이>의 과양생이 부부의 경우처럼, 신체가 사후에 절단·분쇄된 후 부정적이기는 하지만 새로운 생명으로 전환되는 예를 찾아볼 수 있기 때문에, 사체화생화소는 특정한 문화적 맥락에 고착화된 것이 아님을 알 수 있다. <산천굿>에 나타난 사체화생화소 또한 '죽음 → 존재의 전환 → 생성'으로의 이행은 유지되고 있지만 생산물기원신화나 창세신화의 맥락에서 탈피한 것이라고 할 수 있다.[52]

---

49) 전반적인 자료 제시 및 사체화생신화와 농경문화의 관계에 대한 시론적 연구는 김화경과 조현설에 의해 이루어졌고, 이후 김헌선이 <밀의 기원> 설화에 주목해서 조상 살해에 의한 곡식재배의 기원과 그 역사적 변천을 자세하게 다루었다. 김화경, 『한국 신화의 원류』, 지식산업사, 2005, 98~128쪽 ; 조현설, 「혁거세의 이상한 죽음」, 『우리신화의 수수께끼』, 한겨레출판사, 2006, 116~125쪽 ; 김헌선, 「<밀의 기원> 담의 Hainuwele신화적 성격」, 『구비문학연구』 30, 한국구비문학회, 2010.

50) 권태효는 농경기원뿐 아니라 해산물의 기원을 노래하는 무가에서도 사체화생화소를 발견할 수 있다고 언급했다. 권태효, 「한국 생산물기원신화의 양상과 성격」, 『한국무속학』 12, 한국무속학회, 2006, 420~423쪽.

51) 정재서는 동서양의 거인사체화생 신화를 비교하면서 그 차이점으로 동양의 신화에서는 거인의 신체가 그대로 생명으로 변화하지만 서양의 신화에서는 절단·분리의 과정이 삽입되어 있다고 보았다. 정재서, 「동서양 창조신화의 문화적 변용 비교연구―거인시체화생 신화를 중심으로―」, 『중국어문학지』 17, 중국어문학회, 2005, 10~11쪽.

52) 이와 유사한 모습을 <셍굿>에서도 찾아볼 수 있다. 하늘에 2개씩 떠 있는 해와 달의 수를 조정하기 위해 서천국으로 향하던 석가는 길에서 울고 있는 사슴을 발견한다. 석가가 육환장을 꺼내 사슴을 죽이자, 사슴은 저절로 재가 되는데 야산의 장작을 모아서 우물 井자를 만들어 사슴을 굽는다. 화식(火食)이 나타나는 장면으로, 이때 사슴 고기를 수중에다 뿌리니 모든 고기가 되고, 옥황에 뿌리니 날짐승이 되고, 팔만 삼천에 뿌리니 기는 짐승·뛰는 짐승이 된다. <셍굿>, 『관북지방무가』, 271~272쪽. 이 장면은 이후 화장법(火葬法)과도 연결되는데, 석가를 금관에 담아 화장하니 그 재가 삼천 구슬이 돼서 불 구슬, 靑 구슬, 白 구슬, 黑 구슬, 黃 구슬이 되고, 각 구슬이 떨어진 곳에 절을 지어 그 구슬을 부처로 모시게 된다. '화장'을 매개로 죽음이 또 다른 존재로의 전환이 이루어지는

<산천굿>에서 사체화생화소는 붉은 선비와 영산 각시의 적대자인 대망신이 살해된 후, 팔도명산의 산령이 되거나 짐승으로 변화하는 것으로 나타난다. 이때 <산천굿>이 주목하는 지점은 특정 존재로의 전환이 아니라, 8분화된 대망신의 신체가 전국명산과 관계를 맺는다는 사실이다. 비록 생산물 또는 지형의 생성과는 관계가 없지만, <구렁이와 꾀 많은 신부>와는 달리 대망신의 죽음이 지속적으로 서사에 개입할 수 있는 지점을 마련한다.

<구렁이와 꾀 많은 신부>에서는 구렁이의 죽음 이후, 서사의 초점을 영주(靈珠)에 둔다. 영주가 가지는 화수분적인 성격은 인간에게 부(富)를 제공하고, 구렁이는 서사에서 배경화되는 것이다. <구렁이와 꾀 많은 신부>가 인간과 자연의 극적인 대립 속에서 인간문명의 우위에 대한 이야기로 이해되어 왔던 것은 이와 무관하지 않다.[53] 용사신(龍蛇神)의 승천담은 본래 집단의 풍요(공동의 문제)에 대한 서사였지만, <구렁이와 꾀 많은 신부>에 이르러서는 남자 주인공의 생존(개인의 문제)이 중요시 되고, 용사신은 동물적 차원으로 하락하게 된다.[54] 승천담에 대한 인식이 약화되면서 '구렁이 복수담'의 성격이 강화되는 지점 또한 찾아볼 수 있다.[55]

하지만 <산천굿>에 사체화생화소가 삽입되면서 <구렁이와 꾀 많은

장면을 <셍굿>의 다른 장면에서도 확인할 수 있는 것이다. <셍굿>, 『관북지방무가』, 280~282쪽.

53) 강진옥, 앞의 논문, 19쪽 ; 23쪽. 최원오는 연구 대상을 확장해서 살펴본 결과, <명주화녀>, <방리득보>, <여우구슬>, <신묘한 구슬>유형의 순으로 '자연적 환경의 우위 → 문화적 환경과의 조화 → 문화적 환경으로의 전환 → 문화적 환경의 우위'라는 인식의 순차적 발전 과정을 확인할 수 있다고 보았다. 최원오, 앞의 논문, 288쪽.

54) 박종성, 앞의 논문, 242~244쪽.

55) 이지영, 앞의 논문, 214쪽.

신부>에 내재된 인간(문화)과 신(자연)의 관계 양상은 재정립된다. <산천
굿>은 대망신의 사후처리에 대해 서술하면서, "승천의 욕망과 좌절"[56]
로 점철되어 있던 <구렁이와 꾀 많은 신부>에서의 구렁이를 다시 팔
도명산으로 대표되는 자연으로 존재론적 전환을 도모시키며 새로운 국
면으로 접어들게 한다. 대망신 사후 서사에 대한 적극적인 부연은 앞에
서 언급했듯이 대망신을 적강한 인물로 설정한 것과 무관하지 않을 것
이다. 기본적으로 신성을 내재하고 있다는 전제를 서사 전반부에 제시
함으로써, <구렁이와 꾀 많은 신부>에서 동물적 차원으로 전락했던 구
렁이와는 차별되는 지점을 확보하고 있는 것이다.

사체화생화소를 통해 발생되는 서사의 새로운 지향점은 죽음을 마주
한 붉은 선비와 영산 각시의 대응방식과 연결이 되는데, 이는 다음 절
에서 살펴볼 동티화소를 통해 구체화된다.

4) 동티[動土]화소의 삽입과 산천굿과의 관계

대망신의 사후처리가 끝난 후, 붉은 선비는 갑자기 죽을병에 걸린다.
병의 정체를 파악하기 위해 "대산천댁"에서 병점(病占)을 치자, "八道 山
川에 살령님이 山川 동토가 이르렀"[57]다는 답을 듣게 된다. 동티는 신
체(神體)를 상징하는 물체나 신의 거주지 및 신이 관장하는 자연물과 인
공물을 적절한 절차에 따라서 다루지 않았을 때 일어나는 것이다.[58] 사

---

56) 박종성, 앞의 논문, 237쪽.
57) <산천굿>, 『관북지방무가』, 491쪽.
58) 허용호, 「동토잡이 의례의 한 양상 : 구리시 동창 마을 "도투마리경 읽기"를 중심으로」,
    『민족문화연구』 37, 고려대학교 민족문화연구원, 2002, 281쪽.

체화생을 통해 팔도 산령으로 거듭난 대망신이 붉은 선비에게 동티를 내리는 장면은, 대망신의 사후에도 유지되는 붉은 선비·영산 각시와의 관계망에 대해 말해준다.

붉은 선비는 동티가 난 이후, "그 즘상이 죽은 山川에"[59] 여덟 개의 제상을 배설하고 산천굿을 올린다. 그러자 붉은 선비는 언제 병에 걸렸는지 모를 정도로 바로 회복을 하게 되고, 그때부터 산천굿의 근본이 생기게 된다.

> 지하궁 인간덜이 / 山川 동토가 이를 적에 / 山川 굿으르 받기하오 / 山川 굿으 받아 놓고 / 家戶마다 집집마다 / 山川 굿으 디릴 적에 / 영산이야 불근선배야 / 山川 굿으르 받으시구 / 오늘에 가신 금일 망자 / 그 山川에다 가먼 / 山川이라는 거 있읍데다 / 이십대 무처 있넌 山川어느 / 어느 도이라고 아이있겠소 / 이십대대녀 山川하이 / 백골이던지 나무던지 / 헌대목이 돌이던지 / 동토 안정을 시겨 주구 / 아주 무상이 시게 주구[60]

붉은 선비와 영산 각시의 최초 제의 이후로 인간 세상에서는 이를 모방하여 동티가 나면 산천굿을 행한다고 서술되어 있다. '신성한 것'을 어떤 기원과 맺는 일정한 관계라고 규정할 때,[61] 산천굿의 근본을 만든 최초의 행위자로서 붉은 선비와 영산 각시는 '신성'을 획득하게 된다. 곧 인간세계에서는 산천굿을 올릴 때 붉은 선비와 영산 각시를

---

59) <산천굿>, 『관북지방무가』, 492쪽.
60) <산천굿>, 『관북지방무가』, 493~494쪽.
61) 고들리에(Maurice Godelier)의 견해에 의하면 '신성한 것'이란 어떤 기원과 맺는 일정한 관계라고 정의내릴 수 있다. 모리스 고들리에, 오창현 옮김, 『증여의 수수께끼』, 문학동네, 2011, 246쪽. 일반적으로 종교 텍스트로서의 서사무가가 신화로 인식되는 것은 '본(本)풀이' 양식으로 특정 인물 또는 행위의 근본에 대해 노래하기 때문일 것이다.

모셔 와서 제의의 기원을 설명하는 <산천굿>을 구송하고, 이를 통해 최초 제의가 가지고 있던 종교적 힘을 발현시키고자 하는 것이다.

이와 유사한 지점을 <셍굿>의 '강방덱이' 삽화에서 찾아볼 수 있다. '모시각시'와의 내기에서 지는 바람에 강방덱이는 옥황의 궁궐을 짓고 받은 대가를 모두 모시각시에게 준다. 새로 지은 궁궐에 들어 간 옥황 상제는 석 달 만에 동티가 내려 앓기 시작하는데, 시공 값이 나빠서 큰 변을 당한 것이라고 설명된다. 이를 해결하기 위해서는 성주 안택을 하면서 강방덱이를 모셔야 한다고 서술되며, 그때부터 "성주말기"의 근본이 생겼다고 하는 장면은 곧 <산천굿>에서 보이는 동티화소와 유사한 모습을 보여준다. 동티를 내림으로써 굿을 받게 되고, 이에 따라 굿의 근본이 생겨났다는 원리를 <셍굿>의 '강방덱이' 삽화에서도 찾아볼 수 있는 것이다.

<산천굿>의 동티화소에서 주목해야 하는 부분은 바로 '산천'에 대한 설명이다. 산천은 "그 즘상이 죽은 山川"[62] 즉 대망신의 사후 분화된 신체가 묻힌 곳이며, 사체화생을 통해 대망신이 존재론적 전환을 꾀한 결과라고 할 수 있다. 그러나 인용문에서 보면 산천은 또한 망자의 백골이 묻혀 있는 곳이기도 하며, 망자의 영혼이 저승으로 가는 도중 거치는 공간이기도 하다. 산천에 대한 인식 층위는 서사 내외로 분리되어 있는바, 서사 내부에서는 대망신의 재가 뿌려진 공간이며 서사 외부에서는 망자의 백골과 영혼이 있는 공간인데, 그 중간에 붉은 선비와 영산 각시가 위치하고 있다. <산천굿>에서 대망신이 동티를 내렸듯이, 망자의 백골도 잘못 모시면 동티가 날 수 있음을 보여주면서, 붉은 선

---

62) <산천굿>, 『관북지방무가』, 492쪽.

비와 영산 각시에게 "동토 안정을 시겨" 달라고 기원하고 있다. 이는 산천굿의 서술층위와 연행층위가 상호 연관되어 해석될 수 있는 접점을 마련해주고 있는데, 이에 대해서는 다음 장에서 서술하도록 하겠다.

5. 종교 텍스트로서의 〈산천굿〉, 그 죽음에 대한 인식

지금까지 살펴본 바와 같이, 〈산천굿〉은 〈구렁이와 꾀 많은 신부〉를 수용하면서도 새로운 화소의 삽입을 통해 서사적 전환을 도모했다. 그러나 〈산천굿〉이 종교 텍스트로 인식되기 위해서는, 재구성된 서사가 산천굿의 제의적 기능과 조응되는 지점을 찾아야 할 것이다. 즉, 서술층위와 연행층위가 연결되는 접점을 찾음으로써, 〈산천굿〉이 종교 텍스트로서 가지고 있는 의미지향을 탐색해야하는 것이다.

사설에서 찾아볼 수 있는 산천굿의 제의적 기능은 〈산천굿〉의 결말부에서 그 근본이 만들어졌다는 부분부터 살펴볼 수 있다. "山川어느 어느 도이라고 아이있겠소"[63]라고 하며, 산천이라는 공간은 팔도명산뿐 아니라 전국으로 확장된다. 그리고 그 산천에는 '백골'이 있으며, 인간세계에 동티를 내릴 수 있다고 서술되어 있다. 이후에는 세상의 창조부터 시작해서 점차 세상이 미분화되는 과정을 그리며 산과 강이 배합되는 모습[64]으로 이어지고, 마지막에 망자를 좋은 산천에 모셔야 "이렇

---

63) 〈산천굿〉, 『관북지방무가』, 494쪽.

64) "어… 오늘이 또 한편에다가 吉州 明川 질 가등봉을 호청강이 배합이요 / 함흥 돌아 발룡山으 성천강이 배합이요 / 피안도지 모란봉은 대동강이 배합이고 / 황해도지 九月山은 구렁포가 배합이요 / 강완도지 금강신은 소상 팔경 망장포가 배합이요 / 경기도지느 三角山은 한강가 배합이요 / 충청도지 계룡산은 남대천이 배합이요 / 경상도지 태백산으 낙동강이 배합이요 / 절라도지 지리산으 감녕수가 배합이요" 〈산천굿〉, 『관북지방무가』,

금 생기 있는 자손들이느 호반 급제르 나게 하여 주고 영웅 호걸이르 나야 낳기 하야 도아 도와"[65])준다고 하며, 산천에 도착한 망자의 영혼이 극락세계로 인도되기를 발원한다.

산천굿을 통해 기원하는 바는 두 가지로 정리되는데, 하나는 좋은 산천에 백골을 모심으로써 후세들이 복을 받는 것이며, 다른 하나는 '산천'이라는 공간으로 이동한 망자의 영혼이 극락왕생하기를 바란다는 것이다. 아카마스 지조[赤松智城]와 아키바 다카시[秋葉隆]는 이를 "영혼은 극락으로 가더라도 뼈는 명산 중의 명산에 묻히도록 기원"[66])하는 것이라고 설명했는데, 곧 망자의 영혼뿐 아니라 육신에 대해서도 언급하는 것에 주목할 필요성이 있다.

산천길을 닦는 과정에 망자의 영혼뿐 아니라 백골이나 뼈와 같은 망자의 신체가 중시되는 것은, 망묵굿의 독립된 거리로서 산천굿이 가지고 있는 변별적 특징을 말해준다. 영혼의 천도뿐 아니라 지상에 남아 있는 백골에 대한 인식까지 보여주기 때문이다. 이 두 가지 지점에 주목해서 <산천굿>이 제의적 기능과 맞닿아 있는 지점을 살펴보도록 하겠다.

우선 영혼이 천도되는 과정을 살펴보면, 극락세계로 가기 전에 산천이라는 공간을 경유한다는 점을 알 수 있다. "불근이 불러내여 山川 질을 닦"는 산천굿은, 망자가 극락세계로 가는 길에 대해서는 구체적으로 언급하지 않고, 마지막에 발원만 할 뿐이다. 오히려 함경도 망묵굿에서

500~501쪽. 산과 강이 함께 배합되는 부분을 통해, 산과 강은 개별적인 것이 아니며 '산'굿이 아닌 '산천'굿으로 불리는 이유를 짐작하게 해준다.

65) <산천굿>, 『관북지방무가』, 504~505쪽.

66) 赤松智城 · 秋葉隆, 심우성 역, 앞의 책, 181쪽.

이승과 저승 사이의 길을 닦는 신은 도랑선비와 청정각시로 파악되며,[67] 붉은 선비와 영산 각시는 산천까지 영혼이 당도할 수 있는 길을 닦고, 그곳에서 이승세계에 동티가 나지 않도록 안정을 시키는 역할을 한다. 곧, 이승과 저승이라는 이원적 공간 사이에 산천이라는 제3의 공간이 자리 잡고 있는 것이다.

이와 같은 면모는 <산천굿>에서 '부산'이나 금상절이 있는 '안혜산'과 같이 인간계에 있지만 천상계를 매개하는 공간을 설정한 것과 유기적으로 연결된다. 산천이라는 공간도 팔도의 산령으로 거듭난 대망신이 관장하는 공간으로, 붉은 선비와 영산 각시가 산천굿이라는 제의를 올리는 신성한 공간이다. 부산, 안혜산(금상절), 산천으로 이어지는 제 3의 공간은 이승에 존재하지만, 이승과 저승 사이를 매개하는 일종의 경계 공간으로 설정되어 있다. 옥황궁과 지하궁을 매개하는 '산천'이라는 공간을 통해 망자의 영혼이 저승으로 가기 전 머물 수 있는 지점을 확보하고 있음을 알 수 있다.

산천에는 영혼뿐 아니라 망자의 육신도 묻혀 있는 것으로 인식된다. 어느 곳에나 산천은 있으며, 그곳에는 자연물인 나무나 돌뿐 아니라 백골도 있다고 표현된다. 백골은 망자의 육신을 환유적으로 표현한 것이라고 볼 수 있으며, 그 백골을 잘 모시지 않으면 동티가 내릴 수 있다는 인식으로 이어지면서, 붉은 선비와 영산 각시가 이 동티를 막아줄 수 있는 인물로 등장한다.

<산천굿>에서는 백골과 마찬가지로 대망신이 죽은 후에 붉은 선비에게 동티를 내린다. <산천굿>에서 대망신의 존재론적 전환이 '승천'

---

67) 김헌선, 앞의 논문, 1999, 241쪽.

이 아닌 '죽음'의 방식으로 이루어진 것은 산천굿이 망묵굿의 한 제차이기 때문일 것이다. 대망신의 분화된 신체를 산천에 뿌린 것을 "그 즘상이 죽은 山川"으로 표현함으로써, 대망신의 신체는 망자의 백골과 동일시된다. 그리고 동티화소를 통해 <산천굿>에서는 붉은 선비와 영산 각시가 산령이 된 대망신을 모시게 되고, 이는 생자(生者)가 망자의 백골을 잘 모셔야 한다는 제의적 관념과 일치된다. 서사 내에서 '대망신-산천굿-붉은 선비·영산 각시'의 구도가 서사의 외부에서 '망자-산천굿-생자'의 구도로 이어지고 있는 것이다. 곧 <산천굿>은 <구렁이와 꾀 많은 신부>를 수용하고 재구성함으로써 산천굿의 제의를 은유적으로 서사화하고 있다고 정리할 수 있다.

제의와의 은유적 동일성은 <산천굿>이 종교 텍스트로 읽힐 수 있음을 직접적으로 보여주며, 그 과정에서 무속 향유층의 죽음에 대한 인식 또한 추출해낼 수 있게 해준다. 먼저, 앞에서 잠시 언급했듯이 <산천굿>에서는 망자의 영혼이 저승으로 가도 그 육신은 '산천'이라는 공간에 존재하면서 인간세계에 끊임없이 영향을 미친다는 사실을 강조한다. 망자의 저승길을 닦아주는 망묵굿에서, 붉은 선비와 영산 각시를 매개로 인간세계에 남겨진 육신 또한 잘 모셔야 한다는 의식이 반영되어 있는 지점이다.

이때, 해골이 망자의 육신을 환유적으로 표현한 것이라고 한다면, 망자의 육신에 대한 관념은 <황천혼시>나 <혼쉬굿> 등의 해골보은담을 통해 다시 한 번 확인할 수 있다. 해골보은담에서 '해골'은 죽음을 상징하지만 그 안에 재생 상징을 감추고 있고, 죽음에서 재생으로의 이행은 생자(生者)에 의해 이루어지는 것으로 알려져 있다.[68] <산천굿>에서도 역시 백골에 대한 인간의 태도가 중시된다는 점에서, 생/사의 이분법적

단절이 망자에 대한 생자의 행위(산천굿)를 통해 극복될 수 있음을 보여
준다. 그리고 이를 통해 생자 또한 명복을 받을 수 있다는 인식이 발생
하기 때문에, 제의를 매개로 한 '생자-망자' 간의 호혜적 연대의식이
<산천굿>에 내재되어 있음을 확인할 수 있다.

죽음을 매개로 이루어지는 영혼과 육신의 분리[69]는 일반적으로 특수
한 죽음 관념이라고는 할 수 없다. 그러나 <산천굿>에서는 영혼을 천
도하고 지상에 남은 육신에 대한 관심을 표명하면서, 죽음을 마주한 생
자의 적극적인 대응을 강조한다. 즉, 죽음 이후 망자를 삶에서 분리시
킬 수 있다는 인식을 거부하고 지속적인 관계망을 유지하고자 하는 것
이다. 망자와 생전에 맺었던 관계는 죽음 이후에 그 방식이 달라질 뿐,
호혜적인 소통과 새로운 관계 맺음이 가능하다는 점을 <산천굿>의 서
사에서 확인해볼 수 있다.

6. 결론

이 글에서는 함경도 망묵굿의 한 제차인 산천굿에서 연행되는 무가
사설에 주목해서, 그 구성적 특징과 죽음에 대한 인식을 고찰하고자 했
다. 죽음을 마주한 인간들의 서사적 대응이 종교 텍스트라는 기본적인
관점에서, 설화를 재구성한 <산천굿>의 제의적 의미를 탐색해 보고자
한 것이다. 이와 관련하여 본론에서 다루었던 내용을 정리하면 다음과

---

68) 조현설, 「해골, 죽음과 삶의 매개자」, 『민족문화연구』 59, 고려대학교 민족문화연구원,
2013.
69) 영혼과 육신이 분리되어 영혼만 옥황세계로 나아가는 면모는 <셍굿>의 '강방덱이' 삽
화에 등장하는 거미, 부엉이, 강방덱이를 통해 구체적으로 확인해볼 수 있다. <셍굿>,
『관북지방무가』, 283~284쪽.

같다.

먼저, 현재까지 유일하게 채록된 김복순 본을 대상으로 <산천굿>의 서사단락을 제시했고, <구렁이와 꾀 많은 신부> 설화와의 관련성을 탐색했다. <산천굿>에는 <구렁이와 꾀 많은 신부>에 내재된 용사신(龍蛇神)의 승천담이 충실히 반영되어 있었으며, 야광주로 대망신을 퇴치하는 결말부까지 서사적으로 동일한 양상을 보였다. 그러나 적강화소, 금기화소, 사체화생화소, 동티화소의 삽입을 통해 서사적 전환을 도모하고, <구렁이와 꾀 많은 신부>와 차별되는 <산천굿>만의 독자적 의미망을 구축하게 되었다.

붉은 선비, 영산 각시 그리고 대망신은 적강화소를 통해 신성을 내재한 인물로 설정되어 있으며, 이들은 각각 제의의 근원을 수행함으로써 신성을 발현하거나 산천이라는 공간으로 존재론적 전환을 도모한다. 그리고 이들의 활동 공간 또한 지하궁이라는 인간계에 있지만, 옥황이라는 천상계를 매개하고 있어 제3의 공간으로 구조화되어있다. <구렁이와 꾀 많은 신부>에 내재되어 있던 인간중심의 사고는 대망신의 사체화생을 통해 새로운 국면으로 전환되며, 대망신이 동티를 내림으로써 산천굿의 근본이 생겼다는 이야기까지 연결된다.

그리고 이와 같은 서사의 재구성은 산천굿의 제의적 기능과 상호 조응하면서 종교 텍스트로서 <산천굿>이 인식될 수 있는 가능성을 열어준다. 이승과 저승 사이를 매개하는 일종의 경계 공간을 설정한 점, 죽음 이후 망자의 육신이 생자에게 동티를 내릴 수 있다는 인식을 공유하고 있다는 점 등을 근거로 들 수 있다. 더욱이 <산천굿>에서는 대망신의 '죽음'이라는 사건에 초점을 맞춰서 서사를 이끌어가기 때문에, 산천굿을 매개로 한 '대망신-붉은 선비·영산 각시'의 관계는 서사의 외부에서 '망자-생자'의 관계로 이어질 수 있다.

이를 통해 추출할 수 있는 <산천굿>에 내재된 죽음에 대한 인식은 두 가지로 정리될 수 있다. 하나는 망자의 육신에 대한 시선이고, 다른 하나는 망자에 대한 생자의 태도에 대한 것이라고 할 수 있다. 전자의 경우, 망자의 영혼을 천도하는 것뿐 아니라 육신에 대한 관심을 표명한다는 점에서 시사적이라고 할 수 있는데, 이는 곧 생/사의 이분법적 단절이 망자에 대한 생자의 태도를 통해 극복될 수 있음을 보여준다. 망자와 생전에 맺었던 관계는 죽음 이후에 그 방식이 달라질 뿐, 그 죽음을 통해 지속적인 소통과 새로운 관계 맺음이 가능하다는 점이 강조된다. <산천굿>은 죽음을 마주한 인간의 적극적인 대응을 강조하는 텍스트인 동시에, 죽음 이후에 발생하는 '생자-망자' 간의 연대의식을 호혜적으로 이끌어가고자 하는 텍스트라고 할 수 있다.

〈봉산탈춤〉과 〈양주별산대놀이〉의 노장과장 연구*

인물의 몸짓을 중심으로

김 영 학

1. 서론

우리 가면극은 해가 지고 세상이 어둑해지면 너른 마당 한편에 장작불을 켜놓고, 장대에 횃불을 매달아 놓은 채 밤중이나 날이 샐 때까지 올렸다. 사방의 수호신에게 예를 드린 후에 놀이판의 부정을 몰아내고, 공연을 무사히 마칠 수 있도록 기원하며 가면극은 시작된다. 귀면(鬼面)을 쓴 채로 평소에 모셔왔던 상전을 조롱하거나 모욕을 주고, 귀천을 가리지 않고 육체적 본능에 따라 마음껏 유희를 벌인다. 놀이판은 아래 위가 전도되고, 도덕적 금기도 힘을 잃는 축제의 공간이자 야생의 공간으로 거듭난다. 연행자와 관객 모두 온갖 자유를 누리고 해방을 만끽할 수 있는 공평한 마당이 펼쳐지는 것이다.

그 공간은 민중들이 마음껏 푸념을 늘어놓으며 한을 삭힐 수 있는

* 이 글은 "『한민족어문학』 제68집, 한민족어문학회, 2014."에 수록된 것이다.

놀이터였다. 연행자와 관객은 혼연일체로 밤을 새우면서 서로 통정하듯 가면극에 빠져들었다. 정확히는 가면극에 구현된 몸에 매료되며 희열을 느꼈으리라. 유교봉건사회에서의 금기는 무엇보다 '몸'에 관한 것[1]이었고 따라서 이로부터의 해방은 일차적으로 육체적으로 표출될 수밖에 없었기 때문이다. 이렇듯 가면극에 구현된 몸은 민중들만이 겪는 육체적 경험을 간직한 공간이면서 억압받는 현실을 대변하고 그것에 저항하는 공간이었다.

인간은 충동과 본능의 충만한 힘이 승화를 거쳐 미적감정으로서의 도취 상태에 도달함으로써 예술행위를 하고 생을 확장시킨다. 그리고 그것은 몸을 통해 행해진다.[2] 우리는 가면극이 몸을 의미의 가장 중요한 기표로 간주하고 있다는 사실을 이해해야 한다. 글을 제대로 모르는 가면극 연행자들은 문자언어보다는 신체 언어로 소통하며 몸을 부단히 움직이면서 의미를 전달하려 노력했기 때문이다. 당연히 그들의 몸짓은 의사소통의 전면에 부각될 수밖에 없었다.

하지만 가면극에 대한 선행 연구는 언어에 치중했고, 몸 연구엔 소홀했다. 이 글에서 다루려고 하는 <봉산탈춤>은 우리 가면극 가운데 가장 출중하기에 선행 연구도 대거 양산되었다. 조동일은 「봉산탈춤 노장과장의 주제」(1973)에서 등장인물들 간의 갈등을 분석하면서 자연의 풍요를 가져오기 위한 주술적인 행위의 발로라고 보았는데 이 관점은 이후 탈춤 미학의 독보적인 위상을 차지해 왔다. 조동일의 발표 이후로

---

1) 푸코에 따르면 "권력은 정치적 관계와 권력 관계의 산물인 몸에 구체적으로 초점을 맞추고 있다. 권력의 대상인 몸은 통제되고 구분되고 재생산되기 위해서 만들어 진다." 브라이언 터너, 임인숙 옮김, 『몸과 사회』, 몸과 마음, 2002, 131쪽.
2) 홍덕선·박규현, 『몸과 문화』, 성균관대학교출판부, 2009, 114쪽.

80년대까지 〈봉산탈춤〉에 대한 연구는 인물과 주제에 초점이 모아졌다면, 90년대 이후 연구는 한층 다양하고 복합적인 분석을 시도한다. 전성운의 「봉산탈놀이의 구성원리와 사유기반」(1999), 박진태의 「봉산탈춤 중마당군의 양면성과 구성원리」(1999) 및 「한국 탈춤의 즉흥성에 관한 연구」-〈봉산탈춤〉과 〈양주별산대놀이〉를 중심으로-(2001), 허용호의 「가면극의 축제극적 구조-봉산탈춤을 중심으로-」(2002) 등이 눈에 띄는 연구이다. 그런데 아직까지 〈봉산탈춤〉을 대상으로 '몸'을 특화한 연구는 상재되지 않았다.

〈양주별산대놀이〉도 조동일이 미학적 접근의 발판을 마련했다고 볼 수 있다. 그의 탁월한 저서인 『탈춤의 역사와 원리』(1979)는 후학들에게 〈양주별산대놀이〉에 심미안을 갖추게 했다. 전신재의 「양주별산대놀이의 생명원리」(1980)에 그 성과가 이어지고, 90년대 이후엔 보다 진척되는데 정형호의 「양주별산대놀이에 나타난 미의식」(1999), 전신재의 「양주산대 중마당의 구조와 그 의미」(2000), 이경숙의 「〈양주별산대놀이〉의 경기성」(1999), 주현식·이상란의 「〈양주별산대놀이〉의 공손어법과 불공손어법의 문화적 의미」(2011) 등이 주목받았지만 아직 〈양주별산대놀이〉에 구현된 몸을 주목한 연구는 찾기 어렵다.

언어는 그것이 의미하는 대상과 일치에 의하여 관련을 맺는 반면에 몸짓은 그것이 표현하는 대상과 유사성의 관계를 맺고 있다. 의미를 생산하는 기호로서 몸짓은 자신이 표현하는 대상과의 일치에 근거해서 구성되는 것이 아니므로 표현의 가능성이 상대적으로 넓다.[3] 무언과

---

3) 김기란, 「몸을 통한 재연극화와 관객의 발견(1)」, 『드라마연구』 25호, 한국드라마학회, 2006, 44-45쪽.

춤이 극을 이끄는 우리 가면극은 그런 면에서 여러 층위에서 의미를 띤다. 가면극은 언어텍스트를 재현하는 연극이 아니라 역으로 무대 위에 현전하는 배우의 몸을 통해 의미를 구현하기 때문이다. 또 그 결과로 언어텍스트를 가능하게 하는 연극이다.[4] 이는 다시 말하면 우리 가면극의 진면목을 밝히려면 언어보다는 몸에 초점을 두어야 한다는 말일 게다.

이 글은 이런 문제의식에서 가면극에 구현된 몸을 주목하려고 한다. 그래서 종래의 연구에서 간과했던 몸의 언어를 규명할 것이다. 즉 몸짓 자체가 언어의 기호체계처럼 어떻게 의미체계를 형성하는 가를 살필 것이다. 그리고 몸짓의 형용이 빚어 낸 정서적인 효과를 고찰할 것이다. 더불어 가난에 찌들고, 천대받는 삶을 살면서도 그것과 어울려 놀고, 온갖 차별과 죽음조차 두려움 없이 상대하는 의연한 가면극의 세계를 펼친 가면극 연행 주체의 정신까지도 밝히려 한다.

이 글에서는 우리 가면극 가운데 <봉산탈춤>과 <양주별산대놀이>의 노장과장을 연구 대상으로 삼고, 주요 인물인 노장, 취발이, 소무의 몸짓을 고찰하고자 한다. 두 작품을 대상으로 삼은 이유는 우리 가면극 가운데 연극적으로 가장 완성되어 있고, 같은 인물이 등장하기 때문이다. 즉 두 작품에 나타나는 세 인물의 몸짓이 구현한 의미를 비교·대조함으로써 우리 가면극의 미의식을 보다 곡진하게 분석할 수 있다는 점을 착안했다.

---

4) 이미원은 탈놀이의 수행성을 고찰하면서 이본이 존재하고 사자과장이 늦게 첨가된 점을 제시하며 "탈놀이 공연은 정해진 텍스트의 표현이 아니라 수행성을 통해서 매번 하나의 텍스트를 만들어 간다고 하겠다."고 보았다. 이미원, 『한국 탈놀이 연구』, 연극과 인간, 2011, 185쪽.

2. 〈봉산탈춤〉 노장과장

〈봉산탈춤〉 노장과장은 노장의 파계 과정을 심도 있는 판토마임으로 연출한다는 점에서 모든 탈춤의 장면 가운데 가장 백미로 치는 부분5)이다. 노장은 생불로 추앙받는 늙은 중으로 극에서는 말하지 않는다. 극중에서 무언으로 일관한 노장의 몸은 여러 층위에서 해석할 여지가 있다. 추상회화가 사물의 본질을 포착하고자 하듯이 몸의 언어 역시 언어적으로 표현하기 어려운 인간 존재의 근원에 접근하고자 하는 노력의 일환으로 볼 수 있기6) 때문이다.

노장의 말없음에 대하여 이미원은 "종교적 권위 때문에 말이 없다"7)고 보았고, 정형호는 "노장과 목중들의 갈등을 고조"8)시키려는 의도라고 했으나 이를 달리 볼 수도 있겠다. 노장이 말을 하면 오히려 권위적인 면을 부각하기 쉽고, 갈등 또한 더욱 고조시킬 수 있기 때문이다. 오히려 그보다는 신분적으로 노장보다 아래인 목중의 노장을 향한 풍자를 쉽게 할 의도로 보는 게 더 타당하리라 생각한다. 노장이 시종일관 침묵함으로써 그를 향한 목중들의 풍자가 더욱 통렬해지기 때문이다. 다음 〈봉산탈춤〉의 대사는 이를 확인해 준다.

> 둘째 목중 : 내가 이자 가서 오도독이 타령을 돌돌 말아서 노장님 귀
> 에다 소르르하니까 대강이를 용두질치다가 내버린 좆대
> 강이 흔들 듯 하더라.

---

5) 서연호, 『한국 가면극 연구』, 도서출판 월인, 2002, 171쪽.

6) 김명찬, 「재현의 위기와 몸의 연극」, 『몸의 위기』, 까치, 2004, 327쪽.

7) 이미원, 앞의 책, 74쪽.

8) 정형호, 「한국 탈놀이에 나타난 무언의 의미와 기능」, 『공연문화연구』 14, 한국공연문화학회, 2007, 101쪽.

−중략−

셋째 목중 : 우리가 스님을 저렇게 불붙은 집에 좃기둥 세우듯이 두는
          것은 우리 상좌의 도리가 아니니! 노장님을 우리가 모셔
          야 하지 않겠느냐?9)

목중들이 노장을 보고 와서 옹기짐, 숯짐, 큰 뱀이라고 야유하더니
노장임을 안 후엔 발언 수위를 더욱 높여 위의 대사처럼 저속한 표현으
로 모욕을 준다. 둘째 목중이 노장에게 노래 들려드릴 것을 묻고 온 후
에 노장이 "자위하다가 그만둔 성기가 흔들리듯이 흔들린다고 비유하
고 있다."10) 호칭은 노장님이라고 존대하지만 실상은 비속어로 노장을
능멸하고 있기에 목중들의 의중을 쉽게 알 수 있다. 또 노장을 모셔야
한다며 위하는 척 하지만 비속어를 앞세운 탓에 노장의 권위는 곤두박
질치는 형국이다. 아직 파계하지 않았기에 생불로 추앙받는 노장이지만
미천한 목중들에게 놀림감의 대상밖에 되지 못하는 것이다.

 가면극에서 "비속어의 남용은 서민층의 자아 발견에 대한 몸부림"11)
이라는 견해가 있다. 연극이라고 해서 고상한 제도권 언어만 쓰지 않고
생활 속에서 몸에 밴 언어를 마음껏 구사함으로써 유교봉건사회에서
지워졌던 자신들의 흔적을 찾으려는 시도로 본다는 견해이다. 이에 따
르면 위의 노장을 향한 목중들의 비속어도 조동일의 견해처럼 지배계
층에 대한 노골적인 불만의 표현이나 적대적인 관념론을 비판12)했다고

---

9) 이두현, 『의민이두현저작집 02 한국의 민속극』, 민속원, 2013, 259쪽.

10) 전경욱, 『한국의 가면극』, 열화당, 2007, 248쪽.

11) 유종목은 우리 가면극의 비속어를 분석하면서 "비속어와 욕설 따위를 마구 사용함으로
    써 우리 고유의 언어상의 특성이나 장벽을 무너뜨리고 자아라는 더 중대한 것을 찾았던
    것으로" 보았다. 유종목, 「한국 민속 가면극 대사의 표현법 연구」, 동아대학교대학원 국
    어국문학과 석사학위논문, 1973, 90~93쪽 ; 전경욱, 위의 책, 244~245쪽 재인용.

도 볼 수 있으나, 그보다는 존재에 대한 자기 확인이나 자연적인 존재
로서의 자신을 경험하는 것으로도 해석할 수 있겠다. 교언과 감언을 일
삼는 사대부들의 언행을 버리고 자신들이 경험을 통해 몸에 구축했던
언어, 즉 몸에 배어 있는 언어를 구사함으로써 스스로 정체성을 모색한
것이다. 이는 퐁티의 견해를 빌리면 몸사유[13]를 통해 주체적 인간으로
거듭나려는 시도를 했다고 볼 수 있겠다. 사대부처럼 책이나 관념에서
존재 근거를 찾는 게 아니라 생산 현장이나 예술 현장에서 몸으로 터득
한 언어 즉, 체현된 몸 언어를 구사하면서 존재감을 만끽한 것이다.

　앞에서 다루었듯이 작품에서 노장과 목중의 친소관계는 두드러지게
외화되지 않지만 원만하지는 못하다. 이런 미묘한 갈등은 노장과장 도
입부에서 이미 드러난다. 〈봉산탈춤〉 제4과장인 노장춤 과장에서 노
장은 목중들에게 끌려 들어오다 멈추어 서고, 노장의 멈춘 행동을 모른
목중들은 몇 걸음 더 걷다 노장이 없는 것을 알고 멈춰 서서 노장을 찾
는다.

　　둘째 목중 : 그러면 노장님 간 곳을 찾아봐야 안 되겠느냐? 내가 찾아
　　　　　　　 보고 오려든… 〈흑운이 만천천불견…〉 (타령곡으로 추면
　　　　　　　 서 노장이 있는 데까지 가까이 갔다가 돌아온다. 다른 목
　　　　　　　 중들도 제자리에서 같이 춤춘다. 다음 목중들도 이와 같

---

12) "노장에 대한 풍자적 공격은 결국 노장이 파계했기 때문에 생기는 것이 아니고 파계하
　 기 전의 노장을 그 대상으로 삼는다. … 민중적인 현실주의를 표명하고 이에 더하여 적
　 대적인 관념론을 더욱 과감하게 비판한다 할 수 있다." 조동일, 『탈춤의 역사와 원리』,
　 홍성사, 1980, 197쪽.
13) "퐁티는 이성의 발원지, 즉 살아 있는 몸이 주체가 되어 타인들이나 사물들과 상호 규정
　 적인 의미의 관계를 맺고 있는 곳에 충분히 가 닿을 수 있다고 말합니다. 요컨대 그는
　 우리의 구체적인 삶이란 결코 이성으로 규정될 수 있는 것이 아니라는 점을 역설하고
　 있습니다." 조광제, 『몸의 세계, 세계의 몸』, 이학사, 2004, 60쪽.

이 되풀이하여 노장 있는 곳에 다녀 온다)[14]

　이어 셋째 목중부터 여덟째 목중까지 순서대로 노장에게 다녀오지만 일곱째 목중에 가서야 노장의 실체를 인식하고 '백구타령'을 합창한다. 이 장면에서 우리의 관심을 끄는 것은 왜 목중들이 그동안 모셔왔던 노장을 몇 걸음 앞에 두고도 알아보지 못 하는가이다. 노장을 두고 하는 목중들의 이런 행동은 요즘 학생들이 벌이는 '투명인간놀이'를 연상케 한다. 그러니까 목중들은 노장을 놀리기 위해 못 본 체한 것이라는 말이다. 메를로 퐁티에 따르면 몸은 실존 그 자체이다.[15] 목중들이 노장의 몸을 보지 못한 것은 노장의 실존을 인정하지 않겠다는 뜻으로 볼 수 있겠다. 그동안 노장과의 관계가 원만하지 않았고, 노장에 대한 불만이 그의 실존을 거부하기에 이른 것이다. 노장임을 안 후에 목중들이 노장을 위하는 척하며 노래하지만 자신들끼리 나누는 대사는 모두 노장을 모욕하는 내용으로 채워졌음은 이를 입증한다.

　노장은 소무를 만나서도 말하지 않는다. 하지만 목중들을 대하는 태도와는 다르게 매우 적극적으로 몸을 놀린다. 목중들에게서는 취할 게 없지만 소무에겐 매혹적인 몸이 기다리고 있기 때문이다. 노장은 처음엔 소무에 별 관심을 보이지 않다가 차츰 그녀의 매력에 빠진다. 정확히는 젊은 그녀의 몸에 반하여 차츰 노골적으로 몸을 놀리며 소무를 유혹한다. 고승으로서 지켜야할 품격은 내팽개치고 육체적 본능에 따를

---

14) 이두현, 앞의 책, 257쪽.
15) "메를로 퐁티는 유기체로서의 내 몸이 세계의 일반적인 형식에 선인칭적으로 결합되어 있는 익명적이고 일반적인 실존이라고 말하고 있습니다. 간단히 말하면 세계의 일반적인 형식이 내 몸을 타고 올라와 내 몸에 구조화된다는 것이지요." 조광제, 앞의 책, 121쪽.

뿐이다. 목중들에겐 오만해 보이던 노장의 태도가 소무를 만나면서 급격하게 바뀜으로써 관객에게 재미를 주면서도 노장의 추태를 부각하고 있다. 이렇듯 이 과장에서 이채로운 점은 노장과 소무가 말하지 않아도 연극적 재미와 작품 주제가 약화되지 않는다는 점이다. 두 인물이 말하지 않음으로써 몸이 연극의 중심으로 떠오르며 새로운 연극성을 선취하기 때문이다. 특히 춤 동작이 현장에서 체현된 몸짓이기에 관객에게 동질감을 느끼게 하면서 자연스레 흥취에 빠져들게 한다. 관객들은 저절로 흥취를 느끼며 일어나 노래하고 춤을 출 것이다.

노장은 취발이를 만나서도 말하지 않는다. 시종일관 취발이의 언행에 응대하지 않다가 부채로 취발이 면상만 치는 행동을 반복한다. 이런 무언의 행동 역시 몸사유를 발현한다. 노장이 장시간 침묵하기에 관객은 정적인 노장 몸에 주목하면서 스스로 사유하기 때문이다.

> 취발이 : (전략) 쉬이이, 산불고이 수려하고 수불심이 청징이라, 지불광이 평탄하고 인불다이 무성이라. 월학은 쌍반하고 송죽은 교취로다. 녹양은 춘절이라, 기산영수 별곤곤에 소부·허유가 놀고, 채석강 명월야에 이적이가 놀고, 적벽강 추야월에 소동파 놀았으니, 나도 본시 한량으로 금강산 좋단 말 풍편에 잠깐 듣고 녹림간 수풀 속에 친구 벗을 찾아갔더니, 친구 벗은 하나도 없고 승속이 가하거든 중이 되어 절간에서 불도는 힘 안쓰고 이쁜 아씨를 데려다가 놀리면서 (불림으로) <낑꼬랑 깽꼬랑…>(취발이 이리 뛰고 저리 뛰며 춤을 추면서 노장 있는 곳으로 가서 한 바퀴 돌아 소무 앞에 이르면)
> 노장 : (소무와 춤은 추지 않고 서 있다가 취발이가 앞에 오면 부채로 면상을 딱 친다)[16]

16) 이두현, 앞의 책, 265~266쪽.

취발이는 고사성어를 장황하게 인용하지만 정작 노장은 대꾸도 않고 부채로 취발이 면상만 칠 뿐이다. 이렇듯 노장은 시종일관 묵비권을 행사하는데 그러면서도 자신의 의사표현은 몸짓으로 분명하게 한다. 그러니까 말하지 않아도 제 실속은 챙기고 있는 것이다. 이런 노장의 행동은 말하지 않음으로써 그의 노회한 이면을 부각시키는 효과를 낸다.[17] 다시 말하면 노장의 몸짓은 그의 노회한 관념을 풍자하기 위한 가면극 주체들의 의도라 할 수 있다. 가면극 연행자들의 뛰어난 감성을 체감할 수 있는 대목이다.

<봉산탈춤>에 등장하는 취발이는 난봉꾼이다. 그 스스로 "날로 말하면 강산 외입장이로 술 잘 먹고 노래 잘하고 춤 잘 추고 돈 잘 쓰는 한량[18]"이라 말할 정도다. 그는 노장을 힘으로 쫓아내고, 노장과 놀아나던 소무를 돈으로 유혹해 아이까지 낳게 한다. 자신과 대면하면서 말 한마디 하지 않는 노장에게 거침없이 말하다가 노장에게 맞아 코피가 흐르자 단숨에 제압해버린다. 자신보다 지체 높은 중인데도 사정없이 때려 쫓아내고 소무를 순식간에 취한다. 취발이 육체의 성적에너지는 젊은 청년들이 가진 자산으로 노장은 감당할 수 없었던 것이다. 이에 대해 조동일[19]은 젊음과 봄을 상징하는 취발이가 늙음과 겨울을 상징하는 노장을 물리친 것이라고 보았지만, 이는 달리 보면 사회의 성적

---

17) 남기성은 마당극을 분석하면서 "탈이나 춤 등 몸과 관련된 매체를 중심에 놓고 있으며 이는 또한 문자 언어로 표현될 수 없는 혹은 드러나기 힘든 이면에 대한 표현 욕구의 발현이라고 생각"할 수 있다고 했는데 마당극이 가면극의 미학을 고스란히 계승했기에 가면극도 똑같이 적용할 수 있겠다. 남기성, 「마당극의 몸 미학」, 남기성·채희완 편, 『춤, 탈, 마당, 몸 미학 공부집』, 2009, 1003쪽.

18) 이두현, 앞의 책, 268쪽.

19) 조동일, 앞의 책, 193쪽.

질서의 본질을 드러낸 것으로도 이해할 수 있다. 젊은 육체의 생명력을 부각함으로써 취발이의 몸을 사회적인 기호로서 쓴 것이다. 성욕이 충만한 떠돌이의 인생 여정을 통해 육체에 의미를 부여하고 이야기를 이끌어간 것이라고 볼 수 있다.[20]

취발이에게 말은 몸을 위한 포석이다. 한시와 고사성어를 주로 구사하지만 극의 발전엔 도움이 되지 않는 장광설에 그치고 주로 몸을 통해 노장과 관계한다.[21] 그는 난봉꾼답게 체면 같은 건 괘념치 않고 몸이 요구하는 대로 실천할 뿐이다.

> 취발이 : (소무의 치마를 떠들고 머리를 들여민다.) 쉬이 야아 이놈의
> 곳이 뜨겁기도 뜨겁구나. 어디 관함이나 한 번 세어보자. 한
> 관, 두 관, 세 관, 네 관, 다섯 관…… 야아 이것 놔라 놔. 야
> 아, 나왔다. (털을 뽑는다.) 아 이놈의 털 길기도 길구나, 한발
> 가웃이로구나. (이때 취발이는 자기의 머리털 몇 개를 뽑아
> 가지고 또한 인형을 사타구니에 꽂아주고 나온다.)
> 소무 : (갑자기 배 앓는 양을 한다. 작은 인형을 치마 속에서 빠트리고
> 아이를 낳았다는 것이다. 이어 퇴장.)[22]

---

20) 성이란 단순히 생식 능력뿐만 아니라, 욕망하는 존재로서의 인간의 자아의식을 형성하는 의식적·무의식적 욕망과 금지의 복합물을 모두 의미한다. … 육체에 대한 고려가 이야기기의 중심 주제가 되는 서사물들은 육체가 어떻게 의미를 갖게 되는 가의 과정을 되풀이하여 보여 준다. … 다시 말해서 서사물들은 텍스트가 의미를 획득하는데 있어 육체가 중심 요소가 되는 과정, 즉 의미가 육체에 의해 구현되는 과정을 극적으로 보여준다. 피터 브룩스, 『육체와 예술』, 문학과지성사, 2000, 30~60쪽.
21) 가면극의 인물들은 다음 김지혜의 전언처럼 몸을 소통의 주요 도구로 쓰는 공통점이 있다. "우리는 몸을 통해 존재하고, 몸을 통해 타인과 혹은 세계와 관계한다. 몸은 살아 있는 실체인 타자와 소통하며, 주체를 세계에 속하게 하는 공간이며, 영혼과 분리된 감옥이 아니라 문화적 새김들과 재현들을 담지하고 있는 경험의 장(場)인 것이다." 김지혜, 「오정희 소설의 몸 기호 연구」, 『몸의 기호학』, 146쪽.
22) 이두현, 앞의 책, 268쪽.

취발이가 소무 치마 속에서 치모를 뽑아 자신의 머리털과 합쳐 인형을 주면 소무가 아이를 낳는 장면이다. 취발이는 볼썽사나운 행동을 능청맞게 함으로써 자신의 난봉 취향을 관객에게 명확히 전달한다. 이렇듯 취발이는 이성보다는 육체적 본능에 충실한 사내이다. 나이도 많고 지체 높은 노장[23]을 막무가내로 쫓아내는 이유도 자신의 본능에 충실하기 위함이요, 어렵게 만난 소무를 유혹하면서 치모를 뽑아 유세를 부리는 것도 주위의 시선을 아랑곳하지 않고 자신의 욕정대로 사는 모습을 몸으로 보인 것이다. 이런 취발이의 몸에 대한 관심과 찬양은 라블레[24]가 그런 것처럼 가면극 연행 주체들이 유교봉건사회의 엄숙주의에 대한 도전을 한 것이라 하겠다. 최근 우리 사회에서 민중화가들이 국가통치자나 그에 동조하는 사회지도층을 상대로 음란한 풍자화[25]를 그린 탓에 사회적인 이슈가 된 것과 같은 행위로 이해할 수 있겠다.

<봉산탈춤> 노장과장에서 우리가 주목할 점은 취발이가 아들을 상대로 천자문과 우리 언문을 가르치는 장면이다. 이 장면은 취발이가 소무를 유혹하고 관계를 가진 후에 출산하는 장면보다 훨씬 비중 있게 그려진다. 그래서 취발이와 소무의 성희 장면은 출산을 위해 마련된 장면으로 보일 정도다. 그런데 취발이가 언문을 가르치는 장면은 실상 의미

---

23) "우리 시님 수행하여 온 세상이 지칭키로 생불이라 이르나니, 석가여래 부처님이 우리 시님 모시라고 명령 듣고 여기 왔느냐?"는 목중의 대사를 통해 노장이 지체 높은 신분임을 알 수 있다. 이두현, 위의 책, 271쪽.

24) 사육제에서 볼 수 있는 몸의 찬양은 궁정을 지배한 방탕한 전통과 도시에 집중된 사회 통제에 대한 대중의 불만을 정치적으로 표현한 것이었다. 따라서 라블레가 시장과 사육제 전통에서 사용된 원시적이고 대중적인 언어를 공언한 것은 '공식'문학에 표현된 우아함에 정면 도전한 것이었다. 브라이언 터너, 임인숙 옮김, 앞의 책, 134쪽.

25) 대표적인 예로, 민중화가 홍성담이 2012년 박근혜 대통령 후보 시절 그녀의 가상 출산 장면을 소재로 그린 그림을 꼽을 수 있겠다.

를 찾기 힘들다. 오랜 시간 천자문과 언문 뒤풀이를 아이에게 가르치는
데 배우지 못한 한 때문에 빚은 행동으로 이해할 수 있지만, 막 출산한
아이를 안고 문자를 가르치고 있기에 이색적으로 보이기까지 한다. 그
래서 공부한풀이보다는 자신의 대를 이을 몸에 대한 취발이의 애착으
로 보는 게 더 타당하다고 본다.[26] 그러니까 장황해 보이는 자식 공부
는 노총각 취발이의 2세에 대한 집착을 전경화한 장면이라는 것이다.

　〈봉산탈춤〉의 소무는 어린 무당으로 극에서 노장처럼 말하지 않는
다. 그저 애교 있게 춤을 출 뿐이다. 그녀는 말하지 않지만 노장의 혼을
빼놓을 만큼 매혹적으로 그려진다. 노장은 소무의 미색에 빠져 그동안
생불로서 지켜온 법도를 버리고 몸의 요구에 따라 파계한다. 이렇듯 소
무와 노장은 시지각으로만 소통하며 관객을 만나지만 어떤 장면보다도
관객을 매료시킨다.

　소무는 무녀이지만 극중에서는 돈이나 물질을 받고 남성의 육체를
받아들이는 음녀로 그려진다. 소무의 묵언과 몸짓은 노장의 것과는 차
원이 다른 것이다. 노장이 자신의 의도를 숨기고 의뭉스럽게 몸을 놀렸
다면 소무의 몸짓은 순박하다. 말하지 않고 행동을 자제하는 것도 여성
으로서 교태를 부리는 것으로만 보일 뿐이지 노장처럼 위선적으로 보
이지는 않는다. 이런 소무의 순응적이고 정적인 몸짓은 얼핏 유교사회
에서 여성에게 요구한 덕목을 따른 것으로 보인다.[27] 그러나 소무는 시

---

26) 바타이유는 인간은 누구나 개체의 몸으로 구획되는 불연속성을 넘어서는 연속성에 대한
　　향수를 지니고 있다고 했다. 조광제, 『주름진 작은 몸들로 된 몸』, 철학과현실사, 2003,
　　322쪽.

27) 유교 사회에서 여성의 도덕성이란 보조자 또는 순응하는 자로서의 자기정체성을 육화하
　　는 데 있다. 이숙인, 「유가의 몸 담론과 여성」, 한국여성철학회 엮음, 『여성의 몸에 관한
　　철학적 성찰』, 2000, 12쪽.

간이 흐를수록 육체의 욕구에 몸을 맡긴다. 노장의 연인이 되는 것을 허락하고, 취발이와의 성적 유희도 마다하지 않는다. 이렇듯 음욕이 센 소무의 본성이 드러나는 데는 시간이 별로 걸리지 않는다. 소무는 지체 높은 노장의 아이는 낳지 않지만 날건달로 보이는 취발이와는 금슬 좋게 지내다 출산까지 한다. 이는 젊은 육체의 소유자인 소무의 입장에서는 노장보다는 젊고 패기 있는 취발이 아이를 출산하는 게 자연스런 행동의 결과라 할 수 있겠다. 한편으로 "몸은 일련의 사회적 실천"[28]이라는 사회학적 입장을 고려하면 소무의 행동은 가면극 연행자들의 종교적 엄숙성에 대한 반감의 표출로 읽을 수 있다. 앞 절에서 다루었듯이 노장을 모욕하는 목중들 행동과도 일맥상통한 점이 있기 때문이다.

한편 이런 소무의 적극적인 성행위와 출산을 자연의 풍요를 가져오기 위한 주술적인 행위로 해석을 주로 하는데[29] 재고할 여지가 있다. 처녀의 몸으로 길 위에서 이루어진 성행위와 출산은 유교적 가치를 훨씬 벗어난 행위이기 때문이다. 이는 육체를 온전케 하여 공동체적 가치를 실현하려는 유교적 의무를 신봉한 사대부들에겐 용납할 수 없는 행위다. 이렇듯 소무의 성행위와 출산은 배우들이 서민들의 입장에서 유교적 관념에 항거하며 몸사유를 추구한 것으로 볼 수 있다. 사대부가 문자언어에 치중했다면 그것에 취약한 서민들은 몸을 사유할 수밖에 없다. 설사 사대부의 언어를 흉내낼 수 있지만 기의는 무시하고 기표놀이만 하는 수준에 머물렀다. 그들의 언어는 몸을 근간으로 하기에 몸언

---

28) 브라이언 터너, 임인숙 옮김, 앞의 책, 67쪽.

29) 가장 대표적으로 조동일과 임재해의 글을 꼽을 수 있다. 조동일, 앞의 책, 196쪽 ; 임재해, 「탈춤에 형상화된 성의 민중적 인식과 변혁적 성격」, 『한국문화인류학』 29권 2호, 한국문화인류학회, 1996, 62쪽.

어라 할 수 있다. 그러니까 소무의 성행위와 출산은 공동체적 가치인 다산과 풍요를 뜻하기보다는 오히려 공동체 규범에 대한 저항과 조롱의 성격을 띤 것으로 인간의 본능적 욕구를 구현한 것이라 하겠다.

3. 〈양주별산대놀이〉 노장과장

〈양주별산대놀이〉[30]도 〈봉산탈춤〉처럼 노장은 말하지 않는다. 하지만 상좌를 앞세우고 나타난 노장을 목중들이 경외한다는 점에서는 다르게 시작한다. 완보가 목중들이 노장을 보고 놀라자 "예끼! 못난 자식 얼굴은 다 썩었는데 무엇이 무서워서 놀래느냐"며 노장에게 다가가 '백구타령'을 불러드리겠다고 묻는데 겉으론 존대하지만 행동은 거드름을 피운다. 타령을 부르던 옴중과 완보는 노장을 앞에 두고 노는데 노장이 옴중을 가리키면 목중들이 옴중에게 곤장을 친다. 이어서 완보가 "연평 조기잡이를 가자"하면 목중이 꽹과리를 치며 뱃노래를 부르며 노장에게 기이한 행동을 한다.

> (노래를 부르며 노장을 장중으로 모신다. 노장을 장중으로 모시는 것을 연평바다에서 큰 고기를 잡아오는 것으로 비유했다. 노장을 삼현청 앞에다 엎어놓고 그 주위를 맴을 돈다.)
> 완보 : 애애애, 이거 큰일났구나. 큰 고기 잡았구나. 이거 우리가 조기 잡일 갔드니, 여, 용왕께서 우리 먹으라고 생선을 내리셨구나. 애, 이거 불가불 우리가 여럿이 노나 멕이 하자. 헌데 요 대가리는 누가 먹으려느냐?
> 상좌 : (노장 머리를 만지며 먹겠다고 한다.)

---

30) 이하 작품 인용은 〈양주별산대놀이〉는 〈양주〉로 〈봉산탈춤〉은 〈봉산〉으로 줄여 쓴다.

완보 : 앗다 요녀석아, 어두봉미(漁頭鳳尾)라니간 두루 요 쬐끄만 녀석
　　　 이 앙큼스럽게 네가 맛있는 걸 먹어. (중간 토막은 옴중, 아래
　　　 토막은 완보가 먹는 시늉을 하고 나서 노장을 둘러싸고 춤을
　　　 추고 상좌서부터 전부 개복청으로 퇴장한다.)
노장 : (목중들이 모두 퇴장하고 나면 깨어 나서 정신을 차리고 눈꼽
　　　 도 떼고 이도 닦는다. 의복은 남루하며 지팡이를 두 손으로 짚
　　　 고 일어나려 하다가 한 번 쓰러진다. 다시 일어나려 다 반쯤
　　　 쓰러지고 나중에 간신히 일어난다. 그리고 주춤주춤 여러 번
　　　 맴을 돌다가 지팡이를 던져 버리고, 부채는 바른손에 들고 장
　　　 삼자락으로 염불장단에 맞추어 그드름춤을 추고, 다시 타령장
　　　 단으로 바꾸어 멍석말이, 곱사위, 화장무 등을 춘다.)31)

　　완보, 상좌, 옴중이 노장을 엎어놓고 맴을 돌며 큰고기 잡았다며 노
장을 먹는 시늉을 한다. 평소에 노장을 얼마나 싫어했으면 고기로 비유
하며 먹는 행위를 했을까 싶다. 겉으론 노장을 위하는 척 하더니 본색
을 드러낸 것이다. <봉산>에선 언어유희로 노장에게 모욕을 준 반면에
<양주>에선 노장의 몸을 훼손하는 적극성을 띤 것이라 볼 수 있다. 노
장이 잠든 사이라고 설정되었지만 깨어 일어난 후에 큰 충격을 받은 듯
쓰러지기를 반복하다가 겨우 일어난다는 설정을 보이기 때문이다. 이
대목에서 주목할 점은 노장이 아랫것들의 이런 놀이의 대상이 된 후 기
력을 잃는다는 점이다. 그러니까 아랫것들의 유희는 단순한 놀이가 아
니라 노장의 기를 쇠진시키기 위한 행위로 읽을 수 있다. 노장에게 받
은 핍박을 몸의 유희를 통해서나마 되갚고자 한 것이다. 이런 몸 중심
의 연극성은 언어유희로 노장을 힐난할 때보다 관객을 훨씬 통쾌하게

---

31) 이두현, 앞의 책, 190~191쪽.

했으리라 본다.

한편 <봉산>에서는 소무가 한 명 등장하지만 <양주>에선 두 명 등장한다. 또 다른 점은 <봉산>에선 노장이 소무를 유혹하기 위해 긴 시간을 치근덕거리면서도 응시하는 차원에 머물렀다면, <양주>의 노장은 소무의 육체를 탐하며 적극적으로 덤빈다. 소무와 노장이 처음 만나는 장면을 보면,

> (이때 소무 둘이 등장하여 노장을 가운데 두고 자라춤을 춘다. 노장은 대무(對舞)하는 소무 사이를 갈지자춤으로 왕래하면서 한 소무 앞에 가서 고개를 끄덕이면서 흡족해한다. 노장이 한 소무의 입도 떼어 먹고 겨드랑이도 떼어 먹으나 소무가 노장의 가슴을 떠밀며 마다한다. 노장은 노하여 송낙을 벗어버리고 장삼을 찢어버린다. 그리고 장중에서 돈을 가지고 노름을 한다. 돈을 잃고 화가 나서 공기도 놀아보고 여러 가지 짓을 한다. 소무들이 노장이 벗어버린 장삼을 들고 다시 오라고 손짓한다. 노장은 거절한다. 다시 한 번 소무들이 노장을 청하니 노장은 찾아가 장삼을 입고 춤을 추며 같이 논다. 장삼띠를 끌러서 소무 하나를 동여매고, 연도 날려보고 갖가지 놀이를 하다가 염주로 소무들의 목을 걸어가지고 장내를 돌다가 삼현청 앞 왼쪽에 가 앉는다.)[32]

노장은 소무가 거부하자 송낙을 벗더니 자신의 장삼을 찢으며 난폭성을 보인다. 그러더니 혼자서 노름하다가 소무가 자신을 부르니 어울리는데 철부지 아이의 행동처럼 유치하다. 몸으로만 소통하는 노장이기에 과장되게 행동함으로써 자신의 의중을 쉽고 빠르게 관객에게 전달하려는 의도로 이해할 수 있겠다. 또 이런 행동은 가면극 연행주체들이

---

32) 이두현, 앞의 책, 191쪽.

노장의 품격을 떨어트리려는 의도의 발로라고도 볼 수 있다. 고매한 노장이 야수처럼 난폭한 행동을 일삼거나 소무의 몸을 탐하려 하는 행동을 취함으로써 풍자의 대상이 된 것이다. 이처럼 <양주>의 세계상은 즉물적이면서 유아적이다. 상대가 싫으면 온 몸으로 거부하거나 폭력적인 행동을 일삼고, 좋으면 언제 그랬냐는 듯 어울려 논다. 가면극 연행 주체들은 경직된 사회분위기에 맞서기라도 하듯이 아이처럼 몸의 유희를 즐긴 것이다. 그렇기에 신분적 제약에 억눌려 살던 관객의 숨통을 트이게 하고 흥취를 맛보게 했을 것이다.

한편 <양주>의 취발이는 <봉산>의 취발이보다 더 드세다. <봉산>의 취발이가 노장에게 여러 차례 매를 맞으면서도 참고 장광설을 늘어놓은 반면에 <양주>의 취발이는 노장에게 한 대 맞고 함께 춤을 추더니 곧장 노장을 제압해 버린다. 그러더니 "산중 짐승이 젊잖은 짐승이이 부정한 인간엘 뭘 하러 나왔단 말이요?"라며 노장을 짐승 취급한다. 취발이한테 한 대 맞은 노장은 소무 가랑이 밑으로 들어가 숨어 있다가 소무 하나를 데리고 퇴장한다.

또 <양주>의 취발이는 <봉산>의 취발이보다 훨씬 난잡하게 행동한다. <봉산>의 취발이가 소무 치마 속에 머릴 들이밀고 나서 여성의 그곳이 뜨겁다고 하면서 털을 뽑는 행동에 그친 반면에 <양주>의 취발이는 소무 치마 속으로 두 번이나 들락거리며 냄새가 심하다거나 털을 뽑아 해금줄을 타야겠다고 하는 등 성적 표현을 훨씬 농도 짙게 한다.

> (춤을 추고 나서 소무의 뒷치마를 들고 치마밑으로 들어가서) 내가 이때 살아도 네밀헐 것 후정 구경을 못했어. 어디 후정 구경이나 한번 해보자. 후정은 따는 좋긴 좋다. 욱동땡이도 앉아 하겠다 어찌 넓은지. 아이구 요런 안갑을 할 년 봐라. 증놈허고 어찌 낮잠만 자서 뒷물은 생전

안해서 고리내가 삼년 묵은 조기젓썩는 개가 나는구나 울르르르!(약간 토한다. 그리고 다시 앞으로 와서) 아까는 뒤후정을 구경했지만 시방은 앞정을 내정을 구경 한 번하자. (앞치마를 들고 들여다보고) 아이구 얘 이 네밀 붙을, 잔솔반보다 웬 땡이로구나. 요걸 뺏아가지고 해금쟁이나 주었으면 해금질도 넉넉히 하겠다. 아이구 요런 안갑을 할 년 같으니. (손가락을 넣어 털을 빼가지고 나와 한 손에 쥐고) 얘, 이 거윗도 어떻게 도 긴지, 이것을 다른 눔 해금잽이 줄 테니 해금줄을 해서 아무쪼록 장 단 잘 맞추되 이렇게 맞추어라. (노랫조로) 깡깡 깡깡 끼가깡깡 꽁꽁 꽁 꽁 깡깡…(손을 소무의 치마 밑에 넣고서 소문 속에서 공알이 까딱하는 것을)얘 요거 무슨 개의 어금니 모양으로 옥니가 달렸는지, 손가락을 잡 아당기는 맛이 거기 사람이 아주 감출맛이 있어 죽을 지경이로구나.[33]

성행위에 대해서도 <봉산>에서는 취발이가 자신의 머리털을 소무 사타구니에 꽂는 것으로 그린 반면, <양주>는 "개 흘레하듯" 무대에서 몸짓으로 보인다. 굳이 무대에서 보이지 않아도 될 장면을 볼썽사납게 행위한다. 이런 행동은 심재민의 언급처럼 몸의 문제가 작품 전반의 의 미 부여에 결정적인 역할을 하는 몸 위주의 연극들이 "몸과 성의 문제 가 극의 전개 및 결말과 관련하여 결정적인 의미를 가"[34]지듯이 가면 극 주체들의 정신을 해석하는 중요한 열쇠라 하겠다. 즉 일상이 여유로 운 사대부와 달리 늘 일에 치어 사는 민중들이 유일하게 소통하는 공간 인 마당판에서 육화된 말을 하고 음란한 놀이를 함으로써 생산의 주체 들에게 공연을 관람하는 동안이라도 노고를 잊고 흥취를 맛보게 하려 는 의도로 볼 수 있겠다. 다시 말해 공동체 문화를 선도했던[35] 가면극

---

33) 이두현, 앞의 책, 196쪽.
34) 심재민, 「몸의 현상학과 연극비평」, 『동시대 연극비평의 방법론과 실제』, 연극과 인간, 2010, 216쪽.

주체들이 제도권 문화의 권위적이고 억압적인 것으로부터 벗어나 생생한 삶이 주는 기쁨을 민중들이 느낄 수 있게 연희하고, 이와 함께 재활의지를 다지도록 한 것이다.

두 가면극에 등장하는 취발이는 자신이 범한 위반에 대한 대가를 치르지 않는다. 높은 신분의 노장을 쫓아낸 그의 행위는 사회에 대한 도전이라 할 수 있는데도 아들을 낳아 글공부까지 시키다가 퇴장하며 이 과장은 맺어진다. 이에 대해서는 위에서 언급한 것처럼 가면극 연행주체들의 민중의식의 표출로 이해할 수 있겠다. 그러니까 취발이 몸은 난봉꾼을 표상하면서도 사회적 불평등에 항거하는 몸으로도 기능하는 것이다. 이렇듯 가면극은 몸을 사유의 주체로 정위하면서 시대의식을 은연중에 드러낸다. 백 마디 말보다 거침없는 몸짓으로 표현했기에 관객은 쉽게 공감하며 빠져 들었을 것이다.

한편 <양주>의 소무는 <봉산>의 소무보다 음란하게 행동하고 행동도 훨씬 충동적이다. 앞에서 살핀 것처럼 <봉산>의 소무는 노장과 취발이의 유혹에 반발하다가 염주와 돈으로 유혹하자 비로소 마음을 열지만 <양주>의 소무는 노장과 취발이의 유혹에 금방 마음을 열고 가까이 지낸다. 특히 취발이가 소무의 치마 속을 들락거리며 음란한 짓과 육담을 해도 성적 수치심을 전혀 드러내지 않는다. 하지만 취발이가 자신이 낳은 아이의 젖을 주라고 명령하자 거절하면서 아이를 때리는 등 충동적으로 행동한다.

---

35) 정형호에 따르면 "양주의 경우, 별산대 놀이가 지역 문화의 핵심 역할을 수행했으며, 이것을 중심으로 지역의 공동체 문화가 형성되었다고 볼 수 있다."고 한다. 정형호, 『한국전통연희의 전승과 미의식』, 민속원, 2009, 289쪽.

취발이 : (아이소리로) 아버지 젖 좀 먹었음.

취발이 : 그래라. 여-어머니, 여보 마당 어머니, 애 젖 좀 먹여주 (소무
　　　　는 젖을 먹이지 않고 손으로 아이를 탁 친다. 취발이가 아이
　　　　를 주워들고) 요런 망상스런 년 같으니. 너 혼자 만든 거 아
　　　　니고 나 혼자 만든 거 아니고 둘이 좋아 만들어가지고 왜 젖
　　　　을 안 멕여? 탁 치는데, 너 괄시하는데 나는 괄시 안하랴?
　　　　(아들을 집어 팽개치고 <녹수 청산…>을 부르고 깨끼춤을
　　　　추며 퇴장하고, 소무도 자라춤을 추면서 퇴장한다.)36)

　이전의 고분고분한 태도와 다르기에 소무의 이런 행위는 관객을 당
혹스럽게 한다. 두 남성의 성적 유혹엔 쉽게 넘어갔으면서 아이에 대해
서는 단호하게 거절하기 때문이다. 자신의 분신과 다름없는 신생아를
거부하는 몸짓을 통해 육체적 쾌락은 추구하지만 어미로서 구속은 당
하지 않겠다는 의지를 표명한 것으로 볼 수 있겠다.

　<양주>에는 <봉산>과 달리 소무가 <포도부장놀이>에도 샌님의
첩으로 등장하는데 샌님이 자신을 모욕하자 다짜고짜 샌님 뺨을 때리
고 발길질하더니 포도부장과 놀아난다. 이렇듯 소무는 온순하다가 순간
거친 행동을 일삼는다. 그러면서도 성적 유혹에는 순순히 넘어간다. 매
우 충동적인 성격으로 보이지만 육체적 본능엔 적극성을 취한다는 점
에선 일관성을 띤다. 취발이처럼 정신보다는 몸의 요구에 충실한 삶을
살고 있는 것이다. 소무는 사회의 아웃사이더인 무녀이기에 지체 높은
노장과 달리 체면을 지키거나 품행을 단정히 할 필요가 없다. 당대 민
중들의 삶도 크게 다르지 않기에 소무의 이런 행동은 관중들에게 정서
적으로 통했으리라 사려된다.

---

36) 이두현, 앞의 책, 198쪽.

이렇듯 가면극은 매우 도발적인 텍스트라 할 수 있다. 가면극 연행자들은 '몸'에 대해 유교적인 시선이 아닌 인간적인 시선을 제시한다. 유교적 금기에 얽매이지 않고, 누구나 몸을 누릴 수 있는 자유가 있다는 것을 보이려고 몸의 요구에 충실한 소무를 탄생시킨 것이다. "몸은 무엇보다도 전체로서의 사회를 나타내는 은유라고 볼 수 있다."[37)]는 쉴링의 견해를 적용하면 가면극 연희자들은 유교적 엄숙주의에 맞서고자 육체의 향연을 벌인 것이다. 그럼으로써 시대에 속박되어 사는 민중들은 공연을 보는 동안이나마 동질감을 느끼며 신명나게 놀았을 것이다.

4. 결론

우리 봉건사회를 이끌었던 유교라는 엄숙주의는 보이지 않는 관념으로 우리 민중들의 삶을 예속시켰다. 반면에 우리 가면극 연행 주체들은 드러난 몸으로 사유하면서 민중들의 감정을 표현하며 동질성을 이끌어 왔다. 그들에게 유교봉건사회에서 요구하는 점잖은 품위는 과거의 유물일 뿐이다. 그렇기에 가면극에 등장하는 인물들은 본능을 숨기지 않는다. 욕정을 참지 않고 바로 몸으로 실천한다. 욕정의 대상을 취하려는데 방해물이 있으면 주저하지 않고 맞서 싸운다. 오로지 그들은 몸의 감각이 지시하는 대로 촉수를 드리우고 그런 몸의 움직임에 인생을 맡긴 것이다. 이런 인생들에게 도덕적 금기에 억눌려 살던 민중들은 환호하며 쾌재를 불렀을 것이다. 우리 가면극이 오랜 시간 전승된 이유가 바로 여기에 있겠다.

---

37) 크리스 쉴링, 임인숙 옮김, 『몸의 사회학』, 나남, 1999, 127쪽.

메를로 퐁티는 "보는 자가 곧 보이는 것이고, 보이는 것이 곧 보는 자라는 봄과 보임의 상호환위가 있어난다"[38]고 했다. 이런 퐁티의 견해를 연극에 적용하면 관객과 배우 사이에도 늘 상호환위가 일어난다고 할 수 있다. 특히, 노장과 소무처럼 무언으로 일관할 때는 상호환위가 촉진되어 배우 몸의 미세한 떨림도 관객 몸에 전이되어 함께 떨리게 된다. 이렇듯 무언으로 전면에 나선 배우의 몸은 관객 지각의 지평을 넓혀주기에 관객에게 기를 전달하고 흥을 맛보게 한다. 이런 몸과 몸으로부터 신명은 생성된다. 그럴 때 놀이판은 생명력으로 가득차면서 관객을 정화케 할 것이다. 이는 서구 전통 연극에서는 찾기 어려운 우리 고유의 미학으로서 그 우수성을 평가할 수 있겠다.

"자유는 오직 자기의 세계를 스스로 형성해가는 활동 속에서만 온전히 실현되는 것이다."[39]는 철학가 김상봉의 견해를 따르면 가면극 연행 주체들은 무대 위에서 자유를 마음껏 누렸다고 볼 수 있다. 그들은 공연되는 동안 스스로 자기의 세계를 형성하고, 실천적인 활동을 했기 때문이다. 마당판에 신을 모셔다가 예축하고, 상전을 불러놓고 모욕을 주거나 육체적 욕망을 불사를 때도 망설임 없이 판을 만들고 몸을 움직였다. 그 곳이 장터 가설무대든 마을 당집 앞마당이든 별빛을 조명삼아 무아지경 속에서 자신들이 꿈꾸는 세계를 펼쳐보였다. 가난과 소외로 점철된 질곡의 삶을 살면서도 그것과 어울려 놀고 박해와 죽음조차 두려움 없이 상대한 가면극의 무대는 자기 상실 속에서의 자기실현이라

---

38) 조광제, 앞의 책, 77쪽.
39) 김상봉, 자유인으로 살기 위해서는 단순히 압제에 저항하는 용기뿐만 아니라 자기의 세계를 스스로 형성할 수 있는 생각의 힘이 요구된다. 김상봉, 『서로주체성의 이념—철학의 혁신을 위한 서론』, 도서출판 길, 2007, 12쪽.

는 이념을 구현한 서로주체성[40]이 실현된 공간이었다. 그들은 자유인으로서 기개를 펼치며 세상의 변혁을 꿈꾸었던 깨어있는 광대들이었던 것이다. 비록 얼굴을 가리고 활개쳤지만 가혹한 현실에 굴종하지 않았던 가면극 연행 주체의 놀이 정신은 생기 넘치는 생명력의 세계였고, 자유정신이 충만한 세계였다.

---

40) 김상봉은 "서로주체성이란 자기 상실 속에서의 자기실현이라는 이념을 철저히 개념적인 사유의 차원에서 구체화하기 위해 우리가 제시한 새로운 주체성의 이념이다."라고 하면서 "그렇다면 누가 주인이고 누가 하인인가? 이 경지에 서면 누구도 주인이 아니고 누구도 하인이 아니며, 모두가 다스리는 주인이고 모두가 섬기는 하인이니 이것이야말로 서로주체성의 경지인 것이다."라고 그의 사상을 정의 내렸다. 위의 책, 233쪽.

『삼국유사』 감통편의 담화기호학적 연구[*]

윤 예 영

1. 서론

이 글은 『삼국유사』의 감통편의 담화기호학적 구조를 밝히는 것을 목적으로 한다. 이는 『삼국유사』 전체를 하나의 담론으로 보고 전체의 구조를 밝히기 위한 계획의 일부이다.

『삼국유사』의 각 편은 일차적으로 주제에 따라 분류되어 있다. 기이편은 고려 이전의 여러 국가들의 정치적 흥망성쇠에 대한 서술, 홍법편은 삼국이 불법을 도입하고 흥기시킨 역사의 서술, 탑상편은 불교신앙의 대상이 되는 탑과 불상을 조성한 내력, 의해와 신주는 불승의 행적을 전하고 있다. 감통편 이하에서는 불교의 초월적 존재나 힘에 관련된 기적의 이야기나 영험담들이 실려 있다. 이처럼 주제론적으로 접근하면 『삼국유사』의 체재는 일반적으로 신이를 서술하고 있는 기이편과 불교적 주제를 서술하고 있는 홍법편 이하로 양분할 수 있다.

---

[*] 이 글은 "『구비문학연구』 제32집, 한국구비문학회, 2011."에 게재된 것이다.

그런데 이처럼 『삼국유사』를 주제적 차원에서만 파악할 경우 왜 불교와 신이라는 이질적인 주제가 하나의 전체에 나란히 놓였는지, 그 가운데 신이의 주제를 다루는 기이편이 먼저 오게 되었는지 설명하기 어렵다. 뿐만 아니라 불교적인 주제를 서술하는 편과 그렇지 않은 편 사이에서 나타나는 서술방식의 차이가 주제상의 차이와 일치하지 않는다는 점을 설명할 수 없다. 즉 흥법편과 탑상편은 주제면에서는 의해편 이하의 편들과 함께 묶이지만, 서술 방식을 기준으로 할 때에는 기이편의 서술방식에 더 유사하다. 한편 의해편 이하는 서술방식이 각 조와 조가 시간적·논리적 연속성 없이 한 인물과 그에 얽힌 이야기를 개별적으로 다루어 나열하고 있다는 점에서는 유사하지만, 의해편과 신주편이 특정 인물의 행적을 중심으로 다루는 반면, 감통편 이하는 인물보다는 사건에 초점을 맞추고 있다.

따라서 서술내용인 주제뿐만 아니라 서술방식이나 담론적 구조를 고려하한다면 『삼국유사』의 체재는 기이편과 흥법편 이하로 양분되는 형식이라고 단정하기 어려워진다. 서술방식에 주목해서 『삼국유사』의 담론의 구조를 승전의 체재를 본받고 있다거나, 정사를 보완하는 유사의 장르라고 말하더라도 전체를 설명하기에 부족한 것은 마찬가지다. 따라서 전체를 밝히기 위해서는 서술내용으로서의 주제 뿐만 아니라, 서술방식과 담론의 구조를 함께 고려해야 하며, 이 양자를 포괄하는 메타담론을 찾아아야 할 것이다.

이 글은 『삼국유사』의 감통·피은·효선편의 유형의 담론의 구조를 밝히기 위해, 감통편을 이들 세 편을 대표하는 편으로 보고, 감통편의 담화기호학적 구조를 밝히고자 한다. 감통편을 이 세 편을 대표하는 편으로 선택한 까닭은 이들이 모두 감통, 피은, 효선이라는 행위적 규범에 관련된 주제들을 예화의 형태로 나열하고 있다는 공통점을 지니고, 각 조가 서사적 에피소드와 논평 그리고 찬시로 구성하고 있다는 점에서 서술방식을 공통점을 가지고 있기 때문이다. 한편 피은편과 효선편은 논평이나 찬시가 생략된 조들이 많은데 반해 감통편은 전체가 비교적 정제된 형식으로 균일하게 구성되어 있으며, 분량상으로도 나머지 두 편에 비해 비중이 높다고 볼 수 있기 때문에 감통편의 담론의 구조적 특징을 먼저 밝히는 것이 우선일 것이다.

감통편을 하나의 담론으로 보고 그 구조를 파악한다는 것은 감통편의 전체성을 파악하는 일과도 같다. 체재라는 용어는 일반적으로 자료들이 어떤 틀에서 편집되고 분류되었는지 살펴볼 때 쓰인다. 이 글은 『삼국유사』를 하나의 텍스트로 보고, 독서과정을 통해 구성되는 일관된 의미를 탐구하고자 하므로 체재라는 용어보다는 구조나 동위성[1]의 개념을 사용하고자 한다. 담론의 의미를 파악하는 것은 곧 동위성을 어떻게 배열하고, 드러내는지를 파악하는 일이다. 이 글은 감통편을 담화기호학적 관점에서 분석하여 『삼국유사』 전체 담론의 부분으로서의 감통편의 담론의 구조를 밝히고자 한다.

---

1) 동위소란 본래 구조의미론적 관점에서는 반복되는 의미론적 범주를 나타낸다. 예를 들어 개와 고양이는 보다 상위의 범주인 가축을 공통의 의미소로 갖는다. 따라서 개와 고양이의 동위소는 가축이라고 할 수 있고, 이처럼 동위소를 파악하는 일은 개와 고양이라는 개별적인 의미단위를 포괄하는 전체성을 파악하는 일과도 같다. 따라서 어떤 담론의 의미를 파악하는 것은 담론을 구성하는 부분들의 동위소를 찾아내는 과정이며, 이들 동위소들에 의해 담론의 유기성이 보장된다. 예를 들어 『삼국유사』 감통편 전체에서 동일한 서사구조가 반복된다면, 반복되는 서사구조는 감통편의 구조적 동위소가 될 것이며, 감통편을 구성하는 각각의 부분들은 이러한 동위소에 의해 유기성을 획득하게 된다. A.J.Greimas & J.Courtés, *Semiotics and language*, (trans.) Larry Christ and Danitel Patte, and others, Indiana University press, 1982, pp.163-165.

2. 감통편의 담화기호학적 구조

담론의 동위성을 파악하는 가장 대표적인 방식은 텍스트상의 반복을 찾아내는 것이다. 텍스트의 1차적인 독서과정을 통해 반복되는 형상, 주제, 서사적 정보들을 찾아낼 수 있다. 따라서 텍스트의 표면적 의미들은 몇몇의 의미론적 계열체들을 구성할 것이다. 그런데 이러한 담론의 응집성을 결정하는 동위소들은 개별적으로 흩어져 있는 것이 아니라 담론의 일관된 의미 지향에 따라 배열되어 있다. 즉 텍스트 표면의 형상적·주제론적 반복은 담론의 심층의 차원에서 일관된 전체 안에서 배열된다. 따라서 담론의 일관성은 텍스트 표면이 아니라 심층의 가치론적 차원에 의해 결정된다. 일관성을 결정하는 동위소는 1차적 독서를 통해 얻은 계열체들을 메타언어로 기술하고, 이들 사이의 관계를 파악하는 과정에서 얻는다. 마지막으로 다시읽기와 선조적 읽기를 탈피한 독서를 통해 담론의 일관성 안에서 해석되지 않은 부분들의 동질성에 주목함으로서, 담론의 결합을 결정하는 동위소를 얻을 수 있다.[2]

구조의미론의 전통적인 관점에 따르면 동위성은 오로지 의미론적 반복에 의해 획득되는 반면, 담론의 기호학에서는 동위성이 텍스트의 표면적인 담화구조의 층위, 심층의 가치론적 층위, 발화행위적 층위 등 담론을 구성하는 의미생성의 모든 층위에서 획득되는 것으로 본다. 따라서 담론의 동위성은 정태적 개념이 아니라 일차적 읽기와 다시읽기를 통해 구성되는 일종의 과정이다. 그러므로 감통편의 담론적 구조를

---

2) Jacques Fontanille, 김치수·장인봉 역, 『기호학과 문학』, 이화여자대학교출판부, 2003, 33~68쪽 ; Jacques Fontanille, *The Semiotics of Discourse*, (trans.) Heidi Bostic, P.Lang, 2006, pp.17-21.

파악하는 것은 텍스트 표면상의 반복을 살펴보고, 이러한 반복이 심층에서 어떤 보다 전체적인 계획 안에서 배치되는가, 그리고 각각의 의미론적 반복과 의미론적 인접이 발화행위를 통해 어떻게 결합되는가를 다시 읽어내는 일련의 과정이다. 과정은 순차적으로 일어나는 것이 아니라 동시적으로 일어난다. 그럼에도 불구하고 의미를 기술하기 위해서는 층위를 구분하고, 순차적으로 기술할 수밖에 없다.

따라서 감통편의 담화기호학적 구조를 밝히기 위해 먼저 감통편의 시퀀스를 분절하고, 이들 시퀀스들 사이의 관계를 살펴봄으로서 담론의 일관성을 탐색하고, 이러한 일관성 위에서 반복되는 서사구조와 주제를 발화행위의 주체가 어떻게 배열하고 해석하는지를 살펴볼 것이다. 이는 각각 담론의 기호학적 층위에서 표층서사구조상에서 반복되는 서사적 시퀀스, 심층서사구조에서 나타나는 가치론적 구조, 발화행위를 통해 나타나는 문채적 구조를 살펴보는 방법으로 진행될 것이다.

1) 감통편의 응집성의 독해−시퀀스 분절

감통편은 모두 열 개의 조로 구성되어 있으며, 이는 '감통'이라는 편목에서 나타난 바와 같이, 감통 혹은 감응의 주제를 공유하는 이야기들의 모음이다. 기이·홍법·탑상편이 편목에 나타난 주제를 드러내는 이야기들의 모음인 동시에, 이러한 이야기들이 보다 큰 줄거리 안에 통합되는 담론적 구조를 나타내는데 반해, 감통편의 각조의 서사들은 이야기와 이야기 사이에 연속성이 없다. 즉 탑상편의 가섭불연좌석조와 문수사석탑기조는 불탑과 불상이라는 주제적 동위소를 공유하기도 하지만, 신라의 불연의 시작과 소멸이라는 보다 상위의 메타서사 안에서 통합되는 인접관계를 갖는다.3) 반면 감통편의 선도성모수희불사조와 정수사구빙녀조 사이에는 주제상의 유사성이 두드러지지 인과관계나 인접성이 드러나지 않는다. 다시 말해 감통편은 동일한 주제나 형식의 이야기가 반복되는 담론적 구조를 보이고 있다. 즉 감통의 주제에 관한 서사들이 병렬되어 있는 계열체적 구조라고 할 수 있다.

감통편은 감통이라는 추상적인 주제를 구체적인 형상들을 통해서 제시하고 있으며 특히 서사를 중심으로 보여주고 있다. 따라서 감통이라는 개념에 대한 정의를 먼저 하고 있는 것이 아니라, 다양한 에피소드와 이에 대한 해석으로서의 논평과 찬시를 통해 감통의 주제를 제시하고 있다. 따라서 감통이나 감응에 대한 텍스트 외적 정의나 개념을 통해 접근하기보다는『삼국유사』가 이러한 감통이라는 주제를 어떻게 담론화하고 있는지에 주목해야할 것이다.

감통편의 서사의 구체적 형상들을 먼저 살펴보면, 초월적인 능력을 가진 존재가 유한한 존재인 인간의 소망을 충족시켜주는 이야기들이 대부분이다. 이때의 초월적인 존재들은 보살이나 부처와 같이 의인화된 불교의 존재들이거나, 인격으로 형상화되지 않지만 이적을 일으키는 불력으로 형상화된다.

따라서 감통편의 서사는 불교적 초월과 유한한 인간이 서로 만나는 이야기이다. 이때 인간은 어떤 가치대상을 추구하는 행위주체로 나타나며, 부처나 보살은 행위주체가 추구하는 가치대상을 획득할 수 있도록 도움을 주는 존재로 나타난다. 그런데 이때 인간이 추구하는 가치대상

---

3) 윤예영,「삼국유사 탑상편의 메타서사 읽기」,『한국고전연구』16, 한국고전연구학회, 2007.

은 세속적인 것이 아니다. 욱면이나 광덕과 엄장이 추구했던 소망은 서
방정토로 가는 것이며, 비구승 지혜가 추구한 것은 불전을 수리하는 일
이었다. 선율이 환생하고 싶어 했던 것은 불경을 완성하기 위해서였다.
따라서 행위주체가 추구하는 가치대상은 종교적인 가치이다.

그런데 행위주체로서의 인간이 종교적인 가치를 추구하는 과정에 초
월적인 주체가 개입하는 방식은 크게 두 가지로 나타난다. 이를 감통편
을 구성하는 두 개의 계열체적 시퀀스라고 하자. 먼저 행위주체로서의
인간이 가치대상을 성취할 수 있도록 초월적 주체가 힘이나 앎을 전달
하는 서사가 있고, 다른 하나는 행위주체의 가치대상의 성취에 방해가
되는 양태적 가치의 결핍이 초월적인 주체에 의해 드러나는 깨달음의
서사가 있다.

(1) 소원성취의 시퀀스

먼저 긍정적인 가치대상을 성취할 수 있도록 초월적 주체가 힘이나
앎을 전달하는 서사를 살펴보자. 선도성모수희불사조에서 행위주체는
비구승 지혜이고 가치대상은 불전을 수리하는 데 드는 물질적 비용이
다. 선도성모는 초월적 주체로서 꿈에 나타나 황금이 있는 곳을 알려주
어 불전을 수리하는데 필요한 힘을 전하고 점찰법회를 배설하라는 명
령을 내림으로서 앎을 전달한다. 서술자의 논평에서 '금을 시주하여 부
처님을 받듦으로써 중생을 위하여 불법을 열고 구원의 길을 만들었으
니, 어찌 공연히 오래 사는 술법만을 배워 컴컴한 속에 들어있는 자로
볼 것인가'라고 하고, 찬시에서도 '부처를 찾아 뵙고 옥황이 되었네'라
고 함으로서 선도성모를 도교적 존재가 아니라 불법에 귀의한 불교적
초월로 보고 있다.[4]

욱면비염불서승조에서는 행위주체인 여종 욱면이 염불을 열심히 해서 서방정토의 세계로 가는 이야기이다. 다른 이야기에서처럼 '욱면 낭자는 법당에 들어와 염불하라'는 허가의 명령을 내리는 주체가 인격화된 보살이나 부처로 나타나지는 않지만, 하늘에서 들려오는 목소리로 뚜렷하게 구상화되어 있다.

선율환생조의 이야기 역시 선율이라는 행위주체가 불경을 완성하고자 하는 종교적인 가치대상을 탐색하고, 이것이 인간적인 한계에 의해 좌절되려고 할 때 불교적 초월인 염라대왕이 임시적으로 수명을 늘려줌으로서 선업을 이루게 되는 이야기이다.

한편 김현감호조는 김현과 호랑이 처녀를 서로 협동하는 상호주체로 볼 수 있다. 김현은 호랑이처녀를 통해 임금에게 큰 상을 받고 출세하게 되며, 호랑이 처녀는 김현을 통해 악업을 씻을 수 있는 기회를 얻게 된다. 이 부분만을 놓고 본다면 불교적 초월의 조력이나 파송의 역할이 개입될 부분이 없다. 그러나 '부처님의 감응은 여러 방법으로 사물에 미쳐 김현이 탑돌이에 정성을 들인 데에 감응되어 그 음덕에 보답하려 한 것이니 그 당시에 복을 받았음은 당연하다고 할 것이다'라는 서술자의 논평은 이들 상호주체가 가치대상의 성취한 것은 결국 부처의 도움 때문인 것으로 논리화된다. 즉 김현이 호랑이 처녀를 만나게 된 것도 부처의 힘 때문이며, 호랑이 처녀가 자신과 자신의 종족의 악업을 씻을 수 있는 기회로서 자신을 위한 절이 세워지게 한 것 역시 초월적 힘 때문이다. 따라서 김현감호조의 이야기 역시 유한한 능력을 지닌 인간이

---

4) 이후 나오는 『삼국유사』 본문의 번역은 모두 리상호 번역 『삼국유사』에서 인용했으며, 따로 각주를 달지 않았다.

종교적 가치를 추구한 결과 초월적 존재의 조력으로 가치대상을 성취하는 이야기라고 할 수 있다. 이때 특이한 것이 다른 이야기들이 성취하는 가치대상이 불전의 수리나 불경의 간행과 같은 종교적 성취인데 반해, 김현감호의 이야기에서 성취되는 것은 보다 세속적인 '구복'까지 포함한다는 것이다.

정수사구빙녀 역시 정수사가 애초에 얼어죽을 위기에 처한 여인을 구하는 선행을 하여, 하늘이 이에 대한 대가로 복을 내려주는 이야기이다. 이때 정수사가 추구한 가치대상은 국사가 되는 것이 아니라, 생명을 귀하게 여기라는 불살생계를 지키는 것이며, 이를 위해 자신의 옷을 벗어 덮어주는 희생을 한다. 따라서 김현감호에서 김현이 애초에 추구한 것이 출세가 아니었지만, 탑돌이로 나타낸 정성에 대한 대가로 세속적 의미의 출세를 '복'으로 받은 것과 마찬가지로, 정수사 역시 자신을 희생하여 생명을 살리는 정성을 통해 국사의 지위에 오르는 출세라는 복을 받게 된다.

한편 월명사도솔가조와 융천사혜성가조는 향가에 의해 괴변을 사라지게 한 이야기이다. 월명사도솔가조에서는 왕과 그로 대표되는 신라가 행위주체이며, 괴변을 물리칠 수단으로서의 향가가 가치대상이다. 괴변을 사라지게 할 수 있는 신비한 힘을 가진 향가는 아무나 지을 수가 없으며, 불승 가운데서도 '덕이 높은' 스님만이 가능했다. 이는 융천사혜성가조에서도 마찬가지이다. 일본군의 침입과 이에 대한 조짐으로 혜성이 심대성을 침범하는 괴변을 물리쳐 줄 수 있는 것이 바로 향가이다. 그러나 이 이야기에서도 향가를 지을 수 있는 것은 왕이나 화랑, 일관이 아닌 '융천사'라는 승려이다. 따라서 이 두 이야기 모두 향가를 현실세계에 작용력을 가진 신비한 힘을 지닌 도구로 구상화하고 있으며, 향가를 짓는 행위는 행위주체에게 결핍된 양태적 가치 /앎/을 부여하는 것이다. 결국 월명사나 융천사는 앞의 이야기들에서 불교적 초월과 같은 서사적 역할을 한다.

이상의 이야기에서 공통적으로 발견되는 서사구조는 유한한 능력을 지닌 행위주체인 인간이 불교적인 가치대상을 추구하고, 이것이 불교의 초월적 주체의 도움에 의해 성취되는 이야기이다. 이때 추구되는 가치 대상은 불전 수리나 극락왕생과 같은 불교적 신앙에 관련된 가치대상이다. 한편 행위주체가 가치대상을 충족하는 데 있어 초월적 주체의 조력, 즉 양태적 가치의 전달이 필수로 전제된다는 사실은 무엇을 의미하는가? 이는 곧 행위 주체가 초월적 주체가 속해 있는 세계와 동일한 가치를 추구할 때, 즉 행위 주체의 양태적 자질 내지는 자격으로서의 /의지/에 보상이 이루어진다는 것이다.

김현감호나 정수사구빙녀는 행위주체가 명예라는 세속적 가치를 얻게 되지만 이는 애초에 탑돌이를 지극히 했던 것, 생명을 구하고자 했던 선행의 부수적인 결과일 뿐이다. 즉 초월적 주체에 의해 주어진 보상은 세속적 의미의 '사욕'이 아닌 '복'으로 합리화되는 것이다. 따라서 감통편의 소원성취의 서사는 행위주체가 초월적 존재의 가치관에 부합되는 대상을 탐색하는 것만으로 초월적 존재가 대상 성취의 필요조건을 부여함에 따라 탐색 자체를 보상하는 소원 성취의 서사라고 할 수 있다.

(2) 깨달음의 시퀀스

소원성취의 시퀀스가 초월적인 주체가 행위주체의 가치대상 추구에 대하여 힘과 앎을 전달하여 가치대상을 성취하게 만드는 파송자의 역할을 하고, 이것이 결과적으로 일종의 보상의 서사가 되는 반면, 깨달음의 시퀀스는 초월적인 주체가 행위주체에게 전달하는 앎이 탐색의 대상을 지연시킨다는 점에서, 일종의 처벌의 서사로 나타난다.

먼저 광덕엄장조에서 행위주체는 엄장이고 추구하는 가치대상은 극락왕생이다. 한편 광덕의 처는 나중에 관음보살의 응신이었다는 것이 드러나며, 엄장이 색욕을 버리지 못했음을 일깨워준다. 결과적으로 엄장이 광덕처럼 즉각적으로 극락왕생을 할 수 없게 되는 것, 곧 가치대상의 성취가 지연되는 것은 계율위반에 대한 처벌이다. 그러나 이러한 처벌은 돌이킬 수 없는 실패로 귀결되는 것이 아니라, 참회와 수행을 통해서 회복될 수 있는 것으로 나타나며, 초월적인 주체의 역할은 이러한 참회를 유도하는 것이다.

경흥우성조 역시 마찬가지이다. 경흥이 승려라는 사실은 불교의 초월적인 가치를 추구하는 행위주체임을 알 수 있다. 그럼에도 불구하고 말을 타고 궁궐에 들어가고자 시도하는 것은 이러한 가치대상의 성취를 지연시키는 금기 위반의 행위이다. 그러나 경흥은 스스로 자신이 계율을 위반하고 있음을 인식하지 못하고 있다. 오히려 문수보살이 부정한 물건을 지고 나타나서 경흥으로 하여금 꾸짖는 상황을 만든다. 드러나지 않은 계율의 위반은 초월적 주체가 앎을 전달함으로서 비로소 드러나며, 경흥이 '죽을 때까지 말을 타지 않'게 하는 참회와 교정을 유발한다.

진신수공조에서는 행위주체가 효소왕이다. 낙성회를 여는 상황적 설정은 효소왕이 추구하는 가치대상이 절을 세우고 복을 비는 종교적 가치라는 사실을 말해준다. 한편 부귀와 빈천을 구분하는 효소왕의 말과 행동은 효소왕이 추구하고 있는 가치대상의 성취를 지연시키는 장애물이다. 그러나 엄장이나 경흥의 경우와 마찬가지로 효소왕 역시 이를 깨닫지 못하고 있으며, 초월적 주체인 진신석가가 이를 깨우쳐 준다. 따라서 효소왕은 자신의 마음과 행동을 뉘우치고 진신석가의 자취를 기려 절을 세우는 행동으로 이를 만회하고자 한다.

이상의 세 조의 공통점은 불교의 초월적 주체로 인하여 행위주체의 금기 위반이 드러나며, 그 결과 가치대상의 성취가 지연되는 방식으로 일종의 처벌이 일어난다는 점이다. 따라서 행위주체는 자신이 위반한 금기를 깨닫는 방식으로 계율을 학습하고, 행동을 교정함으로서 불도라는 가치대상의 추구로 나아간다.

이상에서 살펴본 바와 같이 감통편의 서사들은 초월적인 주체가 개입하는 방식에 따라 두 가지로 나타난다. 이를 각각 소원성취의 시퀀스와 깨달음의 시퀀스로 나누었으며, 두 유형의 차이점은 행위주체가 추구하는 가치대상이 성취되는가 지연되는가에 달려 있으며, 이 과정에 초월적인 주체가 도움을 주거나 깨달음을 주는 형태로 개입한다. 즉 초월적 주체는 행위주체의 '정성'에 대해서는 '복'으로 보상하고, 행위주체의 '계율 위반'에 대해서는 '깨우침'으로 처벌한다고 볼 수 있다.

2) 감통편의 일관성의 독해-심층서사구조

앞서 감통편의 응집성은 두 유형의 서사구조의 계열체적 반복에 의해 획득된다고 볼 수 있다. 그렇다면 이러한 두 시퀀스가 심층가치론의 차원에서 어떻게 통합되는지를 설명함으로써 감통편의 의미적 일관성을 읽을 수 있을 것이다. 두 시퀀스의 구조적 공통점은 불교의 초월적 존재의 등장이 서사에서 반전의 축(narrative pivot)이 된다는 점이다. 즉 결핍이 충족으로 전환되고 무명이 깨달음으로 전환되는 축이 바로 초월적인 주체가 개입하는 순간이다.

초월적 주체를 성인(聖人)이라고 할 때, 성인은 이적을 일으키고, 깨달음이나 계율을 전달하는 파송자이다. 인간은 가치대상을 추구하는 탐색의 주체이다. 감통편의 서사적 상황이 불교적 의례에 관련된 상황이거나 탐색의 주체가 불도를 닦는 출가자나 신도라는 점을 보면 가치대상은 불도(佛道)라고 할 수 있다.

따라서 소원성취의 시퀀스에서 탐색의 주체는 최초에 결핍의 상태에서 시작한다. 그리고 불도라는 가치를 추구하기 위해 수행을 하거나 도를 닦는 구체적인 행동을 하며, 이는 /의지/의 양태로 나타난다. 그러나 이러한 의지만으로는 행위주체가 추구하는 궁극적인 해탈이나 깨달음에 이르지 못하며 결정적으로 초월적인 존재인 성인의 가피에 의해서 대상이 성취된다. 중요한 것은 성인의 현현(hierophany)은 반드시 탐색 주체의 의지를 전제로 하며, 의지의 대상이 불도라는 점이 중요하다. 즉 가치대상을 욕망하는 주체는 행위주체로서의 인간이지만, 가치대상의 성취를 현실화시키는 /앎/의 양태나, 초월적인 존재의 허가로 나타나는 /의무/의 양태는 파송자이자 조력자로서의 성인이 인간에게 부여하는 것이다.

한편 깨달음의 시퀀스에서 불도를 추구하는 인간은 추구의 과정에서 어떤 행위를 하게 된다. 이때 행위주체는 이것이 금기를 위반하는 행위라는 것을 모른다. 이때 성인이 위장된 모습으로 나타나서 어떤 금기를 깨뜨렸는지를 일깨워준다. 따라서 행위주체가 추구하는 불도는 성취되지 않고 지연되며, 긍정적인 가치대상인 불도의 성취가 지연된다는 것은 일종의 처벌이 된다.

따라서 감통편의 두 개의 서사구조는 사실상 다음과 같은 의무의 양태의 기호학적 사각형 위에서 동시대립적 관계를 맺는다는 것을 알 수 있다.5) 먼저 소원성취의 시퀀스는 불교적 가치체계에서 긍정되는 가치 대상을 추구하는 이야기이다. 가치체계에서 요구되는 가치대상을 충족 하지 못한 행위주체는 /비-명령/의 상태에 놓여 있다. 법당에서 소외된 욱면이 마당에서 염불을 하고, 신체적 고행을 하는 것은 자발적인 의지 의 표출, 즉 허가되지 않았으나 금지되지도 않은 /비-명령/의 상태이다. 주인의 핍박은 욱면의 불도의 추구를 /금지/한다. 그러나 성인의 목소리 의 현현으로 인해 가장 비천한 욱면의 수행이 가장 먼저 불도를 성취하 는 /명령/의 상태로 이행되게 된다. 마찬가지로 김현감호의 호랑이가 탑 돌이를 하고 좋은 업보를 비는 것은 /비-명령/의 상태이다. 한편 그의 형제들이 인간을 해치고자 하는 것은 /금지/의 상태이다. 호랑이 처녀는 김현을 구하고 호랑이들을 대표해서 죽음을 맞이함으로서 /금지/에서 /명 령/의 상태로 이행하게 된다.

반면 깨달음의 시퀀스는 /금지/의 상태에서 출발한다. 말을 타거나, 빈부와 귀천의 차이에 따라 상대를 업신여기는 태도나, 색욕을 추구하 는 계율 위반하는 행위로 인해 행위주체는 금지된 상태이다. 그러나 금 지된 것이 금지된 것인지가 드러나기 위해서는 성인의 현현의 단계가

---

5) 그레마스는 행위-의무의 양태를 /해야한다/와 /하지 말아야 한다/의 대립과 /해야한다/와 /할 필요가 없다/의 모순관계로 구성된다고 보았고 이를 명령과 금지의 기호학적 사각형 으로 명명했다. 기호학적 사각형을 통해 표현되는 의미의 분절은 정태적이다. 그런데 의 미를 파악하거나 생산하는 주체의 관점에서 보면 이 분절의 요소가 변형을 겪는 동적 과 정으로 파악된다. 즉 텍스트의 의미 효과는 하나의 사항으로부터 다른 사항으로의 이행을 통해 파악될 수 있으며, 이러한 이행은 표층 서사의 통사론적 전개와 대응된다. A.J. Greimas, 김성도 역, 『의미에 관하여』, 인간사랑, 1997 414~415쪽 ; A.J.Greimas & J.Courtés, *Semiotics and language*; (trans.) Larry Christ and Danitel Patte, and others, Indiana University press, 1982, pp.308~311.

필요하다. 이것은 바로 /금지/의 부정이다. 즉 성인의 현현이라는 서사적 반전을 통해 그 이전에 멸시되었던 비천함, 더러움은 사실은 비천하지 않음, 더럽지 않음으로 부정되며, 반대로 의복의 화려함을 추구하는 것, 생명을 학대하는 행동이 오히려 금지된 것으로 밝혀진다. 즉 성인이 나타난 이후에야 위반된 것이 무엇인지, 금지된 것이 무엇인지 드러난다. 따라서 행위주체는 성인의 현현으로 반성과 깨달음의 상태를 지향하는데 이는 /비-금지/의 상태이며, 이는 최종적으로 추구되는 가치지향이 아니라 불교적 가치론에서 /명령/되는 가치 상태로 나아가야 하는 임시적 상태이다.

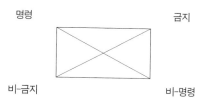

따라서 텍스트의 표면에서 반복되는 서로 다른 유형의 서사적 도식은 위와 같은 명령과 금지의 심층서사구조 안에서 동시에 작동하는 서사라는 것을 알 수 있다. 뿐만 아니라 소원충족의 이야기도, 깨달음의 이야기도 언제든지 서사적 반전에 의해 금지와 명령의 상태로 역동적으로 이행될 수 있는 상호보완적 서사라는 것도 알 수 있다. 다시 말해 한 이야기에서 강제되었던 명령은 다른 이야기에서는 숨겨진 금지의 상태로 해석될 수 있으며, 반대로 금기시된 것은 성인의 현현에 의해서 언제든지 명령된 것의 범주로 포섭될 수 있다. 즉 초월적 주체가 인간에게 복을 내리고 벌을 내리는 이야기는 서로 개별적인 이야기가 아니라 동일한 구조에서 나오는 쌍이라는 것이다.

3) 감통편의 결합의 독해 – 발화행위적 구조

감통편의 담론의 응집성은 텍스트 표면에서 나타나는 두 개의 시퀀스를 중심으로 구성되며, 이는 심층가치론적 구조에서 명령과 금지의 구조 위에서 의미의 일관성을 나타낸다는 것을 보았다. 마지막으로 이러한 응집성과 일관성이 담론의 발화행위적 구조의 수준에서 어떠한 의미의 결합을 보장하는지 살펴보고자 한다.

앞에서 살펴본 감통편의 이야기들은 감통편의 각조의 중심 에피소드이다. 이러한 에피소드의 전달에서는 발화행위주체의 관점이나 목소리는 직접적으로 드러나지 않고, 인물의 행위 중심으로 전달된다. 따라서 이러한 서사적 에피소드는 구상적 담화라고 할 수 있다. 한편 이에 대한 논평은 서사적 에피소드를 메타적 차원에서 해석하거나, 서술자의 의견으로 환원하기 때문에 일종의 주제적 담화라고 할 수 있다.

한편 찬시의 경우는 서사가 아닌 시라는 장르적 특징에도 불구하고 서사적 에피소드처럼 구상적 성격뿐만 아니라 주제적 성격도 강하게 갖고 있다. 즉 형식상으로는 시의 정형적인 율격을 취하고, 서사적 에피소드에서 나타나지 않은 행위주체의 내면의 목소리를 발화하는 경우도 있지만, 이는 개인의 내면적인 서정이 아니라, 다분히 의론적이며 주제적인 성격이 강하다. 그렇다면 감통편의 각조의 담론을 구성하는 서사적 에피소드와 논평 그리고 찬시를 각각 서로 다른 담화적 장르라고 할 때 이러한 장르들이 서로 통합체적으로 연결됨으로서 어떠한 의미론적 결합과 충돌이 일어나는지를 살펴봄으로서 문채를 살펴볼 수 있을 것이다.

감통편의 각조는 욱면비염불서승조와 같은 경우는 서사적 에피소드 두 개가 병렬되고, 이를 포괄하는 논평과 찬시로 구성된다. 감통편의 전체에서 이와 같은 구성을 보이는 조는 욱면비염불서승조 이외에 선도성모수희불사조, 경흥우성조, 효소왕진신수공조, 김현감호조이다. 이들은 동일한 인물에 대해 유사한 서사구조로 되어 있는 에피소드가 반복된다. 먼저 두 개의 에피소드가 동일한 내용이 변형되면서 반복되는 욱면비염불서승조를 중심으로 살펴보겠다.

(1) 향전의 에피소드 (2) 승전의 에피소드 (3) 논평 (4) 찬시

(1)과 (2)는 각각 귀진의 계집종이었던 욱면이 고행을 통해 서방정토로 가게 된 서사적 에피소드로서 구상적 담화이다. 앞에서 살펴본 소원성취의 시퀀스의 서사구조가 반복되는 한편 (2)에서는 (1)에 없는 욱면의 전생담이 추가된 것에서 차이가 있다. 전생담에서 욱면이 동량 팔진과 맺은 인연을 나타냄으로서, (1)이 욱면의 노력을 강조한데 반해, (2)에서는 욱면의 서방정토행이 애초에 초월적인 존재와 맺어진 계약이 자신의 파계로 지연되었다가 이행된 것이라는 서사적 논리가 형성된다. 뿐만 아니라 욱면 (1)에서 나타난 손바닥을 뚫고 말뚝을 매고 염불을 하는 신체적인 고행은 나타나지 않고, 다만 귀진을 따라 가서 뜰에서 염불했다는 것으로만 나타난다. 따라서 (1)과 (2) 모두 욱면의 성불에 대해 이야기를 하고 있지만, 전자는 욱면이 귀진의 억압을 극복하고 신체적 한계를 극복하는 수행에 초점이 맞춰진 반면, (2)에서는 욱면의 성불은 그의 전생의 업에 의해 이미 예정된 것으로 그려진다. 또한 (1)에

서는 귀진이 욱면의 성불을 방해하는 적대자의 역할을 하지만 (2)에서는 욱면과 귀진 사이에 뚜렷한 적대적 관계가 나타나지 않으며, 오히려 욱면은 귀진을 따라 수행하며, 욱면은 성불하고 귀진은 귀경대사로 환생한다. 따라서 (1)과 (2)에서 공통된 의미자질은 비천한 신분의 욱면이 신체적 염불을 통해 성불했다는 형상적 행로뿐이다.

그렇다면 발화행위자는 이러한 의미론적 차이를 어떻게 해결하고 있을까? 서술자의 논평 (3)에서 (1)과 (2)를 자료의 고증적인 가치에 대해서만 논의할 뿐 각각의 서사적 에피소드의 내용에 대해서는 논하지 않고 있다. 즉 동일한 이야기면서도 다른 이야기를 싣는 이유를 '귀진은 먼저요 욱면은 뒤가 되어야 하는데 향전과는 그 선후가 다르니 여기에서는 두 가지 다 함께 기록하고 의심나는 것은 그만둔다'라는 차원에서만 말하고 있다. (1)과 (2)의 어긋나는 시간적 배경은 아이러니하게 사실상 서로 부합되지 않는 사실을 동시에 전할 수 있는 근거가 되는 동시에 그밖의 모든 차이들을 '의심나는 것'이지만 논할 수 없는 부분으로 남겨두게 만든다.

즉 (1)에서는 욱면과 귀진이 대립관계로 제시되고, (2)에서는 사실상 각각 가치대상을 추구하는 별개의 주체로 나타나고, (3)에서는 두 인물 사이의 관련성은 더욱 불확실하게 제시된다. 따라서 이처럼 (1)-(3)의 배열을 통해 귀진은 욱면의 이야기에서 부차적인 기능을 하게 된다. 찬시 (4)에서는 아예 귀진의 이야기는 나타나지 않고 (1), (2)에 전개된 형상적 행로 가운데 욱면의 염불과 고행의 형상만이 선택된다. '서편 이웃 옛절에는 불등이 밝았는데 방아 찧고 거기 오면 밤은 벌써 이경이다'에서는 적대자로서의 귀진의 역할은 방아찧기라는 과업으로 대치되었으며, '한 소리 염불마다 부처가 되려 하여 손바닥 꿇어 끈을 꿰니

형체를 잊었네'는 (1)에서 나타나는 육체적 고행을 형상화하고 있다.

따라서 (3)과 (4)의 추상적 담화는 서사적 에피소드 (1), (2)에 나타나는 구상적 담화를 선택하고 제한함으로서 의미론적 동위성을 구축한다. 다시 말해 추상적 담화에서는 새로운 주제적인 것이나 구상적인 것을 추가하는 것이 아니라 구상적 담화에서 전개된 의미자질들을 반복하거나 선택하는 것이다. 욱면비염불서승조에서는 욱면과 귀진이라는 두 명의 주체의 이야기를 형상적 담화와 추상적 담화의 중첩을 통해 한 인물에 관한 이야기로 초점화하고 한정하는 과정을 나타낸다. 즉 구상적 시퀀스를 통해 제시된 다양한 형상의 행로들은 추상적 담화에서 선택과 지시를 통해 한정된다.

선도성모수희불사조의 경우에는 비구승 지혜가 선도성모와 감응한 에피소드가 중심인데 반해, 선도성모가 중국에서 온 도교적인 성격을 가진 신이라는 것을 설명하는 일대기적인 에피소드는 부수적이다. 선도성모는 인간의 결핍을 해결해주는 초월적 존재자로 나타난다. 한편 두 번째 에피소드에서는 선도성모는 초월적 존재자의 역할보다는 여성적, 인간적 자질이 부각되며, 인간 중에서 장생술을 익히고, 국가 시조를 탄생시킨 도교적 존재로 나타난다. 따라서 두 개의 에피소드에서는 서로 부합되지 않는 의미론적 갈등이 나타나며, 이것은 서술자의 논평과 찬시를 통해서 해결된다.

불교적 가치관을 지닌 발화행위적 주체는 주제적 담화에서 선도성모를 '오래 사는 술법만 배운' 도교적 신으로 보는 기존의 통념을 '부처님을 받듦으로써 중생을 위하여 불법을 열고 구원의 길을 만든' 사례로서인 첫 번째 에피소드로 반박하고 있으며, 또한 찬시에서 '길이 사는 것이 살지 않음과 다를 바가 없는지라, 부처를 찾아뵙고 옥황이 되었네'라는 발화를 통해서 선도성모를 인간과 감응하는 초월적 주체가 아니라 '부처'라는 또 다른 초월적 주체에 의해 감응되는 인간적 존재로 재서술하고 있다. 따라서 선도성모수희불사조는 두 개의 에피소드가 서술자의 논평과 찬시를 통해 통합되는 구조라고 할 수 있다.

김현감호에서도 마찬가지이다. 첫 번째 구상적 담화에서는 초월적 존재의 개입은 단순히 하늘에서 들려온 목소리로 제시된다. 따라서 서사적 에피소드만으로는 이것이 불교의 초월적 주체의 감응으로 해석될 여지는 없다. 두 번째 구상적 담화는 첫 번째 에피소드와 이물교혼이라는 구상적 수준에서의 유사성이 발견되지만, 매우 상반된 결과로 나타나며, 초월적 존재도 개입하지 않는다. 따라서 만일 이 두 개의 서사적 에피소드만으로 김현감호가 구성되었다면, 이 이야기는 두 호랑이의 어짊과 어질지 못함의 대조로 끝날 것이다.

그러나 논평과 찬시를 통해서 발화행위적 주체는 김현의 예와 신도징의 예를 비교하면서 김현과 호랑이가 감통할 수 있었던 것은 어진 본성 때문만이 아니라 김현이 탑돌기를 통해 보였던 지극한 정성에서 비롯된 것이라고 서술한다. 그런데 이것은 서술자의 새로운 의견이 덧붙여진 것이 아니라 이미 앞에서 제시된 두 개의 서사적 에피소드에서 발화행위적 주체가 선택한 정보들로 구성된 주제적 담화이다. 따라서 발화행위적 주체는 논평과 찬시를 통해 서사적 에피소드의 구상적 담화를 선택하고 한정함으로서 서사적 에피소드를 주제적 담화에 종속시키게 된다.

이상에서 살펴본 바와 마찬가지로 경흥우성조, 효소왕진신수공조 역시 두 개의 서사적 에피소드가 병치되어 있지만, 논평과 찬시를 통해 발화행위적 주체는 각각의 서사적 에피소드에서 특정한 형상의 행로를

선택함으로서 의미를 한정한다. 따라서 여러 개의 에피소드가 나열되어
도 각 조에서 전달하는 중심 에피소드는 하나로 귀결되며, 주제적 담화
는 한정의 방식으로 형상적 담화를 재구성한다. 이상에서 살펴본 조들
이외의 조들은 형상적 담화가 하나만 제시되고, 어떤 경우에는 논평과
찬시도 생략된다. 따라서 결국 감통편의 각 조는 여러 개의 서사적 에
피소드로 구성된 조가 있다고 하더라도 결국 발화행위적 주체의 선택
에 의해 재구성된 하나의 구상적 담화에 하나의 주제적 담화가 대응되
는 구조를 취하게 되며, 이를 비유적 문채라고 할 수 있다.

  이처럼 감통편 각 조의 비유적 문채는 서로간의 관계를 통해 동일한
형상과 동일한 주제가 반복되면서 일종의 토포스적 구조를 형성할 것
이라고 짐작할 수 있다.6) 즉 감통의 이야기들은 형상 대 주제가 1:1로
결합되어 무한히 반복되고 생성될 수 있는 토포스로 볼 수 있으며, 이
는 감통편이 특정한 모티프들의 모음일 뿐만 아니라 그 자체로 다른 형
상들을 생성해낼 수 있는 독자적인 담론 형식으로 기능할 가능성을 내
포한다.

  그렇다면 감통편을 통해서 구성되는 담론 형식은 구체적으로 무엇인
가. 그것은 다름 아닌 인간이 초월적 존재의 매개를 통해 존재론적인
변화를 획득하는 서사 구조로서, 인간 행위와 의지를 선한 것과 악한

---

6) 토포스는 사회적인 구심성의 기저에 깔린 규범적인 공리로서, 텍스트의 장르를 드러내는
  표지가 된다. 하나의 텍스트를 주제화 그래프로 그릴 때, 그 절점에 속하는 여러 의소들
  이 찾아지고, 이러한 것들이 다른 텍스트들에서도 나타날 때, 이들은 일종의 토포스라 할
  수 있다. 만일 어떤 서사구조가 여러 설화에 거쳐 지속적으로 발견된다면, 이는 하나의
  장르를 드러내는 지표가 될 수 있다. 모티프의 개념이 내용과 형상의 차원에 관련된다면,
  토포스는 형식과 구조의 차원에 관련된다. 송효섭, 『해체의 설화학』, 서강대학교 출판부,
  2009, 289~290쪽.

것, 긍정적인 것과 부정적인 것으로 구분하고 강화하는 가치 체계와 연결된다. 즉 이러한 담론 형식의 기저에는 인간이 무엇을 욕구해야 하는지, 무엇을 욕구해서는 안 되는지가 깔려 있다.

감응론이 단순히 주제적 차원이 아닌 토포스임을 밝히기 위해서는 감응론이 감통편 밖에서도 한편의 설화를 만들어내는 서사코드로 작용할 수 있으며, 때에 따라서는 사건을 해석하는 논리로 활용될 수도 있고, 더 나아가 사건을 구성하는 원리로 작용한다는 것을 밝혀내는 일이 남아 있다. 토포스는 일종의 비어있는 형식으로서 메시지가 아닌 코드의 일종이기 때문이다.

대표적인 예를 살펴보자면, 『삼국유사』의 흥법편은 삼국에 불법이 도입된 순서와 결과를 시간순으로 서술하고 있다. 그러나 그 이면에는 불법을 받아들인 신라는 흥하고 도교를 받아들인 고구려는 패망하게 되었다는 메타서사가 깔려있다. 이것은 흥법편 각조의 배열 순서에서뿐만 아니라, 서술자의 논평과 찬시에서도 드러난다. 즉 불교적 가치에서 긍정되는 것을 추구한 신라는 삼국통일이라는 '복'을 보상받고, 이단을 추구하고 불법을 폐지하는 금지된 것을 추구한 고구려는 국가의 패망이라는 '처벌'을 받게 된다. 즉 감통편을 통해 담론화된 감응의 코드가 흥법편의 메타서사로 해석될 수 있다.

효선・피은 편이 각각 출세간의 가치와 충돌하는 효와 충의 가치가 다시 불교적 '선(善)'에 통합되는 보다 특수한 주제를 다루고 있는 것처럼 보이지만, 발화행위의 구조에서는 결국 명령과 금지의 축에서 움직이는 보상과 처벌의 구조를 기반으로 한다는 점에서 감통 편의 형식과 상통한다는 점에도 주목해야 한다. 그밖에 의해편의 각조의 승려의 일대기뿐만 아니라 탑상편의 사찰연기설화들에서도 감응의 모티프들이 활용된다는 점에 주목할 수 있다.

따라서 감응론이 담론화될 때에는 일정한 서사구조로 반복되며, 『삼국유사』의 담론적 주체는 감응론을 통해 사건을 해석하고 재형상화한다는 점에서, 감응론은 모티프일 뿐만 아니라, 보편적인 인식틀이기도 하다. 다시 말해 감응의 논리는 교설의 형태가 아니라 이야기의 형태로, 추상의 형태가 아니라 매우 구체적인 형상의 차원에서 전승되고 확대 재생산될 수 있는 인식틀이라고 할 수 있다.

3. 결론

이 글은 『삼국유사』 감통편을 일관성·응집성·결합의 차원에서 분석하여, 감통편의 담화기호학적 구조를 밝혔다. 감통편의 담화기호학적 구조는 초월적인 존재의 매개를 통해 인간의 욕망을 선한 것과 악한 것, 긍정적인 것과 부정적인 것으로 구분하고 강화하는 보상과 처벌의 논리를 담론의 각 층위에서 담화화하고 있다.

응집성의 층위에서는 금기와 위반, 결핍과 해소의 서사구조의 반복으로 나타나며, 일관성의 층위에서는 명령과 금지를 반대항으로 하는 의무의 기호사각형에 의해 일관성이 획득된다. 결합의 층위에서는 각 조에서 반복되는 비유적 문채를 통해 토포스적 구조를 형성한다.

따라서 감응론은 감통편 뿐만 아니라, 『삼국유사』가 서술된 담론장에서 일종의 인식틀로 작용하며, 교설의 형태가 아니라 서사의 형태로, 추상의 형태가 아니라 매우 구체적인 형상의 차원에서 전승되고, 확대 재생산될 수 있다는 점에서 궁극적으로 일종의 신화적 논리이기도 하다. 더 나아가 감응론이 감통편 이외의 다른 편 이야기들에서 일종의 모티프로 기능하거나, 때로는 서술자의 논평 속에서 보편적인 논거로 활용되는 토포이로 나타나는 것들을 보다 구체적으로 밝혀낸다면 감응의 토포스를 『삼국유사』를 생성하고 해석하는 코드로 읽을 가능성이 열릴 것이다.

　『삼국유사』에 담긴 수많은 이야기에 주목할 경우에는 정태적 분석만으로도 충분하다. 그러나 발화행위의 주체를 염두에 두는 순간, 『삼국유사』는 이종적인 목소리들이 서로 충돌하고 간섭하는 매우 복잡한 담화가 된다. 이 글은 감통편의 담화기호학적 읽기를 통해 이러한 목소리들 가운데 일부를 추적해보고자 했다. 이러한 시도는 『삼국유사』의 여러 가지 목소리와 말하기 방식에 대한 연구로 이어져야 하겠지만, 이는 차후 과제로 남겨두고자 한다.

조선조 후기 문예공간에서 성적 욕망의 빛과 그늘*
예교, 금기와 위반의 길항(拮抗) 그리고 변증법(辨證法)

진 재 교

1. 머리말

> '남녀 간의 정욕(情欲)은 하늘이 준 것이고, 윤리와 기강을 분별(分別)
> 하는 일은 성인의 가르침이다. 하늘은 성인보다 높으니, 차라리 성인의
> 가르침을 어길지언정 하늘이 준 본성을 거스를 수는 없다.' 하였다.[1]

허균이 정욕을 긍정한다는 언급인데, 이미 알려진 내용이다. 인간의
본성과 정감은 하늘로부터 부여받았다. 때문에 인욕을 강제적으로 금하
는 예교(禮敎)의 가르침과 성인이 주장한 분별의 윤리와 이념은 결코 따
를 수 없다고 주장한 허균(許筠, 1569~1618). 그는 대담하게도 '천리(天理)'
에 결부시킨 예교의 가르침을 전면 거부하고, 남녀 간의 정욕을 억압하

---

* 이 글은 "『한국한문학연구』 제48집, 한국한문학회, 2008."에 게재된 것을 수정하고 보완
한 것이다.
1) 『순암선생문집』 제17권, 雜著, 「天學問答」.

는 예교의 허구성을 정면에서 문제 삼았다.

이는 중세의 르네상스가 인간성을 억압하는 종교의 권위로부터 '인간부활'을 화두로 내건 것과 같은 지향이다. 洋의 동서를 막론하고 인간성을 억압하는 대표적인 사례는 바로 性과 정욕을 둘러싼 갈등이었다. 중세 서구 교회는 남녀 간의 성행위를 악으로 규정하고, 오직 출산을 위한 제한적으로 성행위를 인정하였다. 심지어 성적 쾌락마저 죄악으로 규정하고, 성적 쾌락을 종교적 차원에서 금지하였고, 남녀 간의 체위도 오직 쾌락이 아닌 출산을 위한 '선교사체위(기독교식 체위)'[2]만을 유일하게 인정하였다. 여기서 벗어난 어떠한 체위도 동물적 행위로 취급하여 반문명적이며 야만적으로 규정 한 바 있다. 이 점에서 인간성을 부활시켜 문예의 공간에서 성 담론을 제시한 르네상스는 종교적 의식과 남성적 권위주의는 물론 성적 질곡으로부터 판도라의 상자를 열어젖히는 선언이었다.

반면 전근대 동아시아에서 서구의 르네상스적 사유를 넘어서려는 지향은 성리학적 예교로 부터 인간 정욕(욕망)의 긍정에서 확인할 수 있다. 이는 예교가 유폐시킨 욕망의 발산을 의미한다. 성리학적 담론이 금기시하는 예교로부터 인간의 욕망을 끄집어낼 때, 그것은 성적 욕망을 긍정하는 데 있음은 물론이다. 남녀가 사회라는 공간 속에서 사랑과 혼인인 출산과 육아는 인류가 존재한 이후로 있어왔고 앞으로도 있을 것이다. 사회의 공간 속에 존재하는 한 인간의 욕망 역시 항상 사회와 관계

---

2) 선교사 체위는 이른바 전근대 서구에서 기독교 문화에서 나온 남성과 여성의 성행위 방식을 이른다. 남성이 여성 위에 누워 마주보며 하는 체위를 말한다. 이는 남성의 지배를 유지시키는 방법의 하나이며, 이를 통해 남성의 권위주의와 종교의식을 강요하기도 한다. 여기에 대해서는 안나 알레르·페린 셰르세브 지음, 문신원·양진성 옮김, 『체위의 역사』, 열 번째 행성, 2005, 27~37쪽 참조.

를 지닌다. 사회 제도와 이념, 가족 관계에서 속에서 생활하는 인간은 그것과 항상 길항관계를 가지면서 욕망을 억제 혹은 발산한다. 사회라는 공적 생활과 개인의 사적인 생활이 일치하지 않듯이, 욕망을 둘러싼 공(公)과 사(私), 주(晝)와 야(夜)의 사유나 행동 또한 같지 않다. 이는 지금도 동일할 것이다.

허균의 발언은 대담하지만, 예교가 지배하는 조선조 사회에서 논리적으로 충분히 제기할 수 있는 문제 제기다. 조선조 사회는 예교를 삶과 연결시켜 '존천리(存天理), 멸인욕(滅人欲)'을 생활의 좌표로 강제하면서 욕망의 절제를 강조하였다. 그럼에도 허균처럼 예교의 지향을 근간에서 부정하고 균열시킨 배경에는 예교적 삶과 일상에서의 삶을 분리시켰던 사대부 자신의 이중적 생활에 있었다. 이 점에서 허균의 주장은 예교의 금기를 위반한 발언이지만, 어찌 보면 예교와 생활을 일치시키지 않은 사대부 이념의 허구성을 제기한 것이다.

허균의 주장처럼 정욕을 긍정하고 일상생활에서 점차 예교의 금기에서 벗어난 징후들이 문예의 공간에서 다기하게 나타난 것은 조선조 후기다. 조선조 후기 문예물에서는 성과 성적 욕망 자체를 초점으로 잡은 작품이 나타나는가 하면, 성행위 자체만을 녹여 낸 작품도 등장하고, 외설에 가까운 작품도 많다. 또한 성행위와 성적 욕망을 포착한 문예물의 결과 층위 역시 매우 다기한 양상을 보여준다. 조선조 후기에 봇물처럼 터져 나온 성과 성적 욕망을 담은 다양한 문예물을 어떻게 이해하고 어떤 의미를 부여할 것인가? 여기서 조선조 후기 문예물이 성과 성담론을 다양하게 포착한 빛과 그늘, 그리고 그 문화사적 의미를 따져보는 것이 하나의 과제로 등장한다.

2. 조선조 사회, '성(性)'을 둘러 싼 금기와 위반의 시소게임

　이념의 측면에서 유학과 성리학이 조선조 사회를 지배했다고 하면 틀린 말은 아니다. 하지만 상·하층민이 이것을 절대 신봉하고 일상생활에까지 관철시키면서 자신들의 삶을 규정했던가? 이 질문에 선뜻 그렇다고 대답하기는 곤란한 측면이 있다. 불교 역시 조선조가 끝날 때까지 존재하였고, 조선조 초기에는 왕가(王家)의 종교로 기능한 바도 있기 때문이다. '예불하서인(禮不下庶人)'이라 하듯, 조선조는 유학과 성리학적 예교는 전 계층을 아우르는 절대적 규범으로 작동하지 못한 바 있다. 더욱이 정욕의 억제와 함께 축첩과 기생제도를 합법적으로 시행함으로써, 이미 내부적으로 자기모순을 안고 있었다. 유학 이념을 사회적 가치로 수용한 출발점부터 조선조 사회는 그 모순을 내장하고 있었던 것이다.

　절제하지 않은 성적 욕망의 분출은 예교로 보면 금기사항이다. 하지만 양반 사대부들은 겉으로 혈족을 유지하는 명분을 내세면서도 안으로는 쾌락과 유흥을 위해 성적 욕망의 발산을 용인하였다. 이는 엄연한 성리학적 예교가 제시한 금기의 위반이다. 이를테면 그들은 겉으로 '존천리(存天理), 멸인욕(滅人欲)'의 거창한 명분과 예교의 외피를 씌워 절제된 욕망을 강조하지만, 안으로 금기를 위반하는 시소게임을 하였던 것이다. 무엇보다 양반 사대부들이 혈족 유지와 가문을 명분으로 내세우며 축첩과 기생제도를 합법화시킨 이면을 음미하면, 양반 사대부 스스로 성적 욕망을 은폐함으로써 유교적 예교를 허구화시켰음을 알 수 있다. 그들은 축첩제도(蓄妾制度)를 합리화하고, 관기제도(官妓制度)를 제도화하여 성적 욕망을 해소한 반면, 여성에게는 오직 남녀 분별의 예교를 통해 성적 욕망을 유폐시키고 금기하였다. 이처럼 조선조 사회의 성적 욕망과 성을 둘러 산 이슈는 사회 제도의 모순과 함께 남녀 간에 차별을 보여주었다.

이러한 성적 욕망을 둘러 싼 문제는 조선조 후기에 오면 『시경(詩經)』의 음시(淫詩)의 이해를 두고 주자의 설시(說詩)를 근거로 정치적 알레고리로 이해한 경향을 드러내는 것 역시 예교와 어긋나는 성적 욕망의 모순을 고민한 흔적의 일단으로 이해할 수 있다. 요컨대 조선조 후기 성리학에 기초한 예교는 엄격한 남녀 분리에다 가부장적 종적 체계를 구조화함으로써, 여성에게 일방적 복종을 강요한 것과 같은 맥락으로 음시를 이해하려한 것이다. 이에 따라 조선조 후기 사회는 남녀 간의 사랑, 이성 간 만남, 애정 행위 등과 같이 침실 밖에서 이루어지는 모든 남녀 간 욕망을 금기시하고, 이를 표출한 문예물은 국가에서 검열과 법적 통제와 같은 제도를 동원하여 규제하였다.

더욱이 주자가 만든 『소학』은 교육기관의 필독서로, 남녀의 분별과 욕망의 억제를 강조하는 방식으로 양반 사대부의 일상의 도덕률로 착근되었다. 조선조 후기 사회의 분위기처럼 주자가 만든 『소학』이나 예교의 이념을 액면 그대로 수용하면, 논리적으로는 남성의 성적 욕망과 향유조차 성립할 수 없다. 하지만 현실은 이러한 양상과는 반대였다. 이미 조선조 초 세종 대에만 하더라도 세자빈 봉씨가 동성애로 폐서인이 된 사건[3]과 반가(班家)의 부인으로 스스로 창기라 자처하며 수많은 사대부들과 간통한 유감동(兪甘同) 사건,[4] 당시 최대 음란 사건의 주인공

---

3) 국역 『세종실록』 75권 세종 18년 10월 무자조, 11월 무술조 참조.
4) 국역 『세종실록』 37권 세종 8년 8월 임신, 세종 9년 9월 신축조 참조.

인 어을우동(於乙宇同)5)의 존재를 비롯하여, 실록에 보이는 숱한 간통 사건은 그야말로 조선조 사회가 예교로 규정한 이념과 현실에서의 괴리를 여지없이 보여준다. 어째서 이러한 현상이 발생했던가?

정욕을 억제하고 금기시한 예교는 조선조 초기부터 관념적 담론에 머물 가능성이 농후하였다. 사람들이 어우을동의 어미인 강씨도 음행이 있는 것을 의심하자, 강씨는 "사람이 누군들 정욕이 없겠는가? 내 딸이 남자에게 혹하는 것이 다만 너무 심할 뿐이다."6)라고 강변한 것도 정욕을 금기한 예교의 관념성을 보여주는 것에 다름 아니다. 이는 양반 사대부들의 성적 욕망을 위해 관기제도(官妓制度)를 합법화한 것에서 이미 예상되었다.

> 인욕(人慾)이란 누르지 않고 제멋대로 두면 더욱 성한다고 한다. 나는 예법으로써 마음을 제어한다는 말은 들었으나 정욕의 길을 열어놓고 정욕을 그치게 한다는 말은 듣지 못하였다. 인욕이 일어나는 것은 모두 보고 듣는 데에서 오는 것이니, 이래서 옛날 사람들은 반드시 위의(威儀)를 존엄하게 하고 음란한 소리를 내쫓으며, 부정한 색을 멀리하였던 것이다. 지금 관청에서 음란한 창기를 기르고, 출장 관원이 오면 그들을 예쁘게 단장시키고 아름다운 옷을 입혀서 기다리다가, 술을 돌려 권하고 음악을 연주하여 흥을 돋우는데, 이를 '방기(房妓)'라고 이름 한다. 따라서 이로 인하여 정에 끌리고 욕정에 빠져서 정사(政事)를 해치고 풍속을 문란하게 하며, 본심을 상실하게 되는 자 이루 다 헤아릴 수 없게 된다. 대개 이러고서도 본심을 빼앗기지 않는 자는 상등 인물인데, 그것을

---

5) 한국고전번역원 DB, 국역 『성종실록』 118권 성종 11년 6월 갑자조, 국역 『성종실록』 122권 성종 11년 10월 갑자조, 국역 『성종실록』 123권 성종 11년 11월 기축조, 국역 『성종실록』 159권 성종 14년 10월 경오조 참조. 이후 실록의 번역은 한국고전번역원 DB를 참조하였음.
6) 국역 『성종실록』 122권 성종 11년 10월 갑자조 참조.

누구에게나 기대할 수는 없는 일이다. 이런 창기가 없으면 색에 대한 허물을 짓지 않는 것을 사람마다 할 수 있는 일이다. 만일 정욕을 이기지 못하여 남의 부녀자를 빼앗고, 죄에 빠지게까지 되는 자는 제일 하등 인물이니 원래 논할 것이 못 된다. 나라에서 법을 세울 적에 예법을 밝히고 인심을 바로잡는 데는 힘쓰지 않고, 다만 제일 하등의 인물을 위하여 미리 그 도구를 설치하여 그 욕망을 성취시키게 한다는 것이 어찌 옳은 일이랴. …(중략)… 가까운 일로는 창기를 지방에서 서울로 뽑아 올리는 법을 파하기 전에는 사대부들이 음란하여 오입쟁이 같기도 하였는데, 그 법을 폐지하니 그 폐단이 곧 그쳤다. 지난 해 풍정연(豊呈宴) 때에 잠깐 지방의 창기를 불러 올렸더니 조신(朝臣) 중에 기생을 서로 빼앗으려고 다투어 싸우고 욕설한 자가 매우 많았으니, 그 득실을 여기서도 역시 알 수 있다. 저들 또한 인간인데 위에 있는 사람이 이미 인륜의 도리로써 가르치지 않고 명부에 올려 기생으로 만들어 일정한 남편을 가질 수 없게 하고, 갖게 되면 즉시 죄를 주니, 이것이 무슨 규정인가?[7]

현명한 임금이라면 마땅히 음란과 안일을 조장하는 창기제도를 금해야 하는데, 오히려 관청에서 창기를 설치하고 음탕한 데로 인도하고 있는 것을 비판적 것이다. 이긍익(李肯翊)은 욕정에 끌리고 그것에 빠져서 정사(政事)를 해치고 풍속을 문란하게 하며, 그 결과 본심을 상실한 사람이 헤아릴 수 없을 정도로 많아지는 원인을 창기제도(娼妓制度)에서 찾았다. 창기제도(娼妓制度)는 사대부를 '오입쟁이'로 만들고, 인륜의 도리로 가르쳐야 할 조신(朝臣)들이 창기를 먼저 차지하려고 다투도록 만드는 폐단을 제공하며, 한편으로는 기적(妓籍)에 한번 오르면 영원히 남편을 얻지 못하게 만들어 인간 구실조차 제대로 못하게 만드는 악법이라는 것이다. 그래서 그는 정욕의 발산을 제도적으로 마련해 두고 예법 운운

---

7) 국역 『연려실기술』 별집 제13권, 「政教典故」, '娼妓' 참조.

하는 것이야말로 "정욕의 길을 열어놓고 정욕을 그치게"하는 모순임을 지적하였다. 창기제도를 그대로 두고 여색의 허물을 없기 바라는 것은 있을 수 없다고 잘라 말하는 그의 지적은 당연하다. 요컨대 남성의 성적 해소를 위한 기방을 두고 금욕을 내세우는 것이야말로 허구라는 이긍익의 지적은 현실과 예교의 모순을 적실하게 포착한 것이다.

조선조 국왕만 하더라도 왕실과 국가를 번창시킨다는 명분으로 수많은 후궁을 두었다. 양반 사대부들 역시 축첩제도와 재취, 관기와 기방 등을 통해 성적 욕망을 해소할 수 있는 길을 열어 놓았다. 근원적으로 이는 예교와 모두 배치되는 것들이다. 이에 반해 조선조 사회는 여성에게는 '수절'과 '열녀'라는 이념을 만들어, 정욕을 금지하는 이중적 잣대를 보편화시켰다. 사실 조선조 사회가 이러한 예교의 이념을 동원하여 명분과 정당성을 주장하지만, 따지고 들면 이는 정욕의 발산과 욕망을 은폐시키기 위한 트릭이자 일종의 허위였다. 예교에서 규정하듯, 정욕의 발산이야말로 천리를 보존하는 데 방해가 된다. 이를 억제하고 금지시켜야 그 이념에 맞는 것일 터, 그 이념에 충실하려면 축첩과 관기라는 제도적 장치는 없애야 당연하지 않겠는가? 이 점에서 조선조 내내 성리학적 관념과 현실적 욕망은 줄곧 충돌할 수밖에 없는 것이다. 요컨대 국왕을 비롯한 사대부 자신들이 이러한 금기를 교묘하게 넘나드는 시소게임을 하였던 셈이다.

사실 예교의 시각으로 보자면, 재취와 축첩, 그리고 기생제도가 합법적으로 존재하는 한, 정욕을 억제하라는 것 자체가 공염불에 가깝다. 그래서 율곡(栗谷) 이이(李珥, 1536~1584)도 정욕을 금기시할 것이 아니라 제한적으로 인정해야한다는 절충적 시각을 보여주거니와, 이는 이러한 사정과 무관하지 않다.

율곡선생(栗谷先生)은 이렇게 말했다. "오늘날 학자들은, 밖으로는 비록 조심하는 기색이 있으나 안으로는 독실한 마음을 갖는 자가 적다. 부부 사이에 잠자리에서 흔히 정욕을 삼가지 않아 그 위의를 잃는다. 그러므로 부부가 친압하지 않고 서로 공경하는 일이 매우 적다. 이러고서 몸을 닦고 집안을 다스리려 하면 어렵지 않겠는가? 반드시 남편은 화순하면서 의리로 제어하고, 아내는 순종하면서 바른 도리로 받들어야만 집안일이 잘 다스려질 수 있다. 만일 평소 서로 친압해 오다가 하루아침에 갑자기 서로 공경하려 한다면 그 형세가 그렇게 하기 어려운 것이다. 그러므로 남편은 모름지기 아내와 서로 경계하여 종전 버릇을 반드시 버리고 점차 예법의 경지로 들어가는 것이 옳다. 아내가 만일 나의 발언과 몸가짐이 하나같이 올바름을 본다면 반드시 점차 서로 믿고 순종할 것이다."[8]

율곡은 지금의 학자들이 집 밖에서는 조심하며 독실한 마음을 가지지만, 집 안의 부부 사이에 정욕을 삼가지 못하고 위의를 잃는 세태를 비판하고 있다. 율곡은 정욕을 절제하지 못하는 세대를 예법으로 이끌어야 한다는 논지를 펼치고 있으나, 이를 거꾸로 이해하면 대부분의 학자들은 '정욕'을 절제하고 삼가는 경우가 드물 뿐만 아니라, 이것을 억제한다는 것 자체가 매우 힘든 것임을 암시해 준다. 부부 사이에서도 정욕을 삼가지 못하는 현실은 당시 일반적이었을 터이다.

기실 율곡이 살았던 16세기는 물론 그 이후에도 율곡의 우려는 더욱 뚜렷하게 나타난다. 이를 감안하면 '정욕을 삼가고 절제하라'는 예교의 기준은 당초 성립하기 힘든 관념적 수사에 가깝다. 삼가고 절제하는 기준은 도대체 어떤 것인가? 이 역시 모호하기 짝이 없다. 양반사대부들

---

8) 국역 『청장관전서』 제30권, 「사소절」 제6, 부의 1, <性行>, 한국고전번역원, 1980.

은 이 모호한 기준과 합법적인 제도적 장치 속에서 금기와 위반의 시소 게임을 하며 성적 욕망을 마음껏 발산할 수 있었던 것이다.

심지어 그들은 술자리나 유흥의 마당에서 '성'과 관련한 소화(笑話)를 통해 심심파적의 자료로 삼거나, 심지어 걸쭉한 외설에 가까운 농담도 서슴지 않았다. 소화나 심심파적을 위한 내용은 대개 정욕을 긍정하는 경우가 허다하였다. 이는 일상에서의 양반 사대부들의 내적 표출이기도 하였다. 한 사례를 보자.

> 내가 일찍이 여러 명의 길손과 함께 이 이야기를 나누어 웃음거리로 삼았다. 한 길손은 말하기를 "남녀 간의 정욕의 감정은 참으로 사람의 사사로운 형기로 없을 수 없는 것이니, 심지어 내시의 처에게는 더욱 어렵겠지요. 대개 들으니 내시의 색탐(色耽)은 보통 사람의 배나 된다고 합디다. 잠자리에선 광탕함이 더욱 심해 욕망의 불길이 타오르지만 해소할 길이 없으니 여자를 끌어안고 뒹굴다가 살결을 깨물곤 한답니다. 이때를 당하면 아무리 법도를 갖춘 정숙한 여자라도 어찌 '제 마음은 예전 우물과 같습니다.'라고 하겠습니까?' 그 여성이 도망하여 중을 쫓아간 것을 음분(淫奔)으로 가혹하게 책망하기 어려울 듯합니다.[9]

임매(任邁, 1711-1779)의 『잡기고담』에 나오는 <환처(宦妻)>의 평설 부분이다. "남녀 간의 정욕의 감정은 참으로 사람의 사사로운 형기로 없을 수 없는 것"이라던가, 내시로부터 도망하여 중을 만나 것도 실절하여 음분(淫奔)한 것으로 보지 않아야 한다는 발언은 여성의 성적 욕망을

---

9) 『雜記古談』, <宦妻>, "余嘗與數客, 共談此說, 以資哄噱. 客曰: "男女情慾之感, 固人之形氣之私所不能無者, 至於閹宦之妻, 尤有難焉. 蓋聞閹者之耽, 倍於恒人, 枕席之間, 狂蕩特甚, 慾火熾發, 而無以散泄, 則摟抱宛轉, 幾至噬嚙肌膚. 當此之時, 雖古貞女以禮自持者, 安能曰妾心古井水也? 其逃出從人, 有難苛責, 以淫奔也.""

인정한 것이다. 그런데 여성의 성적 욕망의 인정은 예교가 설정한 금기의 위반이다. 금기로부터 이탈하려는 징후들은 예교를 선언한 순간부터 내재된 것이기도 하다. 욕망은 무엇으로도 가둘 수 없는 하늘이 부여한 본성의 하나이기 때문이다. 주지하듯이, 양명좌파인 태주학파(泰州學派)의 일원인 산농(山農) 안균(顔均)과 하심은(何心隱)을 비롯하여, 이들의 뒤를 이은 이지(李贄) 등이 '욕망이 인간에게 보편적이고 본질적인 것'으로 인식한 것도 동일한 맥락이다.

예교의 교조성과 관념성은 시간이 지나면서 점차 도전을 직면했을 뿐만 아니라, 곳곳에서 금기를 위반하는 사례가 일어난다. 당대 현실에서 일어났던 숱한 강간 사건과 정욕을 포착한 숱한 문예물의 탄생은 이를 말해준다.

19세기에 오면 아예 '예'의 의미를 재규정하여, 관념적이며 교조적인 이해로부터 현실적 문법으로 끌어내리려는 시도마저 생긴다. 19세기 경학가인 심대윤(沈大允, 1806-1872)이 욕(欲)을 해석한 것이 그러하다. 그는 『시경』의 <개풍(凱風)>을 풀이하면서 여성의 개가(改嫁)와 실절(失節) 문제를 다음과 같이 설명한다. 한 대목이다.

> 청상과부가 개가(改嫁)하는 것은 일상적인 일이다. 정이(程頤)가 '실절 (失節)한 사람을 취하여 배필로 하는 것은 이 또한 실절(失節)하는 것이 다.'라 하였으니, 이는 군자(君子)의 말이 아니다. 이렇게 되면 천하(天下) 의 청상과부는 개가하여 시집갈 수 없게 되어 원녀(怨女)가 사해(四海)에 가득 차게 되는 것이다. 의(義)란 인(人)을 이롭게 하는 것이요, 예(禮)란 사람을 편안하게 하는 것인데, 기이하도다! 정씨(程氏)의 이른바 예의(禮 義)라는 것이! 일언(一言)에 원망과 독설이 사해(四海)에 가득 차게 했도 다. …(중략)… 부인(婦人)은 삼종(三從)의 도(道)가 있다. 음(陰)이 반드시 양(陽)을 따르는 것은 천리(天理)를 보존하는 이치다. 지아비가 죽음에

자식이 없으면 종사(從事)할 곳이 없으니, 개가할 수 있는 것이요, 지아
비가 죽음에 나이가 적고 자식이 어리면 종사(從事)할 방법이 없으니,
개가할 수 있는 것이요, 지아비와 헤어지거나 떠나가게 되면 지아비를
섬길 수 없으니 개가할 수 있는 것이다. 이 세 가지는 예(禮)에서 개가
(改嫁)를 허락하는 것이다. 만약 정씨(程氏)와 같이 이미 개가한 것을 실
절(失節)이라 한다면 망국(亡國)의 신민(臣民)은 다 죽어야하는 것이며,
지아비 없는 여자는 다 과부가 되어야 하는 것이니, 이는 인류(人類)를
자르는 것이요 인성(人性)을 멸하는 것이다. 따라서 천하(天下)에 예의(禮
義)를 두자면 사람이 없게 되는 것이며, 사람을 두자면 예의(禮義)가 없
어지게 되는 것이다.[10]

당시 양반 사대부들이 주자(朱子)니 정자(程子)니 하는 등의 존숭어(尊崇
語)를 붙여서 정이(程頤)를 높이는 것과 달리, 심대윤은 아예 그 이름을
직접 거명하면서 청상의 개과를 반대했던 경직성과 여성 정욕의 금기
를 거침없이 비판하였다. 과부의 개과는 실절(失節)의 빌미가 되기 때문
에 할 수 없다는 정이(程頤)의 논지를 비판하면서, 그 논거로 '의(義)란 사
람을 이롭게 하는 것이요, 예(禮)란 사람을 편안하게 하는 것'이라는 견
해를 제시하고 있다. 그런가 하면 삼종지도(三從之道)의 예외 조항을 거론
하면서 청상의 개과를 적극적으로 인정하기도 한다. 개가를 실절(失節)로
인식하는 논리는 마치 망국의 신하는 죽어야 한다는 것과 같을 뿐만 아
니라, 결국 인성을 멸하는 것이며, 예의를 없어지게 하는 것으로 규정

---

10) 沈大允, 『시경집전변증』, <凱風>, 『한국경학자료집성』 시경편, 167~168쪽, "孀婦之改
嫁, 常事也. 程頤曰, '取失節者, 以配身, 是亦已失節. 此非君子之言也. 是天下之孀婦, 無
改適者, 而怨女盈於四海矣. 義利人者也, 禮安人者也. 異哉, 程氏之所謂禮義也, 一言比怨毒
盈於四海----婦人有三從之道, 陰必從陽, 而存天之理也. 夫死而無子, 無所可從, 可以嫁矣.
夫死而年少子幼, 未可以從, 可以嫁矣. 與夫離出, 無夫可從則, 可以嫁矣. 三者, 禮之所許嫁
也. 若如程氏, 槪以改嫁, 爲失節, 則亡國之臣民, 無不死者矣. 無夫之女, 無不寡者矣. 是絕人
之類而滅人之性也. 天下有禮義則無人矣. 有人則無禮義矣."

함으로써, 욕망(慾望)이 예의(禮義)의 중요한 짝이 될 수 있음을 밝혔다. 이러한 그의 욕망 긍정은 청의 대진(戴震, 1724-1777)의 논리를 연상시키는 바 있다. 청의 대진(戴震, 1724-1777)은 정감(情感)을 주요한 철학적 과제로 삼았던 인물이다. 그는 『맹자자의소증(孟子字義疏證)』에서 "理者, 存乎欲者也"라 하여 욕(欲)을 적극적으로 긍정하고 있다. 대진은 리(理)와 욕(欲)의 대립을 인정하지 않았으며, 이치는 곧 욕망에 근거를 둔다고 하였다. 욕망이 알맞게 절제된 것이 이치이니 욕망을 떠나서는 이치도 없다고 주장하기까지 하였다. 뿐만 아니라 그는 모든 덕과 모든 선은 욕망에 기초를 둔다는 점도 강조한 바도 있다. 심대윤 역시 이와 비슷한 발상을 하고 있거니와, 욕(欲)에 대한 심대윤의 인식은 여기에 그치지 않는다. 그는 욕을 긍정하는 차원에 머물지 않고 이를 사회적 작용으로까지 확대하여, 민을 위한 '복리(福利)'에 결부시켜, 자신의 욕망의 논리를 더욱 확장시킨 바 있다.11)

이처럼 조선조 후기 국가는 예교로써 정욕을 금기하였으나, 이미 그 내부에 위반의 제도적 장치를 마련하여 금기와 모순을 드러내었다. 그 결과 예교의 관념적 장치는 정욕과 끊임없이 길항하면서 금기와 위반의 시소게임을 하였다. 하지만 금기와 위반의 시소게임은 조선조 후기에 오면 더욱 균형을 잃고 금기의 이탈을 다양하게 보여주거니와, 그 양상은 문예의 공론 장에서 더욱 활발하게 나타나게 된다.

---

11) 대진의 철학의 개요에 대해서는 풍우란 저, 박성규 옮김, 『중국철학사』, 까치, 1999, 제15장 참조. 許勞民(2000) 6장 참조. 沈大允은 그의 저서인 『福利全書』에서 欲을 적극적으로 긍정할 뿐 아니라 욕을 公利와 福利에 연결시켜 욕의 긍정을 보다 논리적으로 제시하고 있다. 이 시기 일본의 경우도 마스호 잔코[增穗殘口]도 감정을 무시하는 유교도덕을 배척하고 연애결혼을 주장하기도 하였다.

3. '음사소설(淫邪小說)'과 '춘화(春畵)'의 유통, 그리고 '금기'의 파기

새로운 질서가 재편되던 17세기를 전후로 동아시아 삼국은 사행(使行)을 재개함으로써 인적 물적 교류를 점차 확대시킨 바 있다. 조선조만 하더라도 청조에 연행사신과 에도막부에 통신사를 파견하여 정기적으로 상호 소통하고, 다양한 문예물을 받아들였다. 청조와의 정기적인 사행과 에도막부와의 부정기적 사행은 사정은 다르지만, 인적 물적 교류를 더욱 확대시켰을 뿐만 아니라, 새로운 지식과 정보를 상호 소통함으로써 자 문화를 풍부하게 만들었다. 사행시스템을 통해 소설류를 포함한 신지식과 최신 정보를 담고 있는 서적을 사오거나, 글씨나 그림 등의 예술작품을 들여와 국내에 유통시켰다. 사행에 참여한 인사들이 구입한 품목에는 더러 '성애(性愛)'를 담은 것과 춘화와 같은 외설적인 것도 포함되었음은 물론이다.

17세기 이후 조선조는 질서의 국가질서를 회복하기 위해 예교를 더욱 강조하였음에도 불구하고, 성애를 다룬 문예물은 점차 널리 유통이 되었다. 이러한 현상은 청조와 에도막부 역시 마찬가지였다. 조선조 후기 동아시아 삼국에서 소설류와 희극, 그리고 춘화의 유통은 이를 말해준다. 이 문예물의 유통은 예교와 금기의 균열을 의미한다.

조선조로 유입된 성애 소설류와 춘화의 일차 루트는 연경이다. 성애를 다룬 문예물의 유통은 당시 청조에서 볼 수 있던 문화적 현상이었다. 당시 정황을 살펴보자.

> (1) 관(館)에서 근심스럽고 적적하여 책방에서 파는 소설책을 보았는
>   데, 진나라가 망한 후에 관리의 자손들이 수나라 조정에서 벼슬하
>   지 못한 것을 빌려서 이야기를 만든 것이었다. 시가 적혀 있었는

데, "민간에는 유문숙(劉文叔)이 있는데, 세상 밖에는 어찌 장자방
(張子房)이 없겠는가?"라고 하였다. 또 부엌에 걸려 있는 한 그림
을 보았는데 천자와 궁인, 환관이 사시마다 음락(淫樂)한 모습을
그린 것이었다. 그러나 그 관복은 모두 청나라의 관제였다. 그림
끝에 "성화 22년(1486, 성종 17) 태평유락(太平遊樂)의 그림"이라고
적었는데, 이것은 바로 성화(成化)를 가탁한 것으로 실제로 당시의
조정을 기롱한 것이다. 인심이 있는 바를 또한 알 수 있다.[12]

(2) 수재 차림을 한 그 사람은 그림을 보자기에 싸고 하인이 품고 왔
는데, 그 보자기를 막 펴려고 할 때 마침 갑군이 들어오자, 그는
겁을 먹고 도로 말아서 품었다. 마침 서장관이 와서 문을 닫고서
그것들을 보았다. 그가 맨 마지막에 또 하나의 그림을 내어 놓자
서장관이 집어서 펴 보니, 첫머리에는 한 소년과 미인이 마주 앉
은 그림이었고, 그 밑은 소년과 미인이 사랑의 유희를 하는 모습
이었다. 서장관이 그 다음을 보려고 하는 것을 내가 웃으면서 춘
화도 같다고 하였더니, 서장관 역시 웃으면서 그만두었다. 내가 그
사람을 보고, "그대는 수재입니까?" 하고 물으니, 그는 "그렇소"
라고 대답하였다. "성문(聖門)의 제자로서 어떻게 춘화도를 품고
와서 남에게 보이시오?" 하고 물었더니, 그는 이 말을 듣자 그만
얼굴이 붉어지며 주섬주섬 싸가지고 달아나 버렸다. 우스운 일이
었다.[13]

(3) 내가 살펴본 바는 다음과 같다. 중국 사람이 향을 피우고 차를 마
시며 불자(拂子 : 원래는 먼지떨이인데, 부채처럼 일상적으로 손에
드는 것임 : 필자 주)를 흔들면서 청담을 논하는 것으로 보면, 마

---

12) 『藥泉雜著』, 「甲子燕行雜錄」(1684, 숙종 10년), "館中愁寂, 取見冊舖所賣小說, 則借陳亡後
衣冠子孫不仕於隋室者爲之說, 而作詩曰 : "民間定有劉文叔, 世外那無張子房." 又見一畫廚
畫天子與官人宦官隨四時淫樂之狀, 而其冠服皆淸制. 末題曰成化二十二年太平遊樂之圖, 乃
是假託成化, 實譏當朝者也. 人心所在, 抑可知矣."
13) 『老稼齋燕行日記』 제3권, 임진년(1712, 숙종 38) 12월 23일 조.

땅히 겉모습과 속마음이 맑고 밝아 한 점의 티끌이 묻어나지 않는 것처럼 하였다. 그렇지만 대부분 재물에 탐욕을 부리는 자들이 많으며, 여색에 푹 빠져 음란한 그림에 늘 눈에 가까이 하며, 약을 복용하여 성욕을 만끽하려 든다. 그리하여 문자로 저술하는 데까지 이르렀으니, 『금병매(金甁梅)』·『육포단(肉蒲團)』 등은 온통 음란함을 교사하는 것이다. 이미 황조(皇朝) 때부터 지금에 이르기까지 도도히 넘쳐나는 세상의 풍조가 이와 같았다.[14]

(4) 또 듣자니, 한번 전각을 한 뒤로는 아주 가까운 정인(情人)에게도 보이려고 하지 않는다고 하였다. 그러므로 남녀가 성교하는 그림에 여자가 상하의를 몽땅 벗었으면서도 비단 버선 속의 전족만은 풀지 않고 있는 것이 간혹 볼 수 있다. 그러고 보면 잠자리에서도 전족을 풀려고 하지 않았음을 알 수 있다.[15]

(1)은 남구만(南九萬, 1629-1711)의 연행록에서 뽑았다. 연경의 책방에서 소설류를 사다가 읽으며 객관의 무료함을 달래는 모습은 퍽 흥미롭다. 사행(使行) 도중에 책방을 찾아 소설류를 찾아 읽는다는 것은 남구만의 개인적 취향이라고만 할 수 없을 것이다. 그가 책방 부엌에 걸린 춘화도를 감상한 뒤, 이러한 춘화를 통해 청조를 풍자한 한족의 인심을 읽을 수 있다고 평한 것은 기실 수사적 표현에 지나지 않으며, 본질은 춘화와 같은 성애물을 쉽게 구하고 손쉽게 접한 사실이다. 남구만이 춘화를 도외시하지 않고 감상한 자체야말로 당대 연행사신과 사대부들의

---

14) 沈錥(1722-1784), 『松泉筆談』上, 愚按, 華人焚香啜茶, 揮麈談玄, 宜若表裡瑩澈, 無一點塵累, 而率多貪黷貨財, 汩溺女色, 淫藝之事, 圖形常目, 服藥縱慾. 以至著述文字, 如『金甁梅』·『肉蒲團』等書, 無非誨淫之術也. 已自皇朝, 式至于今, 滔滔一轍."

15) 李喜經, 『雪岫外史』 권2, "又聞一纏之後, 雖至情不欲見之. 是故或見秘戱圖畫, 其渾脫衣裳, 而猶着錦韤之弓織. 是其衽席之間, 猶不欲解其縛可知也."

취향의 한 단면을 읽을 수 있기 때문이다.

(2)는 김창업(金昌業, 1658-1721)의 『노가재연행일기』의 한 대목인데, 춘화와 관련한 발언이 흥미롭다. 서장관이 수재가 가지고 온 춘화첩(春畵帖)을 펼쳐보자, 김창업이 춘화라고 언급한 대목이다. 김창업이 춘화를 본 적이 없다면, 서슴없이 이렇게 발언할 수 없었을 터이다. 비록 춘화를 팔러 온 수재를 꾸짖고 한 바탕 웃음거리로 치부하고 있지만, 여기서 사행에 참여한 인사들이 춘화도를 구매하는 방식을 엿볼 수 있다.

(3)은 심재(沈鋅, 1722-1784)의 『송천필담(松泉筆談)』에 나오는 한 대목이다. 중국인의 취향을 과장해서 언급하고 있다. 오직 물욕과 정욕에 몰두하는 것으로 인식한 것은 조선 지식인의 그릇된 타자인식이다. 그렇기는 하나 당시 중국의 상업문화 내지 상업 출판의 활황을 기반으로 다양한 종류의 서적과 회화가 유통되면서 새로운 문예 취향을 추구한 것은 알려진 사실이다. 17~18세기 연경에서 기루(妓樓)를 중심으로 성적 쾌락을 추구하기 위해 성희(性戱)에 필요한 각종 약품과 도구를 사용한 사실, 일부 계층이 춘화를 보며 성적 쾌락을 추구한 정황도 그 예의 하나이다. 특히 17세기 후반에 중국으로부터 들여 온 『금병매(金甁梅)』와 『육포단(肉蒲團)』은 음란함을 교사하는 음사소설로 인식되었거니와, 심재가 이러한 소설류를 읽지 않았다면 이러한 비평적 발언이 나오지 않았을 터이다. 우리는 이를 통해 당시 조선조 지식인의 문예 취향의 일단을 엿볼 수 있다.

(4)는 연암학파의 일원이었던 이희경(李喜經)의 『설수외사(雪岫外史)』[16]

---

[16] 이희경의 『설수외사』는 필기류 형태의 저작으로 연행 체험을 기록한 연행록이다. 여기에 대해서는 이희경 저, 진재교 외 번역, 『북학 또 하나의 보고서, 설수외사』, 성균관대 출판부, 2011과 진재교, 「조선의 更張을 기획한 또 하나의 '北學議' :『雪岫外史』」, 『한

에서 뽑았다. 중국 여성의 전족 문화와 그 폐단을 서술하고 있다. 전족한 여성은 사랑하는 정인(情人)에게도 전족을 풀어 보여주지 않을 뿐만 아니라, 성 행위와 잠자리에서도 전족한 버선을 풀지 않음을 기술하였다.[17] 이희경 역시 춘화를 직접 감상한 체험을 통해 이렇게 언급한 것은 물론이다. 이처럼 조선조 후기 사행(使行)에 참여한 인사들과 일군의 사대부들은 다양한 경로를 통해 춘화와 음사소설들을 향유하였고, 이러한 문예물들 역시 국내에 유통된 것으로 보인다.

춘화와 음사소설과 같은 문예물의 유입 처는 다름 아닌 청조의 연경과 에도로 가는 길에 있는 도시들이다. 특히 청조에서의 춘화의 유통과 성행은 당연히 출판문화의 활황과 관련이 깊다. 당시 춘화의 주요 공급처는 연경의 유리창으로 알려져 있다. 홍대용은 춘화의 제작과 유통을 언급하면서 "유리창(琉璃廠)의 서화 가게에 있는 것은 모두 수준 이하의 작품들이었으며, 게다가 음란한 그림이 많았는데, 배우는 소년들도 또한 그런 그림을 많이 그리면서도 부끄러워하지 않는다."[18]라 하여 유리창의 풍경과 중국의 성 향유의 일단을 언급한 바 있다. 춘화 제작을 위해 그림을 배우려는 소년이 많다는 사실은 춘화의 수요가 많았음을 의미한다. 더욱이 유리창은 음사소설은 물론 골동과 서화를 비롯하여 춘화와 같은 예술품을 파는 거대한 시장으로 광범위한 유통망을 가졌을

문학보』 제23집, 우리한문학회, 2010 참조.

17) 특히 명·청대의 춘화를 보면 대부분 여주인공이 전족을 하고 버선이나 신을 신은 경우가 많다. 이는 당시 중국인들이 여성의 전족에 강한 욕정을 느끼고, 전족한 발에 신을 신은 자체가 강렬한 에로티시즘을 상징하는 것을 의미한다. 하지만 실제로 전족한 발은 위생적으로나 시각적으로 문제가 있기 때문에 사랑을 나눌 때에도 버선이나 신을 벗을 수 없었다.

18) 『담헌서·외집』 권8, 「燕記』, <京城記略>, 한국고전번역원, 1974 참조.

뿐만 아니라, 연행 사신들의 필수코스 중 하나였다. 그런데 춘화와 관련한 언급은 '연행록(燕行錄)'에서 자주 나온다. 이 점에서 소설류나 춘화의 감상과 구매, 그리고 국내 유입과 유통은 연행사와 밀접한 관련을 지니는 것이다.

뿐만 아니라 춘화도의 국내 유입은 통신사행과도 밀접한 관련을 지닌다.

(1)
어쩌면 그리도 선명한지
낭군님 품속에 있는 그림을 펼쳤네.
낭군은 좋아라고 부끄러워할 줄 모르고
그림과 비교하면서 즐긴다네.
的歷何的歷　展郎懷中圖
感君不羞赧　較他作歡娛
왜인 남자는 반드시 품속에 춘화도(春畵圖)를 가지고 다니면서 정욕(情慾)을 도발한다.[19]

(2)
나라는 인구가 매우 번성한데 여자가 남자에 비하여 더 많다. 결혼은 동성(同姓)을 피하지 아니하여 사촌남매끼리도 서로 혼인을 한다. 형수와 아우의 아내가 과부가 되면 또한 데리고 살므로 음탕하고 더러운 행실이 곧 금수(禽獸)와 같다. 집집마다 반드시 목욕탕의 설비가 있어서 남녀가 함께 벗고 목욕을 한다. 대낮에 서로 정사(情事)를 하기도 하고, 밤에는 반드시 불을 켜고 정사를 하는데, 각기 색정(色情)을 돋우는 기구를 사용하여 즐거움을 극대화시킨다. 그것은 곧 사람마다 춘화도(春畵圖)를 품속에 지녔는데,[20] 화려한 종이 여러 폭에 각기 남녀의 교접하는

모습을 백 가지 천 가지로 묘사하였으며, 또 춘약(春藥) 몇 가지가 있어
그 색정을 돋운다고 한다.[21]

(1)과 (2)는 모두 통신사의 제술관으로 참여하였던 신유한(申維翰,
1681-?)의 언급이다. 신유한은 1713년에 통신사로 다녀왔으니, 위 언급
은 18세기 초 에도막부의 풍경을 담은 것이다. 남성이 춘화를 품속에
지니고 욕정을 도발하는 모습, 남녀 간의 도발적인 성행위 장면을 소개
하고 있다. 에도막부의 우끼요에[浮世畵]'에 나오는 각양의 춘화도는 노
골적인 성행위와 기이하고 상상을 동원한 남녀 간의 성행위 자체를 포
착하였다. 신유한은 각양각색의 체위와 춘약을 사용하여 색정을 탐하는
것을 당시 에도막부의 풍속으로 파악하였다. 이는 자중심으로 에도막부
의 풍속과 문화를 파악한 것임은 물론이다. 목욕탕의 설비를 갖춘 에도
막부의 문화는 당시 조선과 비교하면 훨씬 위생적이라는 사실만 보더
라도 그러하다. 하지만 신유한은 여기서 성행위와 쾌락을 위해 춘약까
지 사용하는 성 풍속을 무엇보다 비판의 대상으로 삼았다. 신유한이
"화려한 종이 여러 폭에 각기 남녀의 교접하는 모습을 백 가지 천 가지
로 묘사"한 것은 이를 보여주지만, 한편으로는 그 자신 당시 에도막부
에서 유통되던 다양한 춘화첩(春畵帖)을 보았기에 이러한 묘사도 가능하
였음은 물론이다. 우리는 이를 통해 통신사행들을 통해 춘화의 국내 유

---

20) 浮世畵의 유행과 관련하여 여러 가지 설이 있다. 우끼요에[浮世畵] 중의 춘화는 고급 매
   춘부를 찾아갈 돈이 없는 사무라이를 위한 것, 사무라이들이 이 그림을 부적으로 사용하
   기 위한 것, 그리고 혼인하기 전의 여성들에게 성교육 자료로 활용하기 위해서라는 세
   가지 견해가 있는데, 모두 그 수요가 많았음을 짐작할 수 있는 내용들이다.
21) 『국역해행총재』, 「해유록」하, <附聞見雜錄>, 한국고전번역원, 1974 참조. 성대중의 『일
   본록』에도 이와 비슷한 내용이 실려 있다.

입의 가능성을 확인할 수 있다.

사실 17세기 후반 이후 동아시아에 두루 나타나는 춘화의 유통과 확산은 문화사적으로 중대한 의미를 지닌다. 시각 예술은 이미지 자체를 눈으로 보도록 재현하였다는 점에서 어떤 외설적인 문학 작품보다 자극적이고 선명하여, 그 자극과 충격은 적지 않았다. 문학은 머리로 상상을 통해 이미지로 재현시키기 때문에 시각예술에 선명함을 따르지 못한다. 문학이 수사의 수법을 동원하여 은폐시키거나 상상의 이미지로 포착한 것과 달리, 성행위와 성적 욕망을 시각으로 포착한 춘화는 은폐되었던 여성의 신체부위와 남녀 간의 성행위를 직접 보여줌으로써, 예교와 성리학적 가치를 균열시키는 데 적지 않은 역할을 한다. 이러한 균열은 당시 춘화는 예술성을 토대로 감상자에게 다가갔기 때문에 가능하였음은 물론이다.22)

그런데 조선조 후기 춘화의 유입은 사행에 참여하는 인원과 빈도를 감안하면, 에도막부로부터 유입되는 것보다, 연행사신을 통해 유입되는 경우가 훨씬 많을 것으로 보인다. 소설류 역시 마찬가지다. 연행 사신들은 이미 18세기 중반에 <금병매(金甁梅)>23)와 <육포단(肉蒲團)>24)과

---

22) 더욱이 지금 남아 있는 춘화의 경우, 그 예술적 수준이 대단히 높으며, 연작의 형태로 되어 있어 시각적 효과는 물론 실감나는 장면을 제시하고 있어 리얼리티가 높다.

23) 명대에 간행된 <금병매>나 <昭陽趣史>는 호색적 내용이 많이 들어 있을 뿐 아니라, 揷圖도 들어있었다. 당시 특히 명나라 畵院體 畵風으로 그려진 춘화첩과 족자, 그리고 채색판화의 춘화첩도 나온 바 있다. 특히 당시 조선에 적지 않은 영향을 준 것으로 보이는 <금병매>의 제13호 마지막 부분은 주인공 서문경이 소유한 춘화 두루마리에 대해 서술하고 있는데, 서문경은 원래 이 그림은 궁중 소장품이라고 말한다. 그런데 궁중의 이런 두루마리는 테두리가 綾絹으로 장식되어 있고, 상아로 된 쐐기와 비단 끈이 붙어 있었다. 그림은 청록색을 사용했고, 윤곽은 금으로 묘사되었는데 조금도 손상되지 않았으며, 매우 아름다웠다. 여자는 巫山神女와 미를 다투었고, 남자는 宋玉만큼이나 준수했다. 두 남녀는 침상 안에서 휘장을 드리운 채 싸움을 벌였는데 각기 이름이 다른 24가지 체위를 보여주었다. 그림은 보는 이로 하여금 정욕을 일으키게 하였다. 여기에 대해서는 R.H

같은 선정적인 음사소설(淫邪小說)을 들여와 유통시켰다. 그래서 글을 읽는 젊은 부류는 <금병매>와 같은 음사 소설에 빠져 이를 읽어 보지 않으면 큰 수치로 여길 정도로 베스트셀러가 되어 큰 반향을 불러일으켰다.25) 이들 소설류는 비록 춘화에 비해 시각적 자극이 덜하지만, 서사 중간에 성행위와 성적 욕망을 표출하는 장면을 삽입함으로서 춘화 못지않게 시각적 충격을 주었다.

'춘화'와 같은 호색류 소설의 유입은 곳곳에서 확인할 수 있다. 18세기에 유입된 <소양취사(昭陽趣史)>26) 역시 <금병매(金瓶梅)>와 <육포단(肉蒲團)> 못지않게 선정적인 내용의 음사소설이라는 것도 그 예다. 여기에도 춘의(春意)가 담긴 삽화(揷圖)를 중간에 적절하게 배치하여 독자의 이전과 전혀 다른 감흥을 불러일으켰다. 1621년에 발간된 <소양취사(昭陽趣史)>는 삽화가 48쪽이나 되는데, 모두 호색화(好色畵)를 포함하고 있

반 훌릭, 장원철 옮김, 『중국성풍속사』, 까치, 1993, 404~424쪽에서 재인용.

24) 明末 李漁가 지은 <肉蒲團>은 주인공 未央生이 그의 상대 여섯 여성과의 호색적 관계를 생생하게 묘사하고, 행실이 바른 정처 玉香의 의식을 춘화를 통해 변화시켜 음탕한 여자로 만들고 있다. 게다가 <肉蒲團>은 17~19세기까지 중국과 일본에서 크게 유행하였다. 이러한 호색 소설과 춘화는 일본에까지 유입되어 '우끼요에[浮世繪]'라는 다색목판화로 제작되어 일대 유행하였다. 특히 '우끼요에'는 판화로 인쇄되어 대량으로 팔리기 때문에 일부계층에서는 춘화를 부적으로 생각하여 차고 다니는 경우까지 있었다고 한다. 에도 시대의 이러한 문화에 대해서는 이에나가 사부로 저, 이영 옮김(1999) 6장 참조.

25) 『청장관전서』 제53권, 「이목구심서」, 권6(한국고전번역원, 1980)을 보면 "『금병매』가 한 번 나오니 淫亂을 助長함이 컸다. 소년들이 이 책을 보지 못하면 큰 수치로 여기니 害가 또한 크다."라는 구절이 나온다.

26) 한나라 궁전의 후비로 들어간 趙飛燕 자매의 이야기인 <飛燕外傳>을 바탕으로 유명한 <서유기>와 <금병매>를 혼성한 작품이다. 사막의 천년 묵은 여우와 오백년 묵은 제비가 수련을 통해 별천지를 경영하다가 서로 '마귀의 전쟁'으로 인해 玉帝의 벌을 받는 부분은 <서유기>와 같고, 오백년 묵은 제비와 천년 묵은 여우가 借胎하여 자매로 환생, 이 두 절세의 미인이 한없이 성적 유희와 쾌락을 추구한다는 내용은 <금병매>와 흡사하다.

다. 조선조 후기 일부 계층에서 이러한 소설류를 유입하여 읽은 것은 주목할 만하다.[27] 무엇보다 소설에 삽도의 배치는 '문학인 소설과 예술인 시각'의 교직이라는 새로운 형태의 문예물의 등장이겠는데, 이는 문화사적으로 음미할만한 대목이다. 소설과 삽도의 교직은 판매를 고려한 전략임은 물론 독자들의 흥미와 재미를 위한 통속적 장치였을 터, 시각 예술인 춘화와 문학인 소설의 만남으로 당대 예교와 금기에 충격을 주기에 충분하였다. 유만주(兪晩柱)나 이옥(李鈺) 등을 비롯하여 일군의 조선조 후기 문인들은 이러한 소설류를 적극 옹호하였거니와, 18세기에 오면 소설류를 애독하는 마니아가 급속히 늘어나는 것 역시 이러한 새로운 문예물의 등장과도 관련이 있다. 정조의 문체반정의 주요 대상으로 이러한 호색소설류를 지목한 것도 우연이 아닌 것이다.

이규경(李圭景)은 "지금은 춘화(春畵) 등속이 북경(北京)에서부터 우리나라에 유포(流布)되어 사대부(士大夫)들도 흔히 구경하면서 부끄러워할 줄을 모른다."[28]고 언급하고 있듯이 조선조 후기에는 춘화를 비롯하여 다양한 성도구도 유통되었다. 인조 대에 명나라 장수였던 모문룡이 인조에게 性기물을 선물로 주었다는 기록도 있거니와,[29] 이 역시 연행사가 청조로부터 춘화를 들여와 이를 유통시킨 것이다. 당시 춘화의 유입과

---

27) <昭陽趣史>는 18세기 초에 들어왔다. 이 소설류는 현재 중국에 없고, 임형택 교수가 완질을 소장하고 있는데, 대개 조선조에 유입된 시기는 18세기 초 이전으로 추정된다. 이 책에는 삽화본이 없고 글만 있다.
28) 『분류 오주연문장전산고』, 「經史篇/論史類」, 「論史」, <華東妓源辨證說>, 한국고전번역원, 1977 참조.
29) 都督 毛文龍이 差官 毛有俊 등을 보내 역적 이괄의 난을 평정한 것을 경하하면서 綾緞 등의 마흔 가지 물품을 보냈다. 그 중에 春意라는 물건이 있는데 象牙로 나체의 여인을 조각하여 만든 것이었다. 승지 權盡己가 그의 버릇없고 무례한 것을 말하고 차관에게 되돌려 보냈다.(국역 『인조실록』 2년 3월 15일조 참조)

함께 이를 제작하여 보다 광범위하게 유통시킨 경우도 있었다. <한양가(漢陽歌)>에 "횡축(橫軸)을 볼작시며 구운몽(九雲夢) 성진(性眞)이가 팔선녀(八仙女) 희롱(戲弄)하여 투화성주(投花成珠)하는 모양"이라 나오는 바, 당시 광통교에서 팔던 그림 중에는 "구운몽(九雲夢) 성진(性眞)이가 팔선녀(八仙女) 희롱(戲弄)하여 투화성주(投花成珠)하는" 것이 있는데, 이는 춘의(春意)를 포착한 것이다. 또한 강이천(姜彛天, 1768~1801)은 <한경사(漢京詞)>에서 "한낮에 다리기둥에 그림을 걸어 놓았으니, 여러 폭 긴 비단으로 장막 병풍을 만들 만하네./가장 많은 것은 근래 도화서의 고수들 작품(作品)이니, 흔히들 '속화(俗畵)'에 빠지는데 그 그림 묘하기가 살아있는 듯하네."30)라 형상한 바 있다. 강이천이 도화서 화원들이 그린 속화가 살아있다고 언급하듯, 속화 감상은 당시 새로운 취미의 탄생이었다. 이때의 속화는 춘의도(春意圖)를 포함함은 물론이다.31)

또한 <춘향전>에서 이 도령이 춘향이 집을 찾아가 춘향이 방에 붙어 있는 그림을 보고 읊조리는 '사벽도 사설'에서 "광충 다리 춘화그림 역력히 그렸는데"라는 구절이라던가, 판소리로 불렸다는 <강릉매화타령>에서 춘화를 그리는 장면 역시 마찬가지다. 매화를 잃은 골생원이 화공을 불러다가 매화의 형상과 표정, 각 부위의 세세한 모양을 가르쳐 주면서 벗은 모양을 그리게 하는 것도 예의 하나인 만큼, 조선조 후기 춘화의 수요와 공급은 광범하게 일어났던 것이다.

이 시기 춘화를 향유한 일화를 하나 들어 둔다. 『기리총화(綺里叢話)』의 한 대목이다.

---

30) "日中橋柱掛丹青, 累幅長絹可幛屏. 最有近來高院手, 多耽俗畵妙如生."
31) 안휘준, 「한국 풍속화의 발달」, 『한국회화의 전통』, 문예출판사, 1993 ; 이동주, 「속화」, 『우리나라 옛 그림』, 학고재, 1995 참조.

　"일찍이 어떤 사람이 아름다운 남녀가 서로 열애(悅愛)하는 그림 한 폭을 소매에 넣고 와서 보여주기에 나는 가져다 방안의 벽에 걸어두고서 하루 세 번 보고 웃곤 하였다. 그 수법(手法)의 정묘(精妙)함을 더욱 좋아하여 청사(青紗)로 싸두고서 또 사람에게 즐겨 보여주지 않았다. 이와 같이 거의 몇 년을 하였더니 그림 속에 있는 남자의 얼굴색이 점점 야위고 쇠잔해지더니 모양새가 마치 바람이 불면 날아갈 듯이 재처럼 되고 말았다. 내가 비로소 의아하게 생각하고서 마음속으로 '어떻게 그림 속의 사람 얼굴이 그 모양을 바꿀 수 있을까? 화사(畫師)의 묘한 솜씨가 또 그렇게 만들었을까? 아니면 내 보는 바가 그 참모습을 잃어버려 그런 것일까?' 라 말하였다. 이 모두 이치상 바른 말이 아니다. 오호라! 그림은 닮은 것이 칠분인데도 얼굴색이 상하는 것이 오히려 날로 이와 같으니, 하물며 사람은 두말할 나위 없을 것이다. 하늘은 사람들을 인애(仁愛)하여서 120살을 수명의 한계로 삼았으나, 사람 스스로 그 생명을 해치는 것이 색계상(色界上)에서 나오지 않음이 없어 끝내 거기에 빠져 돌아오지 못하니, 화사(畫師)의 죄인(罪人)이 되는 것에서 면할 수 있겠는가? 나는 말아서 감추어 두어 색을 탐하는 자의 귀감(龜鑑)으로 삼고자 한다."32)

　기리(綺里) 이현기(李玄綺, 1796~1846)가 춘화를 감상하는 모습을 재미나게 포착하였다. 아마 예술성을 지닌 작품이기에 이현기가 벽장에 감춰두고 오랫동안 감상하였을 터이다. 말미에 춘화를 말아서 감추어 둔 뒤, "색을 탐하는 자의 귀감(龜鑑)으로 삼고자 한다."라 언급한 것은 트릭이다. 이 상투적 언술 속에는 수년간 아무도 모르게 춘화에 탐닉한 것의

---

32) 淵民本, 『綺里叢話』, <貪色之戒>, "嘗有人袖美男女相悅圖一幅而示之, 余取掛壁室中, 一日三見而笑, 尤愛其手法之精妙, 以青紗籠之. 又不肯使人見之. 如此者, 幾數年. 男子之容色, 漸近凋殘, 形骸殆若隨風而灰者矣. 余始疑之曰, "焉有畫中之人能移其形者乎? 豈畫師之妙, 又能然之歟? 抑吾之所視者, 失其眞而然歟? 此皆非理之常也. 噫嘻! 畫是七分底彷彿而色傷者, 猶日若是, 而況於人乎? 天之仁愛斯民也, 以百二十爲壽限, 而人之自賊其生者, 莫不由色界上出, 終溺不返, 則烏得免畫師之罪人乎? 余卷而藏之, 以爲貪色者龜鑑."

반증이다. 더욱이 만큼 춘화 감상으로 건강을 해칠 정도라고 하였으니, 이현기는 일정 기간 춘화에 중독된 것이다. 여기에 예교나 금기는 공염 불이 지나지 않는다. 금기를 위반하는 것이 아니라 오히려 파기한 것에 가깝다.

4. 문예(文藝)에서의 성애(性愛)의 포착과 그 명암(明暗)

문예물에서 성행위와 성적 욕망을 포착한 것은 모두 유의미하며, 주목해야 하는가? 조선조 사회에서 문학 작품과 그림이 드러내는 성적 욕망의 포착을 어떻게 바라보아야 할까? 성적 욕망을 비밀스럽게 감춘 것, 노골적으로 드러낸 것, 혹은 거칠게 표현한 것, 부드럽게 표현한 것이든 간에, 이러한 문예물은 개인의 사적 취향이 아니라 사회의 공적 의미로 접근해야 한다. 그렇지만, 성적 욕망과 성행위를 묘사한 모든 것을 의미 있는 것으로 주목할 수는 없다. 작품에서 성적 욕망이 지니는 의미나 성행위, 성적 욕망을 묘사하는 시선과 서사, 나아가 문예적 수법과 문예성 등을 두루 살펴 그 의미를 부여해야 한다. 이를테면 성적 욕망이 지니는 상징과 그 맥락, 혹은 문예물에서 성적 욕망이나 성행위가 어떻게 기능하느냐에 따라 가치판단이 갈리기 때문이다. 사실 외설과 문예성을 가르는 기준을 명확하게 구분하기 어렵지만, 외설이 특정한 성적 행위 자체에 주목하여 그 재현의 측면을 강조하는데 반해, 문예성을 지닌 작품은 그것에 감추어진 성적 욕망의 상징과 그 문화적 인 것에 의미를 부여하는 경우가 많다.[33]

---

33) 조선조 후기 소설에서의 성 표현 문제와 음사소설의 수용에 따르는 한문 소설의 변화에

그러면 조선조 후기 문예물을 통해 성적 욕망과 성행위의 층위와 결, 그리고 그 문화사적 상징의 의미를 살펴보자.

우선 임매의 <환처(宦妻)>를 주목한다.[34] <환처(宦妻)>는 내시에게 팔려간 여성이 내시의 집을 탈출한 뒤, 중과 만나 결연하여 부를 축적하고 해로한다는 이야기다. 작품에서 내시의 아내[宦妻]는 당대의 윤리적 규범과 신분적 체면을 뛰어 넘어 성적 욕망이 인간의 삶에서 가장 중요한 것임을 제기하고 있다. 환처는 죽음을 무릅쓰고 시집 간 내시의 집을 탈출하여 성적 욕망을 발산하는 공간에 자신의 삶을 이동한 점을 주목할 필요가 있다. 환처가 문제를 해결한 방식과 자신의 성적 욕망을 긍정한 것은 자신의 몸은 자신이 주체라는 사실을 인식의 근거로 삼아 행동한다는 점에서 기존의 부녀자의 도덕률이나 당대 가치를 순응하는 사유와 결별한다. 환처는 성적 욕망을 통해 자아를 실현시켰을 뿐만 아니라, 유폐된 자신이 선택한 스님의 성적 욕망도 해방시켰다. 이러한 성적 욕망을 실현하는 성공담으로 인해, 작품에 나오는 '성행위'의 장면과 성 담론 역시 매우 건강하고 밝은 모습이다. 작품에서 성행위나 성행위의 묘사는 선정적이라기보다, 도리어 성적 욕망의 실현이라는 서사 전개를 위한 감초와 같다. 비록 성행위의 장면은 다소 사실성이 떨어지지만, 성적 욕망을 성취하는 현장의 리얼리티를 보여 준다. 그리하여 환처는 자신의 몸을 중심에 두고 삶을 인식함으로써, 성적 욕망의 주체자로 거듭날 수 있었다. 더욱이 <환처>에서 환처와 스님 상호 간

대해서는 김경미, 「19세기 소설사의 한 국면 : 성 표현 관습의 변화를 중심으로」, 『한국고전연구』 9집, 2003 ; 김경미, 「음사소설의 수용과 19세기 한문소설의 변화」, 『고전문학연구』 25집, 2004 참조.

34) <환처>의 경우 진재교, 「『잡기고담』 소재 환처의 서사와 여성상」, 『고소설연구』 13집, 2002 참조.

에 성적 욕망을 실현한다는 점, 여성이 성(몸)의 주체자임을 적극 제기
한 점은 주목을 요한다. <환처>는 성적 욕망의 밝고 건강한 모습을 포
착한 점에서, 조선조 후기 성 담론의 새로운 사례로 이해할 수 있다.

야담(野談)과 달리 한시 작품을 통해 성적 욕망의 문제를 확인해 보자.

(1)
창 밖 삼경인데 비 부슬부슬 내리는 때
두 사람의 심사야 두 사람만이 아는 법
歡喜의 정은 미흡한데 새벽이 밝아오니
비단 적삼 잡고 다시 만날 때 묻는다.
窓外三更細雨時　兩人心事兩人知
歡情未洽天將曉　更把羅衫問後期

(2)
저녁 비 아침 구름 맞이하는 침실에서
情事는 옛날의 7할도 감당하기 어렵구나.
젊은 시절 생각하며 마음은 불덩이 같을 것이지만
사십 년 전에 열다섯 한창이었지.
暮雨朝雲劇戲場　七分本事勢難當
翻思盛壯心頭火　四十年前十五郎

양털에다 얼룩무늬 비단 이불 붉고
단원 속화로 만든 조그만 병풍 아래서
오늘 밤 안온한 원앙 꿈꾸며
雲雨之情이 촛불 아래 몽롱하리라.
毿毿斑文錦表紅　檀園俗畵小屛風
今宵穩做元央夢　雲雨朦朧燭影中35)

---

35) 『藫庭遺稿』 권12, <金僚長卜姓詩以戱嘲>.

(1)은 김원명(金命元, 1534-1602)의 한시며, (2)는 김려(金鑢, 1766-1821)의 작품이다. (1)에서 김명원은 남녀 간에 주고받는 애정행위를 포착하였다. 삼경이 다 가도록 성애(性愛)를 확인하지만, 못내 아쉬워 다시 만날 때를 묻는다고 했다. 숫구치는 성적 욕망을 솔직하게 드러낸 시적 분위기는 "동짓달 기나긴 밤을 한 허리를 버혀내어 춘풍 이불속에 서리서리 넣었다가 어룬 님 오신 날 밤 이어든 굽이굽이 펴리라"라는 황진이의 시조 한 대목을 연상시킨다. (2)의 시는 김려(金鑢)의 친구 김요장(金僚長)이 첩을 얻자 시를 지어 놀린다는 제목에서 보듯이, 친구가 자신의 나이를 생각하지 않고 첩을 얻은 것을 풍자한 것이다. 한시임을 감안하면 그 표현은 거침없고 선정적이기 까지 하다. 단원의 속화(俗畵)가 운우지정(雲雨之情)에 어울린다고 한 시인의 언술로 보아, 이 속화는 춘화에 가까운 것으로 보이는 바, 노골적으로 성을 묘사한 사설시조의 필치와도 닿아있다. 한시가 입에 담기 어려운 성적 욕구를 표출한 것은 파격임에 틀림없다. 하지만 작품 속 남녀의 만남은 기생 내지 첩과의 정욕을 포착한 것이라는 점에서 지극히 사적이며 향락적 면모를 보여준다. 이 점에서 이들 작품은 예교가 금기시한 심각한 성적 욕망의 문제를 제기한 것이기 보다, 남성의 시각에서 일방적으로 남성의 성적 욕망을 발산한 것을 포착한 것에 지나지 않는다.

담정 김려 그룹의 일원이었던 이옥(李鈺) 역시 <이언(俚諺)>을 비롯하여 <야칠(夜七)>과 <칠절(七切)>의 소품(小品)에서도 외설적인 내용을 스스럼없이 드러내었다. 이옥은 <칠절(七切)>에서 "이에 정이 은밀히 생기고 술에 그것을 빙자하여 붉은 입술을 깨물고 하얀 팔꿈치를 끌어당겨, 옥팔찌를 벗기고, 붉은 옷고름을 풀고는 서로 엉겨 기대면, 둘이 하나가 된다. 사사로운 정담으로 속삭이며, 귀를 입에다 가까이 가져간다.

여자는 그것을 혐오스러워하지 않고, 옆의 사람은 허물로 여기지 않는다. 한때의 풍정(風情)을 발산하여 진실로 유쾌함을 얻게 된다."[36]라 포착하여 남녀의 성애와 성희(性戱)를 노골적으로 드러내었다. 그런데 김려와 이옥은 작품에서 '성(性)'을 바라보는 시선이 사뭇 다르다. 이옥은 성을 통해 현실의 부조리를 이야기 한다면 김려는 그저 희작의 차원에서 남성의 성적 욕망을 드러내었을 뿐이다. 『이언』의 성적 욕망 역시 도시의 소비적 유흥문화의 정서를 지향한다는 점에서 앞의 작품과 다르지만, 기본적으로 인간의 성적 욕망을 통해 예교와 금기에 저항한다는 점에서는 동일하다.

<구운몽>은 어떤가? <구운몽>은 외견상, 성진과 팔선녀의 일대 팔의 엽기적인 애정행각을 펼치고 있다. 하지만 조금만 따지고 들면, <구운몽>은 성적 욕망의 세계와 그에 따른 심리감정을 다양한 방식으로 형상하고 있다. 김만중은 『서포만필(西浦漫筆)』에서 "한 여자의 가벼움도 오히려 저버리지 아니한다면 그가 임금이나 부모에 대한 것은 알 만하다. 남녀의 지극한 사랑도 차마 저버리려 한다면, 또한 그보다 소원(疎遠)한 사람을 긍휼히 여기겠는가?"라 하며, 남녀의 애정과 성적 욕망을 적극 인정하고 있다.

<구운몽>에서 양소유의 성적 욕망을 실현한 행동을 우선 주목해 보자. 그는 자신의 성적 욕망을 이루기 위해 공개된 장소에서 여장(女裝)을 하고 정경패와 이야기를 주고받는다. 여장을 한 양소유가 재상가의 처자와 이야기를 주고받는 것이야말로 당시의 예교로 보면 금기를 넘어

---

36) 『花石子文鈔』, <七切>, "於是, 情生於密, 寓之於酒, 齧朱唇, 援素肘, 脫瑤鐶, 解紫扣. 斜結擁持, 與之左右. 私語呢呢, 以耳就口. 佳人不以爲嫌, 坐客不以爲咎. 暢一時之風情, 儘快活之可取. 紛朝別而夕迓, 最於我而皆厚, 知無累而不忘, 寧有疾而相守."

중대한 범죄행위에 속한다. 요컨대 양소유는 금기와 위반을 넘나들면서 자신의 성적 욕망을 실현시키려 하였다. 하지만 양소유는 금기를 파기함으로써 초래할 두려움에서 완전히 벗어날 수는 없었다. 그는 이러한 금기와 위반을 줄타기 하면서 성적 욕망의 본질을 생생하게 형상한 점에서 단순 성애를 드러내거나 성행위와 성적 욕망을 묘사하는 것과는 그 길을 달리한다. 이를 고려하면 성애를 포착한 작품이라 하더라도 성적 욕망을 드러내는 방식과 그 지향은 각기 층위가 있으며, 성과 성적 욕망이 작품 내에서 다양하게 기능하고 있는 것이다.

이어서 희곡의 한 작품을 보기로 하자. 최근에 발견된 19세기의 희곡 <백상루기>[37]와 <북상기>[38]는 둘 다 성적 욕망과 성행위를 보여준다. 하지만 두 작품이 성을 포착한 시선은 사뭇 다르다. <백상루기>에 비해 <북상기>는 아주 선정적이며 성행위를 묘사하고, 성적 욕망도 거침없이 드러내고 있다. 예컨대 <북상기>의 경우, 성적 욕망을 내는 방식은 직설적이며 매우 외설스러운 반면, <백상루기>는 풍자와 비유를 동원하여 성적 욕망을 그린다는 점에서 선정성이 덜하다. <북상기>를 통해 구체적으로 살펴보자.

이 작품에서 보이는 남녀의 사랑과 색정은 기존의 서사 문법과 사뭇 다르다. 무엇보다 61세 낙안 선생이 18세 처녀 기생인 순옥과 나누는 애정행각이 그러하다. 성행위와 성적 욕망을 거론하고 있지만, 둘 사이의 나이 차이를 감안하더라도 생물학적 불균형을 보인다. 불균형적 남

---

37) 이 작품에 대해서는 정우봉, 「미발굴 한문희곡 <百祥樓記> 연구」, 『한국한문학연구』 41집, 2008 참조.
38) 이 작품에 대해서는 안대회, 「19세기 희곡 <北廂記> 연구」, 『고전문학연구』 33집, 2008 참조.

녀 간의 만남은 그렇다 치더라도, 낙안선생과 기생 순옥의 만남은 정신
적인 사랑이라기보다 오직 육체적이고 관능적 욕망을 전제한 만남이다.
이는 낙안선생이 순옥을 한 번 보고 운우(雲雨)의 풍월(風月)을 억누를 길
없다고 말한 뒤, "하룻밤"을 요구하는 것에서 알 수 있다. 그래서 서사
는 시종 순옥이 낙안의 욕망을 일깨우는 외설적 장면을 배치하고 있다.
이는 순옥이 홑이불만 허리에 걸치고 음부를 살짝 보인 채 신음소리를
내면서,39) 낙안 선생의 관음증(觀淫症)을 도발하는 대목에서 선명히 알
수 있다. 여기서 성을 거침없이 묘사한 한 장면을 보자.

> 관객 여러분! 들어보세요. 이 여자의 계산은 사람을 홀리는 데 있는지
> 라, 미리 올가미를 만들어놓고 물건을 집어넣으면 거부하여 그의 마음
> 을 어지럽히지요. 이번에는 깊이 집어넣으니 여자의 精露가 벌써 새어
> 나와 玉池가 진진합니다. 이 방울이 연달아 들쑤셔 놓아 자궁에서는 아
> 직 쏟지 않았으나 縫稜은 찢어질 듯했지요.
> [순옥이 이불을 당겨 몸을 덮는다.]
> 순옥 : 저는 좋은 의사의 신령한 손힘을 빌어 약물을 깊이까지 넣었더
> 니 이렇게 아픈 통증이 가라앉은 듯해요. 너무 감사해요. 너무
> 감사해요. 밤이 벌써 자정을 넘겼군요. 어머니가 돌아오실 테니
> 선생님은 사랑채로 돌아가셔서 조금 기다리세요.
> [선생은 가슴에 불이 난 듯이 주체 못하고 쓸어내린다.]
> 순옥은 이불을 제치고 일어나 앉는다. 눈같이 흰 살결이 거의 드러나
> 고 芙蓉이 살짝 나타난다.
> [미소를 머금고 품에 안긴다]
> 순옥 : 선생님! 몹시 피곤하시죠. 제 병이 조금 차도가 있으면 깊이 넣

---

39) 70쪽. "[佇立囱外科.] 囱間隔眼, 琉璃瑩晃, 畵臺明燭, 房內如晝. [窺視科.] 玉暗聞窓外跫音,
已料先生到來. [越想標致科.] 繡枕頭, 騺사小鬉, 散而不收, 雪也似瑩瑩玉臂, 堆着方錦褥上.
只以綠紗單衾, 繞在腰間, 下体全露, 芙蓉微見, 連作呻吟聲."

어드려 수고에 보답할게요.

[선생을 재촉하여 나가게 한다.]

선생 : 순옥아!

[말도 못하고 물끄러미 쳐다본다.]

순옥이 섬섬옥수로 허리를 끌어 앉고 혀로는 선생의 입속을 빨면서 손으로는 玉莖의 뿌리를 애무하였다.

[더욱 크게 발기한다.]

순옥 : 선생님! 제 병이 오늘밤에 조금 차도가 있어요. 이 은혜는 내일
    밤 보답하지요.

[그리고는 치마끈을 맨다.]

[선생이 옷깃을 쥐고 장탄식한다.]

선생 : 박정하구나!40)

순옥이 음부의 통증대문에 낙안선생과의 동침을 허락하지 않는 대목이다. 성희(性戲)의 각 장면은 성행위의 정황을 노골적으로 묘사하였다. 순옥이 낙안 선생과 첫날밤을 치르는 날 봉래선은 순옥에게 "무릇 여자들의 그 짓은 처음 겪는 것이 어렵지. 남자를 받아들이는 방법을 이제 너를 위해 전해주겠다"41)라 하며, 하희복전법(夏姬服戰法)을 통해 특별 성교육을 시킨다.42) 또한 봉래선은 차를 끓여 준다는 구실로 미약(媚藥)을

---

40) "看官聽說, 這婆娘計在迷人, 豫設圈套, 隨點隨拒, 教他心蕩意亂. 這一遭深點, 婆娘精露已漏, 玉池津津. 這勉鈴連被閧動, 花心未洩, 縫稜欲裂. [玉引衾掩體科.] '兒賴良医神手, 深試藥物. 這般隱痛, 似覺平穩. 深謝深謝. 夜已過半, 媽媽將還. 先生請去外廂, 以待少間.' [生如火熱胸, 按捺不任科.] 玉掀衾起坐, 雪膚半露, 芙蓉微見. [含笑入懷科.] '先生甚勞. 兒病待差, 當以深点酬勞.' [促生出去科.] 「生」: '玉阿!' [不言熟視科.] 玉纖手抱腰, 舌舐先生口內, 手撫玉莖根上. [越逞張致科.] '先生! 兒病今夕有間, 此恩明夜圖報哩.' [仍結裙帶科.] [生攬衣長嘆科.] '薄情哉!'" 원문과 번역문은 안대회(2008)에서 재인용.

41) 58쪽. "大凡婦人那話事, 初經爲難, 迎人道兒, 今爲你傳法."

42) 58쪽. "行事時陰陽各嚼二丸, 雖一日百合, 迎送精力, 少不耗縮. 陽莖如或萎弱, 取澡牡湯加沙糖屑一錢, 海狗腎末二戔重, 調和限十數(派)空心令服, 無不神效哩."

사용하여 이 부사와 정사를 벌이기도 한다. 성행위를 할 적에 색정을 돋우려 미약(媚藥)을 사용하는 장면은 앞서 중국과 일본의 성 풍속과 춘화 그림 등에서 이미 확인한 바 있거니와, 그것과 동일한 모습이다. 순옥 역시 낙안에게 "저는 온유향(溫柔鄕)43)에서 늙은 스승으로부터 여러 가지 성애의 기술을 배웠답니다. 마파(馬爬), 품소(品簫), 그네타기, 원앙 다리 희롱하기, 협비선(挾飛仙), 후정화(後庭花) 등등 하나하나 알았지요. 차례로 시험해보려 했지만 한 번도 시도를 못했어요. 심간(心肝)아! 쉬지 않고 이렇게 치려니 구발(求潑)할 겨를도 없고, 시린 것 참을 여유도 없구나."44)라고 말하기도 한다. 성적 쾌락을 위해 갖가지 체위와 성 기교를 열거한 것 역시 동아시아 춘화에서 볼 수 있는 다양한 체위장면과 성 기교를 연상시킨다. 이처럼 <북상기>의 성애 장면은 대담하기 그지없고 충격적이다.

그렇지만 남녀 간의 성애 장면은 사랑을 매개로 한 것이 아니라, 오직 성적 욕망 자체에 초점을 두었다는 점에서 외설적이다. 작품 곳곳에서 성에 관한 지식과 기예를 지나치게 많이 묘사하고, 감각기관의 기능을 여과 없이 그려내고 있다. 이 점에서 욕망만 발산하는 방종에 빠질 가능성이 다분하다. 이는 성적 욕망을 포착한 어두운 면이다. 성행위 장면을 외설적으로 포착한 점, 성행위가 오직 성적 욕망을 해소하는데 치중한 점 등은 그 사회적 의미를 제시하거나 예교에 저항하는 것과는 무관하다. 이 점에서 성적 욕망의 포착과 그 의미의 지향은 작품마다

---

43) 온유향은 기생의 세계로 <溫柔鄕記>(『香艶叢書』 수록)와 같은 글은 기생들의 삶을 세밀하게 묘사하였다.

44) 51쪽. "兒曾從溫柔鄕老師父, 聞得諸般伎藝. 馬爬, 品簫, 鞦韆, 弄元央脚, 挾飛仙, 後庭花, 件件曉得, 行將次第嘗試, 一未施逞. 心肝哥! 不住的這般撞兒, 且救潑的無遑, 忍酸的不暇."

다를 수밖에 없다. 사설시조에서 성행위 장면을 여과 없이 적나라하게 제시하는 것도 같은 맥락으로 이해할 수 있다.

따라서 이러한 작품을 두고 음지에 갇힌 성애의 욕구를 그대로 드러 낸 파격적 작품으로 성애의 금기를 파기하는 데, 일부 기여한 것으로 파악하는 것은 정당하지만, '유교적 예교'를 과감하게 벗어던진 것이라 는 해석은 성립하지 않는다. 이는 시기에 따라 변주되었던 문예물의 성 적 묘사와 이를 통해 성적 욕망의 사회적 의미를 놓치고 있기 때문이다.

반면에 <백상루기>는 비유적 표현을 통해 성애의 분위기를 연출하 는 데 집중한다. '꽃가지를 꺾다', '벌과 전갈이 꽃받침을 뚫는다.', '잠 자리가 수면을 스치듯 난다.', '모란꽃이 피어 이슬이 떨어진다.', '물과 물고기가 잘 어울린다.' 등과 같이 남녀의 성행위를 은유적으로 암시하 는 수법을 취한다.[45] <백상루기> 역시 노골적인 성행위 묘사는 있다. 한 대목을 보자.

> [合歡酒] 물시계 똑똑 밤은 깊어만 가는데 / 비단 휘장의 운우지정 누 가 막을 수 있으랴.
> [後庭花] 당신의 음문에 좁은 구멍이 넓혀짐을 느끼네.
> [餘音] (영혜가 노래한다) 당신의 그것이 놀랍게도 엄청 커졌답니다.
> 얼마 있다가 햇빛이 창에 비쳐들었다. 두 사람이 벗어 놓은 옷가지는 일어나보니 전과 같았다. 하루 종일 한 발자국도 떨어지지 않은 채 한결 같이 즐거움이 처음과 같았다. 다만 알 수 있다.
> "두 꽃이 한 꼭지에서 피는 연꽃은 본래 둘이지만 / 앉을 때에는 화장 한 뺨이 닿고 누울 때에는 엉덩이에 닿아라 / 죽을 때에는 한 무덤에 묻 히고 살아서는 문을 함께 하니 / 두 사람의 마음 서로 끌린다오."[46]

---

45) 여기에 대해서는 정우봉, 앞의 논문 참조.

성행위 과정에서의 남녀 성기의 변화 과정을 솔직하게 묘사하였다. 하지만 작자는 성행위의 장면을 외설적으로까지 포착하지 않았다. 비유와 패러디를 통해 우회적으로 드러내었다. "죽을 때에는 한 무덤에 묻히고 살아서는 문을 함께 하니"와 같은 대목은 관부인(管夫人)의 사(詞)에 "나의 진흙 속에 당신이 있고, 당신의 진흙 속에 내가 있네. 당신과 함께 살아서는 이불을 함께 덮고, 죽어서는 한 무덤에 묻히리라(我泥中有你, 你泥中有我, 和你生同一箇衾, 死同一箇槨)"의 구절을 성적 언술로 패러디한 것이다. 이 점은 <서상기>에 나오는 표현과도 유사하다. <서상기>의 내용을 빌려 왔지만, <서상기>의 그것과 의미 맥락은 사뭇 다르다.[47)]

　그런데 조선조 후기 성적 욕망을 포착한 문예물 중에서 외설적이면서도 문학성을 탁월하게 성취한 경우는 <춘향전>의 '사랑가' 대목 혹은 '초야사설'이다. <춘향전> 역시 곳곳에서 노골적인 성행위 장면을 배치하고 있지만, 이러한 묘사는 외설적인 것으로 받아들여지지 않는다. 상징성을 동원한 비유적 표현과 자연물을 상징화 시켜 표현하는 등 높은 문학적 성취를 보여준다. <춘향전>이 보여주는 이러한 성취는 성과 성을 둘러싼 예교의 문제와 자연스럽게 결부된다. 곧 조선조 후기 성과 성 담론의 본질을 개인적이며 사적인 차원이 아니라, 공론의 장으로 끌어 올려 이를 유감없이 제기하는 한편, 예교에서 금기하는 바를

---

46) 鄭尙玄, 『百祥樓記』, 장52. [合歡酒] 玉漏丁丁夜已深. 羅幃雲雨熟能禁. [後庭花] 你的牝內, 更覺敦窄血. [餘音] (英慧唱) "你的那話, 翻驚大如椽." 已而天光射入窓子, 兩箇披衣, 起來依舊, 團圓過去, 如綠水鴛鴦巴山孔雀, 不是過也. 日宵不離畦步, 一向安樂如初. 但見'竝蒂芙蓉本自雙, 坐連粉頰臥連肛. 死同一穴生同戶, 兩人心事牽如玒.'

47) 王實甫, <驚夢>, 『西廂記』. "호걸을 그리워함도 아니고, 부귀를 부러워함도 아니고, 다만 살아서는 이불을 같이 덮고 죽어서는 무덤을 같이 하고자 함이리라. ([折桂令] 不戀豪傑, 不羨驕奢. 自願的生則同衾, 死則同穴.)" 서상기는 꿈속에 찾아온 앵앵에게 장생이 두 사람 사이의 사랑의 영원함을 다짐하는 내용을 담고 있다.

풍자·비판하면서, 이의 파기를 선언하는 것과 깊은 관련을 맺는다.

요컨대 조선조 후기 각 문예물이 성과 성적 욕망을 포착하는 방식과 예교의 금기를 위반하고 이를 문제로 제기하는 시선과 필치 등은 층위가 있고 매우 다기하다. 개인적 차원의 시적인 영역에서 제기하는 것과 공론의 장으로 끌어 올려 성과 성 담론을 이야기 하는 것이 다르고, 성과 성적 욕망을 묘사하는 방식에 따라 드러나는 작품의 수준과 문예적 성취가 분명 다르다. 따라서 성을 거론하고 성적 욕망을 드러내는 것에만 주목하면, 그 다양한 결과 성과 성 담론의 사회적 의미 맥락을 놓치고 만다. 또한 그것이 작품에서 기능하며, 그 결과 드러나는 빛과 어두움의 양면도 간과한다. 특히 조선조 후기 문예에서 성과 성적 욕망을 포착한 작품을 거론하면서 '정욕의 긍정', '예교의 이탈 내지 벗어남'이라는 도식만으로 조선조 후기 다양하게 변주되어 갔던 성과 성적 욕망을 설명할 수 없다. 다기한 예술적 성취와 그 결 역시 제대로 파악조차 하지 못함은 물론이다.

5. 남는 문제

예교로 욕정을 속박하려 했던 조선조 유학 이념은 처음부터 위험한 시소게임을 하였고 이는 조선조가 끝날 때까지 지속되었다. 이는 금기를 기획했던 쪽에서 축첩제도와 기생과 같은 제도적 장치를 통해 이미 금기를 위반할 수밖에 없는 조건을 마련해 둔 결과였다. 이 점에서 정욕을 금기한 예교의 잣대를 가지고, 조선조 전기와 후기를 가를 수 없다. 외견상 조선조 사회에서 예교의 권위는 늘 그대로 존재하였다. 양반 사대부들은 예교로 금기한 욕망을 국가의 제도적 장치로 보장받으며, '금기'라는 명분과 함께 안으로 사회생활의 일부로 욕망을 배치하였다. 이들이 합법의 외피를 쓰고 금기를 위반했다고 해서 그 예교의 권위가 약화되는 것은 아니었다. 하지만 조선조 후기에 오면, 예교라는 금기의 사회적 영향력은 현실에서 제대로 작동하지 못하는 경우가 많았다. 예교의 금기를 둘러싼 위반은 조선조 전기와 후기의 모습이 사뭇 다르거니와, 질적 차원은 아니지만 현실 생활에서 예교가 작동한 정도에 차이가 있다. 조선조가 끝날 때까지 양반사대부는 국가가 마련한 제도적 장치를 배경으로 금기와 이를 위반하는 시소게임을 하였기 때문이다.

그럼에도 불구하고, 조선조 후기에 오면 일부 문예물은 점차 정욕과 욕망의 문제를 어두운 곳으로부터 밝은 곳으로 끄집어냄으로써, 금기의 작동을 저지 내지 약화시켰다. 이러한 저지 내지 약화는 조선조 후기 청조와 에도 막부와의 사행을 통해 더욱 확대된다. 금기로 여겼던 다양한 욕망을 포착한 문예물이 국내로 유입되어 금기로부터 이탈하는데 일정한 역할을 하였다. 어떤 경우는 위반을 넘어 금기의 파기를 요구하는 양상으로까지 나아가기도 하였거니와, 무엇보다 춘화와 성적 욕망을 담은 소설류의 유입과 이의 유통은 금기의 파기를 더욱 촉진시켰다. 또한 춘화의 제작과 유통과 춘의(春意)를 담은 삽화본(挿圖本) 음사소설(淫邪小說)의 광범위한 유통은 당대 독서환경에 적지 않은 충격과 파장을 불러일으켰다. 춘화와 같은 시각 예술은 이미지 자체를 생생하게 재현하였다는 점에서 정서적 감염력과 충격이 컸다. 문학이 은폐시키거나 상상의 이미지로 포착한 것과 달리 시각 이미지로 보여준다는 점에서 기왕에 정욕의 발산 방식과도 달랐다. 예술성을 무기로 은폐되었던 여성의 신체부위와 남녀 간의 성애를 드러냄으로써, 당대 예교의 이념과 가치에 균열을 가하였다.

이 점에서 우리는 조선조 후기 문예물에 보이는 성 담론과 성과 관련한 다양한 양상을 본격적으로 탐색하고, 학술적 시각으로 접근할 필요가 있다. '성적 욕망/근대', '억압/가부장제(남성중심)', '조선조/예교'라는 단선적인 코드로는 조선조 성적 욕망과 성 담론을 제대로 규명하기 힘들다. 성적 욕망과 성 담론이 금기와 길항하는 상황과 그 길항을 통해 포착할 수 있는 그 결을 확인해야 성적 욕망과 성 담론의 실상과 사회적 맥락에 다가설 수 있을 터이다.

그간 성과 성적 욕망을 포착한 문예물의 경우, 남녀의 애정은 정욕의 긍정이라는 단선적 차원에서 동일하게 취급하거나, '인간성의 긍정＝근대적 좌표'라는 암묵적 등식으로 그 층위와 결이 다양한 문예물을 하나의 기준 아래 배치하는 우를 범하였다. 더러 거시적 시각으로 성적 욕망의 표출에 주목하여 과도한 의미부여를 하는 경우도 적지 않았다. 하지만 각 문예 양식에 따라, 성(性)과 성적(性的) 욕망(慾望)의 포착과 그 묘사가 지니는 다층의 의미와 그 다양한 결을 제대로 읽지 못하면, 예교의 금기와 위반의 길항에서 탄생된 성적 욕망의 변증법을 제대로 이해할 수 없을 것이다.

성행위와 성적 욕망은 남녀의 연정과 사랑에서 나온 것이어야 성의 밝은 모습을 확인할 수 있다. 그럼에도 불구하고 솔직하고 참다운 성적 욕망마저 어두운 것으로 치부하여, 저 역사 안에서 '종교' 이름으로 혹은 '예교'라는 이념의 외피를 뒤집어씌운 채, 숱하게 왜곡시켜 온 이면의 참모습을 길어내는 작업은 반드시 필요하다. 뿐만 아니라, 성적 욕망을 포착한 문예물이 가진 예술적 성취와 그 사회적 맥락을 확인하는 것이야말로 한문학 내지 문화사 이해에도 필요한 작업이다. 이 점에서

'성적 욕망'과 '성 담론'을 문예와 접속하여 조명하는 것은 유의미할 작업인 것이다.

이러한 당위에도 불구하고 문제는 남아 있다. 어려운 용어나 고상한 언어로 무장하지 않으면, '성적 욕망'과 '성 담론'을 학문적으로 설명조차 할 수 없는 상황은 다른 차원에서의 학술적 금기다. 이러한 금기를 위반해야 학술적 금기의 장애물을 초월할 수 있다. '성적 욕망'과 '성 담론'의 문제를 학문적 차원으로 끌어 올려 논의조차 하지 않으려는 금기에서 벗어나야 할 것이다. 성(性)과 식(食)은 미시적인 사안 같지만, 예나 지금이나 엄연히 우리 삶 속의 중요한 부분을 차지하고 있다. '성적 욕망'과 '성 담론'의 금기를 넘어 학문의 시각으로 어두운 곳으로부터 공론 장으로 끌어내어야 한다.

조선시대 자만시(自挽詩)의 공간과 상상*

임 준 철

1. 머리말

동아시아 고전문학에서 자만시(自挽詩)는 위진남북조(魏晉南北朝) 시기부터 창작되기 시작한 독특한 자아표현 방식의 하나이다. 자만시는 자신의 죽음을 노래한다는 점에서 만가(挽歌)·만시(挽詩)의 보편화 과정에서 파생된 변격의 하나로 볼 수 있다.

필자는 앞서의 논문을 통해 동아시아 고전문학에서 자만시의 기원·양식적 특징·미적 특질 등을 살펴 자만시의 시적 계보를 재구(再構)하고, 이를 바탕으로 조선전기 자만시의 창작의식과 표현방식의 특징을 검토한 바 있다.[1] 이 글은 이에 대한 후속논의로서 조선시대 자만시 전

---

* 이 글은 "『Journal of Korean Culture』 제24집, 한국어문학국제학술포럼, 2013."에 게재된 것이다.

[1] 졸고, 「自挽詩의 詩的 系譜와 조전전기의 自挽詩」, 『고전문학연구』 제31집, 한국고전문학회, 2007.06, 319~356쪽. 자만시는 한편으로 동아시아 고전문학의 자전적 글쓰기 방식과 긴밀한 관계를 가지고 있다. 한국 한문학에서 자전적 글쓰기 양식에 관해서는 다음과 같은 논의들이 참고가 된다. 안대회, 「조선후기 自撰墓誌銘 연구」, 『한국한문학연구』 제31

반에 나타나는 공간적 특성과 상상력의 향방을 살피기 위해 기획되었다.

자만시를 쓸 때 시인은 자신의 죽음을 가장하고 죽은 자의 눈으로 삶을 되돌아보는 방식을 취한다. 만시가 타인의 죽음에 대한 상실감을 드러내고 있다면, 자만시는 자신의 가장(假裝)된 죽음을 통해 삶에 대한 어떤 바람을 드러낸다는 점에서 주제적 성격을 달리한다. 그런 점에서 자만시는 자신의 죽음을 연기(演技)하는 것을 하나의 수사적 전략으로 삼고 있다고 볼 수 있다. 이 연기에서 중요한 것은 얼마나 자신의 죽음을 실감나게 묘사하느냐에 있다. 이때 등장하게 되는 것이 상장례(喪葬禮)란 공간이다. 상장례를 하나의 공간으로 접근하는 이유는 이것이 삶과 죽음의 임계점(臨界點)에 위치한 일상과 분리된 또 다른 세계, 다시 말해서 자만적(自挽的) 공간이기 때문이다. 자만시별로 편차가 있기는 하지만, 우리는 상장례에 대한 상상력 비교를 통해 개별 작품의 의미를 또 다른 각도에서 읽어낼 수 있을 것이다. 자신의 죽음을 형상화하는 과정에 등장하는 또 다른 공간은 사후의 세계이다. 사후세계는 대체로 시인이 처한 현실과 상대된다. 시인은 이 사후세계의 조명을 통해 은연중 현실의 문제를 부각시키게 된다. 따라서, 이 사후세계에 대한 상상력에서 우리는 작가가 현실에 대해 말하고자한 것이 무엇인지를 파악할 수 있을 것이다.

이 글은 공간과 상상이란 측면에서 자만시를 유형화하고, 이를 기반으로 개별 작품과 작품 사이의 관계가치를 논하는 데 주안점을 두었다.

집, 한국한문학회, 2003.06, 237~266쪽. 심경호, 「한국 고전문학의 자서전적 글쓰기에 대한 고찰」, 『第十七屆中韓文化關係國際學術會議論文集』, 中華民國韓國研究學會, 2008.12. 28, 1~20쪽. 최근에는 심경호에 의해 자전적 글쓰기 양식 전반을 대상으로 주요작품을 선별하여 번역·분석한 성과가 제출된 바 있다. 심경호, 『내면기행』, 서울 : 이가서, 2009, 1~612쪽 ; 『나는 어떤 사람인가』, 서울 : 이가서, 2010, 1~663쪽.

따라서, 개별 작품이 작가 개인의 시세계 내에서 차지하는 위상이나 작품이 작가 개인의 전기적 삶과 갖는 관계는 필요한 경우에만 간략히 제시하였다. 이에 대한 본격적 검토는 별도의 논의가 필요하리라 생각된다.

2. 자만시의 공간과 상상에 관한 예비검토

현전하는 작품 중 도연명(陶淵明)의 <의만가사(擬挽歌辭)>는 최초의 자만시인 동시에, 후대에 끼친 영향이란 측면에서 전범적인 작품이다. 도연명의 <의만가사>는 모두 세 수로 이루어져 있다. 첫 번째 수는 죽음부터 입관(入棺)까지, 두 번째 수는 상례의식과 운구를, 세 번째 수의 전반은 묘지에서의 매장, 환운(換韻)한 후반 부분은 매장 이후의 일 등 장례의식을 기록하고 있다.[2] 그리고 첫 번째 수와 두 번째 수는 '술[酒]'로 이어지고, 두 번째 수와 세 번째 수는 '황초(荒草)'로 이어지며, 세 번째 수의 전반과 후반은 "천년토록 다시 아침이 오지 않는다[千年不復朝]"라는 구절이 반복되며 이어진다. 어휘와 시구의 연결이 상장례 과정과 매끄럽게 조응된다. 자만시의 특수 공간인 시인 자신의 상장례를 묘사한 부분만 제시하면 다음과 같다.

> 첫 번째 수 : 입관(入棺)
> 혼백은 흩어져 어디로 가는가?
> 시신은 빈 관속에 놓여지네.
> 재롱둥이 아이는 아비 찾으며 울고,

---

2) 운구에서부터 묘지 조성에 이르는 의례를 특히 장례(葬禮)라 하여 상례와 별도로 인식하기도 한다. 여기에서 사용된 장례란 표현은 이런 의미로 사용된 것이다. 임재해, 『전통 상례』, 서울 : 대원사, 1990, 98쪽.

친한 친구는 나를 어루만지며 통곡하네.
魂氣散何之, 枯形寄空木. 嬌兒索父啼, 良友撫我哭.

두 번째 수 : 장송(葬送)
제수(祭需)가 내 앞에 한 가득 차려지고,
친구들 내 곁에서 통곡하네.
말하려 해도 입에서 소리 나지 않고,
보려고 해도 눈이 보이지 않는구나.
전에는 큰 집에서 잤는데,
오늘은 거친 풀숲에서 자게 되었구나.
殽案盈我前, 親舊哭我傍. 欲語口無音, 欲視眼無光. 昔在高堂寢, 今宿荒草鄉.

세 번째 수 : 매장(埋葬)
된서리 내린 9월에,
나를 묻으러 멀리 교외로 나가네.
사방에는 인가도 없이,
높은 무덤들만 우뚝우뚝 솟았네.
말은 하늘 쳐다보며 울고,
바람은 저 혼자 횅하고 부네.
무덤구덩이[墓壙] 한번 닫혀버리면,
천년 동안 다시는 아침을 보지 못하리.
…(중략)…
막 나를 묻은 사람들,
각자 집으로 돌아가네.
친척들은 혹 슬픔 남아 있지만,
다른 사람들은 노래를 흥얼거리기도 하는구나.
　嚴霜九月中, 送我出遠郊. 四面無人居, 高墳正嶕嶢. 馬爲仰天鳴, 風爲自蕭條. 幽室一已閉, 千年不復朝. …(중략)… 向來相送人, 各自還其家. 親戚或餘悲, 他人亦已歌.[3]

첫 번째 수에선 관 속에 놓인 자신의 주검이, 두 번째 수에선 출상 전후의 정경이, 마지막 수에선 매장과 매장 후의 정경들이 묘사되어 있다. "말하려 해도 입에서 소리 나지 않고, 보려고 해도 눈이 보이지 않으며[欲語口無音, 欲視眼無光]" "무덤구덩이 한번 닫혀버리면, 천년 동안 다시는 아침을 보지 못한다[幽室一已閉, 千年不復朝]"는 표현에서 마치 악몽에 가위눌린 듯한 자아의 공포감을 느낄 수 있다. 하지만, 나의 죽음이란 가족과 친지 외에는 "노래를 흥얼거리기도 하는[他人亦已歌]" 일일 뿐이다. 이렇게 개체의 죽음은 그저 비참하고 외로운 일이다. 도연명 작품의 전반의 주제는 오히려 죽음에 대한 달관·초탈에 있지만, 묘사된 상장례의 정경 자체는 비감하기 짝이 없다.

자신의 죽음을 바라보는 자기연민의 의식이 두드러지게 강조된 예로 송대(宋代) 진관(秦觀)의 <자작만사(自作挽詞)>를 들 수 있다.[4] 진관은 자서에서 "옛날 포조와 도잠이 스스로 애만시를 지었는데, 그 말이 슬펐다. 그러나 내가 지은 이 작품을 읽어보면 전작들이 슬픈 것도 아님을 알게 될 것이다[昔鮑照陶潛自作哀挽, 其詞哀. 讀予此章, 乃知前作之未哀也.]"라고 쓰고 있다. 도연명과 포조(鮑照)의 자만시에 대한 분명한 의식을 하고 자만시를 창작하였음을 밝히고 있는 것이다. 진관은 자만시의 미학이 진정한 슬픔에 있다고 생각했던 듯하다. 자신의 죽음이 비참하면 비참할수록 읽는 이가 깊은 슬픔을 느끼게 되고, 바로 그 점이 자신의 작품의 미덕이라고 생각하였다. 그런 까닭에 그가 묘사한 상장례의 정경은 처참하기 그지없다.

---

3) 龔斌 校箋, 『陶淵明集校箋』, 上海 : 上海古籍出版社, 1996, 355~362쪽.
　　袁行霈 箋注, 『陶淵明集箋注』, 北京 : 中華書局, 2003, 420~427쪽.

4) 徐培均 箋注, 『淮海集箋注』, 上海 : 上海古籍出版社, 1994, 1323~1326쪽.

관원은 와서 내 보따리의 물건을 기록하고,

아전은 내 시체를 살펴더니.

등라로 나무껍질 관을 묶어,

길 가 산비탈에 서둘러 장례지내네.

…(중략)…

아득히 찬비는 내리고,

참담하게 음산한 바람 부네.

무덤엔 푸른 이끼가 돋고,

지전은 빈 가지에 걸려 있네.

조촐한 제사상 준비해 줄 사람도 없으니,

누가 도사와 중에게 공양하랴?

또한 만가를 부를 사람도 없어,

만가의 가사만 부질없이 남아 있다.

官來錄我橐, 吏來驗我屍. 藤束木皮棺, 藁葬路傍陂. …(중략)… 空濛寒雨零, 慘淡陰風吹. 殯宮生蒼蘚, 紙錢掛空枝. 無人設薄奠, 誰與飯黃緇? 亦無挽歌者, 空有挽歌辭.

그의 죽음은 선종(善終)이 아니라 유배지에서의 객사다. 시신을 거두는 사람도 없어 관리들이 시신을 검시하고, 초라한 관에 넣어 아무렇게나 산비탈에 매장할 정도다. 추적추적 찬비가 내리고 음산한 바람 부는데 무덤가엔 지전만이 을씨년스럽게 빈 가지에 걸려 있다. 심지어 제삿밥마저 차려줄 이 없고, 만가를 불러 줄 이 없어 이렇게 만가의 가사만이 남았다고 하였다. 시인은 자신의 비참한 죽음에 비통해 마지않는다. 자신의 죽음에 대한 이런 핍진한 묘사는 독자에게 당혹감을 안겨준다. 타인을 조상(弔喪)하는 만시라면 좀처럼 사용될 수 없는 지나치게 사실적인 묘사가 두드러지기 때문이다. 자만시에 등장하는 상장례는 이렇게 주체/대상, 삶/죽음, 나/망혼의 이항관계가 묘하게 전도되고 뒤틀린 공간이라고 할 수 있다.

민속학자 방 쥬네프(van Gennep)에 따르면, 통과의례 중에서도 상장례
는 특히 미묘한 특성을 갖는다고 한다. 죽은 자에게 상례가 영혼을 이
승으로부터 분리시키는 의례라면, 장례로부터 탈상까지는 영혼이 이승
을 떠나서 저승의 성원으로 통합하기까지의 전이기에 해당한다. 한편,
살아있는 자에게 상례는 일반 사람들과 분리되어 전이기에 들어가는
것으로 탈상을 통해서 장례를 마치게 되면 일반 사람들의 사회로 재통
합하게 된다. 따라서 상장례는 산자와 죽은 자가 일상의 세계로부터 일
시적으로 분리되어 있는 공간이라고 할 수 있다. 그들은 상장례 후 각
자가 속한 세계로 통합·재통합하게 된다. 반면, 주검은 이승에도 저승
에도 통합되지 못하고, 일상세계도 저승도 아닌 무덤이란 공간에 유폐
되기에 이른다. 상장례가 다른 의례보다 미묘한 것은 죽음이 갖는 심각
한 의미 탓이기도 하지만, 의례의 주체와 성격이 복잡한 탓도 있다고
한다.5)

자만시의 상장례가 특별한 것은 이것이 죽은 자와 산 자가 참여하는
의례가 아니라, 자신의 죽음을 가정한 채 스스로를 장송(葬送)하는 허구
적 세계란 점에 있다. 이에 따라 자만시의 상장례에선 죽은 자의 분
리·전이·통합의 단계 대신 살아있는 나와 죽은 나라는 자아간의 분
리·전이·재통합이 이루어지게 된다. 시인은 살아 있는 나와 분리된
또 다른 자아인 죽은 나를 제시함으로써 자아를 가급적 객관화하여 관
찰하게 되고, 궁극적으로는 자아동일시를 통해 자신의 내밀한 의중을

---

5) 아놀드 방 쥬네프(Arnold van Gennep), 전경수 역, 『通過儀禮 Les rites de passage』, 서
   울 : 을유문화사, 1985, 210~235쪽 ; 임재해, 앞의 책, 8~15쪽.

드러내게 된다.

한국 자만시의 경우 나의 죽음과 함께 상장례의 과정을 묘사할 때는 도연명 작품의 구성방식을 따르는 경우가 많다. 도연명 자만시의 화운 작인 최기남(崔奇男)의 <화도정절만시 3장(和陶靖節輓詩三章)>, 권시(權諰)의 <차도만가운(次陶輓歌韻)>(三首), 전우(田愚)의 <화도집의자만가사 삼수(和陶集擬自輓歌辭三首)> 그리고 도연명 자만시를 모의해서 지은 남효온(南孝溫)의 <자만 4장(自挽四章), 점필재선생에게 올리다(上佔畢齋先生)>이 그런 예다. 또 노수신(盧守愼)의 <자만(自挽) 유월(六月)>과 남효온의 시에서는 진관 <자작만사>에서 묘사된 처참한 주검을 연상시키는 내용이 등장하고 있다.

상장례가 갖는 미묘한 특성과 별개로 상장례의 대부분은 주검을 떠난 영혼이 사후의 세계로 들어가는 것과 관련되어 있다고 할 수 있다. 하지만, 정작 사후세계는 상장례와 달리 자만시에서 구체적으로 형상화되지는 않는다. 자만시의 원류라 할 위진남북조 시기 부현(傅玄)의 <만가(挽歌)>, 육기(陸機)의 <만가시 3수(挽歌詩三首)>, 무습(繆襲)의 <만가(挽歌)>, 포조(鮑照)의 <대만가(代挽歌)>, 조정(趙班)의 <만가(挽歌)>는 물론, 후대에 미친 영향이란 측면에서 전범적인 작품들인 도연명과 진관의 작품에서도 사후세계란 공간은 별도로 설정되어 있지 않다. 도연명의 <의만가사 3수(擬挽歌辭三首)> 말미에 "죽어버리면 무슨 할 말 있나, 몸을 산모퉁이에 맡겨 하나가 될 따름인걸[死去何所道, 託體同山阿.]"을 사후세계에 대한 암시적 표현이라고 해석할 수도 있지만, 죽음을 달관·초탈하고자 하는 의식의 소산일 뿐 구체적으로 형상화한 것은 아니다.

사후세계에 대한 구체적 형상화는 오히려 우리 자만시 작품들에서 찾을 수 있다. 대표적인 예가 남효온의 <자만4장(自挽四章), 점필재선생

에게 올리다(上佁畢齋先生)>이다. 남효온의 작품은 현재 전하는 우리 만시 작품 중 최초로 '자만'이라 제목을 단 작품이기도 하다. 이밖에도 임제 (林悌), 조임도(趙任道), 이양연(李亮淵)의 작품에서 암시적으로 사후세계에 대한 형상화가 이루어지고 있다.

3. 조선시대 자만시가 보여주는 공간적 특성과 상상의 향방

1) 상장례 : 자기연민과 현실부정

남효온(南孝溫, 1454~1492)의 자만시는 1489년 시인의 나이 36세 때 지어진 것이다. 이 시는 본래 스승인 김종직(金宗直)에게 올리는 편지의 별지에 쓰여 있었다. 남효온은 편지에서 자신의 수명이 얼마 남지 않았음을 말하고, 자신의 병과 집안의 흉액・상사(喪事)로 인한 괴로움 속에서 얻은 깨달음을 자만시로 써냈다고 적고 있다.[6] 김종직은 남효온을 항상 '우리 추강[吾秋江]'이라고 불렀을 만큼 각별한 관계였다. 그런 스승을 문안하는 편지에서 엉뚱하게도 자만시를 써서 가르침을 구했다는 것은 이 작품의 특별함을 암시한다.

<자만 4장>은 죽음−장례−매장−사후세계−매장 이후의 일로 구성되어 있다. 대체로 볼 때 첫 번째와 두 번째 수는 유사한 내용과 구조로 이루어져 있다. 누구도 피할 수 없는 죽음−나의 죽음−장례 정경

---

6) 南孝溫, <自挽四章, 上佁畢齋先生>, 『秋江集』 卷一, 『韓國文集叢刊』 16, 서울 : 民族文化 推進會, 1990, 30쪽, "去秋之杪, 家厄深重, 喪事重重, 奔走之間, 得心虛狂悸之病, 妖言妄語, 發作無節, 幸賴藥力, 大病稍歇, 而餘毒尙梗, 竟所得不虛也. 僑居, 乃作挽歌四篇, 付之豚犬, 更繕寫呈先生座下, 極知鄙人貪戀世味, 不得透利名關, 安能更希古人齊死生了物我之遺意耶. 但病中精神喪耗, 志氣摧挫, 荒詞必不文理接屬, 幸加斤正是望."

은 양자의 공통된 부분이다. 하지만, 두 수의 시는 서로 모순되는 표현
으로 마무리 된다는 점에서 이질성을 보이기도 한다. 이런 유사성의 반
복과 상호 모순되는 의식의 대비는 반드시 의도된 것이라 할 수는 없지
만 시 전반에 묘한 긴장감을 불러일으킨다.

> 새로 꼰 새끼줄로 내 허리를 묶고,
> 해진 거적으로 내 배를 덮는구나.
> 다섯 딸은 아버지를 찾아 울고,
> 한 아들은 하늘 부르며 곡하고,
> 어린 종은 와서 박주를 올리고,
> 승려는 찾아와 명복을 빌도다.
> 경사는 풀을 베어 제사 지내고,
> 지전은 수풀에 걸렸는데,
> 상여꾼이 늙은 뼈를 묻고,
> 열 달구로 소리 맞춰 무덤 다지네.
> 新繩束我腰, 弊苫蓋我腹. 五女索父啼, 一男呼天哭. 僮來奠薄酒, 僧來祝冥
> 福. 經師斬草祭, 紙錢掛林薄. 香徒瘞老骨, 十杵齊聲築.

 첫 번째 수에서 우리의 관심을 끄는 것은 자신의 죽음의 정경을 묘
사하는 장면이다.

> 땅강아지 개미들 내 입에 들어오고,
> 파리 모기떼는 내 살을 물어뜯네.
> 새로 꼰 새끼로 내 허리 졸라매고,
> 헤진 거적으로 내 배를 덮는구나.
> 螻蟻入我口, 蠅蚋嘬我肉. 新繩束我腰, 弊苫蓋我腹.

'누의(螻蟻)'구는 『맹자(孟子)』「등문공(藤文公) 상(上)」의 "파리와 모기가 물어뜯고[蠅蚋姑嘬之]"와 육기(陸機) <자만시 삼수(挽歌詩三首)> 두 번째 수의 "땅강아지 개미 너희를 어찌 원망하랴[螻蟻爾何怨]"를 연상시키지만, 주검의 참혹한 모습을 사실적으로 그려내고 있다는 점에서 특별하다. 이전의 만시 혹은 자만시에서 찾아보기 어려운 표현이기 때문이다. 참혹한 주검의 모습은 두 번째 시에서도 발견된다. "아버님 무덤가는 길로 내 영구도 보내니, 얼어붙은 시신은 나무토막 같아라[相送南陽阡, 凍屍直如木]"7) 같은 예가 그렇다. 이전의 만시에서 삶과 죽음의 공간적 대비를 표현하는 데 그쳤다면, 남효온의 경우는 산 자와 죽은 자의 신체적 대비에까지 나아가고 있다고 볼 수 있다. 이런 표현들은 시에서 자연 삶과 죽음의 대비를 심화시키게 된다. 그리고 그 현격한 격차는 죽음을 통해 삶의 문제를 부각시키는 데 더욱 효과적인 방식이 된다.

마지막 수에서 시인은 다시 자신의 장례의 정경으로 시선을 돌리고 있다. 시인의 죽음은 "모지라진 붓 한 자루 거미줄 처져있고, 말라버린 벼루는 누런 먼지 쓰고 있네[禿筆冒蛛網, 枯硯沒黃塵]"와 같이 상징되고, 마지막 가는 길은 "호리사 만가 소리 헛되이 부르는데, 길옆에는 만장만 분분히 날리운다. 누런 구름 얼어붙어 날리지도 않는데, 삐걱 삐걱거리며 흰 상여 굴러 가네[空成薤里詞, 路左挽紛繽. 黃雲凍不飛, 素車驅轔轔]"와 같이 스산하기 그지없다. 남효온은 자신의 죽음을 이렇게 비극적으로 형상화하고 있다. 그것이 자신의 죽음이기에 내용은 결국 자기연민이 될 수밖에 없다.

---

7) 班固 撰, 『漢書』 卷九十二, 「游俠列傳」 第六十二, "涉[原涉]父爲南陽太守, 父死, 涉大治, 起塚舍, 買地開道, 立表署, 曰南陽阡."

　이런 자기연민의 상상력은 실제 생명의 위협을 느꼈던 시인들에게서
도 발견된다. 명종·선조대 활동한 걸출한 시인 중의 한 사람인 노수신
(盧守愼, 1515~1590)은 모두 세 수의 자만시를 남기고 있다. 시인은 을사
사화(乙巳士禍)로 인해 장장 19년에 걸쳐 유배생활을 하였는데, 그가 남
긴 자만시들은 모두 이 기간 동안 지어졌다.[8]

　처음 지어진 시가 자신의 결백을 내세우면서 죽음에 대한 결연한 자
세를 드러내고 있다면,[9] 두 번째 지어진 시는 상대적으로 자기 연민과
비탄의 정회가 뚜렷하다.

> 오년동안 바닷가에서 나그네로 지내다가,
> 하루 저녁에 황천으로 가지 않을 수 없네.
> 종놈은 감히 검루(黔婁)의 머리에 휘장을 덮고,
> 관원은 돌처럼 굳은 시신을 검사하리.[10]
> 불혹에 해당하니 요절한 게 아니고,
> 스스로를 속이지 않았기에 주륙은 면했네.
> 애통한 것은 늙으신 두 분 부모님이,
> 살아 계시는 동안은 헤어져 있어야 한다는 사실 뿐.
> 五年客海上, 一夕無不之. 奴敢幠黔首[黔一作婁], 官須檢石屍.
> 非殤當不惑, 免戮爲毋欺. 所慟雙親老, 相離在世時.
> <자만(自挽)> 유월(六月)[11]

---

8) 문집의 편차로 볼 때, 卷二에 실린 작품은 33세, 卷三에 실린 작품은 38세 무렵, 卷四에
　실린 작품은 유배 후반기에 지어진 것으로 추정된다.

9) 盧守愼,『蘇齋集』卷二,『韓國文集叢刊』35, 서울 : 民族文化推進會, 1989, 93쪽, "塵世紛
　紛成古今, 齊名李杜亦奇男. 其冠浣我望望去, 所事逢人歷歷談. 一臥海中神自守, 獨行天外影
　無慙. 賈生能哭吾能笑, 俱享行年三十三."

10) 이 부분을 단순히 黔首라는 어휘에만 집중하여 '검은 머리'라고 해석하는 경우도 있다.
　심경호,『내면기행』, 서울 : 이가서, 2009, 500쪽, "종복은 내 검은 머리를 덮어주고, 관
　리는 石屍를 검안하겠지." 하지만, '黔一作婁'라고 自註한 데서 드러나듯 이는 자신을 黔
　婁에 빗댄 표현이라고 보는 편이 자연스럽다.

유배지에서 다섯 해를 보내고 지은 작품이다. 시적 화자의 어조는 처음 지어진 시에서 "관 삐뚤어지면 날 모욕한 듯 돌아보지도 않고 떠나고, 섬기는 바를 가지고 만나는 사람마다 하나하나 분명히 이야기 하네. 한 번 바다 속에 누워 정신 스스로 지키고, 홀로 하늘 밖 감에 그림자에게 부끄러울 것 없네[其冠涘我望望去, 所事逢人歷歷談. 一臥海中神自守, 獨行天外影無慙.]"와 같은 강개 결연함이 보이지 않는다. 도리어 자신에 대한 연민의 정을 노출함으로써 애상적인 정조를 띠게 된다. 함련에서 시인은 자신의 시신을 거두는 종과 관리의 모습을 그려낸다. 이는 도연명 <오류선생전(五柳先生傳)>의 찬(贊)에 나오는 검루(黔婁)의 고사와 진관의 "관원은 와서 내 보따리의 물건을 기록하고, 아전은 내 시체를 살피더니[官來錄我橐, 吏來驗我屍]"란 구절을 교묘하게 결합시킨 것이다. 검루는 몹시 가난하여 죽은 뒤에 시신을 덮은 천 한 조각이 없었던 인물이다. 증자(曾子)가 조문하러 오자 그의 아내는 자신의 남편이 "빈천하다고 투덜대지 않고 부귀하다고 기뻐하지 않았다[不戚戚于貧賤, 不忻忻于富貴]"고 평한 바 있다.[12]

이 시에서 빈한한 검루의 형상과 고을의 서리가 시신을 검사한다는 상상의 결합은 고결한 자아의 비극적 상황을 부각하기에 부족함이 없다. 이런 자기 연민과 비애는 진관 시의 자만 방식을 연상시킨다. 노수신의 자만시는 윤원형 일파가 득세한 현실정치에 대한 부정의식을 기반으로, 양재역 벽서사건에 휘말린 자신의 결백을 드러내고자 한 것이

---

11) 盧守愼, 『蘇齋集』 卷三, 『韓國文集叢刊』 35, 서울 : 民族文化推進會, 1989, 120쪽.

12) 黔婁의 고사는 劉向 撰, 『古列女傳』 卷二, <魯黔婁妻>에 보인다. 이 표현은 『漢書』 <揚雄傳>에서 "不汲汲于富貴, 不戚戚于貧賤."이라고 활용된 바 있다. <오류선생전>에는 양웅의 형상이 짙게 반영되어 있는데, 찬 역시 <양웅전>의 내용을 계승하고 있다고 볼 수 있다. 川合康三, 『중국의 자전문학』, 심경호 옮김, 서울 : 소명출판, 2002, 105~106쪽.

다. 하지만, 유배기간이 길어져 감에 따라 자부로부터 자기연민으로, 다시 종국엔 "스스론 기남자라 말하지만, 세상은 어리석은 사내라 일컫지[自謂奇男子, 時稱憃丈夫]"(<자만(自挽)>, 『소재집(穌齋集)』卷四, 149쪽)와 같은 현실과 자신 간의 해소 불가능한 간격을 드러내는 것으로 변해간다.[13]

중인문학/여항문학 초창기 '육가(六家)' 중의 한 사람인 최기남(崔奇南, 1586~1669)은 <화도정절만시 3장(和陶靖節輓詩三章)>을 남기고 있다. 이 작품은 도연명 자만시에 화운한 작품이긴 하지만, 내용에선 일정한 차별성을 보인다. 작품 중 2장의 내용을 보기로 한다.

> 생전에 콩과 물도 배불리 먹지 못했는데,
> 죽은 뒤에 어떻게 술과 안주 차려주길 바라랴.
> 한잔 술도 다시 마시지 못하리니,
> 한 점의 고긴들 어찌 맛볼 수 있으리오.
> 도성 문을 나서서,
> 영원히 무덤으로 돌아가네.
> 숲 바람 슬피 목매이듯 울고,
> 산 위에 뜬 달에는 시름겨운 빛 엉켜 있네.
> 인간 세상은 임시로 사는 것이니,
> 저승이 참으로 내 고향이로다.
> 누가 해골의 즐거움을 알리오,
> 천지와 더불어 끝이 없다네.
> 生不飽菽水, 死何羅豆觴. 一勺不復飮, 一臠那得嘗. 行出國都門, 永歸西陵
> 傍. 林風咽悲響, 山月凝愁光. 人間聊寄爾, 九原眞我鄕. 誰知髑髏樂, 天地同
> 未央.[14]

---

13) 이상의 내용은 졸고, 「자만시의 시적 계보와 조선전기의 자만시」, 『고전문학연구』 제31
집, 한국고전문학회, 2007, 343~346쪽에서 논의한 내용을 필요에 따라 축약 정리하여
제시한 것이다.

앞서 언급한 것처럼 도연명의 자만시 3수는 입관－장송－매장의 순서로 내용이 전개된다. 최기남의 시는 이와 달리 매 장마다 자신의 삶에 대한 회한과 상장례의 장면이 오버랩되는 한편, 저승이 자신이 진정 안주할 수 있는 곳임이 거듭 강조되고 있다. 이는 시인의 현실적 처지와 밀접한 관련을 갖는 것으로 보인다. 최기남은 본래 동양위(東陽尉) 신익성(申翊聖)의 궁노(宮奴)였던 인물이라고 한다. 타고난 재주로 신흠(申欽)・신익성 부자에게 인정을 받아 사대부들 사이에 알려지게 되었으나,[15] 신분의 한계로 인해 그의 삶은 빈궁함 그 자체였다. 그가 죽을 때 관조차 마련할 수 없을 만큼 가난하여 여러 문인들이 돈을 대 장례를 치루었다는 기록은 이를 잘 보여준다.[16]

죽음이 나쁜 이유는 삶이 우리에게 주는 풍요로움 때문이라고 할 수 있다.[17] 여기에서 최기남은 자신의 삶이 결코 좋지 않았음을 드러내고 있다. 사후 세계에 대해 기대하지 않는 이유는 삶에서 어떤 좋은 것도 없었기 때문이다. 최기남이 주목하는 것은 무엇보다 죽음, 더 정확하게는 매장까지의 과정이다. 자신의 시신을 담은 관은 도성 문을 나서 영

---

14) 崔奇男, 『龜谷詩稿』 卷一上, 『韓國文集叢刊』 續集 22, 서울 : 民族文化推進會, 2006, 315쪽.

15) 최기남은 1643년의 일본 통신사행에 포의의 신분으로 참여하여 문명을 떨치기도 하였고, 李景奭・趙絅 등에게 높은 평가를 받기도 하였다.

16) 최기남의 삶에 대해서는 張志淵, 『逸士遺事』 권3, 최기남조, 匯東書館, 1921, 86~89쪽을 참고할 수 있다, 성범중, 「龜谷 崔奇南의 삶과 시세계」, 『한국한시작가연구』 10, 서울: 태학사, 2006, 9~10쪽에서 재인용.

17) 여기에 대해서는 현대 철학자들이 죽음에 대해 제기한 문제들을 참조할 필요가 있다. 그들은 죽음의 문제를 논하면서 죽음이 과연 나쁜 것인가 하는 질문을 던진다. 가치론적으로 볼 때 죽음은 삶의 모든 좋은 것을 송두리째 앗아가기 때문에 나쁜 것이다. 그런 관점에서 볼 때 최기남의 언술은 죽음을 통해 도리어 삶의 문제를 제기한 것이라고 볼 수 있다. 셸리 케이건(Shelly Kagan), 박세연 옮김, 『죽음이란 무엇인가(Death)』, 엘도라도, 2012, 294~304쪽.

원히 무덤으로 돌아간다. 이때 숲 바람도 슬피 목매인 듯 울고, 산 위에 뜬 달엔 시름겨운 빛[愁光]마저 엉겨있다.

따라서 시에 등장하는 상장례의 공간은 아무도 돌보지 않는 고독하고 쓸쓸한 정경이 집중적으로 부각된다. "떠도는 혼 흩어져 어디로 가나, 바람되어 무덤 앞 나무에서 울부짖겠지. 세상에 나를 진정 이해하는 이 없으니, 내 죽음 위로한다고 누가 슬피 곡해주리[游魂散何之, 風號墓前木. 在世無賞音, 吊我有誰哭.]"(1장), "북망산 길 돌아보니, 솔바람은 차고 쓸쓸하여라. 까마귀떼 모였다 다시 흩어지더니, 황량한 들판을 에워싸면서 울며 날아가네.[睠言北邙道, 松風寒蕭蕭. 羣鴉集復散, 飛鳴遶荒郊.]", "누가 내 무덤인 줄 알리오, 나무꾼·목동이나 와 슬프게 노래하려나[誰知龜老藏, 樵牧來悲歌.]"(이상 3장) 등이 대표적인 예다. 시인의 죽음이 외롭고 쓸쓸한 이유는 이처럼 자신을 진정으로 이해해주는 사람이 없기 때문이다.

인용시에서 "한잔 술도 다시 마시지 못하리니, 한 점의 고긴들 어찌 맛볼 수 있으리오.一勺不復飮, 一臠那得嘗"과 '해골의 즐거움[髑髏樂]'이란 표현은 모두 『장자(莊子)』「지락(至樂)」편에서 온 내용들이다. 전자는 노나라 임금이 해조(海鳥)에게 어울리지 않는 음악과 주연(酒宴)을 베푸니, 새가 당황하여 감히 한 잔의 술과 한 점의 고기도 못하고 사흘 만에 죽었다는 고사로부터 온 것이다. 후자는 장자(莊子)가 초나라 가는 길에 맞닥뜨린 해골과의 대화내용 중에 나오는 내용이다. 해골이 된 것을 애처롭게 여긴 장자에게 해골은 자신의 즐거움을 이야기한다. 죽게 되면 산 자와 같은 괴로움이 없는데, 특히 죽음의 세계는 위로 군주가 없고 아래로는 신하가 없기에 즐겁다는 것이다. 이런 표현들은 신분제 질서 하에서 자신의 가치에 걸맞은 대우를 받지 못한 채, 가난과 고통 속에서 삶을 영위할 수밖에 없는 시인 자신의 처지를 암시한다.

최기남은 자만시 외에도 <자제문(自祭文)>과 자전(自傳)인 <졸옹전(拙翁傳)>을 남기고 있다. 이 작품들은 각기 63, 71, 74세에 지어졌는데, 시기적으로 가장 뒤의 작품인 <졸옹전> 안에 다시 자만시와 자제문을 인용하고 있어서 세 작품 간의 밀접한 관련성을 짐작할 수 있다. 시인은 자신이 "생업은 농업이나 상업도 아니요, 그럴듯한 호칭도 없는[業不農商, 身無號名]" 어중간한 중인출신임을 토로하면서, "보는 사람마다 조소하지만, 어딘지 모르게 교만한 기색이 있다[人見之, 莫不調笑, 熙然有驕傲之色]"고 하였다. 자신을 비웃는 양반들에 대해서는 "저들의 현달함이 지혜로 얻은 것이 아니요, 나의 궁함이 어리석음으로 인한 것이 아닌즉, 모두 타고 난 것이요 인위적으로 어찌 할 수 있는 일이 아니다. 그러니 저들과 같지 않음을 부끄러워한다면 본래부터 그렇게 된 이치를 모르는 것이다[彼之達非智得, 此之窮非愚失, 則皆天也, 非人也, 以不若人爲恥, 則不識固然之理矣.]"라고 자존심을 드러내고 있다. 하지만, 현실은 결코 녹록치 않아서 자신의 신념대로 행할 수 없기에, "평생 졸(拙)로써 스스로 지켜 분수 밖의 일은 조금이라도 두려워 피할[斯人生平, 以拙自守, 分外雖一毫, 瞿然畏避]" 수밖에 없었음을 밝혀두고 있다.[18]

최기남의 자만시에서 그려진 외롭고 쓸쓸한 상장례의 공간은 이렇게 현실에 대한 근원적인 부정의식으로부터 비롯된 것이라 할 수 있다. 아무도 돌보지 않는 쓸쓸한 무덤과 주변의 음산하고 처절하기까지 한 정경은 기실 현실에서 철저히 외면 받았던 시인의 비극적 처지를 형상화한 것이다.

---

18) 이상의 내용은 졸고, 「조선시대 自挽詩의 類型的 특성」, 『어문연구』 제146호, 한국어문교육연구회, 2010, 392~393쪽에서 논의했던 내용을 필요에 따라 다시 제시한 것이다.

2) 사후세계 : 현실보상과 초탈

앞서 언급한 것처럼, 자만시의 시적 전통에서 사후세계의 설정은 일반적인 경우는 아니다. 있다 하더라도 상징적인 제시나 죽음을 맞이하는 자세를 밝히는 정도로 마무리되는 경우가 많았다. 그런 측면에서 남효온의 자만시는 매우 독특한 경우라 할 수 있다. <자만 4장>은 죽음－장례－매장－사후세계－매장 이후의 일로 구성되어 있다. 이런 구성방식은 도연명의 자만시와 유사하다. 하지만, 상장례의 과정이 선조적으로 전개되는 도연명의 작품과 달리 남효온의 시는 상장례의 과정이 일정하게 반복[其一, 其二, 其四]되면서 그 사이에 삽입된 사후세계[其三]가 부각된다.

> 무양이 내 충성 천거하니, 상제는 내 재주 보시곤 기뻐하네.
> 용백국의 거인은 잉어를 타고, 우사는 비로 먼지를 가시게 하는구나.
> 뇌공은 우레로 도로를 깨끗이 하고, 화양동에서 나를 맞이한다.
> 자색 진흙으로 봉한 조서를 받드니, 추강의 모퉁이에 서광이 비치누나.
> …(중략)…
> 오늘 저녁은 또 무슨 저녁 인고, 이 몸이 연화대에 앉았다네.
> 궁궐은 붉은 고대광실인데, 구빈의 예법 엄숙하고 경건하다.
> 상수가 아황 여영은 <녹명>을 노래하고, 낙수의 복비는 <남해> 곡을 연주한다.
> 갖가지 관악기 소리 신묘하게 뒤섞이고, 선계의 붉은 구름 금 술잔에 가득하다.
> 궁궐 섬돌에서 붉은활을 하사하고, 광주리로 신성한 예물을 받들고 돌아 왔네.
> 옥황상제 나를 보고 웃으시고, 신선 무리들은 날 에워싸고 도는구나.
> 하루아침에 은혜를 받자오니, 명성이 천하팔방에 진동하네.

巫陽薦我忠, 上帝悅我才. 龍伯駕文鯉, 雨師開塵埃. 雷公淸道路, 逆我華陽
來. 詔書紫泥封, 照輝秋江隈. …(중략)… 今夕復何夕, 立我蓮花臺. 形庭赫
弘敞, 秩秩九賓開. 湘濱歌鹿鳴, 虙妃彈南陔. 簫管混希夷, 紅雲盛金罍. 陛陳
彤弓招, 承筐玄幣回. 玉皇向我笑, 群仙擁徘徊. 承恩一朝間, 聲名振八垓.

시인이 상정한 사후의 세계는 불우한 현실과 대비된다는 측면에서,
몽기·몽유록 계열 작품의 서사방식을 연상시킨다. 이런 기법은 비슷한
시기 김시습 『금오신화』 중의 <남염부주지(南炎浮洲志)>·<용궁부연록
(龍宮赴宴錄)>이나 심의(沈義)의 <기몽(記夢 : 大觀齋夢遊錄)>과 같은 몽기·몽
유록류 작품과 기식을 같이 한다. 이런 구도는 남효온의 다른 작품에서
도 발견된다. <수향기(睡鄕記)>(『추강집(秋江集)』卷四, 85면)가 그런 예다. 시
의 구조 상 시인이 천상의 궁궐에서 받는 대접이 융숭하면 융숭할수록
현실의 누추함은 도드라지게 된다.

동아시아 자만시에서 남효온의 작품과 같은 사후세계에 대한 구체적
형상화는 유례를 찾아보기 힘들다. 그런 점에서 이는 한국 자만시가 새
롭게 개척한 국면이라고 할 수 있다. 남효온 이후에도 이런 작품은 찾
아보기 힘들다. 다만, 일부 작품에서 남효온과는 다른 방식으로 사후세
계를 제시하고 있다. 임제(林悌), 조임도(趙任道), 이양연(李亮淵) 등의 작품
이 그런 예다.

시의 형태면에서 볼 때, 도연명류의 자만시와는 또 다른 계열의 작품
들이 있다. 주로 절구 형식으로 지어진 작품들이 그렇다. 이들 작품은
당대(唐代) 이후 만시의 단형화 추세와 궤를 같이 한다고 볼 수 있다.[19]

---

19) 王宜瑗, 「六朝文人挽歌詩的演變與定型」, 『文學遺産』 2000年 第5期, 北京 : 中華書局, 22~
32쪽.

이런 종류의 자만시들은 상대적으로 서사성이 위축되어 있다. 시가 담을 수 있는 내용이 제한되어 있기 때문이다. 단형화는 자연 도연명류의 자만시와는 다른 구성방식을 취하게 한다. 단형의 자만시는 자신의 삶을 간략히 총괄하거나, 죽음을 맞이하는 자신의 자세를 상징적으로 제시하는 데 그치는 경우가 많다. 여기에선 상장례의 구체적 정경이나 주검의 모습에 대한 상세한 묘사가 이루어질 여지는 없다. 때문에, 이들 작품에선 반어의 수사적 기교가 더욱 적극적으로 동원된다.

이런 자만시의 수사적 특성을 십분 활용한 예 중의 하나가 임제(林悌, 1549~1587)의 자만시다.

> 강한풍류 40년 세월 동안,
> 맑고 아름다운 명성 당시 사람들 놀래게 하고도 남았네.
> 이제사 학을 타고 진망을 벗어나니,
> 해상의 반도야 열매 새로 익겠구나.
> 江漢風流四十春, 淸名贏得動時人. 如今鶴駕超塵網, 海上蟠桃子又新.
> <자만(自挽)>[20]

자만시는 만시의 변격이라고 할 수 있지만, 시의 구성방식에선 일정하게 공유하는 부분이 있다. 만시의 구성 요소론 일반적으로 비탄(悲嘆)·진혼(鎭魂)·칭양(稱揚)을 드는데,[21] 자만시엔 이중 칭양의 부분이 빠지고 자성(自省)이 들어오는 경우가 많다. 애도의 대상이 타인이 아니라 자신이기 때문에 자연스럽게 생기는 변화라고 할 수 있다.

---

20) 林悌, 『林白湖集』卷三, 『韓國文集叢刊』 58, 서울 : 民族文化推進會, 1990, 288쪽. 번역문은 신호열·임형택 공역, 『(譯註)白湖全集』, 서울 : 창작과비평사, 1997, 371쪽을 따른 것임.
21) 최재남, 『韓國哀悼詩研究』, 마산 : 경남대학교출판부, 1997, 42~164쪽.

　그런데 임제의 시는 구성요소 중 자만시에선 찾아보기 힘든 청양만
이 극단적으로 드러난 경우다. 첫 구절의 강한풍류(江漢風流)란 임제가 자
신의 풍류를 동진(東晉)의 명신(名臣)인 유량(庾亮)의 풍류에 빗댄 표현이
다.22) 강한(江漢)을 한강으로 볼 수도 있으나, 임제의 환력(宦歷)이나 그의
생장지를 감안할 때 이 구절에선 한강을 의미하는 말로 보기 어렵다.
유량은 타고난 위의(威儀)가 있고, 담대하여 어떤 위기의 순간에도 침착
했던 인물이었다. 또 뛰어난 인품과 정치적 수완으로 많은 일화를 남기
고 있다. 한때 반란을 유발한 책임을 물어 그를 죽이려 했던 도간(陶侃)
마저 유량은 풍류만이 아니라 위정지술(爲政之術)도 겸비했다고 평가한
바 있다. 이렇게 임제의 시에선 자성도 비탄도 찾아보기 힘들다. 또, 어
떤 경로를 거치던 간에 죽음을 통해 삶을 조명해내는 일반적인 자만시
와 달리, 또 다른 공간인 선계를 이야기하는 것으로 마무리 한다. 죽음
을 시공간의 초탈로 형상화해내고 있는 것이다. 만시 중에 선계의 영원
성으로부터 삶의 유한성을 재확인하고 비탄하는 경우가 있기는 하지만,
이 시는 다소 과장된 정서로 애써 삶의 문제를 외면한 채 초월적 시공
간을 제시한다. 자신의 삶에 대한 회한이란 조금도 없는 듯 초월적 세
계로의 상승을 담담히 그려내는 것이다.

---

22) 江漢風流란 다음 고사와 관련이 있다. 庾亮이 征西將軍이 되어 武昌에 있을 때 長江 가
　에 누각을 세우고 이를 南樓라 불렀다. 날씨 좋고 경치 아름다운 어느 가을밤 막료 殷
　浩·王胡之 등이 南樓에 올라 시를 읊조렸다. 음조가 막 높아지려 할 때 계단에서 나막
　신 소리가 몹시 크게 들렸는데 유량이 행차한 것이었다. 유공이 종자 10여 명을 이끌고
　걸어오자 여러 명사들이 일어나 피하려 했더니, 유공이 천천히 이르길, "여러분, 잠시 머
　무시게. 이 늙은이도 이 자리에 흥취가 적지 않으이다."라고 했다. 그리고는 곧장 접이
　의자에 앉아 사람들과 함께 읊조리고 담소하면서 그 자리가 끝날 때까지 마음껏 즐겼다.
　이 일화가 『世說新語』「容止」편에 실려 전한다. 杜甫의 <江陵節度使陽城郡王, 新樓成,
　王請嚴侍御判官, 賦七字句, 同作> 시에도 "퇴청한 여가에는 막료들을 맞아 즐기니, 강한의
　풍류는 만고에 한 가지 정이로다 自公多暇延參佐, 江漢風流萬古情."라는 구절이 보인다.

시인의 실제 삶과 비교해 볼 때, 이 시의 '맑고 아름다운 명성淸名'이란 묘한 느낌을 주는 어휘이다. 시인은 여러 가지 사건으로 인해 구설에 오르고, 당시 사람들로부터 문사 외에는 평가할 것이 없는 인물이라는 평을 들은 바도 있다. 그런 모습은 이미 살펴 본 남효온의 시가 사후세계를 통해 현실을 반대로 그려낸 것과 상통한다. 하지만, 임제 자만시에서의 선계는 단순히 부정한 현실의 반면이라기보다 현실의 왜소함·한계성을 부각시키는 기능을 한다. 이 시에서 자신의 삶에 대한 반성적 통찰이 없는 이유를 여기에서 찾을 수 있다.

잘 알려진 것처럼, 임제는 임종 무렵 자식들에게 칭제(稱帝)도 못하는 누방(陋邦)에 살다가 죽는 것을 슬퍼할 것 없다는 유언을 남긴 바 있다. 또 항상 우스갯소리로 오대(五代)나 육조(六朝) 때에 태어났다면 돌림천자쯤은 되었을 것이라 호언하였다고 한다.[23] 앞서 언급한 것처럼 자만시의 자아는 이중성을 띤다. 임제의 자만시에선 반어적 표현을 통해 밖의 자아와 시 속의 자아가 대비되고 이것이 작품 전체에 역설의 미학을 만들어 내고 있다. 작품을 읽고 작품과 현실의 모순·괴리를 발견하는 순간, 시인이 자만시를 통해 의도한 바는 결실을 거두게 된다. 임제의 시에서 그 효과가 두드러지는 까닭은 자만시의 수사방식을 명료하게 인식하고, 이를 의도적으로 변화시켰기 때문이다. 이런 특성은 비단 수사적인 문제에 국한되지 않고, 현실과 자신의 삶을 바라보는 시인의 독특한 시각과 관련된다. 그런 점에서 이 시는 수사적 장치의 변화를 발생시킨 시인 내면의 에너지가 무엇인가란 질문을 우리에게 남기고 있다.

---

23) 李瀷, 『星湖僿說』 卷九, 人事門, 22~23쪽, <善戱謔>, "林白湖悌, 氣豪不拘檢, 病將死, 諸子悲. 林曰, '四海諸國, 未有不稱帝者, 獨我邦終古不能, 生於若此陋邦, 其死何足惜,' 命勿哭. 又常戱言, '若使吾値五代六朝, 亦當爲輪遞天子.' 一世傳笑."

임제가 자신의 죽음을 학을 타고 진망을 벗어나는 것으로 형상화한 것처럼, 조임도(趙任道, 1585~1664)는 자신의 죽음을 봉황의 승천에 빗댄 바 있다. 그는 퇴계의 재전 제자인 김중청(金中淸)에게 배웠는데, 소나무의 절조를 본받고자 간송(澗松)이라 자호하였다고 한다. 광해조에 폐모론에 반대하다 대북 세력의 보복을 피하기 위해 칠원현(漆原縣)의 금내(禁內)로 피신하였는데, 이때 그의 나이 34세였다. 조임도는 이곳에 상봉정(翔鳳亭)이란 정자를 짓고 다음과 같은 자만시를 남겼다.[24]

> 상봉정에 봉황이 돌아오지 않고,
> 표연히 곧장 흰 구름 사이로 올라갔네.
> 이로부터 호수와 산에 일정한 주인이 없으니,
> 밝은 달과 맑은 바람 만고에 한가롭다.
> 翔鳳亭中鳳不還, 飄然直上白雲間. 湖山自此無常主, 明月淸風萬古閒.
> <자만(自挽)>[25]

자만이라 했으니 이 시의 봉황은 시인 자신을 상징하는 것으로 볼 수 있다. 하지만, 이 시에는 어디에도 자신의 삶에 대한 언급이 없다. 임제의 작품과 마찬가지로 초월적 시공간을 과장된 정서로 제시하고 있지만, 조임도 자신의 죽음과 이것이 어떤 관련을 갖는 것인지도 분명히 드러나지 않는다. 그런 측면에서 조임도의 작품은 또 다른 종류의 독특함을 우리에게 보여준다. 특히, 전·결구에서 제시된 한가로움이란 말이 묘한 여운을 남기고 있다.

---

24) 조임도의 삶에 관해서는 허권수, 「남명·퇴계 양학파의 융화를 위해 노력한 간송 조임도」, 『남명학연구』 제11집, 경상대학교 남명학연구소, 2001, 353~387쪽을 참고할 수 있다.

25) 趙任道, 『澗松集』 卷二, 『韓國文集叢刊』 89, 서울 : 民族文化推進會, 1992, 45쪽.

그는 <자전(自傳)>을 남기고 있는데, 자신의 성품을 "비록 부귀한 집안의 위세가 하늘을 찌를지라도 아첨하고 굽히지 않았으며[雖貴家巨室勢焰熏天, 不欲詔屈]", "시세에 적당히 따라 처신함은 내가 할 수 없는 것이고, 권력자에게 붙어 남을 농락하는 일은 내가 하려고 하지 않는 것[俯仰浮沈, 翁不能也, 依阿籠絡, 翁不屑也]"이라고 적고 있다. 그래서 조임도의 부친조차도 "우리 애는 기질이 가을 물처럼 맑지만, 세속과 잘 어울리지 못하여 지금 세상에서 화를 면하지 못할까 두려울 따름[吾兒氣質, 瑩若秋水, 但恐其不能諧俗, 難乎免於今之世耳]"이라고 걱정하였다고 했다.26)

대북세력으로부터 언제 화를 입을지도 모르는 상황 속에서 시인은 자신의 죽음에 애써 초연함을 가장한다. 시인은 주인(자신)이 죽은 뒤 호산(湖山)이 만고에 한가로울 것이라고 사후의 정경을 서술하고 있다. 호산의 주인이란 말은 본래 소식(蘇軾)의 시로부터 온 표현이다.27) 세속의 명리를 번거롭게 여겨 돌아 가 호산(湖山)의 주인이 되었다는 의미이다. 이 시에선 환란을 피해 숨어사는 조임도 자신을 일컫는 말로 사용되고 있다. 그런데, 주인을 잃은 호산이 오래도록 한가로울 것이란 말은 무엇을 말하려는 것인지 분명하게 드러나지 않는다. 자신이 없으면 세상이 한가롭다고 했다는 측면에선 자신으로 인해 세상이 시끄러워졌다는 의미일 수도 있고, 앞 구절의 봉황이 세상으로 돌아오지 않고 떠나버렸다는 점을 감안하면 현실이 머물만한 곳이 못 됨을 반어적으로 표현했다고도 볼 수 있다. 그러나 어떻게 이해하더라도 이 자만시는 가급적

---

26) 趙任道, 『澗松集』 卷三, 『韓國文集叢刊』 89, 서울 : 民族文化推進會, 1992, 76쪽.

27) 王文誥 輯註, 『蘇軾詩集』 卷十三, 北京: 中華書局, 1982, 636쪽, <寄劉孝叔>, "自從四方冠蓋鬧, 歸作二浙湖山主." 이 시는 왕안석과 대립관계에 있던 劉述이란 인물에게 준 것이다.

자신이 처한 현실적 문제로부터 초연하고자 하는 시인의 내면의식의 발로가 아닐까 싶다. 그런 점에서 한가롭다는 말은 시인이 처한 현실의 문제와 관련하여 반어적인 표현이 된다.

임제의 학, 조임도의 봉황과는 또 다른 방식의 상징적 표현의 예로 주목되는 것이 낙척한 종실의 후손으로 특색있는 만시를 남긴 이양연(李亮淵, 1771～1853)의 작품이다.[28]

> 일생을 시름 속에 지내어,
> 달은 암만 봐도 모자라더라.
> 영원토록 길이 서로 대할 수 있으니,
> 묘지로 가는 이 길도 나쁘지만은 않구료.
> 一生愁中過, 明月看不足. 萬年長相對, 此行未爲惡.
> ＜自輓＞[29]

이제 시인의 가장된 죽음은 달 같은 개인적 상징물과 연계되어 표현된다. 이 시 역시 죽음을 통한 삶의 부각이란 자만시의 기본적 전략이 발견되지만, 달이란 상징물로 그것을 풀어낸다는 점에서 매우 세련된 느낌을 준다. 이양연은 ＜창연(悵然)＞이란 시에서 "밝은 달은 나의 등불이 된다[明月爲我燭]"[30]고 쓰고 있다. 선행 연구에 따르면, 명월(明月)은 백

---

28) 안대회, 「한국 한시와 죽음의 문제」, 『한국한시학회』 3, 한국한시학회, 1995, 74~75쪽. 안대회의 연구에 따르면, 이양연의 만시는 민간의 상여소리를 만시에 활용했다는 점에서 특색을 갖는다고 하였다.

29) 이가원, 『玉溜山莊詩話』, 『이가원전집』 5, 서울 : 정음사, 1986, 73쪽. 이 작품은 현전하는 이양연의 문집 『臨淵堂集』, 『山雲集』에는 들어 있지 않고, 서울대 규장각 소장본 『韓客巾衍集』 뒤에 합철되어 있는 『臨淵堂別集』에만 실려 있다. 본래 제목은 ＜병이 위급해져(病革)＞이나 이가원 선생은 김태준이 애송했던 이양연의 자만시라고 기록하였다.

30) 李亮淵, 『臨淵堂別集』, 서울대 규장각 소장본,

운(白雲)과 함께 이양연 시의 핵심적인 의상의 하나라고 한다. 달은 항구적으로 과거와 현재, 또 미래의 일을 비추고 있으며, 이지러지고 차오르면서도 연속성을 가기며 존재하기에, 시인에게 달은 인간 삶의 유한성을 극복할 수 있는 대체물로 존재한다.[31] 달을 아무리 바라봐도 부족하게만 느껴진 이유가 자신의 시름 때문이건만, 사후에 달과 영원히 마주할 수 있기에 나쁘지 않다는 이런 반어는 시인이 달로 상징한 의식의 연속선상에서 이해할 수 있다. 이렇게 자만시에서 제시되는 사후세계는 현실의 부족함을 채우는 것이거나 일체의 현실적 가치를 초탈할 수 있게 하는 공간으로서 제시된다. 이 두 가지는 표면적으로 서로 상반된 성질의 것이지만, 그것이 현실과 갖는 관계에 있어선 동일한 의미를 가지게 된다. 시인이 애써 자신의 죽음이 아쉬울 것이 없다고 하거나, 사후세계가 나쁠 것이 없다고 하더라도, 그것은 여전히 삶에 대한 미련을 담고 있는 말이기 때문이다.

4. 맺음말

김종직은 일찍이 남효온의 자만시를 읽고 다음과 같이 말한 바 있다.

나는 옛사람은 흔히 미리 자기 묻힐 자리를 만들어 놓은 일이 있다는 말을 들은 적이 있습니다. 또 시골 노인이 스스로 관을 만들고 의복과 이불 등 염습의 물건까지도 빠짐없이 다 준비하고, 죽을 때까지 관속에 누워보곤 하는 것을 본 적이 있습니다. 이는 다만 미리 준비해 둔다는 의미만이 아니라 은연중 오래 살기를 기원하는 것이라고 비웃는 자도

---

31) 박동욱, 「산운 이양연의 시세계 연구」, 한양대 석사학위논문, 2001, 31~32쪽.

있습니다. 지금 추강이 만시를 모의한 것도 이런 유가 아닙니까?

　僕嘗聞, 古之人, 多有豫作壽藏之兆者. 又嘗見鄕中老人, 自治棺槨, 至其衣
衾斂襲之物, 無一不備, 常常自臥其中, 以迄沒齒, 此蓋非徒爲緩急之用, 或有
哂其暗行祈禳之術者焉. 今秋江之擬挽, 無乃類是耶?

김종직은 남효온의 자만시가 실제 죽음을 예비한다기보다 삶에 대한
욕구를 은연중 표출한 것이라고 지적한다. 이는 비단 남효온의 자만시
뿐만이 아니라, 대부분의 자만시에 해당될 수 있는 말이다. 다만, 남효
온의 작품은 이를 극대화했다고 평가할 만하다. 그것은 무엇보다도 사
후세계의 설정과 같은 독특한 표현방식에서 이유를 찾을 수 있을 것이
다. 앞서 언급한 것처럼 남효온의 작품 안에서 사후세계는 시인이 처한
현실과 상대된다. 시인은 이 사후세계의 조명을 통해 은연중 현실의 문
제를 부각시키고 있다. "죽은 뒤의 이 복록 누가 나와 견줄건가, 내 장
사 치른다고 재물일랑 허비말게[冥福誰我竝, 毋爲我傾財]"(其三)라고 현실에
미련이 없음을 가장하여도, 그 말이 도리어 어떤 바람으로 들리는 것도
그 때문이다. 애써 현실을 외면하면서도 결국 현실적 가치에 대한 미련
을 버리지 못하는 자아의 모습, 그것이 자만시가 다루는 내용이 어떠한
경로를 거치더라도 결국 삶의 문제가 될 수밖에 없는 이유일 것이다.

자만시는 시적 효과란 측면에서 볼 때, 실제 죽음에 대한 사고가 집
요해질수록, 또 죽음의 의식에 집중할수록, 독자는 죽음에 대한 비탄보
다는 삶의 소중함을 느끼게 된다. 그런 점에서 자만시는 역설적인 미적
구조물인 셈이다.

대표적인 죽음문제 연구가인 필립 아리에스의 연구에 따르면, 중세
유럽인들에게 가사(假死)는 근원적 공포의 하나였다고 한다. 이 무렵 자
신이 죽더라도 죽음이 분명해질 때까지 기다려 묻어달라는 유언이 많

았던 것도 이 때문이었다. 죽은 줄 알고 묻은 사람이 무덤 속에서 깨어
났다거나, 무덤 속 부장품을 노린 도둑의 사체 훼손과정에서 시신이 깨
어났다는 등의 풍문이 이 시기에 만연했던 것은 죽음에 대한 공포를 잘
보여준다.[32]

　동아시아의 경우도 죽음은 금기의 대상이었다. "삶을 모른다면 죽음
을 어찌 알겠느냐?[未知生, 焉知死]"(『논어(論語)』「선진(先進)」)고 했던 공자에
게서 우리는 죽음에 대한 논의를 애써 회피하거나 방임하는 자세를 발
견하게 된다. 요컨대 죽음은 공경하면서도 멀리할 대상이었던 것이다.
우리의 경우도 이와 크게 다르지 않았다고 할 수 있다. 그런 측면에서
자만시는 문학사는 물론 문화사적으로도 매우 독특한 위치를 점하게
된다. 상장례가 상상속의 공간이 되고, 자신의 죽음과 주검이 대상화되
기 때문이다. 이 과정에서 상장례의 대상과 주체가 착종되며, 내가 나
의 주검을 이야기하는 기묘한 형태가 만들어진다. 특히, 후자의 경우
처참한 시신 묘사가 등장하기도 한다. 어떤 측면에선 중세 유럽인들이
그토록 두려워했던 무덤 속의 나[假死상태]를 자만시는 즐겨 묘사했다고
도 볼 수 있다. 이런 표현들은 독자로 하여금 죽음에 대해 몸서리쳐질
정도의 두려움을 안겨주게 된다. 하지만, 이런 특수한 공간과 상상들은
죽음 자체를 예비한다기보다 현실세계에 대한 불만과 삶에 대한 미련
을 드러낸 것일 때가 많다. 물론, 정국의 격랑으로 인해 죽음이 목전에
이르렀거나, 실제 죽음을 맞이하게 된 시인들의 자만시도 있다. 그들의
자만시는 임종 무렵의 유언과도 같은 성격을 지니기도 한다. 그러나,

---

32) 필립 아리에스, 고선일 옮김, 『죽음 앞의 인간 L'homme Devant la Mort』, 서울 : 새물결,
　　2004, 693~711쪽.

대부분의 자만시는 역시 단순한 유언장이라고 볼 수 없을 것 같다. 그 이유는 다른 무엇보다도 이들 작품 유형이 보여주는 공간과 상상력의 특수성에서 찾을 수 있다.

죽음의 문제는 문학에서 시공을 초월한 가장 보편적인 테마 가운데 하나이다. 문학이 종교와 다른 점은 생사의 문제에 대해 해답을 제시하는 것이 아니라, 그에 대한 번민과 고통을 몸서리처질 정도로 실감나게 전한다는 점에 있다. 생사의 문제로부터 완전히 해탈하였다면 문학이 존재할 자리는 없다. 자만시도 그러하다. 자신의 고민을 죽음이라는 극단적 상상에까지 끌고 가 토로하고 있지만, 그것이 진정으로 죽음을 선택하겠다는 것은 아니다. 마찬가지로 생사를 초탈했다고 말할지라도 정말 현실의 삶에 미련이 없다는 것은 아니다. 자만시는 현실의 문제가 개체 인간에게 주는 고통에 대한 심각한 고민을 우리에게 절절하게 제시하는 것일 뿐이다. 그런 측면에서 자만시는 자전적 글쓰기의 한 극단으로서 접근할 필요가 있다.

심노숭(沈魯崇)의 자전문학(自傳文學)에 나타난 글쓰기 방식과 자아 형상[*]

정우봉

1. 서론(序論)

아우구스티누스의 『고백록(告白錄)』에 기원을 둔 서구(西歐)의 자전문학
(自傳文學)[1]은 서구 특유의 고유한 문학 양식으로 인식된 적도 있었다.
하지만 동양문화권 내에서도 자전문학의 존재와 그 역사적 변화상에
대한 인식과 함께 그 연구 성과 또한 활발하게 제출되었다.[2] 동아시아

---

[*] 이 글은 "『민족문화연구』 제62호, 고려대학교 민족문화연구원, 2014."에 게재된 것이다.

1) 自傳文學이라는 용어 이외에 自敍傳, 自傳的 글쓰기, 自己 敍事, 自傳, 自傳的 敍事 등의
   용어가 사용된다. 여기서는 自傳文學으로 통일하여 사용한다.

2) 일본에서는 佐伯彰一, 『日本人の自傳』, 講談社, 1974 ; 中川久定, 『自傳の文學』, 岩波書店,
   1979 ; 佐伯彰一 編, 『自傳文學の世界』, 朝日出版社, 1983 등의 성과를 통해 일본 내에서
   의 자전문학의 실상 및 자전문학 일반에 대한 다양한 논의가 1970년대 이래로 활발하게
   진행되어 왔다. Wu, Pei-yi, *The Confucian' progress : autobiographical writings in traditional
   China*(Princeton University Press, 1990) ; 川合康三, 『中國の自傳文學』, 創文社, 1996(심경
   호 역, 소명출판, 2002)는 중국의 自傳文學을 다룬 대표적인 연구성과이다. 우리나라의 경
   우 2000년대에 들어와 자전문학에 관한 학문적 관심이 본격화되었다. 自撰墓誌銘을 중심
   으로 한 연구, 여성의 자전적 글쓰기를 중심으로 '자기서사'를 개념화하는 연구, 畵像自讚

문학사의 전통 속에서 자전문학이 어떠한 성격과 특징을 지니며 변화해 왔는지를 살펴보는 작업은 앞으로 해명해야 할 과제이다. 여기에서는 조선후기 자전문학의 중요한 성과로 평가될 수 있는 효전(孝田) 심노숭(沈魯崇, 1762-1837)의 사례를 집중적으로 살펴보고자 한다.

심노숭(沈魯崇)은 자기의 삶을 서사화하는 데에 특별한 관심을 가졌다. 그는 단행본 형태의 장편 서술 속에 자기의 삶을 매우 상세하게 기록했으며, 다양한 형식을 활용함으로써 자전적 글쓰기의 실험을 모색했다. 문집 『효전산고(孝田散稿)』(전38책) 내에 『자저기년(自著紀年)』 1책과 『자저실기(自著實記)』 2책을 남겼으며, <소진자찬(小眞自贊)>을 썼다. 자전적 글쓰기 방식에 있어서 심노숭은 화상자찬(畫像自贊), 자찬연보(自撰年譜) 등 기왕의 형식 이외에 주제별 분류 방식을 새롭게 채택함으로서 자기 삶을 다각적으로 증언하고자 하였다. 더 나아가 심노숭(沈魯崇)은 사건과 행적을 단순히 나열하는 통상적인 자전문학(自傳文學)의 서술 방식에 그치지 않고 자신의 내면과 심리를 진지하게 성찰했으며, 숨기고 싶은 비밀이나 자신의 결점과 단점까지도 스스럼없이 토로하였다. 주제별로 구획하여 자기를 이야기하는 방식은 종래 자전문학의 형식과는 매우 다르다는 점에서 주목된다. 그리고 남에게 드러내 보이고 싶지 않은 내밀한 자기 모습을 공개적으로 노출하는 점 또한 중요한 의미를 지닌다.

지금까지 심노숭의 자전문학(自傳文學) 전반에 관해서 본격적인 연구가 이루어지지 않았다.3) 안대회에 의해 『자저실기(自著實記)』의 몇몇 일화들

에 초점을 둔 연구, 승려들의 자전문학에 대해 고찰한 연구 등 다양한 방면에서 연구가 이루어지고 있다. 아울러 외국의 자전문학 연구성과를 소개하거나, 우리나라 자전문학의 작품들을 해제와 함께 전반적으로 소개하는 작업도 함께 진행되었다. 이에 대해서는 참고문헌에 소개해 두었다.

3) 최근 들어 심노숭의 유배일기 『남천일록』을 다룬 논문이 제출되었고, 심노숭의 문집을 영

이 소개되었으며,4) 최근 『자저실기』를 우리말로 번역한 성과가 출간되었다.5)

2. 심노숭(沈魯崇) 자전문학(自傳文學)의 글쓰기 방식

효전(孝田) 심노숭(沈魯崇, 1762-1837)은 다른 어떤 문인들보다도 자신의 행적과 일상을 자기 스스로 직접 기록하는 데에 열중하였다. 심노숭은 편년체 형식의 자찬연보(自撰年譜)를 작성하였고, 항목별 분류를 통해 자기 삶을 기록한 『자저실기(自著實記)』를 썼으며, 초상화에 붙인 <소진자찬(小眞自贊)>을 짓기도 했다. 일기를 제외하고 심노숭이 남긴 자전문학을 도표로 예시하면 다음과 같다.

작품 명칭	형식	저술연대	내 용
自著紀年	年譜	1811-1832	編年體의 형태로 1811년 이후 기록한 年譜
小眞自贊	自贊	1818-1819	초상화에 붙인 自贊
自著實記	筆記	1829-1830	像貌, 性氣, 藝術, 聞見內篇, 聞見外篇 등 주제별 항목으로 세분하여 자신의 삶을 기록

심노숭의 자전문학 창작에서 흥미로운 사실 중의 하나는 <소진자찬(小眞自贊)>을 제외하고 『자저기년(自著紀年)』과 『자저실기(自著實記)』가 모두 장편의 자기서사라는 점이다. 심노숭은 자전(自傳), 자찬묘지명(自撰墓

인하는 작업이 진행되고 있다. 김영진, 「유배인 심노숭의 고독과 文筆로써의 消愁」, 『근역한문학』 37, 근역한문학회, 2013. ; 정우봉, 「심노숭의 『南遷日錄』에 나타난 내면고백과 소통의 글쓰기」, 『한국한문학연구』 52, 한국한문학회, 2013. 참조.

4) 안대회, 『천년 벗과의 대화』, 민음사, 2011. 참조.

5) 심노숭, 안대회 외 역, 『자저실기』, 휴머니스트, 2014.

誌銘) 등의 작품은 따로 남기지 않았다. 『자저기년(自著紀年)』(1책)과 『자저실기(自著實記)』(2책)는 장편의 자기서사이며, 상호 보완적 성격의 저술이다. 전자는 편년체 형태로 자기 생애를 순차적으로 서술하였으며, 후자는 주제별 서술 방식을 통해 다방면에게 걸쳐 자기 삶의 각 면모들을 부각시켰다. 그리고 후자에서 보이는 주제별 서술방식은 이전의 자전문학 창작에서 시도되지 않았던 글쓰기 방식이라는 점에서, 더 나아가 중국과 일본에서도 그 사례를 찾기가 어렵다는 점에서 특별한 의미를 지닌다.

또 하나 심노숭의 자전문학에서 주목되는 점은 자기 삶을 기록하는 작가의 기본적인 서술 태도와 자세이다. 그는 자기를 미화(美化)하거나 과장하지 않고 정직하게 기술하고자 하였으며, 더 나아가 숨기고 싶은 비밀과 부끄러운 과거, 자신의 결점과 단점까지도 과감하게 기록했다. 자기 묘사의 정직함, 내밀한 감정과 욕망을 숨김없이 고백하는 자세가 심노숭의 자전적 글쓰기의 기본적인 태도였다.

> 비록 자손과 후인들이 기록할지라도 사사로움에 얽매이고 지나치게 칭송을 하여 사실과 멀어지고 실상을 잃어버리게 되니, 차라리 죽기 전에 자기 스스로 기록하는 것이 낫다. 초상화를 그려두어 죽으면 그것을 사당에 보관하여 제사를 지내는데, 구구하게 그림을 빌려서 얼굴이 비슷하기를 애써 구한들 칠분(七分)조차도 얻기 어렵다. 이것을 가지고 그 사람을 후세에 전하고자 하는 것은 지엽적인 방법이다. 차라리 연보(年譜)에다가 사실과 언행을 기록하여 자손과 후인들로 하여금 읽게 하는 것이 더 낫다. 그렇게 하면 얼굴을 보는 듯 말을 듣는 듯한 데에 그칠 뿐이겠는가?6)

---

6) 沈魯崇, <自著紀年敍>, 『孝田散稿』(연세대 소장본) 22책. 雖有子孫後人之紀之, 私弊而過

　　내편(內篇)은 본 것을 수록하고 외편(外篇)은 들은 것을 수록하였으니,
요컨대 모두 실제 마음으로 실제 행적을 서술하였다. 사실에 맞지 않는
것이 조금이라도 있으면 농부가 잡초를 뽑아버리듯 다 제거하였다.[7]

　위의 인용문은 『자저기년(自著紀年)』과 『자저실기(自著實記)』를 집필하는
작가의 기본자세, 태도를 잘 보여준다. 타인의 손을 빌리지 않고 자신
이 직접 실제 삶의 행적을 정직하게 묘사하는 것이 무엇보다도 중요하
다고 보았다. 남에 의해 기록되는 순간 미화와 과장은 불가피하며, '사
사로움에 얽매이고 지나치게 칭송하여' 실상과 멀어지게 된다. 사실과
부합하지 않은 것들은 농부가 잡초를 뽑듯이 제거해야 한다고 주장했다.
　심노숭은 초상화와 자기서사의 글쓰기를 비교함으로써 자전문학의
장점을 부각했다. 회화 장르로서의 초상화와 문학 장르로서의 자전문학
을 상호 비교하는 방법을 택했다.

　　터럭 하나라도 비슷하지 않으면 곧 그 사람이 아니다. 그림도 그러하
거늘, 글로 어찌 다 그릴 수 있겠는가? 그렇지만 그림으로 그려내지 못
하는 것을 글이 표현해내기도 한다. --- 나는 어려서부터 초상화를 좋아
해서 화공을 만나면 그에게 그려줄 것을 부탁을 했다. 여러 화가를 거쳐
초상화 수십 점을 바꾸어 그렸지만 하나도 비슷하지 않아서 끝내 싫증
을 내고는 중단했다. 그림으로 그려내지 못한다면 글로 기록하지 않을
수 없다. 글은 남에게 의지할 필요가 없이 차라리 자기가 직접 써서 후
세 사람들로 하여금 믿게 하는 것이 더 낫다.[8]

與, 事遠而失實, 不如未死自紀之也. 人有畵眞, 死而尊閣而祭祀之, 區區假丹靑, 切切然求其面
目之似, 而鮮有得乎七分者, 欲以此傳其人, 末矣. 孰如譜之載事紀言, 使其子孫後人讀而知之,
不啻若見其面而聞其言乎?
7) 沈魯崇, <自著實記跋>, 『孝田散稿』 34책. 內篇屬見, 外篇屬聞, 要皆以實心敍實蹟. 一有或
近於不實者黜之, 如農夫之去莠稗.

실물과 아무리 흡사하게 그린다고 하더라도 근사함만을 얻을 뿐임을 지적하면서, 자신의 경험담을 들려주기도 했다. 화공을 구하여 자신의 초상화를 그리게 한 적이 여러 번이었지만, 한번도 자신과 비슷한 초상화를 얻지 못했다고 하였다. 오히려 자신의 손으로 직접 글로 남기는 것이 초상화를 그리는 일보다 더 낫다고 결론을 내렸다.

사실 자신의 삶을 있는 그대로 그려내는 것은 불가능하다. 지나온 자기 삶을 객관적으로 기억할 수도 없을 뿐만 아니라 기억의 편린들을 서술 시점에서 작가의 임의대로 취사선택하게 되며, 또한 그것을 언어로 표현하는 과정에서 굴절되기 마련이다. 여기서 우리가 지적하고자 하는 점은 자기 삶을 최대한 정직하게 있는 그대로 묘사하는 것이 사실은 불가능하지만 그 불가능한 점을 의식하든 의식하지 않든 실천해 나가고자 하는 심노숭의 창작 태도와 정신이다. 마치 루소가『고백록』에서 한 인간의 내면을 '있는 그대로' 보여주고, "어떤 식으로라도 독자 앞에 내 심혼을 투명하게 드러내고 싶다"고 하였던 태도와 흡사하다. 자신의 삶을 솔직하게 내보이는 삶, 투명한 삶은 루소가 지향하는 것의 하나였다.9) 그리고 심노숭에게 보이는 서술 태도는 17세기 영국의 작가이며 행정가였던 피프스(1633-1703)의 『일기』에 보이는 투철한 산문 정신과 유사한 점을 지닌다. 피프스는 10년 동안 일기를 작성하면서 여성 편력 등을 포함하여 자신의 일상을 꼼꼼하고 세심하게 기록하였는데, 이에

---

8) 沈魯崇, <像貌>, 『自著實記』, 『孝田散稿』 33책. 一毫不似, 便非其人. 畫猶然也, 記安盡之? 然而畫之所不到, 記或得之. 如白皙疎眉目美鬚鬢, 想見博陸候, 千載如一日. 此豈區區丹青之 可能哉? 余自少日喜寫眞, 遇有工者, 輒乞之, 閱幾人, 易累十本, 無一似, 卒意倦而止. 畫之旣 不得, 不得不記之, 記之不必須人, 不如自己之使後人信之.

9) 정승욱, 「자서전 문제(1) : 루소의 고백의 경우」, 『프랑스문화예술연구』 20, 프랑스문화예술학회, 2007. 참조.

대해 삶의 총체성에 도전하려는 산문 정신, 또는 현실을 있는 그대로 인정하려는 산문 윤리에 투철하였던 것으로 평가하였다.10)

　사실에의 철저한 정직성을 목표로 하였던 심노숭의 자전문학은 글쓰기 방식을 다양화하는 한편 실험적 모색을 시도하기도 했다. 연보(年譜) 형태로 자기 삶을 기록하는 대부분의 자전(自傳) 작품들은 공적인 삶을 위주로 서술하였고, 작가의 감정을 최대한 억제한 채 사건 위주로 서술하였다. 이에 비해 심노숭(沈魯崇)의 『자저기년(自著紀年)』은 개인적 삶의 여러 사건들을 매우 감성적인 필치로 회상하기도 하고, 때로는 생동감 있는 언어적 형상을 통해 표현하기도 했다. 먼저 연보(年譜) 형태로 자신의 생애를 정리한 『자저기년(自著紀年)』을 살펴보자. 『자저기년(自著紀年)』은 1811년부터 기록하기 시작하여 1832년까지 지속적으로 작성되었다.

　　1817년 12월 13일. 이씨 첩(妾)과의 사이에서 태어난 딸은 이름이 오원(五媛)인데 일찍 죽었다. 아이는 을해년(1815년) 3월에 태어났다. 용모가 여리고 연약했지만, 성품이 몹시 총명하여서 돌이 지나자마자 걸어다녔고, 두돌이 되었을 때에는 말을 할 줄 알았다. 내가 시를 지어 읊을 때면 내 곁에 있다가 번번이 손으로 높고 낮은 운을 맞추는 모습을 해보이고, 나를 아빠라고 불렀다. 그 어미는 나무라면서 제지했다. 그때마다 아이는 하루 종일 성을 내며 울었는데, 나는 상서롭지 못하다고 여기며 심히 싫어했다. 봄과 여름에 논산 관아에 있었는데, 여종들이 학질에 걸려 온집안이 전염병이 들었고 아이 또한 죽음을 면하지 못했다. ----- 그 아이의 죽음은 전적으로 내가 집을 떠났다가 돌아오는 바람에 그 어미로 하여금 약을 마음대로 쓰게 만든 데에서 연유하였으니, 구렁으로 손수 밀어넣은 것과 다름이 없다. 이를 생각하니 창자와 위가 찢어지고

---

10) 윤혜준, 「새뮤얼 핍스의 일기에서의 주체와 문체」, 『영어영문학』 44, 한국영어영문학회, 1998. 참조.

끊어지는 듯하여 견딜 수가 없었다. 남들은 이를 두고 지나치다고 하고,
나 또한 그 점을 알고 있지만, 굳세게 제어할 다른 방도가 없으니 어찌
할 것인가!11)

위 인용문에서는 소실(小室)과의 사이에서 태어난 딸의 요절을 다루었
다. 심노숭은 정실(正室) 부인과의 사이에서 1남 3녀를 두었는데, 딸 하
나만이 생존하였다. 인용문에 등장하는 딸은 소실(小室) 이씨(李氏)와의 사
이에서 낳은 자식이었다. 어려서 총명하였던 딸은 만 세 살이 되기 전
에 학질을 앓다가 죽었다. 심노숭은 딸과의 추억을 떠올리면서 아버지
로서의 미안한 마음을 표현했다. 소실의 소생이었기 때문에 아버지라고
부르지 못하게 하자 성내고 크게 울던 아이에 대해 아버지는 다정하게
감싸주지 못하고 서럽게 우는 모습을 싫어하기만 했다고 회상하였다.
그리고 며칠 동안 집을 비운 사이에 그 어미가 약을 잘 못 쓰는 바람에
딸이 죽게 된 점을 지적하면서 자책과 회한의 감정을 감추지 않았다.
요절한 딸의 죽음을 두고 자책하고 슬픔에 젖어 있는 것을 지나친 행동
이라고 경계하고 비난한 이들에 대해 작가는 그것이 자연스럽게 우러
나오는 진심의 발출인 이상 애써 제어하거나 회피할 필요가 없다고 말
하였다.

조선 전기부터 이어져 온 자찬연보의 창작 전통은 조선 후기에 이르
러 더욱 활발해진다. 낭선군(朗善君) 이우(李俁), 정유한(鄭惟翰), 이의현(李宜

---

11) 沈魯崇, 「自著紀年」, 『孝田散稿』 22책. 1817년 12월 13일. 十二月十三日, 妾李所生, 女名
五媛殀. 兒以乙亥三月生. 貌脆弱, 性極慧, 纔朞而行, 二朞而言. 余得詩吟之, 在我傍, 輒以手
爲高下韻節狀, 喚余爺. 其母呵止之. 兒終日恚哭, 余謂不祥, 甚惡之. 春夏在魯縣, 婢屬疥疾,
渾舍相染, 兒亦不免. ---- 且其死殆若全由於余之離捨而來, 使其母妄試藥, 無異手推槃. 念及
此, 腸摧肚裂, 無以按過. 人謂過甚, 余亦自知, 而剛制之道, 果無其術, 爲之何哉?

顯), 남용익(南龍翼), 정태화(鄭太和), 조현명(趙顯命) 등이 자찬연보를 창작했
는데, 낭선군(朗善君) 이우(李俁)의 『백년록(百年錄)』, 정유한(鄭惟翰)의 『고금
사적(古今事蹟)』, 남용익(南龍翼)의 『호곡만필(壺谷漫筆)』, 정태화(鄭太和)의 『양
파연기(陽坡年紀)』 등은 별도의 단행본으로 유통되었다. 특히 정태화(鄭太
和)의 자찬연보인 『양파연기(陽坡年紀)』는 여러 종의 이본이 발견될 정도
로 그 유통 범위가 넓었다.[12]

심노숭의 『자저기년』은 이같은 자찬연보의 전통을 계승하였다. 『자
저기년(自著紀年)』에서 심노숭은 과거 생애 중에서 인상적인 사건을 택해
때로는 생동감 있는 언어로 묘사하기도 하고, 감회 어린 서정적 필치로
서술하기도 하였다. 어머니와 큰 딸이 죽음에 이르는 과정을 상세하게
묘사하는 한편 그들의 생전의 생활을 회상하면서 화자 내면의 심리를
가감없이 표현하고자 했다. 1794년 제주도를 출발하여 배를 타고 전라
도로 건너올 때의 위급한 상황을 생동감 있게 묘사하거나 친구들이 갹
출한 돈으로 집을 구입한 사연 등이 인상적이며, 큰 딸의 죽음에 대한
애틋한 심정과 자책감을 토로한 대목은 양적으로도 상세할 뿐만 아니
라 독자의 감동을 자아내는 부분이다. 금강산 여행을 가기 전에 병에
차도가 있다고 하여 병을 앓고 있는 큰 딸을 두고 여행을 갔었는데, 돌
아와 보니 오히려 병이 더욱 위중해져 있음을 알게 된 화자는 후회와

---

12) 자찬연보의 경우에는 자전문학 연구에서 많이 다루어지지 않았다. 하지만 조선시대 자찬
연보들을 시기별로 정리하고 체계화하는 작업은 앞으로 필요하다. 아울러 자전문학 연구
의 관점에서 보았을 때 심노숭의 『自著紀年』 이외에 중인출신 작가 馬聖麟이 쓴 <平生
憂樂總錄> 또한 주목된다. 마성린은 그 글에서 자신의 생애를 연대기적으로 기술하면서
자기 가족들의 죽음 등과 같은 사건에 대해 상세하게 서술하면서 자신의 내면 감정과
심리를 적극적으로 표현했다. 자전문학사의 흐름 속에서 자찬연보를 체계적으로 파악하
는 작업은 후고로 미룬다.

자책감에 견딜 수 없는 고통을 겪게 된다.[13] 큰 딸의 따뜻한 품성, 가난 속에서 힘든 생활을 영위하였던 과거의 기억들, 그리고 병에 걸려 신음하면서도 금강산 여행길을 떠나는 아버지를 기뻐하였던 착한 모습, 그 후 더욱 병이 위중한 상태에 빠지게 된 과정을 화자는 섬세한 필치로 묘사했다. 그같은 묘사 속에서 심노숭은 큰 딸에 대한 애정과 함께 아버지로서의 미안한 마음과 자책의 심정을 효과적으로 담아내었다. 자찬연보의 경우 공적인 사건들을 무미건조하게 나열하는 예가 많은데, 이러한 예에서 보듯이 심노숭의『자저기년』은 화자의 내면적 정감과 심리를 섬세하고 곡진하게 표현하였다.

심노숭의 자전문학에 있어 중요한 면모의 하나는 글쓰기 방식의 다양성 및 실험적 모색이다. 자전문학은 대체로 시간의 순서에 따라 연대기적 서술 방식을 택하는 것이 대부분이다. 심노숭의『자저기년(自著紀年)』이 여기에 해당되는 저술이다. 이와 상보적 관계에 있는『자저실기(自著實記)』는 독특한 구성방식 ─ 주제별, 테마별로 구분하여 자기 삶을 기록하는 방식 ─ 을 취하였다.

심노숭은『자저실기(自著實記)』에서 '상모(像貌)', '성기(性氣)', '예술(藝術)', '문견내편(聞見內篇)', '문견외편(聞見外篇)' 등의 항목으로 세분하여 자기 삶의 다양한 면모를 입체적으로 조명했다. '상모(像貌)'는 자신의 외

---

13) 큰 딸의 죽음을 다룬 대목을 일부 들어본다. 沈魯崇,「自著紀年」,『孝田散稿』22책. 五月十四日, 遭長女李氏婦喪. --- 乙亥爲小屋城中, 始分炊. 余遂與妾李寅食從宦, 女之勤力重甚, 而亦自喜之. 丙子後寒熱勞漸, 一如其母親病祟, 雜試蔘料, 或效及, 所謂赴縣纔五朔, 重罹間二日허病, 仍而從余, 顚頓而歸. 病過冬無減. 正月爲京計買斗屋, 里門洞打頭之室, 數米之食, 病中苦趣, 非人所堪, 無力相友. 余固深念, 而尙以病久之, 故此心或至漸弛. 海嶽行前一日, 就別爲余踈鬱, 渠言喜之. 及歸, 病則深矣. 神氣言語, 視前, 便是別人, 不可以汗後減勢爲喜, 余心則然, 犯忌重添, 又是不意, 余所深恨. 使余不作山行, 而自初視病, 則必不至此, 此爲余沒身之痛.

모(外貌)와 관련된 사항을, '성기(性氣)'는 자신의 기질(氣質), 성격, 기호(嗜好) 등과 관련된 사항을, '예술(藝術)'은 자신의 문학 예술 분야에 관련된 사항을 각각 서술하였다. '상모(像貌)' 항목에서 심노숭은 자신의 외모를 매우 상세하게 묘사했다.

> 입은 작고 입술은 도톰하며 색이 붉다. 콧수염은 입을 덮지 않는다. 구레나룻이 귀밑까지 뻗었는데, 드문드문 털이 난 사이로 살진 것이 보이고 길이는 목에 간신히 닿는다. 콧대와 광대뼈 사이에는 마마자국을 세어 볼 수 있을 정도이다.[14]

자전문학 작품 중에서 위의 예처럼 자신의 외모를 상세하게 묘사하는 경우는 찾기 힘들다. 심노숭은 자신의 얼굴을 최대한 사실적으로 묘사하고자 노력했다. '성기(性氣)' 항목에서 심노숭은 자신의 성격, 기질 등에 대해서 매우 상세하게 기록해 두었다. 장점에 속하는 것뿐만 아니라 단점, 결벽증에 해당되는 사항까지 빠짐없이 기록해 두었다. 이 점이 여타 자전문학 작품과는 구별되는 지점이다.

이같은 서술 태도는 기록벽(記錄癖)으로만 설명되기는 어렵다. 자기 삶의 모습을 '있는 그대로' 드러내 보임으로써 자기 존재를 정직하게 마주하고자 하는 태도, 객관적으로 자기 삶을 서술하는 것이 불가능함에도 그 불가능을 끝까지 실천해 나가고자 하는 태도가 중요하다고 생각된다. 그러한 태도는 종전의 사대부 문인들이 자기 검열 속에서 스스로를 감추거나 숨기고자 했던 것과 다른 성격으로 이해된다.

---

14) 沈魯崇, <像貌>, 『自著實記』, 『孝田散稿』33책. 口小脣敦, 其色含硃. 髭不蔽口, 鬚靭至耳, 疎或見肥, 長纔及領. 準顴上痘斑可數.

한편 '문견내편(聞見內篇)'은 심노숭이 직접 본 사실 — 주로 당대의 정치와 관련된 — 을 기록하였는데, 당대 인물의 일화와 정치적 야사(野史)가 주된 내용을 이루며, '문견외편(聞見外篇)'은 전대의 야사집(野史集) 등에서 뽑아 전재(轉載)하였다. '문견내편(聞見內篇)'과 '문견외편(聞見外篇)'은 각각 100여 항목에 걸쳐 구성되어 있는 만큼 『자저실기(自著實記)』 중에서 가장 많은 분량을 차지한다. 주제별 항목 설정을 통해 자신의 외모, 성격, 기호, 습관에서부터 문학 예술 분야의 활동 등을 다루었으며, 자신이 견문한 사실, 일화뿐만 아니라 각종 야사집에서 추출한 일화 등을 포괄하였다.[15]

『자저실기(自著實記)』의 서술방식은 시간의 흐름에 따라 사건과 행적을 나열하였던 통상적인 자전문학의 글쓰기 방식과 크게 다르다는 점에서 주목된다. 『자저기년(自著紀年)』은 통상적인 연대기적 서술방식을 택하였고, 『자저실기(自著實記)』는 주제별 서술방식을 취하였다. 이 둘은 상호 보완적 관계를 형성하면서 심노숭의 삶을 다채롭게 조명하였다. 전자는 저자 자신이 겪었던 중요한 사건들을 시간의 순서에 따라 서술하였으며, 후자는 시간의 순서와 무관하게 자기 삶의 여러 국면들을 주제별로 특화시켜 서술하였다. 특히 후자의 서술방식은 그 사례를 쉽게 찾기 어렵다는 점에서 매우 독특한 지위를 지닌다.

심노숭은 아내를 위해 작성한 『망실실기(亡室實記)』에서 "실기라는 것은 사실을 기록하는 것이다. 덕성과 언행을 언급하지 않고 다만 사실에

---

15) 『自著實記』는 자전문학으로서 성격과 함께 야사 일화를 수집 정리해 놓은 필기서로서의 성격을 함께 지니고 있다. 전시대 인물의 일화를 정리해 놓은 「聞見外編」이 필기로서의 성격을 보여주는 부분이다. 심노숭 자신과 직접 연결되어 있는 동시대 인물의 일화를 모아놓은 「聞見內編」은 자전적 성격과 필기적 성격을 혼합한 경우라고 생각된다.

대해서 기록하는 것이니 연보와 같다"[16]고 지적한 바 있다. 그는『망실실기(亡室實記)』와 함께 『망실언행기(亡室言行記)』도 함께 편찬하였다. 심노숭은 '실기(實記)'와 '언행기(言行記)'의 성격을 구분해서 보았는데, '실기(實記)'는 아내가 겪었던 객관적 사실을 위주로 하여 서술되는 것으로 보았다. 아내의 평소 언행(言行)은 별도로 '언행기(言行記)'의 형태로 묶었던 것이다. 심노숭은 아내를 위해 지은『망실실기』를 한문 이외에 한글로도 번역하여 딸에게 간직하도록 했다.

'실기(實記)'는 이처럼 다른 사람의 시문 자료와 행적 등을 모아 편찬하는 것이 관례인데, 심노숭의 경우에는 자찬(自贊) 실기(實記)를 저술했다는 점이 중요하며, 아내를 위한 저술에서 '실기(實記)'와 '언행기(言行記)'를 구분하여 편찬을 시도하였다는 점이 주목된다. 자찬 형태의 실기(實記) 저술은 심노숭 이후 허련(許鍊)의『소치실기(小癡實記)』로 그 창작 전통이 계승되었다.

3. 심노숭(沈魯崇)의 자전문학(自傳文學)에 나타난 자아(自我) 형상

1) 진실한 인간적 면모의 자아상(自我像)

심노숭의 자전문학에 형상화된 자아상에서 먼저 주목되는 점은 인간적 결점과 단점, 그리고 욕망을 지닌 진실한 인간적 면모이다. 그는 자신의 과오, 단점, 결점 등을 숨기지 않고 고백했다.

---

16) 沈魯崇, <亡室實記序>,『孝田散稿』7책. 實記者, 記其實也. 不及德性言行, 只就其事實而記之, 如年譜.

어렸을 때에 몸을 씻고 머리 빗질하는 것을 좋아했다. 어른들이 꾸짖기 전에 옷의 띠를 단단하게 매었으며, 조금이라도 느슨하게 되면 견딜 수 없는 것처럼 여겨 반드시 단정하고 가지런하게 했다. 곁에서 모시고 있을 때에는 옷걸이, 칼, 자, 거문고, 책, 안석, 책상 등을 아침에 일어나자마자 정리정돈을 하고 청소를 하여 티끌 하나 묻지 않도록 했다. 어른들이 결벽증(潔癖症)이 있다고 꾸짖기도 했다.[17]

위 인용문은 심노숭의 결벽증(潔癖症)을 다루었다. 몸을 씻고 머리 빗기를 좋아했고, 집안 내의 정리정돈과 단정한 옷매무새 등에 이르기까지 남들이 볼 때 지나치리만큼 결벽(潔癖)에 집착하는 자신의 모습을 가감 없이 보여주었다. 어른들이 이 점을 질책했다는 데에서 보듯이, 당시 심노숭의 이 같은 생활 습관은 정상적으로 용인되었던 테두리를 넘어서 있었다고 보인다. 그런 만큼 오히려 결점으로 지적당할 사항이라고 할 수 있는데, 심노숭은 그 점을 군이 감추거나 숨기려 하지 않았다.

심노숭이 자신의 성격이 매우 조급하다고 지적한 점 또한 흥미롭다. 그는 자신의 성격이 조급해서 조금이라도 마음에 어긋난 일이 있으면 쉽게 안정을 찾지 못한다고 하였으며,[18] 그 같은 조급한 성격 탓에 감정을 지나치게 폭발하는 경우도 있는데 그때마다 부인이 바로잡아 주었다고 회상하기도 했다.[19] 또한 그는 뜻과 생각은 힘차고 거창한데 정

---

17) 沈魯崇, 「性氣」, 『自著實記』, 『孝田散稿』 33책. 幼年喜澡浴梳櫛, 不待長者督責, 衣帶緊紐, 一有散漫, 若不能堪, 必修飭而齊整之. 在侍側, 椸架刀尺, 琴書几案, 朝起輒整理汛掃, 不令留一塵. 長者或呵其潔過

18) 沈魯崇, 「性氣」, 『自著實記』, 『孝田散稿』 33책. 悄急有甚, 遇有梗眼拂心之事, 若不得頃刻自按. 僮御遊伴之近, 而往往手格之不饒. 族祖判書公諱星鎭嘗敎, 此吾童年事, 不害其爲名列著社, 莫謂是妖法也. 仍笑不已.

19) 沈魯崇, 「性氣」, 『自著實記』, 『孝田散稿』 33책. 暴發之不中者, 多被李孺人救正, 方其時未嘗有一言. 旣過, 而懇懇勤勤, 如不得已, 有使人感心. 余亦受而爲過. 嘗戲言, 閨門强輔, 實狀

작 구체적으로 실행할 때에는 서투르고 졸렬하다고 자기비판을 하면서, "마음 속 계책에는 여유가 있지만 담력이 부족하였다"고 평가하였다. 이 같은 자신의 성격과 기질로 말미암아 자신의 평생 삶이 곤궁하게 된 운명이었다고 자책하였다.[20]

다른 한편 심노숭은 자신의 식성과 기호 등 일상생활 속에서의 자기 모습을 솔직하게 표현하였다.

> 거의 병적일 정도로 과일을 좋아해서 익지 않은 과일이라도 몇 되씩
> 먹었는데, 익으면 그 두 배를 먹었다. 특히 대추, 밤, 배, 감을 좋아했고,
> 그 중에서도 감을 가장 즐겨 먹어서 50세 이후에도 한 자리에서 70개씩
> 을 먹어서 시치(柿痴)라고 불렸다.[21]

인용문은 과일을 병적으로 좋아하는 습성을 소개하였다. 『남천일록(南遷日錄)』에도 감을 유난히 좋아했던 심노숭의 특이한 식성(食性)을 보여 주는 대목이 여러 군데 보인다. 그 중의 하나를 예로 들어본다.

> 감이 나온 뒤로는 매일 10여 개씩 먹었더니 대변이 막혀 몹시 괴로웠
> 다. 근래에는 둥주리감을 많이 먹었는데, 밤에 잠이 들면 봄날 잠이 든
> 것처럼 정신을 차릴 수 없이 곤하였고, 위의 작용이 곤란해질까 걱정되
> 기도 했다. 이제부터 계획을 세워서, 밥을 먹은 후에 몇 개만 먹기로 정
> 하기를 술 마시는 사람이 절주(節酒)를 하듯이 했다. 과연 잘 지킬지 모

然也.

20) 沈魯崇, 「性氣」, 『自著實記』, 『孝田散稿』 33책. 出意似乎踞踖, 當事過於拙弱. 進取嗜慾之地, 意未嘗不到, 而排格爭奪之際, 氣有所自沮. 要之心計有餘, 膽力不足. 此其爲終窮之相歟.

21) 沈魯崇, 「性氣」, 「自著實記」, 『孝田散稿』 33책. 嗜啗果品, 如病之偏. 童時啗未熟果子幾數十升, 旣熟倍之. --- 棗栗梨柿, 最其尤者. 柿有甚焉. 五十歲以後, 尙一食亦七十顆. 人謂之柿癡.

르겠다.22)

명분과 체면을 중시하는 입장에서 보았을 때에 감을 유독 좋아했던 자신의 습성과 그로 인하여 고통받는 실제 생활 모습을 시시콜콜하게 기록해 두지는 않았을 것이다. 하지만 심노숭은 그러한 점에 크게 개의하지 않고 자신이 좋아하고 즐기는 취향과 기호, 그리고 그로 인해 받게 되는 곤란함과 고통스러운 일 등을 세세하게 서술해 놓았다. 체면과 명분에 구속되지 않았던 면모를 보여준다는 점에서 흥미롭다.

평생 가난하여 빌리는 비용으로 많이 충당하였는데, 이치에 합당치 않은 것을 찾거나 후안무치하게 구걸하는 것은 감히 하지 않았다. 만년에 벼슬살이할 때에 때로는 교제의 비용을 쓰기도 했으며, 의롭지 못한 접대나 실정에 지나친 선물이 없지 않지 않았다. 이것은 학문의 공력이 없었기 때문이다.23)

애초에 적량(糴糧)을 받으려고 한 것은 부득이한 상황에서 나온 것이었다. 그리고 이리저리 생각해 보아도 의리상 크게 어긋나지 않으며 마음에 조금도 거리낌이 없는 것이었다. 적량(糴糧)을 받고 나서 생각해 보니, 비로소 마음이 편치 않음을 알았다.24)

위의 두 인용문은 명분과 체면에 얽매이지 않고 살아갔던 심노숭의

---

22) 沈魯崇, 『南遷日錄』 4책, 1801.10.2. 柿出後, 日食十餘箇, 大便結澁甚苦. 近日多食水柿, 夜眠輒昏困如春睡, 或慮胃氣受困. 自今定計, 飯後數箇外不食, 如飮者節酒. 未知果能持守也.

23) 沈魯崇, 「性氣」, 『自著實記』,『孝田散稿』 33책. 平生食貧, 多資假貸之用, 而非理之素, 强顔之乞, 不敢輒爲. 晩來宦業, 或有應酬之費, 而無義之饋, 過情之贈, 不能必無. 此無學問之力也.

24) 沈魯崇, 『南遷日錄』 9책, 1803.5.22. 當初議受之計, 固出迫不得已, 而亦果有參量裁酌, 自以爲不至大悖於義, 亦無少慊於心者. 旣受而思之, 始覺有介介于中.

인간적인 면모를 보여준다. 가난한 살림살이였지만 이치에 맞지 않는
일을 하거나 후안무치한 행동을 하지 않았다고 하면서, 벼슬살이하던
시절에 의롭지 못한 접대나 실정에 어긋난 선물이 없지 않았다고 고백
하였다. 의리의 관념에 비추어 보았을 때에 양반사대부로서의 품위와
체통에 어긋나는 점에 대해 심노숭은 크게 개의하지 않았다.

유배 시절에 살림이 가난하여 관아로부터 식량을 타 먹는 문제[謫糧]
에 대해서도 심노숭은 양반으로서의 체면과 품위를 애써 지키려고 하
는 위선적 태도에서 크게 벗어나 있었다. 1801년 유배를 온 지 얼마 되
지가 않아 경제적 상황이 어려움에 처하자 심노숭은 관아에 적량(謫糧)
지급에 관한 의사를 타진한 적이 있었다. 하지만 좌수(座首)의 반대에 부
딪혀 실행되지는 못하였다.[25] 그후 다시 적량(謫糧) 지급을 요청하여 받
기에 이르렀다. 경상도 기장현에서는 4월부터 8월까지는 매월 보리 10
두를 적량으로 지급했고, 9월부터 3월까지는 매월 쌀 10두를 지급했다.
적량을 받는 것은 제도적으로 가능한 것이었지만, 그것을 받기까지 심
노숭 자신이 고민을 하기도 했고, 고을 아전의 반대에 부딪히기도 했다.
하지만 인용문에서 보듯이 심노숭은 명분과 도덕, 체면에 구애되지 않
고 자기 스스로 "의리상 어긋나지 않고 마음에 거리낌도 없으며, 크게
부끄럽지 않다"고 스스럼없이 말했다.

심노숭은 자신의 성격과 기질이 지닌 일종의 단점과 결점을 토로하

---

25) 沈魯崇, 『南遷日錄』 2책, 1801.5.19. 官主人忽與杰奴言, 今日坊中會議, 分定謫糧麥斗, 可往
言. 初欲不受粮, 多率甚窘. 自今願付粮, 以此爲言, 可以受來也. 余意旣如此, 主人言又如此,
使之往議. 少間歸言, 所謂座首, 謂以從前元無兩班謫客給粮之事, 且旣分定, 無容更議云云.
主人言, 初不發說則好, 而旣發之後, 事面疲然, 有不可顧. 雖以此訴官, 無所不可. 余意至於
訴官, 終涉重難. --- 今日鄕廳一會, 座首亦謂不可. 所謂謫粮, 升斗斂民, 全爲窮不自生之謫
人. 兩班謫客, 安得與此? 座首之言旣如此. 吾輩坊任, 何所爲說? 而雖訴官, 無所益也.

는 것에서 더 나아가 성적 욕망에 대한 자기 고백에까지 이른다.

> 정욕(情慾)이 다른 사람보다 심하였다. 열 너댓살부터 서른 대여섯살까지 거의 미치광이 같아서 거의 패가망신할 지경이었다. 심지어는 기생들과 노닐 때에 좁은 골목과 개구멍도 가리지 않아서 남들이 손가락질 하고 비웃었다. 나 스스로도 혹독하게 반성도 했지만 끝내 그만두지 못했다.26)

위의 인용문은 성적 욕망에 탐닉했던 지난 과거의 삶을 매우 솔직하게 드러내 보였다. 광적일 정도로 성욕에 집착하였다고 하는 화자의 고백은 당시의 글쓰기 관행을 고려할 때 다소 충격적이다.27) 남들에게 드러내 보이지 않았던 성에 관한 문제를, 그것도 성욕에 광적으로 집착하여 패가망신을 할 정도였고 사대부로서 무뢰배들과 어울려 다니고 담장을 넘는 행동까지 서슴지 않았다고 진술하는 화자의 자기 고백은 여타 다른 기록들에서 찾기 어려운 면모이다.

유배일기『남천일록(南遷日錄)』에서도 이와 유사한 기록을 여러 곳에서 확인할 수 있다.28)『남천일록』속에서 독자는 개인의 내밀한 욕망과 주관적인 기호, 취향 등을 숨김없이 고백하고 토로하는 자아(自我)를 만난다. 자기 묘사의 충실성이라는 기본적인 서술 원칙 위에서 작가는 당시 양반 사대부라면 숨기고 싶은 비밀이나 꺼리고 싶어 하는 사항까지도

---

26) 沈魯崇,「性氣」,「自著實記」,『孝田散稿』 33책. 情慾有過於人. 始自十四五歲, 至三十五六歲, 殆似顚癡, 幾及縱敗, 甚至挾斜之遊, 不擇逕竇之行. 人所指笑, 自亦刻責, 而卒不得自已.

27) 심노숭은『自著實記』이외에 여러 저술들 속에서 자신의 성적 욕망에 대해 언급하였다. 유배일기인『南遷日錄』, 금강산 여행기인『海嶽小記』에서도 보이며,『貽後錄』저술에도 보인다.

28) 이에 대해서는 정우봉, 앞의 논문(2013)에서 다룬 바 있다.

주저하지 않고 서술하였다.

성적 욕망에 탐닉했다고 고백하는 심노숭의 솔직한 발언은 당시 사대부들의 통념상 밖으로 드러내 놓고 발설하기 어려운 종류의 것이다. 이같은 발언은 종래의 사대부 문인들에게는 금기의 대상이었다. 하지만 심노숭은 『남천일록』의 여러 곳에 걸쳐 정욕에 탐닉했던 자신의 삶을 솔직하게 토로하였다. 유배 생활을 한 지 3년이 되어 정욕이 차가운 재처럼 변했다고 하면서, 평안도 기생이 옆에 있더라도 동요치 않을 것이라고 하거나,[29] 정욕이 마른 고목이나 죽은 재처럼 되어서 마음으로 동요되지도 않고 근력도 이미 다 쇠약해졌으니 이제는 보살이 다 되었다고도 하였다.[30] 당시 사대부들 사이에서 금기시되었던 성적(性的) 욕망에 대한 언급이 매우 솔직하게 표현되어 있다.

『성(性)의 역사(歷史)』를 쓴 미셸 푸코(Michel Foucault)는 근대 이후 자신의 밑바닥에 숨겨져 있는 욕망, 즉 성적 욕망을 고백하는 것이 자기에 대한 진정한 앎이라는 생각이 팽배해졌다고 지적한 바 있다.[31] 『성의 역사』에 따르면, 근대적 개인은 성(性)에 관련된 문제를 고백하도록 요구받으며, 근대적 주체는 내밀한 욕망의 고백(告白)을 통해 진정한 자기를 인식하며, 동시에 고백을 통해 사회의 금기를 스스로 받아들임으로써 자기를 구축해나간다고 하였다. 심노숭의 자아상(自我像)은 그 같은 근대적 개인의 자기 고백을 향한 도정(途程) 위에 서 있었다고 생각된다. 심노숭의 자전문학 속의 화자는 인간 내부의 섬세한 감정과 심리를 섬세하게 포착했으며, 양반사대부로서의 명분과 체면에 구애되지 않고 자

---

29) 沈魯崇, 『南遷日錄』 8책, 1803.1.9.
30) 沈魯崇, 『南遷日錄』 7책, 1802.12.27.
31) 미셸 푸코(이규현 역), 『성의 역사』, 나남, 2007 참조.

신의 과오와 결점을 거리낌 없이 토로하였고, 이성에 대한 개인의 은밀한 욕망까지도 숨김없이 토로했다. 심노숭은 다양한 형식의 자전작품을 통해 자신의 숨겨진 욕망과 감추고 싶은 비밀까지도 스스럼없이 고백하는 글쓰기를 지향했다.

심노숭의 자전문학에 보이는 이같은 서술 태도는 구한말 시대 공인(貢人)이었던 지규식(池圭植)의 『하재일기』의 그것과 상통하는 면이 있다. 지규식은 연인관계에 있었던 여성과 지속적으로 만남을 갖는 것에 대해 숨기지 않고 기록해 두었다. 그는 난경(蘭卿)이라는 여인과 교제를 했다. 난경은 분원 근처에 있는 술집 장춘헌을 운영하였는데, 아들을 하나 두었고, 딸을 낳았으나 죽었다. 지규식은 그녀를 장춘헌(長春軒), 춘헌(春軒), 이인(伊人), 난인(蘭人) 등의 호칭을 사용했다.[32]

지규식은 장춘헌을 지속적으로 찾아가 그녀와 정담을 나누었으며, 때로는 돈을 주기도 했고, 항라, 모시, 은귀걸이, 화장품, 우산, 신발 등을 선물로 주었고, 약을 지어 보내기도 하고 인삼을 직접 달여 먹이기도 하였다. 혹은 그녀와 갈등을 빚기도 하고, 영원히 절교할 것을 맹세하기도 했다. 다음은 그 실례이다.

> 오후에 우천에 나갔다가 저녁을 먹고 들어왔다. 달빛을 따라 춘헌에 이르렀으나 외출하고 있지 않았다. 밤이 깊도록 돌아오지 아니하여 불러오게 했으나 일부러 돌아오지 않았다. 분하고 서운한 마음을 이기지 못하여 집으로 돌아왔다.[33]

---

32) 지규식의 일상 속에서 그의 인간관계를 분석한 논문으로 박은숙, 「분원 공인 지규식의 공사적 인간관계 분석」, 『한국인물사연구』 11, 한국인물사연구소, 2009 참조.

33) 池圭植, 『國譯 荷齋日記』(2), 서울시사편찬위, 2007. 1892.4.8. 午後出牛川, 喫晩飯入來. 隨月至春軒, 出外不在, 更深不還, 使之招來, 故不歸. 不勝忿恨而歸家.

춘헌에 갔는데 의롭지 못하고 무정한 일이 있어서 대단히 가슴 아프고 원망스럽다. 내가 스스로 자책하고 영원히 절교하기로 했다. 우천에 나갔다가 저녁에 들어왔다.[34]

지규식은 난경(蘭卿)이 죽은 지 1년이 지난 뒤인 1899년 3월부터 분원 근처 술집인 벽운루(碧雲樓)를 출입하였다. 그곳 주인집 여인과 교제를 하였다. 그녀를 벽운루(碧雲樓) 또는 운루(雲樓)라고 불렀다. 자주 찾아가 대화를 나누고, 부채, 담배, 양초 등을 선물했다. 때로는 운루가 시기하여 그를 의심하기도 했고, 운루가 남편에게 괄시를 당할 때에는 안타까워하기도 했다.

밤에 운루에게 가서 회포를 나누었다.[35]

운루 주인이 체해서 설사를 하는 바람에 몸져 누웠는데, 계속 약을 복용했더니 늦게 차도가 있었다. 밤에 함께 회포를 나누다.[36]

지규식의 『하재일기』에 보이는 이같은 서술은 전시대 사대부의 기록 속에서 찾기 힘든 면모이다. 앞에서 살핀 심노숭의 자전문학에 보이는 자기 고백적 면모와 사실에의 투철한 정직성의 자세는 지규식을 포함해 구한말을 전후로 한 시기의 인물들에게로 일정하게 계승되었을 것으로 추정된다. 이에 대해서는 앞으로 보다 면밀한 분석 작업이 필요하다.

---

34) 池圭植, 『國譯 荷齋日記』(2), 서울시사편찬위, 2007. 1892.4.9. 往春軒, 有不義無情事, 殊甚痛恨. 余自責已, 永爲絶之. 出牛川晚入.

35) 池圭植, 『國譯 荷齋日記』(5), 서울시사편찬위, 2009. 1899.5.27. 夜至雲樓談懷.

36) 池圭植, 『國譯 荷齋日記』(5), 서울시사편찬위, 2009. 1899.6.1. 雲樓主人因滯泄委頓, 連用藥餌, 晚來得差, 夜與談懷.

2) 불우한 문인지식인으로서의 자아상(自我像)

심노숭의 자전문학에 보이는 또 다른 자아상은 불우한 문인지식인으로서의 모습이다.

그는 바둑, 장기 등의 잡기 등에 특별한 취미가 없다고 하면서 산수를 유람하는 취향을 지적했다. 그리고 그는 무엇보다도 자기 삶의 가장 중요한 활동 영역으로 문학을 들고 있다. 『자저실기(自著實記)』의 주제별 항목 중에서 「예술(藝術)」이 별도로 구분되어 있는 것도 이와 관련된다.

> 『장자(莊子)』, 『노자(老子)』 등의 제자서, 사마천과 반고의 역사서 읽기를 좋아했으며, 팔대가의 문장, 사대기서(四大奇書), 서상기(西廂記), 역대총서, 패설 등에까지 미쳤다. 동생은 매우 심하게 질책했지만 이를 버리지 못한 채 올올이 앉아 세월을 보냈다. 중년 이후로 문득 싫증을 내고 버렸다. 지금도 여전히 그 독에 중독이 된 바 있으니, 방법이 신중하지 않을 수 없음이 이와 같다.[37]

문인지식인으로서의 심노숭 자신의 독서 체험을 보여주는 글이다. 그의 독서 경험에서 특별한 점은 중국 명청시대의 소설과 희곡작품 및 각종 패설야사(稗說野史)에 대한 애호이다. 그의 동생이었던 심노암(沈魯巖)이 형의 시문 창작 경향에 대해 소품전기체(小品傳奇體)로 비판한 것[38] 또한 이와 관련된다.

---

37) 沈魯崇, 「藝術」, 『自著實記』, 『孝田散稿』 33책. 喜讀莊老諸子書班馬史, 傍及八家文四奇書西廂記歷代叢書稗說. 弟田責之甚切, 而不能捨從, 殆窮年兀兀. 中歲以後, 忽厭棄之. 至今尚有中其毒者, 術不可不慎, 有如是矣.

38) 沈魯崇, 「題香樓集敍後」, 『孝田散稿』 6책.

① 기축년(1769) 봄에 당나라 때 절구시를 읽다가 매형 권의인(權宜仁)
　에게 시구 한 구절을 부쳤다.
　황강을 초하루에 출발해 / 천리를 물결 따라 내려왔네
　어른들이 칭찬하시기를 "빼어나고 힘차고 표일한 정취가 있다"고
　했다. 잡풀 속의 좋은 싹이 가물어 말라버린 것일 뿐만이 아니니,
　어찌한다는 말인가?[39]

② 파주 분암의 작은 정자는 병오년(1786) 가을에 완성되었다. 정미년
　(1787) 겨울에 나는 동생과 함께 정자에서 책을 읽다가 섣달 그믐
　날이 되어 돌아왔다. 지금 회상해 보니 한평생 그때보다 더 즐거
　운 시절이 없었다. 그 시절에는 도성의 소식이 아침저녁으로 들려
　오고 이웃들과 밤낮으로 노닐며 교유했으며, 떡과 술이 넘치고 토
　란과 밤이 널려있었다. 한밤중 고요한 방 밖으로 눈이 내릴 때 책
　읽는 소리가 또렷하게 들리고, 아침 햇살이 맑게 갠 창에 비출 때
　에 시상이 이리저리 떠올랐다. 내가 지은 서사절구(書事絶句) 12수
　를 살펴보면 그때를 알 수 있다. 그 당시에는 그것이 즐거움인지
　도 모르면서 그 즐거움은 끝이 없었다. 누가 생각하였으리오, 전광
　석화 같은 세월 속에 어느덧 상전벽해를 겪게 될 줄을. 지금은 죽
　어 돌아가기를 바랄 뿐이다.[40]

　위의 두 인용문은 과거 행복했던 추억을 떠올리면서 만년에 느끼는
쓸쓸한 감회를 서술했다. 화자는 어른들의 칭찬을 받으면서 시적 재능

---

39) 沈魯崇,「藝術」,『自著實記』,『孝田散稿』33책. 己丑春, 讀唐人小詩, 寄權姊兄一句, 黃江一
　日發, 千里如波來. 長者亟稱之, 謂有雋永遒逸之思致. 此不但爲衆蕪中良苗, 而旱且枯矣. 奈
　何?
40) 沈魯崇,「聞見內編」,『自著實記』,『孝田散稿』33책. 坡山墳庵之小亭, 成於丙午秋. 丁未冬
　余與弟田讀書亭中, 逼除而還. 至今思之, 平生樂事, 無尙於此時. 城郊信息, 朝夕相續, 村隣
　從遊, 日夜不絶, 餠酒淋漓, 芋栗狼藉, 夜雪密宇, 書聲相較, 朝日晴窓, 詩章雜出. 余所爲書事
　十二絶, 可按知也. 不自知其爲樂, 而樂無窮已. 孰謂石火之光, 居然桑海之變, 至今只有歸死
　之願而已耶?

을 보이거나 동생과 함께 독서의 즐거움에 흠뻑 빠져 있던 과거의 추억
이 이제는 빛바랜 추억으로 변해 버렸다고 감회에 젖는다. 두 번째 인
용문에서 화자는 파주 정자에서 행복하게 책을 읽던 풍경을 섬세한 필
치로 묘사하였다. 파주 정자 주변에서 독서하던 모습에 대한 정겨운 묘
사와 함께 '그것이 즐거움인지도 모르면서 그 즐거움은 끝이 없었다'는
화자의 말을 통해 그 당시의 행복했던 추억을 선명하게 떠올리게 된다.

그런데 세월이 흘러 현재 시점의 화자는 과거의 행복했던 추억과 대
비되어 '잡풀 속의 좋은 싹이 가물어 말라버린 것'으로 비유되며, '죽어
돌아가기를 바랄 뿐'인 신세에 지나지 않는다고 하였다. 지난 시절의
즐거웠던 추억과의 선명한 대비를 통해 세월의 무상감과 함께 불우한
문인으로서의 만년 삶에 대한 쓸쓸한 감상을 효과적으로 표현했다. 심
노숭은 다른 글에서 석분(石奮)과 조참(曹參)의 삶을 지향했지만 결과적으
로 "쭉정이조차 얻지 못하고 늙어 죽게 되었으니, 가난한 집의 탄식만
이 있을 뿐이다."[41]라고 하였다.

문인지식인으로서의 불우한 만년을 맞이하는 화자의 심정이 짙게 드
러난 대목을 들어본다.

> ① 평생토록 미치도록 좋아한 것이 없었다. 어렸을 때에 글을 좋아한
> 것, 벼슬하려는 계책, 정욕에 얽매인 것 세 가지 가운데 정욕이 가
> 장 심했다. 늙어서는 모든 것이 담박해져 욕망이 사라졌다. 오직
> 글쓰는 욕구만은 사라지지 않았는데, 세상사에 대한 식견이 생겨
> 서 필시 성공할 수 없음을 알게 되니 의욕이 모두 다 사라져버렸
> 다. 이제는 모든 세상 인연을 끊고 도사가 되거나 승려가 되는 일

---

41) 沈魯崇, 「性氣」, 『自著實記』, 『孝田散稿』 33책. 三教之中, 五千言夙有契心者, 居家而石奮,
治官而曹參, 平生一心慕之, 而不能得其糠粃, 老將死矣. 只有窮廬之歎而已.

둘 다 마땅하지가 않다. 집에 있을 때에는 화가 나고 고민이 날로
쌓여서 마음에 맞는 일이 하나도 없으며, 외출을 할 때면 해를 더
해 고독한 신세가 되어 마음에 드는 사람이 하나도 없다. 해가 가
고 날이 새도록 무료하고 하염없이 시간을 보낸다. 어쩔 수 없이
책을 읽고 글을 짓는 일에서 즐거움을 찾지 않을 수가 없다. 이것
은 실제로 터득하거나 새로 깨달은 것이 아니라 다만 바둑, 장기,
골패처럼 하루하루 시간을 때우면서 보내기 위한 수단일 뿐이다.
앞으로 죽기 전까지 몇 년간을 이렇게 지내야 할 것인가.[42]

② 문장으로는 소식(蘇軾), 시로는 원진(元稹)을 평생토록 몹시 좋아했
지만, 재주가 미치지 못하고 공력이 이르지 못하였으니, 바라보지
도 못할 정도에 그쳤다. 집안의 우환과 떠돌이 생활로 인하여 의
욕이 사라지고 싫증도 나서 글로 짓는 것은 고작해야 남의 부탁을
받아 따라 한 것일 뿐이었다. 나 스스로는 아(雅)와 속(俗)의 사이
에서 절충을 하고자 했지만 저열한 수준으로 떨어지는 것을 면하
지 못했다. 동생이 죽은 뒤로는 더욱 더 이 일에 뜻이 없어서 아득
하기가 전생과 꿈속 같았다. 5, 6년 동안 연달아 상을 당하고 병고
를 겪으며 지방 관리의 업무로 분주했다. 마침내 지금에 이르러서
는 쓸쓸하고 쇠미하여 손쓸 곳 없이 죽음에 이르게 되었다. 때때
로 나 자신을 점검해보면, 나는 참으로 어떠한 사람인가? 이른바
도사가 되거나 승려가 되거나 어느 하나도 마땅하지가 않다. 한밤
중 잠을 자다가도 자주 일어나 깨지 않을 수 있겠는가?[43]

---

42) 沈魯崇,「性氣」,『自著實記』,『孝田散稿』33책. 平生無嗜癖. 少時文字之好, 進取之計, 情慾
之累三者, 情慾有甚. 旣老, 皆泊然退聽. 獨文字夙念, 不能輒已, 而識且進, 知其必不可得, 則
意遂倦. 至今一切世法, 做道爲僧, 兩無所當. 居家而嗔惱日積, 無一事之適情, 出門而踽凉歲
加, 無一人之契心. 窮年盡日, 忽忽依依, 不得不反而求之於佔畢尋數之間, 而非爲實得也新悟
也, 只爲耐日計如棊博骰牌. 從此未死幾年, 亦若是而已耶?

43) 沈魯崇,「藝術」,『自著實記』,『孝田散稿』33책. 文之子瞻, 詩之微之, 平生之篤好在此, 而才
性不逮, 工力未到, 不啻所謂望而未見. 禍患遊離, 意倦誌退, 所爲者, 不過輪寫應副. 自謂折
衷於雅俗之間, 而要不免墜在下乘. 弟由喪後, 益無意此事, 茫然如前身夢界, 且五六年, 仍而
喪禍憂病, 吏事奔遑, 遂至今荒放耗散, 無可以藉手而死矣. 有時自檢, 是誠何人? 所謂做道爲

화자는 문인지식인으로서의 삶을 영위해 왔던 자기 삶의 지난 시간
들을 반추하면서 만년의 쓸쓸한 신세를 회한에 찬 시선으로 바라보고
있다. 화자는 문장으로는 소식(蘇軾)을 존숭하고, 한시로는 원진(元稹)을
흠모하였던 문인을 지향하였다. 문인으로서 대성하고자 하였던 화자의
희망은 정치적 굴곡과 집안의 우환 등으로 인하여 제대로 실현되지 못
한 채 실의를 거듭하다가 만년을 맞이하게 되었음을 회고하였다.

『주자어류(朱子語類)』에 나오는 대목(의지가 약한 사람은 승려가 될 수도 없고
도사가 될 수도 없다)[44]을 활용하여 화자는 성공하지 못한 문인지식인으로
서의 자의식을 강하게 표출하였다. 특히 "때때로 나 자신을 점검해보
면, 나는 참으로 어떠한 사람인가?"라는 말에는 자기 정체성에 대한 강
한 의식을 엿보게 한다.

세상과 화합하지 못한 채 불우하게 살아가야 했던 한 문인지식인으
로서의 자의식과 관련해 심노숭은 『자저실기(自著實記)』에 붙이는 발문에
서 이렇게 말한 바 있다. "나는 기인(畸人)으로, 평생 제대로 이루어진
일이 거의 없다. 어렸을 때에만 유독 소동파가 말한바 규중의 기쁨이
있었다. 고금의 천하 일을 논하여 부합하는 사람을 만나면 서로 쳐다보
며 웃으니, 천하의 즐거움은 이보다 더 나은 것이 없다.[45]" 심노숭은
자기 스스로를 '세상과 어긋나고 천상에 합하는' 사람(畸人)으로 규정했
다. 일평생 어느 것 하나 제대로 이루어진 일이 없었다고 토로하는 화
자의 목소리를 통해 우리는 심노숭의 평탄치 못했던 삶의 굴곡을 어렴

僧, 俱無所當. 中夜之眠, 安得不屢興也?

44) 『朱子語類』 권8 學二. 不帶性氣底人, 爲僧不成, 做道不了.

45) 沈魯崇, 「自著實記跋」, 『孝田散稿』 34책. 余, 畸人. 平生百不遭. 幼少獨有子瞻所謂閨門之
歡喜. 論古今天下事, 遇有相契, 相視而笑, 天下之樂, 無尙於此.

지 않게 유추해 볼 수 있다.

3) 시대의 증언자로서의 자아상(自我像)

심노숭은 아버지 심낙수(沈樂洙)의 정치적 입장을 이어받아 노론 시파
로서 반대 당파의 인물들에 대해 혹독한 비판과 풍자를 서슴지 않았다.
심노숭의 자전문학에 나타난 또 다른 자아는 당대의 정치 권력 속에서
작동되는 적나라한 모습들을 냉정하게 관찰하고 때로는 신랄하게 공격
하는 시대의 증언자로서의 이미지이다.

심노숭은 자신의 기질과 관련해 다음과 같이 언급한 바 있다.

① 잘하는 사람을 칭찬하고 무능한 사람을 불쌍히 여기며, 윗사람에
게 대들기를 좋아하되 아랫사람을 함부로 대하지 않았다. 과장(科
場)의 동창들과 벼슬아치 동료에서부터 지방의 아전 부류에 이르
기까지 한결같이 그러한 태도로 대우하여서 마침내 하나의 버릇
이 되었다. 때로는 지나친 것을 고치려고 했지만 스스로 벗어나지
못했다.[46]

② 근엄한 낯빛, 보기 좋게 꾸며내는 말, 속이는 술수, 과장하는 이야
기 중에서 어느 하나라도 있으면 몹시 미워하고 싫어하여, 마치
기름때에 더럽혀지는 것처럼 여겼으니 웃통을 벗은 자가 나를 더
럽히는 것보다 더 싫어했다. 잠깐동안이라도 성질을 제어하지 못
하고 심한 말이 나오기도 했다.[47]

---

[46] 沈魯崇,「藝術」,『自著實記』,『孝田散稿』33책. 嘉善而矜不能, 好凌上而不忍犯下. 科圍同
伴, 班聯僚寀, 以至京外椽吏之屬, 一以此待之, 遂爲一副成規. 或有矯過之偏, 而自不能已之.
[47] 沈魯崇,「性氣」,『自著實記』,『孝田散稿』33책. 矜莊之色, 緣飾之辭, 機詐之術, 夸大之說, 有
一於此, 最所切惡而深厭, 若有脂膩之近汚, 不啻袒裼之相浼. 造次之間, 或有辭氣之不自掩者.

첫 번째 인용문에서 주목되는 구절은 '선한 사람을 칭찬하고 무능한
사람을 불쌍히 여기며, 윗사람을 업신여기기를 좋아하되 아랫사람을 범
하지는 않는다'는 대목이다. 『논어(論語)』 「학이(學而)」편에 나오는 구절
을 변형시킨 이 부분은 심노숭의 기질과 성격을 잘 보여준다.

두 번째 인용문과 연결시켜 볼 때, 우리는 노론(老論) 시파(時派)로서의
당파성을 견지하면서 조선후기 당쟁의 폐해 및 권귀(權貴)들에 대해 신
랄하게 비판했던 심노숭의 강개한 성격과 기질을 엿보게 된다. 심노숭
은 소론이었던 박세당의 학문과 인품을 높이 평가하였으며,[48] 산림학자
로 명망이 높았던 김종후(金鍾厚 : 노론 벽파의 영수 金鍾秀의 친형)의 인물됨
을 비판하기도 하였다.[49] 1801년 노론 벽파가 정권을 장악하자 "선류
(善類)를 살해하고 의리를 배반한다"는 죄목으로 경상도 기장현에 6년
동안 유배생활을 해야 했다. 그후 해배가 되어 낮은 벼슬을 전전하였던
그는 1824년에 쓴 글이 문제가 되어 전라도 부안으로 유배를 가야 했
다. 그때 문제가 된 글은 『자저실기(自著實記)』 「문견외편(聞見外編)」과 『이
후록(貽後錄)』에 실려 있다.

　　본조(本朝)는 사람을 등용할 때 문벌만을 오로지 숭상하니, '현명한 이
　　를 세우는 데에는 특정한 곳에 제한하지 않는다'는 것, '대를 이어 높은

---

48) 沈魯崇, 「聞見內編」, 『自著實記』, 『孝田散稿』 33책. 此在乙巳秋間, 轉傳爲少論諸人所知.
　　成校理德雨對先君言, 少輩口氣不當爾也. 先君笑之. 余於少論前輩, 最好西溪. 其議論之執拗
　　註謬, 固無論文章恬節, 可以冠冕叔世, 砥礪汚俗. 嘗讀其集中與子書, 近日食道艱甚, 摘送園
　　中半靑櫻桃一斗, 城市換米以送. 苦節淸風, 百歲之下, 可使人鄙吝不萌. 此人何可毁之? 詩意
　　自有可觀, 而一以黨議蔽之, 奈何?
49) 沈魯崇, 「聞見內編」, 『自著實記』, 『孝田散稿』 33책. 北郊山寺僧徒, 异佛, 入彰義門, 行過金
　　鍾厚門外. 鍾厚兄弟, 皆少年, 發奴屬, 毆逐僧徒, 打碎佛軀. 或有稱其剛正者. 其祖金參判希
　　魯憂歎之. 其後鍾厚家祠屋軒囪, 有自起火, 隨撲隨燃, 屢日不息. 將及祠版, 移舍避去. 邨隣
　　指謂佛火. 鍾厚死, 旣葬數日, 霆擊塚封, 火入其中者數四. 此亦豈所謂佛火耶?

벼슬하는 사람을 기척(譏斥)한다'는 뜻이 아니다. 당의가 나온 뒤로는 더욱 심해졌다. 자기 스스로는 충성된 자를 등용하고 사악한 자를 물리친다고 생각했겠지만, 은혜 베푼 자를 살리고 원수를 진 사람을 죽이는 일을 면하지 못했다.

서인이 정국을 장악한 지 200여년인데, 서인(西人) 중에서도 노론이 주가 되었고, 노론 중에 척리(戚里)가 주가 되었다. 유학(儒學)을 빌미로 삼아 백성에게 위엄을 세우는 계책을 삼고, 의리(義理)를 마음대로 끌어들여 반드시 옛말을 끌어다 대었다. 그리하여 김구주(金龜柱)에게 홍양해(洪量海)와 김한록(金漢祿) 같은 사람, 홍국영(洪國榮)에게 송덕상(宋德相)과 송환억(宋煥億) 같은 사람이 나오는 데에 이르렀으니, 기술이 이에 이르러 극에 달하였다. 사람들이 노론을 배척하는 것은 이 때문인데, 노론은 스스로 풀지 못한다.[50]

1824년을 전후로 한 시기에 쓰여진 이 글은 자손들에게 당부하는 말을 엮은 『이후록(貽後錄)』에도 수록되는데, 이것이 외부로 유출이 되는 바람에 유학(儒學) 및 우암(尤庵) 송시열(宋時烈)을 모욕, 비방했다는 혐의를 받게 되었다. 심노숭 자신이 그렇지 않음을 변명하였지만, 김조순과 가까운 관계에 있던 심노숭은 이 일로 인하여 전라도 부안으로 유배를 가게 되었다. 문벌 중심으로 인한 폐단, 노론 일당 독재에 따른 당쟁의 폐해, 조정의 권귀(權貴)들과 결탁한 노론 산림세력의 문제점 등을 신랄하게 공격하였다. 송덕상(宋德相)과 송환억(宋煥億)은 노론계의 의리를 대변하는 산림학자로 이름이 높았다. 그 중 송덕상은 우암 송시열의 현손으로, 정조 즉위 이후 홍국영의 비호를 받고 이조판서로 승진하였다. 심

---

50) 沈魯崇, 「聞見外編」, 『自著實記』, 『孝田散稿』 34책. 本朝用人專尙地閥, 已非立賢無方, 譏用世卿之義, 而黨議出後, 又有甚焉. 自以爲忠邪進退者, 擧不免恩讐與奪, 西人當局且近二百年, 西人之中老論主之, 老論中戚里主之, 籍重儒學, 遂作滅衆之計, 橫傳義理, 必爲引古之說, 乃至於龜柱之量祿, 國榮之德億, 技至斯而不窮矣. 人之斥老論以此, 老論無以自解.

노숭은 당쟁의 폐해와 함께 조정의 실세 권력자, 그리고 그들의 비호를 받고 있던 산림학자들의 행태를 풍자 비판하였다. 순탄치 못한 심노숭의 벼슬살이는 그의 기질과 성격 및 정치적 소신 등에 기인한 것이었다.

① 나의 셋째 외삼촌(李奎景)은 외척의 두 도당을 배척하자고 주장을 해서 아버지와 견해가 맞았다. 김종후 형제가 외삼촌을 몹시 심하게 배척했다. 외삼촌의 사촌동생 이규남과 조카 이정재, 고종사촌의 아들 임육은 김종후를 스승으로 모셨다. 외삼촌은 성품이 농담하기를 좋아하였고, 조롱하고 욕하는 것을 견디기 힘들어했다. 임육과 이규남은 외삼촌을 망령된 사람이라고 배척했지만 조금도 굴하지 않았다. 외삼촌이 일찍이 말하길, '내가 종후를 보았는데 입냄새가 올라와 마치 악취 나는 사람 곁에 있는 듯 했다. 사람의 성품이 같지 않은데, 옛날 사람 중에 부스럼 딱지를 즐겨 먹는 자가 있다고 하던데 너희들도 같은 부류구나.'라고 했다.[51]

② 어느 나라나 권간(權奸)이 있는 법이어서 역사서에 끊임없이 적혀온다. 하지만 유사 이래로 홍국영같이 심한 자는 없었다. 시정잡배로서 국왕의 특별한 지우를 받았다. 혹독한 고문을 마치 악기 연주하듯이 보았고, 뇌물이 세금보다 많았으며, 관가의 법규를 자기눈 아래 일로 마음대로 처리했고, 정승과 판서를 질책하여 그들의 생사가 그의 손에 달려 있었다. 그리하여 4년 동안 팔도 안에서 부자 형제간의 사사로운 대화에서도 누군가가 옆에서 보고 듣기라도 하는 것처럼 감히 그의 이름을 말하지 못했다. 사람들은 넋을 잃고 마음을 빼앗겨 스스로 어떻게 그렇게 되었는지도 모를 정도였다.[52]

---

51) 沈魯崇, 「聞見內編」, 『自著實記』, 『孝田散稿』 33책. 余第三舅李公, 爲戚里兩斥之論, 與先君相合. 金鍾厚兄弟, 斥之有甚. 公從弟奎南, 侄子李兄定載, 內從之子任焴, 師事鍾厚. 公性喜詼諧, 譏嘲笑罵, 有使人不能堪. 焴奎南亦嘗斥公爲妄人. 公不少屈, 嘗曰, "吾見鍾厚, 喉氣自逆, 如惡臭之近人. 人性不同, 昔人有嗜瘡痂者, 汝輩亦此類?"

노론 벽파의 대표적 인물이었던 김종후에 대해 외삼촌의 말을 빌려 "입 냄새가 올라와 마치 악취 나는 사람 곁에 있는 듯 했다"고 신랄하게 공격하였다. 또한 두 번째 인용문에서 홍국영의 일당 독재로 인한 정치적 폐단을 날카롭게 풍자하였다. 시파와 벽파간의 정치적 알력과 갈등 속에서 심노숭 자신이 정치적 좌절과 시련을 겪었던 바, 자신이 직접 체험하고 만났던 인물과 사건들을 기록으로 남겨놓음으로써 후대인들의 경계를 삼고자 하였다. 심노숭의 자전문학을 읽으면서 우리는 노론 시파의 정치적 입장을 견지하면서 자신이 살다간 정치 현실의 생생한 모습들을 재현해 놓고자 하는 화자의 모습을 연상하게 된다. 그것은 시대의 증언자이며 목격자로서의 자기 역할에 충실하고자 한 것이었다.

4. 결론(結論)

심노숭(沈魯崇)은 자기의 삶을 서사화하는 데에 특별한 관심을 가졌다. 그는 매우 상세하게 자신의 삶을 기록하였으며, 또한 다양한 형식을 활용함으로써 자전적 글쓰기의 실험을 모색했다. 자전적 글쓰기 방식에 있어서 심노숭은 화상자찬(畵像自贊), 자찬연보(自撰年譜) 형식 이외에 주제별 분류 방식 등을 활용해서 자기 삶을 다각적으로 서술하고자 하였다. 더 나아가 심노숭(沈魯崇)은 사건과 행적을 단순히 나열하는 통상적인 자

---

52) 沈魯崇,「聞見內編」,『自著實記』,『孝田散稿』33책. 有國權奸, 史不絶書. 書契以後, 未有如國榮者. 以挾斜浮浪之悖類, 得溫室蜜昵之殊遇, 刀鉅視爲鼓吹, 苞苴重於供賦, 調戲官家大綱, 任它眼下, 叱罵卿相, 死命制其手中, 則四年之間, 八域之內, 父子兄弟, 私室燕語, 不敢斥言其名, 若有物傍伺而竊聽, 人人者喪魄奪心, 不自知其何以致然也.

전문학(自傳文學)의 서술 방식에 그치지 않고 새로운 방식의 글쓰기를 시도하였다.

특히 『자저실기』의 글쓰기 방식이 주목되는 바, 주제별로 구획하여 자기를 이야기하는 방식은 종래 자전문학의 형식과는 매우 다르다는 점에서 중요한 성과이다. 또한 심노숭은 자전문학의 글쓰기를 통해 자신의 내면과 심리를 진지하게 성찰했으며, 숨기고 싶은 비밀이나 자신의 결점과 단점까지도 스스럼없이 토로하였다. 심노숭의 자전문학 속의 화자는 인간 내부의 섬세한 감정과 심리를 섬세하게 포착했으며, 양반 사대부로서의 명분과 체면에 구애되지 않고 자신의 과오와 결점을 거리낌없이 토로하였고, 이성에 대한 개인의 은밀한 욕망까지도 숨김없이 토로했다. 심노숭은 다양한 형식의 자전작품을 통해 자신의 숨겨진 욕망과 감추고 싶은 비밀까지도 스스럼없이 고백하는 글쓰기를 지향했다.

미셸 푸코에 따르면 근대적 주체는 내밀한 욕망의 고백(告白)을 통해 진정한 자기를 인식하며, 동시에 고백을 통해 사회의 금기를 스스로 받아들임으로써 자기를 구축해나간다. 심노숭의 자아상(自我像)은 그 같은 근대적 개인의 자기 고백을 향한 도정(途程) 위에 서 있었다고 생각된다.

심노숭(沈魯崇)의 자전문학(自傳文學)에 대해 다룬 이 연구를 계기로 하여 조선시대 자전문학(自傳文學)에 관한 연구로 관심의 범위를 확장해 나가고자 한다. 그리고 이를 통해 자전문학에 관한 연구가 보다 활성화되기를 기대한다.

제2부
고전시가·고전산문

놀이공간에서의 문학적 금기위반과 그 의미[*]

박 연 호

1. 서론

민요나 화전가류 규방가사, 시조, 사설시조 등에는 일상의 금기를 위반하는 작품이 많다. 그것들은 남녀, 부부, 시댁식구와 며느리 사이에서 발생되는 경우가 대부분이며, 금기위반의 주체는 사회적 약자인 여성이나 며느리인 경우가 많다. 또한 성욕이나 성애 등을 구체적이고 적나라하게 표현함으로써 당대의 도덕적 금기를 위반하고 있는 작품들도 많다.

위계질서가 엄격하게 요구되는 사회에서 재하자(在下者)의 재상자(在上者)를 향한 저항이나 비난은 사회적 금기이다. 성담론 또한 중세뿐만 아니라 오늘날까지도 도덕과 법률에 의해 규제되는 금기 중 하나이다. 따라서 어떤 경우든 당대의 금기를 위반하고 있으며, 더욱이 그러한 금기위반이 공적인 자리에서 공개적으로 이루어졌다는 점에서 문제적이다. 그러나 어떻게 시부모나 남편을 비난하거나 저주하는 노랫말이 당사자

[*] 이 글은 "『어문연구』 제50집, 어문연구학회, 2006."에 게재된 것이다.

들이 있는 자리에서도 불려질 수 있었는지, 성담론에 대한 억압이 어느 때보다도 강했던 조선시대에 어떻게 그처럼 적나라한 성애의 노래가 자유롭게 가창될 수 있었는지, 나아가 이런 현상이 담고 있는 의미는 무엇인지 의문이 아닐 수 없다.

이 글은 사설시조와 화전가류 규방가사, 민요 등을 놀이공간에서 연행된 '연행문학'의 관점에서 고찰함으로써 이와 같은 물음에 대한 답을 탐색해 보기로 하겠다.

2. 연행문학의 놀이성

연행문학은 특정한 공간에서 연행된 문학을 의미한다. 문학작품의 연행여부는 문학의 성격과 밀접하게 관련되어 있다. 언어는 발화의 대상이나 발화 상황에 따라 의미가 달라진다. 언어 예술인 문학도 마찬가지이다. 그러나 지금까지의 문학연구는 연행되는 공간은 간과된 채 주로 텍스트 자체의 의미를 규명하는 데 초점을 맞추었다. 연행문학은 '놀이 공간'이라는 특수한 공간에서 연행되는 작품이다.

놀이의 공간에서 연행되는 문학 작품은 '놀이의 도구'이다. 이 점을 간과하고 텍스트 자체의 의미에 주목하면 문학작품의 의미나 지향이 전혀 다르게 해석된다. 사설시조의 중요한 특성으로 주목되어온 비속성(卑俗性)과 희학성(戱謔性) 등은 일상의 규범을 넘어서는 놀이의 특성이며, 놀이의 공간에서 향유된 연행문학의 특성이기도 하다.

앞서 언급한 바, 연행문학에서 금기를 위반하는 주체는 사회적 약자인 경우가 대분이다. 민속극에서는 천민이 양반을 풍자하고 비난하며, 민요나 규방가사, 사설시조 등에서는 아내나 며느리가 남편이나 시댁식구를 비난한다. 이런 행위들의 공통점은 일상에서는 철저하게 규제되는 금기를 위반하고 있다는 점이다.

금기를 위반하는 일탈행위는 놀이의 특성 중 하나이다. 놀이 공간은 현실과 분리된 일탈의 공간이며, 놀이의 공간에서 참여자들은 순수하게 평등한 조건에 놓인다. 놀이의 특징은 규칙과 경쟁이며, 윤리적 판단은 배제된다. 이런 점에서 놀이는 기존의 코드체계를 깨는 새로운 인식이며, 새로움만큼의 저항성을 갖는다.[1] 이념이나 규범의 무시, 재하자(在下者)의 재상자(在上者)에 대한 저항과 비난은 순수한 평등과 일탈, 경쟁이라는 놀이의 특성 때문에 가능했던 것이다.

놀이의 또 하나의 특징은 무엇보다 웃음과 재미를 추구하며, 놀이의 주체들은 웃음과 재미를 보다 효과적으로 촉발시키기 위해 '경쟁(競爭)'한다. 연행문학에 나타난 과장된 표현이나 적나라한 묘사, 수다스러움 등은 모두 웃음과 재미를 촉발시키기 위해 동원된 수사적 장치들이며, 그것들은 '경쟁(競爭)' 과정에서 점점 더 활성화된다.[2]

경쟁의 최종목표는 승리이며, 언어를 도구로 하는 놀이공간에서 승리를 위해 동원되는 대표적인 경쟁방식은 상대방에 대한 '공격'과 '보여주기'이다. '공격'은 뚜렷한 대상이 있어야 되기 때문에 주로 갈등 관계에 있는 집단이 함께 모인 공간에서 사용된다. 따라서 상대방을 얼마나 효과적으로 공격하느냐가 승리의 관건이 되며, 주로 상대방의 약점을 들춰내는 데 초점을 맞춘다. 반면에 후자는 갈등이 촉발될 여지가 없으

---

1) 놀이에 대한 자세한 논의는 김효, 「놀이에 관한 인문학적 고찰」, 『불어불문학연구』 46집, 불어불문학회, 2001 참조.
2) 음담패설이나 농담이 시간의 경과에 따라 많은 각편을 파생시키면서 보다 강한 자극과 웃음을 유발시키는 방향으로 발전하는 경향에서 이런 특성을 확인할 수 있다.

며, 동일한 재미와 욕구를 추구하는 집단 내에서 사용된다. 또한 놀이의 주체들이 공통적으로 추구하는 욕구를 얼마나 잘 충족시켜주느냐가 승리의 관건이 된다.

1) 사설시조

기존논의에서 놀이의 공간이라는 특성과 관련하여 자주 거론된 장르가 사설시조이다. 김학성은 시조 자체가 '풀이'와 '놀이'의 양면적 기능을 갖고 있음을 지적하고, 특히 사설시조는 '풀이성'과 '놀이성'이 극대화된 것으로 보았다.[3] 류수열도 사설시조의 놀이성에 주목하여, '사설시조의 에로티시즘은 다만 인간의 놀이적 태도가 극단적으로 활성화된 결과일 따름'이라고 하였다.[4] 신경숙은 사설시조가 연행되는 현장과 소비층의 특성으로 인해 소비지향성과 퇴폐성을 갖게 되었음을 지적하였고,[5] 류근안은 놀이현장의 흥을 돋우기 위해 사설시조를 연행했다고 하였다.[6] '사설시조가 주로 질탕한 유흥의 장에서 연행되었다'는 점에서, 사설시조는 '유흥의 소요를 만들어내는 자극으로 기막히게 어울렸'다는 박애경의 논의[7]도 동일한 맥락을 담고 있다.

이상의 논의들은 대부분 사설시조의 연행성과 유흥성을 조선후기 사

---

3) 김학성, 「辭說時調의 詩學的 特性」, 『成大文學』 27, 성대국문과, 1990, 56~60쪽.
4) 류수열, 「놀이로 본 사설시조의 에로티시즘」, 『선청어문』 28, 서울대국어교육과, 2000, 459~469쪽.
5) 신경숙, 「사설시조의 연행과 의미자질」, 『한성어문학』 11, 한성대한국어문학부, 1992.
6) 류근안, 「사설시조의 연행화 양상에 대한 연구」, 『한국언어문학』 49, 한국언어문학회, 2002.
7) 박애경, 「사설시조의 여성화자와 여성 섹슈얼리티」, 『여성문학연구』 3, 한국여성문학학회, 2001, 110쪽.

회의 특징적 국면으로 파악하고 있다. 또한 사설시조의 연행성과 유흥성을 조선후기 자본주의로의 이행으로 인한 유흥문화의 발달과 관련시켜 논의하거나, 성(性)을 노래한 작품들을 탈중세(脫中世)나 근대(近代)를 지향한 결과로 이해함으로써, 근대성의 표지로 해석하기도 하였다.[8]

그러나 시조에서 성담론(性談論)은 이미 조선전기(16C)부터 보인다. 다음은 정철(鄭澈)과 기녀인 진옥(眞玉)이 주고받은 작품이다.

> 鐵이 鐵이라커늘 무쇠 셥鐵만 너겨쩌니
> 이제야 보아ᄒᆞ니 正鐵일시 분명ᄒᆞ다
> 내게 골블무 잇던니 뇌겨 볼가 ᄒᆞ노라
>
> 玉을 玉이라커늘 燔玉만 너겨쩌니
> 이제야 보아ᄒᆞ니 眞玉일시 젹실ᄒᆞ다
> 내게 술송곳 잇던니 ᄯᅮ러 볼가 ᄒᆞ노라

두 작품은 정철과 진옥이라는 이름을 음차(音借)하여 성적(性的) 욕망을 드러내고 있다. 종장에서 남녀의 성기를 '골블무'와 '술송곳' 등 은유적으로 표현하고 있다. 하지만 은유의 대상이 너무도 또렷하기 때문에 직

---

8) 신경숙은 "사설시조가 형상화한 性形象은 주로 조선후기 사회의 변화 속에서 생성된 새로운 '시정적 여성인물의 체험과 욕망'이었다"라고 하였다(신경숙, 「初期 辭說時調의 性인식과 市井的 삶의 수용」, 『한국문학논총』 16, 한국문학회, 1995, 221쪽). 또한 김문기는 사설시조에 나타난 성담론을 다음과 같이 평가하고 있다. "서민 여성들(여항의 시정여성들 ; 필자주)은, 양반집 여성들이 윤리, 도덕의 울타리에 갇혀 있었는데 비해 체면과 여론을 무시하고 본능적인 사랑을 추구했을 뿐만 아니라 윤리의 장벽을 뛰어 넘어 밀회를 즐기고 외간 남성은 물론이고 불륜까지 저지르는, 자유연애의 모습을 드러내었다. 이런 사항의 세태와 풍속은 서민의 자아각성과 함께 상업이 발달하고 신분제도가 점차 붕괴된 조선후기적인 특징이라 할 만하다"(김문기, 「조선후기 女性風俗 詩歌에 나타난 삶의 形象과 작가의식」, 『한국시가연구』 11, 한국시가학회, 2002, 322쪽).

설적으로 표현한 것보다 훨씬 강한 성적 자극을 환기시킨다. 또한 위의 두 작품에서 기녀인 진옥과 사대부인 정철은 상하관계(上下關係)가 아닌 순수하게 평등한 관계에 있으며, 두 작품이 조선후기 사설시조에 비해 성적 자극이나 유흥성의 측면에서 떨어진다고 평가하기도 힘들다. 따라서 사설시조에 등장하는 성담론이 조선후기에 탈중세나 근대를 지향함으로써 나타나게 된 것으로 보는 시각은 문제가 있다. 성담론은 조선전기부터 서거정의 『태평한화골계전(太平閑話滑稽傳)』이나 송세림의 『어면순(禦眠楯)』 등에서 다양한 방식으로 존재했다는 점에서 성담론(性談論)을 조선후기문학만의 독점적 특성으로 보기 힘들다.

 '성(性)'은 인간의 본원적인 욕망이기 때문에 도덕률로 통제할 수 있는 것이 아니다. 그러나 성에 대한 욕망을 일상의 공간에서 표현하는 것은 사회적 금기이다. '성(性)'을 제재로 한 사설시조들이 연행될 수 있었던 것은 유흥공간에서 놀이의 도구로 사용되었기 때문이다. 그리고 그것들은 '보여주기' 경쟁을 통해 활성화되었다.

> 싀어마님 며느라기 낫바 벽바흘 구로지 마오
> 빗에 바든 며느린가 갑세 쳐 온 며느린가
> 밤나모 서근 등걸 휘초리 나니 곳치 알살픠신 싀아바님 볏 뵌 쇳동 곳치 되죵고신 싀어마님 삼년 겨론 망태에 새 송곳 부리 곳치 쑈족ᄒᆞ신 싀누으님 당피 가론 밧틔 돌피 나니 곳치 싀노란 외곳 ᄀᆞᆺᄐᆞᆫ 피뚱 누는 아둘 ᄒᆞ나 두고
> 건 밧틔 멋곳 ᄀᆞᆺᄐᆞᆫ 며느리를 어듸를 낫바 ᄒᆞ시ᄂᆞᆫ고 (『진본 청구영언』 573)

 인용문에서 며느리의 시댁식구에 대한 시각은 대단히 적대적이다. 시댁식구들에 대한 적대적인 태도는 그들을 수식하는 표현에서 잘 나타

난다. 며느리를 잘 못 들였다고 부엌바닥을 구르며 난동을 부리는 시어
머니의 모습은 뚜렷한 이유도 없이 며느리에게 적대적인 시댁식구의
모습을 대변한다. 중장에서는 까탈이 심하고, 심통스러우며, 얄미운 시
댁식구들의 모습을 비유를 통해 적실하게 드러내고 있다. 어리고 왜소
하며 허약하여 남자 구실을 못하는 남편의 모습은 성숙한 자신의 모습
과 극명한 대조를 이룬다. 민요나 규방가사에서도 시댁식구에 대한 적
개심을 이토록 생생하고 진솔하게 그려낸 작품은 찾아보기 힘들다.

그런데 이 작품에서 시댁식구를 수식하는 비유적 표현은 각 인물의
특징적 면모를 희화화를 통해 구체적으로 보여줌으로써 웃음을 유발하
고 있다. 초장에서 부엌바닥을 쾅쾅 구르며 난동을 부리는 시어머니의
모습은 비판적이기 이전에 그 모습을 상상하는 것만으로도 웃음을 유
발한다. 이런 시어머니의 난동에 며느리는 차분한 어조로 "벽바흘 구로
지 마오 빗에 바든 며느린가 갑세 쳐 온 며느린가"라고 타이른다. 며느
리의 어조는 억울함을 풀기위한 '항변'이라기보다는 '빈정거림'에 가깝
다. 때문에 이 작품에서 며느리와 시댁식구 사이의 갈등은 부각되지 않
는다. 다만 시댁식구들의 비정상적이고 어처구니없는 행위만이 또렷하
게 드러날 뿐이다. 이 작품은 시댁식구들을 희화화하고 조롱함으로써
웃음과 재미를 유발하는 것이다. 인물들의 행위에 대한 과장과 수다스
러운 나열은 이 작품이 '보여주기'에 초점을 맞춘 결과이다.

> 싀약시 싀집 간 날 밤의 질방그리 디엿슬 ᄯ려ᄇ리오니
> 싀어미 이르기를 물나 달나 ᄒᄂ괴야 싀약시 對荅ᄒ되 싀어미 아들놈
> 이 우리집 全羅道 慶尙道로서 會寧鍾城다히를 못쓰게 ᄲᅮ러 어긔로 쳐시니
> 글로 비겨보와 낭의 쟝할가 ᄒ노라(『병와가곡집』 907)

무슨 이유인지는 몰라도 며느리가 첫날밤에 질방구리 대여섯 개를 깨부수었다. 이에 시어머니는 질방구리 값을 물어내라고 하고, 며느리는 당신의 아들이 자신의 처녀성을 훼손시켰으니 서로 비긴 것이라고 대답한다. 질방구리 대여섯 개를 때려 부순 며느리의 행위도 비정상적이지만, 그것을 물어달라고 요구하는 시어머니의 행위도 비정상적이다. 비정상적인 행위를 한다는 점에서 두 인물은 희화화된 저열한 인물들이다. 희화화된 두 인물의 비정상적인 행위 자체로도 웃음을 유발하지만, 질방구리를 깬 값을 자신의 처녀성을 훼손시킨 값으로 대신하자는 며느리의 대답에 이르면 그동안 불완전하게나마 유지되던 고부간의 갈등이라는 주제는 소멸되고, 대신 성(性)이라는 전혀 예상치 못한 주제로 방향이 전환된다. 특히 며느리의 대답에서 처녀성 상실을 은유적으로 표현(全羅道 慶尙道로서 會寧鍾城다히)하거나 비속한 언어(싀어미 아둘놈, 못쓰게 쑤러)를 사용함으로써 웃음은 더욱 증폭된다. 이 과정에서 화자 자신 또한 희화화된다. 결론적으로 이 작품의 초점도 등장인물뿐만 아니라 성(性)을 희화화함으로써 보다 많은 웃음을 유발하는 데 있다. 이 작품에 사용된 장면화도 '보여주기'의 전형적인 예이다.

앞서 살펴본 두 작품이 웃음을 유발시키는 원인은 작품 자체에도 있지만, 이 작품의 모태가 되는 <시집살이노래>의 주제와 지향을 전복시키고 있다는 점에도 있다.

시집오든 사흘만에 가사구경 하라하고 / 아랫 도장 나려가서 銀盞 하나 만지다가 銀盞 하나 깨뜨렸네
고초같은 시아바씨 청붓틀 걸앉으며 / 아래 왔는 저 미늘아 너그 집에 가거들랑 銀盞 하나 물어다고 / 회초같은 시어머니 방문 왈칵 열터리며 / 아래 왔는 저 미늘아 너그 집에 가거들랑 / 노비전답 다 파나마 銀盞

하나 물어다고 / 앵도 같은 시누씨는 청에 통통 다니면서 / 아래 왔는 저 각씨야 너그집에 가거들랑 / 말매 소매 다 파나마 銀盞 하나 물어 내게 / 홍글항글 맏동서는 이리가며 홍글항글 / 저리 가며 홍글항글 홍글 항글 야단일세

들는 신부 할일없이 저그 방에 들어가서 / 돗자리를 피여놓고 좌면도 듬 올리 피고 / 시아버님 여 앉이요 시어머님 여 앉이요 / 맏동서도 여 앉이요 시누씨도 여 앉어서 이 내 말을 들어 보소 / 七八月 김장밭에 동 피 같은 當身 아들 / 나와 같이 옷을 입혀 사인교 차리 미고 / 허다 동네 다 지내고 억만장안 짓치달아 / 나의 집을 찾아와서 정바상을 돌릴 쩍에 / 八幅屏風 둘려 치고 닭 한 쌍을 마주 놓고 / 나무접시 디릴 쩍에 銀盞 하나 대단튼가 / 잘 가시오 잘 계시오 온 손 잡아 작별할 제 銀盞 하나 대단튼가 / 밤중 셋별 높이 뜨고 쥐도 새도 모를 적에 온칸 몸을 헐었으니 / 온칸 몸을 채와 주면 은잔 하나 물어 줌세

시아바씨 이 말 듣고 앗다 말아 남이 알라 / 너 그럴 줄 내 몰랐다 孝婦로다 孝婦로다 / 앞東山 낭클 비어 뒷東山에 터를 닦아 / 삼간빌땅 지어주마 <善山地方>9)

인용된 작품은 '갓 시집 온 새색시가 기물(器物 : 銀盞)을 파손했다 → 시댁식구가 변상을 요구했다. → 못난 남편과 결혼해 줬는데 은잔을 깬 것이 대단한가? → 처녀성을 회복해 주면 변상하겠다 → 시아버지가 사과했다'로 요약할 수 있다. 이 노래는 하나의 유형으로 분류될 정도로 정형화되었으며, 많은 각편을 파생시켰다는 점에서 조선후기에 잘 알려진 작품이라고 할 수 있다.10)

---

9) 임동권, 『한국부요연구』, 집문당, 1982, 20~21쪽 인용.
10) 장성진은 이 작품군을 '財物의 損失' 중 '器皿의 破損'이라는 유형으로 분류하였다. 장성진, 「시집살이謠의 類型과 人物」, 『여성문제연구』 13, 대구효성카톨릭대학교 사회과학연구소, 1984, 379~384쪽.

인용문에서 며느리는 가사구경, 즉 살림살이를 점검하다가 실수로 은잔을 깼다. 그러나 사설시조에서는 질방구리를 부수게 된 원인은 제시되지 않고 다만 "디엿슬 ᄯᅳ려ᄇ리오니"라고 하여 다분히 의도적으로 때려 부순 것으로 설정되어 있다. 시댁식구가 변상을 요구하는 장면의 경우 사설시조에서는 시어머니가 '물어 달라'고 했다는 단순한 사실만이 제시되어 있다. 반면에 민요에서는 시댁식구가 모두 나서서 친정의 재산을 처분해서라도 변상할 것으로 요구하고 있다. 특히 이 부분은 공식구를 길게 나열함으로써 며느리에 대한 압박의 강도가 점점 강해지는 상황을 강조하고 있다. 더구나 같은 며느리인 맏동서조차 시댁식구와 한 편이 되어서 곱지 않은 눈초리를 보내는 상황을 제시함으로써 시댁에서 철저히 고립된 화자의 상황을 부각시키고 있다.

며느리의 항변도 사설시조에서는 처녀성의 상실만을 희화적으로 이야기하고 있으며, 처녀성의 상실을 질방구리의 파손과 동일한 무게로 제시함으로써 심각한 갈등을 가벼운 웃음으로 바꿔버린다. 하지만 민요에서는 못난 남편(七八月 김장밭에 동피 같은 當身 아들)[11]에 과분한 며느리를 들여 좋아할 때는 언제고, 지금 와서는 은잔 하나 깬 것이 그렇게 대단한 일이냐고 항변한다. 처녀성을 회복해 주면 은잔 값을 물어주겠다는 것은 못난 남편과 결혼해 준 것을 생각하면 은잔을 깬 것은 아무 것도 아니라는 항변인 것이다. 이러한 항변에 대해 시아버지는 자신들의 치졸한 행위가 알려질까 두려워하며, 효부라고 치켜세우고 삼간별당(三間別堂)을 지어주겠다는 약속으로 사태를 무마한다. 여기에서 시아버지가 가

---

11) 이 표현은 앞 사설시조의 "당피 가론 밧틔 돌피 나니 ᄀᆞ치 싀노란 외곳 ᄀᆞᄐᆫ 피ᄯᅩᆼ 누는 아ᄃᆞᆯ"과 동일한 의미를 갖고 있는 것으로 보는 것이 타당하리라 생각한다.

장 두려워하는 것은 소문이라는 점에서 문제의 본질보다는 체면을 중
시하는 시부모의 위선적인 모습이 폭로된다.

이처럼 민요 <시집살이노래>에서는 시댁식구의 이기적이고 비합리
적인 억압을 부각시키고, 며느리의 항변을 통해 그와 같은 억압의 부당
성을 폭로하는 데 초점을 맞추고 있다. 따라서 이 작품의 중심은 시댁
식구와 며느리 사이의 갈등 및 며느리에 대한 시댁식구의 부당한 억압
이며, 이 노래가 지향하는 것은 동일한 상황에 처한 창자나 청자들 사
이에 공감대를 형성함으로써 내면의 갈등을 해소해 나가는 것이다.
<시집살이노래>는 노래에 제시된 고난에 찬 여성의 삶을 통해 자신만
이 그와 같은 고난을 겪는 것이 아님을 인식함으로써 정서적 위안을 얻
는다. 때문에 웃음이 유발될 여지는 없다.

그러나『병와가곡집』907에서는 민요에 제시된 사건의 전말은 삭제
한 채, 며느리와 시어머니 사이에서 일어난 싸움이라는 상황만을 가져
와 시어머니뿐만 아니라 며느리까지 희화화하고, 며느리의 어이없는 답
변을 통해 주제의식을 반전시킴으로써 웃음을 유발하고 있다.『진본 청
구영언』573은 민요의 내용 중 며느리의 항변만을 독립시킨 작품이다.
이 작품에서는 '고초같은 시아바씨', '회초같은 시어머니', '앵도 같은
시누씨', '七八月 김장밭에 동피 같은 當身 아들' 등으로 표현된 시댁식
구의 부정적 면모를 부각시켜 희화화하고 조롱함으로써 웃음을 유발하
고 있다. 두 작품에서 시도된 작중인물과 상황의 희화화는 사설시조가
시집살이의 고통과 갈등이라는 민요의 심각한 주제의식은 제거하고 '보
여주기'를 통해 재미와 웃음이라는 가벼움만을 추구했음을 의미한다.12)

12) 다음 작품도 '器物의 破損' 유형의 <시집살이노래>를 사설시조의 특성에 맞게 재창작

아래 인용문은 성을 소재로 한 작품 중 '보여주기'가 극단화된 예이다.

드립더 ㅂ득 안으니 셰 허리지 ㅈ늑ㅈ늑
紅裳을 거두치니 雪膚之豊滿ㅎ고 擧脚蹲坐ㅎ니 半開ㅎ 紅牧丹이 發郁
於春風이로다
進進코 又退退ㅎ니 茂林山中에 水舂聲인가 ㅎ노라 (『병와가곡집』975)

남녀 간의 성교를 이처럼 구체적으로 장면화한 작품은 거의 없다. 격정적인 포옹, 치마 속에서 드러난 여성의 성기와 그것을 음흉한 시각으로 바라보며 탐닉하는 남성, 구체적인 성교 행위 등이 오늘날의 시각에서도 낯 뜨거울 정도로 자세하게 묘사되어 있다. 더구나 한문어구를 사용하여 은유적으로 표현된 여체와 성교 행위는 우리말로 직설적으로 표현했을 때보다 훨씬 강한 성적 자극을 촉발시킨다. 은유나 한문어구는 직접적 표현에 비해 상상력의 폭을 넓혀 작중 상황에 몰입하게 해주기 때문이다.

이처럼 성을 제재로 한 사설시조가 은유를 통해 성적 자극을 증폭시키는 데 몰두했던 것은 성적 자극을 증폭시키는 것이 '보여주기' 경쟁의 성패를 좌우하는 핵심요소였기 때문이다. 즉 사설시조의 은유적이고 구체적이며 적나라한 성적표현은 '보여주기' 경쟁에서 폭발적으로 활성화된 것이다. 나아가 다른 것들을 제재로 한 사설시조에서 웃음을 유발하기 위해 이루어진 다양한 수사와 과장, 수다스러움도 같은 차원에서

한 것이다.
어이려뇨 어이려뇨 쉬어마님아 어이려뇨 / 쇼대 남진의 밥을 담다가 놋쥬걱 잘를 부르쳐시니 이를 어이 ㅎ려뇨 쇠어마님아 / 져 아기 하 걱정마라스라 우리도 져머신 졔 만히 것거 보왓노라 (『진본 청구영언』478).

해석할 수 있다.

한편 이 노래는 『청구영언』과 『해동가요』・『가곡원류』 등을 비롯한 17개의 가집에 수록된 매우 인기 있는 레퍼토리였다. 그것은 이 노래가 그만큼 '보여주기'의 경쟁에서 확실한 우위를 차지하고 있었음을 의미한다.

이상에서 살펴본 바, 시조는 조선전기부터 소비적 유흥공간에서 놀이의 도구로 가창되었다. 그런데 주목되는 것은 조선후기에는 성담론을 포함한 사회적 금기를 위반하는 작품들이 전기에 비해 폭발적으로 늘어난다는 점이다. 이런 양상은 조선전기에 '개인적 정서 표출의 도구'였던 시조가 조선후기에 자본주의로의 이행과정에서 거의 전적으로 '놀이의 도구'로 변화된 결과이다. 즉 시조문학사에서 소재나 언어의 변화는 작품 자체가 탈중세를 지향했기 때문이라기보다는 시조의 '기능'과 '연행환경'의 변화로 말미암은 것이라고 본다. 조선후기에 사설시조가 활발하게 창작・향유되었으며, 시조문학의 중심 담당층이 도시 유흥문화에 익숙한 인물들이었다는 점, 향촌의 사대부들은 시조보다 가사를 많이 지었다는 점 등은 조선후기의 시조 연행이 주로 도시의 소비적 유흥공간에서 이루어졌음을 시사한다.

2) 민요

민요에도 시댁식구나 남편을 비난하는 노래가 많다. 기존논의에서는 주로 이런 노래들에 나타난 갈등과 저항에 주목해왔으며, 정서적 위안을 가장 주된 노래의 기능으로 해석해왔다. 앞 절에서 살펴본 <시집살이노래>는 대표적인 예이다. 물론 이런 노래들이 갈등이나 저항을 담

고 있으며, 정신적 위안을 준다는 것은 사실이다. 그러나 그렇다고 해
서 모든 민요를 오로지 갈등이나 저항의 측면에서만 해석할 수는 없다.
보다 올바른 해석을 위해서는 노래가 가창되는 공간의 문제를 고려해
야 한다.

지금까지 이런 노래들을 갈등과 저항의 측면에서만 해석한 일차적인
원인은 민요를 역사주의적 관점에서 접근하여, 조선후기 가부장제 사회
의 여성에 대한 억압과 그로 인한 갈등과 저항 등에 주목했기 때문이
다. 그 결과 민중성=저항성으로 설정했던 것이다. 성적인 욕망과 결핍
을 토로한 노래들을 성적 불균형에 대한 원망과 호소, 억압된 욕망에
대한 반발로 해석한 것도 동일한 차원에서 이해할 수 있다.13) 시집살이
와 관련된 민요 연구 자료로 주로 장형의 <시집살이노래>가 선택된
이유도 그와 같은 시각 때문이다.

그러나 이 노래들은 주로 길쌈과 같은 '개인 노동의 공간'에서 가창
되었다. 공간의 특성을 고려할 때, 이 노래들을 대상으로 도출된 결론
을 '공동의 놀이 공간'에 향유되었던 유희요에 그대로 적용하여 일반화
하는 것은 문제가 있다. 민요는 가창되는 공간에 따라 노래의 기능이나
의미의 실질이 달라지기 때문이다.

---

13) 임동권은 "물레야 돌밑에 잠든 낭군 / 은제나 다커서 내배탈고(창원지방)"에 대해, '신부
　　의 연령이 많아서 이미 思春期에 있고 신랑은 아직 어려서 성에 대한 관심이 없는 데서
　　생리적인 불균형'으로 인한 고뇌를 호소한 노래로, '儒敎的 倫理觀 속에서 자란 그녀들
　　로서는 혼자 고민하고 원망했을 뿐 어쩔 도리가 없었다.'고 하였다(임동권, 『한국부요연
　　구』, 집문당, 1982, 71~72쪽). 그리고 김무헌은 노동민요에서 성본능을 주제로 한 작품
　　을 농경문화에서의 번식과 풍요를 의미하는 것으로 해석하였다(김무헌, 『한국민요문학론』,
　　집문당, 1987, 183~188쪽). 또한 시댁식구에 대한 적대적인 감정을 드러낸 작품에 대해
　　서는 '불안과 갈등 그리고 시기와 저주, 사람이 가질 수 있는 수많은 갈등이 진실하게
　　표백'된 것으로 해석하고 있다(김무헌, 앞의 책, 280쪽).

이에 이 글에서는 <정선아라리>와 <진도아리랑>을 대상으로 민요에 나타난 금기 파괴와 그 의미를 살펴보기로 하겠다. 자료를 이렇게 한정한 이유는 이 노래들이 놀이공간에서 활발하게 연행되었기 때문이다.

앞남산 딱따구리는 참나무 구녕도 뚫는데
우리집에 저 멍텅구리는 뚫버진 구녕도 못 뚫네 <정선아라리>

우리집 서방님이 명태잡이를 갔는데
바람아 불어불어라 석달 열흘만 불어라 <진도아리랑>

<정선아라리>는 남편의 허약한 성적 능력을 조롱하고 있으며, <진도아리랑>은 바람난 부인이 남편이 죽기를 기원하는 내용을 담고 있다. 이 노래들은 주로 남성들에 의해 가창되었지만, 남편이 동석한 자리에서 여성에 의해서도 가창되었다. 더구나 두 작품은 다른 지역에서도 흔히 발견되는 매우 인기 있는 노랫말이다.

첫 번째 노래는 사설시조와 마찬가지로 은유를 통해 주제를 드러내고 있다. 때문에 앞서 살펴본 사설시조와 마찬가지로 성적 자극을 환기시킨다. 또한 딱따구리와의 비교를 통해 남편을 미물(微物 : 딱따구리)만도 못한 '멍텅구리'로 비하함으로써 남편의 부실한 성적 능력을 확실하게 부각시키고 있다. 이 작품에서도 웃음을 유발하는 동인은 은유와 희화화이다.

두 번째 작품도 놀이공간에서 웃음을 유발한다. 이 작품에서 웃음을 유발시키는 동인은 비정상적인 발화행위와 인물형상에 있다. 누구나 오래 살기를 바라는 남편이 죽기를 기원한다는 점에서 발화 행위 자체가 비정상적이다. 이것은 화자 자체를 비정상적인 인물로 만들어버린다.

또한 민요에서 남편이 죽기를 바라는 경우는 남편의 성적 능력이 현저하게 떨어지는 상황과 관련되는 경우가 대부분이라는 점에서 남편 또한 부인 하나 챙기지 못하는 '멍텅구리'로 전락한다.[14] 즉 비정상적인 인물형상과 비정상적인 발화행위가 결합하여 웃음을 유발하고, 이런 상황이 벌어지게 된 원인을 다른 작품과 관련하여 상상함으로써 웃음은 더욱더 증폭된다.

다음은 남편의 외도와 시어머니를 비난하는 작품이다.

> 식은 밥 한 덩이 달달 볶아서 두 연눔이 다 먹고
> 간난이하구 나하구는야 저녁 굶고 잔다 <정선아라리>

> 삼베질삼을 못한다고 날 가라고 하더니
> 삼백육십일 왜 못살고서 세가 빠져 뒤졌나 <정선아라리>

첫 번째 작품은 부인과 딸자식이야 굶든 말든 아랑곳 하지 않고 첩만을 위하는 남편을 원망하는 노래이다. 내용상으로 첩과 희희낙락하며 밥을 볶아 먹는 남편의 모습과 딸과 함께 주린 배를 움켜쥐고 그 광경을 바라보고만 있어야하는 부인의 모습은 처절하기 그지없다. 그러나 이 노래도 놀이의 공간에서는 웃음을 유발한다. 웃음을 유발시키는 일차적인 요소는 '연눔'이라는 비속어의 사용에 있으며, 두 번째 요인은 첩과의 외도에만 골몰하는 저속한 남성의 모습에 있다. 남편은 가장의 보호를 벗어나 헐벗고 굶주리는 처자식의 모습과 대비되어 가장으로서의 권위를 완전히 상실한 저열한 속물의 모습으로 나타난다. 이 경우

---

14) 공동묘지야 쇠시랑 구신아 니 뭘 먹고 사나 / 우리집의 저 멍텅구리를 콕 찍어 가거라
    <정선아라리>.

웃음은 저열한 인간을 바라보며 느끼는 우월감에서 촉발된다.

두 번째 작품은 길쌈을 못한다고 구박하던 죽은 시어머니를 비난하는 노래이다. 이 노래는 시부모가 죽으니 좋은 점도 있지만, 그들이 하던 일을 자신이 할 때마다 시부모가 생각난다는 내용이 더 보편적이다.15) 원래는 이처럼 애증(愛憎)이 교차하는 내용을 담고 있는 노래인데, 이 노래에서는 천년백년 살지 못하고 '세가 빠져 뒤졌나'라며 적개심을 드러내고 있다. 이 노래는 '세가 빠져 뒤졌나'라는 욕설뿐만 아니라, 시어머니의 죽음을 반기는 일탈행위 자체가 웃음을 유발한다.

다음은 성과 관련된 노래들이다.

> 보구레 연쟁기 같다면 남이나 빌려 줬다지
> 번연히 알고 달라는데 안 줄 수가 있나 <정선아라리>

> 본서방 싫다고 뒷담장 넘다가
> 쑤시대 등걸에 똥구멍을 쑤셨네 <진도아리랑>

첫 번째 노래는 보구레(경운기)나 농기구라면 남에게 빌려줬다고나 변명을 할 텐데, 성기가 있는 줄 뻔히 알고 성적 요구를 하기 때문에 피할 방법이 없다고 하였다. 정숙한 여인이라면 외간 남자의 성적 요구 자체를 수치스러워하고 단호하게 거절해야 할 텐데, 이 노래는 있는 줄 알고 달라고 하기 때문에 거절할 수 없다고 함으로써 남성과의 성관계

---

15) 시아버지가 돌아가시니 사랑이 널러 좋더니 / 장석자리날 떨어지니야 시아버지 생각나네 <정선아라리>.
 시어머니가 죽어지니 안빵이 널러 좋더니 / 보리방아 물주고 나니야 시어머니 생각나네 <정선아라리>.

를 합리화하고 있다. 더구나 자신의 정조를 누구나 사용할 수 있는 하찮은 농기구와 등치시킴으로써 스스로를 비하하고 있다. 이처럼 어처구니없는 합리화와 자기비하가 이 노래에서 웃음을 유발시키는 가장 중요한 요인이다.

두 번째 노래는 본남편이 싫어서 바람을 피우기 위해 담장을 넘다가 낭패를 보았다는 내용을 담고 있다. 이 노래는 '똥구멍'이라는 비속어의 사용이나 희화화뿐만 아니라, 담장을 넘다가 수숫대 등걸에 똥구멍이 찔렸다는 상황 자체가 웃음을 유발하는 가장 중요한 요소로 작용하고 있다.16)

한편 연행민요는 집단적인 놀이공간에서 공개적으로 가창되기 때문에, 청자들은 노래의 내용이 창자의 경험과 밀접하게 관계가 있을지도 모른다는 상상을 하게 되는데, 이것도 웃음을 유발하는 중요한 요인이 된다. 또한 선후창이나 교환창 형식으로 가창되는 노래들은 대부분 두 줄의 짧은 노랫말로 구성되어 있기 때문에 사건이 벌어지게 된 정황을 시시콜콜하게 밝힐 수가 없다. 마찬가지 이유로 과장되고 장황한 묘사 자체가 불가능하다. 때문에 청자는 상상력을 동원하여 사건의 전모를 파악해야 한다. 사건의 전모를 청자 스스로 상상하게 하는 것도 유희요가 웃음을 촉발시킬 수 있는 중요한 요소의 하나이다.

이상에서 살펴본 바, 놀이의 공간에서 가창된 민요도 사설시조와 마찬가지로 웃음과 재미를 추구하는 경우가 많다. 사설시조와 다른 점이 있다면 경쟁의 초점이 '보여주기'보다는 구체적인 대상에 대한 '공격'

---

16) 신성한 것에 대한 패러디나 욕설, 저주, 육체의 그로테스크한 이미지 등은 광장(축제, 놀이) 언어의 매우 중요한 특징이다(미하일 바흐찐 지음, 이덕형 · 최건영 옮김, 『프랑수아 라블레의 작품과 중세 및 르네상스의 민중문화』, 아카넷, 2001).

에 맞추어져 있다는 점이다. 이 점은 화전가류 가사도 마찬가지이다.

3) 화전가류 가사

화전가류 가사는 화전놀이라는 '놀이의 공간'에서 향유된 연행문학이다. 때문에 다른 종류의 규방가사에 비해 금기를 위반하는 내용이 많이 담겨 있다. 이 글에서는 『기수가』 연작을 중심으로 이 문제를 살펴보기로 하겠다.17)

『기수가』 연작은 시누이와 올케 사이에서 벌어진 조롱과 분쟁을 담고 있다. <기수가> 연작은 화전놀이 현장에서 창작·향유된 1차 담론(<기슈가>·<답기슈가>·<희됴가>)과 그 이후에 창작된 2차 담론(<위유가>·<반기슈가>·<ㅈ소가>·<긔소가>)으로 나뉜다.

이 작품에 나타난 연행 문학적 특성은 금기의 파괴와 그에 대한 대응에서 나타난다.

> **좌상의 노인분**늬 흔 말솜 나리시더
> "여ᄌ몸이 되어나셔 방탕ᄒ여 쓸더잇나
> 남활량이 잇건마는 여활량이 불가ᄒ다"
> **좌듕의 흔 여편**늬 니달나 ᄒ는 마리
> "오늘이나 늬 뜻대로 노라볼가 ᄒ엿더니
> 이 말솜이 어인일고 우리도 이럴망졍
> 셰샹의 늦다가셔 여ᄌ즉분 ᄒ엿거든
> 야속하다 어룬 말솜 꼿밧헤 불이로다

---

17) 이 부분은 필자가 2005년 6월 1일에 충북대학교 중원문화 연구소 공개강좌에서 「<기수가> 담론의 사회·문화적 의미」라는 발표를 하고, 동일한 제목으로 『중원문화연구』 9집, 충북대학교 중원문화연구소, 2005.12.에 투고한 내용을 요약·정리한 것이다.

이말져말 더져두고 놀기만 ᄒ여보쇠" <기슈가>.

인용문에서 '좌샹의 노인분너'는 너무 방탕하게 놀지 말 것을 권고하고 있다. 이에 대해 '좌듕의 ᄒᆞᆫ 여편너'가 오늘 하루만이라도 일상을 벗어나 마음대로(ᄂᆡ 쯧대로) 놀려고 했는데 그것이 무슨 말이냐며 반발한 후, 노인의 말을 무시하고(이말 져말 더져두고) 놀기만 하자고 제안한다. 여기에서 '노인분너'는 일상의 연장을 지향하며, 'ᄒᆞᆫ 여편너'는 일탈을 지향한다. '좌듕의 ᄒᆞᆫ 여편너'의 반발은 일상에서는 불가능하거나 적어도 도덕적으로 지탄받을 행위이다. 이러한 금기의 파괴가 용인될 수 있는 것은 '좌샹의 노인분너'가 '좌듕의 ᄒᆞᆫ 여편너'와 함께 순수하게 평등한 '놀이의 공간'에 있기 때문이다. 이에 대한 '좌샹의 노인분너'의 또 다른 반론이 없는 것은 그들이 '놀이'공간의 규범을 공유하고 있음을 의미한다.

1차 담론은 시누이인 '하당ᄃᆡᆨ'이 지은 <기슈가>에서 올케들을 조롱하면서 시작된다. 올케들에 대한 조롱은 'ᄒᆞ도됴룡(下道嘲弄)'과 '명태양반(明太兩班)', '한산양반(閑散兩班)' 등 올케들의 친정 가문에 대한 조롱과 '아달ᄌᆞ랑', '셰간'자랑, '교ᄐᆡ', '일가ᄌᆞ셰(一家姿勢)', '동향동셔(同鄕同壻)' 등 삶의 태도와 행동거지에 대한 관한 것이다.[18] 그러나 이후에 이어지는 논쟁의 초점은 가문문제이다. 즉 상대방의 가문을 비하하고 자신의 가문은 과시하는 것이 논쟁의 중심이 된다.

---

18) 들오신이 헤어보ᄌᆞ / 강누ᄃᆡᆨ 노파ᄃᆡᆨ아 ᄒᆞ도됴룡 슬허마소 / 법순ᄃᆡᆨ 희평ᄃᆡᆨ은 명ᄐᆡ양반 아닐넌가 / 단동ᄃᆡᆨ 병산ᄃᆡᆨ은 한산양반 발명마소 / 오순ᄃᆡᆨ 샹지ᄃᆡᆨ은 아달ᄌᆞ랑 너모마소 / 듕동ᄃᆡᆨ 디야ᄃᆡᆨ은 셰간스리 ᄌᆞ미로쇠 / ᄉᆞ촌ᄃᆡᆨ 각손ᄃᆡᆨ은 음젼얌젼 교ᄐᆡ마소 / 마쳔ᄃᆡᆨ 김손ᄃᆡᆨ은 동실동실 구슬갓ᄂᆡ / 지동ᄃᆡᆨ 지동ᄃᆡᆨ은 일가라고 ᄌᆞ셰마소 / 도진ᄃᆡᆨ 산당ᄃᆡᆨ은 동향동셔 ᄌᆞ별ᄒᆡ의 <기슈가>.

　1차 담론에 제시된 조롱은 일종의 '말다툼 놀이'이다. 화전놀이 공간에서 서로를 조롱하는 말다툼 놀이는 <기수가> 연작뿐만 아니라, 문중 구성원들의 모임인 화수회(花樹會)에서 빈번하게 이루어졌으며, 그것은 구술문화의 보편적 특성이기도 하다.19)

　한편 자체의 규칙 하에 놀이 공간에서 행해진 일탈행위에 대해서는 일상의 공간에서 전혀 도의적 책임을 묻지 않는 것이 놀이의 또 다른 규칙이다. 즉 놀이의 공간과 일상의 공간은 철저히 분리된 독립된 세계이다. 만일 이 규칙을 어기게 되면 놀이 참여자들에서 지탄이나 조롱의 대상이 될 수 있다. 이것은 놀이공간에서 일탈이 가능하게 하게 중요한 요소이다. 연행공간에서는 행해지는 일탈행위가 대부분 웃음을 유발할 뿐, 놀이가 끝난 후 일상에서 심각한 분쟁으로 발전되지 않는 것은 이 때문이다.

　그런데 <기수가> 연작에서는 놀이 공간에서의 분쟁이 일상의 공간으로까지 연장되어 증폭되었다는 점에서 문제적이다. 이렇게 '놀이'로써의 조롱이 일상 공간으로까지 연장되어 심각한 분쟁으로 발전된 이유는 무엇일까? 그것은 조롱의 내용이 놀이공간에서조차 허용될 수 있는 한계를 넘어선 문제를 담고 있기 때문이다. 그것은 가문(家門)의 문제이다.

　18세기 이후 가문의식이 강화되면서 사족계층에서 가문의 위상은 개인의 위상과 자기정체성을 결정하는 가장 중요한 요소였다. 달리 말하

---

19) 월터 J. 옹은 논쟁적 어조가 강한 것을 구술문화의 특성 중 하나로 들고 있다. 특히 '피차간의 험담은 구술사회에서는 세계 어디에서나 표준적으로 보'인다고 하였다. 또한 상대편의 어머니를 누가 더 심하게 욕하는가를 겨루는 '말다툼' 놀이도 있다고 한다(월터 J. 옹 지음, 이기우·이명진 옮김, 『구술문화와 문자문화』, 文藝出版社, 1995, 71~74쪽).

면 사족집단에서 가문의 문제는 놀이 공간이라는 비일상적인 공간에서
조차 마음대로 훼손할 수 없는, 절대적인 성역(聖域)이었음을 의미한
다.[20] 따라서 아무리 상대방이 감당하기 힘든 가장 민감한 부분을 공격
함으로써 상대방을 제압하는 것을 목표로 하는 '말다툼 놀이'라고 하더
라도 가문의 문제는 허용될 수 없었던 것이다.

한편 기존 논의에서는 '말다툼 놀이'의 특성을 간과하고, 내용의 표
면적 의미에만 주목하여 학문과 부덕에 충실하지 못함을 무기로 남매
간에 서로 조롱하는 것을 가문의 발전과 화합 도모하기 위한 것으로 해
석하거나,[21] 18세기 이후 여성의 자의식의 성장과 남성의 인식변화(권
위의식 탈피)로 이해하였다.[22]

그러나 화전놀이에서 일상의 가치인 가문의식을 지향한다는 것은 일
상의 금기와 가치를 거부하고 파괴하는 것을 특징으로 하는 놀이공간
의 특성에 정면으로 배치된다. 이들이 학문(學問)과 부덕(婦德)을 무기로
상대방을 조롱한 것은 그것이 '말다툼 놀이'에서 상대방을 제압할 수
있는 가장 큰 무기였기 때문이다. 학문(學問)과 부덕(婦德)이 가장 강력한
무기로 작용했다는 사실은 당시에 그 정도로 가문의식이 강했음을 반
증할 뿐이며, 발화내용 자체는 상대방을 조롱하고 공격함으로써 경쟁에
서 승리하는 데 초점이 맞추어져 있는 것이다.

---

20) 동일한 가문의 구성원들끼리라면 가문에 대한 조롱이 가능했을지 모른다. 하지만 며느리
　와 시누이는 전통적으로 특수한 갈등관계에 있었기 때문에 더 문제가 되었다고 생각한다.
21) 백순철, 「問答型 閨房歌辭의 創作環境과 志向」, 고려대 석사논문, 1995, 40~60쪽.
22) 박경주, 「남성 작가의 화전가에 관한 일고찰」, 『한국언어문학』 47집, 한국언어문학회,
　2001, 76~77쪽.

3. 연행문학의 문화적 의미

기존논의에서는 연행문학에 나타난 금기의 위반이나 일탈은 일상에서 표출할 수 없었던 다양한 욕망을 분출함으로써 욕망을 해소하고, 현실적 고난과 억압을 폭로하며 노래를 통해 문제를 공유(共有)함으로써 '심리적 위안'을 얻었다는 점에서 주목해 왔다. 탈춤이 농민들의 불만을 발산할 수 있는 계기가 되어 체제의 유지에 크게 이바지했다는 지적23)도 동일한 시각을 견지하고 있다고 할 수 있다. 이런 지적은 옳다. 그러나 연행문학은 단순한 욕망의 해소나 심리적 위안이라는 소극적 의미를 넘어 의사소통의 중요한 통로라는 점에서 더 큰 의미를 갖는다.

민요와 화전가류 가사에 사용된 금기를 위반하는 공격적 언어는 궁극적으로 구성원 간의 존재론적 이해를 통해 갈등을 해소하고 통합과 결속을 지향한다. 즉 민요와 화전가류 가사는 공동체의 존립을 가능하게 하는 중요한 의사소통의 도구라고 할 수 있다.

『기수가』 연작에서 가문이나 부덕(婦德)의 문제를 다룬 것은 그것이 상대방을 공격하는 가장 강력한 무기이기 때문이다. 또한 그 안에는 평소에 올케들을 바라보는 시누이의 시각이 담겨있다. <기수가> 연작에 제시된 일련의 조롱이나 비난의 대상들은 그네들이 평소에 갖고 있는 상대방에 대한 불만이나 내적 갈등과 밀접하게 관련되어 있기 때문이다.

민요도 마찬가지이다. 시댁식구와 남편이 동석한 자리에서 상대방을 공격하는 노래를 부르고 들으면서 서로의 문제를 공유하게 되는 것이다. 놀이공간은 이러저러한 이유로 일상에서는 표출할 수 없었던 욕망과 고뇌를 전달할 수 있게 한다는 점에서 구성원들 사이에 내면까지 공

---

23) 조동일, 『탈춤의 역사와 원리』, 기린원, 1991, 71~72쪽.

유할 수 있는 진정한 의사소통의 장이 된다. 과부가를 비롯한 신변탄식류 규방가사가 주로 화전놀이와 같은 놀이공간에서 연행[24]된 것이나, 집단적인 놀이 공간에서 금기를 위반하는 내용들을 담고 있는 민요가 가창되었던 것도 그것들이 일상의 공간에서 공개적으로 향유될 수 없는 것이었기 때문이다. 이처럼 연행문학은 개인적 갈등이나 욕망의 해소나 심리적 위안이라는 소극적인 차원을 넘어 일상적인 공간에서 의사소통의 한계가 명백한 개인이나 집단 ― 남(男)―여(女), 노(老)―소(少), 올케―시누이, 반(班)―상(常) ― 사이의 의사소통을 가능하게 하고, 그럼으로써 구성원들 사이의 갈등을 해소하고 통합시키는 역할을 한다는 점에서 무엇보다 큰 의미가 있다. 금기를 위반하는 내용을 담고 있는 연행문학 작품들이 공통적으로 웃음을 유발하는 장치를 갖고 있는 것은 재미뿐만 아니라 놀이공간에서 이루어진 일탈행위가 일상으로 연장되는 것을 막고 진정한 이해와 통합으로 나아가기 위한 것이다.

하지만 사설시조는 규방가사나 민요와 지향점이 다르다. 사설시조는 도시의 소비적 유흥공간에서 연행된 통속예술이다. 도시의 유흥공간에서 연행된 사설시조는 수용자(남성)의 취향과 감성의 지배를 받는다. 이것이 사설시조가 가지고 있는 상업성이다. 때문에 사설시조에 제시된

---

24) 여성들이 가사를 향유하며 놀았던 모임은 內室에서 모여서 노는 正月의 歌會, 花樹契, 淸明의 花煎놀이, 山水놀이, 親庭 나들이, 勝景紀行 놀이 등이다.(권영철, 『閨房歌詞硏究』, 二友出版社, 1980, 126쪽.) 이 중 산수놀이와 친정나들이에서의 놀이, 勝景紀行 놀이 등은 화전놀이나 화수회의 일환으로 이루어진 경우가 많다는 점에서, 正月의 歌會를 제외하면 대부분 花煎歌類에 포함된다. 따라서 규방여성들이 가사를 창작하고 향유한 주된 공간은 花煎놀이나 宗族끼리 모여 노는 花樹會라 할 수 있다. 과부가를 비롯한 신변탄식류 규방가사가 화전놀이 공간에서 향유되었던 구체적인 양상은 <덴동어미화전가>를 통해 확인할 수 있으며, 화전가류 가사 자체에도 신변탄식적인 내용이 많다는 것에서 알 수 있다.

여성들의 욕망은 여성의 욕망과 관련이 없는 남성들의 시각에서 바라본 여성의 욕망이라 할 수 있다. 때문에 풍자(諷刺)는 없고 해학(諧謔)만이 존재하는 것이다.[25] 대상에 대한 공격성이 전혀 없이 '보여주기' 경쟁에만 몰두한 것도 이 때문이다. 즉 사설시조는 공동체의 존립을 위한 의사소통의 도구가 아니라 오로지 남성들을 위한 놀이의 도구였던 것이다.

4. 결론

이 글에서는 놀이공간에서 유통·향유된 시조와 사설시조, 민요, 규방가사 등에 나타난 금기 위반의 양상과 그 의미에 대해서 살펴보았다. 기존 논의에서는 텍스트 자체에 드러난 표면적 의미에만 주목하여, 작품의 지향을 봉건질서나 권위에 대한 저항, 풍자 등으로 해석하였다. 즉 이 작품들이 진지하고 강렬하게 반봉건 또는 근대를 지향하는 것으로 이해했던 것이다.

그러나 이 작품들은 특정한 놀이공간에서 유통·향유된 '놀이의 도구'였다. 따라서 '놀이 공간'이라는 연행환경을 고려한다면 이 작품들에 부여된 심각한 갈등이나 저항, 진지성 등은 재고를 요한다. 이런 요소들은 애초부터 가벼움과 물질성, 육체성을 지향하는 놀이(축제)의 언어나 이미지와는 거리가 멀기 때문이다. 이 작품들은 놀이의 공간에서 가볍고 거침없는 언어를 통해 일상에서 공유할 수 없었던 내면의 목소

---

25) 류수열, 앞의 논문, 458쪽. 류수열은 해학이 대상을 비판하지 않고 약점을 노출함으로써 웃음을 유발한다는 점에서 풍자와 구별하였다.

리를 나누기 위해 창작, 향유되었던 것이다. 연행문학이 가지고 있는 문학적 문화적 의미의 핵심은 바로 여기에 있다.

놀이공간에서 향유된 작품들은 모두 웃음과 재미를 추구한다. 그러나 놀이의 주체(참여자)나 공간의 특성에 따라 각 장르의 지향이 다르다. 놀이의 중요한 특성은 '경쟁(競爭)'이며, 경쟁의 대표적인 방식은 상대방에 대한 '공격'과 '보여주기'이다.

시조나 사설시조는 '보여주기'를 통해 오로지 재미와 웃음만을 추구하였다. 이 작품들은 남성중심의 소비적 유흥공간[기방(妓房)]에서 향유되었으며, 성희(性戲) 장면을 비유를 통해 적나라하게 드러내거나 어처구니 없는 상황을 구체적이고 수다스럽게 나열하여 보여줌으로써 웃음과 재미를 추구했을 뿐이다. 시집살이의 고통을 노래한 민요를 패러디한 경우, 본래의 텍스트가 담고 있던 심각한 주제의식을 제거하고 웃음을 유발하는 장면만을 확대 · 재생산한 예에서 '보여주기'를 통해 재미와 웃음만을 추구하는 사설시조의 특성을 확인할 수 있다. 사설시조의 이러한 특성은 놀이의 참여자가 일상에서 갈등 관계에 있지 않기 때문이다. 즉 공격의 대상이 없이 동일한 부류가 일탈을 통한 쾌락을 추구했던 것이다.

놀이 공간에서 향유된 민요와 규방가사도 웃음과 재미를 추구한다. 민요와 규방가사가 향유되는 공간에서 놀이의 참여자들은 마을이나 가문의 구성원들이다. 때문에 이 작품들에는 공동체 내의 구성원이라는 구체적인 공격의 대상이 설정되어 있으며, 공격성 또한 매우 강하다. 즉 상대방을 조롱과 욕설, 비웃음 등을 통해 풍자하고 공격하는 방식으로 웃음을 유발한다. 이 경우 놀이공간에서 행해진 공격은 일상에서 표현할 수 없었던 내면의 목소리를 담고 있다. 때문에 이 과정을 통해 공동체 구성원들은 보다 깊고 진정한 이해와 통합을 이룰 수 있었던 것이다.

한편 시조문학사에서 조선후기에 두드러지게 나타나는 현세적·물질적·육체적 세계에의 지향, 사설시조의 활발한 창작과 유통 및 향유, 성담론을 포함한 사회적 금기를 위반한 작품의 증가 등은 그 원인을 여러 가지 차원에서 해석할 수 있다. 이런 양상의 핵심적 요인은 시조가 '개인적 정서 표출의 도구'에서 '놀이의 도구'로 변화된 데 있다. 즉 시조의 '기능'과 '연행환경'의 차이가 시조문학사의 흐름을 바꾸어 놓은 가장 중요한 요인이었다고 본다.

〈남아가〉에 투영된 이상적 삶과 그것의 문화사적 의미*

1. 서론

이 연구는 19세기 가사 작품인 〈남아가〉에 투영된 이상적 삶을 분석적으로 고찰하고 그것의 사회역사적·문화적 의미를 해명하는 데 목적이 있다.

이 글에서 다루고자 하는 〈남아가〉는 국립중앙도서관에 소장된 『고가요기초(古歌謠記抄)』[1]라는 필사본에 수록된 자료로서 학계에 처음 소개되는 것이다. 따라서 이에 대한 기존 연구는 없다. 다만 이와 이본 관계에 있는 〈남자가〉에 대한 연구가 2편 존재한다.

---

* 이 글은 "『민족문학사연구』 제42집, 민족문학사학회·민족문학사연구소, 2010."에 게재된 것이다.

1) 이 책은 국립중앙도서관에 소장된 필사본 자료집인데, 여기에는 고소설 2편, 단형서사물 1편, 가사 6편이 수록되어 있다. 필자는 2명의 연구자와 함께 이 자료들을 주석하고 해제를 붙여 『주해 고가요기초』(이상원·김진욱·김미령, 보고사, 2009)라는 이름으로 출간한 바가 있다.

<남자가>를 학계에 처음 보고한 것은 구수영이다. 그는 <남자가>의 작품 구조를 20단위로 나누어 소개하고, 이 작품에 나타난 의식과 생활관을 간략히 분석하였으며, 분량상 가장 큰 비중을 차지하고 있는 관료생활에 대한 내용을 주로 고찰하면서 '민속적 여운'이라 하여 이 작품에 등장하는 민속을 간략히 소개하였다. 그리고 논문의 마지막에는 작품 원문을 활자화하여 수록함으로써 후대 연구자들이 자료로 활용할 수 있도록 하였다.2) 이 구수영의 연구는 <남자가>의 존재를 학계에 처음 보고하고 이 작품의 대략적 경개를 친절하게 안내하고 있다는 점에서 그 의의를 찾을 수 있다. 하지만 <남자가>에 대한 서지 사항을 전혀 언급하지 않음으로써 소개 논문으로서의 의의를 스스로 약화시켰을 뿐만 아니라 작가층이나 향유층의 의식 세계에 대한 분석도 미진하고 작품 분석의 측면에서도 심도 있는 고찰에 이르지 못한 한계가 있다.

구수영의 소개가 있었지만 <남자가>의 존재는 연구자들의 관심을 전혀 끌지 못했다. 그러다가 최근 박연호에 의해 새롭게 조명된 바 있다.3) 박연호는 <남자가>의 또 다른 이본인 장서각본4)의 존재를 알리면서 이 작품의 수록 문헌에 대한 검토를 통해 <남자가>의 작자층을 중간계층으로 추정하였다. 그리고 이 작품에 제시된 삶의 양태를 다양한 층위로 파악하면서도 그 중 특히 도시의 유흥문화와 화려한 관료생활을 핵심으로 보고 이것의 의미를 작자층인 중간계층의 꿈이 반영된

---

2) 구수영, 「男子歌攷」, 『충남대학교 인문과학 논문집』 제8권 제2호, 충남대학교 인문과학연구소, 1981.

3) 박연호, 「<남ᄌ가>에 제시된 조선후기 중간계층의 삶과 그 의미」, 『한국언어문학』 제65집, 한국언어문학회, 2008.

4) 장서각본에 대한 간략한 서지 정보는 이미 임기중에 의해 보고된 바 있다. 임기중, 『한국고전문학과 세계인식』, 역락, 2003, 191쪽.

것으로 해석하였다. 이러한 박연호의 연구는 장서각본의 존재를 처음 소개한 점, 간접적인 증거 자료들을 확보하여 작자층을 중간계층으로 추정한 점, 이 작품에 제시된 삶의 양태를 도시 중간계층의 욕망이 투영된 것으로 이해한 점 등에서 커다란 의의를 갖는 것으로 생각된다. 다만 〈남자가〉의 작자층과 지향점을 중간계층과 연결지을 수 있는지에 대해서는 좀 더 추가적인 논의가 필요한 것으로 보인다. 〈남자가〉의 지향점을 중간계층의 꿈과 관련지어 해석한 것은 일종의 대리만족 효과로 본 것인데, 주지하다시피 조선후기 중간계층의 경우 자신들의 삶에 대한 자부심이 대단히 강했던 것으로 알려져 있는바 이 점에서 대리만족을 얻기 위해 최고 상층의 삶을 꿈꾸었다는 것은 선뜻 이해가 가지 않는 측면도 존재하기 때문이다. 따라서 이에 대한 보다 심층적인 논의가 추가로 요청된다고 하겠다.

본 연구는 새로운 이본인 〈남아가〉의 발굴을 계기로 철저한 문헌 실증적 연구에서부터 본격적인 해석학적 연구에 이르기까지 종합적인 연구를 수행함으로써 이들 선행연구가 이룩한 성과를 한 단계 끌어올리는 데 기여하고자 한다.

2. 〈남아가〉 이본 고찰

앞서 밝힌 바와 같이 〈남아가〉의 이본은 구수영 소개본 〈남자가〉, 장서각본 〈남ᄌ가〉, 국립중앙도서관본 〈남아가〉의 3종이 존재한다. 이들 3종은 우선 전체 분량에 있어 큰 차이를 보이고 있다. 4음보 1행 기준으로 계산해본 결과 구수영 소개본이 162행[5]으로 가장 짧고, 국립중앙도서관본이 209행으로 가장 길며, 장서각본은 175행[6]으로 구수영

소개본보다 조금 긴 분량으로 되어 있다. 구수영 소개본과 국립중앙도
서관본 사이에는 무려 47행이나 차이가 나는데, 이는 웬만한 가사 1편
정도에 해당하는 분량이다.

뿐만 아니라 이들 3종은 구체적인 세부 내용에 있어서도 차이를 보
이고 있다. 이를 알아보기 위해 전체 내용을 5단계로 단순화하여 3종
이본의 상황을 정리하면 다음과 같다.

〈표 1〉 3종 이본 간 전체 내용 비교

구분	출생과 하례(賀禮)	성장과정의 수학(修學)과 생활	혼례 및 유행(遊行)	과거급제 및 관직생활	치사(致仕) 이후
구수영 소개본	9행	28.5행	82행	37.5행	5행
장서각본	7행	30행	97행	35행	6행
국립중앙도서관본	9행	70행	71행	39행	20행

3종 이본에서 공통적으로 가장 큰 비중을 차지하고 있는 것은 '혼례
및 유행' 부분이다. 이 부분이 가장 큰 비중을 차지하고 있는 것은 혼
례를 치른 후 각종 놀이와 유흥을 즐기는 모습이 자세하게 그려져 있기
때문이다. 구수영 소개본에 나타난 놀이의 종류를 보면 상원 답교(踏橋),
삼월 삼짇날의 화류(花柳)놀음과 유상오유(流觴娛遊), 초파일 연등(燃燈)놀이,
단오 그네뛰기, 사냥과 단풍놀이, 선유(船遊)놀음 등이다. 그런데 중요한
것은 바로 이 부분에서 3종 이본 간에 큰 차이를 보이고 있다는 점이다.

---

5) 구수영은 소개 논문에서 164구라 하여 약간의 차이를 보이고 있는데, 이는 2음보 1행을
   독립 처리한 것이 몇 군데 있기 때문이다.
6) 장서각본은 상태가 좋지 않아 내용을 확인할 수 없는 부분이 일부 존재한다. 따라서 정확
   한 분량을 산출하는 데 한계가 있다. 박연호는 180.5행이라 하여 필자의 계산과 약간의
   오차를 보이고 있다.

장서각본의 경우 다른 부분에서는 구수영 소개본과 1~2행 정도의 차이밖에 나지 않는 데 비해 이 부분은 무려 15행이나 확대되어 있다. 따라서 장서각본의 특징은 바로 이 확대된 내용에서 찾을 수 있다. 그러면 장서각본에서 확대된 내용은 어떤 것일까? 장서각본은 위에서 분류한 구수영 소개본의 여섯 놀이가 모두 나타날 뿐 아니라 분량도 1~2행 정도의 차이밖에 나지 않는다. 그런 가운데 초파일 연등놀이와 단오 그네뛰기 사이에 다음과 같은 밤화류(花柳)가 추가되어 있는 것이 인상적이다.

> 친신하던 보두군관 귀예 디여 ㅎ는 말이
> 엇그제 가든 창녀 삼남 듕의 명기라데.
> 두어 친구 엽질너 밤화류가 엇더ㅎ고.
> 션젼 뒤 깁흔 골의 평디문니 그집일네.
> 다홍 부치 치면ㅎ고 곤기침의 드러가니
> 놋촛더 이불상의 규벽ㅎ니 네로구나.
> 옥식 누비 삼회장의 슈화방쥬 남치마로
> 손님 보고 긔거홀 졔 위션향취 반갑더고.
> 부산더 김희듁의 홍엽향취 교염ㅎ니
> 삼동초츌 쮜여 주니 주인 년긔 얼마런고.
> 단슌호치 졀묘ㅎ다.
> 두어 말 슈죽 후의 삼오이팔 동갑이라.
> 남 모르게 눈 쥬어 일판단심 미즌 후
> 단양 영신 도라오니 후일 긔약 두어구나.[7]

삼남의 명기(名妓)가 있다는 포도군관의 말을 듣고 두어 친구를 엽찔

---

7) 〈남즈가〉, 장서각 소장, 8~9쪽.

러서 선전(縇廛/線廛, 비단가게) 뒷골목에 있는 기생집으로 가 밤화류를 즐기는 모습을 실감나게 그려내고 있다. 이미 삼월 삼짇날 화류놀음 부분에서 백화원(百花園)을 찾아 온갖 기생들과 유흥을 즐기는 모습을 나타냈음에도 불구하고 여기서 다시 밤화류를 추가로 제시했다는 점에서 장서각본의 경우 도시 유흥문화를 확대 제시하려는 의도가 분명히 엿보인다. 이런 점에서 장서각본을 도시 중간계층의 욕망이 투영된 산물로 이해한 박연호의 견해는 충분히 타당성이 있다 하겠다.

한편 국립중앙도서관본 <남아가>의 경우는 다른 2종의 <남자가>와 꽤 큰 차이를 보이고 있다. 이를 구체적으로 알아보기 위해 '혼례 및 유행' 부분만을 대상으로 3종 이본의 상황을 정리하면 다음과 같다.

〈표 2〉 혼례 및 유행 부분 비교

구분	구수영 소개본	장서각본	국립중앙도서관본
혼례	17행	16행	17행
상원 답교	5행	4행	·
삼월 삼짇날 화류놀음 및 유상오유	25행	26행	27(17+10)8)행
초파일 연등놀이	13행	14.5행	·
밤화류	·	13.5행	9행
단오 그네뛰기	5행	6행	·
사냥 및 단풍놀이	6행	6.5행	6행
선유놀음	11행	10.5행	12행

국립중앙도서관본의 경우 가장 특징적인 것은 상원 답교, 초파일 연등놀이, 단오 그네뛰기 부분이 아예 빠져 있다는 점이다. 도대체 왜 이

---

8) 국립중앙도서관본의 경우 화류놀음(17행)과 유상오유(10행)가 모두 나타나기는 하나, 유상오유의 경우 이 부분에 서술되어 있지 않고 뒤의 밤화류에 이어 서술되어 있다.

런 현상이 나타난 것일까? 이와 관련 <표 2>에 제시된 각종 놀이의 성격을 유심히 살펴볼 필요가 있다. 장서각본과 국립중앙도서관본에 추가된 밤화류를 제외한 여섯 가지 놀이를 보면 대체로 계절의 순서에 따라 배치되고 있으며, 상원(정월 대보름)·삼월 삼짇날·초파일·단오 등 세시풍속과 밀접한 관련을 맺고 있음을 알 수 있다. 이는 이 놀이들이 민속적 성격이 강한 것들임을 말해주는 것이다. 그런데 문제는 이런 놀이의 본래적 성격과 무관하게 실제 내용상에 있어서는 도시 유흥문화를 즐기는 모습으로 그려지고 있다는 점이다. 이는 아마도 이 부분이 혼례 후 관직 진출 이전까지 남자의 삶을 최대한 화려하게 이상적으로 제시하려는 욕망이 작용한 결과로 보인다. 그리고 이런 욕망은 전승 과정에서 자연스럽게 강화되어 간 것으로 추정된다. 장서각본과 국립중앙도서관본에서 밤화류 부분이 추가된 것은 이런 연유일 것이다.

문제는 장서각본과 국립중앙도서관본 사이에도 중요한 차이가 발견된다는 점이다. 단순히 밤화류 장면을 추가한 정도에 그친 장서각본과 달리 국립중앙도서관본은 분량이 크게 확대되어 있을 뿐만 아니라 내용 구성의 측면에서도 새롭게 재구성한 흔적이 나타나고 있다. 우선 <표 1>을 보면 국립중앙도서관본의 경우 '성장과정의 수학과 생활' 부분이 다른 이본에 비해 크게 확대된 것을 알 수 있다. 반면 '혼례 및 유행' 부분은 다른 이본에 비해 오히려 축소되어 나타나고 있다. 이는 <표 2>에서 보는 바와 같이 '혼례 및 유행' 부분에서 상원 답교, 초파일 연등놀이, 단오 그네뛰기를 탈락시키고 이 중 상원 답교와 초파일 연등놀이를 '성장과정의 수학과 생활' 부분으로 이동시킨 결과 나타난 현상이다. 특별히 이 셋을 탈락시킨 것은 다른 것에 비해 이 셋이 민속놀이의 성격이 강하다고 판단했기 때문이다. 즉 국립중앙도서관본의 경우 남자의 유락적 삶을 민속놀이와 도시유흥의 둘로 구분하고 민속놀이는 '성장과정의 수학과 생활' 부분에, 도시유흥은 '혼례 및 유행' 부분에 배치하는 것이 자연스럽다고 본 것이다.

한편 국립중앙도서관본에서는 내용의 재구성뿐만 아니라 분량 확대에도 꽤 공을 들이고 있다. 분량 확대의 경우 '성장과정의 수학과 생활' 부분과 '치사 이후' 부분에서 특히 두드러진 것을 볼 수 있다. '성장과정의 수학과 생활' 부분이 확대된 것은 뒤에 이어지는 '혼례 및 유행' 부분과 균형을 맞추기 위한 의도로 보이고, '퇴임 이후' 부분이 확대된 것은 두 이본에서 너무 간략하게 처리된 것을 보완함으로써 보다 완전한 이상적 삶을 제시하려 했기 때문이다.

이상 3종의 이본 대비를 통해 다음과 같은 결론을 도출할 수 있을 듯하다.

첫째 3종의 이본 중 가장 선행본(先行本)은 구수영 소개본으로 생각된다. <남아가>는 남자의 이상적 삶을 최대한 화려하게 그려내고 있는 작품이므로 유통 및 전승 과정에서 내용이 축소되었을 가능성보다는 확대되었을 가능성이 크다. 따라서 구수영 소개본→장서각본→국립중앙도서관본의 순서로 생성된 것으로 추정된다.

둘째 장서각본의 경우 도시 유흥공간으로 유입되어 중간계층의 손질이 일정하게 가해진 이본으로 생각된다. 장서각본이 도시 유흥공간에서 유통되었다는 사실은 이것이 시조 작품을 수록한 『청구영언』(장서각본)과 합철되어 있는 데서 알 수 있다.9) 그리고 장서각본이 도시 중간계층에 의해 손질이 가해진 흔적은 앞서 살펴본 밤화류의 추가에서 분명히

9) 장서각본의 자세한 서지 사항에 대해서는 '박연호, 앞의 논문'을 참조하기 바람.

확인할 수 있다.

셋째 3종 이본 중 가장 선본(善本)은 국립중앙도서관본이라 할 수 있다. 〈남아가〉는 남자의 이상적 삶을 최대한 화려하게 그려내고자 한 작품이다. 따라서 내용이 풍부할수록 이런 담당층의 의도에 부합한다고 볼 수 있는데, 3종 중 국립중앙도서관본이 가장 풍부한 내용을 담고 있으므로 이것이 바로 선본이라 할 수 있다.

3. 〈남아가〉에 투영된 삶의 양태

이 장에서는 3종 이본 중 가장 선본이라 할 수 있는 국립중앙도서관본을 대상으로 〈남아가〉에 투영된 삶의 양태를 살펴보기로 한다.

〈남아가〉는 남아(男兒)가 희구하는 이상적 삶을 그린 작품이다. 여기서 남아는 '남자다운 남자'를 가리킨다.[10] 그렇다면 '남자다운 남자' 즉 남아가 될 수 있는 일차적 조건은 무엇인가? 이 작품에 제시된 기본적 내용을 통해 이를 알아보도록 하자.

<1>
낙양의 쇼동들아 이 말슴 드러보소.
신명긔 복녹 타고 부모긔 싱휵ᄒ니
쥰수ᄒ온 형용이오 쳥명ᄒ온 미목이라.
낭낭이 웃는 형모 초목 화챵ᄒ니

---

10) 남아의 사전적 의미는 '남자아이'와 '남자다운 남자'의 두 가지로 사용되고 있는데, 이 작품이 남자의 이상적 삶을 지향하고 있음을 감안할 때 '남자다운 남자'의 의미로 보는 것이 옳을 것이다. 이렇게 볼 때 〈남아가〉가 〈남자가〉보다 작품 실상에 근접한 제목이라 할 수 있다.

연함봉안 ᄀ자시며 산미월익 긔이ᄒ다.
명복의 김판ᄉ와 관상의 뎡셩원을
분분이 블너다가 ᄉ쥬 무어 편년ᄒ니
긔특ᄒ다 쇼년 급졔 거록홀샤 막션부ᄌ
기져귀예 빳이 아기 부귀공명 친논고나.[11]

〈2〉
티평셩디 호쇼식이 알셩뎡시 되단 말가.
수삼비롤 거후로고 오뉵인이 밧비 오니
호죠 하인 졍쵸로고 혜쳥 분아 붓시로다.
농호연에 먹을 ᄀ라 왕희지 필녁으로
조밍부의 쳬롤 바다 일회예 취지ᄒ니
문치논 굴원이오 쳬격은 송옥일다.
시관 편츠 ᄆ촌 후의 뎡원 ᄉ령 방 브른다.
쟝원낭이 니로소니 탐화낭은 동졉이다.
ᄉ화 쳥삼 샹아홀의 무동 어악 도라오나
북궐허신 은영이야 고당열친 효도로다.[12]

〈3〉
위덕이 혁혁ᄒ니 봉됴화의 휴퇴로다.
힌로 금슬 관관ᄒ고 시측 ᄌ손 션션흔디
화월 ᄀ튼 며ᄂ리와 긔린 ᄀᆺ튼 셔랑일다.
새 그린 집펑이예 대삿갓 되롱이로
압논의 물을 보고 뒤뫼희 나믈 키여
낙대롤 드러 메고 젼계의 ᄂ려가니
홍노논 집이 되고 빅구논 벗이로다.

---

11) 이상원 · 김진욱 · 김미령, 『주해 고가요기초』, 보고사, 2009, 89쪽. 앞으로 국립중앙도서
관본 〈남아가〉를 인용할 경우 이 책에 의거하며 해당 쪽수만 밝히기로 한다.
12) 102~104쪽.

님하의 뛰는 국화 늘니장슈 아니런가.
합닉예 심근 믹화 셔호쳐슈 로라왓닉.
신도쥬롤 취ᄒ고셔 빅가졍의 드러가니
글즈 그릇 셔직이오 고앙고앙 도량일다.
팔즈는 무흠ᄒ고 오복 구젼ᄒ니
교목의 셰신이라 셩딕 양필이며
상오와 겨믄 빗치 회감이 되어시니
우양 구졔 음식이야 댱남 츠즈 효봉이오
금슈 나릉 의복이야 뎨부 뎌녀 효도로다.
년인졉족 모호고셔 니효붕우 쳥ᄒ야셔
취포ᄒ는 즐거옴과 빅슈지년 누리거다.
빈쳥의 비즌 쥰쥬 남산셩슈 빌거고나.
어와 대쟝뷔 싱어셰ᄒ야 평싱 힝낙 이 밧긔 더홀소냐.[13]

　〈1〉은 이 작품의 첫 부분으로 남아의 출생과 관련된 내용을 다룬
것이다. 준수한 용모를 갖추어 태어났다는 것과 더불어 신명의 복록을
타고 났다는 것을 강조한 점에 주목할 필요가 있다. 그리하여 점쟁이와
관상쟁이를 불러 사주풀이를 한 결과 소년 급제와 부귀공명이 예정되
어 있다는 것이다.

　〈2〉는 과거급제 장면을 나타낸 것이다. 삼오 청춘에 혼례를 치른
후 온갖 유흥을 즐기던 화자는 알성정시(謁聖庭試)에 응해 장원급제를 하
게 된다. 사주풀이대로 소년 급제가 실현되는 과정이다. 이 뒤에는 사
변가주서(事變假注書)를 시작으로 온갖 내외직을 두루 거치는 화려한 관직
생활이 그려지고 있다.

　〈3〉은 봉조하(奉朝賀)를 끝으로 관직에서 물러난 이후의 삶을 제시한

---

13)　107~109쪽.

것이다. 여러 자손들의 섬김을 받으며 여유로운 전원생활을 누리고 있으며, 온갖 친인척과 친구들을 청하여 취포(醉飽)하는 즐거움을 맛보며 살아가고 있다.

이상의 사실을 통해 <남아가>는 남아의 일차적 조건으로 관직에 진출할 수 있는 자격을 갖춘 자, 즉 사대부계층으로 한정하고 있음을 알 수 있다. 따라서 이 작품은 기본적으로 사대부가문에 속한 남자의 이상적 삶을 제시한 것이라 할 수 있다. 이에 따라 이 작품의 작중화자는 사대부가문에서 태어난 남자라 할 수 있는데, 구체적으로 어떤 위치에 있는 사대부남성일까?

작품 서두를 "낙양의 쇼동들아 이 말씀 드러보소"로 시작하고 있고, 작품 중간에 청노새를 타고 서울 구경에 나선다는 표현이 등장한다는 점에서 화자의 현재 위치가 서울 밖의 공간임을 알 수 있다. 서울 밖에 거주하는 사족이라면 우선 향촌사족(鄕村士族)을 상정할 수 있다. 그러나 이 작품의 화자를 향촌사족으로 규정하기에는 무리가 있다. 조선후기 들어 경향분기(京鄕分岐)가 가속화한 데다 이 작품이 생성 · 유통된 19세기 초반14)에는 권력을 독점하는 벌열(閥閱) 가문이 나타나고 있었다. 이런 상황을 감안할 때 이 작품에 그려진 화려한 관직생활은 향촌사족으로서는 꿈도 꿀 수 없는 것이었다고 하겠다. 따라서 이 작품의 작중화자는 경화사족(京華士族)으로 보는 것이 자연스러울 듯하다. 작품 본문 중에 "지벌 인긔 ᄀ자시니 쟉츠셰졔 승품일다."15)라 하여 지체와 문벌을 두루 갖추었다고 한 것은 이를 뒷받침하는 것이다. 이로써 화자가 서울

---

14) <남아가>의 말미에는 "뎡튝 팔월 필셔. 팔십옹은 계오 긔리로라."라는 필사기가 붙어 있다. 여기 정축년은 1817년으로 추정된다.

15) 105쪽.

밖에 위치한 것으로 설정된 것은 그가 향촌사족이기 때문이 아니라 치사 후 서울 근교에서 살고 있는 경화사족이기 때문임을 알 수 있다. 따라서 이 작품은 조선후기 경화사족의 꿈과 욕망을 반영한 작품으로 일단 이해된다. 그런데 문제는 앞의 〈1〉~〈3〉에 제시된 삶이 이 작품의 전부가 아니라는 점이다. 이 작품에는 앞서 살펴본 사대부의 관료적 삶 외에 유흥과 관련된 삶이 상당 부분을 차지하고 있다. 지금부터 이에 대해 구체적으로 살펴보도록 하자.

사대부 가문에서 준수한 용모를 지니고 태어난 〈남아가〉의 주인공은 돌 지나며 천자문을 떼고 7~8세에는 사서삼경을 달통하는 등 사족 자제로서의 학업에 정진하게 된다.[16] 그런데 남아의 성장과정에는 이런 수학만 있는 것은 아니다. 수학은 사족 자제로서 마땅히 수행해야 할 과업이므로 이것만으로 남아의 이상적 삶을 구현했다고 보기는 어렵다. 때문에 〈남아가〉에서 오히려 훨씬 큰 비중을 두어 강조한 것은 각종 놀이와 유흥을 즐기는 모습이라 할 수 있다. 특히 국립중앙도서관본의 경우 다른 두 이본에 비해 이 부분이 크게 확대되어 나타나고 있다. 구수영 소개본과 장서각본의 경우 죽마(竹馬), 연날리기, 윷놀이, 쌍륙(雙六) 등 익히 알려진 몇 가지 놀이만 제시되어 있다. 반면 국립중앙도서관본에는 죽마(竹馬), 활쏘기, 공기놀이, 구먹치기, 고누, 풍계묻이, 연날리기, 어울낭이, 도로람이, 윷놀이, 널뛰기 등 온갖 민속놀이가 망라되어 있다.[17] 뿐만 아니라 국립중앙도서관본에서는 다른 두 이본에서 '혼례 및

---

16) "훈 돌 두 돌 지난 후에 텬즈 디즈 아라 니고 / 서당 쥬인 김셕스긔 스략 통감 빙화시니 / 칠셔 팔명 되온 후의 스서 삼경 달통훈다. / 훈 번 닑고 외와시니 두 번 읽고 씨쳐고나."(90쪽).

17) "대막대 물농질과 뽕나무 **활쏘기**의 / **공긔 놀기** 일삼으며 **구먹치기** 반ᄒ엿늬. / **고노** 두어 담빅 니고겟나 **풍계묻기** 돈 일켓늬. / 일과훈 글 궐독ᄒ니 위선별이 좋알 닐다. / 닌

유행' 부분에 배치한 상원 답교와 초파일 연등놀이를 이 부분으로 옮겨
놓았다. 이는 이미 앞서 말한 바대로 상원 답교[18]와 초파일 연등놀이[19]
가 민속적 성격이 강한 것이라고 판단하였기 때문이다. 그렇기는 하나
이 부분은 원래 성혼 이후 서울 나들이의 일부로 존재하던 것이어서 도
시 유흥의 성격이 강하다.[20] 따라서 앞의 민속놀이와 약간은 부조화를
이룬다고 할 수 있는데, <남아가>에서는 이런 부조화를 없애고 자연스
런 내용 전개를 위해 화려한 복색을 한 화자가 청나(靑驟)를 타고 서울
구경에 나서는 장면을 중간에 삽입해 놓고 있다.[21] 이런 사정으로 인해

니 ㅇ동 ᄒᄂ는 말이 **년놀니기** ᄒᆡᄌᆞ더고 / 딕장지 쇼장지로 징반연이 졔일이며 / 아쳥지
환쪽지의 셜지지 홍치마의 / 발 업스니 동경이오 쇼리 긴 것 용의 초리 / 슈진궁 샹황스
로 물네 얼네 감아시니 / 아리바람 윗바람의 풀고 갑고 어울너셔 / 토기고 밧칠 젹의 **쩟**
다 소리 쟝홀시고. / **어울낭이** 니어ᄒᆞ고 **도로람이** 집손이다. / 셰시 됴흔 노롬 **쳑ᄉᄒᆞ기**
풍쇽일다. / 밤웃쥴 남게 두워라 쟝쟉웃치 됴터고나. / 왜쥬홍 쳥화먹의 치식판을 글녀너
니 / 도로 개라 딜모히며 뒤고 못고 씌여닌다. / 갓 댱가든 즈평이와 신 샹토혼 여명이 /
쩍 쓰기는 삼삼ᄒᆞ여 벙거지골 엇더ᄒᆞ고. / **허슈ᄌᆞ야** 노루 무엇 ᄃᆞ라나기 즐기더
라."(90~92쪽).

18) "년긔 샹약 동모들이 샹원 답교 가쟈고. / 두렷혼 일뉸명월 이십교의 발가시나 / 유리
병의 지쥬 녀코 왜찬합의 셩찬 담아 / 죵뉴의 가 쳥죵ᄒᆞ고 광튱교로 ᄂᆞ려오니 / 거리거
리 음식이오 ᄉᆞ롬마다 인ᄉᆞ로다. / 가진 술이 다 진ᄒᆞ니 군칠이집 ᄎᆞ즈리라. / 만호동곳
너 니여라 쟝돌낭 너 잡히마."(93~94쪽).

19) "ᄉᆞ월이라 초팔일에 등 달고 노라 보쟈. / 니듀부를 브른 후의 박낭쳥을 쳥ᄒᆞ여셔 / 등긔
구를 츄혀 주니 믠들기를 잘ᄒᆞ옵소 / 다방골 역관의게 각식샤롤 가져오고 / 졔용감 셔원
에게 오치지를 믈드려셔 / 팔작화각 쳥기야며 슈면분합 옥난간의 / 분벽ᄉᆞ창 옥여로셔
농셩봉관 셰쉬로다. / 금분의 심은 플이 월계 샤약 히당화며 / 옥계예 버린 즘싱 쳥됴 황
쟉 벌 나븨 / 허여 믈건 빅우학과 싀누러니 금니어며 / 신긔롭다 금거복의 긔묘ᄒᆞ다 옥
톡기며 / 쳔연ᄒᆞ다 젼닙 뿐 놈 묘홀시고 쒸운 쇼리 / 십이 층의 버린 모양 일만 가지 경
치로다. / 어롱어롱 그려닉고 굼틀굼틀 믠드러셔 / 무셥고나 호랑이여 이샹홀샤 ᄉᆞ지로
다. / 의연ᄒᆞ다 그리매와 쪽ᄌᆞ고나 오리알에 / 싱 부느니 ᄌᆞ진인가 북 드니는 당비로다.
/ 파쵸 튼 놈 검신이오 반도 진샹 션여로싴. / 북채 면포 도부쟝 칼츔 추는 당여각식 /
실눅실눅 만셕듕이 죽금죽금 취승일다. / 줌두로 올나보니 다닥다닥 별빗치오 / 죵누로
ᄂᆞ려보니 모닥불 빗치로다."(94~96쪽).

20) 조선후기 대표적 색주가(色酒家)인 '군칠이집'을 찾아가는 것, 칼춤과 망석중이 등 공연
을 관람하는 것 등에서 이를 확인할 수 있다.

이 부분은 다른 두 이본에 비해 두 배 이상 확장되었다.

한편 삼오 청춘이 되어 혼례를 치르고 동상례까지 끝낸 화자는 또다시 화려한 복색을 한 채 청노새를 타고 서울 구경에 나서게 된다. 그리하여 화류놀음, 밤화류, 유상오유, 사냥 및 단풍놀이, 선유놀음 등 화려한 유흥문화를 체험하게 된다. 이 중 화류놀음, 밤화류, 선유놀음을 대상으로 화자가 체험한 유흥문화의 실상을 살펴보기로 하자.

>　〈1〉
>　삼휜 사결 쇼국쥬에 죵일 진환 ᄒᆞ온 후의
>　옥식 문쥬 속옷시오 세잔누비 듕치막의
>　초록 화쥬 비즈로다 빅방스쥬 고도바디
>　대단 두리 주머니 쥬화스 ᄀᆞ즌 미돕
>　반셔대모 동닉칼의 유록당스 동다휠다.
>　녹포 화립 세쵸씌에 빅나금안 쳥노시로
>　장악원 ᄀᆞ즌 힉젹 농호연의 별삼현은
>　압 셰고 뒤 셰우고 빅화원을 ᄎᆞ자가니
>　아리땁다 홍별도화 고을시고 두견 쳘쥭
>　세버들 실이 되고 쇠고리는 북이로다.
>　곡곡 현가 시겨시며 쳐쳐 비반 버리고져
>　잘도 ᄒᆞ다 츄월 가스 묘홀시고 운셤 검무
>　시쥬롤 다 듯고셔 산듸도 ᄭᅮ며고나.
>　각장 투젼 젼유보의 곱나기를 ᄒᆞ야시며
>　오날은 바독 두고 닉일은 쟝긔 두며
>　골패예 대스대오 상뉵의 무량雙을
>　흔두 냥은 녀시로다 일이백 금나로다.22)

21) "보라 명지 속오시오 은식 교직 큰 오시며 / 당모시는 도포로고 쳥석피는 당혀로다. / 션전 공단 당기로고 평양 한포 요티로다. / 일필 쳥녀 높히 틋고 쟝안대도 오라시니 / 상젼 미젼 좌우편의 동탕ᄒᆞ다 기리더고."(93쪽).

<2>

호협ᄌ 평ᄉᆡᆼ 성벽 준마늘 죠히 너여
빅셜마 ᄌᆞ류마 쳥노ᄉᆡ 흑버시롤
홀연원의 ᄃᆞᆯ니고셔 십ᄌᆞ가에 모라ᄉᆞ니
오릉협ᄉᆞ 모양이며 야원유긱 슈단일다.
친신ᄒᆞ던 포도부장 귀예 다여 ᄒᆞᄂᆞᆫ 말이
엇그제 ᄀᆞᆺ 온 구ᄌᆞ 샴남 듕의 명길더라.
두어 친구 엽집너셔 밤화류가 엇더ᄒᆞᆫ고.
션젼 뒤 깁흔 골의 평대문이 그 집일네.
시쥬의ᄂᆞᆫ 뉘 찰ᄒᆞ노 잡소ᄅᆡᄂᆞᆫ 황일쳥이[23]

<3>

강ᄉᆡᆼ의셔 오ᄂᆞᆫ 편지 션유 가쟈 쳥ᄒᆞ여늬.
쳥춍마늘 빗기 타고 빅샤장의 모라가니
군ᄌᆞ팔ᄉᆞ 광흥녕은 빅구며셔 대령ᄒᆞ니.
비단 돗츨 놉히 달고 ᄉᆞ아대를 흘니 저어
뇽산 삼기 지닌 후의 힝쥐 양화 ᄂᆞ려가니
져역 니 거든 후의 븕은 둘이 올나 온다.
쇼련 ᄀᆞᆺᄒᆞᆫ 묽근 빗치 빅벽 ᄀᆞᆺ치 져여 잇다.
븕 곶촌 화로고 흰 닙사귀 말롭일다.
션ᄌᆞ 드러 비젼 치고 젹벽부를 외와시며
낙시 드러 고기 낙고 어부ᄉᆞ룰 화답ᄒᆞ니
동파 소치 비겨시며 댱한 흐미 므리보싀.
옥뉴 금뉴 다 본 후의 도봉 슈락 노라시며[24]

<1>은 삼월 삼짇날 화류놀음을 나타낸 것이다. 구수영 소개본과 장

22) 97~99쪽.
23) 99~100쪽.
24) 102쪽.

서각본에는 이것이 삼월 삼짇날 화류놀음임을 명시적으로 밝혀 놓았다.[25] 그런데 국립중앙도서관본에서는 삼월 삼일이라는 말을 탈락시켰다. 이는 앞서 말한 바와 같이 민속놀이와 도시 유흥을 구분 짓고 혼례 이후의 삶에 있어서는 도시 유흥을 부각한 데 따른 것이다. 즉 상원 답교와 초파일 연등놀이의 경우 '상원'과 '초파일' 같은 세시 표지를 그대로 살려둔 상태에서 민속놀이를 집중 배치한 유년기 부분으로 돌렸으며, 화류놀음의 경우 도시 유흥의 성격이 강하다고 보아 혼례 이후의 삶에 그대로 두되 '삼월 삼일'이라는 세시 표지는 삭제함으로써 민속적 성격을 완전히 사라지게 하였다. 이에 따라 백화원(百花園)은 꽃동산이 아닌 화류계(花柳界) 즉 기방(妓房)을 가리키며, 홍별도화·두견·철쭉·셰버들·쇠고리 등은 모두 기생을 가리킨다. 따라서 <1>의 화류놀음은 화자가 체험한 서울 유흥문화에 대한 기록이다. 문제는 유흥의 성격이다. 장악원 악공과 용호영 세악수를 앞세우고 뒤세우고 기방을 찾은 화자는 가곡·가사·시조 등의 노래, 검무와 산대놀이 같은 춤, 그리고 투전·바둑·장기·골패·쌍륙 등의 오락을 즐긴 것으로 나타나고 있다. 장악원 악공과 용호영 세악수 같은 당대 최고의 악인들,[26] 추월(秋月)[27]·운심(雲心)[28] 같은 최고의 가무자(歌舞者)들이 등장하고 있고 온갖

---

25) 구수영 소개본의 경우 "놀보의 고은 졔비 삼월 삼일 하례혼다."로 시작하고 있으며, 장서각본의 경우도 "들보의 고은 졔비 삼월 삼일 하례호니"로 시작하여 화류놀음이 삼월 삼짇날과 연관된 것임을 밝히고 있다.

26) 장악원 악공과 용호영 세악수가 조선후기 유흥문화의 발달에 주도적 역할을 한 악인들이었다는 점에 대해서는 이미 여러 차례 지적이 있었다. 임형택, 「18세기 예술사의 시각」, 『실사구시의 한국학』, 창작과비평사, 2000. ; 강명관, 「조선후기 서울의 중간계층과 유흥의 발달」, 『조선시대 문학 예술의 생성 공간』, 소명출판, 1999. 우에무라 유키오, 「조선후기 세악수의 형성과 전개」, 『한국음악사학보』 제11집, 한국음악사학회, 1993.

27) 추월(秋月)은 18세기 중반 공주에서 태어난 기생으로 자색(姿色)이 빼어나고 가무(歌舞)에 능해 당대 명성이 높았다. 이세춘 그룹의 일원으로 활동한 내력이 <遊淇營風流盛

종류의 가무와 오락이 망라된 것으로 볼 때 화자가 접한 유흥은 조선후기 중간계층이 주도한 최고의 유흥에 비견되는 것이다.

<2>는 <1>에 바로 이어지는 내용으로 밤화류를 다룬 것이다. 여기서 주목되는 것은 화자가 스스로를 호협자(豪俠者)라 칭하고 있다는 점이다. 호협자는 왈자(曰者)를 가리키는 것으로 보인다. 왈자에 포함되는 부류는 기술직 중인의 일부, 경아전층, 액예, 군교, 관서 하예, 시전 상인 등 중간계층이 중심을 이루고 있는데,29) 화자는 이 중 군교— 그 중에서도 군영 장교— 라 할 수 있다. 말타기를 좋아하여 훈련원 등지를 휘젓고 다닌다는 점, 포도부장과 가까운 사이라는 점, 그리고 앞의 화류놀음 부분에서 용호영 세악수를 동원하고 있는 점 등이 이를 입증하고 있다. 따라서 <2>는 군교 중심의 중간계층이 비단가게 뒷골목의 기방을 찾아 시조와 잡가(또는 판소리)30)를 즐기는 밤화류를 서술한 것이라 할 수 있다.

<3>은 선유놀음을 묘사한 것이다. 군자감(軍資監) 판관(判官)과 광흥창(廣興倉) 영(令)이 준비한 배를 타고 용산, 삼개[麻浦], 행주, 양화 등지를 유람하며 <적벽부>와 <어부사>를 부르는 유흥을 그리고 있다. 선유놀음은 양반사회에서도 광범위하게 행해졌으나 조선후기 선유놀음을

事>, <秋妓臨老說故事> 등 야담에 전하며, 홍신유(洪愼猷)가 지은 한시 <추월가(秋月歌)>가 있다. 다만 추월이 가사에 특히 능했다는 기록은 이 작품에 처음 보이는 것이다.

28) 인용문의 '운셤'은 '운심(雲心)'을 가리키는 것으로 보인다. 운심은 18세기 밀양 출신 기생으로 나이 스물에 선상기(選上妓)로 뽑혀 서울로 올라와 당대 검무의 달인으로 통했던 인물이다. 박지원의 <광문자전> 말미에 그녀가 광문을 위해 검무를 추는 내용이 나온다.

29) 강명관, 앞의 논문.

30) 인용문의 '잡소리'는 일단 잡가로 이해되나 판소리일 가능성도 배제할 수 없다. '잡소리'의 명창으로 소개된 '황일청'에 대해서는 전혀 알려진 것이 없다. 다만 판소리 전기 8명창 가운데 황해천(청)이 있으니 혹 이 황해천(청)의 와전일 가능성도 있어 보인다.

주도한 것은 어디까지나 중간계층이었다.31) 각 계층별 유흥 종목을 나열하고 있는 〈한양가〉에 "공물방(貢物房) 선유(船遊)놀음"32)이라 한 것에서 보듯 선유놀음은 중간계층 중에서도 공물방(貢物房)에서 특히 즐긴 놀이였다. 이 점에서 공물방과 밀접한 관련을 맺고 있는 군자감 판관과 광흥창 영이 선유놀음의 준비를 담당하고 있다는 것은 시사하는 바가 크다 하겠다.

이상 〈남아가〉에 투영된 삶의 양태를 살펴본 결과 사대부의 이상적 삶과 중간계층의 욕망이 착종된 것을 알 수 있다. 출생에서 치사 이후까지 인생의 전 과정을 그리고 있는 이 작품은 기본적으로는 사대부의 이상적 삶을 제시하는 데 초점을 맞추고 있다. 그러나 서울 나들이에서 화자가 체험한 유흥 부분은 조선후기 중간계층이 주도한 유흥을 그대로 옮겨 놓은 것이다. 이런 착종은 왜 일어난 것이며, 또한 이를 어떻게 이해해야 할까?

4. 〈남아가〉의 생성과 유통에 담긴 문화사적 의미 – 결론을 대신하여

〈남아가〉는 조선후기 변화된 환경에서 남아가 꿈꿀 수 있는 최고의 이상적 삶을 그린 작품이다. 그런데 문제는 여기에 그려진 남아의 욕망이 사대부와 중간계층의 그것을 아우르고 있다는 점이다. 도대체 왜 이런 현상이 나타난 것일까? 그것은 아마도 유통 과정에서 생긴 착종 때문인 것으로 생각된다. 따라서 〈남아가〉를 제대로 이해하기 위해서는

---

31) 이에 대해서는 '강명관, 앞의 논문'과 '이형대, 『한국 고전시가와 인물형상의 동아시아적 변전』, 소명출판, 2002.' 참조.
32) 강명관, 『한양가』, 신구문화사, 2008, 89쪽.

생성과 유통을 분리하여 접근하는 것이 필요하다.

생성기의 <남아가>는 사대부의 이상적 삶을 그리는 데 중점이 두어졌던 것으로 보인다. 현재 전하는 3종 이본 중 가장 선행본으로 추정되는 구수영 소개본의 경우 다른 두 이본에 나타나는 밤화류 장면이 빠져있다. 밤화류가 없다는 것은 다음과 같은 이유에서 상당히 중요한 의미를 갖는다.

밤화류는 조선후기 중간계층이 주도한 기방문화의 핵심이다. 조선후기 유흥공간의 핵심으로 떠오른 기방은 민간의 각종 연희나 유흥의 수요에 응하기 위해 술 · 춤 · 노래 · 도박 등을 갖추고 기생이 손님을 맞는 유흥장이었다. 이 기방을 장악하고 기생의 매니저 역할을 한 것은 기부(妓夫)였는데, 기부는 각전 별감 · 포도군관[捕校] · 정원사령 · 금부나장 · 궁가(宮家) 척리(戚里)의 겸인 · 무사 등 일부 중간계층으로 제한되어 있었다. 따라서 기방의 주 고객도 왈자라 불리는 중간계층이 중심을 이루었다.[33] 밤화류를 서술한 앞의 인용문에는 화자를 기방으로 유혹하는 포도부장이 등장하고 있는데, 이는 다름 아닌 기부라 할 수 있다. 기부에 이끌린 화자가 기방을 찾아 시조와 잡가(또는 판소리)를 즐기는 모습을 서술한 것이 밤화류의 핵심인 것이다. 한편 양반의 기방 출입은 법제적으로 금지되어 있었다. 따라서 난봉꾼임을 자처하지 않는 한 기방 출입을 삼가는 것이 보통이었다. 이상의 사실을 종합할 때 구수영 소개본에서 밤화류 장면이 나타나지 않는다는 것은 이것이 중간계층과는 무관하게 생성되었음을 시사하는 것이다.

밤화류 장면의 부존재는 다른 장면의 해석에도 영향을 미친다. 예컨

---

33) 강명관, 앞의 논문.

대 다음의 화류놀음을 보도록 하자.

> 놀보의 고은 제비 삼월 삼일 하례혼다.
> 녹포화낭 세초씌와 빅마금편 쳥나귀로
> 장악원 가즌 희격 용호영 별삼현을
> 압뒤흐로 세우고셔 빅화원 차져가니
> 썰기썰기 두견화오 남우남우 힝화로다.
> 고흘시고 홍도화야 뉘계 아당 우셧스며
> 아리짜온 빅니화는 뉘계 자랑 빗니는고
> 푸른 실으 버들이요 누른 시는 꾀꼬리라.
> 홍금장을 썰쳐스며 치화병을 둘너시니
> 츔 잘 츄는 침선비라 노리 묘혼 의녀로다.
> 시조의는 뉘 잘흐노 잡소리의 져군일다.[34]

　장악원 악공과 용호영 세악수를 대동하고 백화원을 찾아 침선비나 의녀 같은 기생들의 춤과 노래를 즐기는 기본적인 내용은 앞서 검토한 국립중앙도서관본의 그것과 별 차이가 없다. 그러나 구수영 소개본의 경우 밤화류 장면이 존재하지 않기 때문에 이 유흥 장면을 기방과 연계된 것으로 봐야 할 필연적 이유는 없다. 물론 백화원을 기방으로 볼 수 있는 여지가 전혀 없는 것은 아니나, 상의원(尚衣院)·공조(工曹) 소속의 침선비(針線婢, 尚房妓生)와 내의원(內醫院)·혜민서(惠民署)·제생원(濟生院) 소속의 의녀(醫女, 藥房妓生)를 동반한 것으로 보아 여기 백화원은 명승지(名勝地)로 이해하는 것이 자연스러울 듯하다. 이처럼 악공과 기생을 동반하고 명승지를 찾아 유흥을 즐기는 것은 양반사회의 오래된 풍습이었

---

34) 구수영, 앞의 논문, 24쪽.

으며, 조선후기 경화사족의 경우 서울 및 서울 근교의 별장이나 명승지에서 유흥을 벌이는 것이 하나의 유행으로 되어 있었다. 이런 점을 고려할 때 위의 화류놀음을 비롯하여 구수영 소개본에서 나타나는 각종 놀이와 유흥 — 상원 답교, 삼월 삼진날 유상오유, 초파일 연등놀이, 단오 그네뛰기, 사냥 및 단풍놀이, 선유놀음 — 은 조선후기 경화사족의 삶을 다소 과장되게 제시한 것이라 할 수 있다. 한편 과거급제 후의 화려한 관직생활은 다분히 이상적으로 서술되어 있어 이를 현실과 얼마나 연결 지을 수 있을지 의문이기는 하나, 조선후기 사회에서 이런 삶을 꿈꿀 수 있는 자로 경화사족 이외에는 상정하기가 어렵다는 점에서 이 역시 경화사족의 삶을 일정하게 반영한 것으로 생각된다. 이로써 생성기의 <남아가>는 경화사족의 꿈과 욕망을 제시한 작품으로 탄생했음을 알 수 있다.

조선후기 경화사족은 그들만의 독특한 문화생활과 취미를 즐긴 것으로 알려져 있다. 서울이나 서울 근교에 저택 또는 별장을 소유한 그들은 정원을 조성하고 꽃을 가꾸는 원예 취미를 즐겼으며, 고동서화(古董書畵)의 수집에 열을 올렸고, 앵무새 따위의 애완동물을 키우는 등 사치스럽고 세련된 문화를 향유하고 있었다.[35] 뿐만 아니라 그들은 자신이 획득한 부와 명예가 자손 대대로 지속되기를 바라는 염원을 시각적으로

---

[35] 조선후기 경화사족의 독특한 문화생활과 취미에 대해서는 다음의 논문들을 참조하기 바란다. 강명관, 「조선후기 경화세족과 고동서화 취미」, 『조선시대 문학 예술의 생성 공간』, 소명출판, 1999. ; 정민, 「18·19세기 문인지식층의 원예 취미」, 『18세기 조선 지식인의 발견』, 휴머니스트, 2007. ; 진재교, 「19세기 경화세족의 독서문화—홍석주 가문을 중심으로」, 『한문학보』 16, 우리한문학회, 2007. ; 이종묵, 「조선후기 경화세족의 주거문화와 사의당」, 『한문학보』 19, 우리한문학회, 2008. ; 이현일, 「조선후기 경화세족의 이상적 여성상—신위의 경우를 중심으로—」, 『한국고전여성문학연구』 18, 한국고전여성문학회, 2009.

응축한 평생도(平生圖)를 향유하기도 했다. 이 평생도는 18세기 말~19세기 경화사족들이 소망하던 이상적 삶을 담아내고 있다는 점에서 〈남아가〉와 좋은 비교가 된다. 평생도는 8폭이 일반적인데, 그 구성을 보면 돌잔치·혼인식·삼일유가·최초의 벼슬길·관찰사 부임·판서 행차·정승 행차·회혼례로 되어 있다. 10폭이나 12폭도 있는데, 이 경우는 8폭 구성을 기본으로 하여 서당 공부·소과 응시·회갑례·귀인 행차·치사(致仕)·회방례(回榜禮) 중 적절히 선택하여 첨가되고 있다. 평생의례와 관직생활의 핵심 요소를 화제로 취했음을 볼 수 있는데, 이로써 조선후기 최고 상층사회에서 가장 복되고 이상적이라고 여기던 삶의 모습을 도상(圖上)으로 재현한 것이 평생도라 할 수 있다.36) 이런 평생도의 내용과 지향은 기본적으로 〈남아가〉의 그것과 동일한 것이다. 〈남아가〉 역시 '출생-하례(賀禮)-서당 공부-혼례-과거급제-관직생활-치사'의 일대기적 구성으로 되어 있으며, 오복(五福)37) 구전(俱全)이 궁극적 지향점으로 제시되어 있기 때문이다.38) 그런데 평생도와 〈남아가〉 사이에는 중대한 차이가 하나 있다. 그것은 평생도에는 나타나지 않는 놀이 및 유흥이 〈남아가〉에는 매우 풍부하게 제시되어 있다는 점이다. 따라서 〈남아가〉는 평생도의 향유가 일반화되어 가던 상황에서 평생도에 결핍된 놀이 및 유흥 부분을 추가함으로써 사대부 남아의 이상적 삶을 보다 풍부하게 제시하고자 하는 의도에서 생성된 것이라 할 수 있다.

---

36) 평생도에 대해서는 최성희의 '「조선후기 평생도 연구」, 이화여대 석사논문, 2001.' 및 '「19세기 평생도 연구」, 『미술사학』 16, 한국미술사교육학회, 2002.' 참조

37) 조선시대 사람들이 생각한 오복은 수(壽), 부(富), 강녕(康寧), 귀(貴), 다자(多子)였다.

38) "팔즈도 무흠ᄒᆞ니 셩뎡의 냥필이요 / 오복이 구전ᄒᆞ니 고목의 셰신이라. / 어화 댱부셩어 셰ᄒᆞ여 일셩힝낙 이러ᄒᆞ세." 구수영, 앞의 논문, 27쪽.

한편 <남아가>에서 놀이 및 유흥 부분이 추가된 것은 회화에 비해 시가문학이 당대 유흥문화에 훨씬 밀착되어 있었던 사정과 무관치 않을 것이다. 도시 유흥문화가 일정하게 반영되어 탄생한 놀이 및 유흥 부분은 <남아가>가 유통되는 과정에서 자연스럽게 확대 재생산된 것으로 보인다. 장서각본과 국립중앙도서관본에 밤화류 장면이 추가된 것이라든가 국립중앙도서관본에 군칠이집 · 추월 · 운심 · 황일청과 같은 특정 고유명사가 등장하는 것 등이 바로 유흥 관련 내용이 확대된 핵심이라 할 수 있는데, 이러한 것들은 중간계층의 유흥과 직결된 것들이다. 따라서 <남아가>의 유통에 핵심적 역할을 한 것은 19세기 서울의 중간계층이라 할 수 있다.

그렇다면 원래 경화사족의 이상적 삶이 투영된 <남아가>가 어떻게 해서 중간계층에게로 확산될 수 있었을까? 이와 관련해서는 두 가지 경로를 상정할 수 있을 듯하다. 우선 명승지에서 경화사족들이 유흥판을 벌이는 경우 여기에는 악공과 기생은 물론 중인가객들이 참여하는 예가 적지 않았으므로 이 자리에 참석한 중인가객들에 의해 전파되었을 가능성을 생각해 볼 수 있다. 장서각본이 『청구영언』(장서각본)과 합철되어 있는 것은 이 가능성에 상당한 무게를 실어주고 있다. 다음으로 양반가의 겸인(傔人)들에 의해 기방으로 흘러들었을 가능성도 있다. 겸인은 양반가에서 잡일을 맡아보거나 시중을 들던 부류를 가리키는데 이들은 양반의 권세를 이용해 경아전[東班書吏職]으로 진출하는 경우가 많았다고 한다. 그리고 이들 경아전층(경아전 · 겸인)은 각전 별감, 포도군관 등과 함께 기방을 중심으로 한 유흥문화를 주도하였다. <남아가>에는 밤화류를 포함한 화류놀음이 다른 어떤 유흥보다 특히 강조되어 있는데, <한양가>에 "각집 겸종 花柳놀음"[39]이라 하여 화류놀음을 겸인의 핵심 유흥으로 예시하고 있음은 이 점에서 시사하는 바가 크다 하겠다.

이상에서 〈남아가〉가 경화사족 중심으로 생성되었으나 이에 국한하지 않고 중간계층에게까지 광범위하게 확산된 사정을 살펴보았다. 〈남아가〉가 이렇게 소통 범위를 넓힐 수 있었던 것은 이 작품에 제시된 이상적 삶이 사실은 지극히 세속적 가치를 기반으로 하고 있다는 점과 관련이 깊다. 〈남아가〉에서 남아가 희구하는 이상적 삶은, 화려한 관직생활을 영위하고 각종 놀이와 유흥을 즐기는 것과 같은 지극히 세속적이고 통속적인 것들이다. 이런 세속적이고 통속적인 가치를 부정하기보다는 긍정하며 더 나아가 이것이 극대화된 형태를 이상적으로 생각하는 것이 〈남아가〉의 지향점이다. 이와 같은 〈남아가〉의 통속성으로 인해 이 작품은 시정문화권에서 광범위하게 유통될 수 있었던 것으로 보인다. 아울러 이 과정에서 〈남아가〉의 통속성은 더욱 강화된 것으로 생각된다.

결국 〈남아가〉는 19세기 상층 문화인이었던 경화사족과 중간계층이 자신들의 현실적 욕망과 이상적 꿈을 적절히 결합시켜 탄생시킨 독특한 문화적 산물이라 할 수 있다. 조선후기 들어 경화사족과 중간계층이 서로 만나 도시 소비문화를 향유한 사례는 적잖이 발견되지만, 한 작품 내에서 이들의 욕망과 이상이 결합된 양상을 보여주는 것은 흔치 않다. 특히 시가문학사에서는 이런 예를 거의 찾을 수 없다. 이런 점에서 〈남아가〉는 문화사적으로 독보적인 위치를 점하고 있다고 하겠다.

---

39) 강명관, 『한양가』, 신구문화사, 2008, 89~90쪽.

『소수록』의 소설 수용과 그 의미*

〈논창가지미(論娼家之味)〉를 중심으로

김 혜 영

1. 서론

『소수록』은 국립중앙도서관 소장본이 유일본이며, 1권 1책의 한글 필사본이다. 이 책은 기녀 관련 잡록으로 정병설에 의해 학계에 처음 소개되었고,[1] 『나는 기생이다-소수록 읽기』에서 현대어 번역과 역주 작업이 이루어졌다.[2] 『소수록』은 19세기 중·후반에 창작된 것으로 보이는데,[3] 수록된 14편의 글들은 장편가사, 토론문, 시조, 편지글 등 그

---

* 이 글은 "『한민족문화연구』 제48집, 한민족문화학회, 2015."에 게재된 것이다.

1) 정병설, 「해주기생 명선의 인생독백」, 『문헌과 해석』 15, 2001.

2) 정병설, 『나는 기생이다-소수록 읽기』, 문학동네, 2007.

3) 그러한 근거로 『소수록』에 실린 첫 번째 작품인 〈츈 희영 명긔 명선이라〉의 작품 속 화자인 해주 기생 명선이 대청 도광 25년(1845년)에 님을 만났다고 한 내용과 열한 번째 작품인 〈청농가인한츙가〉의 작품 속 화자인 청주 기생이 무신년(1868년으로 추정)에 임을 만났다고 한 내용, 또 옥소선과 도화가 실려 있는 '해주 기녀 점고'는 『금옥총부(金玉叢部)』의 내용으로 미루어 최소한 은향의 기록이 보이는 1867년 이후, 연연의 기록이 보이는 1877년 이전의 것으로 보인다는 점에서 그렇다. 정병설, 위의 책, 13쪽 ; 졸고, 「『소수록』의 성격과 작자 문제」, 『어문론총』 61, 한국문학언어학회, 2014, 118쪽.

장르가 다양하다.

　지금까지『소수록』에 관한 연구는『소수록』을 소개한 정병설의 논의
를 제외하면, 14편의 작품 중 가장 많은 분량을 차지하는 첫 번째 작
<츈 희영 명긔 명션이라>에 연구자들의 논의가 집중되어 왔다. 박애경
은 조선후기 가사의 장편화를 다루면서 그 예로 사대부가 여인의 생애
를 담은 <이정양가록>과 기녀의 생애를 담은 <소수록>을 비교하였
고, 첫 번째 작 <츈 희영 명긔 명션이라>를 책의 제목 '소수록'과 동
명의 가사로 보고 자전 계열의 '녹자류 가사'로 규정하였다.4) 박혜숙은
<츈 희영 명긔 명션이라>를 기생의 자기서사로 보면서 남성의 자전 ·
자서 개념과의 비교를 통해 중세시대 여성의 자기서사가 어떠한 양상
으로 나타나는지를 고찰하였다.5) 이화형은 기생시가에 나타난 자의식
양상을 고찰하면서 현실적 갈등과 비애가 드러난 예로 이 작품을 들었
다.6) 신경숙은 조선후기 일급 여악 예기의 섹슈얼리티 문제를 다루면
서 의녀 옥소선과『소수록』의 명선과의 관계망을 통해 기녀의 일상을
조망하였다.7) 한편 김혜영은『소수록』의 성격과 작자에 대한 고찰을
통해 이 책을 '기녀관련 잡록'으로 규정하면서,8) 그 내용상 기녀의 자

---

4) 박애경, 「조선 후기 장편가사의 생애담적 기능에 대하여-<이정양가록>과 <소수록>을
　　중심으로」,『열상고전연구』18, 열상고전연구회, 2003 ;「'록자류'가사의 존재 양상과 그
　　의미」,『한국문학연구』26, 동국대 한국문학연구소, 2003.

5) 박혜숙, 「여성 자기 서사체의 인식」,『한국여성문학연구』8, 한국고전여성문학연구학회,
　　2002 ;「기생의 자기서사-기생 명선 자술가와 내사랑 백석」,『민족문학사연구』25, 민족
　　문학사학회, 2004 ; 박혜숙 외, 「한국여성의 자기서사(1)」,『한국여성문학연구』7, 한국고
　　전여성문학연구학회, 2002.

6) 이화형, 「기생시가에 나타난 자의식 양상 고찰-작가의 자기 호명을 중심으로」,『우리문
　　학연구』34, 우리문학회, 2011.

7) 신경숙, 「19세기 일급 예기의 삶과 섹슈얼리티-의녀 옥소선을 중심으로」,『사회와 역사』
　　65, 한국사회사학회, 2004.

기서사가 담긴 것은 사실이나 기녀가 직접 쓴 것은 아니며 오히려 일인의 남성 작자가 썼을 것으로 추정을 하였다.[9] 이는 기존의 연구와는 시각을 달리한 것으로 문헌 자체의 면밀한 분석을 통해 『소수록』을 시조나 가사 자료 중심의 연구에서 벗어난 새로운 독서물로 바라볼 수 있는 관점을 제공했다고 할 수 있다.

이 글의 목적은 19세기 중·후반을 살다간 기녀들의 이야기를 담은 『소수록』의 소설 수용 양상을 살피는 데 있다. 이를 위해 이전 연구 결과인, '『소수록』 14편 전체가 일인의 소작'이라는 전제 하에 논의를 진행하고자 하며, 연구의 범위는 두 번째 작인 <논창가지미>[10]를 중심으로 삼고자 한다.

<논창가지미>에는 애정 서사 인물 전고가 상당히 많이 등장을 하는데, 특히 기녀의 다섯 가지 남성 유형, 즉 애부, 정부, 미망, 화간, 치애를 설명할 때 그 전고의 인용 양상은 매우 독특하다고 할 수 있다. 기녀의 다섯 가지 남성 유형은 전대의 소설 <이와전>, <금병매>, <서상기>, <매유랑독점화괴>, <무숙이타령>과 <강릉매화타령>의 주인공을 각각의 예시로 활용하고 있다. 이러한 인물 전고의 활용은 기존의 비유적 차원의 전고 활용과는 거리가 있는 것으로, 소설의 주인공이 애초에 서사 자체로 구상되어 작품 속에 들어온 것으로 보인다. 이것은

---

8) 필자가 '기녀 관련 잡록'이라고 규정한 부분에 대해 이미 필자의 앞서 『소수록』의 문헌 종류을 '잡록'으로 규정한 기록이 있음을 뒤늦게 확인했다. 이 자리를 빌어 그에 대한 오류를 시인하고 수정하고자 한다. 신경숙·이상원·권순회·김용찬·박규홍·이형대 著, 『고시조 문헌 해제』, 고려대학교 민족문화연구원, 2012, 589쪽.
9) 졸고, 「『소수록』의 성격과 작자 문제」, 『어문론총』 61, 한국문학언어학회, 2014.
10) 이 글에서는 『소수록』의 두 번째 작 <즁안 호걸이 회양훈당ᄒᆞ여 여슈숨명긔로 논충가지미라>를 편의상 <논창가지미>로 쓰기로 한다.

『소수록』의 작자가 이 작품을 창작시에 독자의 독서 취향을 고려하면서 자신이 읽었던 소설 독서 경험을 바탕으로 작품 속에 새로운 전형을 창출한 것으로 보인다.

2. 『소수록』의 소설 수용과 전고 활용 양상

『소수록』에는 기녀와 관련지어 생각해 볼 수 있는 다양한 애정서사 작품이 전고로 인용되고 있다. <두십낭노침백보>, <규염객전>, <매유랑독점화괴>, <사마상여열전>, <이와전>, <석숭전>, <옥소전>, <서상기>, <춘향전>, <구운몽>, <설도전>, <장화전>, <금병매>, <무숙이타령>, <강릉매화타령>, <숙향전>, <유의전>, <축영대 설화>, <배항>, <장흥가중회진주삼>, <흥노전>, <이비설화>, <항아신화>, <전등신화>와 연의류 소설 등이 그것인데, 이를 정리하면 다음과 같다.11)

〈표 1〉 『소수록』의 한·중 기녀담 및 애정서사 전고 인용 사례

기녀담 및 애정서사 전고 / 작품 번호12)	①	②	③	④	⑤	⑥	⑦	⑧	⑪	⑬
(1) * 두십낭, 이갑 『경세통언』「두십낭노침백보」와 『금고기관』	V	V				V			V	V
(2) * 이위공, 홍불기 「규염객전」	V	V				V			V	V

---

11) 이 표는 졸고, 앞의 논문, 186~187쪽의 표에 추가의 작품을 더하여 작성한 것이고, 『소수록』에 인용된 모든 전고를 다 표에 거론한 것은 아님을 밝혀 둔다.

12) 『소수록』에 실린 14편의 작품을 순서에 따라 번호를 붙인 것이다. ① <츤 희영 명긔 명션이라>, ② <즁안호걸이 회양호당흐여 여슈숨명긔로 논츙가지미라>, ③ <츙순이라>, ④ <찬일도미익타가 탄미문감탄셩이라>, ⑤ <티다졍 쇠자흐여 작구압가인셔라>, ⑥

작품 번호 기녀담 및 애정서사 전고	①	②	③	④	⑤	⑥	⑦	⑧	⑪	⑬
(3) * 매유랑, 화괴낭자 『성세항언』「매유랑독점화괴」와 『금고기관』	V	V			V	V		V	V	×
(4) * 사마상여, 탁문군 『사기』「사마상여열전」	V	V			V	V	V	V	V	V
(5) * 이와, 정원화 『태평광기』「이와전」과 『수유기』	V	V			V	V		V	V	
(6) * 석숭, 녹주 『진서』「석숭전」	V	V						V	V	V
(7) * 위고, 옥소 『옥환기』「옥소전」					V			V		
(8) * 장군서, 최앵앵 『서상기』와 「앵앵전」		V								V
(9) * 춘향 『춘향전』	V				V	V				
(10) * 성진, 팔선녀, 적경홍, 가춘운 『구운몽』		V							V	V
(11) * 설도 『자가록』「설도전」	V							V		
(12) * 용천태아검 『진서』「장화전」	V					V				V
(13) * 왕윤의 가기 초선 『삼국지연의』		V								
(14) * 서문경, 반금련 『금병매』		V								
(15) * 무숙, 의양 『무숙이타령』과 『게우사』		V								

<답중>, ⑦ <수슘셩츙이 회양한당ᄒ여 탄화로 졉불너라>, ⑧ <쳥누긔우긔라>, ⑨ <단츙 화답이라>, ⑩ <답죠라>, ⑪ <쳥농가인한츙가>, ⑫ <단츙이라>, ⑬ <답이라>, ⑭ <희영 명긔 졈고 호명긔라> 이 중 시조 형식의 작품 ⑨, ⑩, ⑫, ⑭번을 제외한 나머지 10편의 작품만을 대상으로 표를 작성하였다.

기녀담 및 애정서사 전고 \ 작품 번호	①	②	③	④	⑤	⑥	⑦	⑧	⑪	⑬
(16) * 매화, 골생원 『강릉매화타령』과 『매화가』		V								
(17) * 숙향 『숙향전』									V	
(18) * 양산백, 축영대 『정사』, 『고금소설』「이수경의결황정녀」, 『양산백전』						V				V
(19) * 장흥가, 삼교아 『고금소설』「장흥가중회진주삼」과 『금고기관』								V		

『소수록』에 인용된 작품은 한국의 고전소설 및 판소리, 중국의 신화와 전설 및 전기, 역사서, 희곡, 백화소설 등으로 장르 면에서도 다양하다. 그러나 다수를 차지하고 있는 것은 소설이며, 그 주제는 남녀의 애정서사이고, 기녀가 여주인공인 작품이 많은데, 이는 『소수록』의 성격상 당연한 결과라 할 수 있다.

전체 19편의 애정서사 작품 가운데 한국소설은 <춘향전>, <구운몽>, <무숙이타령>, <강릉매화타령>, <숙향전> 5편이다.[13] <춘향전>과 <구운몽>의 경우 세 작품 이상에서 전고로 인용되었다는 점과 <숙향전>은 그 인용된 내용이 매우 구체적이라는 점 때문에 그 인기를 확인할 수 있고, 실전된 판소리인 <무숙이타령>과 <강릉매화타령>이 등장하고 있는 점도 매우 주목할 만하다.

중국소설의 경우 전체 19편의 작품 가운데 14편을 차지하는데, 그

---

13) 이 글에선 필자의 임의대로 <무숙이타령>과 <강릉매화타령>을 각각 <게우사>, <매화가>와 동일한 서사로 보고, 애정소설의 범주로 간주하기로 한다.

작품은 <두십낭노침백보>, <규염객전>, <매유랑독점화괴>, <사마상여열전>, <이와전>, <석숭전>, <옥소전>, <서상기>·<앵앵전>, <설도전>, <장화전>, <삼국지연의>, <금병매>, <장흥가중회진주삼>, <이수경의결황정녀>이다. 그중『소수록』이 가장 많이 인용한 작품은 <두십낭노침백보>, <규염객전>, <매유랑독점화괴>, <사마상여열전>, <이와전>, <석숭전>으로 모두 다섯 작품 이상에서 인용되었다. 특히 <두십낭노침백보>와 <매유랑독점화괴>는『금고기관』에 실린 것으로 여타 고전소설에서 흔히 인용되는 애정서사 전고는 아니라서 작자의 독서취향이나 독자층의 기호도와 관련해 주목해 볼 필요가 있다고 본다.[14] 이와 반대로 <규염객전>, <사마상여열전>, <석숭전>의 경우는 작자가 반드시 작품을 읽지는 않았다 할지라도 한국 고전소설에서 흔히 인용되는 인물 전고라 할 수 있다.[15]

---

[14] 민관동은 "『금고기관』은 총 40권으로 이루어진 명대 단편소설집이다. 이 책은『삼언』과『이박』이 금서로 지정되어 흔적을 감추고 있는 동안 대중의 환영을 받으며 폭넓게 유통되었다. 이 책의 국내 유입시기도 윤덕희의『소설경람자』(1762년)에 서명이 보이는바 적어도 1762년 이전에는 유입된 것으로 추정할 수 있다. 현재 국내에 소장되어 있는『금고기관』의 국내 판본 목록을 보면 19세기 말과 20세기 초의 판본이 다수를 차지하고 있고, 그 중 한글 번역본은 완역본을 찾을 수가 없고 일부 제한적인 번역이 이루어진 것으로 추정하고 있다. 일제 강점 시기에 대량 유통된 사실로 미루어보아 암울한 시기에 억압당한 정신적, 심리적 피해를 달래줄 대중들의 수요가 있었기에 가능했다고 사료된다."라고 했다. 민관동·정영호·김명신·장수연 공저,『중국통속소설의 유입과 수용』, 학고방, 2014, 47~77쪽.

[15] 전고란 사전적 개념으로 '전례(典例)와 고사(故事)를 아울러 이르는 말'이다. 문학에서 '전고'의 활용은 일찍부터 문인들에 의해 주장된 사례들이 있고, 이후 조선시대까지 전고의 활용은 글쓰기의 정당한 방법이자 필수적 요건으로 인정받아 왔다. 전고의 사례가 되는 것은 역사와 전대 문학이며, 이것들의 활용가치는 자신이 전달하고자 하는 세계의 의미를 확보하고 도리를 설명하는 데 있다. 따라서 이를 바탕으로 소설에서 활용되고 있는 전고의 사례들과 기능들을 살피는 것은 당대 작가·독자들의 소설 텍스트에 대한 무의식적 인식을 살피는 단서로 작용할 것으로 본다. 예를 들어, 17세기를 대표할 만한 소설로 김만중의「구운몽」엔 전고의 활용이 서사 전개 및 글쓰기의 방식으로 이미 자리

<표 1>의 인물 전고 인용 사례의 경우, 대다수는 단순한 비유의 차원에서 활용되는 방식으로 우리 고소설에서 흔히 볼 수 있는 관습화된 방식이다. 그러한 예로 『소수록』과 비슷한 시기에 유통되었을 것으로 예상되는 『남원고사』의 인용문을 살펴본다.16)

    1 전라도 남원부스 니등슷도 도임시의 즈졔 니도령이 년광이 십뉵셰라 얼골은 딘유즈오 풍치는 두목지라 문댱은 니티빅이오 필법은 왕희지라

    2 즈고로 렬녀하더 무지리오 …… 딕슌이비 아항녀영 혈누뉴황 짜라잇고 뉴한님의 스부인도 슈월암의 엄졉ᄒ고 낙양의녀 계셤월도 쳔진누의 글을 읇허 평싱슈졀 ᄒ엿다가 양쇼유롤 ᄯ라가고 티원ᄯ 홍블기도 난셰에 뜻을 셰워 만니댱졍 종군ᄒ여 니졍을 ᄯ라시니 몸은 비록 천ᄒ오나 졀기는 막는 법이 업스오니

    3 니졍의 홍블기는 남븍으로 종군ᄒ고 탁문군의 봉구황이 고금이 다롤만졍 인심이야 다롤손냐 왕소군 반쳡여는 고금이나 상스일념 원ᄒ기야 마음은 ᄒ가지라

우리 고소설에서 서술자에 의해 인물이 처음 소개되는 방식은 개성적이라기보다는 전형적이다. 이는 조선후기 소설의 대중화와 더불어 더욱 고착화되는데, 흔히 서술자는 여러 가지 측면에서 역사상 뛰어난 자

잡고 있음을 선행 연구에서 밝히고 있다. 연구 저서로 최기숙, 『17세기 장편소설 연구』, 월인, 1999, 219~250쪽 ; 논문은 엄태식, 「『九雲夢』의 異本과 典故 硏究」, 경원대학교 석사학위논문, 2005가 있다.
16) 인용문 1, 2, 3은 이윤석, 『남원고사 원전 비평』, 보고사, 2010, 361~451쪽의 원전을 참조.

질을 보였던 인물들을 작중인물에게 투사하여 주인공을 탄생시키는 기법을 선호한다.[17) ⊡을 보면 이도령이란 인물을 독자들에게 처음 소개하는 장면에서 인물의 외모, 풍채, 문장, 필법 등의 세세한 면에서 역사상 가장 뛰어난 인물들, 즉 진유자, 두목지, 이태백, 왕희지와 직접적인 대비를 하고 있다. 작자는 이러한 전고 인용의 서술을 통해 최고의 남자 주인공을 자신의 작품 속에 탄생시키게 되는 것이다. ②와 ③은 남녀 결연을 다루는 소설에서 흔히 인용되는 인물 전고로 춘향이 자신의 절개를 순임금의 이비, 양소유의 계섬월, 이정의 홍불기, 사마상여의 탁문군에 빗대어 이야기하고 있는 것이다. 이때 이도령을 향한 춘향의 사랑은 역사상 최고의 사랑으로 칭송되어 온 고사들에 비유되어 그 사랑의 숭고함이 독자들에게 인정을 받게 되는 것이다.

『소수록』에 인용된 한·중 애정서사 인물 전고의 활용 방식도 위의 인용문 ⊡, ②, ③과 같이 전형성이 획득된 관습화된 전고 활용 방식이 대다수를 차지한다. 예를 들어, ① <츈 희영 명긔 명션이라>에 기녀 명션이 기다리던 남성인 김진사를 만나고 그를 묘사하는 장면을 보면 "사도계지 김진스님 연광이 이십여요 문중이 쳥연이라 풍유즈지난 승여와 일반이요 봉친합의난 졍원화와 방불토다"라고 하는데 이도령을 묘사했던 부분과 동일한 전고 활용 방식이다. 또 ⑪ <쳥농가인한충가>에 "관공 타든 격토마난 화용절스 ㅎ여스니 미물도 져러커든 ㅎ물며 스람되어 졀의를 모를손가 천금승종 탁문군도 스마승여 종노하고 님안부 화괴랑도 미유랑을 쫏차나니 지졍식취 이러커든 봉친합에 이를손가"라는 서술도 역시 비유를 통한 전고 활용 방식이다.

---

17) 최기숙, 앞의 책, 228~230쪽.

한편 『소수록』의 두 번째 작 <논창가지미>에서는 이런 일반적 방식
이 아닌, 독특한 인물 전고 방식이 나타나고 있어 주목된다. <논창가지
미>는 장안 호걸과 명기 옥소가 '창가의 맛'에 대해 논쟁을 하는 내용
인데, 여기서도 한·중 애정서사 인물 전고가 대거 등장한다.[18] 대개는
기녀의 입장을 대변하기 위해 앞서 설명한 비유의 차원에서의 인물 전
고 활용이 대다수를 차지한다.[19] 그런데 <논창가지미>의 핵심 내용인
기녀의 다섯 가지 남성 유형을 서술하는 대목들을 보면 그 전고의 활용
방식은 매우 독특하다고 할 수 있다. 필자는 이러한 독특한 인물 전고
의 활용이 단순히 비유의 차원을 넘어 이야기를 구성하는 서사 원리로
서 적극적으로 활용된 경우라 여겨진다.[20] 이것을 좀 더 구체적으로 알
아보기 위해, 그것의 예로 기녀의 다섯 가지 남성 유형 중 '정부'를 이
야기하는 대목을 살펴보려 한다.

  ① 소위 정부라 ᄒ난 거슨 — 화제 제시
  ② 졔 유견유지ᄒ여 포치유아한 풍도가 졔인을 압두ᄒ고, 넉넉한 수
   단이 일호 귀측한 거시 업셔, 금의옥이이 마음의 합ᄒ고, 고당디ᄒ
   의 일신이 평안ᄒ여, 화류 중 지명ᄒ난 스람이요, 굴 안의 영수라.
   져마다 엇고져 보고져 항여 바릴가 겁ᄒ고 항여 노할가 염예ᄒ여

---

18) 앞의 <표 1>을 보아도 제시된 19개 작품 중 12개 작품의 인물 전고가 인용된 것을 볼
  수 있다.
19) ② <논창가지미>의 "변경 명기 두십낭이 이랑을 부긔ᄒ며 투강 익수 ᄒ여스니 혁권들
  업다 ᄒ며, 업도 명창 홍불괴난 왕분를 마다ᄒ고 이위공 짜라스니 지식인들 업다 ᄒ며,
  임안부 화괴랑은 왕손 공조 불원ᄒ고 미유랑 쪼츠스니 지긴들 업다 ᄒ랴. 절긔를 의논ᄒ
  면 황능묘가 과분ᄒ며"라는 서술도 역시 비유를 통한 전고 활용방식이다.
20) 기존 연구에서는 이를 기녀의 삶 속에서 겪었던 남성들을 다섯으로 유형화한 것으로 보
  고, 애정서사 전고는 그 이해를 돕기 위해 전대의 문학에서 그 전형을 가져온 것으로 이
  해하고 있다. 정병설, 앞의 책, 170~171쪽.

서, 너가 져 마음을 화순케 ᄒ고, 너가 제 ᄯᅳ슬 영합ᄒ게 ᄒᆞ은 거
슬, 정부라 ᄒ난이─화제에 대한 상세 설명
③ 이난 방금연이 셔문경을 ᄶᅡ로미니, 이 일른 정부요─전고를 활용
한 예시

  인용문의 서술 방식을 살펴보면, "소위 '~'이라 하난 것은"이라는
말로 시작하여 "이난 '~'가 '~'을 따름이요"라는 방식으로 서술되고
있는데, 이러한 서술 방식은 기녀가 이야기하는 다섯 가지 남성 유형을
설명하는 모든 대목에서 동일하게 일관성을 유지하고 있다. 이 같은 서
술 방식은 크게 ① 화제 제시, ② 화제에 대한 상세 설명, ③ 전고를 활
용한 예시의 세 부분으로 나누어 볼 수 있다. 먼저 ① 화제 제시 부분
을 보면, '소위(所謂)'라는 표현을 쓰고 '정부'라는 화제를 제시하고 있
다. '소위'는 '이른바'라는 뜻으로 이미 화제로 제시된 '정부'라는 단어
의 출전이 있음을 함축하고 있다고 볼 수 있다. 다음은 ② 화제에 대한
상세 설명 부분으로 '정부'가 어떤 의미를 가진 남성 유형인지 자세히
설명을 하고 있다. 끝으로 ③ 전고를 활용한 예시 부분은 앞서 설명한
'정부'는 바로 <금병매>의 남주인공 서문경과 같은 사람이라고 말하고
있다. 요컨대, <논창가지미>의 '정부'는『소수록』의 작자가 <금병매>
의 독서경험을 통해 창출해 낸 새로운 전형으로 소개되고 있는 것이다.
  이것을 방증하는 예로, 기녀의 다섯 가지 남성 유형, 즉 애부, 정부,
미망, 화간, 치애라는 단어는 전대의 기록에서도 그것을 찾아보기 어렵
다는 점을 들 수 있다.[21] 후대의 기록이긴 하나 기방의 풍속사를 정리

---

21) 정병설은 한글로 필사된 다섯 단어를 한자로 愛夫, 情夫, 未忘, 和奸, 癡愛로 쓰고 있는
   데, <논창가지미>에서 말하는 이 단어들의 의미와 지금의 사전적 의미와는 정확히 일
   치하지는 않는다.

한 이능화의 『조선해어화사』 제25장 <기생으로서 잊을 수 없는 다섯 가지 자격>에는 다음과 같은 기록이 있다.[22]

　그렇지만 내가 들은 바로는 속담에 기생이 잊기 어려운 것 다섯 가지가 있다. 맨 처음 남편이 잊기 어려운 것의 하나며, 뛰어나게 미남자인 것이 잊기 어려운 것의 둘이며, 정열적이고 씩씩한 것이 잊기 어려운 것의 셋이며, 돈이 많아서 잘 쓰는 것이 잊기 어려운 것의 넷이며, 추악해서 볼 수 없는 것이 잊기 어려운 것의 다섯이다. 자세히 생각하면 이 말이 매우 이치가 있다. 내가 말하는 다섯 가지 어려운 것 중, 그 첫째는 음양의 도를 알게 되어 마음 속에 깊이 새겨 사라질 수 없는 것이며, 그 둘째는 그 남자가 비록 가난하더라도 기생들이 스스로 자원해서 몸을 바치려는 것이니 속어에 이른바 화간(和奸)이 이것이다. 만약 둘째 자격의 소유자가 셋째 자격까지 겸해서 지녔다면 금상첨화로서 고객이 될 수 있는 것이다. 넷째는 기생마다 바라는 바이다. … 다섯째는 틀림없이 돈이 있는 자로서, 비록 본심은 아니지만 겉으로 애정이 있는 것처럼 꾸민다.[23]

　인용문의 내용은 이능화가 자신이 직접 들은 말이라고 하면서 기생이 잊기 어려운 다섯 가지 자격에 대해 소개하고 있다. 그 다섯 가지는 첫째 맨 처음 남편, 둘째 미남자, 셋째 정열적이고 씩씩한 남자, 넷째 돈이 많은 남자, 그리고 다섯째 추남이다. 이런 남성 분류는 실제 기방에서 기녀가 할 수 있는 대답으로 매우 현실적인 것이며 진정성이 있어 보인다. 그와 비교하여 <논창가지미>의 기녀의 다섯 가지 남성 유형은 그 유형의 분류가 너무 치밀하고, 그 말들은 너무 정제되어 있어 실제

---

22) 정병설이 이에 대해 이미 언급한 바가 있다. 정병설, 앞의 책, 172쪽.
23) 이능화, 『조선해어화사』, 동문선, 1992, 238쪽.

기방의 이야기를 그대로 옮긴 것이라고 보기는 어렵다.

그러나 남성을 분류함에 있어 『조선해어화사』의 이능화가 전하는 이야기와 <논창가지미>의 명기 옥소의 이야기를 비교해보면 전혀 공통점이 없는 것은 아니다. 우선 주목되는 점은 기녀의 남성관이 <논창가지미>와 마찬가지로 '다섯 가지'라는 사실이다. 『조선해어화사』에서 언급한 바 기녀가 잊기 어려운 다섯 가지 자격은 그 내용이 매우 현실적인데, 주로 남성의 외모와 성격, 그리고 성적 능력과 돈이 기준이 된 것을 알 수 있다. 사실 이러한 내용은 근본적으로 <논창가지미>의 그것과 그다지 다르지 않다는 것을 다음 장에서 <논창가지미>와 전고로 인용된 소설 작품의 내용 비교를 통해 확인할 수 있을 것이다. 다만 글로 정리된 <논창가지미>의 다섯 가지 남성 유형은 실제 기방의 이야기를 전적으로 반영했다기보다는 그것을 글로 정리하는 과정에서 작자가 의식적으로 새로운 전형을 창출하려고 한 의도가 보인다는 것이다.

다음으로 주목할 것은 '화간'이란 단어이다. 둘째 미남자를 부연 설명하면서 속어에 '화간'이란 "남자가 비록 가난하더라도 기생들이 스스로 자원해서 몸을 바치려는 것"이라고 하고 있는데, 이때 '화간'이란 단어는 <논창가지미>의 남성 유형에도 등장하고 있다. 이를 통해 이능화가 들었다는 이야기는 <논창가지미>의 명기 옥소의 이야기와 무관하지 않음을 짐작할 수 있다.

앞서 언급한 '정부'를 제외한 <논창가지미>의 애부, 미망, 화간, 치애도 그 출전이 되는 작품을 각각의 화제 설명의 끝에 모두 언급하고 있다. 이제 기녀의 다섯 가지 남성 유형, 즉 애부, 정부, 미망, 화간, 치애라는 단어가 필자의 주장대로 정말로 작자의 독서 경험에서 나온 새로운 전형의 창출인가를 따져 볼 필요가 있다. 따라서 다음 장에서 각

각의 화제로 제시된 단어들이 인용된 작품의 내용과 인물의 성격이 일
치하는지 살펴보기로 한다.

3. 〈논창가지미〉의 소설 수용과 새로운 전형의 창출

『소수록』에 실린 14편 중 두 번째 작 <논창가지미>는 제목에서 알
수 있듯이 장안의 호걸이 양한당에 모여 수삼의 명기와 더불어 창가의
맛을 논하는 서사이다. 본격적인 논의에 앞서 <논창가지미>의 전체 내
용을 개관하면 다음과 같다.

> * 장안 호걸 : ① 기녀는 남성을 망치는 애물이라고 하면서 그런 존재
>   들이 남성을 애부, 정부, 미망, 화간, 치애라고 나누
>   어 말을 하니 그 역시 교묘하다고 한다.
> * 명기 옥소 : ② 기녀의 호화로운 생활을 얘기하면서 자신들의 처지
>   를 신선에 빗댄다.
>   ③ 미인도, 초선의 고사로 역대 기녀의 공로를 말한다.
>   ④ 녹주, 설도, 두십낭, 홍불기, 화괴낭자의 고사로 역
>   대 기녀의 지조를 말한다.
>   ⑤ 남성 삶의 활력소로 기녀는 반드시 필요하다고 말한다.
>   ⑥ 남성의 현실을 옹색하다 비웃는다.
>   ⑦ 기녀를 비웃는 남성을 별 볼일 없다고 조롱한다.
>   ⑧ 애부를 설명하고 그 전형은 이와와 정원화의 사랑이
>   라 한다.
>   ⑨ 정부를 설명하고 그 전형은 반금련과 서문경의 사랑
>   이라 한다.
>   ⑩ 미망을 설명하고 그 전형은 앵앵과 장군서의 사랑이
>   라 한다.

⑪ 화간을 설명하고 그 전형은 화괴낭자와 매유랑의 사
  랑이라 한다.
⑫ 치애를 설명하고 그 전형은 의양이와 무숙이, 매화
  와 골생원의 사랑이라 한다.
⑬ 기녀가 환영하는 손님은 돈이 많은 남자면 최고라고
  한다.
⑭ 남성을 향해 기방의 유흥을 함께하자고 부추긴다.
  * 제3자 : ⑮ 그렇다고 기방 놀음에 너무 빠지지 말라고 충고한다.

<논창가지미>의 전체 서사는 위와 같이 15개의 단락으로 나눌 수 있다. 15개 단락 중 ①의 내용만이 장안 호걸의 목소리다. 그리고 ②~⑭까지의 내용은 명기 옥소의 목소리다. ⑮의 목소리는 서사전개상 명기 옥소의 주장과는 이질적인 내용으로 이 글에선 제3자의 목소리로 볼 것이다.[24]

먼저 장안 호걸이 기녀를 애물이라 비판을 하며 그런 기녀가 남성을 다섯 가지로 분류한다고 그 교묘함을 질책한다. 이에 명기 옥소의 반박이 시작된다. 남성들이 애물이라 생각한 기녀의 지위는 적강신선에 비교되는 적강선녀이며, 역대 남성 영웅이 있다면 그에 비교되는 역대 공이 있는 기녀들도 있다고 말한다. 또 전대 문학의 고사를 통해 녹주, 설도, 두십낭, 홍불기, 화괴낭자까지 역대 명기를 거론하고 기녀의 절개 있음의 비유는 순임금의 이비인 아황 여영에까지 미친다. 다음은 기녀의 효용에 대한 내용인데, 그 내용은 남성들의 삶의 활력소로 기녀가 꼭 필요하다는 것이다. 그리고 기녀를 비웃는 남성들의 현실을 돌아보면 기녀의 생활보다 그리 나을 것이 없다고 말한다. 또 그런 남성들이

---

24) 정병설은 ⑮의 목소리도 명기 옥소의 것으로 보고 있다. 정병설, 앞의 책, 201쪽.

명기가 없다고 말하는데 기녀가 보기엔 자신들이 찾는 남성도 현실에서 찾기 힘들다며 남성을 조롱한다.

여기까지 읽다보면 그렇다면 과연 기녀가 바라는 남성은 대체 어떤 사람일까라는 질문과 함께 독자는 궁금증을 가지게 된다. 이때 등장하는 내용이 바로 기녀의 다섯 가지 남성 유형이다. 기녀의 다섯 가지 남성 유형인 애부, 정부, 미망, 화간, 치애는 <논창가지미>의 내용 중 가장 흥미로운 부분이며, 이 작품의 토론 주제인 '창가의 맛'의 핵심이라고 할 수 있다. ①의 장안 호걸의 목소리로 "소위 이부라 정낭이라 미망이라 화간이라 치희라 일커르니, 그 역시 공교롭다"라는 내용을 보면, 다음에 이어질 내용은 기녀의 다섯 가지 남성 유형에 대해 집중적인 서술이 될 것이란 것을 독자는 예상하게 된다. 역시나 본론에서 이것에 대해 서술하는 분량은 전체의 절반 이상을 차지하는 것을 확인할 수 있다. 먼저 애부에 대해 서술하는 부분을 살펴보자.

> 소위 이부라 이르기난 마음 유려ᄒ여 성정이 온화ᄒ고, 작인이 혜일ᄒ여, 니 강ᄒ면 제 유ᄒ고 니 유ᄒ면 제 강ᄒ여, 일동일정이 니 뜻셰 슝합ᄒ고, 지신이 종용ᄒ여 은은한 깁품 졍이 말치 아니ᄒ은 디 잇고, 스량ᄒ난 뜻시 친합지 아니한 주음의 이셔, 면면 불망지심이 괄골활육을 잇기지 아니ᄒ되, 주고져 심이 밋지 못ᄒ고 말고져 면면한 졍을 ᄎ마 잇지 못ᄒ며, 과이유련ᄒ면 교스한 디 각갑고 과이강강ᄒ면, 강ᄌ난 인지격이요 교자난 인지악이라. 불강불약ᄒ면, 우리 역시 바리고져 ᄎ마 바리지 못ᄒ고, 잇고져 ᄎ마 잇지 못ᄒ여, 이연지심이 유출유동ᄒ여, 술고져 니 역부쥭한 심을 한ᄒ고, 아니코져 ᄎ마 안이치 못ᄒ여, 빅망지중과 득의지졔라도 틈을 시이ᄒ여, 이히을 도라보지 아니ᄒ고 일심일익ᄒ여, 니 셜스 셔방이 이슬지라도 니 말치 아니ᄒ면 아지 못ᄒ난 듯시 ᄒ고, 일이 업셔도 일이 잇난 듯시 ᄒ여, 틈을 주어 니 힝ᄒ고져 ᄒ난

이을 흐게 흐며, 거취을 유심이 흐여 경경 불망지심이 ᄌ연이 잇게 흐
고, 부절업시 아난 쳬흐여 알고 좀좀흐면 치훈디 갓갑고, 금코져 금흐려
흐면 ᄌ연 염오지심이 업지 안이흐난이, 니 마음을 영합흐며 니 ᄯᅳᆺ슬 화
순케 흐면, 이 일은 봉친합의니, 지물을 싱각지 아니흐고 귀천을 도라보
지 안이흐난 고로, 이아선이 정원화을 ᄶᅡ름이요.(<논창가지미>)25)

　애부는 기녀를 진정으로 사랑해 주는 남자이다. 사랑하기 때문에 애
부는 기녀에게 어떠한 것도 바라지 않고, 그녀를 위해 모든 면에서 양
보하고 배려를 해준다. 기녀도 그런 애부의 마음을 잘 알기에 그를 가
엽게 여긴다. 또 애부와 결혼을 하고 싶어도 기녀의 처지 때문에 불가
능하다.26) 작자는 애부의 예시로『태평광기』<이와전>의 이아선과 정
원화의 사랑을 인용하였다. 그러나 <이와전>엔 '이아선과 정원화'란
이름은 거론되지 않고 그저 '공자와 이와'란 호칭만 나올 뿐이다. 작자
가 말하는 '이아선과 정원화'란 이름은 어디서 가져온 것일까?27) 당대
애정전기는 명대 이후 화본 소설에도 많은 영향을 끼쳤는데, 바로 풍몽
룡의『성세항언』권3 <매유랑독점화괴>에 <이와전>이 입화(入話)로
사용되었다.28) <매유랑독점화괴>의 서두 부분이다.

---

25) 이하 (< >)의 표시는 인용문의 작품명이다.
26) 정병설은 애부(愛夫)는 불쌍하여 동정심이 드는 남자이며 마음이 통하는 남자라고 했다.
　　정병설, 앞의 책, 170쪽.
27) 당대 전기 <이와전>은 그 줄거리의 대중성 때문에 후대에 전기, 희곡, 소설 등으로 다
　　양하게 변개되어 유통되었는데, 그 개작 과정에서 '이아선과 정원화'란 이름으로 구체화
　　가 된 것이다. <이아선>, <곡강지>, <수유기> 등의 많은 개작이 있으나, 이 글은『소
　　수록』의 작자가『금고기관』에 실린 <매유랑독점화괴>의 <이와전>의 입화(入話)를 보
　　았을 것으로 예상한다.
28) 이는 전대의 이야기를 그 이야기의 틀을 떼어 내 버리고 새로운 문예 작품의 한 부분으
　　로 삼아서 그 새로운 이야기 속의 '전고'로 등장시키는 경우라 할 수 있는데, 이러한 경
　　향은 명 말기에 다수의 소설과 희곡이 창작 혹은 간행될 때 자주 볼 수 있는 일이다. 이

① 화류계에서도 방츤하는 사람이 가장 큰 득을 본다. 즉 용모가 보잘것없어도 뛰어난 사람을 능가하며 돈이 없어도 있는 자보다 낫다. 예컨대 정원화가 가난을 이기지 못하여 비럭질을 할 때 주머니 속은 텅텅 비고 얼굴색은 옛날 같지 않았다. 그런데 어느 추운 겨울, 이아선이 우연히 이를 만나 측은한 생각 끝에 좋은 옷과 음식을 베푼 연분으로 부부간이 되었다. 이 어찌 용모나 돈 때문에 생긴 인연이겠는가? 정원화가 정을 알고 방츤(幇襯)이 몸에 밴 때문에 오로지 그를 버리지 못할 연고로서였다.

이아선이 병이 들어 마판장탕(馬板腸湯)을 먹고 싶어 하면 오화마(五花馬)를 잡아 내장을 끓여 공양하였으니 어찌 정원화에 대한 정이 사그러질 것인가? 뒷날 정원화가 장원에 급제하니 이아선은 견국부인이 되고 이로써 기방의 수심가가 만언책(萬言策)으로 탈바꿈하여 비렁뱅이의 터전이 백옥루되어 새 비단이불로써 과거의 화류계 생활을 덮어 감추게 되었다.

각설하고……(<매유랑독점화괴>)29)

①은 창가에서 남녀 간의 정사에 있어 잘 맺어지는 방법에 대해 일종의 모범이 될 수 있는 사례로 <이와전>을 이야기하고 있는 부분이다. "예컨대 정원화가 ~ 오로지 그를 버리지 못할 연고로서였다."라는 내용을 보면, 기녀 이아선이 돈도 없고 외모도 볼 것 없는 정원화를 차마 버리지도 잊지도 못하고 동정을 하는 모습이 그려진다. 또 "이아선이 병이 들어 ~ 정원화에 대한 정이 사그러질 것인가?"라는 내용을 보면, 전날 정원화가 자신의 말을 죽여 아픈 이아선을 봉양한 일을 이야기하며 남자의 진심어린 헌신과 사랑이 훗날 기녀로 하여금 마음을 움

윤석, 대곡삼번, 정명기 편저, 『세책 고소설 연구』, 혜안, 2003, 378쪽.
29) 抱擁老人, 宋文 編譯, 『今古奇觀』, 형설출판사, 1992, 153~155쪽.

직이게 만들었다는 내용이다. 이러한 구체적인 내용은 앞서 이야기한 애부의 모습과 일치를 보여주고 있다. 정원화가 이아선을 위해 준마를 죽인 일은 『소수록』의 여섯 번째 작 <답장>에도 언급하는 이야기로 <이와전>에는 없는 내용이다.[30] "뒷날 정원화가 장원에 급제하니 ~ 과거의 화류계 생활을 덮어 감추게 되었다."라는 내용을 보면, 기녀 이아선이 정원화를 과거에 급제시킨 후, 사랑도 얻고 기방에서 벗어나 신분도 상승하는 행복한 결말을 맺는다. <이와전>의 결말은 현실에서 이루어지기 힘든 기녀와 애부와의 완벽한 결합을 이루어 낸 서사이다.

애부에 대한 설명은 <이와전>의 서사와 모든 부분이 일치하지는 않지만 크게 벗어나는 내용도 없다. 그런데 여기서 주목되는 점은 애부에 대한 서술이 유독 길어, 나머지 네 남성 유형에 대한 서술의 2~3배 분량이 된다는 사실이다. 애부는 다섯 가지 남성 유형 가운데 기녀가 가장 바라는 남성상이기 때문에 특히 길게 서술된 것으로 보인다. 실제로 기방에 오는 남자 손님 중 애부의 유형은 기녀가 마음을 준 남자일 것이다. 기녀가 마음을 주기까지 애부는 기녀를 위해 엄청난 사랑을 쏟은 남자로서 이들의 사랑은 육체적이기보다는 정신적 사랑을 나눈 사이라 할 수 있다.

다음은 정부에 대한 서술이다.

소위 정부라 ᄒ난 거슨 졔 유젼유지ᄒ여 포치유아한 풍도가 졔인을 압두ᄒ고, 넉넉한 수단이 일호 귀츅한 거시 업셔, 금의옥식이 마음의 합

---

30) 미류량 졍원화을 일너스나 진약 미류량 갓치 본졍을 긔우리면 <u>졍원화 갓치 준마를 죽일진 틴</u> 단심이 쳔신을 격동ᄒ려던 ᄒ물며 쟝낭부이랑쳐 ᄒ난 긔물를 염예ᄒ여 말숨이 이 갓치 번거ᄒ시오.

ㅎ고, 고당디ㅎ의 일신이 평안ㅎ여, 화류 중 지명ㅎ난 스람이요, 굴 안
의 영수라. 져마다 엇고져 보고져 ㅎ여 바릴가 겁ㅎ고 ㅎ여 노할가 염예
ㅎ여서, 늬가 져 마음을 화순케 ㅎ고, 늬가 제 뜻슬 영합ㅎ게 ㅎ은 거슬,
정부라 ㅎ난이, 이난 방금연이 셔문경을 짜로미니, 이 일른 정부요(<논
창가지미>)

정부는 한마디로 인기 있는 남자이다. 돈도 많고 미남이며 주색잡기
에 능해야 한다.[31] 정부의 예시는 <금병매>의 서문경과 반금련을 인
용하였다.

> ② 북송 휘종 정화 연간에 산동성 동평부 청하현이라는 마을에 꽤 내
> 력 있는 자제가 있었다. 생김이 훤칠할 뿐만 아니라 시원한 성격
> 에다, 집안에 재산도 있는 스물예닐곱 살 난 사내로서 성은 복성
> 인 '서문'이며 이름의 외자 '경'을 썼다. 부친인 서문달은 사천과
> 광주 지방을 오가면서 약재를 팔다가 이곳 청하현에 큰 생약 가게
> 를 하면서 대저택을 지어 살았는데, 부리는 노비며 노새, 말 등이
> 무리를 이루어 비록 부귀영화를 누린다고 할 정도는 아니었지만
> 청하현에서는 제법 알아주는 집안이었다.
> 다만 서문달 부부가 일찍 세상을 떠 홀로 남은 아들은 남의 말 듣
> 기를 좋아하여 공부는 하지 않고 온종일 밖에서 방탕한 나날을 보
> 내다가 부모가 죽은 후에는 아예 기생집에서 자면서 온갖 일을 저
> 지르고 다녔다.(<금병매>)[32]

> ③ 서문경이 맹옥루를 맞이해 집에 들여온 이후에는 완전히 신혼 분
> 위기에 취해서 아교를 붙여 놓은 듯, 옻칠을 해놓은 듯 떨어질 줄

---

31) 정병설은 정부(情夫)는 돈 많고 풍채 좋아 인기 있는 남자라고 했다. 정병설, 앞의 책,
170쪽.
32) 소소생 지음, 강태현 옮김, 『금병매』, 솔, 2002, 13쪽.

을 몰랐다.…… 며칠을 그렇게 정신없이 지내다 보니 한 달이 훌
쩍 지나가 금련네 집에는 미처 가볼 틈이 없었다. 금련은 매일 문
가에 기대어 눈이 빠지도록 기다려도 보고, …… 금련은 몸이 달
아 죽을 지경이었으나 노파가 빈손으로 돌아오니,…… 기다리던
서문경이 오지 않자 입을 삐쭉거리며 배신자니 무정한 사람이니
하면서 쫑알거렸으나 곧 우울해져서 아무 말도 하지 않았다. 섬섬
옥수를 써서 붉은 신발을 다리에서 벗겨 들고는 서문경이 오나 안
오나 하는 상사점을 쳐보았다.(<금병매>)33)

④ 젊은이 중에 반악처럼 뛰어난 용모와 등통 같이 돈 많은 사람이
있다면 어렵지 않게 기방의 대왕이 되고 맹주라도 될 것이다.(<매
유랑독점화괴>)34)

②는 <금병매>의 서두 부분으로 주인공 서문경을 소개하는 장면에
서 "생김이 훤칠할 뿐만 아니라 시원한 성격에다, 집안에 재산도 있는
스물예닐곱 살 난 사내로서"라는 내용은 '정부'가 가진 외형적 조건과
일치를 보여준다. 또 부모가 죽은 후에는 아예 기생집에서 거취를 한다
는 것에서 기방과 관련이 있는 시정잡배의 성향을 가진 인물임을 알 수
있다. 소설 속 반금련은 서문경과 정을 통하고 그의 첩이 되기 위해 서
문경과 함께 그녀의 남편을 독살할 계략을 꾸민다. 그녀는 돈도 없고
못생긴 남편 무대를 독살한 후 아무 거리낌이 없이 장례 중에도 서문경
과 정을 통한다. 그러나 ③을 보면 서문경이 집안에 세 번째 첩 '맹옥
루'를 들이고 나서, 그녀에게 푹 빠져서 금련과 한동안 연락을 끊고 지
낸다. 반금련이 서문경과 연락이 잘 닿지를 않자 불안해하며 계속해서

---

33) 소소생 지음, 강태현 옮김, 앞의 책, 209~210쪽.
34) 抱擁老人, 宋文 編譯, 앞의 책, 154쪽.

노파와 어린 하녀를 보내지만 아무 소용이 없다. 이러한 구체적인 내용은 <논창가지미>의 정부의 서술 중 기녀가 정부에게 버림을 받을까 염려하여 그의 비위를 맞추려고 하는 내용과도 일치한다.

소설 속 반금련이 서문경에게 원하는 사랑은 그 성격이 다분히 강한 성애의 경향을 띠고 있다. 정부의 묘사에 '화류계의 우두머리'라는 표현은 단순히 돈이 많고 외모가 뛰어난 것을 넘어서 기녀의 성적 욕망까지 만족시켜 줄 수 있는 능력을 갖춘 남자로 실제 기방에서 남자 손님으로 가장 인기가 있는 유형일 것이다. ④는 앞서 언급한 <매유랑독점화괴>의 서두 부분으로 '기방의 맹주'는 뛰어난 용모와 돈을 가진 남자라고 하고 있는데, 정부의 서술 중 '굴 안의 영수'와 유사한 표현이다. 다음은 미망에 대한 서술이다.

> 소위 미망이라 ᄒ난 거슨 피츳 스스로 은졍이 의의ᄒ나 졔가 말를 니이고져 니 마음을 치 아지 못ᄒ여 말를 니엿다가 항여 혹 무식을 볼가, 니가 말를 니이고져 ᄌ미용금ᄒ난 혐의가 역시 업지 아니ᄒ며, 져의 말 잇기를 기디리나 이리 지지ᄒ여, 스복ᄒ난 마음이 오미에 밋쳐스나, 졔가 닐이 업스면 니가 틈이 업고, 니가 틈이 이스면 졔가 닐이 업지 아니ᄒ며, 싱각난 마음이 갈스록 심ᄒ나, 호ᄉ의 다미ᄒ여, 쳔연세월을 위지 미망이라 ᄒ난 거시니, 이난 즁군셔가 최잉잉을 만나미요(<논창가지미>)

미망은 서로 사랑하지만 쉽게 고백을 하지 못하는 사이다. 남자는 고백을 했다가 거절을 당할까봐 두려워하고, 여자는 먼저 사귀자고 해서 예에 어긋날까 걱정을 한다.[35] 이렇게 눈치만 보다가 시간만 흐르고 맺

---

35) 'ᄌ미용금ᄒ난 혐의'는 스스로를 중매한다는 의미로서 기녀에겐 어울리지 않는 표현이다. 이 표현은 소설 속 인물인 양가집 규수 앵앵에게나 어울리는 표현으로 보인다.

어지지도 못하는 안타까운 사이가 바로 미망이다.36) 미망의 예시는 『태평광기』에 실린 <앵앵전>의 장생과 앵앵의 만남을 인용한 것이다.

> ⑤ 소생은 성이 장이고, 이름은 공자, 자는 군서라 하며, 본관은 서락입니다.(<서상기>)37)

> ⑥ 홍낭 : 보세요, 우리 아가씨는 제게 또 딴청을 부렸잖아요.

<사해아(耍孩兒)>
어찌 보았으랴, 편지 보내며 심부름꾼을 되려 속이는 짓을.
작디작은 심보 잘도 굴리는구나.
서상에서 달마중하며 밤늦도록 기다릴 테니,
당신은 월장하여 계집 "女"에 방패 "干"을 하라 썼다네.
원래 그 시구에는 은밀한 약속이 담겨 있고,
그 편지에는 엉큼한 계책이 숨겨 있었구나.
그녀는 중대한 대목에서 나를 푸대접 하였구나.
그녀는 운우지정을 일으키며 요란 속에 고요한 척하건만,
나는 편지를 전하러 바쁜 중에 억지 틈을 냈더라.(<서상기>)38)

> ⑦ 장군서 : 앵앵 아가씨가 나를 죽이는구나. 이 생각을 다시 아니하려 하나, 상사병은 날로 심해질 것이니, 장차 이를 어쩐다? 어제 편지를 받고 기뻐, 오늘 몸을 추슬러서 겨우 이곳에 왔건만, 또 이런 봉변을 당하다니, 머잖아 끝장이 나겠구나. 글방에 돌아가 속을 끓일 수밖에 없구나. 월계수 열매 하릴없이 떨어지고, 홰나무 꽃만 와병 중에 보겠

---

36) 정병설은 미망(未忘)은 서로 그리워하면서도 잘 만나지 못하는 남자라고 했다. 정병설, 앞의 책, 170쪽.
37) 왕실보 지음, 양회석 옮김, 『서상기』, 진원, 1996, 12쪽.
38) 위의 책, 147쪽.

구나.(<서상기>)39)

⑤는 <서상기>의 서두 부분으로 <앵앵전>의 장생의 자를 '군서'라 분명히 하고 있는 것을 알 수 있다. 당대 애정 전기인 <앵앵전> 역시 <이와전>처럼 그 줄거리의 대중성으로 인해 후대 개작이 많이 나오게 되는데, 원대 잡극 왕실보의 <서상기>로 변이되면서 장생이 장군서로 바뀌고, 장원급제를 하게 되며, 대단원의 결말 구조를 가지게 된다.40) 조선후기 <서상기>의 인기를 짐작해 보건대,41) 작자는 <앵앵전>보다는 <서상기>를 염두에 두고 이야기를 한 것으로 보인다. <앵앵전>과 비교하여 볼 때 <서상기>만의 매력은 서로 사랑하는 두 남녀가 사랑을 확인하는 과정에서 서로를 향한 머뭇거림과 어긋남이 극에 극대화되어 이를 본 독자들이 더욱 애를 태우게 되는 데 있다.

⑥은 앵앵의 몸종 홍낭의 대사이다. 장군서의 편지를 받은 앵앵은 홍낭에게 화를 내며 다시는 이 같은 짓을 하지 못하게 하겠다며 그런 내용을 답장에 써서 홍낭에게 전하라고 한다. 그러나 답장 속엔 군서에게 서상 아래 화원에서 만나자는 의미의 시가 담겨져 있었다. 앵앵은 명문가의 규수로서 주위의 시선을 신경 쓰지 않을 수 없는 처지인데, 홍낭

---

39) 위의 책, 160쪽.

40) 최진아, 『환상, 욕망, 이데올로기』, 문학과 지성사, 2008, 336쪽.

41) <서상기>는 16세기 초엽 혹은 중엽부터 일부 문인계층에게 수용되다가 18세기 중엽부터는 그 애독자가 중인 계층까지 전파되었다. 그리고 19세기 초엽부터는 더 광범위한 독자층을 형성하게 되고 <서상기> 애호가 하나의 문화현상으로 자리 잡았고, 19세기 중엽부터는 한글 식자층에게까지 전파되었다. 이후 20세기 초엽에는 <서상기> 번역본이 활발하게 출판되면서 더욱 대중적인 독서물이 되었다. 윤지양, 「18세기~20세기 초 서상기 국내 수용양상 고찰」, 『대동문화연구』 83, 성균관대학교 대동문화연구원, 2013, 163쪽.

이 이것을 알아차리고 비웃는 장면이다. ⑦은 장군서의 대사로 앵앵에게 몇 차례 고백을 시도하지만 번번이 퇴짜를 맞고 상사병만 깊어져 가는 내용이다. 이러한 구체적인 소설의 내용들은 <논창가지미>의 미망의 서술과 일치한다.

다음은 화간에 대한 서술이다.

　　소위 화간이라 ᄒ난 거슨, 져을 보와야 날 뿔이 바이 업고, 인품이 남을 지나난 거시 업스나, 제 날 향ᄒ난 정성이 우셜을 싱각지 아니ᄒ며, 빅망지중이라도 주야을 불계ᄒ고, 기름즈의 몸 짜르듯, 이목의 벗시 되고, 수족을 더신ᄒ며, 니 ᄒ고져 ᄒ난 거시면 수화을 불피ᄒ여, 니 죠타 ᄒ면 제 비록 그르나 제 역 죠타ᄒ고, 니 그르다 ᄒ면 제 비록 그르나 죠타ᄒ며, 일동일정이 몸 밧게 몸이 되고 뜻 밧게 뜻시 되면, 이 일은 합의니, 비록 쳘셕심중이나 아니치 못ᄒ난 거슬, 위지 화간부니, 이난 화괴량이 미류랑을 쪼치미요.(<논창가지미>)

　화간은 남자가 갖춘 것이 아무 것도 없음에도 기녀를 향한 사랑은 무조건적이어서 차마 기녀가 외면을 할 수 없는 사이이다.[42] 화간의 예시는 <매유랑독점화괴>의 미천한 기름장수 매유랑과 화괴낭자의 사랑을 인용한 것이다.

　　⑧ 각설하고, 한밤중쯤 되어 잠이 깬 왕미는 뱃속에 고여 있는 술기운을 참을 수 없어 겨우 몸을 일으킨 뒤 몇 번인가 딸꾹질을 하였다. 진중은 바짝 신경을 곤두세워 왕미의 등을 토닥여 주는데 더는 참을 수 없었던지 연거푸 구역질을 하였다. 바로 뱃속의 것이

---

42) 정병설은 화간(和奸)은 무조건적인 사랑을 바치는 남자라고 했다. 그리고 화간의 다른 흥미로운 모델로 『어우야담』에 나오는 16세기 서울의 협객 김이를 들었다. 정병설, 앞의 책, 170쪽.

넘어오려는 순간 진중은 자신의 도포 자락을 펼쳐 왕미의 입을 덮어 주었다. 그것은 왕미의 비단 이불이 더럽혀지지 않도록 함에서였다.……한편, 왕미는 간밤에 진중과 아무 일도 없이 지냈을 뿐 아니라 진중의 진심을 알고 난 뒤 그를 돌려보내고 나니 마음 속이 울적할 뿐이었다. 진종일 술평계로 손님을 받지 않고 천만 가지 생각 속에 진중만을 찾아 헤매게 되었다.(<매유랑독점화괴>)[43]

⑨ 왕미가 처했었던 궁경을 듣고 난 주중은 진실로 아픈 마음을 참을 수 없어 그녀와 더불어 눈물을 흘렸다. 주중은 자신의 내의를 찢어 왕미의 양발을 정성스레 싸매고 급히 거리로 달려 나와 교자 한 채를 불러 그녀를 태운 뒤 왕구마의 집까지 바래다주었다.(<매유랑독점화괴>)[44]

　매유랑은 전란으로 어려서 부모와 헤어지고 기름장수 노인의 양자가 되어 기름을 팔며 돌아다니는 미천한 신분의 청년이다. 기루의 화괴낭자를 한 번 보고 반한 매유랑은 그녀와의 하룻밤을 위해 몇 년을 열심히 기름을 팔며 돈을 모은다. 드디어 돈을 다 모은 매유랑이 그녀와 하룻밤을 보낼 수 있게 되는데, ⑧은 그 하룻밤을 어떻게 보냈는지에 관한 내용이다. 술이 많이 취해 자다가 깬 화괴낭자가 구역질을 할 때, 그녀의 비단 이불이 버릴까봐 자신의 도포자락을 그녀의 입에 갖다 대 주는 내용이다. ⑨는 화괴낭자가 왕손공자의 횡포로 곤경에 처하게 되자, 어디선가 매유랑이 나타나 그녀를 도와주는 내용이다. 매유랑은 그녀의 처지를 공감하며 같이 눈물을 흘려주기도 하고, 또 자신의 내의를 찢어 그녀의 발을 감싸주기까지 한다. 결국 화괴낭자는 자신을 향한 기름장

43) 抱擁老人, 宋文 編譯, 앞의 책, 198~203쪽.
44) 위의 책, 211쪽.

수 매유랑의 진실함에 감동을 하게 되고 미천한 신분인 그를 따르기로 결심한다. 이러한 구체적인 내용은 <논창가지미>의 화간의 서술과 일치한다.

다음은 치애에 관한 서술이다.

> 소위 치이라 ᄒᆞ난 거슨, 졔 여간 젼낭으로, 그 어두은 소견이 호기을 즈부ᄒᆞ며, 습습한 체ᄒᆞ난 모양이 비위 역ᄒᆞ고 마음의 불합ᄒᆞ나, 그 역 인싱이라, 죠흔 일 숨아 들임으로 누구을 마다ᄒᆞ리. 심복을 보이난 듯, 마음을 억냥ᄒᆞ여, 업난 졍이 잇ᄂᆞᆫ드시, 초월 눈섭은 그 마음을 낙시ᄒᆞ고, 잉순연어난 그 이목을 흐릴진더, 수령의 ᄲᅡ진 소경놈갓치 동셔을 부지ᄒᆞ고, 졔 가즁 이부 체하여, 빅수희로을 졔 할 쓰시 경직파손을 익기지 아니ᄒᆞ난 고로, 의약 무숙의 일과 미화 골싱원의 긔담이 가ᄉᆞ 즁의 잇건 이와 (<논창가지미>)

치애는 기녀에게 ᄲᅡ져 정신을 못 차리는 바보 같은 남자다.[45] 실제 기방에 오는 남자 손님 중 가장 다루기 쉬운 유형으로 기녀의 입장에서 보면 그리 매력적인 남자는 아니라 할 수 있다. 치애의 예시는 지금은 소리가 전하지 않는 판소리 열두 마당의 일부인 <무숙이타령>의 왈자 김무숙과 의양의 사랑을, <강릉매화타령>의 골생원과 매화의 사랑을 인용한 것이다.

> ⑩ 청루고각(靑樓高閣) 높은 집에 호탕한 왈자(曰者)들이 상당히 많이 모여 있는 가운데, 남북촌 모두 통틀어서 왈자 우두머리 김무숙이 지체를 논한다면 중촌에……노름판에 소담(笑談) 많고, 잡기 속도 알만하되 천(賤)하다 하여 본 체 아니하고, 인기가 이러하나 지식

---

45) 정병설은 치애(癡愛)는 기생에게 미혹된 바보 같은 남자라고 했다. 정병설, 앞의 책, 170쪽.

은 부족하고 마음은 허랑(虛浪)하였다. 형세가 이러하고 재주가 매우 뛰어나니, 삼태육경(三台六卿) 재상님네들이 사람을 만들려고 입신양명(立身揚名)을 일러가며 간간히 경계하되 마다하고 엇가고 버티며, 어릴 때부터 절친하게 지내던 어진 친구들이 서로 좋은 일을 권하면 싫다고 하고, 옳은 말에 성내기와 그른 말은 곧이듣고, 중매 서주는 할머니를 보내어 은군자(隱君子) 오입한 년 청하기와, 아래 우대 색주가를 밤낮 없이 일을 삼아, 청루고각은 사랑이요 기생의 집은 본댁(本宅)이나 다름없었다.(<게우사>)[46]

⑪ 그렁저렁 빌린 돈이 사오천냥 들여놓고, 자피속신(自避贖身) 완의(完議)하고 부부가 되어 앉은 후에 살림살이하고 잔치를 베풀었다. 화개동 경주인집 오천냥에 값을 정하여 내수사 목수 토역장이 청우정 사랑 앞에 와룡으로 담을 치고, 석수장이를 불러들여 숙석(熟石)으로 면을 치고, 전후좌우 좋은 화계….(<게우사>)[47]

⑫ 달랑 달랑 달랑쇠야, 너 듣거라. 우리 매화 여부야 저 달기(妲己) 매희 서시(西施) 양귀비(楊貴妃)가 모두 일색(一色)이지만, 매화 색(色)을 당할소냐. 크도 작도 아니 하고, 맛도 있고 좋더니라. 어여쁘기가 초생반달 같고, 해당화 한 가지가 안개 속에 묻혔는데, 은은한 태도 사람의 정신을 다 녹이더니 야부용성 장판방에 긴 담대 붙여 물고 □□ 거동 이제 잠깐 보고 싶구나, 보고 싶구나.(<매화가>)[48]

⑨는 <무숙이타령>의 사설 정착본인 <게우사>의 내용이다. <게우사>의 서두 부분에서 주인공 무숙이를 묘사하고 있는데, 장안의 왈자

---

46) 김기형 역주, 『적벽가·강릉매화타령·배비장전·무숙이타령·옹고집전』, 고려대학교민족문화연구원, 2005, 288~289쪽.
47) 위의 책, 311~312쪽.
48) 위의 책, 113쪽.

우두머리 무숙이는 중촌의 갑부로 인기는 있으나 지식이 부족하고, 잘 난 체를 하는 인물이다. [10]도 역시 <게우사>의 내용으로, 무숙이가 평양 기녀 의양이에게 빠져 돈을 써서 속신시킨 후 첩으로 삼아 호화로운 집까지 마련해 준다. 결국 무숙이는 그 우활함으로 인해 이후 재산을 모두 탕진하게 된다. [11]은 <강릉매화타령>의 이본인 <매화가>의 내 용으로, 서울의 골생원이 강릉의 매화와 이별을 하는 내용이다. 골생원 은 강릉 부사의 책방으로 왔다가 서울 본가의 연락을 받고, 과거를 보 러 서울로 가는 중에도 정신은 온통 매화에게 빠져 있다. 또 인용문엔 없는 내용으로 골생원은 매화가 죽었다는 소식을 듣고 그녀의 무덤에 서 곡을 하기도 하고, 제사를 지내주고, 매화를 그려 끌어안고 놀기도 하며, 매화에게 속아 벌거벗고 경포대에서 춤을 추기까지 한다. 이렇게 생사의 분간도 없이 기녀에게 정신없이 빠져드는 사랑이 <논창가지 미>에서 말하는 치애이다.

치애는 <논창가지미>의 기녀의 다섯 가지 남성 유형을 서술하는 내 용 중에 인용된 작품과 서술이 가장 많이 일치하는 유형이다. 특히 <무숙이타령>과 <강릉매화타령>은 흔히 전고로 인용되는 작품은 아 닌 것으로, 오로지 <논창가지미>의 치애의 묘사를 위해서만 활용된 것 이 주목할 만하다. <논창가지미>의 밑줄 친 인용문을 보면, "의약 무 숙의 일과 민화 골싱원의 긔담이 가스 중의 잇건이와"라고 한 것으로 보아 『소수록』의 작자는 판소리를 직접 듣고 그 사설의 내용을 이야기 한 것으로 보인다. 이는 『소수록』의 작자가 판소리에도 관심을 가진 계 층이었다는 것과, 후에 정리된 판소리 다섯 마당에 실리지 못하고 탈락 된 일곱 작품 중의 두 작품으로서 『소수록』의 창작 시기를 가늠해 볼 수 있는 방증이 되기도 한다.49)

이제까지 <논창가지미>의 기녀의 다섯 가지 남성 유형을 소설 작품 (판소리 포함)과의 내용 비교를 통해 살펴보았다. 애부, 정부, 미망, 화간, 치애의 서술은 전대의 소설 <이와전>, <금병매>, <서상기>, <매유랑독점화괴>, <무숙이타령>과 <강릉매화타령>의 내용과 정확한 일치를 보이고 있다. 이것을 통해 확인할 수 있는 것은 애부, 정부, 미망, 화간, 치애라는 단어는 『소수록』의 작자가 앞서 말한 여섯 작품의 소설 독서 경험을 바탕으로 <논창가지미>에서 새로운 전형을 창출해 낸 것을 의미한다. <논창가지미>에서 『소수록』의 작자가 말하려는 '창가의 맛'은 기녀가 선호하는 남성상 또는 사랑을 다섯 가지로 유형화해서 전문적으로 설명을 하려고 한 것이다. 이러한 유형 분류는 이 글에서 처음 시도된 것이라 할 수 있고, 이것을 설명하는 과정에서 인용된 소설 작품은 『소수록』 작자만의 독서 경험에서 나온 새로운 전고 창출로 볼 수 있다는 것이다.

다시 <논창가지미>를 개관한 내용으로 돌아가 본다. 명기 옥소는 ⑬의 내용에서 "딕기 엇지 흐면 익부라 정부라 미망이라 말이 다 우셔은 말이 왼다. ……긔불여 유전낭 이연이와"라고 한다. 이 말은 앞서 이야기한 기녀의 다섯 가지 남성 유형은 실은 기방의 현실에선 다 소용이 없는 것이고, 오로지 돈이 많은 남자가 손님으로는 최고라는 것이다. 이러한 대사는 여태껏 독자가 빠져 들었던 기방의 달콤했던 다섯 가지

---

49) 1860년대에 이르러서는 양반이 전 인구의 6할 이상이나 되는 판국이었지만, …… 열두 마당으로 늘어난 판소리가 여섯 마당 또는 다섯 마당으로 줄어들기 시작한 것이 그 무렵의 일이다. 판소리에는 '……타령'이라는 것과 '……가'라는 것이 있는데, '타령'이 상스럽다면 '가'는 격조가 높다고 할 수 있다. '타령'이기만 한 <매화타령>, <신선타령>, <왈자타령> 등은 판소리 상승의 추세와 맞지 않아 도태된 것 같다. 조동일, 『한국문학통사(제4판)』 4, 지식산업사, 2005, 54쪽.

유형의 로맨스를 부정하는 것이다. 기방의 기녀는 애부, 정부, 미망, 화간, 치애와 같은 사랑을 꿈꾸지만, 소설 속에나 있을 법한 그런 사랑은 현실 삶에서는 좀처럼 기대하기 어렵다는 것을 잘 알고 있다. 그래서 명기 옥소는 남성들을 향해 믿을 수 없는 사랑보다는 '돈'을 이야기한다. ⑭의 내용에선 남성들을 향해 기방의 유흥을 함께 하자고 본격적으로 부추기기 시작한다. 이는 이제껏 우리가 알고 있던 중세사회의 억압받는 기녀의 모습과는 대조되는 목소리로, 19세기 후반 중세에서 근대로 이행해가는 조선 사회의 면모가 <논창가지미>의 서술에서도 나타나고 있는 것을 볼 수 있다.

4. 결론

이제까지 기녀관련 잡록인『소수록』의 소설 수용에 대해 살펴보았다. 『소수록』은 기녀의 이야기를 하기 위해 많은 애정 서사 인물 전고를 인용하였다. 특히『소수록』의 두 번째 작 <논창가지미>엔 애정 서사 인물 전고를 인용한 사례가 집중적으로 나타났다. 이에 이 글은 애정 서사 인물 전고의 인용을 두 가지 차원의 전고 활용 방식으로 나누어 설명하였다.

하나는 단순한 비유 차원의 전고 활용 방식으로 우리 고소설에서 흔히 볼 수 있는 관습화된 방식이다.『소수록』의 서술에 나타나는 전고 인용의 대다수가 이러한 방식으로 활용되었다.

다음은 단순한 비유 차원의 전고 활용을 넘어서 그 전고가 적극적으로 활용된 경우이다. 이것의 사례로 <논창가지미>의 기녀의 다섯 가지 남성 유형을 이야기하는 내용을 집중적으로 분석하였다. 그 결과 기녀의 다섯 가지 남성유형, 즉 애부, 정부, 미망, 화간, 치애라는 단어는 『소수록』의 작자가 그의 소설 독서 경험을 바탕으로 해서 기방에서 있을 법한 로맨스를 다섯 가지로 유형화하고 그것을 <논창가지미>의 서사로 반영했다는 것이다. 이 때 애부, 정부, 미망, 화간, 치애의 전형이 된 소설은 <이와전>, <금병매>, <서상기>, <매유랑독점화괴>, <무숙이타령>과 <강릉매화타령>이다. 이 소설들은 그 성격이 다분히 통속적이며 대중성을 띠고 있다고 할 수 있다. 『소수록』의 작자는 바로 이러한 성격의 소설들을 인용해 <논창가지미>서사의 일부분을 창작했는데, 이는 후대 문학과 독자에게 자신의 작품이 회자되기를 바라는 작은 욕망을 담았다고도 볼 수 있다.

〈주장군전(朱將軍傳)〉에 나타난
성(性) 담론의 특징과 의미[*]

조 도 현

1. 머리말

인간에게 성(性)은 생물학적 개념을 넘어 존재의 본질을 의미하며, 욕
망과 금기라는 상반된 양면성을 동시에 지니고 있다. 따라서 인류 역사
의 영원한 주제라 할 수 있는 성은 동서고금의 시·공간을 초월하여 다
양한 예술의 형태로 꾸준히 표현되어 왔다. 문학에서도 예외는 아니다.
문학이 인간의 사상과 감정을 언어로 표현하는 예술이라 전제할 때, 성
은 시대적 정황에 따라 때로는 은밀하면서도 때로는 적나라하게 작품
을 통해 다양한 모습으로 그 정체성을 드러냈던 것이다. 이처럼 성에
관한 담론은 본능적 욕망과 윤리적 금기 사이에서 당대의 패러다임에
따라 향유 방식과 평가 척도가 달라지기도 한다.

〈주장군전(朱將軍傳)〉은 조선 전기의 문인 송세림(宋世琳)의 한문소화집

---

[*] 이 글은 "『어문연구』 제81집, 어문연구학회, 2014."에 게재된 것이다.

(漢文笑話集)『어면순(御眠楯)』에 실려 있는 가전체 작품이다. 알려진 바와 같이『어면순』은 우화(寓話) · 소화(笑話) · 음담(淫談) 등 총 88편의 이야기가 실려 있었다고 전하는데, 조선후기 문헌소화를 집대성한 유인본『고금소총(古今笑叢)』에는 상권 20편, 하권 62편, 합계 82편의 이야기만이 전하고 있다.[1] 그 중에는 육담류(肉談類)의 이야기가 53편에 이를 정도로 절대적 비중을 차지한다. 또한 <임돈독전(林敦篤傳)> · <모로금전(毛老金傳)>과 같이 의도적으로 전통적 양식인 '전(傳)'을 활용한 작품들이 있으며, 특히 이 글의 텍스트인 <주장군전>은 남근(男根)을 의인화하여 성행위를 노골적으로 묘사한 전대미문의 파격적 작품이다.

애초에 전(傳)문학은 한 인물의 일생을 시간의 순서에 따라 서술하는 전통적 서사양식의 한 방법이었다. 이를 인물에 한정하지 않고 특정한 사물이나 동물에 정신과 인격을 부여하여 기술한 양식이 고려 후기에 발생한 가전(假傳)이다. 가전은 주로 고려 후기 신흥 사대부들이 실무 능력을 쌓고 문학적 역량을 과시하기 위한 방편으로 활용하기도 했는데, 조선시대로 넘어오면서 더욱 다양한 창의적 소재와 방법으로 그 영역을 넓혀 나갔다. 즉, 상상력에 기반한 허구적 사건을 보다 정밀하게 그려냄으로써 후대 소설 발생에 지대한 영향을 끼쳤을 뿐 아니라, 고소설과 상보하며 서사문학 장르의 긴요한 역할을 담당했던 것이다. 물론 대개의 조선시대 가전이 유교 사상을 기저로 한 윤리적 주제를 표방한 작품들이 대부분이었지만, <주장군전>과 같이 일탈적 내용의 작품이 있다는 것은 당대의 견고한 지배 이념을 고려한다면 대단히 흥미로운 사실이 아닐 수 없다.

---

1) 송세림 편저 · 윤석산 편역,『御眠楯』, 문학세계사, 1999, 13쪽.

지금까지 한국문학 및 문화사 일반에서 조선시대 유교는 중세사회의 수직적 권력의 기반으로서 인간의 본능적 욕망을 억압한 봉건적 이데올로기[2]로 이해되어 왔고, 실제로 수많은 방증 자료들을 통해 이론(異論)의 여지없이 통설로 받아들여지고 있다. 특히 인간의 모든 본능 중 핵심이라 할 수 있는 성(性)은 자유와 구속이라는 두 개의 대척점에서 시대적 상황에 따라 미묘하게 다른 의미로 사용되어 왔는데, <주장군전>이 창작된 시기는 성리학적 질서가 점차 안정을 띠게 되었던 16세기라는 점에서 주목할 만하다. 요컨대 유교의 속성을 성적 본능에 대한 억압과 동일시하는 오랜 고정관념 때문에 <주장군전>의 탄생은 매우 이례적이라 볼 수 있다는 것이다. 이러한 측면에서 오랫동안 일반화되어 온 유교 속의 성에 대한 '억압가설'이 당대의 고유한 형식 속에서 욕망에 대한 무수한 담론을 양산한 조선시대 문화의 심층으로 나아가는 것을 막는 장애물은 아니었는지 문제제기해야 한다[3]는 논의는 음미할 만한 충분한 가치가 있다.

지금까지의 선행 연구에서 <주장군전>에 관한 개별 논의는 아직까지 한 편도 없다. 다만 관련 연구 업적으로는 이 작품을 포함해서 우리나라의 기록 소화(笑話)들을 방대하게 집대성하여 통시적 계통을 세운 연구[4]와, 시대 범위를 좁혀 『어면순』과 『속어면순』을 중심으로 16~17세기 성담론을 구체적으로 파악한 연구[5] 등이 있다. 한편 논의의 초점

2) 서지영, 「규범과 욕망의 틈새 : 조선시대 문학 속의 섹슈얼리티」, 한국고소설학회 편, 『한국고소설과 섹슈얼리티』, 보고사, 2009, 9쪽.

3) 위의 논문, 10쪽.

4) 황인덕, 『한국기록소화사론』, 태학사, 1999.

5) 정희정, 「16·7세기 性 소재 소화에 나타난 성의식과 표현기법」, 『고전문학과 교육』 10집, 한국고전문학교육학회, 2005.

을 좀 더 예각화하여 작가 송세림의 가계와 생애를 밝히고, 이를 통해 『어면순』의 저술 배경에 새로운 시각을 제시한 작가론6)과, 『어면순』을 통해 성적 즐거움을 얻고, 양반중심·남성중심의 당대 사회적 통념을 신랄하게 비판하여 민중성을 드러냈다고 본 작품론7) 등이 있다. 이 글은 소화집 『어면순』에 실려 있는 <주장군전>의 개별 작품론으로, 성 담론을 소재로 한 최초의 가전 작품 <주장군전>의 특징과 의미를 전반적으로 살펴보려 한다. 이를 통해 시대정신과 작가의식의 상관성 속에 작품이 구현되는 양상을 보다 세밀하게 조명할 수 있을 것이다.

2. <주장군전>의 형성 배경과 창작 동기

<주장군전>의 형성 배경과 창작 동기를 파악하기 위해서는 이 작품이 창작된 시대의 전후 상황을 살펴보고, 사회적 맥락을 고려하여 작가의 창작 의도를 함께 파악하는 것이 순서일 것이다. <주장군전>의 작가 송세림(1479~1519)8)은 15세기 후반에서 16세기 전반을 살았던 인물이다. 특히 <주장군전>이 지어졌을 것으로 추정되는 16세기 초는 조선 초에 제정되었던 성리학의 질서가 재편되면서 새로운 사상적 모색이 이루어지던 시기였다. 그 결과 부계 남성 위주의 가족 질서, 붕당을 중심으로 한 사림 정치, 서원과 향약 등을 기반으로 한 향촌 질서 등

6) 임완혁, 「송세림론」, 『한문학보』 14집, 우리한문학회, 2006.
7) 윤석산, 「<어면순> 연구」, 『한국언어문화』 18집, 한국언어문학회, 2000 ; 이후성, 「<어면순>의 성 담론 연구」, 동아대학교 교육대학원 석사학위논문, 2004.
8) 대부분의 사전류에는 송세림의 卒年을 미상으로 처리하고 있는데, 몇몇 연구자들은 여산 송씨 족보와 그의 行狀을 근거로 卒年을 1519년으로 밝히고 있다.(이후성, 앞의 논문, 12쪽. 임완혁, 앞의 논문, 153쪽.)

사회 전반을 가로지르는 질서의 원형을 제공9)하게 되었다. 1392년 조선의 건국 이래 세종조에서 성종조를 거치는 동안 문치(文治)를 기반으로 사회의 내적 질서를 꾀했던 안정의 시대를 지나, 15세기 말에서 16세기 초의 연산조와 중종조는 사화(士禍)라는 권력투쟁의 소용돌이 속에서 성리학적 통치 이념이 더욱 공고해진 변화의 시대였던 것이다.

이처럼 송세림이 살던 시대는 새로운 정치질서를 모색하던 사림파과 훈구파의 정치적 갈등이 격화되던 상황이 지속되었는데, 그 징후는 문학 분야에서도 이어졌다. 자신이 꿈꾸던 이상사회의 실현을 위해 기존의 윤리와 제도를 근본적으로 바꾸고자 했던 그들은, 문학적 인식은 물론 문학창작에서도 대립하였던 것10)이다. 이같은 문학사회학적 토대를 통해 본 16세기 전반 문학의 지형도는 도학을 바탕으로 한 재도론적 문학관이 주류를 형성하였다. 즉, 16세기는 중종반정을 계기로 사림파 문인이 역사의 전면에 등장하여 훈구파와 긴장 관계를 형성하는 한편, 기존의 정치 사회적 질서를 재편하기 위해 노력을 기울이던 시기였다. 따라서 사림파 문인들은 성리학적 이념의 보급과 교화가 향촌사회라는 현실 공간을 대상으로 삼아 전개되고 있던 사정을 반영한 것11)으로 파악할 수 있다.

공교롭게도 송세림의 길지 않은 일생 동안 그의 의지와는 무관하게 우리 서사문학사에서 의미있게 다루어야 할 중요한 사건들이 있었는데, 이는 앞서 서술한 당대의 문학적 기풍과 관련하여 눈여겨볼 만한 가치가

---

9) 강응천 외, 『16세기─성리학 유토피아』, 민음사, 2014, 146~147쪽 발췌 요약.
10) 정출헌, 「16세기 사림파 문인의 문학사회학적 인식 지평과 문학생성 공간의 연구」, 『동양한문학연구』 24집, 동양한문학회, 2007, 152쪽.
11) 위의 논문, 161쪽.

있다. 먼저『조선왕조실록』에 기록된 두 개의 사건을 살펴보도록 하자.

첫 번째 사건은 이른 바『유양잡조(酉陽雜俎)』를 둘러 싼 문학론의 대립이다. 이와 관련한 기사는『성종실록』에 이틀 간에 걸쳐 총 3회만 등장하지만, 당대 문학관을 이해하는 데 많은 것을 시사한다.『유양잡조』는 중국 당나라 때 단성식(段成式)이 지은 책으로, 이상한 사건, 황당무계한 이야기를 비롯하여 도서·의식·풍습·인사 등 온갖 사항에 관한 것을 탁월한 문장으로 흥미롭게 기술12)한 책이다. 문제는 김심(金諶) 등이『유양잡조』를 간행하여 임금에게 바친 이극돈(李克墩), 이종준(李宗準)을 괴탄불경(怪誕不經)하다는 이유로 탄핵13)한 것이다. 이튿날(12월 29일)이 사건으로 인해 이조판서 이극돈이 책을 바친 일에 대한 피혐(避嫌)을 청하고, 부제학 김심 등이 대죄(待罪)를 청하였으나, 성종은 이들을 모두 면책하는 것으로 사건을 무마하였다. 그러나 사실 임금은『사문유취(事文類聚)』의 사례를 들어 논리적 형평성이 잘못된 점을 지적하면서,『유양잡조』의 간행에 대해 긍정적인 입장을 취하고 있음14)을 볼 수 있다. 이

---

12) 간호윤,『아름다운 우리 고소설』, 김영사, 2010, 30쪽.

13)『성종실록』성종24년(1493, 기축) 12월 28일 "신 등은 제왕의 학문은 마땅히 경사에 마음을 두어 수신제가하고 치국평천하하는 요점과 치란과 득실의 자취를 강구할 뿐이고, 이외에는 모두 치도하는 데 무익하고 성학에 방해됨이 있다고 생각합니다. 그런데 이극돈 등이 어찌『유양잡조』와『당송시화』등의 책이 괴탄하고 불경한 말과 부화하고 희롱하는 말로 되었음을 알지 못하고 반드시 진상하는 것입니까?(臣等竊惟, 帝王之學, 當(替)心經史, 以講究修齊治平之要, 治亂得失之跡耳. 外此皆無益於治道, 而有妨於聖學. 克墩等豈不知『雜俎』『詩話』等書爲怪誕不經之說, 浮華戲劇之詞, 而必進於上者.)"

14)『성종실록』성종24년(1493, 기축) 12월 28일 "인주는 마땅히 선과 악을 살펴봄으로써 권계를 삼는 것이니, 만약 그대들이 말한 바와 같다면 근래에 인쇄한『사문유취』는 불경한 말이 없다는 것인가? 그렇다면 내부에 간직해 둔 여러 책을 장차 죄다 찾아서 내보내고, 인군은 단지『사서오경』만 읽어야 할 뿐인가? 이 책을 주해하도록 명한 것이 8월에 있었으나, 이제까지 써서 바치지 아니하였으니, 책망이 돌아갈 바가 있는데, 이제 도리어 이런 말이 있는 것은 무엇 때문인가?(人主當觀善惡, 以爲勸戒, 若如爾等之言, 則近印『事文類聚』, 其無不經之說乎? 然則內藏諸書將盡搜出, 而人君只讀四書五經而已耶? 命

처럼 정치적 세계관의 첨예한 갈등은 종종 문학관을 전면에 내세워 대립각을 세웠는데, 사림파인 김심과 훈구파인 이극돈 사이의 이 사건에서 그 실상을 발견할 수 있다.

두 번째 사건은 유명한 〈설공찬전(薛公瓚傳)〉을 둘러 싼 작가 채수(蔡壽)의 탄핵 사건이다. 『중종실록』에는 장장 4개월에 걸쳐 총 5회 동안 채수를 논죄하고 있는데, 이 소설의 불온함을 들어 사헌부에서 왕에게 사형을 청할 정도로 격한 것이었다. 〈설공찬전〉 논쟁의 핵심은 '윤회화복지설(輪回禍福之說)'15)인데, 윤회화복은 조선초 유교적 지배이념에 정면으로 배치되는 불교 이념의 정수이다. 더욱이 이 시기는 조광조를 위시한 유교 원리주의자들, 즉 사림의 세력이 훈구파와 대립하며 도학 정치의 기치 아래 새로운 형태의 정치 이념을 실험하고 있었던 때였다. 일찍이 관리로서 두루 요직을 거치고, 중종반정의 공신으로 녹훈되었으며, 인천군에 봉해졌던 화려한 관록의 채수에게 한낱 소설 한 편으로 사형까지 거론16)했을 정도라면 이 사건의 파장은 매우 심각한 상황이

註此集, 在於八月, 而迄不書進, 責有所歸, 而今反有是言, 何耶?)"

15) 『중종실록』 중종6년(1511, 신미) 9월 2일 "사헌부에서 아뢰었다. "채수가 〈설공찬전〉을 지었는데 내용이 모두 화복이 윤회한다는 것으로, 매우 요망한 것인데, 조야에서 현혹되어 믿고서, 한문으로 베끼거나 국문으로 번역하여 전파함으로써 민중을 미혹합니다. 사헌부에서 마땅히 공문을 발송해 수거하겠습니다마는, 혹 수거하지 않거나 나중에 발각되면 죄로 다스리려 합니다." 임금이 답하였다. "〈설공찬전〉은 내용이 요망하고 허황하니 금지함이 옳다. 그러나 법을 세울 필요는 없다. 나머지는 윤허하지 않는다." (憲府啓 蔡壽作《薛公瓚傳》其事皆輪回禍福之說 甚爲妖妄 中外惑信 或謄以文字 或譯以諺語 傳播惑衆 府當行移收取 然恐或有不收入者 如有後見者治罪 答曰 〈薛公瓚傳〉 事涉妖誕 禁可也然不必立法 餘不允"

16) 『중종실록』 중종6년(1511, 신미) 9월 18일 "인천군(仁川君) 채수의 파직을 명했다. 채수가 지은 〈설공찬전〉이 괴이하고 허무맹랑한 말을 꾸며서 문자화한 것이어서 사람들로 하여금 믿어 혹하게 하기 때문에 '부정한 도로 정도를 어지럽히고 인민을 선동하여 미혹케 한 법률'에 의해 사헌부가 교수형을 내려야 한다고 주장했는데 파직만을 명한 것이다. (命罷仁川君蔡壽職 以其撰 〈薛公瓚傳〉 造怪誕之說 形諸文字 使人信惑 依左道亂正

었음을 알려준다. 그러나 이는 역설적으로 <설공찬전>이 이미 여러 유통 경로를 통해 많은 이들이 접했다는 점을 시사하는 것이며, 이러한 유통 및 확산이 사림의 정치적 신념과 노력에 일대 위기감을 주었던 것으로 파악된다. 따라서 사림은 당시 널리 유통되던 <설공찬전>의 창작을 반사회적 행위로 간주하고, 더 이상의 확산을 막고 당대의 문풍을 바로 잡는 차원에서 일벌백계의 강력한 의지[17]를 보여주었다.

이처럼 문학관을 둘러싼 정치적 갈등[18]은 이후에도 지속적으로 일어났는데, 여기에는 아이러니하게도 제도권 문인들이 거의 모든 중심 역할을 담당하였다. 앞서 거론한 탄핵 사건에서 '괴탄불경(怪誕不經)'이나 '윤회화복(輪回禍福)' 같은 굴레를 씌워 일종의 문학적 자정작용을 꾀하는 한편 백성들에게 국기(國基)의 엄정함을 천명하려 했던 것은, 성리학적 이념에 반하는 사대부들의 자유분방한 문학적 욕구를 미연에 방지하고 조기에 차단하려는 의도가 내포되어 있다.

그럼에도 불구하고 한편에서는 여전히 지배 이념에 배치되는 작품들이 속속 출현하게 되었는데, <주장군전>의 창작에 절대적 동기를 부여한 작품이 바로 서거정의 『태평한화골계전(太平閑話滑稽傳)』과 강희맹의 『촌담해이(村談解頤)』이다. 15세기 중·후반의 동시대 문인으로 절친했던 두 인물은 문학적 재능은 물론, 성공한 관료로서의 생애와 이념적 성향까지도 닮은 점이 많았다. 삶의 희로애락과 시정세태, 농염한 음담패설을 여과없이 풀어낸 이 두 작품이 모두 성종조에 창작되었다는 점 또한

扇惑人民律 憲府照以當絞 只命罷職)"

17) 조도현, 「<설공찬전>을 통해 본 초기소설의 유통양상」, 『어문연구』 제51집, 어문연구학회, 2006, 445쪽.

18) 알려진 바와 같이 특히 소설 장르(혹은 개별 작품)에 대한 검열과 배격은 조선후기에 이르기까지 정치적으로 비화되어 끊임없는 논쟁을 양산하게 된다.

특기할 만한 사실이다. 특히 대표적인 훈구파이며 당대 최고의 문장가였던, 관인 문학의 주역 서거정은 『태평한화골계전』 서문[19]을 통해 문학의 독자적 기능을 환기하기에 이른다. 부언하면 세교(世敎)의 전달보다 파한(破閑)을 목적으로 삼았다는 것으로 문학 본래의 쾌락적 기능을 염두에 두었다고 풀이할 수 있다. 이는 서로 다른 가치를 추구했던 사대부들의 대립과 치열한 문학론의 공방 속에서 다원주의적 문학관을 제시[20]하였다는 데 큰 의미가 있다. 이처럼 두 작가는 당대의 시선에서는 잡스럽고 저급한 문학으로 취급받았던 소화집(笑話集)을 나란히 찬술하여 경직된 문학관에 새로운 활력을 불어넣었다.

이로부터 한 세대 가량을 지나 등장[21]한 〈주장군전〉의 창작 동기를 밝히기 위해서는 작가 송세림을 먼저 살펴보고, 〈주장군전〉이 실려 있는 『어면순』의 저술 동기를 함께 파악해야 할 것이다. 송세림은 태인을 중심으로 한 호남 지역에 상당한 영향력을 갖춘 가문[22]에서 태어나, 24세 되던 해 별시 문과에 장원급제한 뛰어난 문사였다. 그러나 급제 후

---

19) "…이 『골계전』을 지은 것은 애당초 후세에 전할 생각을 한 것이 아니라, 단지 세속의 잡념들을 없애고자 그냥 그렇게 한 것일 뿐이다. 더구나 공자께서도 '장기 바둑이라도 두는 것이 아무 것도 마음 쓰는 바가 없는 것보다는 낫다.'라고 하셨다.(…作是傳 初非有意於傳後 只欲消遣世慮 聊復爾爾 況孔聖 以博奕으로 爲賢於無所用心者)"

20) 조태영, 「한국 고전소설 비평의 양상」, 『한국 고전소설의 세계』, 돌베개, 2005, 279쪽.

21) 연대를 확정하기는 어렵지만 몇몇 기록을 토대로 상황을 고려해 볼 때, 『태평한화골계전』과 『촌담해이』는 1480년 전후, 『어면순』은 1510년 전후로 창작 연대를 추정할 수 있다. 한편 각종 사전류에 따르면 『어면순』의 편찬 연대는 서・발문을 참고하여 송세림의 사후인 1530년(중종 25) 전후일 것으로 추측하고 있다.

22) 송세림을 전형적인 기호사림으로 보는 견해(임완혁, 앞의 논문, 137쪽)와 훈구파 계열의 관학적 전통을 띠는 인물로 보는 견해(황인덕, 앞의 책, 132쪽. 조수학, 「조선전기의 假文」, 성오 소재영 교수 환력기념논총 간행위원회 편, 『고소설사의 제문제』, 집문당, 1993, 527쪽.)로 의견이 나뉜다. 벼슬에 뜻을 두지 않고 향촌 사회에서 일익을 담당하고자 했던 삶의 태도는 사림의 지향점과 유사하지만, 家系와 그의 행적, 작품의 성격 등을 감안할 때 후자의 견해가 좀 더 설득력이 있다고 본다.

연이어 모친상과 부친상을 당하고 이로 인해 병을 얻어 벼슬에 오르지 않았는데, 이 때 불행 중 다행으로 갑자사화를 면하였다. 이후 반정에 성공한 중종과는 남다른 인연이 있어 중종의 사부였던 아버지 송연손, 중종과 친분이 있었던 아우 송세형과 함께 공신에 책록되기도 했다. 이 때에도 그는 스스로 취은(醉隱)이라 호를 짓고, 고향에 머무르며 자유롭고 한가로운 시절을 지냈다. 수차례 출사(出仕)를 사양하다가 훗날 능성 현령으로 잠시 재직하였으나, 병을 얻어 41세의 나이로 생을 마쳤다.

송세림의 생애를 개략적으로 살펴보았지만, 여기서 가장 눈에 뜨이는 대목은 취은(醉隱)이라 자호(自號)하고 고향에 머물렀던 시기이다. 행장(行狀) 외에 그의 생애를 파악할 수 있는 면밀한 기록은 없으나, 육친을 잃은 슬픔과 뒤이어 찾아온 병마, 자신은 피했지만 사화(士禍)로 인한 무고한 선비들의 희생 등을 목도하면서 아마도 그의 삶에서 중요한 변곡점을 맞이했을 것으로 보인다. 여기에는 현실 정치의 살풍경에 대한 극도의 거부감도 영향을 끼쳤을 것으로 보이는데, <주장군전>의 성 담론 이면에 보이는 우의적 비판에는 작가의 고통스러운 삶이 투영되었을 것으로 추측된다. 중앙 정계의 요직을 두루 거쳤던 아버지 송연손과 아우 송세형을 통해 볼 때, 문과 장원의 든든한 이력까지 지닌 송세림 또한 얼마든지 조정에서 중용될 수 있었을 것이다. 그러나 이러한 여러 정황들로 인해 그는 낙향을 택했고, 그 선택을 기꺼이 받아들였던 것 같다. 향촌 사회에 대한 관심과 애정은 후일 능성 현령으로 잠시 재직 중이던 시기에 올렸던 상소문[23]에서도 잘 나타나 있는데, 그는 여기서 목민관으로서 몸소 체감했던 향리의 여러 병폐들을 조목조목 열거하며

---

23) 『중종실록』 중종11년(1516, 병자) 7월 15일.

제도 개혁을 패기있게 주청하기도 했다.

이처럼 사대부로서의 포부를 접고 고향으로 돌아간 송세림은 의외의 즐거움을 발견하게 되는데, 향촌 사회에서 떠도는 생생한 이야기들을 접하면서 그간 사대부로서 접했던 규격화된 문학과는 다른 새로운 미감을 체험하고 탐닉했던 것으로 보인다. 정치적 혐의를 불러일으킬 만한 오해도 불식시키면서 억눌린 욕구를 발산하기에 성 담론은 가장 적절한 선택이었을 것이며, <주장군전>을 포함한 『어면순』도 이즈음에 창작되었으리라 생각된다. 『어면순』의 서문과 발문에는 그 중요한 단서를 제공하는 언급이 제시되어 있다. 먼저 아우 송세형의 서문24)에는 '한가로움에 도움이 되면서 졸음을 쫓는' 취지가 명시되어 있는데, 이 소화집의 제목인 '잠을 막는 방패'라는 의미와도 연관된다. 또한 정사룡의 발문25)에는 서문의 창작 동기에 덧붙여 권계의 목적을 추가하고 있다. 비판과 풍자의 교훈적 의미를 함께 보았던 것이다. 서문과 발문을 통해 볼 때, 친형이자 선배 문인의 저술에 대해 덕담으로 화답하는 것이 일반적 예우이기는 하지만, 당상관을 지낸 두 사람의 긍정적 평가

---

24) 宋世珩, <禦眠楯序>, 『古今笑叢』, 오성사, 1981. "취은이라 자호하고 강호에 물러나 지내며 한가로움에 도움이 되면서도 해가 없는 것을 생각하고는 촌에서 떠도는 이야기 가운데 졸음을 쫓을 만한 것을 이것저것 모아 맹랑한 말로 지어내니 약 백여 편이었다. 이름하기를 어면순이라 하였다.(自號醉隱, 退養江湖, 思所以補閑亡害, 亂採摭村話之可以破眠者, 託爲孟浪之辭 若干百言 名之曰 禦眠楯)"

25) 鄭士龍, <書禦眠楯後>, 『湖陰雜稿』, 『한국문집총간』 25권, 경인문화사, 1996, 277쪽. "불행하게도 병에 걸려 향리에 묻혀 지냈는데 이어서 갑자년의 사화가 발생하자 마침내 출사할 뜻을 끊게 되었으니 당대에 뜻을 펴보지 못했다고 할 만하다. 한가하게 지내면서 시골의 희담을 모아서 책 한 권을 만드니 모두 82조였다. 간혹 의론을 붙이기도 하고 경우에 따라서는 서사만을 두기도 했다. 비록 유희에 목적이 있지만 권계의 뜻도 그 속에 담겨 있다.(不幸嬰疾. 屛居田里. 繼以甲子之禍. 遂絶意人世. 可謂未施於時矣. 將息之餘. 收拾村野戲談. 著爲一錄. 摠八十有二款. 或附其議斷. 或只敍其事. 雖本於遊戲. 而勸戒之意實寓乎其中)"

는 육담이 주를 이루었던 『어면순』의 내용으로 보아 예외적이라 할 수 있다.

송세림이 살았던 시대와 그의 생애를 통해 <주장군전>의 형성 배경과 창작 동기를 살펴보았다. 이를 요약하면 다음과 같다. 첫째, 작가는 정치 이념을 기반으로 한 문학론의 대립과 갈등 속에서도 이에 저항하는 자유 의지를 표현하려 했으며, 그 의도를 <주장군전>에 반영하여 성 담론이라는 파격적 주제를 통해 문학의 본질적 기능인 쾌락성을 지향하였다. 둘째, 『태평한화골계전』과 『촌담해이』의 출간은 소화(笑話)를 대중화하는데 기여하였고, 작가는 이러한 환경적 기반 위에서 재미는 물론 세태를 비판 · 풍자하기 위해 <주장군전>과 같이 더욱 과감하고 창의적인 작품을 창작할 수 있었다. 셋째, 향촌 사회에 대한 작가의 관심은 지역 안팎의 떠도는 이야기들을 수집 · 채록하기에 이르렀는데, 이러한 노력은 『어면순』의 탄생에 결정적 역할을 하였으며, 나아가 육담(肉談) 가전(假傳) <주장군전>을 창작하는 동기를 제공해 주었다.

3. <주장군전>에 나타난 성(性) 담론의 특징

전통적으로 우리 문학사에서 성(性)과 관련한 시가 작품은 성적 욕망을 완곡하게 표현하여 문학적 미감을 높였다. 알려진 바와 같이 <구지가> · <정읍사> · <처용가> · <쌍화점> · <이상곡> · <만전춘> 등은 행간에 드러난 문맥을 통해 성적(性的) 제의(祭儀)나 남녀 간의 정욕에서부터 주술적 의미까지 포괄하는 다채로운 내용이 나타나 있다. 한편 민중성이 강한 설화에서는 좀 더 강력하고 직설적인 이야기들이 곳곳에 산재해 있는데, 근친상간 설화 · 남근숭배 설화 등 원초적인 모티프들이 각종 속신이나 세시풍속과 결합하여 민간에 수용되었다. 나아가 조선후기 유행한 고소설·판소리·가면극·사설시조 등의 장르에서는 몇몇 작품에서 성기나 성행위의 묘사가 놀랍도록 사실적으로 표현될 정도로 더욱 노골화되어 갔다. 이중 가장 대중적인 판소리와 판소리계 소설에는 음담패설 및 성과 관련된 희극적 대목이 대단히 많아 수용층의 요구를 적극적으로 반영하고 있음을 증명한다.

한국문학에 나타난 성 담론을 간단히 일별해 보았지만, <주장군전>이 창작된 시기는 전술한 작품들의 시대적 배경과는 다른 지점에 위치해 있음을 전제해야 할 것이다. 앞 장에서도 언급했듯이 도덕적 엄숙주의가 지배했던 조선전기의 상황을 감안한다면 성에 대한 인식 또한 그 연장선상에서 파악이 가능할 것이다. 그러나 당시에도 음성적으로는 각종 성 범죄가 만연하였고, 급기야 성과 관련한 희대의 사건들이 발생하여 대책 마련에 부심했음을 기록을 통하여 접할 수 있다.

치세(治世)를 구가했던 세종9년(1427년) 사족(士族)의 여인 감동(甘同)은 다수의 사대부를 포함한 40여 명과 간통하여 세상을 깜짝 놀라게 하였는데, 특히 관계(官界) 요로(要路)에 봉직한 사대부들의 이름이 줄줄이 거명되어 감동을 처형하고 관련자를 엄중히 문책했던 기록이 남아 있다. 그로부터 53년이 흐른 성종11년(1480년)[26]에는 조선 최대의 성(性) 스캔들로 알려진 어우동(於于同 : 어을우동) 사건으로 온 나라가 떠들썩하였다. 이 사건은 『성종실록』에 무려 26번, 『연산군일기』와 『중종실록』에도 각각 1번씩 언급될 정도로 당시 큰 충격과 반향을 불러일으켰다. 어우

---

26) 송세림의 출생 다음 해이기도 하며, 『태평한화골계전』과 『촌담해이』의 창작 추정 시기이기도 하다.

동 역시 반가의 여식으로 왕실 종친 이동의 아내가 되었으나, 감동 사건과 마찬가지로 수십 명의 남자들과 간통한 혐의를 받고 처형당하기에 이른다. 특히 어우동과 관계를 맺었던 어유소, 노공필, 김세적, 김칭, 김휘, 정숙지 등 사대부 고관들은 면죄되었으나, 어우동만은 극형을 면치 못했으니 사대부들의 성적 횡포와 폭력의 실상을 여실히 보여준다.

이 두 사건을 통해 조선조 양반들의 성 문화, 또는 성에 대한 인식을 살펴볼 수 있다. 양반 사회의 표리(表裏)는 이후 고소설이 난숙했던 조선 후기 여러 작품을 통해 더욱 극명한 실체를 보여주거니와, 『어면순』에 등장하는 실명 혹은 익명의 인물들이 보여주는 성적 에피소드들 또한 당대 사회 곳곳에서 여전히 만연해 있던 세태 풍조를 반영한다. 이후 우리 문학사를 대표하는 문인 송강(松江) 정철(鄭澈)과 기생 진옥(眞玉)의 시조 문답27)이나, 교산(蛟山) 허균(許筠)의 성에 관한 태도28) 등도 양반들의 성에 대한 인식을 추단하는 좋은 자료가 된다. 이러한 근거를 통해 볼 때 다소의 개인차가 있겠지만, 많은 사대부들은 호색(好色)을 낭만적 풍류 또는 장부의 기개와 동일시하는 입장을 표명하고 있다. 이처럼 풍속의 교화를 숭상한 도덕의 나라 조선에서 성적 자유와 억압은 그 모순의 접점에서 일관되지 못한 방향으로 진행되었는데, 남성(특히 사대부)에게는 더없이 관대하고 여성에게는 한없이 가혹한 비합리적 구조를 유

---

27) 옥(玉)이 옥이라커늘 번옥(燔玉)만 너겼드니 / 이제야 보아하니 진옥일시 분명하다 / 나에게 살 송곳 있으니 뚫어볼가 하노라.(鄭澈) // 철(鐵)이 철이라커늘 섭철[鑷鐵]로만 너겼드니 / 이제야 보아하니 정철(正鐵)일시 분명하다 / 나에게 골풀무 있으니 녹여볼가 하노라.(眞玉)

28) "남녀간의 정욕은 하늘이 명한 것이고 윤기(倫紀)의 구분을 정한 것은 성인(聖人)이다. 하늘은 또 성인보다 한 등이 높으니 나는 하늘을 따르고 감히 성인을 따르지 않겠다.(男女情欲則天也, 倫紀之分則聖人也, 天且高聖人一等, 我從天, 不敢從聖人)"

지하였던 것이다.

그렇다 하더라도 성리학적 윤리 규범을 중시했던 사대부들에게『어
면순』과 같은 육담(肉談)이 흔쾌히 받아들여지지는 않았던 것으로 보인
다.29) 이 기록은『어면순』에 대한 불편한 심기를 넘어 극도의 부정적
인식을 담아내고 있는데, 권응인이 퇴계의 문하에서 수학한 정통 성리
학자임을 감안할 때 수긍할 만하다. 반면 긍정적 인식30)을 보여주었던
심수경은 절대적 지지를 보내고 있지는 않지만,『어면순』을 문학의 한
분야로써 실체를 인정하는 자세를 취하고 있다. 16세기 중·후반에 활
약했던 동시대 문인들의 평가를 살펴보았는데, 이처럼『어면순』에 관한
후대의 평가에도 호불호가 극명히 갈리는 모습을 볼 수 있다.

<주장군전>을 이해하기 위해서는 일단 이 작품이 실린『어면순』을
이해하는 것이 선행되어야 한다. <주장군전>을 비롯한『어면순』소재
대부분의 작품들이 성 담론이라는 하나의 일관된 맥락으로 흐름을 유
지하고 있기 때문이다. 경사(經史)에 치중했던 완고한 당대의 문학적 분
위기 속에서『어면순』은 재기발랄한 면모를 보여주었던 기존의 소화집
들에 이어 더욱 과감하고 농밀한 내용으로 채워져 있다. 또한 '잠을 막

---

29) 權應仁,『松溪漫錄』, "사문 송세림의『어면순』이라는 것은 음사와 설어가 글에 가득하니,
실로 음탕한 것을 가르치는 것이다. 어찌 풍화나 교육에 만분의 일이라도 도움이 될 것
인가? 불에 집어넣는 것이 가한데, 호음 상공(정사룡)도 그 서문을 썼으니, 무슨 까닭일
까?(宋斯文世琳之禦眠楯. 淫辭藝語溢於書中. 實誨淫者也. 豈有補於風教之萬一. 投畀回祿
可也. 而湖陰相公亦弁其首. 何耶)"

30) 沈守慶,『遣閑雜錄』, "예나 지금이나 문인으로서 저술한 잡기(雜記)가 많은데…우리나라
에서는 서거정의『태평한화』·『필원잡기』·『동인시화』, 이육의『청파극담』, 성현의『용
재총화』, 조신의『소문쇄록』, 김정국의『사재척언』, 송세림의『어면순』, 어숙권의『패관
잡기』, 권응인의『송계만록』등은 모두 견문을 기록한 것으로 한가할 때 볼 수 있는 자
료이다.(古今文人著述雜記多矣…我朝徐居正有大平閑話筆苑雜記東人詩話. 李陸有靑坡劇談.
成俔有慵齋叢話. 曺伸有謏聞鎖錄. 金正國有思齋撫言. 宋世琳有禦眠楯. 魚叔權有稗官雜記.
權應仁有松溪漫錄. 皆是記錄見聞之事. 以爲遣閑之資耳)"

는 방패'라는 의미가 시사하듯 이 소화집은 제목부터 눙치거나 에두르지 않고, 일단 재미를 전면에 내세우고 있다. 패설(稗說)과 전기(傳奇)는 오락성에 중심이 놓이고, 이 중 패설은 골계미에, 전기는 비장미에 그 미의식을 두었던 갈래[31]라는 점은 조선전기 서사문학의 흐름을 잘 설명해 준다. 따라서 패설의 하위 개념이 소화(笑話)이고 다시 그 하위 개념을 육담(肉談)이라 할 때, 『어면순』은 육담을 통한 골계미에 충실한 작품이라 할 수 있다.

이처럼 조선전기의 서사문학에서 『어면순』은 소화(笑話)라는 장르적 존재감을 잘 보여주었는데, 여기에 실린 80여 편의 이야기 중에서도 <주장군전>은 작품성이나 문학사적 의미에서 독보적 위상을 지닌다. 송세형이 서문에서 밝힌 바[32]대로 『어면순』 소재 소화들은 대부분 작가가 민간에 떠돌던 이야기들을 수집하여 기록화한 것이다. 그 외 전기(傳記)의 형식을 띤 작품은 <임돈독전(林敦篤傳)> · <모로금전(毛老金傳)> · <주장군전(朱將軍傳)> 등 단 세 편에 불과하다. 이들 중 <임돈독전>은 반가(班家)의 신혼부부를 중심으로 벌어지는 성적 해프닝을 그리고 있는데, 형식은 실전(實傳)이지만 내용은 여타의 구비전승담과 큰 차이가 없이 단순한 에피소드로 구성되어 있다. <모로금전>은 민담 구조를 차용하여 반복적 언어유희를 보여주는 가전(假傳) 형식이지만, 가전의 보편적 특성을 보여주는 데는 미흡한 측면이 많다.

이에 비해 <주장군전>은 놀라운 상상력을 바탕으로 문학적 기교를 발휘한 세련된 가전(假傳) 작품이다. 가전이 사대부들의 문학적 역량과

---

31) 김준형, 「15~16세기 서사문학사에서 갈래간 넘나듦의 양상과 그 의미」, 『민족문학사연구』 24집, 민족문학사학회, 2004, 165쪽.
32) 주 26) 참조.

무관치 않다는 점은 이미 서론에서 밝힌 바 있다. 그렇기에 가전의 작가는 일정 수준 이상의 숙련된 문장가들로 제한될 수밖에 없다. 실제 널리 알려진 가전 작품의 작가들이 이를 입증하거니와, 송세림의 경우도 장원 급제에 빛나는 탁월한 필력을 가지고 있었기에 〈주장군전〉과 같은 재기 넘치는 작품을 창작할 수 있었다. 이와 관련하여, 송세림과 같은 사장파 문인들은 그들의 심리적 억압과 갈등 및 긴장을 해소할 수 있는 길이 따로 열려 있기 때문[33]이라는 지적은 온당하다고 본다. 〈주장군전〉은 사대부 문인의 장난기 어린 지적(知的) 유희(遊戲)에서 창작되었지만, 행간을 심층적으로 훑어보면 또다른 의미를 구명할 수 있다. 이에 〈주장군전〉의 서사구조를 살펴보면 다음과 같다.

① 주장군(朱猛)의 가계와 조상 내력
② 주장군의 출생과 인물 소개 : 부친 혁(枅)과 모친 음(陰)씨의 아들로 태어난 맹(猛)은 사나운 용모, 강직한 성격, 출중한 완력을 가졌지만, 이와 함께 공손히 삼갈 줄 아는 미덕도 지니고 있다.
③ 두 기생과의 염문 : 이웃에 사는 두 명의 기생 장중선(掌中仙)·오지향(五脂香)과 날마다 정을 통하고 희롱을 하니, 이 이야기를 들은 사람들은 모두 그를 천하게 여기고, 맹은 절조 굽힌 것을 뉘우치고 깨달아 의젓하고자 마음 먹는다.
④ 환영의 주청 : 신하인 제군 자사(齊郡 刺使) 환영(桓榮)이 왕 하단갑(河亶甲)에게 가뭄으로 말라버린 고을 아래 보배로운 연못(寶池)의 지신(地神)을 달래고 공사를 독려하여 다시금 기름지게 복구할 것을 주청한다.
⑤ 주자의 천거와 왕의 갈등 : 환영의 주청에 따라 적임자를 찾던 왕은 온양부 경력(溫陽府 經歷) 주자(朱泚)의 천거로 맹을 소개받지

---

33) 조수학, 앞의 논문, 526쪽.

만, 맹의 사나운 용모와 능력에 대한 의심 때문에 탐탁지 않게 여
겨 선뜻 결정하지 못한다.

⑥ 주자의 설득과 왕의 결정 : 주자는 맹의 용모와 능력에 대해 변호
하고 거듭 확신을 주니, 마침내 왕은 맹을 불러 절충장군(折衝將軍)
과 소착사(疏鑿使)로 임명하고, 맹은 왕명을 받들어 지체 없이 시
행한다.

⑦ 주장군의 형세 판단과 왕에 대한 충성 맹세 : 연못에 도착한 주장
군은 과업 완수에 자신감을 보인 후, 왕에게 표(表)를 올려 '성은에
감복하고, 충성과 절의를 다하겠다'는 서약을 한다.

⑧ 왕의 치하와 주장군의 결행 : 표를 본 왕이 주장군의 공적을 칭찬
하는 글을 내리고, 감읍한 장군은 혼신의 힘을 다해 임무를 완수
하기 위한 노고를 아끼지 않는다.

⑨ 슬생 · 조생의 구조 요청과 굴신의 힐문 : 주장군으로 인해 때마침
슬생(蝨生 : 이)과 조생(蚤生 : 벼룩)이 환란을 당하여 굴신(窟神)에
게 살려달라고 하니, 굴신은 지신(池神)을 찾아가 힐문하며 사태를
해결할 것을 종용한다.

⑩ 주장군의 죽음 : 지신은 굴신에게 사과한 후, 밤이 되자 주장군이
힘써 노역하는 것을 가만히 엿보다가 몰래 장군의 머리를 깨물고,
동시에 양쪽 언덕의 신에게 협공하라 이르니, 장군은 기운이 다해
골수를 흘리며 머리를 늘어뜨린 채 죽고 만다.

⑪ 왕의 애도와 주장군의 장사(葬事) : 주장군이 죽었다는 소식을 들
은 왕은 그에게 장강온직효사홍력공신(長剛溫直效死弘力功臣)이라
는 시호를 내리고, 예를 갖추어 곤주(褌州)에 후히 장사 지낸다.

⑫ 논찬 : 맹이 세운 살신성인의 공로와 충성을 찬양

일반적으로 가전(假傳)은 일대기적 구성으로 이루어지는 전(傳)문학의
격식을 그대로 답습하는 것이 통례이며, <주장군전> 또한 이러한 패턴
을 충실히 따르고 있다. 즉 주인공의 가계와 인물을 소개(①~②)하고,
사건의 발단에서 결말에 이르는 주인공의 행적을 기술(③~⑪)한 후, 사

평(史評)(⑫)으로 끝을 맺는 전형적 3단 구성의 방식이다. 〈주장군전〉의 주요 서사는 인물의 행적에 초점을 맞춘 두 번째 단락에 집중되어 있는데 이를 다시 세분하면 다음과 같다. 즉, 국가적 문제의 발생 및 해결 방법의 모색에 관한 군신(君臣) 간의 논쟁과 임금의 갈등(④~⑥), 마침내 왕의 특명을 받은 주장군의 충성 맹세와 활약상(⑦~⑧), 적군의 계략에 빠진 주장군의 장렬한 최후와 왕의 애도(⑨~⑪)로 구조를 분석할 수 있다. 여기에 죽음으로 충성을 다한 주장군의 살신성인에 대한 논찬(⑫)을 더하면, 한 인물의 장엄한 일대기가 온전히 갖추어지는데, 이는 마치 위대한 인물의 실전(實傳)을 방불케 한다.

그러나 〈주장군전〉은 가전(假傳) 작품이다. 더욱이 입전 대상이 남성의 성기이다. 그런데도 〈주장군전〉은 나름대로의 역동적 서사를 갖추고 있어 잘 짜여진 영웅소설을 대하는 듯하다. 물론 가전이 지니는 구성의 특성상 인물의 성격이나 인물 간의 첨예한 갈등구조가 개연성 있게 제시되지 못하는 한계를 보여준다. 하지만 〈주장군전〉은 미흡한 대로 소설적 요건을 충분히 갖추고 있다고 본다. 한편 가전은 허구적 상상을 통해 현실적 공감을 이끌어내는 데 문학적 묘미가 있다. 많은 가전 작품들이 사물을 의인화하는데 그치지 않고, 이를 당대 사회와 관련한 삶에 투영함으로써 공감을 얻을 수 있었던 것은 이러한 이유 때문이다. 〈주장군전〉의 성 담론 역시 같은 맥락으로 파악할 수 있다. 그 특징을 좀 더 구체적으로 고찰하면 다음과 같다.

1) 기발한 상상과 대담한 표현

일찍이 한국 고전문학사에서 이토록 발칙한 작품은 없었다. 유사 이래 각종 문학작품에서 성 담론은 내재적 또는 외재적으로 다양하게 표현되었지만, 대부분 완곡하고 우회적인 방법이었다. 직설적인 성 담론은 대개 민간에 수용된 설화와, 이를 근간으로 파생된 몇몇 서사장르에 한정한 것들 뿐이다. 물론 송세림 이전의 소화집에도 육담류의 성 담론이 등장하지만, 이는 민간에 떠도는 이야기에 약간의 윤색을 더한 작품이기에 본격적인 창작이라 보기 어려울뿐더러 문학성 또한 그리 높지 않다. 따라서 개인이 창의력을 바탕으로 창작한 서사장르의 성 담론은 가전 작품인 <주장군전>이 최초이며, 백여 년 후 이 작품의 영향을 받아 여성의 성기를 소재로 한 성여학의 <관부인전(灌夫人傳)>이 탄생하였다.

이 작품은 작가의 기발한 상상력이 돋보이는데, 남성의 성기를 의인화하고 성행위를 서사구조화하여 극적 내러티브를 긴장감 있게 전개하고 있다. 내용은 저속하지만 형식과 기교는 세련된 반어적 장치를 사용하여 더욱 흥미진진하다. 이를테면 장군[男根]이 왕명을 받들어 충성을 맹세하고 전쟁[性行爲]를 벌이다가 마침내 장렬히 사망한다는 줄거리인데, 이는 마치 충신전(忠臣傳)에나 나올 법한 생생한 분위기에다가 일부 장면에서는 자못 비장감마저 감돈다. 이렇듯 희담[戲筆]의 성격이 농후한 <주장군전>은 요즈음 개념으로 본다면 원전을 환기하여 풍자적으로 모방하는 패러디(parody) 기법을 연상케 한다. 이는 가전 문학이 갖는 고유의 미덕이기도 하지만, 민간전승의 육담류에서는 발견할 수 없는 전혀 새로운 이질적 미감을 보여준다.

한편 <주장군전>의 창작 과정에서 '가전(假傳)'이라는 정제된 문학 형식을 통해 표현했다는 점 또한 눈여겨볼 만하다. 작품의 입전 대상을 성기(性器)로 삼고 더구나 장군(將軍 : 忠臣)으로 의인화하는, 이 위험하고도 기상천외한 상상력은 여타의 가전에서도 유례를 찾을 수 없을 정도로 파격적이다. 설령 다른 누군가가 먼저 이같은 상상을 했다 하더라도 주변의 비난을 감수할 만큼 담대하지 못했기에, 감히 이처럼 필설로 형용하기 어려웠을 것이다. 그러나 송세림에게는 나름대로의 생각이 있었던 것 같다. 다시 〈주장군전〉의 창작 과정을 소급하여 추론해 본다. 아마도 송세림은 『어면순』을 찬술하는 과정에서 민간의 여러 이야기들을 수집하며, 독창적인 자신만의 이야기를 기획했을 것이다. 그리고 그 이야기를 활용하기에 적절한 형식으로 가전을 선택했을 것이다. 그 이유를 상론하기로 한다.

일반적으로 가전은 사대부의 전유물로 취급될 만큼 수준 높은 장르인데다가 유서도 매우 깊다. 또한 역사 기술로부터 출발한 전(傳)문학이나, 이를 다시 허구적으로 재편하여 새로운 장르로 탄생한 가전(假傳)문학 모두 일정한 형식적 구애를 받는다. 그러나 한편으로 형식적 구애가 제약이 될 수도 있지만, 화(禍)를 모면하는 안전장치가 될 수도 있다. 그렇기에 때로는 당대의 상식에 어긋나는 파격적 소재를 활용한다 해도 가전의 특성상 용인될 수 있는 완충의 역할을 충분히 수행할 수 있었으리라 생각한다. 만약 작가가 〈주장군전〉을 가전이 아닌 본격 소설로 기술했더라면 풍기문란의 죄로 필화(筆禍)의 또다른 희생양이 되었을 지도 모를 일이다. 한편 가전의 대표적 특징인 의인화라는 우의적 기법은 문학적 재미를 고조시키는 매력을 지니고 있다. 작가가 〈주장군전〉을 가전으로 작품화했던 의도의 이면에는 이러한 복잡한 사정을 염두에 두었을 것이다. 실제 작품의 면면을 꼼꼼히 훑어보면, 남근(男根)이라는 민망한 소재를 다루고 있으면서도 대담하지만 거칠지 않으며, 노골적이지만 천박하지 않다.

이처럼 〈주장군전〉은 가전의 형식으로 일정한 문학적 품격을 유지

하면서도 흥미를 배가시키며, 비난이나 필화를 완충하기 위한 고도의
글쓰기 전략을 내포하고 있다. 송세림이 <주장군전>을 통해 금단의 영
역인 성 담론으로 문학적 위상을 점유할 수 있었던 것은 이처럼 기발한
상상을 대담하게 포착하여 그려냈기 때문이다.

2) 다양한 수사 기교의 활용

어떤 문학작품이든 주제를 얼마나 효율적인 방식으로 전달하는가 하
는 문제는 대단히 중요하다. 이 문제는 작가의 문학적 능력에 의해 결
정되며, 이에 따라 작품의 질적 수준을 판단할 수 있는 근거가 된다. 또
한 작품을 통해 전달하고자 하는 목적이 주제라고 한다면, 수사(修辭)는
목적을 수행하기 위한 방법이라 할 수 있다. 이 두 가지 요소는 상호
보완을 통해 작품이 최종적으로 지향하는 바를 완성형으로 구현해야
한다. 수사는 언어 미학의 핵심요소이기에 현대 문학이론에서도 중요한
기술 방법론으로 취급되지만, 과거에는 이를 더욱 중시하여 작품의 창
작에서 궁극의 요체로 삼았을 만큼 최고의 가치로 여겼다. 특히 한문학
분야에서는 다양한 함의를 내포하고 있는 한자의 특성 때문에 자구(字句)
하나에도 작품 전체에 끼치는 영향이 클 수 밖에 없었다.

지금까지 송세림의 저술은 소화집『어면순』외에 더 알려진 것이 없
다. 그렇기 때문에, 그의 문학에 나타난 수사 기교를 전반적으로 살피
는데 매우 제한적이다. 더욱이『어면순』소재 대부분의 이야기들은 민
간에 전승된 소화들을 채록한 것이므로 사실상 작가의 순수 창작물은
<주장군전>에만 해당된다고 할 수 있다. 송세림은 문과 장원의 화려한
전력이 있을 정도로 문학적 소양을 지니고 있었기에 <주장군전>을 통

해 그 기량을 마음껏 발휘하고 있는데, 작품의 참신한 착상과 도발적인 내용만큼이나 화려한 수사 기교를 자랑한다. 그 구체적 특징을 살펴보면 다음과 같다.

먼저 대상을 의인화하여 주제를 전달하는 가전의 특성상 일단 작품 전반을 관통하는 것은 의인법인데, <주장군전>에서 의인법의 압권은 역시 남근(男根)을 장군(將軍)으로 환치한 부분이다. 이는 의인법이면서도 중의법적인 요소가 함께 나타나 있다. 주장군(朱將軍)을 직역하면 '붉은 장군'이라는 뜻인데, 여기서 '붉다'는 것은 '정욕에 불탄다'는 뜻과 '한결같이 충성스럽다'[34]는 뜻을 동시에 내포하고 있기 때문이다. 이 절묘한 의미 상관성의 조합은 서사의 진행 과정에서 내내 중심 역할을 하며 작품 전반을 이끌어 나가고 있다. 중의법은 이외에도 이 작품이 표방한 성 담론이라는 주제를 극대화하여 전달하는 데 유효하게 사용되고 있다. 한편 은유법은 작품에 등장하는 여러 인명·지명·관직명·사물명·행위 등에 걸쳐 광범위하게 나타나는데, 한자어가 지닌 다층적 의미를 충분히 활용하여 대상이 지닌 내포와 외연의 관계를 감각적으로 표현하였다. <주장군전>에 나타난 주요 수사법의 활용을 정리하면 다음과 같다.

---

34) 丹心의 의미와 동일한 맥락으로 해석할 수 있다고 본다.

분류	표기	표의	함의	비고
인명	朱猛	붉고 사나움	男根의 속성	주장군의 이름
	仰之	치켜듦	男根의 속성	주장군의 字
	剛	단단함	男根의 속성	주장군의 옛 조상
	孔甲	구멍 난 조가비	여성의 陰部	음란했던 夏나라의 왕
	起	얼굴이 붉음	男根의 속성	주장군 아버지의 이름
	陰氏	여성성	여성의 속성	주장군 어머니의 성씨
	獨眼龍	외눈박이 용	男根의 묘사	주장군의 별명
	掌中仙	손바닥 가운데의 신선	手淫의 은유	주장군과 通情한 기생
	五脂香	다섯 개의 기름진 향, 다섯손가락	手淫의 은유	주장군과 通情한 기생
	桓榮	신하	淫娼을 일컫는 방언이라 함	役事를 주청한 신하
	朱泚	신하	얼굴이 빨개진 상태 비유, 성적 은유	주장군을 천거한 신하
	窟神	굴의 신	여성의 陰部	
	池神	못의 신	여성의 陰部	
지명	閬州	고을 이름	閬州(=囊州), 陰囊(중의)	주장군의 貫鄕
	朱崖縣	붉은 빛 물가의 고을	여성의 性器를 상징	주장군 어머니의 貫鄕
	甘泉郡	단물이 나오는 샘의 고을	여성의 陰部	
	湯沐邑	목욕비용을 위해 정한 채읍	성적 분위기 조성	周나라의 역사와 관련
	齊郡	고을 이름	齊(=臍) 배꼽을 은유	
	郡底	고을 아래	郡=臍郡 곧 배꼽 아래	
	寶池	보배로운 연못	여성의 陰部	
	溫陽府	고을 이름	성적 분위기 조성	
	玉門山	옥문산	陰門의 위쪽	
	黃金窟	황금굴	陰門의 통로	
	玉門關	옥문관	陰門	중국의 지명
	西方	서쪽	俗語에 書房을 이름(중의)	
	裈州	고을 이름	잠방이, 남성의 홑바지	
관직명	曆象之官	천문을 보는 직책	여성의 經度(달거리)를 맡아보는 벼슬	조선시대 무관의 품계
	折衝將軍	상대와 교섭하거나 담판하는 장군	性行爲 은유	
	跣鏨使	개천·도랑을 치는 관리	性行爲 은유	
	長剛溫直效 死弘力功臣	길고 뻣뻣하고 곧으며 사력을 다해 온 힘을 바친 공신	男根의 속성	

분류	표기	표의	함의	비고
사물명	麥孝同	보리로 만든 효자	보릿가루로 男根을 본 따 만든 기구	
	柿仁	감나무의 씨앗	陰核	
	爪氏	손톱	男根의 비속어 은유	
	二丸囊	두 개의 둥근 주머니	陰囊	
	骨髓	골수	精液	
행위	出納	돈이나 물품을 주거나 받는 일	性行爲	
	督役突鑿	깊숙이 뚫는 일을 감독함	性行爲	
	役事	건축·토목 등의 공사	性行爲	

이와 같이 <주장군전>은 성 담론이라는 장르적 특성에 부합하여 희극미에 초점을 맞추고 있다. 또한 과감하고 노골적인 내용을 우의적으로 표현하여 웃음을 유발하는가 하면, 성적 메타포를 적절히 구사하여 언어적 미감을 높이는 등 일종의 완급조절로 긴장과 이완의 리듬감을 부여한다. 중국의 사적을 대입하고, 한자의 다의성을 적용하는 수법은 다른 가전 작품들처럼 지적 언어유희를 충분히 느끼게 한다. 요컨대 다양한 수사 기교의 활용을 통해 <주장군전>은 성 담론을 한층 다채롭고 수준 높은 문학의 반열에 올려 놓았다고 보아야 할 것이다.

3) 비판과 풍자, 해학의 카타르시스

전통적으로 한국 문학에서 비판과 풍자를 위해 사용하는 가장 대표적인 기법이 가탁(假託)이다. 어떤 사물을 빌려 감정이나 사상 따위를 표현하는 일이라 풀이되는 가탁은 필화에 대한 면책의 의도가 있기도 하거니와 서사문학에 있어서는 한층 세련된 기법으로 자신의 문학세계를 표현하는 방식이기도 하다. 또한 이러한 방법을 통해 주제의식을 우의적으로 형상화하여 비판과 풍자의 미학을 고차적으로 승화시키기도 한다. 가전문학도 가탁의 일종이라 할 수 있는데, 일반적으로 계세징인(戒世懲人)이라는 목적을 실현시키기 위해 시도하는 방법이다. 고소설을 비롯한 한국의 여러 서사작품에는 사물을 이용하거나, 누구누구에게 들을 것을 다시 옮긴다는 식의 우회적 수단으로 넌지시 대상을 비틀거나 꼬집는다.

　<주장군전>에 나타난 비판과 풍자정신을 알아보기 위해서는 작가의 삶을 다시 한 번 점검해 볼 필요가 있다. 송세림의 생애를 불우하다고는 할 수 없으나, 그의 삶도 격동의 시대에서 자유로울 수는 없었다. 성종 · 연산군 · 중종의 세 임금이 통치하던 시대에 41세의 짧은 삶을 살았던 그가 최초로 출사(出仕)의 기회를 잡았던 것이 연산조였다. 부모의 별세와 이로 인한 득병 등 자의반 타의반으로 그 기회를 놓쳤던 것이 그에게는 행운이었는지 모른다. 연산군의 어머니 폐비 윤씨의 복위문제와 관련된 갑자사화는 역사에 빛나는 학자와 충신들을 대거 희생시켜 16세기 초의 조선을 격랑의 소용돌이로 빠뜨렸기 때문이다. 본의 아니게 방외인이 되어 버린 그가 할 수 있는 일은 고향에 은거하며 소일하는 것 밖에 없었다. 한 발짝 멀리서 떨어져 볼 때 혜안을 발휘할 수 있는 것처럼, 관찰자로서의 태도가 오히려 더 냉정하고 객관적인 비판을 할 수 있는 안목을 길러주는 법이다.

　"비록 유희에 목적이 있지만 권계의 뜻도 그 속에 담겨 있다"는 정사룡의 『어면순』 발문을 다시 한 번 상기해 본다. <주장군전>의 내용에는 주차(朱泚)의 천거로 맹(猛 : 주장군)을 소개받지만, 맹의 사나운 용모와 능력에 대한 의심 때문에 선뜻 결정하지 못하는 왕의 갈등이 표현되어

있다. 이는 신하의 용모와 태도로 판단력을 잃고 충신과 간신을 분간하지 못하는 왕을 경계하는 〈화왕계(花王戒)〉의 내용과 일치한다. 주장군의 죽음을 애도하는 왕의 모습을 그린 〈주장군전〉의 결말 또한, 잘못을 시인하고 반성하는 왕의 태도를 보여준 〈화왕계〉의 결말과 흡사하다. 현실세계에서 송세림이 비판의 대상으로 삼았던 임금이 연산군인지 또는 중종인지는 알 수 없지만, 임금의 현명한 판단을 기대하며 비판과 풍자정신을 담았던 것은 틀림없다. 또한 주장군을 죽음에 빠뜨리는 계기가 되었던 슬생(蝨生 : 이)과 조생(蚤生 : 벼룩)의 고변을 통해 현실에서는 그들을 간신배로 설정한 것으로 볼 수 있다. 한편 〈주장군전〉에서는 소소한 사회 비판과 풍자도 등장하는데, 맥효동(男根 모양의 기구)을 등장시켜 음란한 비구니들의 행위에 일침을 가하기도 한다.

해학은 이미 성 담론을 통해 작품 전체를 지배하는 정서이므로 재론의 여지가 없거니와 작가는 〈주장군전〉을 통해 비판과 풍자, 해학으로 문학적 카타르시스를 느끼게 한다. 이는 가전의 일반적 주제인 계세징인과는 일정 부분 거리가 있다. 결국 작가는 해학과 골계라는 민중적인 방법을 통하여 당시 명분 속에 감추어진 시대적 허상과 모순을 꼬집어내고 나아가 양반중심, 남성중심의 사회와 문화 속에서 '비판과 도전'이라는 이들 나름대로의 건강한 의식을 내밀히 펼쳐나간 사회비판적인 의미[35]를 이끌어 냈다고 해야 할 것이다. 이처럼 〈주장군전〉은 촌철살인의 비판과 풍자를 통해 즐거움과 교훈의 두 가지 목적을 훌륭히 달성하고 있다.

---

35) 윤석산, 앞의 논문, 425쪽.

4. 〈주장군전〉의 문학사적 의미

16세기 초에 간행된 소화집 『어면순』에 실려 있는 〈주장군전〉은 최초의 성 담론 가전 작품으로, 짧은 분량이지만 문학사적 의미는 결코 만만치 않다. 〈주장군전〉의 문학사적 의미를 이해하기 위해 거시적으로는 이 작품을 둘러싼 정치사상적 흐름과 사회문화적 맥락을 함께 조명해야 하고, 미시적으로는 개별 문학장르를 아울러 파악해야 한다. 이러한 씨줄과 날줄의 이해를 통해 작품의 실체가 구명되고, 작품 창작 전후의 문학사가 확립되기 때문이다.

먼저 당대를 둘러싼 정치사상과 관련하여 〈주장군전〉을 살펴보기로 한다. 사림파와 훈구파가 격돌했던 정치 이념의 공방 속에서 사림 문인들은 정통 유학의 이론적 근거를 들어 이에 위배되는 문학을 척결하고자 노력했다. 이른 바 '문장은 도를 담아야 한다'는 뜻의 문이재도(文以載道)는 문학의 사회교육적 의의를 강조하는 개념으로, 문학을 유가 사상의 하위로 놓고 윤리적 실천에 한정시켜 놓았다. 반면 문학의 독자성을 지지했던 훈구 대신들은 사상과 문학을 등위로 놓고 다양한 문학장르를 인정하는 태도를 취하였다. 그리하여 패설(稗說)과 같은 민간에 떠도는 이야기나 전기(傳奇)와 같은 비현실적 이야기 등을 그들 자신이 직접 창작하거나 이와 유사한 중국의 서적을 들여와 간행하는 적극적 움직임을 보이기도 한다. 이들 사이의 갈등은 종종 정치적 파열음을 냈는데, 그 때마다 문학론을 둘러싼 사건이 크게 비화되기도 했다. 이러한 분위기에서 〈주장군전〉은 작가의 상상을 통한 파격적 성 담론으로 문학 창작에 대한 자유 의지를 보여주었던 작품이다.

다음으로 사회문화의 측면에서 〈주장군전〉을 살펴보기로 한다. 민

간에 전승되는 이야기에 지대한 관심을 보였던 작가는 자신의 고향에
서 벌어지는 시정의 이야기에 귀를 기울였다. 그리하여 민중의 문학에
지대한 관심을 보이고, 참여하고자 했던 구체적인 모습은 『어면순』을
통해 결실을 보게 된다. 『어면순』은 구비문학의 기록화를 통해, 사대부
문학을 벗어나 민간의 정서를 바탕으로 한 이야기가 문학에 등장하고
있다는 점에서 큰 의미가 있다. 또한 이러한 면모는 사대부들의 전유물
이라 인식되던 문학의 향유 방식에 대한 폭넓은 이해가 전제되고, 사물
에 대한 열린 시각과 다양성을 인정36)했던 작가의 문학적 태도에서 기
인하였다. 『어면순』은 우화·소화·음담 등을 망라한 80여 편의 이야
기가 실려 있는데, 이중 〈주장군전〉은 작가의 창의력이 가장 돋보이는
작품이다. 이를 유교적인 사회 모럴의 붕괴와 사대부의 치부(恥部)에 대
한 자기비판37)이라고 보는 시각도 있지만, 그보다는 문학의 보편성을
지향했던 작가의 사회문화적 인식이 더 강했기 때문이라 생각한다.

　이어서 문학장르의 측면에서 〈주장군전〉을 살펴보기로 한다. 〈주장
군전〉은 소화(笑話)이면서 육담(肉談)에 속하는 가전 작품이다. 소화는 애
초에 구비전승되다가 조선시대에 집중적으로 기록화가 이루어졌다. 대
부분 사대부들에 의해 정착되었는데, 그 효시는 서거정의 『태평한화골
계전』이다.38) 동시대 인물인 강희맹은 『촌담해이』를 썼고, 16세기 초
에는 송세림이 『어면순』을 찬술했다. 이후에도 16세기 후반에 이르기
까지 어숙권의 『패관잡기』, 김안로의 『용천담적기』, 유몽인의 『어우야
담』 등으로 이어졌다. 17세기 초에는 성여학의 『속어면순』, 17세기 말

---

36) 임완혁, 앞의 논문, 168쪽.
37) 김동욱, 『국문학사』, 일신사, 1994, 157쪽.
38) 이후성, 앞의 논문, 1쪽.

에는 홍만종의 『명엽지해』가 나타났고, 18 · 9세기에 들어서서는 부묵자의 『파수록』, 장한종의 『어수신화』, 그리고 찬자 미상의 『진담론』, 『성수패설』, 『기문』, 『각수집사』 등이 등장했다. 이처럼 『어면순』은 소화(笑話)의 장르사에서 선편의 역할을 훌륭하게 수행하였을 뿐 아니라, 특히 <주장군전>을 통해 성 담론을 개성있고 창의적인 방법으로 작품화하였다. 한편 각 장르와의 관계에서도 <주장군전>은 내용상 설화 문학, 형식상 가전 문학이라는 인접 장르와의 교섭을 통해 작품의 문학적 가치를 잘 보여주고 있다 하겠다.

5. 맺음말

인류의 영원한 주제라 할 수 있는 성(性)은 시 · 공간을 초월하여 다양한 예술의 형태로 꾸준히 표현되어 왔다. <주장군전>은 조선전기의 문인 송세림이 지은 가전체 소설로, 남근(男根)을 의인화하여 성행위를 적나라하게 묘사한 파격적 작품이다. 특히 <주장군전>은 내용뿐만 아니라 작품의 창작 시기가 성리학의 질서가 공고해진 16세기 초라는 점, 작가 송세림이 제도권 인사인 사대부 문인이라는 점 등 매우 이례적인 성격이 농후한 작품이다. 이에 이 글에서는 <주장군전>에 나타난 성(性) 담론의 특징과 의미를 탐색하였다. 지금까지 다룬 논의를 요약하면 다음과 같다.

첫째, <주장군전>의 형성 배경과 창작 동기를 살펴보았다. <주장군전>은 송세림의 소화집 『어면순』에 실린 작품이다. 특히 이 작품은 서거정의 『태평한화골계전』, 강희맹의 『촌담해이』, 채수의 <설공찬전>에 이어 창작되었다는 점에서 주목해야 한다. 이 작가들은 모두 귀족

계층인 사대부들이었고, 엄격한 유교적 윤리가 지배했던 시대에 살았기 때문이다. 작가는 이러한 환경적 기반 위에서 재미는 물론 세태를 비판·풍자하기 위해 <주장군전>과 같이 더욱 과감하고 창의적인 작품을 창작할 수 있었다. 또한 작가는 <주장군전>을 통해 인간에 내재한 성적 욕망을 가식 없이 드러내려 했다. 작가는 정치 이념을 기반으로 한 문학론의 대립과 갈등 속에서도 이에 저항하는 자유 의지를 표현하려 했으며, 그 의도를 <주장군전>에 반영하여 성 담론이라는 파격적 주제를 통해 문학의 본질적 기능인 쾌락성을 지향하였다. 한편 향촌 사회에 대한 작가의 관심은 지역 안팎의 떠도는 이야기들을 수집·채록하기에 이르렀는데, 이러한 노력은 『어면순』의 탄생에 결정적 역할을 하였으며, 나아가 육담(肉談) 가전(假傳) <주장군전>을 창작하는 동기를 제공해 주었다.

둘째, <주장군전>에 나타난 성담론의 특징을 살펴보았다. 이를 위해 작품의 서사구조를 분석하였는데, 가전(假傳)의 전통적 방법을 충실히 따르며 작가의 창작 의도를 반영하였음을 밝혔다. 즉 <주장군전>의 성담론을 통해 사물을 의인화하는데 그치지 않고, 이를 당대 사회에 투영함으로써 공감을 얻을 수 있었다는 것이다. 이를 좀더 구체화하여 성담론의 특징을 세 가지로 대별하였다. 먼저 기발한 상상과 대담한 표현으로 남성의 성기를 의인화하고 성행위를 서사구조화하여 극적 내러티브를 긴장감 있게 전개하였다. <주장군전>은 금단의 영역인 성 담론을 가전 형식으로 서술하였는데, 이를 통해 일정한 문학적 품격을 유지하면서도 세련된 반어적 장치를 사용하여 흥미를 배가시켰다. 다음으로 다양한 수사 기교를 활용하여 주제를 효율적으로 전달하고 언어의 미학적 완성도를 높였다. 특히 성행위와 관련하여 각 신체 부위를 비유적으로 표현한 언어유희는 당대의 금기를 깨뜨린 직설적이고 도전적인 방법이었다. 또한 의인법과 중의법 등 다채로운 수사법을 구사하여 오락성을 극대화하는 한편 한층 높은 문학적 수준을 보여주었다. 끝으로 작가는 <주장군전>을 통해 해학성을 담아 당대 사회를 비판하고 풍자했으며, 문학적 카타르시스를 보여주었다. 작가는 해학과 골계라는 민중적인 방법을 통하여 당시 명분 속에 감추어진 시대적 허상과 모순을 비판하는 문학적 의미를 도출해 냈다.

셋째, <주장군전>의 문학사적 의미를 살펴보았다. 이를 정치사상, 사회문화, 문학장르의 세 가지 측면으로 각각 나누어 논의하였다. 먼저 정치사상과 관련하여 <주장군전>은 사림파와 훈구파가 격돌했던 당대 정치 이념의 공방 속에서 작가의 상상을 통한 파격적 성 담론으로 문학 창작에 대한 자유 의지를 보여준 작품이다. 다음으로 사회문화의 측면에서 <주장군전>은 문학의 보편성을 지향했던 작가의 사회문화적 인식이 토대가 되어 사물에 대한 열린 시각과 다양성을 보여준 작품이다. 끝으로 <주장군전>은 소화(笑話)와 육담(肉談)의 문학장르에서 선도적 역할을 훌륭하게 수행하였을 뿐 아니라, 개성있고 창의적인 성 담론으로 문학적 가치를 증명한 작품이다.

허균의 이상향 개념과 유구국(琉球國)에 대한 인식[*]

김 수 중

1. 서언

허균(許筠, 1569~1618)이 지향했던 이상향의 성격은 주로 <홍길동전>에 있는 율도국 이야기를 중심으로 분석되어 왔다. 이상적인 나라의 건설 방식과 통치관, 그리고 유토피아 구현의 기조 같은 주제들이 논의의 대상으로 떠올랐다. 여기에서 수확한 허균의 이상향은 부조리한 현실에 대응하는 안티테제의 성격에 대한 확인이었다고 할 수 있다.

그러나 <홍길동전>의 율도국 연구에 대한 이면에는 아직도 명쾌하게 해결되지 않은 두 가지 문제점이 남아있다. 하나는 오래 전부터 제기된 근본적인 문제이고, 다른 하나는 비교적 근래에 나온 이론이다. 해묵은 문제란, <홍길동전>이 허균의 작품이라는 것을 확인할 증거가 여전히 부족한데다 설사 허균의 저작으로 인정한다 하더라도 현전 작품은 후대의 개작이 분명한 만큼 율도국 모티프를 허균의 이상향 이론

---

[*] 이 글은 "『한국언어문학』 제92집, 한국언어문학회, 2015."에 게재된 것이다.

으로 수용하기 어렵다는 것이다. 또 최근의 문제는 율도국이라는 공간 배경 설정에 관한 연구의 결과 그곳은 현재의 오키나와인 옛 유구국을 모델로 했을 가능성이 있으므로 상호관련성을 높여야 한다는 주장이다.

물론 이 두 가지 문제점은 학계의 전통적 입장을 뛰어넘지는 못했다. <홍길동전>은 허균의 소설이 분명하며 현전 이본들도 원본과 별 차이가 없을 것이고, 유구국 관련설은 지나친 상상이거나 비약이라 보는 것이 정설로 되어 있다. 이에 필자는 전통의 관점에 서되 이 두 가지 문제점을 적극 검토하는 자세로 논의를 전개해 보고자 한다. 이는 곧 현전 <홍길동전>이 후대의 개작이라 할지라도 허균이 지은 원전에 이상향 모티프가 존재했을 개연성이 있고, 그 모티프는 유구국이라는 실존 해상국가를 허균이 인지하면서부터 동기로 작용했을 가능성이 남는다는 점에 착안한 것이다.

그렇다면 허균이 활동했던 무렵 한국문학에서의 이상향 추구는 어떤 차원에서 이루어지고 있었는지를 먼저 살피고, 이어 허균의 문학에 나타난 이상향 개념을 고찰해 보기로 하겠다. 그리고 그 개념이 <홍길동전>의 율도국 모티프로 형상화된 배경을 검토한 후 유구국과의 연관성 여부를 파악하려 한다. 이 일련의 과정들을 거침으로써 허균의 이상향 설정과 유구국과의 관계적 의미가 한층 더 명확해질 수 있기를 기대한다.

2. 허균의 이상향 개념

1) 16세기 전후, 한국문학 속의 이상향

허균이 살았던 시대의 한반도는 전쟁과 정치적 혼란으로 인해 사회

전체가 크게 요동치고 있었다. 정치인으로서 이상 사회를 꿈꾸던 허균은 현실에 대한 불만을 승화시킬 도구가 필요했다. 그가 추구하던 세상의 모습은 주로 문학작품을 통해 표현되었는데, 이와 같은 방식은 허균만이 아니라 의식 있는 선비들에게 나타나는 공통적 현상이었다.

16세기 초엽, 조선에서는 이상세계를 지향하는 역동적 사건이 일어났다. 그것은 유학이라는 학문으로써 봉건 군주를 변화시키려는 정치운동의 성향을 띤 것이었다. 그 중심에 섰던 조광조(趙光祖, 1482~1519)는 군자의 도학정치를 표방하고 급진적 개혁을 통해 유교적 이상 국가 건설을 시도했으나 반대 세력에 의해 제거당하고 말았다. 거의 동일한 시기에 서양에서는 이상세계를 추구한 저술 『유토피아(Utopia)』가 나와 인간의 미래의식을 한껏 고양시키고 있었다. 저자 토마스 모어(T. More, 1478~1535)는 작품 속에서 영국 사회에 대한 비판적 대안 국가로서의 성격을 갖춘 인공적 사회주의 체제를 그려냈던 것이다. 동서양의 이상 추구 방식에는 상당한 차이가 있었다.

제도 변화에 실패한 조선의 지식인들은 현실도피적인 은일사상을 바탕으로 삼아 이상적 공간 건설에 관심을 보이게 된다. 중국 진나라 때 문인인 도잠(陶潛, 365~427)의 <도화원기>에 나오는 무릉도원 같은 별천지가 모델로 떠올랐다. 그것은 세상의 욕심을 끊어내고자 하는 의식의 발로였고, 형식상 동양의 전통적 사고로 회귀한 양상이었다. 현실에 실망한 선비들은 진리와 자연을 하나로 생각하여 산수 좋은 터에 자신들만의 작은 공간을 만들고 그곳에서 거닐며 글을 썼다. 조광조의 죽음에 충격을 받은 낙향 선비 양산보가 김인후와 함께 건설한 담양 소쇄원의 경우, 그 시대 선비들이 지향한 이상향 추구의 한 방편이라 할 수 있다.[1] 이 무렵 경치 좋은 곳에 속속 들어선 누정들은 은일사상을 가진

지식인들의 소규모 이상 공간이기도 했다. 이러한 시대적, 사상적 배경
으로 인해 강호(江湖)와 산림(山林)은 조선 유가의 상징화된 이상향이 되
었다.[2] 이는 어떤 구체적인 공간을 가리킨 것이 아니라 자연을 가까이
하면서 얻게 될 안락의 희망을 상상한 것이다.

15세기 이후 본격적인 발전을 이룬 소설문학은 몽유의 세계를 표현
하면서 꿈속에 환상적 이상향을 만들어 놓았다. 『금오신화』의 <남염부
주지>와 <용궁부연록>은 주인공들이 꿈과 현실을 오가는 몽유 속에
서 이상을 추구하는 모습을 그려냈고, 뒤이어 나온 다수의 몽유록계소
설들도 꿈을 통해 현세의 불만을 극복하려 하였다. 처음에는 소극적인
저항의식을 보이며 현실도피의 경향으로 흐르던 소설들이 차차 시간이
지나면서 이념을 현실화하려는 의욕을 보이기 시작했다. <사수몽유
록>은 유가의 이상향인 대동사회의 건설에까지 진전된 작품으로 평가
받는다.[3] 비록 꿈에서 경험한 것으로 되어 있으나 <사수몽유록>에서
의 천상 공자왕국은 풍속이 순화하고 인심이 고박하여 대동세계와 통
하는 이상향이라 하였다. 막연한 꿈의 처소가 아니라 이미 인공적 체제
구축이 완성된 공간으로 인식할 수 있다.

몽유록 계통을 벗어나 현세적 이상향 모티프를 담고 있는 소설 <동
선기>의 등장도 의미가 있다. 작품집 간행 연대로 보아 <홍길동전>이

---

1) 河西 金麟厚(1510~1560)는 仁宗의 죽음으로 실의에 젖어 고향 長城으로 돌아와 修己에
   집중하면서 자연의 길을 터득하고자 했다. 마침 친구이자 사돈인 瀟灑公 梁山甫(1503~
   1557)가 스승 靜菴 趙光祖를 애도하며 은거하고 있었는데 潭陽에 대숲으로 둘러싸인 땅
   을 갖고 있었다. 두 사람은 그 땅에 이상향 건설이라는 꿈을 실현하려 소쇄원을 만들었
   고, 河西는 그곳의 모습을 48가지로 나누어 <瀟灑園 48詠>을 지었다. 이기동, 『천국을
   거닐다, 소쇄원-김인후와 유토피아-』, 사람의 무늬, 2014, 56~70쪽 참고.
2) 김석하, 『한국문학의 낙원사상연구』, 일신사, 1973, 177쪽.
3) 위의 책, 198쪽.

나온 지 얼마 되지 않은 시점에 창작된 소설일 것이다.[4] 남녀 주인공들
이 파란만장한 곡절을 겪고 나서 마지막으로 찾게 된 곳이 도죽산(桃竹
山)이라는 섬이다. 현실적인 이상향을 찾아 바다 한가운데의 공간으로
나아간다는 설정에서, 지난 날 잠시 꿈을 꾸는 것이나 가까운 산림 속
에 은거하는 것보다 훨씬 구체성을 띠고 있다. 그러나 <동선기>는 사
회적 이상을 실현하려는 목적보다도 주인공과 그 집단들의 행복을 보
장해 줄 신선계로 소개되는 데 그치고 있어 <홍길동전>의 율도국보다
진전된 모습을 보여주지 못하였다.

2) 허균이 추구한 이상향의 정체

50년도 채 되지 않은 허균의 생애는 3번의 유배와 6번의 파직, 그리
고 최후의 극형으로 막을 내리고 만다. 격동의 시대와 맞섰던 허균의
삶은 도전과 좌절로 점철되었으며 자신이 말한 것처럼 '불여세합(不與世
合)'의 외로운 길을 걸었다고 할 수 있을 것이다. 그는 정치적 좌절을
겪을 때마다 문학을 통한 이상향 추구에 골몰했다. 그가 추구한 방식은
인간중심, 현실위주의 사고가 기반을 이루고 있는데 그것은 단계적인
과정을 거쳐 이루어진 것으로 보아야 한다.

허균은 당시의 선비들이 그랬던 것처럼 현실도피적인 은자(隱者)의 삶
에 동경심을 갖고 있었다. 그 근거로 허균 자신이 장기간에 걸쳐 정성
을 들인 끝에 편찬한『한정록』을 들 수 있다. 이는 중국의 고금서적 가

---

4) <洞僊記>는『花夢集』에 수록된 아홉 작품 가운데 하나이며,『화몽집』앞머리에 '略擧其
槪天啓六年'이라 하였으므로 1626년에 나온 작품집임을 알 수 있다. 소재영,「한국문학에
나타난 이상향 연구」,『동양학』23, 단국대학교 동양학연구소, 1993, 100쪽.

운데 한정(閑情)에 관련된 기사들을 가려 뽑은 것으로서 그의 은일사상
을 반영하는 글 모음이다.5) 허균은 이 글에서 소부와 허유의 고사로부
터 농가의 부업에 이르는 소재들을 지나칠 정도로 세분하여 상세히 서
술한다. 이것은 허균의 순수한 창작물이 아니지만 그가 왜 이러한 주제
에 집착했는지, 이 주제를 어떻게 체계화시켰는지를 파악해 보면 허균
의 문학과 삶의 지향의식을 알 수 있다. 그는 현세적인 관점에서 은일
을 지향하였다. 꿈속에서가 아니라 인간중심의 현세관을 갖고 당시의
사회와 갈등을 빚으면서 형성된 관념이었다. 부조리한 세상에서 그가
희구한 은일처는 불교적인 피안의 세계도 아니요 도가류의 선계도 아
닌, 바로 인간이 살고 있는 현세이며 속세였다. 거기서 한정을 즐길 수
있는 곳이 곧 허균의 이상향이었던 것이다.6) 세속의 권력에 실망하면
서 도가적인 자연으로 귀의하는 풍조에 영향을 받았던 것으로 보인다.

　허균의 이상향은 분명 현세에 있으나 실제로 현세에서의 그는 한정
만을 즐기고 있을 수 없었다. 권력자는 백성을 박해하고, 권력이 만든
모순된 제도들이 선량한 사람들에게 고통을 주고 있기 때문이었다. 허
균이 쓴 다섯 편의 전(傳)은 능력이 있음에도 불구하고 불우한 인생을
살아야 했던 사람들의 실낙원 이야기라 할 수 있다. 그 주인공들을 막
아선 현실의 장벽이 무너질 수 있었다면 허균의 이상향은 그곳에서 이
루어졌을 것이다. 그러나 허균이 입전한 주인공들은 도저히 그 벽을 넘
어설 수 없었다.

---

5) 『閑情錄』은 허균이 1610년 중국 문인들의 작품들을 선별하여 隱逸, 閑適, 退休, 淸事라는
　소주제로 나누어 소개한 문집이다. 허균은 이 작업에 흥미를 느끼고 주제를 대폭 확장해
　서 6~7년 뒤에 최종 완성본을 내놓게 된다. 『惺所覆瓿藁』에 전17권이 실려 있다.
6) 김석하, 앞의 책, 170쪽.

특히 이상향에 관한 허균의 고뇌를 상징적으로 묘사한 작품이 <남궁선생전>이다. 주인공 남궁두는 우발적 살인을 저지르고 입산하여 신선수행의 과정에 들어간다. 현실계를 대체할 초월적 대안으로 시공간적 도피처를 설계한 것이다. 그러나 그는 등선에 실패하면서 되돌아갈 현실 공간마저 상실했으므로 세속과 선계 사이에 어정쩡하게 남아있는 잉여 존재가 되고 말았다.[7] 도가적 세계에서 추구한 이상향은 의미의 세계로서, 현실이라는 속세를 완전히 초월할 수 없다는 한계가 있다. 남궁두가 실패한 이상향은 허균의 고민을 그대로 반영한다. 현실을 떠난 선계에서 찾으려는 공간은 진정한 이상향이 아닌 것이다.

허균은 <장생전>에서 동해 가운데 '일국토(一國土)'라는 이상향을 제시했다. 어디론가 사라졌던 장생은 "내가 실은 죽은 것이 아니라 동해의 한 섬(일국토)을 찾아갔던 것이라"[8]고 말한다. 일국토는 <홍길동전>의 율도국을 연상시키는 바다 가운데 한 섬이다. 도가적인 의미의 세계가 아니라 현세에서 찾을 수 있는 공간이다. 율도국에 비하면 주인공이 이상향을 추구하는 과정이나 그 공간에 관한 묘사들이 전혀 없어 내용상 비교가 불가능하다. 그러나 <장생전>에서는 온 나라가 전쟁의 소용돌이 속에 처해 있던 시기에 앞으로 장생이 동해의 이상향에서 어떤 활동을 전개할 것인지에 대하여 일종의 기대감을 갖게 해준다. 동해상의 일국토는 임진왜란을 전후하여 삶에 지친 백성들이 새로운 세상을 동경하고 있을 때 나타난 염원의 한 표현이며 간절한 욕망의 모습이다.[9]

---

7) 윤채근, 「<남궁선생전>에 나타난 도가적 고독」, 『한문학논집』 37, 근역한문학회, 2013, 65~66쪽.
8) 吾實非死也 向海東覓一國土去矣. 許筠, <蔣生傳>, 『惺所覆瓿藁』.
9) 강동엽, 「허균과 유토피아」, 『한국어문학연구』 41, 한국어문학연구학회, 2003, 163쪽.

허균은 이제 도가의 선계를 벗어나 현실 공간에서 자신의 이상향 개념을 확립하려 하고 있다. 그런 점에서 <장생전>은 현세의 이상향 건설에 대한 의지를 표명한 것이고, 그 시도는 <홍길동전>에서 구체적인 결실을 맺게 되었다고 볼 수 있다.

이제 <홍길동전>의 이상향을 논하기 위해, 서론에서 언급했던 허균과 <홍길동전>에 관한 필자의 입장을 밝히려 한다. 이 논문은 허균의 이상향 개념이 <홍길동전>에서 완성된다는 논리를 펴고 있으므로 당연히 <홍길동전>은 허균의 작품임을 전제로 삼고 있다. 그러나 허균 작 <홍길동전>에 현전소설의 율도국 모티프가 들어있었는지 확증하는 것은 별도의 연구가 필요했다. 다행히 최근에 이상향 모티프가 포함되었을 것임을 확인시켜 주는 논문이 발표되었다. 허균의 전 가운데 세 작품에서 이상향 모티프가 나타나고, 황윤석의 『해동이적 보』에서도 홍길동이 '必其逃海外自王'이라 했다는 기록이 있는 것으로 보아 그 가능성이 높다는 논리가 제기된 것이다.[10] 특히 해외진출 의지가 내포된 이상향 추구의식이 <홍길동전>에 반영되었을 것이라는 점은 허균의 개혁정신을 인정하는 학자들에게 거의 이론의 여지없이 수용되고 있다. 필자의 입장도 여기서 벗어나지 않는다.

<홍길동전>에서 길동이 율도국을 찾기까지는 여러 과정을 거쳐야 했다. 조선을 떠난 길동이 처음 들어간 곳은 제도라는 섬이었다. 길동은 그곳에 머무는 동안 병사들을 조련하는 한편, 두 부인을 맞이하였고 부친의 장례까지 치렀다. 그러나 길동이 늘 마음에 생각해 오던 이상향

---

10) 박재민, 「허균 작 <홍길동전>의 복원에 대한 시론」, 『한민족어문학』 65, 한민족어문학회, 2013, 299~302쪽.

은 제도가 아니라 더 남쪽에 있는 율도국이란 나라였다.

> 남중의 율도국이란 나라이 잇스니, 옥냐 슈천 니의 진짓 쳔부지국이
> 라, 길동이 미양 유의ᄒᆞ든 비라11)

율도는 섬이면서도 대단히 넓고 기름진 땅을 갖고 있어 '옥야(沃野) 수
천 리의 실로 천부지국(天府之國)'이라 했다. 그런 이상향을 얻기 위해 길
동은 정복전쟁을 시도했고, 율도국의 왕은 그에게 항복한다. 섬을 얻은
길동은 왕위에 올라 마음속으로 생각해 오던 통치를 할 수 있게 되었
다. 드디어 삼 년 후에 율도국은 태평세계라 일컬을 만한 변모가 이루
어졌다.

> 왕이 치국삼년의 산무도젹ᄒᆞ고 도불습유ᄒᆞ니 가의 티평셰계러라12)

가장 눈에 띄는 변화는 백성의 삶이 안정을 찾았다는 점이다. '산에
도둑이 없어지고(山無盜賊), 사람들이 길에 떨어진 물건을 주워가지 않는
다(道不拾遺)'는 의미는 백성의 생활이 넉넉할 뿐 아니라 풍속이 아름다워
졌다는 것이다. 정치 체제의 변화나 제도 개혁들은 언급되지 않았다.
이어서 율도왕 길동은 조선 임금에게 표문을 올려 모국에 대한 예의를
갖추었고, 조선 임금은 길동의 형을 사신으로 삼아 모친과 함께 율도국
을 방문하도록 조처한다. 율도국은 조선국과 근본적인 차이가 없고, 다
만 백성의 불안정한 삶이 개선되어 태평을 누리는 나라로 묘사되었다.

---

11) <홍길동전>, 경판 24장본.
12) <홍길동전>, 경판 24장본.

그러나 이상향이 누구나 배를 타고 갈 만한 현실적 거리에 있다는 설정이나, 백성과 마음을 함께 하면 이상국가를 이룰 수 있다는 실현가능성을 제시한 것은 <홍길동전>만의 특징이라 말할 수 있을 것이다.

허균이 추구한 이상향은 백성의 삶이 획기적으로 개선될 수 있는 현실 공간 마련에 중심을 두고 있었다. 서양의 이상향이 봉건국가의 체계를 완전히 부정하고 있는 것에 비해 <홍길동전>에서는 국가의 기본질서 존중과 조선(朝鮮)의 우월성을 드러내면서 신분격차를 인정하지 않는 선에서 이상국가의 이상을 전개하고 있으므로 봉건사회로서의 한계를 보였다고 말할 수도 있다.13) 그러나 허균의 이상향이 현실적이고 진취적이며 실현가능성이 높다는 점은 그때까지의 이상향 개념을 새롭게 바꾼 쾌거였다. 그 이상향의 목표는 조선의 긍지를 바탕으로 하여 만민이 평등하고 안녕을 누리는 국가 건설이었다.

3. 허균의 유구국 인식

1) 유구국에 대한 허균의 이상향적 인식

허균은 광해군 10년(1618년)에 비극적인 참형을 당하면서도 마지막까지 혐의를 부인했던 한 가지 일이 있다. 그것은 유구국 군대가 우리나라를 침공하기 위해 백령도에 잠입했다는 소문이었는데, 허균은 자신이 그 말을 퍼뜨리지 않았다고 주장했다. 이미 그는 역적으로 몰려 극형을 피할 수 없게 된 처지였으므로 유구 침공설이 죄목에서 빠진다한들 결

---

13) 김석하, 앞의 책, 241쪽.

과가 달라질 수 없었다. 이 사실을 모를 리 없는 허균이 유구에 대한 소문만은 끝내 결백을 지키려 했던 까닭이 무엇이었을까? 필자는 이 문제를 그의 이상향적 인식에서 찾아보고자 한다.

유구는 1372년부터 중국에 조공을 바치기 시작했으며, 1429년에 세 군데 섬 지역을 통합하여 통일유구왕국을 이루고 중국과의 관계를 강화해 갔다. 동아시아와 동남아시아 지역을 연결하는 지정학적 역할로 인해 약 150년 동안 중계무역국으로서 번영을 누렸다.[14] 조선은 유구와 직접 국교를 갖지 않았으며 민간 차원의 부정기적 해양 교류만 있었을 뿐이었다. 따라서 유구에 대한 체계적인 정보들은 중국을 통해 얻고 있었다. 허균 역시 여러 차례의 중국 사행에서 유구국과 관련된 접촉이 있었을 것으로 예상되며, 다양한 독서를 통해 그 나라에 대한 이해를 넓혀 가기도 했을 것이다. 특히 허균에게는 일찍부터 유구에 관심을 갖게 될 만한 조건이 있었다.

그것은 친형인 하곡(荷谷) 허봉(許篈, 1551~1588)이 유구 외교통이었다는 사실이다. 허봉은 나이 차가 많은 동생 균에게 학문을 직접 가르쳤고 인생관 정립에도 영향을 주었다. 남쪽 먼 바다 가운데 있는 섬 유구의 존재인식을 구체적으로 심어준 인물도 형이었을 것이다. 허봉이 쓴『하곡조천기』는 그가 사행단의 서장관으로 중국에 갔을 때의 일을 기록한 기행문집이다. 그는 유구국 통사와 직접 만나 외교 임무를 수행하였다. 그 과정에서 유구국의 관제와 왕가의 내력을 비롯하여 우리나라에서의 거리와 위치 등을 세세히 듣고 기록으로 남겼다. 현존하는 채색필사본

---

14) 강상규,「일본의 유구병합과 동아시아 질서의 변동」,『지방사와 지방문화』10-1, 역사문화학회, 2007, 14~15쪽.

<유구국도>에는 유구의 지도를 중심으로 하여, 상단에 지봉 이수광의
글이 기록되었고 하단에는 허봉의 『하곡조천기』 내용이 실려 있다.

> 하곡 허봉이 중국 천자를 조회하러 갔을 때 유구국 통사 장주부를 만
> 났다. 허봉이 그 나라의 일을 묻자 장주부가 이렇게 대답했다. "2년에 한
> 번 공물을 진상하며, 국가의 과거제도는 설치하지 않고 효성스러운 사람
> 과 청렴한 사람을 취해 선비로 삼습니다. 국왕의 성은 상(尙)씨입니다. 동
> 해로부터 유구국의 경계까지 거리의 다소는 측량할 수 없지만, 순풍을
> 만나면 모두 이레 밤낮이면 그 해안가에 다다를 수 있을 것입니다."15)

바다 한가운데 섬이 있어 배를 타고 이레를 가면 도달한다고 했다.
그 나라는 풍요로운 곳이어서 전쟁 대신 공물을 주고 평화를 유지해 나
가고 있다는 것이다. 특히 사람들은 효렴(孝廉)을 중시하여 그것이 공직
임용의 기준이 된다고 하였다. 현실적 이상향을 추구한 허균에게 유구
국은 매력적인 요건을 갖춘 곳으로 인식될 만했다. 허균이 형을 통해
얻었던 간접경험은 자신의 문학세계 확립에 여러모로 작용했을 가능성
이 크다.

허균에게 있어 유구국이 결정적 문제로 등장하게 된 것은 유구 왕세
자의 제주도 표착 사건이라 하겠다. 광해군 3년(1611년)에 발생한 이 사
건은, 당시의 제주 목사 이기빈이 난파한 유구국 선박의 보물을 강탈하
고 왕세자와 승선인들을 죽인 뒤 적선을 물리쳤다는 거짓 장계를 올린
데서 비롯되었다. 그러나 양심적인 관리들과 민간의 소문으로 인해 진

---

15) 許荷谷筹朝天時 逢琉球通事張主簿 問其國事 答曰 二年一次進貢 其國不設科擧 以孝廉取士
　　國王姓尙 自東海濱至于國界 不測其里數之多少 得順風則 凡七晝夜方泊于崖云. <琉球國
　　圖>, 『한국의 옛 지도』(도판편), 영남대학교 박물관, 1998, 183쪽.

실이 밝혀지고, 그 배는 왜국에 사로잡혀 있는 유구국 상녕 왕을 구하기 위해 세자가 보물을 싣고 가던 길이었다는 사실이 알려졌다. 이 사건으로 인해 우리나라에서는 유구국이라는 이름이 널리 회자되었을 것이다.

허균이 <홍길동전>을 언제 지었는지는 분명치 않지만 학자들은 대체로 1612년일 가능성에 무게를 두고 있다. 이때는 이미 그의 문집이 완성된 뒤이므로 <홍길동전>의 자취가 나타나지 않고, 아직 광해군의 신임을 얻기 이전으로서 그가 사회에 대한 불만을 가득 품고 있을 무렵이며, 서양갑이나 심우영 등의 동지들에게 용기를 북돋우기 위한 목적으로 소설을 썼다면 1612년 즈음이 되리라고 본 것이다.16) 그렇다면 유구 왕세자 사건의 여파가 조야에 가득할 때 <홍길동전>이 창작되었다고 볼 수 있다. 유구국은 조선에게 비인도적인 만행을 당했으면서도 국력이 약하여 아무런 보복도 하지 못했다. 허균은 이 노략질에 분노했을 것이고, 유구국에 대하여 미안한 감정과 동정심을 가졌을 수도 있다.

이런 생각을 허균이 직접 말이나 행동을 통해 겉으로 드러냈는지 명확하게 알 수는 없다. 한 가지 분명한 사실은, 유구국이 원수를 갚기 위해 우리나라의 백령도에 군대를 잠입시켰다는 소문이 널리 퍼져 있었던 것이다. 『조선왕조실록』은 이 유언비어의 근원을 허균으로 지목하였다. "원수를 갚으려는 유구의 군대가 와서 섬 속에 숨어 있다는 설이 나돌자 나라 사람들은 모두 '허균이 창도한 것이다' 하였다."17) 이는 허균이 사형을 당할 때 씌워진 죄목 가운데 하나였다. 그러나 허균은

---

16) 허경진, 『허균 평전』, 돌베개, 2002, 298쪽.
17) 琉球復讎之兵 來藏海島之說 國人皆曰 筠之所唱. 『朝鮮王朝實錄』, 光海君 10年 8月 22日.

끝내 그 부분을 부인했다. 그의 사형 집행 후에 대사헌과 대사간은 왕에게 다음과 같은 보고를 하고 있다. "허균이 결안할 즈음에 스스로 말하기를 '내가 하지도 않은 일까지도 내가 했다고 하니 극히 억울하다. 백령도의 유구병에 대한 설을 어찌 내가 말하였겠는가' 하고 인하여 손수 이름을 썼으니, 그 또한 단지 유구병에 대한 조항만을 억울하다고 말하였은즉 그 나머지 죄목은 그가 실로 자복한 셈입니다."[18]

이 내용만으로는 허균이 소문의 진원인지 확실치 않다. 허균은 유구국의 처지를 동정했던 것이지, 유구국을 통해 조선의 민심을 흔들려는 의도는 갖지 않았을 수 있다. 앞서 말한 바와 같이 유구국에 관한 유언비어를 극구 부인한다 할지라도 극형을 피할 수 없었던 허균이었다. 그것을 알고 있으면서도 유구 군대의 백령도 점거 소문만을 끝내 부인한 것은 어떤 의미였을까? 자신의 이상향을 심정적으로 보호하고, 효렴의 선비들이 살고 있는 나라를 향한 허균의 존중의식이 마지막으로 반영된 결과로 볼 수도 있을 것이다. 허균은 자신을 역적으로 몰아가는 참담한 죄목 속에 유구국만은 포함시키지 않으려 했다. 이는 그의 이상향적 인식과 관련하여 추론할 문제이다.

2) 율도국과 유구국의 동일성 문제

지금까지 허균이 이상향으로 여겼던 유구국은 과연 <홍길동전>에 나오는 율도국과 동일한 것인가의 여부를 검토해 보기로 하겠다. 유구

---

18) 況筠結案之際 自稱 矣身所不爲之事 亦爲吾罪 極爲寃悶 白翎琉球兵之說 豈矣身所言乎 因手自着名 渠亦只以琉球兵一款稱寃 則其餘罪目 渠實自服.『朝鮮王朝實錄』, 光海君 10年 8月 27日.

국은 역사적으로 실재하는 섬이며 율도국은 문학적인 허구의 섬이다. 그러나 허균에게 이 두 섬은 상상 속의 이상향이라는 점에서 공통분모로 작용하고 있다.

물론 작가의 상상력의 소산인 율도국은 역사 지리적 사건들과 관련 없는 단순한 가상공간일 수도 있다. 그러나 위에서 언급한 바와 같이 허균의 유구국 인식이 자신의 작품에 이상향의 대상으로 반영될 여지가 크다는 점을 간과해서는 안 된다. 우선 섬의 이름을 작명함에 있어서 허균이 유구를 의중에 두고 그와 음이 유사한 '율도'라 했을 가능성이 있다.[19] 뿐만 아니라, 율도의 지리적 위치 기술에서도 유구국을 연상케 하는 암시를 보여주었다.

> 즉시 몸을 소소와 남경으로 향ᄒ여 가다가 ᄒ 곳의 다다르니, 이ᄂ 소위 률도국이라. 사면을 살펴보니 산쳔이 쳥슈ᄒ고 인물이 번셩ᄒ여 가히 안신홀 곳이라 ᄒ고, 남경의 드러가 구경ᄒ며 ᄯ 졔도라 ᄒᄂ 셤즁의 드러가 두로 단니며 산쳔도 구경ᄒ고 인심도 살피며 단니더니,[20]

<홍길동전>의 주인공은 중국의 남쪽 땅에 근접한 섬을 목적지로 삼고 떠나간다. 남경이라는 지명이 나오고 그곳에서 멀지 않은 곳에 율도국과 제도라는 섬이 있다고 했다. 실제로 남경을 지난 후에 있는 여러 섬들은 대개 유구 지역에 속한 것들이었다. 역사적으로 유구의 사신들이 중국에 왔다가 돌아갈 때는 연경에서 남경(南京)을 지나 복주(福州)로 간 뒤 거기서 배를 타고 섬으로 향하는 노선을 택했었다. 복주의 앞에

---

19) 설성경, 『홍길동전의 비밀』, 서울대학교출판부, 2004, 273쪽.
20) <홍길동전>, 경판 24장본.

있는 큰 섬이 대만인데, 대만은 홍무연간(洪武年間)에 소유구(小琉球)라 하고 현재의 오키나와 중심부는 대유구(大琉球)라 불렸다고 한다.[21] '남경으로 향하여 가다가 한 곳에 다다르니'의 대상 지역은 지금의 대만이나 오키나와로 생각할 수 있으며 소유구이든 대유구이든 넓은 의미의 유구국을 가리킨다 하겠다.

그곳에 펼쳐져 있을 것으로 예상되는 섬들 가운데 허균이 율도 못지 않게 관심을 보인 섬이 바로 제도였다. 제도는 수천 호의 집과 무기 창고가 들어설 만하며 병정양족(兵精糧足)한 곳이라고 했다. 이만한 조건의 섬이라면 주인공이 굳이 율도국을 정벌하기 위해 전쟁을 일으켜야 했을까 하는 의문이 생긴다. 그러나 작가 허균이 설정한 목적지는 오직 율도였다. 그 율도국을 정벌하려면 주인공 홍길동에게 군사를 일으킬 명분이 필요했다. 제도라는 섬은 주인공에게 명분을 주는 구실을 하고 있다. 제도는 비록 풍요로운 섬이었지만 그곳의 지배자는 양가의 처녀를 납치하는 지하 괴물이었다. 홍길동은 괴물을 퇴치하면서 구원자로서의 위상을 확립하게 되고, 반면에 당시의 율도국왕은 구체적 패덕이 기록되지 않았으나 제도에서의 사건을 통해 폭압자로 판단할 여지를 제공한다.[22] 곧 제도는 율도국을 취하기 위한 명분을 주는 소설적 복선이 되고 있다.

허균이 유구 지역의 구획과 명칭을 구분하여 세밀히 이해하고 있었는지는 알 수 없다. 그렇지만 <홍길동전>에서 주인공이 최종목적지로 삼았던 율도는 유구국을 상상 속의 모델로 삼았을 가능성이 높다. 이와

---

21) 설성경, 앞의 책, 271쪽. 여기서 저자는 『明實錄』, 洪武 25년 5월 9일 기사에 의거하여 그 지역들의 옛 명칭을 확인하고 있다.
22) 위의 책, 277쪽.

관련하여 다음과 같은 주장이 제기되어 학계에 큰 반향을 불러왔다.

> 작가 허균은 역사 인물 홍길동이 조선에서 처형되지 않고 출국한 사
> 실과 홍길동이 출국 이후의 행선지는 옛 유구였다는 사실을 파악하였기
> 에, 그 나라를 율도국이란 이름으로 허구화시켜 서술한 것으로 보인다.
> 결과를 놓고 본다면, 허균은 역사상에 실재했던 홍길동이 유구의 남서
> 부 팔중산(八重山) 지역의 파조간도(波照間島)와 석원도(石垣島)에서 민중
> 영웅으로 활동한 사실까지는 알지 못했지만, 그와 유사한 옛 유구국 진
> 출 정보를 소재로 하여 작품 속에서는 홍길동이 율도왕이 되는 것으로
> 작가적 상상력을 발휘했다고 판단된다. 이런 오해에도 불구하고, 허균은
> 결과적으로는 홍길동의 활동 지역이 신 유구 중에서는 옛 유구에 가장
> 인접한 팔중산 지역이기 때문에 외형상으로 오야케 아카하치 홍가와라
> (洪氏王)가 새로운 유구의 팔중산 지역에서 활동한 사실을 적절히 허구
> 화시켰다고 평할 수도 있다.[23]

홍길동이라는 실존인물의 행적과 허균의 역사 인식이 결합된 지역이
유구국이며, 그것이 곧 율도국이란 이름으로 허구화되었다는 주장이다.
그러나 이 논리를 수용하기 위해서는 역사적 인물 홍길동이 조선을 벗
어나 유구국으로 진출했다는 증거가 필요하다. 일단 분명한 것은 홍길
동이라는 인물이 『조선왕조실록』에 수차례 등장했던 유명한 도둑이었
다는 사실이다.[24] 그 기록 가운데는 홍길동이 연산군 6년(1500년) 10월
에 체포되자 조정의 중신들이 안도하며 임금에게 축하의 말을 아뢸 정
도로 기뻐하였다고 한다. 홍길동이란 도둑의 존재가 상당 기간 동안 심

---

23) 위의 책, 272쪽.
24) 『조선왕조실록』에 나오는 홍길동의 한자 표기는 '洪吉同'이다. 이후의 여러 문헌 기록과
   소설 명칭은 '吉同'과 '吉童'이 혼용되었고, 현존 소설의 제명은 '洪吉童'으로 쓰고 있다.

각한 사회적 문제로 대두되어 있었음을 짐작할 수 있다.

> 영의정 한치형, 좌의정 성준, 우의정 이극균이 아뢰기를, "듣건대, 강
> 도 홍길동을 잡았다 하니 기쁨을 견딜 수 없습니다. 백성을 위하여 해독
> 을 제거하는 일이 이보다 큰 것이 없으니, 청컨대 이 시기에 그 무리들
> 을 다 잡도록 하소서" 하니, 그대로 좇았다.[25]

홍길동은 권력자들에게는 큰 도둑이었으나 민중들의 시각에서 볼 때
의적이나 농민저항의 지도자로 인식되었던 것 같다. 홍길동이 오랜 기
간 동안 잡히지 않았고 민중 사이에서 신통한 조화를 부린다는 영웅담
의 주역이 되기도 했던 까닭이다. 그런 홍길동이 체포되었다면 권력자
들은 당연히 중죄인으로 여겼을 것이므로 그가 감옥에서 탈출하여 해
외로 도피했을 가능성은 거의 없다고 보아야 할 것이다. 그럼에도 불구
하고 홍길동이 정말 유구국으로 진출했다면 조선에서 잡힌 사람은 홍
길동이 아니어야 한다. 따라서 이 학설은 체포된 사람이 가짜 홍길동이
었을 가능성을 제기한다. 그 근거로는 홍길동을 잡은 체포자가 누구이
며 어떤 포상이 내려졌는지에 관한 기록이 일절 없다는 점, 홍길동의
재판 과정과 그 처리 문제 역시 보이지 않는다는 점, 그 대신 엄귀손이
라는 사람이 홍길동의 지원세력이었다면서 그에 대한 처벌만 중점적으
로 다루어져 있음을 지적한다.[26] 결과적으로, 이 학설은 진짜 홍길동이
1500년 이전에 자신을 추종하는 세력을 이끌고 이미 조선 땅을 벗어났
을 것이라고 추측한다. 그리고 그 행선지를 유구 지역으로 보고 있다.

---

25) 領議政韓致亨 左議政成俊 右議政李克均啓 聞 捕得强盗洪吉同 不勝欣抃 爲民除害 莫大於
此 請於此時窮捕其黨 從之. 『朝鮮王朝實錄』, 燕山君 6年 10月 22日.
26) 설성경, 앞의 책, 62~73쪽 참고.

한편, 유구국의 사정을 살핀다면 앞서 기술한 바와 같이 1429년에 섬 지역의 통합으로 통일왕국의 터전이 이루어짐에 따라 중앙집권체제가 한층 강화되는 과정을 거치고 있었다. 이에 따라 왕은 지방 실력자들의 복속 여부에 신경을 집중할 수밖에 없었다. 1500년에 들어 유구의 상진왕(尙眞王)은 팔중산 지역으로 출병하여 석원도의 추장 오야케 아카하치 홍가와라가 이끄는 민병들의 저항을 진압했다. 주민들이 무장하고 중앙정부에 저항했던 까닭은 토착신앙을 변질시키려는 시도와 과다한 조세 징수 때문이었다. 홍가와라와 그의 민병들은 정부군에 두려움 없이 맞서다가 죽음을 당했다고 한다.[27] 홍가와라는 조선의 홍길동과 이념적으로 유사하며 성씨도 같아 동일인물일 가능성이 제기되어 왔다.

만약 실존인물 홍길동이 유구국에서 활동한 것이 사실이라 할지라도, 허균이 과연 그 내용을 알고 <홍길동전>에 반영시켰는가 하는 문제는 속단할 수 없다. 오직 허균의 문학의식과 이상향 개념, 그리고 삶의 행적을 통한 추론이 가능할 뿐이다. 그는 시대의 변화를 희구하며 그 꿈을 실현할 영웅과 이상향을 모색했다. 이에 따라 홍길동이라는 과거의 실존인물을 소설의 영웅상으로 부각시켰다. 허균은 충청도 공주에서 목사를 지냈고, 전라도 지역을 유람한 경험도 있다. 이 지역이 바로 홍길동이 활동했던 무대였다. <홍길동전>을 집필했을 것으로 예상되는 시절에도 허균은 전라도에 유배되어 있던 몸이었다. 그는 홍길동에 관한 정보를 잘 알 수 있는 조건을 갖고 있었다. 더구나 그는 조정에서 참의 등의 관직을 거치며 실록을 직접 볼 수 있는 위치에 있었으므로, 홍길

---

27) 이는 유구의 역사서 『球陽』, 상진왕 24년 2월 2일 조의 기록을 요약한 것이다. 위의 책 33~39쪽 참고

동의 역사적 기록에 대한 허점이 있었다면 그것을 발견하고 의문을 품었을 수도 있다. 그러나 허균이 이와 같은 내용을 모두 파악했기 때문에 유구국을 이상향으로 형상화했다고 할 수는 없다. 설사 홍길동이 홍가와라가 아니더라도 허균의 이상향은 유구국이라는 섬과 여러모로 연관성을 갖고 있었던 것이다.

홍길동이 유구국으로 갔을 가능성을 부인하는 반론도 나와 있다. 같은 시기에 조선에 구금되어 있던 홍길동이 유구에서 민중 봉기를 일으킨다는 것은 불가능한 일이고, 아마 조선에서 민간에 전해지던 홍길동 이야기가 빈번한 해양 교류를 통해 유구에 전파되어 그곳의 민중영웅담에 부회되었을 것이라는 논리이다.28) 그런데 이 반론 속에 '아직 알려지지 않은 자료'임을 전제로 하여 '안남국은 홍길동의 후손이다(安南國洪吉東之孫)'라는 기록이 소개되어 있다.29) 이는 19세기에 활동한 목태림(睦台林, 1782~1840)의 문집에 나오는 구절로서, 관심을 일으킬 만한 대목이다.

안남국(安南國)은 지금의 베트남을 가리킨다. 목태림의 기록은 허균과 약 이백 년의 격차가 있는데, 그 사이에 안남국이 문학작품의 소재로 등장하기도 했다.30) 바다 밖 먼 나라에 대한 관심이 새롭게 쌓여가면서 홍길동의 이상향과 관련된 민간의 추정도 유구국을 넘어 안남국에까지 그 대상을 넓힌 것으로 보인다. 목태림의 문집 속에는 홍길동의 표기가

28) 장효현, 「<홍길동전>의 생성과 유전에 대하여」, 『국어국문학』 129, 국어국문학회, 2001, 361쪽.

29) 위의 논문, 361~362쪽. 이 기록은 睦台林의 『浮磬集』에 있으며, 『雲窩集』의 原註 부분에서도 이와 유사한 기록을 찾을 수 있다고 하였다.

30) 대표적인 사례로, 안남국 표류 기록인 金大璜의 <漂海日錄>(1689)이 있으며, 소설의 소재로는 趙緯韓(1567~1649)의 <崔陟傳>에 주인공 부부가 안남에서 해후하는 장면이라든지, <張伯傳>에서 주인공이 안남왕으로 제수 받는 것 등을 들 수 있다.

‘東’으로 되어 있는 등 간혹 오류가 보이기도 하고, 안남 백성이 홍길동의 후손임을 입증할 만한 증거도 전혀 제시하지 않았다. 율도라는 명칭은 섬이라는 전제가 있는데 안남은 섬이 아닌 대륙이다. 유구에서 패퇴한 홍길동의 후예가 안남으로 도피했을 경우를 가정할 수 있지만, 베트남의 역사나 민간전승과 결부시키기는 어려운 일이다. 따라서 안남국 이상향 설은 신빙성이 결여된 기록이라 하겠다. <홍길동전>의 이상향 찾기에 대한 관심이 계속되었다는 하나의 증거로 간주할 수 있을 뿐이다.

그와 달리 유구국은 <홍길동전>과 구체적인 연관성이 나타나고 있다. 역사 인물 홍길동이 직접 건너갔든지, 아니면 영웅담이 전파되었든지, 어떤 경우에도 작가 허균의 이상향 인식은 유구국과 관련을 맺고 있다. 따라서 상상의 섬 율도가, 실재하는 유구국과 동일한 대상이라는 논리도 개연성이 높다고 할 것이다.

4. 결어

허균의 이상향 개념을 파악하기 위해서는 <홍길동전>의 율도국 모티프 분석이 필수적이다. 이 글은 그에 앞서 허균에게 영향을 주었을 것으로 보이는 역사적 문학적 상황들을 검토하였다. 16세기 초반에 일어난 세속적 상황들이 지식인들에게 현실을 더욱 외면하게 만들었고, 허균 역시 이를 극복하기 위해 도피적 은거나 도가사상에 관심을 보였다. 그러나 곧 한계를 느끼고 현실적 이상향을 추구한 것이 율도국 모티프라는 결과로 나타났다.

<홍길동전>에서의 이상향인 율도국은 백성이 평안하고 태평을 누리는 나라이다. 실현가능성을 중시했던 허균인지라 그냥 막연한 상상의

장소가 아니라 배를 타고 나가면 그리 멀지 않은 곳에 있는 현실 속의 섬을 염두에 두고 있었다고 볼 수 있다. 그 모델이 될 수 있는 나라가 바로 유구국이다.

허균은 일찍부터 형을 통해 유구국에 대한 소개를 받을 수 있었고, 중국 사행이나 폭넓은 독서로써 이해의 깊이가 더해 갔을 것이다. 그는 유구국이 효렴을 중시하는 나라이며 평화를 사랑하고 풍요를 누리는 백성들이 살고 있다는 사실을 알았다. 조선에서 배를 타고 이레를 가면 도달할 수 있는 현실적인 섬이라는 것도 깨닫고 있었다. 허균이 추구했던 이상향의 여건에 부합했을 것이라는 추론이 가능하다.

<홍길동전>은 유구왕세자 사건(1611년) 직후에 창작되었을 것으로 보는 견해가 많다. 신기하고 진귀한 보물을 싣고 항해하다가 제주도에서 죽임을 당한 유구국의 비극적 이야기가 회자되면서, 허균의 이상향 인식은 유구로 고착되었을 수 있다. 허균은 이 사건 이후에 유구국이 복수하러 조선에 왔다는 소문의 창도자로 지목받았다. 그는 죽음의 순간까지 유구국에 관한 혐의만은 철저히 부인함으로써 이상향의 대상에 대하여 예를 표한 것이 아닐까 하는 여지를 남겼다.

<홍길동전>의 율도국이 현재의 오키나와인 유구국과 동일한 대상이었는지를 검토한 결과, 비록 허구의 율도국이 실재하는 유구국 그대로의 대상이 될 수는 없더라도 동일성을 인정할 조건이 많다 하겠다. 율도와 유구라는 지명의 음이 유사하고, 율도의 지리상 위치도 유구국을 연상시킨다. 연산군 때의 실존인물 홍길동이 유구국으로 건너갔는지의 여부는 확실히 알 수 없으나, 유구국에 남아있는 민담들은 홍길동이라는 인물과의 관계성을 계속 이어가게 해 주고 있다.

'금기' 코드로 풀어보는
〈숙영낭자전〉의 여성주의적 시각*

김 미 령

1. 시작하며

〈숙영낭자전〉은 고전문학사에서 대중성과 특별함을 갖춘 작품이다. 설화, 고전소설, 판소리, 서사민요, 창극에 이르기까지 영역을 확장하며 장르별로 다양한 향유층을 만족시켜 온 작품이라는 점에서 우선 그러하다.[1] 이본 또한 다양하여 필사본 120여종과 방각본 5종 외에 10여

---

* 이 글은 "『한국언어문학』 제90집, 한국언어문학회, 2014."에 게재된 것이다.

1) 〈숙영낭자전〉은 작자와 창작 연대가 미상이다. 현전하는 이본 중 하나인 경판본 28장의 刊記가 '咸豊庚申(1860년)'인 것으로 보아 늦어도 18세기 후반에는 창작되었을 것으로 추정한다.
   〈숙영낭자전〉의 근원설화는 야담집 『태평한화골계전』에 실린 〈科擧者潛蹤其妻〉로 알려져 있는데, 이에 대해서는 손경희, 「숙영낭자전연구」, 연세대석사학위논문, 1986 참조.
   소설 〈숙영낭자전〉과 판소리와의 관계 연구를 통해 소설의 판소리화 과정을 연구한 논문으로는 김종철, 「판소리 〈숙영낭자전〉 연구」, 난대 이응백 박사 고희기념논문집, 1992 ; 성현경, 「〈숙영낭자전〉과 〈숙영낭자가〉의 비교」, 『판소리연구』 제6집, 1995 참조.
   〈숙영낭자전〉은 민요 〈옥단춘요〉로 불리기도 하였는데, 이에 대한 논문으로는 조동일, 『서사민요연구』, 계명대출판부, 1979 ; 김일렬, 『숙영낭자전 연구』, 역락, 1999 등 참조

종의 활자본, 3종의 창본이 전하고[2] 필사본의 경우는 각 내용마다 상당한 차이가 있어 각 이본마다 중요한 의미를 가지고 있다. 이는 그만큼 독자의 요구도에 민감하게 반응하며 대중성을 확보하였음을 보여주는 자료다. 최근에 와서도 <숙영낭자전>은 연극과 창극으로 공연되는 등 변함없이 인기를 유지하고 있다.[3]

그런 만큼 <숙영낭자전>에 대한 연구 성과물도 상당히 축적돼 있다. 크게 작가론, 작품론, 창작시기, 이본연구, 장르 간 연계 연구 등으로 나눠볼 수 있다.[4] 그러나 미진한 부분도 존재한다.

2) 조희웅, 『고전소설 이본목록』, 형일출판사, 1979, 271~272쪽.
이상구, 『숙향전, 숙영낭자전』, 문학동네, 2010, 28쪽. 이에 따르면 현재 조사된 이본으로 필사본 66종, 판각본 4종 총 71종이 있다고 밝혔다.
3) 극단 모시는 사람들(대표 김정숙)은 고전소설 <숙영낭자전>을 각색하여 '숙영낭자전을 읽다'는 제목으로 2013년 1~2월과 10월, 공연을 올린 바 있다. 8월에는 또 영국 스코틀랜드 국립박물관에서 초청받아 이 연극을 공연하기도 했다.(최윤영, 「<숙영낭자전을 읽다>에 나타난 전통변용양상」, 『한국극예술연구』 40, 한국극예술학회, 2013 참조). 국립창극단(예술감독 김성녀)은 지금은 전하지 않는 판소리 일곱 바탕을 창극으로 만드는 '판소리 일곱 바탕 복원시리즈'의 두 번째 작품으로 <숙영낭자전>을 선택, 올 2월부터 창극 '숙영낭자전'을 무대에 올렸다.
4) <숙영낭자전>을 본격적으로 다룬 성과물로 이희숙, 김일렬, 성현경을 들 수 있다.
이희숙, 「숙영낭자전고」, 『한국문학연구』 8, 이화여대 한국어문학회, 1968.-<숙영낭자전>에 대해 선행 논의를 정리하고 검토하면서 서지, 작품의 형식, 내용을 중심으로 분석하였다. 처음으로 종합적인 고찰을 시도하였다는 점에서 의미가 있다. 그러나 '형식이나 내용 면에서 특별하지 않으며 문학성을 찾아보기는 힘들다'는 결론을 도출하여 적극적인 평가를 끌어내지는 못한 감이 있다.
김일렬, 「조선조 소설에 나타난 효와 애정의 대립-숙영낭자전을 중심으로」, 서울대 박사논문, 1984 ; 김일렬, 『숙영낭자전연구』, 역락, 1999-박사논문 이후로도 작가, 창작지역, 창작시기, 주제의식은 물론이고 소설 간의 이본비교, 나아가 장르간의 비교연구까지도 병행한 심도있는 논의를 끌어낸 종합적 성격의 저서이다.
성현경, 「<숙영낭자전>과 <숙영낭자가>의 비교-소설의 판소리화 과정 연구」, 『판소리연구』 6, 판소리학회, 1995.-김일렬의 이본 비교 성과물을 끌고 와 좀 더 심도 있는 논의를 펼치면서, 소설과 판소리 간의 비교 연구를 통해 '소설의 판소리화' 과정을 끌어내었다.
이 외로도 대표적인 연구물을 정리하면 다음과 같다. 김태준, 박희병 교주, 『조선소설사』,

이에 이 글은 고전 서사문학 〈숙영낭자전〉 속에 나타나는 '금기' 코드를 중심으로 '여성중심'의 시각에서 〈숙영낭자전〉을 이해해 보고자 한다.

일반적으로 'Taboo'라 불리는 '금기'는 심리적 욕망에 대한 제약의 성격을 가지고 있어서 인간의 강한 욕망들을 제지하거나 금지한다. 그리고 이 금기를 깨뜨리는 자는 으레 집단에서 축출 당하게 된다.[5] 프로이드의 정신분석학은 이러한 '심리적 금지'를 일반화한 대표적인 사례다.

그러나 '금기'를 거부하고자 하는 인간의 욕망은 무의식 속에서 여전히 진행된다. 이러한 측면에서 금기는 양가성(兩價性)을 가지고 있으며, 이 양가적 속성은 인간의 본질적인 모습인 '욕망'이라는 이름으로 대변된다.

한편, '금기'는 심리적인 환경뿐 아니라 사회적인 현상들과도 관계지어 정의되기도 한다. 이때 사회적인 현상은 사회적으로 제한된 행위인 규범, 법률, 금지 등으로 통용되는 '사회적 금지'이며, 개인적이거나 집단적인 행위를 조절하는 정치적이고 사회적인 문화체계로 정의된다.[6]

한길사, 1990 ; 김종철, 「판소리 〈숙영낭자전〉 연구」, 『난대 이응백 박사 고희기념논문집』, 한샘, 1992 ; 박태상, 「〈숙영낭자전〉」, 『고전소설연구』, 일지사, 1993 ; 윤경수, 「숙영낭자전의 신화적 구성과 분석」, 『연민학지』 7, 연민학회, 1999 ; 류호열, 「〈숙영낭자전〉 서사 연구 : 설화·소설·판소리·서사민요의 장르적 변모를 중심으로」, 건국대 박사학위논문, 2010. 최근에 와서는 고전소설을 콘텐츠 개발에 활용하는 논문으로 양민정, 「디지털 콘텐츠 개발을 위한 고전소설의 활용방안 시론」, 『외국문학연구』 19, 한국외국어대학교 외국문학연구소, 2005 ; 외국인을 위한 한국어교재로서 〈숙영낭자전〉을 논의한 정선희, 「외국인을 위한 한국문화-가치관 교육 제재 확장을 위한 시론 : 〈숙영낭자전〉을 중심으로」, 『한국고전연구』 27, 한국고전연구학회, 2013 ; 〈숙영낭자전〉의 텍스트 속에서 몸'이 갖는 의미의 중요성에 착안한 논문인 정인혁, 「〈숙영낭자전〉의 '몸'의 이미지」, 『한국고전연구』 28, 한국고전연구학회, 2013 등 폭넓은 영역에서 확장된 성과물이 나오고 있다.

5) 프로이드, 이윤기 옮김, 「토템과 터부」, 『종교의 기원』, 열린책들, 2004, 54~76쪽.

이는 특히 당대 '이데올로기' 속에서 분명하게 모습을 드러낸다.

'금기'라는 외피 속에 잠복돼 있는 '욕망'이라는 코드는 '선과 악'이라는 인간의 본질적 모습과도 맞물려 있다. '선과 악'은 으레 인간의 내면의식에서 충돌하지만, 타자와의 가치 충돌, 나아가 사회 구성원으로서 당대를 살아가면서 부딪치는 이데올로기와의 충돌 등 다양한 양상으로 발현된다. 따라서 금기를 따라 들어가 보면 그 속에 담긴 근원적인 인간의 욕망들이 자아와 세계(특히 당대의 이데올로기)의 갈등으로 드러나는 것을 확인할 수 있다.

<숙영낭자전> 서사는 그러한 점에서 매력적이다. 금기 서사구조(금기제시–파기–시련–극복)를 가지며, '금기'라는 서사적 요소가 근간이 되어 본격적인 이야기를 풀어가고 있기 때문이다. 따라서 <숙영낭자전> 속에 담긴 금기 코드는 당대 사회가 안고 있는 자아와 세계의 관계를 읽어내는 자료가 될 수 있다.

그럼에도 <숙영낭자전>의 '금기'에 대한 접근의 성과물은 많지 않다. 손경희[7]와 성현경[8]을 들 수 있을 정도다. 손경희는 <숙영낭자전>이 『태평한화골계전』에 수록된 야담 <과거자잠종기처(科擧者潛蹤其妻)>에 설화구조의 관습적 구도인 금기와 간계가 차용되어 형성된 것으로 파악하였으나 그 구조가 내포하고 있는 의미부여까지는 확장하지 못한 감이 있다. 성현경은 '금기'와 '간계'를 중심으로 한층 더 논의를 심화시켰다. 그러나 이 역시 금기와 금기 위반의 행위적 요소에 치중한 감

---

6) 최일성, 「금지와 타부, 혹은 이항대립적 사고의 정치사상적 기초에 관한 연구 : 레비스트로스의 『야생의 사고』에 대한 비판을 중심으로」, 『사회과학연구』 19집, 서강대 사회과학연구소, 2011, 248쪽.

7) 손경희, 앞의 논문.

8) 성현경, 앞의 논문.

이 없지 않고, '금기위반'을 '애정지향'과 연결하다 보니, '금기'가 가지고 있는 문학적 의미나 사회적 의미까지를 끌어내지는 못했다는 생각이다.

또 한 가지, 〈숙영낭자전〉이 가지고 있는 여성주의적 시각을 놓치고 있다는 생각이다. 〈숙영낭자전〉은 주요 독자층이 '여성'으로 알려져 있다. 〈숙영낭자전〉 자체가 부부간의 사랑을 다룬 염정소설의 성격을 갖고 있고, 현전하는 이본들이 모두 한글본이면서 문체 자체가 부드럽고 구어체에 가깝다. 한문이나 고사 등의 인용이 많지 않아 읽기에 편하다는 점도 이러한 사실을 뒷받침해 준다.9)

그러나 〈숙영낭자전〉의 기존 논의는 '효와 애정의 대립'을 주제로 한 '애정소설'로 보는 경향이 강하다. 즉 부부간의 사랑을 우선시하는 남주인공 '선군'의 행위를 중심으로, 그에 반대하며 '효'를 강요하는 중세적 사고의 '아버지' 간의 갈등을 다룬 이야기라는 시각이다. 이 해석 속에는 정작 여성 주인공 '숙영'과 주요 독자 '여성'에 대한 언급이 빠져 있다. 그런 점에서 〈숙영낭자전〉 이면에 놓인 다층적 함의를 놓치고 있다는 판단이다.

이에 이 글은 금기 서사문학이면서 동시에 작품으로서의 대중성과 특별함을 갖추고 있는 〈숙영낭자전〉을 중심으로 작품 속에 녹아 있는 '금기'의 기능과 성격, 그것이 내포하고 있는 작품의 함의를 여성주의적 시각에서 탐색해 보고자 한다.10)

---

9) 이희숙(앞의 논문) 역시 문체에 한문수식어가 적고 언문일치적이며 부부간의 열렬한 사랑을 이야기하고 있다는 점 등을 들어 〈숙영낭자전〉의 작가가 '여성'일 것으로 추정한 바 있다.
10) 이 글은 〈숙영낭자전〉 이본 중 전형성을 가지며, 대중적으로 널리 읽혔을 것으로 판단되는 경판본 28장본(황패강 역주, 〈숙영낭자전〉, 『숙향전·숙영낭자전·옥단춘전』, 연

2. 금기와 금기위반의 의미

먼저 <숙영낭자전>에 담긴 금기 위반의 모습을 살펴보기 위해 줄거리를 서사단락별로 정리해 보면 다음과 같다.

A. 전반부

① 세종 때, 경상도 안동 선비 백상군은 기자치성하여 아들 '선군'을 낳는다.

② 선군이 장성하자 부모가 혼처를 찾으나 마땅치 않다. 이즈음 선녀 '숙영'이 선군의 꿈에 나타나 '자신과 연분'이라고 말한다. 숙영을 본 이후 선군은 상사병이 든다.

③ 꿈속에서 숙영이 선군에게 자신의 화상과 금동상을 주고, 선군의 집은 부유해 진다.

④ 숙영을 향한 선군의 상사병이 심해지자 숙영이 꿈에 나타나 '시녀 매월을 시중들게 하라'고 한다.

⑤ 선군의 병이 더욱 심해지자 숙영이 다시 꿈에 나타나 '옥련동'에 서 만나자고 한다.

⑥ 선군을 만난 숙영이 '부부 연을 맺으려면 3년을 기다려야 한다'는 말을 한다. (금기 선언)

⑦ 선군의 고집으로 둘은 부부 연을 맺고, 다음날 시댁으로 가서 8년을 살면서 남매를 낳는다. (금기 위반 1-자유연애)

⑧ 부모가 선군에게 과거시험을 권유하나 거부하더니, 숙영이 권유하자 과거 길을 떠난다. (금기 위반 2-입신양명 거부[11])

강학술도서 한국고전문학전집 5, 고려대학교민족문화연구소, 1995)을 기본 텍스트로 삼고 있음을 밝힌다.

11) 필자는 선군의 '입신양명'에 대한 '거부'를 당대의 이데올로기에 역행하는 '금기적 행위'로 판단한다. 당대의 이데올로기의 핵심이 '충'과 '효'임을 감안할 때, 입신양명은 '충'과 '효'를 실천할 수 있는 가장 주효한 덕목이며, 당대의 이데올로기를 유지해나가는 중요한 장치이기 때문이다. 따라서 이에 대한 거부는 당대의 사회적 문화체계를 거부하는 금기적 행위로 간주될 수 있음이다.

⑨ 과거길 떠난 선군이 두 번이나 다시 집에 돌아온다. 이를 모르는 시아버지는 숙영의 정절을 의심하고, 매월에게 감시케 한다. 매월 의 음모로 숙영은 <u>사통한 여자가 된다</u>. (**금기위반 3-간통**[12])

⑩ 숙영은 억울한 마음에 자살한다. (**금기 위반에 대한 징벌**)

B. 후반부

⑪ 선군은 장원급제하고, 선군의 아버지는 숙영을 대신할 여자로 임 진사의 딸과 약혼해 둔다.

⑫ 숙영이 선군의 꿈에 나타나 자신의 죽음을 밝히고 원수를 갚아줄 것을 당부한다.

⑬ 파랑새로 화한 숙영의 도움을 얻어 범인 매월을 처형한다.

⑭ 숙영은 환생하고, 선군은 숙영과의 사랑을 다시 잇게 된다.

⑮ 임 낭자의 정절을 안 숙영이 선군에게 낭자를 맞아들이게 한다.

⑯ 선군·숙영·임낭자는 80세까지 복록을 누리다 승천한다.(**극복**)

　이상의 서사단락을 통해 〈숙영낭자전〉이 내용상으로 '전반부'와 '후 반부'로 나눌 수 있음을 알 수 있다. 이때 전반부는 '금기선언(⑥) → 금 기위반(⑦, ⑧, ⑨) → 징벌(⑩=죽음)'로 이루어져 있으며, '죽음'은 금기위 반에 대한 징벌의 결과로서 이 '전반부'만으로도 하나의 서사가 완성될 수 있다.[13] '후반부'는 숙영의 '재생담'으로, 전반부와 관련해 후일담적

---

12) 서사단락 ⑨에 제시된 금기위반 조항인 '숙영의 간통'은 모함에 의한 것이지, 실제로 숙 영이 '간통'한 것은 아니다. 그러나 〈숙영낭자전〉의 가장 절정 대목은 이후 이어지는 '숙영'의 '시련(이에 대해서는 3장에서 구체적으로 언급)'에 맞추어져 있다. 이 시련은 누명을 쓴 것이기는 하나, 당대의 불문율인 '사통한 여자', 즉 금기 위반자라는 전제하에 서 출발한 것이다. 금기를 위반하지 않았음에도 금기 위반자의 모습으로 징벌당하는 '숙 영'의 모습은 역으로, 당대의 이데올로기에서 여성의 '정절'이라는 것이 얼마나 중시되 는지를 여실히 보여주는 단초가 된다. 이러한 서사의 맥락을 감안하여 숙영의 사통을 '금기 위반'으로 다룬다.

13) '후반부'는 죽은 숙영의 '재생'을 담고 있다. 앞서 〈숙영낭자전〉 필사본들은 내용의 편 폭이 크다고 했는데, 이는 주로 후반부 내용의 차이에서 빚어진다. 이들 필사본 중 김광

성격을 갖고 있다고 볼 수 있다.

한편, <숙영낭자전> 전반부에 나타나는 세 번의 '금기위반(⑦, ⑧, ⑨)'이 행위의 주체와 성향이 다르다는 점은 중요하다. 금기 위반자와 금기의 성향에 따라 작품의 의미가 달라질 수 있기 때문이다. 따라서 이를 중심으로 금기 위반의 의미를 살펴보겠다.

먼저, <숙영낭자전>은 절대자의 금기선언과 그에 대한 위반(⑦)의 문제와, 인간이 살면서 지켜야 할 제도적 윤리적 관습으로서의 금기에 대한 위반(⑧, ⑨)으로 분류해 볼 수 있다. 또 금기위반의 주체 역시 선군(⑦, ⑧)과 숙영(⑨)으로 각각 다르다.

1) 절대자에 대한 금기 위반과 그 의미

<숙영낭자전>의 첫 번째 '금기'는 서사단락 ⑥에서 구체화된다. 천상에서 요구하는 3년이라는 '약속된 기일', 바로 그것을 지켜내는 시간적 유예이다.[14]

숙영과 선군은 이미 하늘에서 부부의 연을 인정한 선관들이다. 그런데 텍스트로 미루어 보아, 죄를 지은 쪽은 선군이고, 숙영은 남편과의

순 소장 24장본의 경우는 실제로 숙영의 '죽음'과 '장례' 장면으로 끝이 난다.(이에 대한 논의는 김일렬, 「비극적 결말본 <숙영낭자전>의 성격과 가치」, 『어문학』 66, 한국어문학회 1999 참조). 서사민요 <옥단춘요>도 '선군'이 '숙영'의 죽음을 확인하고 슬퍼하는 대목이 민요화한 것이니, <숙영낭자전> 전반부만 담겨 있다고 볼 수 있다. 따라서 '후반부'는 개작의 과정에서 내용의 편폭이 커진 것으로 추측된다.

14) "오늘눌 이 갓튼 션아을 디흐미 이제 죽어도 다시 한이 업스리로다 흐고 그리던 정회 설화흐니 낭지 갈오디 쳡 갓튼 아녀즈을 스럼흐여 병을 일우니 엇지 장뷔라 칭흐리요 그러나 <u>우리 맛눌 긔한이 삼년이 격흐여스니 그쩌 쳥조로 미피을 보고 샹봉으로 뉵녜을 민즈 빅년동낙흐려니와</u> 만일 이제 몸을 허흐즉 텬긔누셜흐미 되느니 낭군은 아직 안심흐여 쩌을 긔디리소셔."-<숙영낭자전>, 250쪽.

인연 때문에 부득이 하강하는 것으로 보인다.15) 그러다 보니 선군은 '지상'으로, 숙영은 지상과 천상의 중간지점인 '옥련동'으로 하강하는 모습이다. 이로 인해 '옥련동'이라는 특이한 공간이 형성되고 〈숙영낭자전〉은 천상, 옥연동, 지상으로 구분되는 3중 체계를 갖는다.16)

이러한 다층적 공간 설정은 곧 공간의 의미가 각기 다름을 의미한다. 우선 천상의 천관이었던 선군은 잘못을 저지르고 지상으로 적강하게 되는데, 이로 보아 천상은 죄를 지은 자가 존재해서는 안 되는 신성(神聖)의 공간이다. 반면 지상은 죄값을 치르는 속(俗)된 공간이 된다. 이때 절대자는 죄지은 자에게 죄값을 치르는 과정으로서 지켜야 할 '금기'를 제시한다. 이 금기는 그가 신선성을 회복할 것인지 말 것인지를 시험하는 관문이 된다. 금기를 지키는 임무를 무사히 수행하면 천상으로의 복귀가 가능하며 신성한 존재로 회복될 수 있다. 반면, '금기 위반' 시 또 다른 징벌을 받게 된다. 징벌은 다양하게 표출되지만, 절대자의 금기를 어길 경우 죽음을 수반하는 경우가 많다.

이런 점에서 '금기'는 성과 속을 경계 짓는 동시에 '시련'이라는 관문을 통과하는 통과의례적 성격도 갖고 있다고 볼 수 있다. 이는 '금기' 자체가 갖는 '양가성'이라는 속성 때문이다. 지키지 않으면 안 되는 것

---

15) 이쩌는 션군의 나히 이팔이라 츈일을 당ᄒ여 셔당의셔 글읽더니 ᄌ연 몸이 곤뇌ᄒ여 궤을 지여 조을식 문득 녹의홍상훈 낭ᄌ 문을 열고 드러와 진비ᄒ고 겻히 안지며 갈오ᄃᆡ "그ᄃᆡ는 나를 몰나보시나니가 니 이졔 오문 다름아니라 과연 텬상 연분이 잇기로 ᄎ져 왓나이다" 션군이 갈오ᄃᆡ "나는 인간속긱이요 그ᄃᆡ는 천샹션녀여ᄂᆞᆯ 엇지 연분 잇다 ᄒᆞ느요 낭ᄌ 갈오ᄃᆡ 낭군이 본ᄃᆡ 하늘의 비 맛튼 션관으로 비 그릇 쥰 죄로 인간의 ᄂᆞ려왓스오니 일후 ᄌ연 상봉홀 ᄊᆡ 잇스리이다 ᄒᆞ고 문득 간ᄃᆡ업다. - 〈숙영낭자전〉, 248쪽.

16) 〈숙영낭자전〉에서 '옥련동'이라는 공간의 성격은 중요하다. '숙영'의 적강 장소로만 단순히 인식되는 것이 아니기 때문이다. '천상'도 아니고 '지상'과도 거리가 먼 '옥련동'은 궁극적으로 '여성'들의 우월성을 입증받을 수 있는 공간으로서 가치를 인정받는 곳이다. 구체적으로는 3장에서 다룰 것이다.

을 알면서도 인간의 욕망은 끊임없이 그것에 대한 위반을 꿈꾼다. 특히 인간의 가장 본능적 감정인 '성욕'에서 위반의 욕구는 더욱 강렬하다. 그러다보니 서사문학에서 '금기'를 다루는 문학은 인간의 본능적 욕망을 담는 경우가 많고, 그런 경우 인간사에 좀 더 핍진한 이야기가 된다.

<숙영낭자전> 또한 그러하다. 이들이 다시 선관이 되기 위해서, 즉 신성성을 회복하기 위해서는 통과의례적 절차가 필요할 터인데, 이것이 바로 '금기'로 주어진다. 각기 다른 공간에서 거주하는 그들이 완전한 부부로서의 연을 맺고 승천하기에는 '3년'이라는 시간적 유예가 필요했던 것이다.

이때 3년이라는 숫자는 상징적 의미를 내포한다고 볼 수 있다. '3'이라는 숫자는 천(天), 지(地), 인(人), 즉 하늘과 땅과 사람을 의미하며, 하늘과 땅과 사람은 결국 만물 우주를 이루는 온전한 존재로서의 의미를 갖는다. 따라서 3은 '모든'이라는 말이 붙을 수 있는 숫자이며, 하늘과 땅과 사람이 일체화 될 수 있는 완전함에 이르는 숫자다. 따라서 '3년간의 시간적 유예', 그리고 그것을 지켜내기 위한 금기는 완전함을 이루기 위한 시련의 시간인 것이다.

그러나 숙영과 선군은 그들의 첫 만남 장소인 '옥련동'에서 '욕망'을 절제하지 못하고 또다시 금기를 위반하게 된다. 금기를 지키지 않으면 천벌이 내릴 것이라는 경고가 있었음에도 말이다. 이로 인해 불완전한 두 주인공은 완전함을 갖추기 위한 또 다른 시련을 거치게 된다.

금기를 위반한 그들은 일정 부분 신성한 공간으로 인정됐던 옥련동에서조차 쫓겨나, 지상의 공간으로 내몰리게 된다. 그리고 이 '지상'이라는 공간에서 이들의 사랑은 선관들의 신성함이라는 표식을 벗고, 인간들의 속된 사랑으로 전락하게 된다. 동시에 <숙영낭자전>은 이러한

'금기 위반'이라는 서사적 계기를 통해 신성스러운 사랑을 이야기하기 보다는 속된 공간에서의 인간들의 사랑 이야기에 집중하겠다는 작가의 의도를 읽어내게 한다.

즉, 죄를 짓고 하강한 '지상'이라는 공간은 '속된 공간'으로, 선군과 숙영을 중심으로 한 인간의 다양한 욕망들을 표출하는 직설적인 장소로서 의미를 갖는다는 말이다. 〈숙영낭자전〉이 신성한 공간인 '천상'과 대비되는 '지상'이라는 속된 공간을 통해 '사랑'을 이루어내는 과정은 결국 인간사회에서 겪는 다양한 시련과 이데올로기들을 '금기'라는 문학적 요소에 의지하여 담아내고 있다는 말이기도 하다.

이로써, 3년간의 시간적 유예라는 금기, 그리고 그것에 대한 위반은 이후의 서사가 불완전한 인간들의 속되지만, 본격적인 사랑이야기를 꾸리는 '서사의 프롤로그'와도 같은 도입부 역할을 하게 된다.

2) 유교적 윤리에 대한 금기 위반과 그 의미

(1) 자유연애

〈숙영낭자전〉에서 다뤄지는 또 다른 금기는 당시의 유교사회가 금기시 했던 '자유연애'를 드러내고 있다는 점이다. 당대 사회에서 '혼례'는 '가족'이라는 새 구성원을 만들어 내는 중요한 과정으로서 의미를 지니고 있었으며, '육례(六禮)'라는 분명한 형식적 절차를 갖추고 있었다. 자식이 장성하면 부모들은 으레 자식의 혼처를 찾고, 반드시 중매자가 있어야 하며, 7세가 넘어서는 남녀는 동석하지 못하는 등의 관례가 엄격했다.[17] 자식들의 짝은 부모가 찾아주는 것이지 당사자가 찾는 것이 아니었던 것이다. 따라서 당시에 '자유연애'란 상상도 못할 윤리적 금기였다.

　선군이 장성하자 선군의 부모 역시 선군의 혼처를 찾기 위해 백방으로 수소문을 한다. 그러던 어느 날 선군은 꿈속에서 '숙영'을 보게 된다. 숙영은 선군에게 자신과 부부인연이라는 말을 전하고 사라진다. 이 날 이후 선군은 그녀의 아름다운 모습을 잊지 못하고 오매불망 그리워하다 병이 날 정도에 이른다. 선군의 증세가 악화되자 숙영은 결국 선군을 자신이 거처하는 '옥련동'으로 불러들인다. 이에 선군은 부모에게 '여행을 다녀오겠다.'는 거짓말을 하고, 그녀를 찾아 길을 떠난다.

　'옥련동'에서 숙영을 만난 선군은 그녀를 보자마자 그녀의 아름다움에 더욱 혹한다. 결국 그녀가 일러준 '3년이라는 시간적 유예'는 물론, 부모의 의사와도 상관없이, 육례(六禮)라는 혼인절차도 무시한 채, 그녀와 부부의 연을 맺기를 무작정 애걸한다. 이에 숙영도 어쩔 없이 선군의 뜻에 순응하여, 첫날밤을 옥련동에서 지내는데, 둘의 운우지락은 측량할 수 없이 좋았다.[18]

　이튿날, '금기'를 어긴 두 남녀는 '옥련동'에서 더 이상 머무를 수 없음을 알고, 속된 인간의 세계인 선군의 집으로 들어가게 된다. 숙영을

---

17) 『小學』, 「明倫」 60－"曲禮曰, 男女非有行媒, 不相知名. 非受幣, 不交不親. 故日月以告君, 齊戒以告鬼神, 爲酒食以召鄕黨僚友. 以厚其別也. 取妻, 不取同姓, 故買妾, 不知其姓則卜之" : "남녀는 중매하는 사람이 왕래하지 않으면 서로 이름을 알지 못하고, 폐백을 받지 않으면 사귀지 않고 친하게 지내지도 않는다. 따라서 혼인하는 날과 달을 알려서 임금에게 알리고, 몸과 마음을 깨끗이 한 다음 묘당의 조상에게 알리고, 술과 음식을 마련하여 사람들과 벗을 초대한다, 이렇게 하는 것은 남녀유별의 예를 소중히 여기기 때문이다. 아내를 맞이할 때는 성(姓)이 같은 여자를 아내로 맞이하지 않는다. 그러므로 첩을 들일 때 그의 성을 알지 못하면 점을 친다."

18) 선군이 그 옥슈를 잡고 침니 나아가 운우지낙을 일우니 그 견권정을 이로 층양치 못홀너라 이의 낭지 갈오디 이졔는 쳡의 몸이 부졍ㅎ여 엿지 곳의 머무지 못홀지니 낭군과 혼가지로 가리라 ㅎ고 쳥파의 잇그러 닉여 옥년곡의 올나 안고 선군이 비힝ㅎ여 집의 드러온니 즈연 츄종이 만터라－<숙영낭자전>, 252쪽.

자신의 집으로 데리고 들어간 선군은 숙영을 부모에게 인사 시키고, 본격적인 혼인관계를 지속하게 된다.[19]

이렇듯 <숙영낭자전>에는 '자유연애'가 소통되는 모습이다. 분량으로 보더라도 전반부 중 절반 가깝게 숙영과 선군의 '만남', 그리고 둘의 '자유연애' 모습을 그리고 있다. 이러한 자유연애가 아무런 제재도, 거리낌도 없이 자연스럽게 소통되는 모습은 <숙영낭자전>이 절대자의 금기보다, 당대 사회의 근간인 가부장중심의 유교적, 윤리적 체제보다 남녀 간의 사랑을 우위에 두고 있음을 말해주는 듯하다. 또 절대자의 금기를 어기는 순간에도, 자신이 선택한 여자를 부모에게 소개하는 순간에도 선군의 모습 속에 두려움이나 부끄러움의 감정이 일절 언급돼 있지 않음은 <숙영낭자전>이 남녀 간의 '애정 문제'를 본격적으로 서사의 중심에 두고 있음을 보여주고 있는 것이다.

이로써 <숙영낭자전>은 '자유연애'라는 금기 코드를 작품 전면에 관통시킴으로써 중세 사회가 감추고 절제하며 금기시하는 '애정 문제'를 수면 위로 끌어 올리고, 당대 사회가 지향하는 폐쇄적 유교 사고의 '애정관'에 정면 대응하고 있음을 보여준다.

(2) 입신양명에 대한 거부

숙영과의 팔 년여의 결혼 생활에서 선군은 부부간의 금슬이 지나쳐

---

[19] 청파의 잇그러 닉여 옥년곡의 올나 안고 션군이 비힝ᄒᆞ여 집의 드러온니 주연 츄종이 만터라 이젹의 빅공 부뷔 션군을 닉여보닉고 넘예 노이지 아니ᄒᆞ여 스룸을 노허 그 종젹을 츠즈나 옹년동 잇는 션군을 엇지 알니요 눌이 밝으미 <u>션군이 일미인을 다리고 드러와 부모젼의 현알ᄒᆞ거늘 그 부뫼 곡졀을 몰나 주시 무르니 션군 젼후ᄉᆞ연을 고ᄒᆞ는지라 그 부뫼 깃거ᄒᆞ여 낭ᄌᆞ을 ᄉᆞᆲ펴보니 화려ᄒᆞᆫ 용뫼와 아릿ᄯᅡ온 진질이 다시 인간의ᄂᆞᆫ 업는 빈라 져우 공경긔딕ᄒᆞ고 쳐소을 동별당의 졍ᄒᆞ여 금슬지낙을 이을식</u> -<숙영낭자전>, 252쪽.

공부까지 전폐한 모습으로 드러난다. 부모는 이를 민망히 여기나 어렵게 얻은 자식인지라 싫은 내색을 좀체 하지 못하고 이를 지켜볼 뿐이다.[20] 그러던 중 과거 시험이 열리는 것을 알고 선군의 부모는 그에게 '입신양명'의 기회라며 과거 보기를 재촉한다.[21] 그러나 선군은 부모의 말을 일언지하에 거부해 버린다.

> 선군 왈 "우리 전답이 수천셕지가요 노비 쳔여 귀라 심지소락과 어목 지소호을 임의디로 홀 터이여눌 무슴 부족호미 잇셔 쏘 급졔을 바라리 잇고 만일 집을 쩌나오면 낭즈로 더부러 슈삭 이별이 되기 시오니 슈졍 이 졀박호여이다."[22]

위 인용문은 과거보기를 재촉하는 아버지의 뜻을 따르지 않겠다며 선군이 제시한 거부 이유이다. 첫째가 집안의 전답이 이미 부족함이 없으니 급제를 할 이유가 없다고 한다. '입신양명' 하라고 했더니, '이미 풍족한 돈이 있으니 출세할 필요가 없다'고 답하는 모습은 당시 '입신양명'이라는 유교적 실천 덕목이 선군에게는 단순한 '재산증식' 수단 이상의 의미가 아님을 보여준다. 또 과거를 보려면 여러 달을 숙영과 이별해야 하니 절박한 사정을 이해해 달라는 말 속에는 완곡한 듯하지만 '과거'라는 이유로 결코 이별할 생각은 전혀 없음을 확연하게 보여준다.

---

20) 선군이 낭즈로 더부러 슈유불니호고 학업을 전폐호니 빅공이 민망히 녀기느 본디 귀흔 즈식인 고로 지이부지호고 바려두더라 이럿틋 셰월여류호여 이믜 팔 년 된지라―<숙영낭자전>, 254쪽.

21) 선군을 불너 일으디 이번의 알셩과 뵌다 호니 너도 올나가 과거을 보아 요힝 참방호면 네 부모 영화롭고 조샹을 빗닉미 아니 되랴 호며 길을 지촉호니―<숙영낭자전>, 254쪽.

22) <숙영낭자전>, 254쪽.

이는 당대 유교 사회를 관통하고 있는 이데올로기를 정면으로 거부하는 모습이다. 조선사회는 조직의 기초 원리를 가족에 두었고, 최고의 권위를 가부장에게 주었다. 이러한 수직적 체재를 무리 없이 끌고 가기 위해 당대 유교 사회는 행동의 중심 원리로서 삼강오륜을 제시하였고, 효에 대한 찬미를 아끼지 않았다. 이로 인해 중세의 지배질서는 굳건히 유지될 수 있었다. 그런데 자식으로서 응당 지켜야 할 도리이자, 충효의 근간이 될 '입신양명'을 아버지로서 당부하거늘, 아들은 '돈은 충분히 있다, 게다가 사랑하는 아내와 몇 달을 떨어져 살아야 할 만큼 '입신양명'은 중요하지 않다고 하니, 이는 당대를 떠받들던 유교적 윤리를 송두리째 뒤흔들 만큼 위력적인 말이다.

특히 이는 가부장제의 권위에 대한 도전으로 받아들일 수 있다. 당대의 부자(父子) 윤리라는 것이 부자간에 양방이 호혜적인 것도 아니라는 점, 즉 윗사람이 전권을 흔들며, 아래 사람은 당위만을 강조하는 일방의 전제적 윤리였음을 생각했을 때, 선군의 행동은 가장의 권위에, 나아가 당대의 전통적 규범에 정면으로 반기를 든 셈이기 때문이다.

이는 결국 백행의 원류이며 인류의 가장 아름다운 행위로 숭앙되었던 '효'라는 개념이 남녀 간의 '사랑'에 위세를 넘겨 주고 마는 셈이다. 이러한 자식의 거부에 아무런 언급도 하지 못하는 부모의 모습은 더 이상 중세사회의 권위주의적 이데올로기를 견인해 내지 못하는 모습인 것이다.

그런데, 선군의 행위는 여기에 그치지 않는다. 더더욱 통탄할 일이 이어진다. 부모의 '입신양명' 요구에는 망설임 없이 거절하던 선군이 숙영의 한마디에 바로 마음을 바꾸기 때문이다.

> 동별당의 이르러 낭즈다러 부친과 문답ᄒ던 말을 전ᄒ니 낭지 넘용
> 더 왈 낭군의 말이 "그르도다 셰샹 나민 입신양명ᄒ여 부뫼긔 영화뵈미
> 장부의 썻〃 ᄒ 비여늘 이졔 낭군이 규즁쳐즈를 권연ᄒ여 남아이 당〃헌
> 일 폐코져 ᄒ면 부모의게 불회 될 뿐더러 괴인의 쑤지람이 종시 쳡의게
> 도라올지니 ᄇ라건디 낭군은 지삼 싱각ᄒ여 과힝을 밧비 ᄎ려 남의 우
> 음 취치 마르소셔" ᄒ고 반전을 쥰비ᄒ여 쥬며 왈 낭군이 금번 과거을
> 못 ᄒ고 도라오면 쳡이 ᄉ지 못ᄒ리니 낭군은 조금도 괘렴 말고 발힝ᄒ
> 소셔.23)

위 인용문은 과거를 보지 않겠다고 거절하던 선군에게 숙영이 하는
말로, '과거를 보지 않으면 결국 부인인 자신의 내조 잘못으로 원망들
을 게 뻔하다.'며 '과거를 보아야 할 것'이라고 충고하는 대목이다. 아
버지의 말에는 꿈쩍 않던 선군이 아내의 말에는 바로 수긍하며 떨어지
지 않은 발걸음을 내딛게 된다.

이 또한 가족의 최고 권위자가 언제나 가부장은 아님을 우회적으로
드러내고 있으며, 결국 선군을 움직이는 것은 '효'라는 '당위적 가치'가
아니라, 대가족 중심의 시각에서 벗어나 부부중심의 가치를 지향하며,
사랑하는 아내의 말을 우선하는 '본질적 가치'였음을 보여주고 있다.24)
이로써 선군의 '금기 위반'의 의미는 결국 당대의 이데올로기에 대한
부정이며, 무엇보다 부부중심의 가치가 우선시되고 있음을 보여준다.

---

23) <숙영낭자전>, 256쪽.
24) <숙영낭자전>의 이본에 따라 차이가 나기는 하지만, 김동욱소장본 48장의 경우, 이러한
　　모습은 더욱 강하다. 후반부에서 '숙영'의 '죽음'을 확인한 선군은 그녀의 죽음을 애통해
　　마지 않는다. 숙영 없이 혼자 사는 것은 의미가 없다며 따라 죽으려 한다. 이 대목에서
　　선군에게 '숙영'은 '최고의 가치'로 자리매김한다. 따라서 '부모'도, 당대의 이데올로기
　　도 어떠한 것보다 그녀는 가치 우위에 존재하게 된다.

(3) 숙영의 '간통'

'간통'은 '정절'을 강조하는 당대의 유교사회에서 남자보다는 여자에게 유독 혹독하게 요구되는, 중세의 상징적 금기조항이었다. 서사단락 ⑨는 숙영이 음모에 빠져 '간통한 여인'이 되는 모습을 담고 있다. 그런데 이는 앞서 제시한 선군의 자유연애 지향, 입신양명 거부라는 유교적 금기 위반의 모습과 차이가 있다. 금기를 위반했음에도 아무런 제재가 취해지지 않는다는 점, 금기 위반자임에도 불구하고 선군의 모습 어디에서도 죄의식은 없었기 때문이다. 이러한 점에서 이들 유교적 윤리에 대한 금기 위반의 속성은 오히려 옹호되고, 당대의 '금기'에 도전적인 성격을 가진 반(反) 이데올로기적 의미를 형성하게 된다.

반면, 숙영의 금기위반 모습은 다르다. '간통'이라는 죄를 뒤집어 쓴 숙영은 '간통녀'로 몰리고 급기야 '자결'이라는 극단적인 징벌이 취해진다. 이는 당대 사회가 지향하고 있는 여성에 대한 '정절'이라는 금기가 여전히 유효하며, 이 조항을 위반할 시 가해지는 대가가 얼마나 무서운지를 입증해 준다.

즉, 간통하지 않았음에도 '간통'으로 내몰리고, 극단적인 자살까지 몰고 가는 숙영의 간통은 앞에 제시된 선군의 금기 위반의 모습이 당대의 이데올로기에 정면 대응하면서 옹호되는 모습과는 정반대의 양상이다. 이는 결국 당대 사회가 여성에게 요구하는 '정절' 시스템이 막강한 위력으로 자리 잡고 있음을 보여주며, '간통녀'가 되어 모진 고문과 수모를 당해 내는 숙영의 '시련'을 자연스럽게 연결하는 전략적 장치로 작용한다.

3. 금기위반의 주체와 여성주의적 시각

그런데, <숙영낭자전>의 전체 서사를 자세히 들여다보면 독자를 낯설게 하는 두 가지 시각이 있다.

첫째, 실제로 금기를 위반한 사람은 당대의 금기 대상에 대한 저항자로서 남자이자, 아버지의 아들로 표상되는 '선군'임에도 징벌(죽음)의 대상자는 '숙영'이라는 점이다. 금기 위반자로서 선군이 아무런 징벌도 없이 영웅자의 모습으로 등극한 반면, 징벌(죽음)은 '숙영'에게 향하고 있는 것이다.

제목이 <숙영낭자전>이라는 점도 의아하다. 작품의 제목을 인물로 설정하는 경우는 으레 그 인물이 주인공인 경우가 많다. 그렇다면 <숙영낭자전>은 '선군'이라기보다 '숙영'에 맞춰진 이야기라고 볼 수 있다. 그런데 <숙영낭자전>은 '숙영'이 아닌 '선군' 쪽에 시각이 맞춰져 있다. 서사 전개에서 중요한 사건 축이 '금기'이고, 이 중심축을 흔드는 주요 인물이 선군이면서, 또 후반부에서 선군은 영웅적 이미지로 마무리되기 때문이다.[25]

실제로 '숙영'이 중심이 되어 진행되는 서사 단락도 분량 상 적다. 구체적으로 언급한다면, '옥련동'에서 숙영의 모습과, '숙영의 시련'(음모 후 자실부분, 서사단락 ⑨~⑩) 뿐이다.

먼저 '옥련동'에서 '숙영'의 모습이다. 이곳에서 숙영은 상당히 적극적이다. 선군의 꿈에 나타나 선군과 자신이 배필임을 알려주고, 머지않

---

25) 이러한 '선군' 중심의 서사가 전개되다 보니 그동안 <숙영낭자전>을 남성중심적 시각으로 해석하는 경우가 많았던 것으로 생각된다. 그러나 이는 그동안 '숙영'에 대한 의미 부여가 지나치게 적었기 때문으로 판단된다.

아 상봉할 것이라는 예시자로서의 역할을 하는가 하면, 선군을 옥련동으로 불러들이기도 하고, 선군의 집안이 가난함을 알고 그에게 진귀한 선물을 건네주어 집안을 일으키게 하는 등 선군보다 능력자이며, 선군을 조종할 정도의 비교우위에 서 있는 모습이다.

그러던 숙영은, 선군이 옥련동으로 찾아오고 그와의 첫날밤을 지낸 후 성향의 변모를 보인다. 옥련동을 떠나 선군의 집인 지상(시대)으로 옮기면서 이러한 성향의 변화는 좀 더 분명해진다. 즉, 옥련동이라는 신성한 공간에서 여성인 '옥영'은 남성보다 우월한 위치에서 남성을 조정할 수 있을 정도의 능력을 보여주나, 지상이라는 공간으로 오면서 그녀는 신성한 표식을 잃어버린 모습이다. 이후 〈숙영낭자전〉 서사에서 '숙영'은 적극성은커녕 철저히 수동적이며, 대사 한 번 없을 정도의 소극적인 모습에서 그러한 변화를 실감하게 한다.

이는 '숙영'이 한 남자의 아내로서, 한 집안의 며느리로서 당대의 유교사회를 숨죽이며 살아가야 하는 당대 여성의 모습으로 전락하는 과정으로 치환된다. 이로 미루어 여성도 충분히 역량 있고 능력 있으나 당대 사회 속에서 여성은 불가피 희생양이 될 수밖에 없음을 〈숙영낭자전〉을 통해 담아내는 듯하다. 이때 '옥련동'은 당대 사회를 넘어선 여성 중심의 이상향적 공간으로 특별한 의미를 갖게 되고, 지상은 당대의 이념과 지배 이데올로기를 투사한 현실의 공간으로서 대조의 모습을 보이며 각각의 의미를 형성하게 된다.[26]

한편, 지상에서의 소극적이고 서술의 중심에서 벗어나 있는 듯한 '숙

---

26) 김선현(「〈숙영낭자전〉에 나타난 여성해방공간, 옥연동」, 『고전문학과 교육』 21, 한국고전문학교육학회, 2011.)도 본 논문을 통해 '옥연동'이 열린 공간, 여성적 공간이라는 점에서 의미를 찾은 바 있다. 이 글의 견해와 상통하는 부분이다.

영'이 갑자기 서사의 중심에 서는 부분이 나타난다. 바로 시녀 매월의 질투에 의해 '간통'이라는 음모에 휘말려 시련을 겪는 부분이다. 매월은 평소 숙영 남편인 선군을 사랑해 오던 차에, 시아버지가 숙영의 정절을 의심하는 모습을 알고, 불량스러운 '돌이'를 뇌물로 꼬드겨 그를 통해 숙영이 사통한 것처럼 꾸민다. 이로부터 <숙영낭자전>은 오롯하게 그녀의 '시련'에 집중하게 된다.

시아버지는 숙영이 부정한 짓을 저질렀다고 확신하고, 당장 하인들을 시켜 숙영을 결박시켜 방에서 끌어 내린다. 그리고는 온 집안 식구가 보는 앞에서 간통한 사실을 인정하라며 숙영을 다그치고 몰아붙인다.[27]

하루아침에 부정한 여인으로 전락하고, 노비들 손에 포박당해 끌려나와 매질을 당하며 최대 위기에 직면한 숙영은 어린 자식들이 울며 내미는 손도 뿌리치고 극단적인 선택을 한다. 자결을 택한 것이다.[28] 아무런 잘못도 없이, 하인들의 손에 결박당하는가 하면, 매질을 당해야 하고, 젖먹이 아이가 내미는 손도 잡지 못할 만큼의 극한 상황까지 몰고 가면서 <숙영낭자전> 서사는 '절정'을 이룬다.

이와 같이 죄 없는 숙영을 자살로까지 몰고 가는 극단적 상황의 절

---

27) 빅공이 분노ᄒ여 노즈을 호령ᄒ여 낭즈을 결박ᄒ라 ᄒ니 노지 일시의 다라드러 낭즈의 머리을 산발ᄒ여 게하의 안치니 그 경상이 가장 가련ᄒ더라 빅공이 ᄃ뢰 질 왈 "네 죄상은 만수무셕이니 ᄉ통ᄒ 놈 밧비 일으라" ᄒ고 미로 치니 빅옥 갓튼 귀밋히 흐르나니 눈물이요 옥 갓튼 일신이 소ᄉ나니 유혈이라. -<숙영낭자전>, 272쪽.

28) 낭지 흐르ᄂ니 눈물이요 지나니 한숨이라 졍씨괴 고 왈 "쳡 가튼 게집이온들 더러온 악명이 셰상의 나타ᄂ고 엇지 붓그럽지 아니리잇고 낭군이 도라오면 상디홀 낫치 업ᄉ오민 다만 죽어 셰상을 잇고져 ᄒᄂ이다." ᄒ며 진쥬 갓튼 눈물이 옷깃슬 젹시거눌 …(중략)… 이쩌 츈힝이 그 모친 형상을 보고 울며 왈 "모친은 죽지 마오 부친이 도라오시거든 원통ᄒ 스경이나 ᄒ고 죽으나 ᄉ나 ᄒ옵소셔 어머니 죽으면 동츈을 엇지ᄒ며 ᄂ는 누을 밋고 살나 ᄒ오 ᄒ여 손을 잡고 방으로 드러가ᄉ이다." ᄒ니 낭지 마지못ᄒ여 방으로 드러가 츈힝을 겻히 안치고 동츈을 졋먹이며 치복을 너여 입고 슬허 왈 "츈힝아 나는 오날 죽으리로다." -<숙영낭자전>, 276~278쪽.

정 대목을 통해 〈숙영낭자전〉은 '금기'에 몰린 '가련한 숙영'의 이미지를 충분히 클로즈업 한다. 그로인해 당대 유교 사회의 가부장적 봉건 의식, 즉 '열녀'를 대량 생산코자 하는 당대의 사회인식이 얼마나 모순적인지 여실히 드러난다. 이때 숙영의 자결은, '열녀'만들기 프로젝트라는 당대 사회의 이데올로기를 대상으로, 숙영 개인이 저항할 수 있는 유일한 수단으로서 의미를 갖는다.

물론 당대를 살아가는 여성이 당대 사회를 비판할 만큼 목소리를 내기는 쉽지 않았을 것이고 여성으로서의 느끼는 부당한 인식도 오늘날 생각하는 만큼 강하지는 않았을 것이다. 그러나 억울한 누명과 잔인한 시련이라는 절정을 거치면서 '숙영'의 이미지는 '가련함'으로 빛을 발하고, 당대 여성들은 동병상련을 느끼며 공감대를 형성했을 것이다. 이로써 〈숙영낭자전〉에는 작가가 의도하든 의도하지 않았든 당대 여성들에 대한 사회 인식의 부당함이 잠복돼 있음을 확인할 수 있다. 아울러 〈숙영낭자전〉은 당대 사회가 안고 있는 모순적인 세계관과 이 세계관의 횡포 속에 무너지는 한 여인에 집중하며, 당대 여성들의 애잔함과 비극미를 극도로 끌어 올릴 수 있었던 것이다. 이런 연유들을 가지고 있었기에 작품의 제목이 〈숙영낭자전〉일 수 있는 것이다.

둘째, '선군'의 이미지 변화 또한 낯설다. 〈숙영낭자전〉이 전반부와 후반부로 나뉠 수 있음은 앞서 언급했다. 이때 전반부는 '금기 위반자'인 선군을 내세우며 당대 유교사회의 이데올로기를 거부하는 적극적인 모습이 그려져 있었다. 그러한 행위를 통해 전반부는 애정지향적인 세계가 구축된다.

금기 위반을 옹호하던 선군은 그러나 후반부에 와서 다른 면모를 보인다. 과거시험을 재산증식의 수단정도로 하찮게 여기며 의미 부여를 하지 않았던 그가 과거에 급제하고, 벼슬을 하며, 임금에 대한 충성을 다하는 등 유교사회의 전형적인 남성의 모습을 보여 주기 때문이다. 뿐만 아니다. 선군은 음모에 휘둘려 억울하게 죽은 사랑하는 아내의 원수를 갚아주는 능력자의 모습으로까지 확장된다. 결말 부분에 가서는 환생한 숙영 외로도 또 다른 우월한 여인 '은 낭자'를 아내로 삼아 두 여자를 모두 쟁취하고 다복하게 살다 80세가 되어 두 처와 함께 승천하는 모습으로 막을 내린다.

전반부의 반(反) 이데올로기적이며, 순수 애정 지향형인 '선군'의 모습은 사라지고, 후반부에는 '영웅적 남성상'의 모습이 그 자리를 차지하고 있는 것이다. 왜일까?

이 글은 이 역시 그 속에 여성중심적 시각이 담겨 있으며, 이러한 의미 찾기가 여성독자로서 바로 <숙영낭자전>을 읽는 묘미라고 생각한다.

선군은 전반부에서 '금기 위반자'로 우뚝 서며 부부간의 애정을 최상의 가치로 인식하는 적극적인 순수 애정주의자이다. 이러한 선군의 모습은 여성이라는 시각에서 보면 누구나 한번쯤 꿈꾸어보는 최고의 남성상의 표본이지 않을까 싶다. 즉 '선군'이라는 남성 인물에 기대어 여성들이 지향하는 욕망, 즉 누구나 한번쯤은 꿈꾸어보는 자유연애, 그리고 층층시하의 가부장사회에서 입신양명의 기회가 되는 과거보다, 물질적 풍요보다 자신을 우선으로 여겨주고, 오직 자신만을 사랑해 줄 이상적인 남성상의 모습을 선군에게 투사했던 것이다. 따라서 <숙영낭자전> 전반부는 '선군'이라는 남성 주인공을 통해 여성 독자의 '남성상'을 고스란히 투사해 냈다고 볼 수 있다.

후반부 선군의 변화와, 그의 영웅적 면모도 전반부와 같은 각도에서 바라볼 수 있다. 전반부가 '금기'까지 위반하며 사랑을 행동으로 보여

준 최고의 매력남 선군이 여성이 꿈꾸는 이상향적 영웅이라면, 후반부
는 실제 당대 유교사회에서 지향하는 최상의 남편 모습이기 때문이다.
억울하게 죽은 아내의 입장에서 최고의 만족감은 바로 탄탄대로의 출
세길이 열린 전형적 유교사회의 영웅이 남편이 되어, 사랑하는 아내의
원한을 철저히 응징해주는 것보다 더 벅찬 만족감이 없을 것이기 때문
이다. 전반부에 이어 후반부에서도 작가는 숙영의 억울한 죽음을 해소
해 줄 여성들의 로망을 담으면서 여성의 욕망과 심리를 '선군'에게 투
사한 것이다. 이러한 양상을 띠다보니 〈숙영낭자전〉의 '선군'은 전반
부와 후반부에서 이미지의 변모를 보인 것이다.

즉 〈숙영낭자전〉은 서사의 주체인 '선군'이라는 인물 속에 당대 여
성이 꿈꾸는 최고의 남성(남편)상에 대한 욕망과 심리를 교묘하게 투사
하고 있었던 것이다. 아울러 '숙영'이라는 여성 인물의 '가혹한 시련'을
클로즈업하면서 당대 여성이 부당한 현실 속에서 얼마나 희생양으로
살아야 하는지 잘 보여준다. 그만큼 〈숙영낭자전〉은 전략적 서사이고,
이들의 다층적 함의를 끌어내는 주요 코드가 바로 '금기'라는 서사장치
였던 것이다.

4. 결론을 대신하며

이 글은 〈숙영낭자전〉 서사 속 금기를 중심으로 금기 위반의 의미
속에 담긴 여성주의적 시각을 살펴볼 수 있었다. 이를 중심으로 〈숙영
낭자전〉에 담긴 의미를 정리하면 다음과 같이 결론을 도출할 수 있다
첫째, 〈숙영낭자전〉 서사는 성(聖)과 속(俗)이라는 분리된 공간 구조
를 갖고 있다는 점, 이때 성의 공간인 천상과 옥련동에서는 '여성' 즉,

'숙영'의 우월성이 인정되고 있음을 확인할 수 있었다. 그러나 속(俗)의 공간인 '지상'에서는 한 남자의 아내로서, 한 며느리로서 더 이상 우월한 존재가 될 수 없음을 보여 주었다. 이는 당대가 갖고 있는 여성에 대한 부당한 인식을 반영하고 있는 것으로 보인다. 아울러, 이 속(俗)의 공간인 지상으로의 이동은 <숙영낭자전>이 신성한 사랑이야기가 아닌 속되지만, 인간들의 본격적인 사랑이야기에 집중할 수 있는 공간으로서 의미를 갖게 된다.

둘째, <숙영낭자전>에서 다뤄지는 금기 위반은 당대 이데올로기에 대한 거부의 속성을 가지고 있는 듯하다. 그러나 이를 좀 더 파고 들어가다 보면, '이데올로기'에 대한 체제 전복적 사고라기보다 이 금기 위반의 욕구를 통해 당대 여성들이 꿈꾸는 '이상적 남성(남편)상'에 대한 이미지를 표출했던 것으로 보는 것이 맞을 것 같다.

즉, <숙영낭자전> 서사는 크게 전반부와 후반부로 나눌 수 있었는데, 전반부에서는 남편 선군의 금기 위반이라는 적극적 행위를 통해, 후반부에서는 억울한 아내의 복수를 통쾌하게 해결해주는 현실적 능력남 선군을 통해 공히 당대 사회를 살아가는 금기 위반에 대한 여성 욕망의 목소리를 담아내고 있었던 것이다. 이는 <숙영낭자전>이 '금기 위반의 욕망'을 남성인 '선군'을 대리해 투사하면서 대리 만족을 꿈꾸는 타자화 된 여성의 모습이라고 볼 수 있다.

셋째, <숙영낭자전>은 또 하나의 중심 서사, '숙영의 시련' 대목을 절정으로 끌어 오면서 비련의 주인공으로 숙영의 이미지를 극대화하고 있었다. 이러한 의도된 '가련형 숙영'의 이미지는 당대 여성들에게 요구되었던 '열녀 만들기' 프로젝트와 '희생양'의 시스템을 우회적으로 비판하는 장치로서 의미를 갖고 있었다.

이상과 같이 〈숙영낭자전〉은 '금기 위반'이라는 소재와 '숙영의 시
련'이라는 여성의 가련한 이미지를 절묘하게 융합하면서 그 안에 여성
중심적 시각과 욕망을 녹아 내고 있었던 것이다. 이러한 점에서 〈숙영
낭자전〉은 당대 여성들의 대리만족과 공감대를 획득했을 것이다. 또
행위의 주체이자, 영웅화된 '선군'이라는 남성의 이미지는 당대 남성들
의 욕구를 일정부분 충족할 수 있었을 것이다. 이것이 바로 〈숙영낭자
전〉이 오랜 생명력을 유지하며 흥행에 성공할 수 있었던 비결임은 분
명하다.

금기시된 욕망과 속임수*

애정소설과 한문풍자소설의 소설사적 관련 양상

엄 태 식

1. 머리말

조선 후기에는 풍자소설·훼절소설·세태소설 등의 명칭으로 불리는
일군의 소설이 등장했다. <정향전>·<지봉전>·<종옥전>·<오유
란전>·<배비장전>·<이춘풍전>·<삼선기> 등이 그것인데, 이 작
품들은 대개 '남성 주인공이 다른 어떤 사람의 사주(혹은 자의)에 의해
설정된 여성 때문에 그동안 자신이 옳다고 지켜왔던 생각이나 행동을
버리는 일련의 소설'[1]로 이해되고 있다. 이 글에서는 이를 '풍자소설'
로 부르고자 하는데,[2] 선행 연구에서는 '풍자소설'을 내기와 공모의 방
식,[3] 훼절의 형식,[4] 작품의 구조[5] 등에 주목하여 그 유형을 분류한 바

* 이 글은 "『문학치료연구』 제35집, 한국문학치료학회, 2015."에 게재된 것이다.

1) 김준형, 「정향전 연구사」, 『고소설연구사』, 월인, 2002, 863쪽.
2) 필자는 '풍자'라는 단어가 해당 작품들의 실상을 적절히 대변하는 단어라고 생각하지는
   않는다. 다만 '풍자소설'이 '세태소설'이나 '훼절소설'보다는 낫다고 판단되므로 우선 사
   용하기로 한다.

있다.6)

　풍자소설 가운데 한문풍자소설, 곧 <정향전>・<지봉전>・<종옥
전>・<오유란전>의 연원은 조선 전기의 이른바 '훼절담' 혹은 '남성
훼절설화'에 있으며, 그간 이에 주목한 연구 성과가 상당수 제출되었다.
그러나 선행 연구에서는 문헌설화와 풍자소설의 관련 양상에 많은 비
중을 두다 보니, 풍자소설과 이전 시기 소설과의 관계에 대해서는 상대
적으로 관심이 적을 수밖에 없었다. 한문풍자소설은 주로 애정전기소설
과의 관련 속에서 논의되었는데, 박희병과 윤재민은 애정전기소설의 전
통과 계승 및 패러디의 관점에서 <정향전>・<지봉전>・<종옥전>・
<오유란전>을 살펴보았고,7) 윤세순은 애정전기소설과 <지봉전>의 관
련 양상을 논하였으며,8) 정선희는 <종옥전>과 <오유란전>의 창작 전
통을 논하면서 애정전기소설과의 관련 양상을 논하였다.9) 이는 한문풍
자소설을 소설사적 맥락에서 파악하고자 한 성과라 하겠다.

---

3) 김종철, 「중세 해체기의 두 웃음」, 『판소리의 정서와 미학』, 역사비평사, 1996.
4) 박일용, 「조선후기 훼절담의 변이양상과 그 사회적 의미」, 『조선시대의 애정소설』, 집문
　당, 1993.
5) 정명기, 「야담의 변이 양상과 의미 연구」, 『한국야담문학연구』, 보고사, 1996 ; 여세주, 『남
　성훼절소설의 실상』, 국학자료원, 1995.
6) 이 글에서 주로 다룰 한문풍자소설에 대한 연구사는 다음의 논문들로 미룬다. 이종주, 「세
　태소설의 변모과정」, 『고소설사의 제문제』, 집문당, 1993 ; 신해진, 「조선후기 세태소설의
　작품세계」, 『역주 조선후기 세태소설선』, 월인, 1999 ; 김준형, 앞의 논문 ; 김경미, 「오유
　란전 연구사」, 『고소설연구사』, 월인, 2002 ; 정선희, 「종옥전 연구의 현황」, 『고소설연구
　사』, 월인, 2002.
7) 박희병, 「한국한문소설사의 전개와 전기소설」, 『한국전기소설의 미학』, 돌베개, 1997 ; 윤
　재민, 「조선 후기 전기소설의 향방」, 『민족문학사연구』 15, 민족문학사연구소, 1999.
8) 윤세순, 「지봉전 연구―17세기 애정전기소설과의 관련을 중심으로」, 『동방한문학』 29, 동
　방한문학회, 2005.
9) 정선희, 「종옥전 연구」, 이화여자대학교 석사논문, 1994 ; 정선희, 「오유란전의 향유층과
　창작기법의 의의」, 『한국고전연구』 9, 한국고전연구학회, 2003.

<정향전>·<지봉전>·<종옥전>·<오유란전>의 창작 연대는 18세기 이전으로 소급되기 어렵다.10) 그런데 한문풍자소설이 창작되기 이전의 시기인 17세기는 한국 고전소설의 수작이 대거 등장한 때이므로, 17세기 소설 역시 한문풍자소설에 영향을 끼쳤을 가능성이 높다. 선행 연구에서는 <구운몽>이 한문풍자소설의 형성에 영향을 미쳤다는 점이 지적되기는 했으나, 17세기 애정소설과 한문풍자소설의 관련 양상에 대해서는 좀 더 자세하게 논의될 필요가 있다. 이에 이 글에서는 15~16세기 애정전기소설에서부터 시작하여 17세기 애정소설의 변모 양상을 살펴보고, 17세기 애정소설이 18~19세기 한문풍자소설의 형성에 끼친 영향 및 한문풍자소설의 성격에 대해 논의하고자 한다.11) 이를 통해 조선 후기 한문풍자소설을 소설사의 전개 속에서 유기적으로 이해할 수 있기를 기대한다.12)

---

10) 김종철, 앞의 논문, 128~132쪽.

11) 이 글에서 주로 다룰 17세기 애정소설은 <왕경룡전>·<동선기>·<구운몽>인데, 이 가운데 <동선기>와 <왕경룡전>은 창작 연대가 불분명하다. <동선기>는 『화몽집』에, <왕경룡전>은 이른바 '신독재수택본전기집'에 실려 있음으로 인해 그간 17세기 초반의 작품으로 논의되기도 하였으나, 이 소설집들이 17세기에 창작되었다고 볼 만한 명확한 근거는 없다. 다만 <동선기>는 비극적 애정전기소설의 전통을 계승하고 있으므로 17세기에 창작되었을 가능성이 높아 보인다. 한편 <왕경룡전>에 대해서는 '정명기, 「고소설 유통사에 대한 새로운 시각」, 『열상고전연구』 33, 열상고전연구회, 2011'에서 이본 17종을 검토하면서 이현조 소장본의 필사기를 근거로 <왕경룡전> 창작 시기의 하한선을 1688년으로 잡았는데, 이는 현재까지 알려진 바로는 가장 신뢰할 만한 것이다.

12) 이 글에서 애정전기소설은 '박희병 표점·교석, 『한국한문소설 교합구해』, 소명출판, 2005'를, <왕경룡전>은 위의 논문에서 소개한 '전북대 소장 활자본 <왕경룡전>'을, <구운몽>은 '정규복 외, 『김만중문학연구』, 국학자료원, 1993' 부록의 강전섭본 <구운몽>을, 한문풍자소설은 '장효현·윤재민·최용철·심재숙·지연숙, 『교감본 한국한문소설 애정세태소설』, 고려대학교 민족문화연구원, 2007'을 대본으로 하며, 인용 시에는 작품명과 이 책의 쪽수만을 표시하기로 한다. 한문풍자소설의 번역은 '신해진, 『역주 조선후기 세태소설선』, 월인, 1999'를 참조하였다.

2. 애정전기소설의 비극적 결말

17세기 애정소설과 한문풍자소설의 관련 양상을 살펴보기 전에 선행되어야 할 작업은 17세기 애정소설 및 조선 후기 한문풍자소설에 영향을 미친 애정전기소설에 대해 살펴보는 일이다. 17세기 애정소설과 한문풍자소설은 애정전기소설의 전통을 계승 혹은 혁신한 결과물이기 때문에, 애정전기소설에 대한 탐구는 그 변화의 궤적을 유기적으로 이해하는 데 꼭 필요하다.

전기소설 혹은 애정전기소설의 양식적 특징과 개념 범주에 대한 논의는 매우 많았다.13) 예컨대 '작가의 창작성 및 문식(文飾)의 가미'와 '사회현실의 보다 풍부한 반영',14) 문학적 관습으로서의 '닫힌 시공·액자구성·의인화 수법·공식적 어투'와 미학적 기저로서의 '머뭇거림',15) '문체' 및 '서사와 서정의 결합방식',16) 사대부 문인지식층의 꿈과 원망(願望)의 반영17) 등이 그간 전기소설의 양식적 특징으로 거론된 내용들이다. 필자는 한국 애정전기소설의 서사적 특징 가운데 가장 두드러진 것이 바로 '비극적 결말'이라고 생각하는데, 여기서는 기존의 연구를 수용하면서 애정전기소설의 서사 문법과 비극성에 대해 살펴보고자 한다.18)

---

13) 이에 대해서는 '이정원, 「조선조 애정 전기소설의 소설시학 연구」, 서강대학교 박사논문, 2003, 2~4쪽'의 정리를 참조.

14) 임형택, 「나말여초의 전기문학」, 『한국문학사의 시각』, 창작과비평사, 1984, 22쪽.

15) 신재홍, 「초기 한문소설집의 전기성에 관한 반성적 고찰」, 『관악어문연구』 14, 서울대학교 국어국문학과, 1989, 132~146쪽.

16) 박희병, 「전기소설의 문제」, 『한국전기소설의 미학』, 돌베개, 1997, 16~17쪽.

17) 윤재민, 「전기소설의 인물 성격」, 『민족문화연구』 28, 고려대학교 민족문화연구소, 1995, 64쪽.

18) 이하 애정전기소설의 서사 문법에 대한 논의는 '엄태식, 「애정전기소설의 서사 문법과

애정전기소설은 우선 남녀의 애정을 다룬 소설이라고 할 수 있는데, 이때의 '애정'이란 혼인 관계에 있지 않은 남녀 주인공의 육체적 관계이다.[19] 애정전기소설의 남녀 주인공은 결연 이전에 시의 수창과 같은 정신적 교감을 나누기도 하지만, 그것은 모든 작품에서 보이는 것이 아니므로 애정의 본질이라고 할 수는 없다. 그런데 혼전 남녀의 결연이 보이는 작품들이라고 하여 모두 애정전기소설로 볼 수는 없다. 왜냐하면 그런 장면은 우리가 일반적으로 애정전기소설이라고 부르지 않는 작품에서도 두루 보이기 때문이다. 그렇다면 여타 애정소설의 애정과는 다른, 애정전기소설의 애정의 특징은 무엇일까?

애정전기소설에서는 남녀 주인공이 그들의 애정을 혼인으로 여기거나 애정을 혼인으로 이어가려고 하며, 애정의 대상이 오직 한 명의 이성이라는 특징이 있는데, 이 문제를 <최치원>을 통해 살펴보자. <최치원>은 그 서두와 결미에 『삼국사기』<최치원열전>이 축약된 형태로 붙어 있고, 작품의 중심을 차지하는 최치원과 팔랑·구랑의 결연담은 『육조사적편류』<쌍녀묘(雙女墓)> 등에 실려 있는 것과 같은 간략한 설화를 소설적으로 확대한 것이다. 이러한 구성 방식은 최치원과 팔랑·구랑의 애정서사가 곧 실존인물 최치원의 삶을 소설적으로 형상화한 것임을 뜻한다. 그런데 <최치원>과 『삼국사기』 사이에는 매우 중대한 차이점이 발견된다. 『삼국사기』 열전에서는 "최후에 가족을 데리고 가야산 해인사에 은거했다.[最後帶家隱伽耶山海印寺]"[20]라고 했지만, <최치

결말 구조」, 『동양학』53, 단국대학교 동양학연구원, 2013'에서 다룬 내용을 수용한 것이다.

19) 우리가 보통 애정전기소설로 다루고 있는 <최치원>·<만복사저포기>·<이생규장전>·<하생기우전>·<주생전>·<위생전>·<운영전>·<상사동기>에는 모두 남녀 주인공의 혼전 성관계가 보인다.

20) 정구복·노중국·신동하·김태식·권덕영 감교, 『역주 삼국사기1(감교원문편)』, 한국학

원>에서는 "최후에 가야산 해인사에 은거하였다.[最後隱於伽耶山海印時]"[21]
라고 하여 '가족을 데리고[帶家]'라는 말이 빠졌다. 실존인물 최치원은
혼인을 했지만, 소설의 주인공 최치원은 혼인하지 않은 것이다.

최치원이 혼인을 하지 않았다는 것은 곧 최치원과 팔랑·구랑의 만
남이 하룻밤의 불장난이 아니라 엄연한 '혼인'임을 의미하는 동시에 최
치원의 애정이 팔랑·구랑 이외의 다른 여인에게로 향하지 않았음을
뜻하는 것이다.[22] <만복사저포기>에서 양생이 귀녀와의 만남 이후 다
시 혼인하지 않고 지리산으로 들어간 것 역시 마찬가지다. 애정전기소
설에서는 남주인공의 애정이 복수의 여성, 이를테면 처와 첩에게 투영
되지 않는바, 이는 애정전기소설이, 남주인공이 처와 첩을 두는 것으로
설정되는 여타의 애정소설들과 구별되는 지점이다.

<최치원>과 <만복사저포기>의 비극성의 근원은 여주인공이 살아
있는 사람이 아닌 귀신이라는 점에 있다. 남주인공의 애정이 오직 귀녀
인 여주인공에게만 향한다는 것은, 남주인공의 입장에서 보면 살아 있
는 여인과는 결연할 수 없다는 뜻이 되기에, 여주인공이 환생하지 않는
한 행복한 결말은 불가능한 것이고 이에 남주인공은 대개 입산부지소
종(入山不知所終)하게 된다. 그런데 <최치원>과 <만복사저포기>에 보이
는 바 남주인공의 애정이 오직 한 사람의 여인에게만 투영된다는 점은,
여주인공이 귀신으로 등장하지 않는 애정전기소설에서도 그 비극성의
근원이 되는데, 이 문제는 <하생기우전>을 통해 반추해 볼 수 있다.

중앙연구원출판부, 2011, 598쪽.

21) <최치원>, 70쪽.

22) 팔랑과 구랑은 두 명의 여인이긴 하지만, 그들은 개성을 가진 두 명의 여성으로 형상화
   되지 않는다. 이는 <최치원>이 쌍녀분설화를 기반으로 하여 창작된 소설이기 때문에
   발생한 현상이다.

<하생기우전>이 행복한 결말이 될 수 있었던 이유는 일차적으로는 죽은 여인이 되살아났다는 데 있다. 그런데 <최치원>·<만복사저포기>·<하생기우전> 같은 명혼서사에 보이는 바 남녀 주인공의 결연은 격리된 시공 속에서 벌어진 초현실적 사건이기도 하다. 신광한은 바로 이 점을 <하생기우전>의 서사 논리로 활용하였으니, 그는 하생과 여인의 야합을 허탄한 꿈속의 일 혹은 초현실적 사건으로 처리하면서, 그것을 하생이 가사(假死) 상태의 여인을 구한 일로 만들어 버렸다. 여기서 중요한 것은, 이러한 서사 논리로 인해 <하생기우전>의 여주인공이 혼전에 정절을 잃지 않았다는 논리를 확보하게 되었다는 점인데, 이것이 <하생기우전>이 행복한 결말이 될 수 있었던 근본적인 이유가 된다.[23] 현실 세계의 논리로 보자면, 하생은 죽은 것으로 오인되어 무덤에 묻힌 여인을 구한 것일 뿐이며, 이에 따라 하생과 여인은 당대 사회의 윤리나 규범을 저촉하는 일을 저지른 적이 없게 되는 것이다.

애정전기소설은 남녀 주인공의 혼전 만남과 결연을 전제로 하고 있는데, 상층 신분의 여주인공이 등장하는 작품의 경우, 여주인공은 혼전에 정절을 잃음으로써 이미 처로서의 자격을 상실하게 된다. 주지하듯이 정이(程頤)는 "무릇 아내를 취함은 자신을 짝하는 것이니, 만약 절개를 잃은 자를 취하여 몸을 짝하면 이것은 자신이 절개를 잃는 것이다."[24]라고 하였는데, 애정전기소설의 향유층인 사대부들은 정이가 말한 바 '절

---

23) <하생기우전>의 서사 논리에 직접적인 영향을 준 작품은 『전등신화』의 <금봉차기>와 <위당기우기>이다. 이 문제에 대한 자세한 논의는 '엄태식, 앞의 논문 ; 엄태식, 「한국 고전소설의 전등신화 수용 연구-전기소설과 몽유록을 중심으로」, 『동방학지』 167, 연세대학교 국학연구원, 2014' 참조.
24) 凡取 以配身也 若取失節者 以配身 是己失節也(성백효 역주, 『현토완역 소학집주』, 전통문화연구회, 1993, 315쪽)

개를 잃은 여인'들이 사대부가 남성의 후사를 잇는다는 것을 받아들일
수 없는 이들이었다.

　＜이생규장전＞·＜주생전＞(선화)·＜위생전＞은 모두 전란으로 인해
비극적으로 마무리된다. 그간 애정전기소설의 전란 소재는 이야기의 전
환을 위한 계기 혹은 인간의 힘으로는 어쩔 수 없는 불합리한 세계의
횡포로 인식되어 온 경우가 많지만, 기실 전란은 남녀 주인공을 불행으
로 몰아가기 위한 서사적 장치이다. ＜하생기우전＞·＜최척전＞[25]과
＜이생규장전＞·＜주생전＞(선화)·＜위생전＞을 비교해 보면, 여주인공
이 혼전에 음분하지 않은 전자는 행복한 결말이고 그렇지 않은 후자는
비극적 결말이다. 상층 신분 여주인공이 등장하는 애정전기소설은 기본
적으로 비극적 결말이 전제되어 있는 것이다.

　애정전기소설의 작자와 독자들은, 애정전기소설 속에서 당대의 규범
을 넘어서는 인물들을 창조함으로써 자신들의 욕망을 상상 속에서 해
소하긴 했지만, 그들은 결코 중세적 질서를 어긴 애정에 대해 긍정하지
는 않았다. 애정전기소설의 작자들은 비극적 결말을 통해 중세적 질서
를 어긴 여인들이 결국 어떤 결과를 맞이하는지를 보여주었을 뿐만 아
니라, 그런 여성들과 결연한 남성들 역시 비극적 결말을 맞이하게 함으
로써 남성에 대한 징벌까지 아울러 보여주었다. 애정전기소설의 비극적
결말은 향유층의 세계관을 단적으로 보여주는 표지인데, 바꾸어 말하면
애정전기소설은 작자의 비극적 세계관을 우의하기에 매우 적절한 양식

---

25) 17세기에 창작된 ＜최척전＞ 역시 ＜하생기우전＞처럼 행복한 결말로 마무리된다. ＜최척
　　전＞에서 주목할 점은 남녀주인공이 '혼전'에 '동침'하지 않았다는 사실인데, 바로 이 때
　　문에 ＜최척전＞은 '애정'을 다룬 소설이 아닌 것이며, 또 이로 인해 행복한 결말이 될
　　수 있었던 것이다. 이 문제에 대해서는 '엄태식, 「최척전의 창작 배경과 열녀 담론」, 『한
　　국고전여성문학연구』 24, 한국고전여성문학회, 2012' 참조.

이었던 셈이다.

3. 17세기 애정소설의 변모와 행복한 결말

17세기 애정소설에서는 하층 신분 여주인공이 등장한다. <주생전>의 배도, <운영전>의 운영, <상사동기>의 영영, <동선기> 동선, <왕경룡전>의 옥단, <구운몽>의 6첩 등이 그들이다. 이 글에서 다루고자 하는 18~19세기 한문풍자소설에서도 모두 기녀들이 등장하는데, 여기서는 17세기 창작된 애정소설 가운데 하층 신분 여주인공, 그 가운데 특히 기녀가 등장하는 작품을 중심으로 조선 후기 한문풍자소설과의 관련성을 모색해 보도록 하겠다.[26]

17세기에 창작된 애정전기소설을 보면, <주생전>의 배도와 <운영전>의 운영은 모두 죽음이라는 비극적 결말을 맞이했으며, <상사동기>의 영영은 남주인공 김생과 해로했다. 그런데 이 작품들의 결말이 달라진 데에도 그 나름의 이유가 존재한다.

<주생전>의 배도는 주생과의 동침을 '혼인'과 별개의 문제로 생각하고 있지 않았으며,[27] 주생이 선화를 만나자 이를 질투하기도 했다. 이는 그녀가 주생의 정처(正妻)가 되고자 했다는 뜻이다. 그런데 배도는 기녀라는 신분에서 벗어날 수 있는 가망이 거의 없었을 뿐만 아니라, 주생과 만나기 전에 기녀 생활을 하면서 '순결'을 잃었다는, 치명적인 '결함'까지 가지고 있었다. 배도는 작품의 중반 정도에 갑작스레 병사

---

26) 기녀가 등장하는 소설 전반에 대한 논의는 '조광국, 『기녀담 기녀등장소설 연구』, 월인, 2000' 참조.

27) 妾雖陋質 願薦枕席 永奉巾櫛(<주생전>, 256쪽)

하는데, 이를 애정전기소설 향유층의 입장에서 본다면, 주생과 배도의 행복한 결말, 곧 배도가 주생의 아내[첩]가 된다는 것은 용납하기 어려운 일이었고, 그래서 배도는 느닷없이 병에 걸려 죽어야 했던 것이다. <운영전>의 비극 역시 같은 맥락에서 이해할 수 있다. <운영전>에서 운영은 왕족의 소유물인 궁녀이고 김진사는 왕족을 섬겨야 하는 사대부이다. 따라서 운영과 김진사의 만남이 행복한 결말로 마무리된다면, 이는 중세적 질서의 근간을 흔드는 결과를 초래할 수밖에 없는 것이다.

　<상사동기>는 비극적 애정전기소설인 <주생전> · <운영전>과 행복한 결말의 애정소설인 <동선기> · <왕경룡전> · <구운몽>의 중간에 위치하는 소설로 볼 수 있다.28) <상사동기>의 행복한 결말은 김생과 영영의 재회, 회산군의 죽음, 이정자의 도움, 회산군 부인의 자비 등과 같은 우연으로 인해 가능했던 것인데, 이와 함께 주목할 부분은 김생이 출세를 포기하고 처를 맞아들이지 않았다는 사실이다.29) 작품의 문면에서는 김생이 영영을 첩으로, 다른 사대부가 여성을 처로 맞아들이거나 과거에 급제하여 출세할 수 없었던 이유를 특별히 찾아볼 수는 없다.30) 다만 분명한 것은 <상사동기>의 작자가 남주인공의 애정이 오직 한 명의 여성에게로만 향한다는, 애정전기소설의 서사 문법을 고

---

28) <동선기>는 작품 전반에 비극적 정조가 짙게 깔려 있다. 그러나 <주생전>이나 <운영전>과는 달리 주인공의 죽음이나 불행으로 작품이 마무리되지는 않으므로, 일단 행복한 결말로 보기로 한다.

29) 卽命英英 歸金生家 二人相見 其喜可掬 生憊氣頓蘇 數日乃起 自此永謝功名 竟不娶妻 與英英相終云云(<상사동기> ; 장효현 · 윤재민 · 최용철 · 심재숙 · 지연숙, 『교감본 한국한문소설 전기소설』, 고려대학교 민족문화연구원, 2007, 506쪽)

30) 만일 이러한 일이 벌어진다면 그때의 <상사동기>는 이미 애정전기소설이 아닌 것이다. '박일용, 「운영전의 비극적 성격과 그 사회적 의미」, 『조선시대의 애정소설』, 집문당, 1993, 180쪽'에서는 당대의 윤리가 김생에게 양자택일을 강요하여 지배 체제 속에서의 영달을 포기한 것으로 보았다.

수하고자 했다는 사실이다. <상사동기>의 결말은 애정전기소설의 자
장 안에서 보여줄 수 있는 행복한 결말의 최대치라고 할 수 있다.31)

　17세기 애정전기소설이 통속적 성향을 보이고 있다는 점은 선행 연
구에서 이미 지적된 바인데,32) 애정전기소설이라는 양식은 <하생기우
전>이나 <상사동기>처럼 다소 억지스러운 서사 논리를 마련하지 않
는 이상 완전한 해피엔딩을 이루어낼 수 없다는 태생적 한계를 가지고
있었다. 그런데 비극적 결말은 아무래도 통속소설 독자들에게 불편한
감정을 불러일으키기 마련이다. 다시 말해 비극성과 통속성은 양립하기
어려운 것이다. 때문에 이 시기 애정소설은, 통속소설의 시대인 17세기
를 맞이하여 애정전기소설이라는 양식에서 벗어나 새로운 활로를 모색
할 필요가 있었다. 17세기 후반에 창작된 <동선기>・<왕경룡전>・
<구운몽>은 이와 같은 소설사적 흐름에서 탄생한 소설이다.

　<동선기>・<왕경룡전>・<구운몽>은 서사의 디테일이나 인물의
형상화 및 작품 분량 등에서 이전 시기 애정전기소설에 비할 수 없는
진전을 이룩하여 작품의 흥미를 제고하였을 뿐만 아니라, '행복한 결말'
로 작품을 마무리함으로써 통속소설 독자들의 기대를 충족시켜 주었다.
그런데 <동선기>・<왕경룡전>・<구운몽>에는 모두 '기녀'라는 하
층 신분의 여성들이 주인공으로 등장한다. 물론 이전의 애정전기소설에
서도 배도라는 기녀가 여주인공으로 등장하긴 했지만, 그녀는 단독 주
연이 아니었고 작품의 중간에서 죽음을 맞이하여 사라졌다. 그러나

---

31) <상사동기>의 애정전기소설적 성격 및 행복한 결말의 의미에 대해서는 '엄태식, 「애정
　　전기소설의 서사 문법과 결말 구조」, 『동양학』 53, 단국대학교 동양학연구원, 2013,
　　17~20쪽' 참조.
32) 전기소설의 통속적 성향에 대해서는 '양승민, 「17세기 전기소설의 통속화 경향과 그 소
　　설사적 의미」, 고려대학교 박사논문, 2003' 참조.

<동선기>·<왕경룡전>에서는 동선과 옥단이 당당히 여주인공의 반열에 오르며, <구운몽>의 경우 기녀 계섬월·적경홍을 비롯한 하층 신분의 여성이 6명이나 여주인공으로 등장한다. 게다가 그녀들은 모두 남주인공과 함께 해로하여 행복한 결말을 맞이했다. <동선기>·<왕경룡전>·<구운몽>에 이르러 어떤 변화가 일어났기에 이런 일이 가능했을까?[33)

우선 주목해야 할 점은, 17세기 후반 애정소설에 '기녀'가 대거 주인공으로 등장함으로써 이 시기 애정소설의 애정서사가 당대의 질서를 저촉하는 심각한 이야기로 흐르지 않을 수 있었고, 이는 궁극적으로 행복한 결말을 가능케 한 원동력이 되었다는 사실이다. <이생규장전>·<주생전>(선화)·<위생전>처럼 정절을 잃어서는 안 되는 사대부가 여성이 등장하는 소설이나 <운영전>의 운영처럼 궁녀라는 특수 신분의 여성이 등장하는 소설의 경우에는 필연적으로 남녀 주인공의 만남 그 자체가 사회적 규범을 저촉하게 만듦으로써, 향유층이 납득할 만한 합리적인 갈등 해결이 대개 불가능할 수밖에 없었으며, 이는 비극적 결말을 초래할 수밖에 없는 원인이 되었다.

애정소설 혹은 애정전기소설에서의 '애정'이란 혼전 남녀의 성관계인데, 이런 시각에서 보면 상층 신분 여성이 주인공으로 등장하는 17세기 애정소설에서는 엄밀한 의미에서의 '애정'은 존재하지 않는다. 예컨대 <구운몽>에서 양소유와 정경패의 만남 장면에 여장이라는 속임수가

---

33) 이 작품들은 모두 한문으로 창작되고 수용된 소설이므로 그 향유층 역시 애정전기소설의 향유층과 같다고 보아야 하며, 행복한 결말 역시 그만한 이유가 있다고 보아야 한다. 한편 <구운몽> 원전의 표기문자에 대해서는 그간 논란이 있었지만, 한문으로 창작되었다고 보는 것이 타당하다.

개입됨으로써 정경패는 양소유가 남자인 줄을 모르고 한자리에 있었던 것으로 귀결되는데, <구운몽>의 이소화와 정경패는 혼전에 양소유와 만나지 못한 것이므로 양소유와 이소화·정경패 사이에는 '애정'이 존재하지 않는다. <숙향전>의 숙향과 이선 역시 현실 세계에서는 혼전에 서로 만나보지 못했으므로, 그들의 관계 역시 엄밀한 의미에서의 '애정'이라고 보기는 어려운 것이다. 그러나 기녀의 경우는 이와는 달랐으니, 기녀는 혼전에 남성을 만나는 것 그 자체가 문제시되지는 않는 이들이었다. 따라서 기녀가 여주인공으로 등장하는 애정소설에서는, 혼전에 외간남자를 만나서는 안 되는 사대부가 여성이나 왕족 이외의 남자를 만날 수 없는 궁녀가 등장하는 작품에서와는 달리, 남녀 주인공이 서로 만나거나 사랑을 나눈다 할지라도 그 자체가 비극적 결말을 불러오지는 않게 되는 것이다. 17세기 후반의 애정소설이 기녀를 등장시킴으로써 비극적으로 마무리될 조건을 소거했다는 것은, 곧 이 시기 애정소설의 애정서사가 중세적 질서를 흔드는 심각한 이야기가 아님을 의미하는 것이며, 이는 결국 애정소설의 행복한 결말을 원하는 통속소설 향유층의 원망이 반영된 결과로 볼 수 있다.

다음으로 주목할 것은 17세기 후반 애정소설의 여주인공들은 신분적으로는 비록 기녀였으나 '본질'마저 기녀는 아니었으며, 그녀들은 자신이 '첩'의 지위에 머무를 수밖에 없다는 사실을 명확히 인지하고 있다는 점이다. 여주인공이 애초부터 기녀가 아니었던 예는 이미 <주생전>의 배도에게서도 보였던 것이며, <왕경룡전>의 옥단, <구운몽>의 계섬월과 적경홍 등은 모두 애초부터 기녀가 아니라 양가 혹은 중인층 집안의 딸이었는데 집안의 몰락과 함께 기녀가 된 것으로 설정되어 있다. 17세기 애정소설의 여주인공 가운데 애초부터 기녀였던 인물은 <동선

기>의 동선뿐이다.

앞서 언급했듯이 <주생전> 배도의 문제점은 자신의 주제를 모르고 정처 자리를 노렸다는 점과 주생을 만나기 전에 정절을 잃었다는 점이고, 그것이 바로 그녀가 맞이한 비극의 근본적인 원인이었다. 그런데 17세기 후반의 애정소설의 기녀 여주인공인 동선 · 옥단 · 계섬월 · 적경홍은 모두 자신이 처가 아닌 첩에 머무를 수밖에 없다는 사실을 명확히 인지하고 있으며, 남주인공의 처인 유씨 · 모씨 · 이소화 · 정경패 등을 정성스레 섬긴다. 또한 옥단과 계섬월 · 적경홍은 기녀임에도 불구하고 남주인공인 왕경룡과 양소유를 만나기 전까지는 이러저러한 이유로 인해 정절을 잃지 않은 것으로 되어 있는데, 이 역시 애정소설 향유층의 의식이 반영된 결과라 할 수 있다. 다시 말해 애정소설의 여주인공들은 혼전의 만남 그 자체가 문제시되지는 않아야 했으므로 '기녀'로 설정되기는 했으나, 그녀들의 '본질'마저 기녀여서 남주인공 이외의 다른 남성들과 관계를 가졌다면, 향유층의 입장에서 볼 때 그런 여자들을 첩이나 아내로 맞아들인다는 것은 받아들이기 어려운 일이다. 이 시기 애정소설의 기녀들은 남주인공과의 동침 전에 강한 정절 의식을 드러내고 있는데,[34] 이 역시 향유층의 의식이 반영된 결과로 보아야 할 것이다.

여기서 문제가 되는 것이 <동선기>이다. <동선기>의 동선은 옥단 · 계섬월 · 적경홍과 마찬가지로 남주인공을 향한 강한 정절 의식을 드러내나, 그녀는 애초부터 기녀였던 데다가 서문적과 만나기 전에 순

---

34) '권도경, 「17세기 애정류 전기소설에 나타난 정절관념의 강화와 그 의미」, 『한국고전여성문학연구』 2, 한국고전여성문학회, 2001'에서 17세기 애정소설에 등장하는 기녀의 정절 문제를 다룬 바 있다.

결을 잃었다는 결함까지 가지고 있었다. 그녀가 <주생전>의 배도와 달랐던 점은 자신의 본분을 명확히 인지하고 서문적의 처 유씨를 정성스레 섬겼다는 것뿐이다. 이 점 <왕경룡전>·<구운몽>과는 다른 <동선기>만의 특징이라고 할 수 있는데, 필자는 동선의 죽음과 부활이 이 문제와 연관이 있다고 본다. <동선기>에서 동선은 안기의 핍박을 받고는 서문적에 대한 정절을 지키기 위해 침식을 전폐하다가 죽지만, 유씨와 추은이 찾아온 날 밤, 염습과 입관까지 한 상태에서 관을 열고 나와 환생한다. 이와 같은 초현실적인 모티프는 17세기 애정전기소설[애정소설]에서는 거의 찾아볼 수 없는 독특한 것일 뿐만 아니라, 서사 전개상 상당히 어색한 군더더기처럼 보이는데, 이는 동선이 가지고 있는 결함과 관계가 있을 가능성이 높다. 즉 동선의 죽음과 부활은 과거 기녀 생활을 함으로써 더러워진 육신을 버리고 흠결 없는 새로운 육신을 얻는다는 상징적 의미가 있지 않나 하는 것이다.

이상 살펴본 바와 같이, 17세기 후반의 애정소설에서는 여주인공인 '기녀'에게서 부정적인 면모가 대부분 소거되었는데, 이에 따라 상대적으로 남주인공의 결함 및 호색적인 면모가 부각될 수밖에 없었다. <왕경룡전>의 왕경룡, <동선기>의 서문적, <구운몽>의 양소유 등은 애정전기소설의 남주인공과 마찬가지로 대개 뛰어난 문재(文才)를 가진 인물로 설정되어 있으나, 또한 모두 지나치다 싶을 정도로 여색을 탐하는 모습을 보이며 때로는 이로 인해 고난을 겪기도 한다.

애정소설의 '애정'은 혼전 남녀의 이끌림으로 인해 발생하는 것으로서, 쌍방 혹은 한 쪽의 이끎으로써 성립한다. 애정전기소설에서는 대개 여주인공이 애정의 성취에 적극적인 면모를 보이는바, <이생규장전>의 최씨, <운영전>의 운영, <주생전>의 선화 등은 남주인공과의 결연에 있어서 매우 주도적인 면모를 드러내는데, 이를 두고 여성이 애정 성취의 주체로서 적극적인 모습을 보인다고만 해석하는 시각은 일면적인 것이다. 여성이 '애정'에 있어서 능동적이라는 것은, 다시 말해 여성이 '욕망'을 드러낸다는 것은 당대 향유층의 입장에서 본다면 결코 긍정적으로 여겨질 수 없는 것이며, 오히려 치명적인 '결함'일 따름이다. 여성이 애정에서 주도적인 역할을 하는 작품들은 대개 비극적으로 마무리되며, 그런 여주인공들은 대개 남성을 불행과 파멸로 이끈 우물(尤物)로 형상화되고 있는 것이다. 그에 반해 17세기 후반의 애정소설의 여주인공들에게서는 '우물'로서의 부정적인 면모가 사라지고 있으니, 그녀들은 '결연' 이전까지는 대개 주도적인 모습을 보이지 않으며,35) 남녀의 애정은 대체로 남주인공의 일방적이거나 적극적인 구애로 이루어지고 있다. 한편 <왕경룡전>의 옥단, <동선기>의 동선 등은 남주인공을 섬기기를 맹세하고 나서야 비로소 적극적인 모습을 보이는데, 이는 '남성'에 대한 '애정'이 아닌, '남편'에 대한 '절의'로서의 의미를 갖는다. 더욱이 옥단과 동선은 여색에 빠진 남주인공들을 올바른 길로 이끄는 '교정자'로서의 역할까지도 하고 있으니, 그녀들은 단지 기녀라는 신분적 결함만을 가지고 있을 뿐, 남주인공의 배필이 되기에 충분한 부덕을 갖춘 인물로 형상화되고 있는 것이다.

중세 사회에서 여성의 성적 욕망은 그것의 표출 자체가 용납되지 않았던 데 반해, 남성의 성적 욕망은 '절제'의 대상이었으며 만약 그로 인해 문제가 생길 경우 바로잡으면 그만이었다. 따라서 애정소설이 당대 향유층이 납득할 만한 해피엔딩을 이루기 위해서는 애정의 성립 단계

---

35) 다만 <구운몽>에서는 여주인공도 애정 성취에 적극적인 모습을 드러낸다.

까지 여성의 욕망은 드러날 여지가 거의 없었던 것이며, 바로 이 때문에 17세기 후반의 애정소설에서는 남녀의 만남까지 남주인공의 호색적인 면모와 결함이 부각될 수밖에 없었던 것이다.

17세기 애정소설의 여주인공은 기녀라는 신분이 문제였고, 남주인공은 여색에 빠져 입신양명을 돌아보지 않는 호색적인 성격이 문제였다. 이에 남녀의 애정이 행복한 결말을 이루기 위해서는 여주인공은 기녀라는 신분에서 벗어나야 했으며, 남주인공의 성격적 결함은 극복되어야 했다. 그런데 해피엔딩은 아무런 대가 없이 주어지지는 않았으며 둘의 관계를 공인 받기 위한 자격시험으로서의 고난이 필요했다. 17세기의 애정소설에서는 이전 시기 애정전기소설에 비해 주인공들의 고난이 매우 핍진하게 그려지고 있는데, 이 역시 이 시기 애정소설의 통속성 및 행복한 결말과 연관 지어 살펴볼 필요가 있다.

<왕경룡전>의 남주인공 왕경룡은 노복의 말을 듣지 않고 옥단에게 미혹되어 재산을 탕진하고 심지어는 빌어먹는 거지 신세로 전락하기까지 한다. 이를 향유층의 입장에서 생각해 보면, 왕경룡의 몰락과 고난은 애정전기소설 남주인공의 비극과 마찬가지로 여색에 미혹된 데 대한 징벌로서의 의미를 갖는다고 할 수 있다. 그런데 왕경룡이 저지른 일은 애정전기소설 남주인공의 행동과는 달리 중세적 질서를 흔드는 일까지는 아니었다. 그의 문제는 학업을 통한 사회적 성취의 기반을 마련해야 할 시점에 기녀와 만남으로써 삶의 균형 감각을 상실했다는 데 있었으며, 여색에 쉽게 미혹되는 그의 성격은 '교정'되면 그만이었다. 이렇게 본다면, 왕경룡의 고난은 새로운 인간으로 거듭나기 위한 성장통에 가까운 것으로 이해할 수도 있다. 한편 여주인공 옥단은 기녀임에도 불구하고 <춘향전>의 춘향처럼 남주인공을 위해 목숨을 걸고 정절

을 지켰으며, 이로 인해 옥에 갇혀 고난을 겪기도 했다. 이에 옥단의 고난은 애정전기소설 여주인공들의 비극과 마찬가지로 남주인공을 파멸로 이끈 데 대한 징벌의 성격을 띠기도 하지만, 그보다는 오히려 춘향이 겪었던 고난처럼, 기녀라는 신분에서 벗어나 남주인공과의 행복한 결말을 맞이할 수 있었던 원동력으로서의 의미가 더 큰 것이다. 다시 말해 기녀 옥단의 행복한 결말은 왕경룡을 위한 희생과 수절 및 그에 따른 고난에 대한 보상인 셈이다.

　<동선기>에서는 남녀 주인공이 겪은 고난이 매우 혹독하게 그려지는데, 특히 여주인공 동선이 겪은 고난은 동시기는 물론 이후의 소설에서도 찾아보기 어려울 정도이다. 동선은 안기의 핍박을 받고 죽음에 이를 뿐 아니라 호손달희에게 손을 붙잡히자 도끼로 손을 잘라내기까지 한다. 그녀는 기녀 생활을 하다가 서문적을 만난 이후로는 정절의 화신이라 이를 만한 인물로 변모하는데, 이 역시 그녀가 애초 가지고 있었던 결함의 수위에 상응하는 것이라고 할 수 있다.36)

　이상으로 17세기 애정소설이 이전 시기 애정전기소설과 변별되면서 행복한 결말을 이끌어낸 지점들을 살펴보았다. 17세기 후반의 애정소설은 이전 시기의 애정전기소설과는 달리, 혼전의 만남 그 자체가 문제시되지 않는 기녀를 등장시켰고, 여주인공에게서 우물로서의 부정적인 면을 제거하는 한편 남주인공의 호색적인 면모를 부각시켰다. 이는 행복한 결말의 애정소설을 바라는 당대 향유층의 바람이 반영된 결과라

---

36) <동선기>는 주인공의 죽음으로 마무리되지는 않지만, 서문적과 동선은 현실 세계가 아닌 바다 가운데의 섬으로 들어감으로써, 작품의 마지막까지 비극적 정조를 강하게 드러내고 있다. 이 문제에 대해서는 앞으로 보다 심도 있는 연구가 이루어져야 하겠지만, 이 역시 동선이 가지고 있었던 결함이 당대의 향유층으로 하여금 완전한 해피엔딩을 용납하지 못하게 하지 않았나 생각한다.

할 수 있다.

17세기 애정소설 가운데 특별히 주목하여 다룰 필요가 작품은 <구운몽>이다. <구운몽>의 남주인공 양소유는 여덟 여인을 2처 6첩으로 맞이하는데, <구운몽>의 여주인공들은 크게 네 부류, 곧 상층 신분의 여인인 이소화와 정경패, 시녀이자 잉첩인 진채봉과 가춘운, 기녀인 계섬월과 적경홍, 이방인인 심요연과 백능파로 구분된다. 그런데 이소화는 황족이고 정경패는 벌열가의 여인이며, 진채봉은 궁녀이고 가춘운은 시녀이며, 계섬월은 여성적이고 적경홍은 남성적이며, 심요연은 이방인이고 백능파는 이물(異物)이다. 이렇게 본다면, <구운몽>의 여덟 여인은 당대에 생각할 수 있는 여성의 유형을 망라했다고 보아도 무방할 것이다. 애정전기소설의 작자들 및 <왕경룡전>의 작자는 비극적 결말 혹은 남주인공의 고난을 보여줌으로써 남주인공의 호색을 경계하였는데, <구운몽>의 양소유는 애정전기소설이나 <동선기>·<왕경룡전>의 주인공에 비할 수 없을 정도로 호색적인 모습을 보여주고 있다. 그럼에도 불구하고, 그가 불행이나 갈등을 거의 겪지 않을 수 있었던 이유는 무엇일까?

우선 주목되는 것은 양소유의 삶 자체가 성진의 꿈속 이야기라는 점이다.[37] 양소유와 2처 6첩의 결연은, 애초부터 성진과 팔선녀의 욕망을 꿈이라는 '가상현실' 속에서 실현하는 것으로 설정되어 있기에, <구운

---

37) 양소유의 삶이 성진의 꿈이라는 점은 의심의 여지가 없는 사실처럼 보이지만 실은 그렇지 않다. <구운몽>의 뒷부분에서, 양소유의 삶은, 성진의 한순간의 꿈이었음이 드러나지만, 성진이 양소유로 환생하는 장면을 자세히 보면 성진은 꿈을 꾼 것이 아니고 곧바로 성진 당대의 양소유로 태어난 것이다. 이로 인해 <구운몽>에서는 양소유의 삶이 성진의 꿈인지 아닌지조차도 애매하게 되어 버린다. 여기서는 우선 양소유의 삶을 성진의 꿈으로 보는 관점을 취한다.

몽>의 액자 구성은 남성의 성적 욕망과 환상을 마음껏 추구할 수 있게 하는 안전장치가 되는 것이다. 필자는 <구운몽>을 향유했던 당대의 독자들이 이 사실을 인지하지 못했으리라고는 생각하지 않는다. 하지만 남주인공의 욕망 추구가 현실 세계에서 직접적으로 벌어진 일이 아니라는 설정은, 그것이 비록 매우 형식적인 것이라 할지라도 작자나 독자에게 가해지는 윤리적인 부담을 덜어주는 장치가 된다.

다음으로 주목할 것은 양소유의 세계에서 벌어지는 속임수이다.[38] <구운몽>에서는 몇 차례의 속임수가 나타나는데, 그 가운데 특히 주목되는 것은 양소유의 여장과 가춘운의 위선위귀(爲仙爲鬼)이다. <구운몽>에서 양소유는 여관으로 분장하여 정경패를 만나보는데, 김만중이 이런 대목을 설정한 이유는 정경패에게 가해질 비난, 곧 혼전에 남성을 만났다는 비난을 제거하기 위해서이다. 만약 <구운몽>에서 양소유와 정경패가 만나는 장면이 아예 없고 둘이 중매를 통해 혼인하기만 했다면, 둘의 관계는 '애정'과는 완전히 무관하여 별 재미가 없다. 반면에 정경패가 양소유를 혼전에 그냥 만났거나 결연했다면, <구운몽>의 양소유의 세계가 아무리 꿈속의 일이라 할지라도 남주인공의 처가 될 정경패에게 가해질 비난을 모면할 길이 없다.[39] 게다가 서사 전개의 측면에서

---

38) <구운몽>의 속임수에 대해서는 '신재홍, 「구운몽의 서술원리와 이념성」, 『한국몽유소설연구』, 계명문화사, 1994' 참조.

39) 이 점 <구운몽>의 진채봉과 비교해 보면 알 수 있다. 진채봉은 부모가 계시지 않는다는 이유로 스스로 중매하려 했지만, 양소유와의 만남을 앞두고 갑작스레 전란의 소용돌이에 휩쓸리고, 결국 궁녀로 전락하여 양소유의 처가 아닌 첩이 되고 만다. 진채봉이 대개 죽음을 맞이한 애정전기소설의 여주인공들과 달랐던 점은 양소유와의 혼인 이전에 양소유를 포함한 그 누구와도 성관계를 가지지 않았다는 사실뿐이었고, 그래서 그녀는 죽지 않았다. 하지만 진채봉은 스스로 중매하려 한 잘못을 저질렀으니, 바로 이것이 그녀가 처의 자격을 상실하고 첩으로 전락하게 된 이유였던 것이다. 작품에서 진채봉은 스스로 중매하려 했다는 사실로 인해 "秦女雖有才貌 擧動殊未尊重 何比於李小姐乎"(<구운몽>, 86

본다면, 양소유의 여장은 가춘운의 위선위귀를 불러옴으로써 양소유와 가춘운의 결연 계기가 되기도 하니, 양소유와 정경패의 만남 장면에 속임수가 개입된 것은 이러한 여러 가지 이유들이 복합적으로 개입된 결과라 하겠다.

양소유는 귀신으로 분장한 가춘운과 결연하는데, 둘의 만남은 <최치원>·<만복사저포기>·<하생기우전>에 보이는 그것과 유사하다. 애정전기소설에서는 여주인공이 귀신인 경우 애초부터 비극적 결말이 예정되어 있으며, 작품이 비극적으로 끝나지 않기 위해서는 <하생기우전>에서와 같이 여주인공이 환생하거나 만남 자체가 허탄한 일로 귀결되어야만 했는데, <구운몽>은 '속임수'로써 이 문제를 해결하였던 것이다.

이상 살펴본 바와 같이 <구운몽>은 액자 구조와 속임수를 통해 남녀의 애정서사에 가해지는 윤리적 부담 및 비극적 결말의 가능성을 소거한 것인데, 바꾸어 말하면 <구운몽>은 액자 구조와 속임수를 통해 남주인공의 욕망을 한껏 추구할 수 있었다고 하겠다. 양소유는 여주인공들 및 정사도·정십삼 등의 '공모자'들에게 속임을 당하지만, 그가 받은 대가는 약간의 '망신'일 뿐이며 그조차도 대부분 한바탕의 호쾌한 웃음으로 마무리되고 있는 것이다.

4. 한문풍자소설의 금기시된 욕망과 속임수

대개 18~19세에 창작된 것으로 추정되는 한문풍자소설은 이른바

쪽)이라는 평가를 받고 있다.

'훼절설화'에 기반을 두고 있지만, 애정전기소설의 전통을 계승하고 있기도 하다. 이와 관련한 선행 연구를 살펴보면, 박희병은 한문풍자소설이 전기소설의 전통을 패러디하고 있다는 점을 지적하면서 이들 작품에 애정전기소설에 사용되던 문구나 삽입시가 상당 부분 흡수되었다고 하였고,40) 윤재민은 애정전기소설과 한문풍자소설에 나타난 '만남'의 형식에 주목하면서 애정전기소설에서 진정한 욕망의 주체가 남주인공인 데 반해 한문풍자소설에서는 진정한 욕망의 주체가 내기와 공모의 주도자로 나타난다고 하였으며 또 한문풍자소설은 애정전기소설의 패러디이자 신랄한 풍자라고 하였다.41) 윤세순은 <지봉전>을 17세기 애정전기소설과의 관련 속에서 논하면서 특히 <운영전>·<상사동기>와의 관련성을 짚었고 문체와 삽입시의 측면에서 전기소설의 문체에 근접해 있음을 밝혔다. 정선희는 <오유란전>이 <구운몽>·<종옥전>·<춘향전> 및 애정전기소설 등 다양한 소설적 전통을 수용하였다는 사실을 지적했다.

한문풍자소설은 '세태소설'로 불리기도 하면서 <배비장전>·<이춘풍전>·<삼선기>·<옹고집전> 등의 국문소설과 함께 논의되기도 하였다. 한문풍자소설은 훼절담이라 할 수 있는 설화적 전통에 기반을 두고 있는데다가, 작품마다의 편차는 있지만 남주인공에 대한 풍자와 희화화가 강하고, 근대로의 이행기인 18~19세기에 창작되었다는 점에서 당대의 세태를 묘사한 작품으로 이해되어 왔다. 그런데 18세기는 소설

---

40) 박희병, 「한국한문소설사의 전개와 전기소설」, 『한국전기소설의 미학』, 돌베개, 1997, 102~104쪽.

41) 윤재민, 「조선 후기 전기소설의 향방」, 『민족문학사연구』 15, 민족문학사연구소, 1999, 25~27쪽.

사의 측면에서 보면, 한국고전소설의 수작들이 대거 쏟아진 17세기의 뒤를 이은 시기이기도 하다. 이에 필자는 조선 후기 한문풍자소설을 이해하는 데 있어서도 17세기에 창작된 작품들에 대한 고려가 필요하다고 본다. 이 글에서 특히 주목하는 17세기 애정소설은 <왕경룡전>과 <구운몽>인데, 먼저 <왕경룡전>과 한문풍자소설의 관련 양상을 살펴보자.

<왕경룡전>과 한문풍자소설은 그 주인공의 형상이 매우 유사하다. 먼저 남주인공을 살펴보면, 한문풍자소설의 남주인공들은 모두 여색에 미혹되기 쉽다는 점에서 <왕경룡전>의 왕경룡과 유사한데, 특히 <정향전>은 <왕경룡전>의 영향을 직접적으로 받은 소설이 아닌가 한다. <정향전>에서 세종은 양녕대군이 주색에 빠져 몸이 상할까 걱정하여 평양행을 허락하지 않는데, 양녕대군이 주색을 삼가겠다고 다짐하자, 세종은 다음과 같이 이야기한다.

> 술은 광약인지라 입에 대면 마음이 방탕해지고, 여색은 요호인지라 눈에 들면 정신이 흐려집니다. 비록 몸가짐을 조심하는 군자라 할지라도 미혹되지 않는 이가 드물거늘, 소년 남자로서 풍정이 호탕함에 있어서이겠습니까? 주색을 삼간다는 말씀을 저는 감히 믿지 못하겠습니다.[42]

여색에 대해 경계하는 시각은 애정전기소설에서도 보이는 것이고 <종옥전>의 서문에서도 확인되는 것이다. 그런데 세종의 저 말은 <왕경룡전>에서 노복이 창루를 유람하겠다는 왕경룡을 경계하는 말과 유

---

42) 酒是狂藥 着口心蕩 色乃妖狐 入眼魂迷 雖操身君子 鮮不迷惑 況以年少男子 風情豪蕩 愼其酒色之言 余不敢信矣(<정향전>, 736~737쪽)

난히 닮아 있다.

경룡이 명을 받고 뒤에 남아 늙은 종 하나만 거느리고 경사에 달포를 머무르니, 상인이 돌아와 이자까지 다 돌려주었다. 경룡이 즉시 행장을 꾸려 마침내 절강으로 향하니, 길이 서주를 지나게 되었다. 경룡은 문득 이곳이 본디 번화하다고 일컬어졌다는 사실이 생각나 한번 구경하고픈 생각이 들었다. 그래서 늙은 종에게 이렇게 말했다. "내 지난날에는 집 안의 훈계가 엄하여 서적에 얽매여 있었고, 나이가 이미 어른인데도 문과 난간에 갇히고 막혀 있어, 세상에서 이른바 술집 · 창루가 호화롭고 아름답다는 게 과연 어떤지 알지도 못했네. 이제 가는 말을 잠시 멈추고 잠깐 유람이나 하겠네." 노복(老僕)이 꿇어앉아 아뢰었다. "낭군님, 낭군 님! 정말로 그러시면 안 됩니다. 술은 광약인지라 입에 대면 마음이 방 탕해지고, 여색(女色)은 요호(妖狐)인지라 눈에 들면 정신이 흐려집니다. 낭군께서는 나이 어린 서생(書生)이기에 생각이 아직 바로잡히지 않아, 만약 두 물건이 한번 마음과 눈에 자리 잡으면 저 빌미에 휘둘리지 않 을 방법이 거의 없을 것이니, 차라리 보지 않는 게 낫습니다."[43]

<정향전>의 "酒是狂藥 着口心蕩 色爲[乃]妖狐 入眼魂迷"[44]라는 표현 은 <왕경룡전>의 해당 대목과 자구까지도 일치하는데, 필자는 <종옥 전>의 창작에 <왕경룡전>이 영향을 미쳤을 가능성이 매우 높다고 본 다. 양녕대군은 저와 같은 세종의 말을 듣고는 결단코 여색을 삼가고

---

43) 慶龍受命落後 率一老僕 留京師月餘 商人乃還 盡歸其息銀 慶龍卽治行李 遂向浙江 路次徐 州 忽念此地素稱繁華 思欲一觀 乃語老僕曰 我曩時 家庭訓嚴 局束於書籍 年齒已長 牢閉於 門欄 世之所謂酒肆娼樓豪侈佳麗者 未知果何如也 今欲少停征驂 暫得遊覽 老僕跪進曰 郎君 郎君 愼無爲也 酒是狂藥 着口則心蕩 色爲妖狐 入眼則魂迷 郎君年少書生 志慮未定 若使兩 物 一寓心目 而不爲彼祟所動者幾稀 不如不見之爲愈也(<왕경룡전>, 1~2쪽)

44) <정향전>의 '色乃妖狐'는 이본에 따라 '色爲妖狐'로 되어 있기도 하다. '장효현 · 윤재 민 · 최용철 · 심재숙 · 지연숙, 『교감본 한국한문소설 애정세태소설』, 고려대학교 민족문 화연구원, 2007, 736쪽' 참조.

술을 마시지 않겠다고 대답하는바, 이 역시 여색에 미혹되지 않으리라 호언장담하는 왕경룡의 모습과 유사하다.

<종옥전>의 주인공인 종옥은 16세의 나이에 용모와 문재가 뛰어난 재자(才子)로서 전도유망한 서생으로서, <왕경룡전> 및 애정전기소설의 남주인공과 같은 인물이다. 어느 날 종옥은 숙부 김공으로부터 혼사가 결정되었다는 말을 듣고는 다음과 같이 이야기한다.

집안의 편지가 자주 오고 아버님의 가르침이 지엄하다고는 하나 저는 아직 약관의 나이에도 이르지 못했습니다. 미리 성혼하려 한다면, 인륜의 시작이 비록 중하다고는 하나, 요절하는 싹이 됨은 또한 두려워할 만한 일입니다. 나이가 들고 학문이 성취되기를 기다렸다가 혼례를 치르더라도 늦지는 않을 것입니다.[45]

종옥은 자신이 아직 나이가 어리다는 점, 혼인이 요절의 싹이 될 것이라는 점을 들어 거절한다. 이에 김공은 부모가 연로하셨다는 점, 종옥이 외아들이라는 점 등을 거론하며 설득하지만, 종옥은 『서경』·『예기』·『논어』의 말을 근거로 하여 명을 따르지 못하겠다고 한다. 이와 같은 종옥의 면모는 '경직된 유가이념'[46]에서 비롯된 것이면서도, 애정전기소설 및 <왕경룡전>의 문제의식과도 상통한다. 애정전기소설의 남주인공 및 <왕경룡전>의 왕경룡은 여주인공과의 혼전 애정을 혼인으로 이어가려고 하며 바로 그것이 애정전기소설이 비극적 결말로 마

---

45) 家書頻到 父教雖嚴 小子年未及冠 預欲成婚 人倫之始 雖云重矣 夭札之萌 亦可畏也 佇待年壯而學就 合卺行醮 恐未晩也(<종옥전>, 843쪽)
46) 박일용, 「조선후기 훼절담의 변이양상과 그 사회적 의미」, 『조선시대의 애정소설』, 집문당, 1993, 384쪽.

무리되는 원인이라고 할 수 있는데, 이는 애정의 대상과 혼인의 대상, 바꾸어 말하면 첩이 될 여인과 처가 될 여인을 구분하지 않는 데서 비롯된 것이다. 종옥은 처를 맞아들이는 일을 여색을 가까이하는 것과 동일하게 여기고 있었으니, 바로 이 점에서 종옥은 애정전기소설의 남주인공 및 <왕경룡전>의 왕경룡 등과 유사한 문제를 지닌 인물이라고 할 수 있다. 한편 <종옥전>에서는 종옥이 노씨를 처로 맞아들이고 향란을 첩으로 맞아들이는 이야기가 후일담으로 처리되고 있다. 그런데 <왕경룡전> 역시 왕경룡이 아내 모씨를 맞아들인 이야기가 후일담으로 처리되고 있는바, <종옥전>의 창작에 <왕경룡전>이 직접적인 영향을 미쳤을 가능성이 있다.

<종옥전>과 유사한 작품인 <오유란전> 역시 <종옥전>과 거의 같은 주제를 다루고 있다. <오유란전>에서 이생은 평안감사 김생이 기녀를 불러 잔치를 하자 발끈하여 사람이 되는 도리가 아니라면서 소매를 떨치고 나가려고 하는데, 이에 김생은 다음과 같이 말한다.

> 그대는 책을 읽어본 적이 없는 사람인가? 책을 읽는 사람이라면 정백자를 본받으려 하지 않는 이가 없는데, 또한 내 마음속에는 기녀가 없다는 가르침을 듣지 못했단 말인가? 어찌하여 지나치게 괄연해 하는가?[47]

여기서 주목할 것은 김생·이생의 관계가 정호·정이의 관계와 유사하다는 점인데, <오유란전>의 이 장면 역시 정호·정이의 고사에서 착안했을 가능성이 높다.[48] 정호는 정이에게 자신은 마음속에 기녀가

---

47) 兄未嘗讀書之人乎 讀書之人 莫不欲效程伯子 而亦不聞吾心中無妓之訓也哉 何如是怒然過當 (<오유란전>, 884쪽)

48) 昔에 南宋學者鄭明道伊川兄弟兩人이 共赴人家之宴ᄒ니 座上에 有妓行酒라 伊川則不悅ᄒ

없었지만 아우의 마음속에는 도리어 기녀가 있다고 말했으니, 이로써 보면 이생의 마음속에는 이미 기녀가 있었던 셈이다. 김생은 기녀를 단지 기녀로써만 대하고 있는 데 반해 이생은 그러지 못하고 기녀를 우물(尤物)로 인식하면서 경계하고 있는 것이다. 이는 그가 애정전기소설이나 <왕경룡전>의 남주인공과 같은 위험에 노출되어 있다는 말이 된다.

<지봉전>의 이수광은 작품의 서두에 판서 벼슬을 한 것으로 되어 있으므로, 그는 애정전기소설이나 <왕경룡전>·<종옥전>·<오유란전>의 남주인공들처럼 소년은 아니다. 그러나 이수광 역시 조정의 신하 가운데 유일하게 첩을 두지 않은 인물이었으니, 바로 이것이 그의 결함이었다. 다시 말해 이수광은 <종옥전>의 종옥과 마찬가지로 처와 첩에 대한 구분 및 그 역할에 대하여 경직된 사고를 가지고 있었던 것인데, 향유층의 입장에서 본다면 바로 이것이 그가 교정해야 할 부분이었던 것이다.

<왕경룡전>과 한문풍자소설의 여주인공들은 모두 '기녀'라는 공통점이 있는데,[49] 물론 여기에 직접적인 연관이 있는 것은 아니다. <왕경룡전>의 여주인공 옥단이 기녀인 이유는 그 원작인 <옥당춘낙난봉부>의 여주인공인 옥당춘이 기녀였기 때문이고, <정향전> 같은 경우는 '정향 이야기' 같은 설화적 전통에 기반을 둔 작품이기에 정향이 기녀일 수밖에 없는 것이다. 또한 <왕경룡전>의 옥단은 남주인공에 대해 헌신하는 모습을 보이지만 한문풍자소설의 여주인공들은 모의를 통해

고 明道則泰然이러라 翌日에 伊川이 更提其事ᄒ더 明道曰 昨日座上에 我心中無妓러니 今日家中에 子心中有妓로다(이능화, 『朝鮮解語花史』, 翰南書林, 1927)
49) <지봉전>의 백옥은 기녀 노릇을 하다가 속신한 것으로 되어 있지만, 원래부터 기녀였다는 점은 여타 한문소설의 경우와 같다.

남주인공을 망신시킨다는 점에서 뚜렷한 차이가 있다. 그럼에도 불구하고 <왕경룡전>의 옥단과 한문풍자소설의 여주인공 사이에는 간과할 수 없는 공통점이 있으니, 그것은 바로 기녀인 여주인공이 남주인공의 잘못을 바로잡는 '교정자'로서의 역할을 하고 있다는 점이다.[50]

비극적 애정전기소설과 <왕경룡전>, 그리고 한문풍자소설의 남주인공들은 당대 향유층의 입장에서 보았을 때에는 모두 교정의 대상들이다. 애정전기소설의 경우에는 남녀의 애정 그 자체가 중세 사회의 규범을 위반한 것이기에 작품은 비극적으로 마무리될 수밖에 없으며, 여주인공도 '결함'을 가진 존재이기에 남주인공의 교정자가 되기 어려웠다. 이에 반해 <왕경룡전>은 애정전기소설만큼 심각하지는 않은 사랑 이야기를 다루고 있는데, 작품이 행복한 결말로 가기 위해서는 여주인공의 결함은 최대한 소거되어야 했고 남주인공의 결함은 표면적으로 부각되었으며, 이에 따라 여주인공 옥단은 남주인공 왕경룡의 결함을 바로잡는 교정자가 되어야 했다.

한문풍자소설의 여주인공들은 모두 기녀라는 점에서 17세기 애정소설의 여주인공인 <왕경룡전>의 옥단, <동선기>의 동선, <구운몽>의 계섬월 · 적경홍 등과 같다. 그러나 <정향전>의 정향, <지봉전>의 백옥, <종옥전>의 향란, <오유란전>의 오유란은 대부분 애초부터 관에 예속된 기녀라는 점에서 17세기 애정소설의 여주인공들과는 다르다. 중세 사대부들에게 있어서 기녀와의 만남은 결코 떳떳한 일은 아니었지만, 허균처럼 물의를 일으키지만 않는다면 기녀와의 만남 자체가 문

---

50) '송하준, 「왕경룡전 연구」, 고려대학교 석사논문, 1998, 64쪽'에서 <왕경룡전>의 옥단과 훼절소설의 여주인공이 남주인공의 의식 변화를 추동한다는 점에서 그 역할이 유사하다고 지적했다.

제는 아니었으며, 기녀 제도는 필요악에 가까운 것이었다. 한문소설 향
유층의 입장에서 본다면, 남주인공과 기녀와의 만남 자체를 금기시할
이유는 전혀 없었으며, 문제는 기녀를 기녀로써 대하지 못하고 애정의
대상으로 여기는 남성에게 있을 뿐이었다. 한문풍자소설의 여주인공인
정향·백옥·향란·오유란은 말 그대로 '기녀'일 뿐이어서 애정소설
여주인공 가운데는 가장 하층의 인물들이며, 향유층의 입장에서 본다면
이전 시기 애정전기소설이나 애정소설에서처럼 남주인공이 목숨을 걸
면서까지 애정을 쏟아야 할 대상이 되지 못한다. 한문풍자소설에서 남
주인공이 애초부터 아내를 둔 것으로 설정된다든지,[51] 남주인공의 경직
된 사고가 교정된 후 여주인공이 작품의 문면에서 사라진다든지, 남주
인공이 여주인공이 기녀인 줄을 모르고 애정을 나눈다든지 하는 것들
은, 여주인공의 위상이 이전 시기 애정소설에 비해 현격히 낮아졌다는
증거이다. 한문풍자소설의 여주인공들은 남주인공을 바로잡으려는 국
왕이나 지방장관 등의 명에 따라 움직이는 수동적인 존재일 뿐, 애정전
기소설이나 17세기 애정소설의 여주인공들처럼 주체적으로 애정을 성
취하거나 자기 목소리를 내는 인물이 아니며, 남주인공의 잘못을 '교정'
하기 위한 수단일 뿐이다. 그런데 17세기 애정소설 가운데 '기녀'이면
서도 남주인공의 '교정자'로서의 역할을 하고 있는 대표적인 인물이 바
로 <왕경룡전>의 옥단이니, <왕경룡전>은 바로 이 점에서 한문풍자
소설의 형성에 적지 않은 역할을 한 것으로 볼 수 있다.

　한문풍자소설의 성립과 관련하여 다음으로 주목할 작품은 <구운몽>

---

51) 물론 <정향전>에는 양녕대군의 부인에 대한 언급이 없다. 하지만 양녕대군이 실존인물
　인 이상 당연히 부인이 있었다고 보아야 한다.

이다. <정향전>은 작품의 문면에 이미 <구운몽>의 주인공인 양소유와 가춘운이 언급되어 있거니와,[52] <지봉전>에서는 이수광이 효종으로부터 받은 부채를 백옥에게 주는데, 이는 <구운몽>에서 진채봉이 양소유로부터 부채를 받은 것과 관련이 있다. 또한 <정향전>에서 양녕대군이 세종대왕 곁에 있는 정향을 알아보지 못하는 장면 및 <지봉전>에서 효종 앞의 이수광이 병풍 뒤에 앉아 있었던 백옥을 알아보지 못하는 장면은 <구운몽>에서 양소유가 어전에서 눈을 들지 못해 진채봉을 알아보지 못하는 대목을 패러디한 것이다. <종옥전>과 <오유란전>에서 여주인공이 남주인공을 속이는 대목에 나오는 귀신 모티프는 <구운몽>에서 가져온 것이며,[53] <종옥전>에서 김공이 먼지떨이를 휘두르며 병풍 뒤의 향란을 부르는 장면도 <구운몽>에서 정사도가 파리채로 병풍을 치며 장여랑[가춘운]을 부르는 장면을 가져온 것이다.

이처럼 한문풍자소설이 <구운몽>을 수용한 지점은 대부분 '속임수'와 관련된 장면이다. 한문풍자소설의 작자들은 <구운몽>의 독서 경험을 소설 창작에 활용하였던 것인데, 바로 이 점 한문풍자소설의 지향 및 성격과 관련하여 주목할 부분이다. <구운몽>에서 양소유는 여주인공들에게 속임을 당하지만, 그 사건들은 모두 한바탕의 웃음으로 마무리되는데, 이에 대해 신재홍은 다음과 같은 지적을 하였다.

> 작가가 자신의 창작물에서는 전기소설의 미학적 특성을 교묘히 변화시켜 그 심각성을 속임수와 그것의 결과로서의 웃음으로 희석시키고 있

---

52) 김종철, 앞의 논문, 127쪽.
53) 정선희, 「오유란전의 향유층과 창작기법의 의의」, 『한국고전연구』 9, 한국고전연구학회, 2003, 107~110쪽.

는 것이다. (…) 여기서 우리는 15·16세기에 이루어졌던 미학적 성과로
서의 전기성이 17세기 말의 <구운몽>에 와서 전기성 자체가 속임수의
한 수단이 되고 그로 인해 웃음이 유발되는 양상으로 변질되고 있음을
포착할 수 있다.[54]

<구운몽>에서 양소유는 여주인공 등에게 속임을 당하고 약간의 망
신을 당하기도 하지만, 그럼에도 불구하고 양소유는 속임수의 탈을 쓴
가상현실 속에서 자신의 욕망을 마음껏 추구했다. 때문에 비록 속임을
당하기는 했지만 그 속임수 대결의 진정한 승자는 양소유이며, <구운
몽>의 속임수는 현실 세계에서는 정상적으로 추구할 수 없는 욕망의
성취를 가능케 하는 장치인 것이다. 필자는 한문풍자소설의 작자들이
<구운몽>에서 착안한 부분이 바로 이것이라고 생각하는데, 이를 염두
에 두고 한문풍자소설에 나타난 속임수의 의미에 대해 살펴보자.

한문풍자소설의 남주인공은 왕이나 장관 및 기녀 사이에 이루어진
'공모'에 의해 속임을 당하며 이로 인해 끝내는 망신을 당하는데, '공
모'는 훼절설화에서만 보이는 것이 아니고 17세기 소설인 <구운몽>에
서도 보였던 것이다. 한편 <정향전>과 <지봉전>에서는 남주인공이
여색을 접했다는 증거가 시·부채 등의 증거물로 나타나는 데 반해
<종옥전>과 <오유란전>에서는 그것이 주인공으로 이동하며, 이에 따
라 '<정향전>·<지봉전> → <종옥전> → <오유란전>'으로 갈수록
남주인공에 대한 풍자와 회화화의 수위가 높아진다.[55] 남주인공의 망신
은 이른바 '훼절설화'에서도 있었던 것이기도 하지만, 애정전기소설 및

---

54) 신재홍, 앞의 논문, 353쪽.
55) 김종철, 앞의 논문, 133~135쪽.

17세기 애정소설의 남주인공이 겪었던 불행 및 고난에 상응하는 것이 기도 하다.

애정전기소설에서는 대개 남주인공이 여주인공과의 만남 후 '입산부 지소종(入山不知所終)'하거나 세상을 떠나게 된다. 이 부분은 대개 작품 말 미에 후일담의 형식으로 짤막하게 붙어 있는 경우가 많아서 그리 대단 하게 느껴지지 않지만 <왕경룡전>·<동선기>나 한문풍자소설의 남 주인공이 겪었던 고난이나 망신과는 비할 수 없는 불행이다. <왕경룡 전>·<동선기>에서는 남주인공이 거지로 전락하기도 하고 옥에 갇혀 고난을 겪기도 한다. 작품에서는 그들의 고난을, 이전 시기 비극적 애 정전기소설에서보다 많은 분량을 할애하면서 핍진하게 그리고 있지만, 그것은 결국 행복한 결말을 위한 '성장통'으로 볼 수 있으며, 애정전기 소설 남주인공이 당했던 불행보다는 훨씬 가벼운 것이다. 한편 한문풍 자소설은 작품의 서사 자체가 '내기'와 '공모' 및 남주인공의 '훼절'을 중심으로 진행되고 있어 남주인공에 대한 비판적 시각 및 남주인공이 당한 치욕이 매우 큰 것처럼 느껴진다. 그러나 한문풍자소설의 남주인 공이 당한 '망신'은 애정전기소설 남주인공의 '불행'이나 <왕경룡전> 의 왕경룡, <동선기>의 서문적이 당했던 '고난'과는 비교의 대상조차 되지 않는 것이다.

한문풍자소설의 여주인공인 기녀들이 남주인공을 속이면서 결연하는 장면을 보면, 작품에 따라 편차가 있기는 하지만, 대체로 애정전기소설 남녀 주인공의 만남 장면과 방불하며, 그 심각성 또한 애정전기소설 못 지않다. <정향전>과 <지봉전>에는 양녕대군과 정향, 김복상과 궁녀, 이수광과 백옥의 애정이 나타난다. 이 소설들의 남주인공인 양녕대군과 이수광은 애정전기소설의 남주인공처럼 혈기왕성한 젊은이는 아니며 또 실존인물이기도 하다. 게다가 작품에서는 세종과 효종의 덕이 부각되기까지 하므로, 남주인공 애정은 <종옥전>·<오유란전>에 비해 심각하지 않고 그들이 당한 망신 역시 그리 대단하지 않다. 그러나 양녕대군과 이수광 그리고 김복상의 애정은 모두 왕명을 거역하고 이루어진 것으로서, <운영전> 김진사의 그것에 비견되는 것이다. <종옥전>의 경우, 향란은 종옥에게 자신은 양가의 딸로서 비록 기녀로 전락하였지만 정절을 지키고 있었다고 말하는가 하면 처는 될 수 없지만 첩이 되겠다고 말하기도 하는데, 이 점에서 <종옥전>의 종옥·향란은 <왕경룡전>의 왕경룡·옥단에 대응하는 인물이라 할 수 있다. <오유란전>에서 오유란은 이생에게 자신이 양가의 딸로서 과부가 되어 수절했다고 속이는바, 이로써 본다면 이생은 <이생규장전>의 이생, <주생전>의 주생, <위생전>의 위생처럼 사대부가 여성을 범한 것이나 마찬가지다. 한편 종옥과 이생은 귀녀로 분장한 여주인공과 만나기도 하니, 그들은 귀녀인 여주인공과 결연한, <최치원>의 최치원 및 <만복사저포기>의 양생과도 유사하다.

이처럼 한문풍자소설 남주인공들의 애정은 그 자체로만 놓고 본다면, 사람이 아닌 귀녀와 사랑함으로써 비극적 결말이 전제되어 있든지, 사대부가 여인을 범하거나 왕명을 거역함으로 인해 중세적 질서 속에서는 용납되기 어려운 것이든지, 기녀와의 애정을 성취하기까지 처절한 고통을 겪어야 하든지 해야 하는 것들이다. 애정전기소설에서는 이런 일이 '현실 세계'에서 직접 벌어진 것이기에 비극적 결말로 마무리되었으며, <동선기>와 <왕경룡전>의 애정 서사 역시 현실 세계에서의 일이기에 남녀 주인공들은 처절한 고난을 겪을 수밖에 없었다. 그런데 <구운몽>에 이르러 상황이 달라졌다. <구운몽>의 애정서사는 현실

세계의 일이 아니라 꿈속에서의 일이다. 게다가 꿈속에서 벌어진 일 가운데 윤리적으로 문제가 발생할 수 있거나 비극적으로 마무리될 수 있는 부분들에는 속임수라는 서사적 장치가 활용되기도 하였다. 그 결과 <구운몽>은 9명의 주인공들에게 거의 고통을 주지 않고도 이야기를 행복하게 마무리할 수 있었으니, <구운몽>의 양소유가 치른 대가는 여주인공들에게 속았다는 약간의 '망신'일 뿐이다.

한문풍자소설 남주인공들이 성취한 욕망들은, 그것이 만일 속임수가 아니었다면, 애정전기소설의 남주인공들처럼 불행을 맞이할 수밖에 없거나 <왕경룡전>의 왕경룡처럼 처절한 대가를 치루고 나서야 간신히 성취할 수 있는 것들이다. 그러나 한문풍자소설의 주인공들은 '속임수'라는 틀 속에서 애정전기소설식의 욕망을 성취하며, 이로 말미암아 불행이나 고난을 당하는 대신 <구운몽>의 양소유처럼 약간의 망신만 당하고 만다. <구운몽>의 속임수는 대개 양소유와 공모자들의 한바탕 웃음으로 마무리되고 있는데, 한문풍자소설 또한 대개 남주인공과 공모자들의 화해와 웃음으로 마무리되고 있어 그 망신조차 그리 대단하게 느껴지지 않는다.56) 무엇보다도 한문풍자소설의 남주인공들은 '가상의 애정 체험'을 통해 여색의 위험을 절실히 깨닫고 새로운 인간으로 거듭나기까지 하니, 한문풍자소설의 남주인공이 단순히 '풍자의 대상'일 뿐이거나 '진정한 욕망의 주체가 아닌 객체'일 수만은 없는 이유가 바로 여기에 있는 것이다.

---

56) 물론 작품마다의 편차는 있어 <오유란전>의 경우 주인공이 당한 망신의 수위가 가장 높다. <오유란전>에서는 국문소설 및 판소리계소설의 영향이 감지되는데, <오유란전>의 비속성은 이에서 연유된 것일 터이다.

5. 맺음말

이 글은 조선 후기 한문풍자소설을 애정소설의 사적 전개 과정에서 이해해 본 것이다. 그간 18~19세기에 창작된 한문풍자소설은 대개 문헌설화와의 관련 속에서 다루어진 경우가 많았으나, 이 글에서는 한문풍자소설을 애정소설의 전통 및 한문소설 향유층의 의식과 연관 지어 살펴보았다. 그 내용을 요약하면 다음과 같다.

애정전기소설은 사대부가 여성을 여주인공으로 등장시킴으로써 대개 비극적으로 마무리될 수밖에 없었지만, 17세기에 이르러 애정소설은 행복한 결말이라는 변화를 보이게 되었는데, 여기서 특히 주목되는 작품이 <왕경룡전>과 <구운몽>이다. <왕경룡전>은 혼전에 남성과 만나는 일이 문제시되지 않는 기녀를 여주인공으로 등장시켰고, 여주인공에게서 부정적인 면을 제거하였으며, 여주인공이 남주인공의 교정자로서의 역할을 하게 했다. 또 <구운몽>은 액자 구조 및 속임수라는 장치를 마련하여 주인공들이 불행이나 고난을 겪지 않고도 욕망을 한껏 추구할 수 있도록 했다. 이러한 변화로 인해 17세기 애정소설은, 애정소설의 행복한 결말을 바라는 향유층의 기대를 충족시킬 수 있었던 것이다.

18~19세기에 창작된 한문풍자소설은 애정전기소설의 전통을 수용하고 있지만, <왕경룡전>과 <구운몽>의 영향 또한 적지 않게 받았다. 한문풍자소설에서는 교정자의 역할을 하는 기녀가 등장하여 공모자들과 함께 여색에 미혹된 남주인공을 속이는데, 이로 말미암아 한문풍자소설의 남주인공은 자신의 경직된 사고를 교정하게 된다. 이것이 한문풍자소설의 형성에 끼친 <왕경룡전>의 영향이라고 할 수 있다. 한편 한문풍자소설 남주인공들의 애정은 그 자체로만 놓고 본다면, 사람이

아닌 귀녀와 사랑함으로써 비극적 결말이 전제되어 있든지, 사대부가 여인을 범하거나 왕명을 거역함으로 인해 중세적 질서 속에서는 용납되기 어려운 것이든지, 기녀와의 애정을 성취하기까지 처절한 고통을 겪어야 하든지 해야 하는 것들이다. 그러나 한문풍자소설의 남주인공들은 현실 세계에서 직접 겪었다면 가혹한 대가를 치렀어야 할 애정을, 속임수라는 가상현실 속에서 체험하고 약간의 망신만 당한다. 이것이 바로 한문풍자소설의 형성에 끼친 <구운몽>의 영향이라고 할 수 있는데, 한문풍자소설의 남주인공이 단순히 풍자의 대상일 수만은 없는 이유를 여기에서 찾아볼 수 있는 것이다.

이 글은 애정전기소설 및 애정소설의 소설사적 전개 과정 속에서 한문풍자소설의 형성 동인 및 서사적 의미를 살펴본 것이다. 때문에 한문풍자소설의 독자적 성격 및 국문풍자소설과의 관련성, 한문풍자소설 개별 작품 사이의 변별성, 여타 양식의 소설과 한문풍자소설의 관계 등에 대해서는 논의하지 못하였다. 이 점이 이 글의 한계이다.

참고문헌

■ 전설에 나타난 숭고의 미학-〈장자못〉 전설을 중심으로 / 심우장

김상현, 『칸트 판단력 비판』, 서울대 철학사상연구소, 2005.
이복규, 『부여·고구려 건국신화 연구』, 집문당, 1998.
장덕순 외, 『구비문학개설』(한글개정판), 일조각, 2006.
조동일 외, 『한국문학강의』, 길벗, 1994.
주채혁 역주, 『몽골구비설화』, 백산자료원, 1999.
최창모, 『금기의 수수께끼』, 한길사, 2003.
칸트, 이석윤 역, 『판단력 비판』, 박영사. 1974.
프레이저, 안병길 역, 『황금가지』, 삼성출판사, 1982.
Maria Leach ed., Standard Dictionary of Folklore, Mythology, and Legend, Funk & Wagnalls Company, New York, 1950.
Sigmund Freud, 김현조 역, 『토템과 금기』, 경진사, 1993.

강진옥, 「구전설화 유형군의 존재양상과 의미층위」, 이화여대 박사논문, 1986.
강진옥, 「전설의 역사적 전개」, 『구비문학연구』 5집, 한국구비문학회, 1997.
권태효, 「거인설화적 관점에서 본 산이동설화의 성격과 변이」, 『구비문학연구』 4집, 한국구비문학회, 1997.
김선자, 「금기와 위반의 심리적 의미에 관한 고찰」, 『중국어문학논집』 11집, 중국어문학연구회, 1999.
신동흔, 「설화의 금기화소에 담긴 세계인식의 층위」, 『비교민속학』 33집, 비교민속학회, 2007.
신연우, 「장자못 전설의 신화적 이해」, 『열상고전연구』 13집, 열상고전연구회, 2000.
심우장, 「「바리공주」에 나타난 숭고의 미학」, 『인문논총』 67집, 서울대 인문학연구원, 2012.
안성찬, 「숭고의 미학-그 기원과 개념사 연구」, 서강대 박사논문, 2000.
장장식, 「전설의 비극성과 상상력」, 『한국민속학』 19집, 한국민속학회, 1986.

조동일, 「자아와 세계의 관계에 대한 전설의 설문」, 『한국문학의 갈래 이론』, 집문당, 1992.

조동일, 「한국문학의 양상과 미적 범주」, 『한국문학 이해의 길잡이』, 집문당, 1996.

조현설, 「동아시아의 돌 신화와 여신 서사의 변형」, 『구비문학연구』 36집, 한국구비문학회, 2013.

조희웅, 「설화연구의 제측면」, 『고전문학을 찾아서』, 문학과지성사, 1976.

천혜숙, 「남매혼신화와 반신화」, 『계명어문학』 4집, 계명어문학회, 1988.

천혜숙, 「전설」, 『한국민속문학사전-설화2』, 국립민속박물관, 2012.

천혜숙, 「전설의 신화적 성격에 관한 연구」, 계명대 박사논문, 1987.

천혜숙, 「홍수설화의 신화학적 조명」, 『민속학연구』 1집, 안동대 민속학회, 1989.

■ 구비설화에 형상화된 여성 억압의 양상과 비판 의식-〈강피 훑는 여자〉 유형을 중심으로 / 정규식

『한국구비문학대계』 8집 8책, 한국정신문화연구원, 1983.

『한국구비문학대계』 8집 9책, 한국정신문화연구원, 1983.

『한국구전설화』, 『임석재 전집』 10, 경상남도편 Ⅰ, 임석재, 평민사, 1993.

『한국구전설화집』 18 남해군편, 류경자, 민속원, 2011.

『동부산문화권 설화(1)』, 『부산구술문화총서』 1, 기장군편, 박경수·황경숙 편저, 부산광역시사편찬위원회, 2012.

곽정식, 「설화에서 본 여성 주체의 자각과 성장」, 『동양한문학연구』 18집, 동양한문학회, 2003.

김경미, 『家와 여성』, 여이연, 2012.

김대숙, 「결혼 이주 여성의 주체적 삶을 위한 설화 전승의 의의」, 『한국고전연구』 25집, 한국고전연구학회, 2012.

김원식, 「정의론과 여성주의 : 아이리스 영의 경우를 중심으로」, 『사회와 철학』 24집, 사회와철학연구회, 2012.

박상란, 「구전설화에 나타나는 성적 주체로서의 여성캐릭터 : '목화 따는 노과부'를 중심으로」, 『한국고전여성문학연구』 12집, 한국고전여성문학회, 2006.

손지봉, 「韓·中설화에 나타난 '姜太公'」, 『구비문학연구』 2집, 한국구비문학회, 1995.

이은희, 「설화에 내재된 여성인물의 영웅성 고찰 : '이인으로 바뀐 못난 여자' 유형을 중심으로」, 『어문론집』 48집, 중앙어문학회, 2011.

이은희, 『한국 설화 여성인물의 영웅성 연구』, 강원대학교 박사학위논문, 2012.

이인경, 「口碑說話에 나타난 여성의 '性的 主體性' 문제」, 『구비문학연구』 12집, 한국 구비문학회, 2001.

이인경, 「기혼여성의 삶, 타자 혹은 주체」, 『한국고전여성연구』 16집, 한국고전여성문학회, 2008.

임재해, 「설화에 나타난 여성주의다운 상상력 읽기와 민중의 여성인식」, 『구비문학연구』 12집, 한국구비문학회, 2001.

장영란, 「한국 신화 속의 여성의 주체의식과 모성－어머니의 원형적 이미지 분석과 모성이데올로기의 비판」, 『한국여성철학』 8집, 한국여성철학회, 2007.

정규식, 「한국 여성주의 설화 연구 : 溫達·薯童·'내 복에 산다' 설화를 중심으로」, 『동남어문논집』 14집, 동남어문학회, 2002.

Iris Marion Young, *Justice and the Politics of Difference*, Princeton University Press, 2000.

■ '유혹하는 여성의 몸'과 남성 주체의 우울－비극적 구전서사 〈달래나 보지〉를 중심으로 / 김영희

Judith Butler, *Gender Trouble*, Routledge, Chapman & Hall, Inc., 1990.

Judith Butler, *The Psychic Life of Power*, Stanford University Press, 1997.

S. H. Butcher, *Aristotle's Theory of Poetry and Fine Art*, New York : Dover Publications, inc., 1951.

강은경, 「달래 전설과 <원형의 전설>」, 『순천향어문논집』 6, 순천향어문학연구회, 2000.

강진옥, 『한국 전설에 나타난 전승집단의 의식구조 연구』, 이화여자대학교 석사학위논문, 1980.

김영희, 「'여성 신성'의 배제와 남성 주체의 불안－<오뉘힘내기> 이야기를 중심으로－」, 『한국고전여성문학연구』 26, 한국고전여성문학회, 2013.

김영희, 「마을 지형 및 지명 유래담의 공동체 구성력 탐구」, 『비교민속학』 46, 비교민속학회, 2011.

김영희, 「비극적 구전서사의 연행과 '여성의 죄'」, 연세대학교 박사학위논문, 2009.

김재용, 「전설의 비극적 성격에 대한 일고찰」, 『서강어문』 1, 서강대학교 국어국문학과, 1981.

나경수, 「남매혼설화의 신화론적 검토」, 『한국언어문학』 26, 한국언어문학회, 1988.

미셸 푸코, 오생근 역, 『감시와 처벌』, 나남출판, 1994.

박계옥, 「한국 홍수설화의 신화적 성격과 그 원리」, 『새국어교육』 75, 한국국어교육학
　　회, 2007.

박정세, 「한국 홍수 설화의 유형과 특성」, 『신학논단』 23, 연세대 신과대학, 1995.

배도식, 「달래고개 전설에 나타나는 갈등의 자의식」, 『동남어문논집』 21, 동남어문학
　　회, 2006.

손진태, 『조선민담집(朝鮮民譚集)』(손진태선생전집 3), 향토연구사, 1930.

아리스토텔레스, 『시학』 6장, 문예출판사, 1998(개역판 12쇄).

엘리아데, 이은봉 옮김, 『종교형태론』, 한길사, 1996.

이상섭, 『아리스토텔레스의 <시학> 연구』, 문학과지성사, 2002.

이홍우, 「<달래나 보지> 전설의 구조와 의미」, 『계명어문학』 8, 계명어문학회, 1993.

장덕순·조동일·서대석·조희웅, 『구비문학개설』, 일조각, 1971.

정유석·한동세, 「철원 '달래산' 전설에 대한 심리학적 소고」, 『신경정신의학』 6-1, 대
　　한 신경정신의학회, 1967.

조동일, 「자아와 세계의 관계에 대한 전설적 설문」, 『어문학』 27, 한국어문학회, 1972.

조동일, 『한국문학의 갈래이론』, 집문당, 1992.

조동일, 『한국문학통사』 1(제2판), 지식산업사, 1993.

조동일, 『한국소설의 이론』, 지식산업사, 1981(3판, 1977년 초판).

조현설, 「동아시아 창세신화 연구(1)-남매혼 신화와 근친상간금지의 윤리학-」, 『구
　　비문학연구』 11, 한국구비문학회, 2000.

조현준, 『주디스 버틀러의 젠더정체성 이론』, 한국학술정보(주), 2007.

주디스 버틀러, 김윤상 옮김, 『의미를 체현하는 육체』, 인간사랑, 2003.

지그문트 프로이트, 윤희기 옮김, 「슬픔과 우울증」, 『정신분석학의 근본 개념』, 열린책
　　들, 2005(재간 3쇄).

천혜숙, 「남매혼신화와 반신화」, 『계명어문학』 4, 한국어문연구학회(구 계명어문학회),
　　1988.

최래옥, 「한국홍수설화에 대하여」, 『한국민속학』 9, 민속학회, 1976.

최래옥, 「한국홍수설화의 변이양상」, 『한국민속학』 12, 민속학회, 1980.

최래옥, 『한국구비전설의 연구-그 변이와 분포를 중심으로』, 일조각, 1981.

클리포드 리치, 문상득 옮김, 『비극』, 서울대 출판부, 1979.

테리 이글턴, 이현석 옮김, 『우리 시대의 비극론』, 경성대 출판부, 2006.

프로이트, 윤희기·박찬부 옮김, 『정신분석학의 근본 개념』, 열린책들, 2005(재간 3
　　쇄).

■ 한국 전래 동화 속의 금기 파기의 특성과 의미―〈선녀와 나무꾼〉, 〈해와 달이 된 오누이〉, 〈구렁덩덩 새 선비〉를 중심으로 / 배덕임

강진옥, 『한국 구비문학사 연구』, 박이정, 1998.
권영민, 『문학의 이해』, 민음사, 2009.
데이비드 폰태너, 최승자 옮김, 『상징의 비밀』, 문학동네, 1998.
미르치아 엘리아데, 박태규 옮김, 『상징, 신성, 예술』, 서광사, 1991.
미르치아 엘리아데, 이은봉 옮김, 『성과 속』, 한길사, 1998.
미르치아 엘리아데, 이은봉 옮김, 『신화와 현실』, 한길사, 2011.
마리아 니콜라예바, 조희숙·지은주 외 옮김, 『아동문학의 미학적 접근』, 교문사, 2009.
박민수·엄해영·전기철 등, 『문학과 수용』, 도서출판 박이정, 2012.
박종성, 『구비문학 분석과 해석의 실체』, 월인, 2002.
베리타스알파 편집국, 『현대사회학(앤서니 기든스)』, 베리타스알파, 2010.
서울대학교 교육연구소, 『교육학용어사전』, 하우동설, 2011.
송무 외 저, 『젠더를 말한다―페미니즘과 인문학의 만남』, 도서출판 박이정, 2003.
앙리 르페브르, 양영란 옮김, 『공간의 생산』, 에코리브르, 2011.
앤서니 기든스, 임영일·박노영 옮김, 『자본주의와 현대사회 이론』, 한길사, 2008.
이규희, 『해와 달이 된 오누이』, 보림, 1996.
이숙재 엮음, 『선녀와 나무꾼』, 두산동아, 2003.
이경혜, 『해와 달이 된 오누이』, 시공주니어, 2006.
지그문트 프로이트, 강영계 옮김, 『토템과 터부』, 지식을 만드는 지식, 2013.
질베르 뒤랑, 유평근 역, 『신화비평과 신화분석』, 살림, 1998.
한유민, 『구렁덩덩 새 선비』, 보림, 1997.

김미숙, 『금기위반서사의 인물유형고찰』, 중앙대학교 석사학위논문, 2013.
김용덕, 「금기설화의 구조와 상징적 의미 연구」, 『언어와문화』 36호, 언어문화학회, 2008.
박정열·최상진, 「금기어 분석을 통한 한국인의 심층심리탐색」, 『한국심리학회지』 22호, 한국심리학회, 2003.
서종문, 「금기민속의 문학적 형상화」, 『인문과학』 3호, 경북대인문과학연구소, 1987.
장장식, 「금기 설화 연구」, 『한국민속학』 Vol.17, 한국민속학회, 1984.
정종진, 「금기 형성의 특성과 위반에 대한 사회적 대응의 의미」, 『인간연구』, 제23호, 가톨릭대학교 인간학 연구소, 2012.

최민경, 『금기설화의 연구』, 단국대학교 석사학위논문, 2010.

■ 산천굿 무가사설의 구성적 특징과 죽음에 대한 인식 / 신호림

문화재관리국 편저, 『무형문화재조사보고서』 제3집(13~15), 한국인문과학원, 1998.
김태곤, 『한국무가집』 Ⅲ, 원광대학교 민속학연구소, 1978.
임석재, 『한국구전설화(평안북도편 Ⅰ)』(임석재전집 ①), 평민사, 1989.
임석재, 『한국구전설화(경기도 편)』(임석재전집 ⑦), 평민사, 1990.
임석재, 『한국구전설화(경기도 편)』(임석재전집 ⑩), 평민사, 1993.
임석재, 『한국구전설화(경기도 편)』(임석재전집 ⑫), 평민사, 1990.
조희웅, 『한국구비문학대계』 1-6(경기도 안성군 편), 한국정신문화연구원, 2002.
서대석, 『한국구비문학대계』 2-2(강원도 춘천시・춘천군 편), 한국정신문화연구원, 2002.
서대석, 『한국구비문학대계』 2-6(강원도 횡성군 편(1)), 한국정신문화연구원, 2002.
서대석, 『한국구비문학대계』 2-7(강원도 횡성군 편(2)), 한국정신문화연구원, 2002.
서대석, 『한국구비문학대계』 4-3(충청남도 아산군 편), 한국정신문화연구원, 2002.
박계홍, 『한국구비문학대계』 4-4(충청남도 보령군 편), 한국정신문화연구원, 2002.
박계홍, 『한국구비문학대계』 4-6(충청남도 공주군 편), 한국정신문화연구원, 2002.
최래옥, 『한국구비문학대계』 5-1(전라북도 남원군 편), 한국정신문화연구원, 2002.
박순호, 『한국구비문학대계』 5-4(전라북도 군산시・옥구군 편), 한국정신문화연구원, 2002.
박순호, 『한국구비문학대계』 5-7(전라북도 정주시 정읍군 편(3)), 한국정신문화연구원, 2002.
최덕원, 『한국구비문학대계』 6-7(전라남도 신안군 편(2)), 한국정신문화연구원, 2002.
조동일・임재해, 『한국구비문학대계』 7-1(경상북도 경주시 월성군 편(1)), 한국정신문화연구원, 2002.
최정여・천혜숙, 『한국구비문학대계』 7-13(대구광역시 편), 한국정신문화연구원, 2002.
정상박・류종목, 『한국구비문학대계』 8-3(경상남도 진주시・진양군 편(1)), 한국정신문화연구원, 2002.
최정여・강은해, 『한국구비문학대계』 8-5(경상남도 거창군 편(1)), 한국정신문화연구원, 2002.
최운식, 『충청남도 민담』, 집문당, 1980.

강진옥, 「견묘쟁주형 설화의 유형결합양상과 그 의미」, 『논총』 52, 이화여자대학교 한

국문화연구원, 1987.

권태효, 「함경도 서사무가에 나타난 아기장수전설의 수용양상」, 『한국구전신화의 세계』, 지식산업사, 2005.

권태효, 「한국 생산물기원신화의 양상과 성격」, 『한국무속학』 12, 한국무속학회, 2006.

김선정, 「적강형 영웅소설 연구-<유충렬전>, <유문성전>, <김진옥전>, <소대성전>을 중심으로-」, 『인문논총』 2, 경남대학교 인문과학연구소, 1990.

김수남, 「사진・해설」, 『함경도 망묵굿-베를 갈라 저승길을 닦아주는 굿-』(한국의 굿[8]), 열화당, 1985.

김은희, 「동해안과 함경도의 망자 천도굿」, 『한국학연구』 26, 고려대학교 한국학연구소, 2007.

김진영, 「古典小說에 나타난 謫降話素의 起源探索」, 『어문연구』 64, 어문연구학회, 2010.

김헌선, 「함경도 무속서사시연구 : <도랑선배・청정각시노래>를 중심으로」, 『구비문학연구』 8, 한국구비문학회, 1999.

김헌선, 「<밀의 기원> 담의 Hainuwele신화적 성격」, 『구비문학연구』 30, 한국구비문학회, 2010.

김화경, 『한국 신화의 원류』, 지식산업사, 2005.

박전렬, 「북청의 무속의례 「새남굿」」, 『북청군지(개정증보판)』, 북청군지편찬위원회, 1994.

박종성, 「<구렁이와 꾀많은 신부>의 구조와 의미」, 『관악어문연구』 18-1, 서울대학교 국어국문학과, 1993.

성현경, 『한국소설의 구조와 실상』, 영남대학교 출판부, 1981.

신호림, 「<줌치 노래>의 신화적 성격과 민요적 향유 양상」, 『구비문학연구』 35, 한국구비문학회, 2012.

신호림, 「소경과 앉은뱅이 서사의 불교적 의미와 구비문학적 수용 양상」, 『구비문학연구』 37, 한국구비문학회, 2013.

이지영, 「용사신 승천담의 측면에서 본 <꿩과 구렁이>-'꿩'의 의미 해명을 겸하여-」, 『고전문학연구』 32, 한국고전문학회, 2007.

임석재, 「이승과 저승을 잇는 신화의 세계-함경도 무속의 성격」, 『함경도 망묵굿-베를 갈라 저승길을 닦아주는 굿-』(한국의 굿 [8]), 열화당, 1985.

장주근, 「무속신앙」, 『한국민속종합조사보고서』 12(함경남・북도편), 문화공보부 문화재관리국, 1981.

전경욱, 『함경도의 민속』, 고려대학교 출판부, 1999.

정재서, 「동서양 창조신화의 문화적 변용 비교연구-거인시체화생 신화를 중심으로-」, 『중국어문학지』 17, 중국어문학회, 2005.

조동일, 「민담 구조와 그 의미」, 『구비문학의 세계(4판)』, 새문사, 1989.

조현설, 「혁거세의 이상한 죽음」, 『우리신화의 수수께끼』, 한겨레출판사, 2006.

조현설, 「동아시아 신화에 나타난 여신창조원리의 지속과 그 의미-만주·한국신화의 비교를 중심으로-」, 『구비문학연구』 31, 한국구비문학회, 2010.

조현설, 「해골, 죽음과 삶의 매개자」, 『민족문화연구』 59, 고려대학교 민족문화연구원, 2013.

최원오, 「<신묘한 구슬> 설화 유형의 구조와 의미-유형 비교를 통한 고찰-」, 『구비문학연구』 1, 한국구비문학회, 1994.

허용호, 「동토잡이 의례의 한 양상 : 구리시 동창 마을 "도투마리경 읽기"를 중심으로」, 『민족문화연구』 37, 고려대학교 민족문화연구원, 2002.

大林太良, 兒玉仁夫·권태효 역, 『신화학입문』, 새문사, 1999.

모리스 고들리에, 오창현 옮김, 『증여의 수수께끼』, 문학동네, 2011.

赤松智城·秋葉隆, 심우성 역, 『조선무속의 연구』下, 동문선, 1991.

카를 G. 융 외, 『인간과 상징(신판)』, 열린책들, 2009.

■ 〈봉산탈춤〉과 〈양주별산대놀이〉의 노장과장 연구-인물의 몸짓을 중심으로 / 김영학

김기란, 「몸을 통한 재연극화와 관객의 발견(1)」, 『드라마연구』 25호, 한국드라마학회, 2006.

김명찬, 「재현의 위기와 몸의 연극」, 『몸의 위기』, 까치, 2004.

김방옥, 「몸의 연극과 관객의 몸을 위한 시론,- 기(氣)와 흥(興)에 관련하여」, 『드라마연구』 25호, 한국드라마학회, 2006.

김상봉, 『서로주체성의 이념-철학의 혁신을 위한 서론』, 도서출판 길, 2007.

김열규, 『메멘토 모리, 죽음을 기억하라』, 궁리, 2001.

김지하, 『탈춤의 민족미학』, 실천문학사, 2004.

김지혜, 「오정희 소설의 몸 기호 연구」, 『몸의 기호학』, 문학과지성사, 2002.

남기성, 「마당극의 몸 미학」, 남기성·채희완 편, 『춤, 탈, 마당, 몸 미학 공부집』, 2009.

박진태, 「봉산탈춤 중마당군의 양면성과 구성원리」, 『비교민속학』 제17집, 비교민속학회, 1999.

박진태, 「한국 탈춤의 즉흥성에 관한 연구-<봉산탈춤>과 <양주별산대놀이>를 중심으로-」, 중앙대학교 대학원 석사학위논문, 2001.

브라이언 터너, 임인숙 옮김, 『몸과 사회』, 몸과 마음, 2002.

서연호, 『한국 가면극 연구』, 도서출판 월인, 2002.

심재민, 「몸의 현상학과 연극비평」, 한국연극평론가협회 편, 『동시대 연극비평의 방법론과 실제』, 연극과 인간, 2010.

안치운, 「연극과 몸-말에서 글로, 글에서 몸으로」, 영남대학교 인문과학연구소 편, 『몸의 인문학적 조명』, 월인, 2005.

양해림, 「메를로-퐁티의 몸의 문화현상학」, 한국현상학회, 『몸의 현상학』, 철학과현실사, 2000.

유종목, 「한국 민속 가면극 대사의 표현법 연구」, 동아대학교대학원 국어국문학과 석사학위논문, 1973.

이경숙, 「<양주별산대놀이>의 경기성」, 『한국극예술연구』 제9집, 한국극예술학회, 1999.

이두현, 『의민이두현저작집 02 한국의 민속극』, 민속원, 2013.

이미원, 『한국 탈놀이 연구』, 연극과 인간, 2011.

이숙인, 「유가의 몸 담론과 여성」, 한국여성철학회 엮음, 『여성의 몸에 관한 철학적 성찰』, 2000.

임재해, 「탈춤에 형상화된 성의 민중적 인식과 변혁적 성격」, 『한국문화인류학』 29권 2호, 한국문화인류학회, 1996.

전경욱, 『한국의 가면극』, 열화당, 2007.

전성운, 「봉산탈놀이의 구성원리와 사유기반」, 민속학회편, 『민속예술의 정서와 미학』, 월인, 1999.

전신재, 「양주별산대놀이의 생명원리」, 성균관대학교 석사학위논문, 1980.

전신재, 「양주산대 중마당의 구조와 그 의미」, 『선청어문』 28, 서울대학교 사범대학 국어교육과, 2000.

정형호, 「양주별산대놀이에 나타난 미의식」, 민속학회편, 『민속예술의 정서와 미학』, 월인, 1999.

정형호, 「한국 탈놀이에 나타난 무언의 의미와 기능」, 『공연문화연구』 제14집, 한국공연문화학회, 2007.

정형호, 『한국 전통연희의 전승과 미의식』, 민속원, 2009.

조광제, 『몸의 세계, 세계의 몸』, 이학사, 2004.

조광제, 『주름진 작은 몸들로 된 몸』, 철학과현실사, 2003.

조동일, 「봉산탈춤 노장과장의 주제」, 『연극평론』 제9호, 연극평론사, 1973.

조동일, 『탈춤의 역사와 원리』, 홍성사, 1980.

주현식·이상란, 「<양주별산대놀이>의 공손어법과 불공손어법의 문화적 의미」, 『한국고전연구』 27집, 한국고전연구학회, 2011.

채희완,『탈춤』, 대원사, 1992.

크리스 쉴링, 임인숙 옮김,『몸의 사회학』, 나남, 1999.

피터 브룩스,『육체와 예술』, 문학과지성사, 2000.

허용호,「가면극의 축제극적 구조-봉산탈춤을 중심으로-」,『한국민속학』제36호, 한 국민속학회, 2002.

홍덕선・박규현,『몸과 문화』, 성균관대학교출판부, 2009.

■『삼국유사』 감통편의 담화기호학적 연구 / 윤예영

김두진,「삼국유사의 체제와 내용」,『한국학논총』제23집, 국민대학교 한국학연구소, 2000.

김영태,「삼국유사의 체재와 그 성격」,『동국대논문집』13집, 동국대학교, 1974.

박성지,「삼국시대 기이담론 연구」, 이화여자대학교 박사논문, 2006.

박진태 외,『삼국유사의 종합적 연구』, 박이정, 2002.

송효섭,『삼국유사 설화와 기호학』, 일조각, 1990.

송효섭,『해체의 설화학』, 서강대학교 출판부, 2009.

윤예영,「삼국유사 탑상편의 메타서사 읽기」,『한국고전연구』16, 한국고전연구학회, 2007.

윤주필,「삼국유사의 체재와 주제」,『한국학논집』15집, 한양대학교 한국학연구소, 1989.

이기백,「삼국유사의 편목구성」,『불교와 제과학』, 동국대출판부, 1987.

정천구,「삼국유사 글쓰기방식의 특성 연구」, 서울대학교 국문과 석사논문, 1996.

정환국,「삼국유사의 인용자료와 이야기의 중층성-초기 서사의 구축형태에 주목하여」, 『동양한문학연구』23집, 동양한문학회, 2006.

진단학회,「삼국유사에 대한 종합적 검토」,『진단학보』36, 1973.

하정룡,『삼국유사 사료비판』, 민족사, 2005.

A.J.Greimas & J.Courtés, Semiotics and language, (trans.) Larry Christ and Danitel Patte, and others, Indiana University press, 1982.

Jaques Fontanille, The Semiotics of Discourse, (trans.) Heidi Bostic, P.Lang, 2006.

Jaques Fontanille, 김치수・장인봉 역,『기호학과 문학』, 이화여자대학교출판부, 2003.

Jean Marie Floch, 박인철 역,『조형기호학』, 한길사, 1994.

Jean Marie Floch, 김성도 역,『기호학, 마케팅, 커뮤니케이션』, 나남출판, 2003.

■ 조선조 후기 문예공간에서 성적 욕망의 빛과 그늘-예교, 금기와 위반의 길항(拮抗) 그리고 변증법(辨證法) / 진재교

국역『연려실기술』별집 제13권, 「政敎典故」, '娼妓', 한국고전번역원, 1966.

국역『청장관전서』제30권, 「사소절」'性行', 한국고전번역원, 1980.

안나 알레르・페린 셰르세브 지음, 문신원・양진성 옮김(2005),『체위의 역사』열 번째 행성, 2005.

진재교외 번역,『북학 또 하나의 보고서, 설수외사』, 성균관대 출판부, 2011.

안휘준, 「한국 풍속화의 발달」,『한국회화의 전통』, 문예출판사, 1993.

이동주, 「속화」,『우리 나라 옛 그림』, 학고재, 1995.

풍우란 저 박성규 옮김,『중국철학사』(하), 까치글방, 1999.

R.H 반 훌릭, 장원철 옮김,『중국성풍속사』, 까치, 1993.

이에나가 사부로 저, 이영 옮김,『일본문화사』, 까치글방, 1999.

許勞民 著,『戴震-戴震과 中國文化』, 貴州人民出版社, 2000.

김경미, 「19세기 소설사의 한 국면 : 성 표현 관습의 변화를 중심으로」,『한국고전연구』9집, 한국고전연구학회, 2003.

김경미, 「음사소설의 수용과 19세기 한문소설의 변화」,『고전문학연구』25집, 한국고전문학회, 2004.

안대회, 「19세기 희곡『北廂記』연구」,『고전문학연구』33집, 한국고전문학회, 2008.

정우봉, 「미발굴 한문희곡「百祥樓記」연구」,『한국한문학연구』41집, 한국한문학회, 2008.

진재교, 「『잡기고담』소재 환처의 서사와 여성상」,『고소설연구』13집, 한국고소설학회, 2002.

진재교, 「조선의 更張을 기획한 또 하나의 '北學議' :『雪岫外史』」,『한문학보』제23집, 우리한문학회, 2010.

■ 조선시대 자만시(自挽詩)의 공간과 상상 / 임준철

강석중・강혜선・안대회・이종묵,『허균이 가려뽑은 조선시대의 한시』1, 서울 : 문헌과해석사, 1999.

權得己,『晚悔集』,『韓國文集叢刊』76, 서울 : 民族文化推進會, 1991.

權　諰,『炭翁集』,『韓國文集叢刊』104, 서울 : 民族文化推進會, 1993.

김성언,『남효온의 삶과 시』, 서울 : 태학사, 1997.

金時習, 『국역 매월당집』, 서울 : 세종대왕기념사업회, 1977.

金時習, 『梅月堂集』, 『韓國文集叢刊』 13, 서울 : 民族文化推進會, 1990.

金宗直, 『佔畢齋集』, 『韓國文集叢刊』 12, 서울 : 民族文化推進會, 1990.

南孝溫, 『秋江集』, 『韓國文集叢刊』 16, 서울 : 民族文化推進會, 1990.

남효온, 박대현 옮김, 『국역 추강집』, 서울 : 민족문화추진회, 2007.

盧守愼, 『蘇齋集』, 『韓國文集叢刊』 35, 서울 : 民族文化推進會, 1989.

李家源, 『玉溜山莊詩話』, 『李家源全集』 5, 서울 : 정음사, 1986.

李亮淵, 『臨淵堂集』, 서울대 규장각 소장본.

李亮淵, 『臨淵堂別集』, 서울대 규장각 소장본, 柳琴 編, 『韓客巾衍集』과 합철본.

李亮淵, 『山雲集』, 서울대 규장각 소장본.

林　悌, 『林白湖集』, 『韓國文集叢刊』 58, 서울 : 民族文化推進會, 1990.

임제, 신호열・임형택 공역, 『(譯註)白湖全集』, 서울 : 창작과비평사, 1997.

鄭　礥, 『北窓先生詩集』, 『李朝名賢集』 4, 서울 : 성균관대 대동문화연구원, 1985.

趙任道, 『澗松集』, 『韓國文集叢刊』 89, 서울 : 民族文化推進會, 1992.

崔奇男, 『龜谷詩稿』, 『韓國文集叢刊』 續集 22, 서울 : 民族文化推進會, 2006.

龔斌 校箋, 『陶淵明集校箋』, 上海 : 上海古籍出版社, 1996.

黎靖德 編, 『朱子語類』, 王星賢 點校, 北京 : 中華書局, 1999.

逯欽立 輯校, 『先秦漢魏晉南北朝詩』, 北京 : 中華書局, 1983.

北京大學北京師範大學中文係 編, 『陶淵明資料彙編』, 北京 : 中華書局, 1962.

徐培均 箋注, 『淮海集箋注』, 上海 : 上海古籍出版社, 1994.

蕭統 編, 李善 注, 『文選』, 上海 : 上海古籍出版社, 1986.

王文誥 輯註, 『蘇軾詩集』 卷十三, 北京 : 中華書局, 1982.

袁行霈 箋注, 『陶淵明集箋注』, 北京 : 中華書局, 2003.

강명관, 『조선후기 여항문학 연구』, 서울 : 창작과비평사, 1997.

고려대학교 민족문화연구소 편, 『韓國文化史大系』 7, 중판, 서울 : 고려대학교 민족문화연구소, 1981.

국사편찬위원회 편, 『상장례, 삶과 죽음의 방정식』, 서울 : 두산동아, 2005.

권혁명, 「남효온의 自挽詩 연구」, 『동양한문학연구』 제27집, 동양한문학회, 2008.

문옥표 외, 『朝鮮時代 冠婚喪祭』 喪禮篇(1)−(3), 성남 : 한국정신문화연구원, 2000.

박동욱, 「산운 이양연의 시세계 연구」, 한양대 석사학위논문, 2001.

성범중, 「龜谷 崔奇男의 삶과 시세계」, 『한국한시작가연구』 10, 서울 : 태학사, 2006,.

심경호, 『김시습평전』, 서울 : 돌베개, 2003.

심경호, 『내면기행』, 서울 : 이가서, 2009.

심경호, 「한국 고전문학의 자서전적 글쓰기에 대한 고찰」, 『第十七屆中韓文化關係國際學術會議論文集』, 中華民國韓國研究學會, 2008.12.28.

안대회, 「조선후기 自撰墓誌銘 연구」, 『한국한문학연구』 제31집, 한국한문학회, 2003.

안대회, 「한국 한시와 죽음의 문제」, 『한국한시학회』 3, 한국한시학회, 1995.

안대회, 『한국 한시의 分析과 視角』, 서울 : 연세대학교 출판부, 2000.

안세현, 「조선전기 「醉鄕記」・「睡鄕記」의 창작 양상과 그 의미」, 『어문연구』 제37권 제1호, 한국어문교육연구회, 2009.

윤재민, 『조선후기 중인층 한문학의 연구』, 서울 : 고려대학교 민족문화연구원, 1999.

이수봉, 『장례문화의 이해』, 서울 : 경인문화사, 2008.

이용욱, 「산운 이양연의 시세계」, 안동대 석사학위논문, 1991.

임재해, 『전통 상례』, 서울 : 대원사, 1990.

임준철, 「自挽詩의 詩的 系譜와 조전전기의 自挽詩」, 『고전문학연구』 제31집, 한국고전문학회, 2007.

장철수, 『한국의 관혼상제』, 서울 : 집문당, 1995.

전송열, 「산운 이양연 시 연구」, 연세대 석사학위논문, 1993.

정병호, 「17세기 中人의 內面的 自畫像」, 『동방한문학』 제10집, 동방한문학회, 1994.

최재남, 『韓國哀悼詩研究』, 마산 : 경남대학교출판부, 1997.

피정희, 「시를 통해서 본 崔奇南의 생애」, 『성신한문학』 제4집, 성신한문학회, 1993.

허권수, 「남명・퇴계 양학파의 융화를 위해 노력한 간송 조임도」, 『남명학연구』 제11집, 경상대학교 남명학연구소, 2001.

가와이 코오조오(川合康三), 심경호 옮김, 『중국의 자전문학』, 서울 : 소명출판, 2002.

르죈, 필립(Lejeune, Philippe), 윤진 옮김, 『자서전의 규약 Le Pacte autobiographique』, 서울 : 문학과지성사, 1998.

반 게넵, 아놀드(van Gennep, Arnold), 전경수 역, 『通過儀禮 Les rites de passage』, 서울 : 을유문화사, 1985.

순캉이(Kang-i Sun Chang), 신정수 역, 『난세를 꽃피운 시인들 六朝詩研究』, 서울 : 이회, 2004.

吳承學, 「漢魏六朝挽歌考論」, 『文學評論』 2002年 第3期.

王宜瑗, 「六朝文人挽歌詩的演變與定型」, 『文學遺産』 2000年 第5期.

아리에스, 필립, 이종민 옮김, 『죽음의 역사 Essais sur l'histoire de la mort en Occident du Moyen Age a' nos jours』, 서울 : 동문선, 1998.

아리에스, 필립, 고선일 옮김, 『죽음 앞의 인간 L'homme Devant la Mort』, 서울 : 새물

결, 2004.

何顯明, 현채련·리길산 옮김, 『죽음 앞에서 곡한 공자와 노래한 장자 死亡心態』, 서울 : 예문서원, 1999.

■ 심노숭(沈魯崇)의 자전문학(自傳文學)에 나타난 글쓰기 방식과 자아 형상 / 정우봉

沈魯崇, 『南遷日錄』, 필사본, 국립중앙도서관 소장본.

沈魯崇, 『南遷日錄』, 국사편찬위원회, 2011.

沈魯崇, 『孝田散稿』, 필사본, 연세대 소장본.

沈魯崇, 안대회 외 공역, 『自著實記』, 휴머니스트, 2014.

沈魯巖, 『弟田遺稿』, 규장각 소장본.

金　綠, 『自菴集』, 『한국문집총간』 24.

南龍翼, 『壺谷漫筆』, 규장각 소장본.

馬聖麟, 『安和堂私集』, 『이조후기여항문학총서』 6.

李宜顯, 『陶谷集』, 『한국문집총간』 180.

李廷馣, 『四留齋集』, 『한국문집총간』, 51.

鄭太和, 『陽坡年紀』, 장서각 규장각 미국 버클리대 소장본.

趙顯命, 『歸鹿集』, 『한국문집총간』 212.

池圭植, 『國譯 荷齋日記』(1-8), 서울시사편찬위, 2005-2009.

許　鍊, 『夢緣錄』, 규장각 소장본.

洪敬謨, 『冠巖紀年』, 규장각 소장본.

심경호, 『내면기행』, 이가서, 2009.

심경호, 『나는 어떤 사람인가』, 이가서, 2010.

안대회, 『천년 벗과의 대화』, 민음사, 2011.

임준철, 『전형과 변주』, 글항아리, 2013.

필립 르쥔, 윤진 역, 『자서전의 규약』, 문학과지성사, 1998.

미셸 푸코, 이규현 역, 『성의 역사』, 나남, 2007.

리하르트 딜멘, 최윤영 역, 『개인의 발견』, 현실문화연구, 2005.

郭登峰, 『歷代自敍傳文鈔』, 臺北 : 學人雜誌, 1971.

杜聯喆, 『明人自傳文鈔』, 臺北 : 藝文印書舘, 1977.

佐伯彰一, 『日本人の自傳』, 講談社, 1974.

中川久定, 『自傳の文學』, 岩波書店, 1979.

佐伯彰一 編, 『自傳文學の世界』, 朝日出版社, 1983.

川合康三, 『中國の自傳文學』, 創文社, 1996. (심경호 역, 『중국의 자전문학』, 소명출판, 2002).

권태을, 「鄭惟翰의 家乘日記 古今事蹟 考」, 『김천과학대학논문집』 9, 김천과학대, 1981.

김승호, 「고려 불가의 자전적 글쓰기와 그 양상」, 『고전문학연구』 23, 한국고전문학회, 2003.

김영진, 「효전 심노숭 문학 연구」, 고려대 석사학위논문, 1996.

김영진, 「조선후기의 명청소품 수용과 소품문의 전개양상」, 고려대 박사학위논문, 2003.

김영진, 「유배인 심노숭의 고독과 文筆로써의 消愁」, 『근역한문학』 37, 근역한문학회, 2013.

김하라, 「유만주의 흠영 연구」, 서울대 박사학위논문, 2011.

박은숙, 「분원 공인 지규식의 공사적 인간관계 분석」, 『한국인물사연구』 11, 한국인물사연구소, 2009.

박혜숙 외, 「한국여성의 자기서사(1)」, 『여성문학연구』 7, 한국여성문학학회, 2002.

박혜숙 외, 「한국여성의 자기서사(2)」, 『여성문학연구』 8, 한국여성문학학회, 2002.

안대회, 「조선후기 자찬묘지명 연구」, 『한국한문학연구』 31, 한국한문학회, 2003.

안득용, 「16세기 후반~17세기 전반 자전적 서사의 창작 경향과 그 의미」, 『한국한문학연구』 51, 한국한문학회, 2013.

윤혜준, 「새뮤얼 핍스의 일기에서의 주체와 문체」, 『영어영문학』 44, 한국영어영문학회, 1998.

정승옥, 「자서전 문제(1) : 루소의 고백의 경우」, 『프랑스문화예술연구』 20, 프랑스문화예술학회, 2007.

정우봉, 「일기문학의 관점에서 본 『감담일기』의 특징과 의의」, 『한국한문학연구』 46, 한국한문학회, 2010.

정우봉, 「심노숭의 『南遷日錄』에 나타난 내면고백과 소통의 글쓰기」, 『한국한문학연구』 52, 한국한문학회, 2013.

郭英德, 「明人自傳文論略」, 『南京師範大學文學院學報』, 2005.3.

蘇　娟, 「中晚明自傳文研究」, 중국 復旦大 석사학위논문, 2012.

鄒丁丁, 「明人自傳與明人士人的精神生活」, 중국 華東師大 석사학위논문, 2011.

■ 놀이공간에서의 문학적 금기위반과 그 의미 / 박연호

권영철, 『閨房歌詞硏究』, 二友出版社, 1980.

김무헌, 『한국민요문학론』, 집문당, 1987.

김문기, 「조선후기 女性風俗 詩歌에 나타난 삶의 形象과 작가의식」, 『한국시가연구』 11, 한국시가학회, 2002.

김학성, 「辭說時調의 詩學的 特性」, 『成大文學』 27, 성대국문과, 1990.

김 효, 「놀이에 관한 인문학적 고찰」, 『불어불문학연구』 46집, 불어불문학회, 2001.

류근안, 「사설시조의 연행화 양상에 대한 연구」, 『한국언어문학』 49, 한국언어문학회, 2002.

류수열, 「놀이로 본 사설시조의 에로티시즘」, 『선청어문』 28, 서울대국어교육과, 2000.

미하일 바흐찐 지음, 이덕형·최건영 옮김, 『프랑수아 라블레의 작품과 중세 및 르네상스의 민중문화』, 아카넷, 2001.

박경주, 「남성 작가의 화전가에 관한 일고찰」, 『한국언어문학』 47집, 한국언어문학회, 2001.

박애경, 「사설시조의 여성화자와 여성 섹슈얼리티」, 『여성문학연구』 3, 한국여성문학회, 2001.

백순철, 「問答型 閨房歌辭의 創作環境과 志向」, 고려대 석사논문, 1995.

신경숙, 「사설시조의 연행과 의미자질」, 『한성어문학』 11, 한성대한국어문학부, 1992.

신경숙, 「初期 辭說時調의 性인식과 市井的 삶의 수용」, 『한국문학논총』 16, 한국문학회, 1995.

월터 J. 옹 지음. 이기우·이명진 옮김, 『구술문화와 문자문화』, 文藝出版社, 1995.

임동권, 『한국부요연구』, 집문당, 1982.

장성진, 「시집살이謠의 類型과 人物」, 『여성문제연구』 13, 대구효성카톨릭대학교사회과학연구소, 1984.

조동일, 『탈춤의 역사와 원리』, 기린원, 1991.

■ 〈남아가〉에 투영된 이상적 삶과 그것의 문화사적 의미 / 이상원

강명관, 『한양가』, 신구문화사, 2008.

<남아가>, 국립중앙도서관 소장.

<남ᄌ가>, 장서각 소장.

이상원·김진욱·김미령, 『주해 고가요기초』, 보고사, 2009.

강명관, 「조선후기 경화세족과 고동서화 취미」, 『조선시대 문학 예술의 생성 공간』, 소명출판, 1999.

강명관, 「조선후기 서울의 중간계층과 유흥의 발달」, 『조선시대 문학 예술의 생성 공간』, 소명출판, 1999.

권순회, 「<옥설화담>의 소통 양상과 통속성」, 『어문연구』 142호, 한국어문교육연구회, 2009 여름.

구수영, 「男子歌攷」, 『충남대학교 인문과학 논문집』 제8권 제2호, 충남대학교 인문과학연구소, 1981.

박연호, 「<남ᄌ가>에 제시된 조선후기 중간계층의 삶과 그 의미」, 『한국언어문학』 제65집, 한국언어문학회, 2008.

우에무라 유키오, 「조선후기 세악수의 형성과 전개」, 『한국음악사학보』 제11집, 한국음악사학회, 1993.

이종묵, 「조선후기 경화세족의 주거문화와 사의당」, 『한문학보』 19, 우리한문학회, 2008.

이현일, 「조선후기 경화세족의 이상적 여성상-신위의 경우를 중심으로-」, 『한국고전여성문학연구』 18, 한국고전여성문학회, 2009.

이형대, 『한국 고전시가와 인물형상의 동아시아적 변전』, 소명출판, 2002.

임기중, 『한국고전문학과 세계인식』, 역락, 2003, 191쪽.

임형택, 「18세기 예술사의 시각」, 『실사구시의 한국학』, 창작과비평사, 2000.

정 민, 「18·19세기 문인지식층의 원예 취미」, 『18세기 조선 지식인의 발견』, 휴머니스트, 2007.

진재교, 「19세기 경화세족의 독서문화-홍석주 가문을 중심으로」, 『한문학보』 16, 우리한문학회, 2007.

최성희, 「조선후기 평생도 연구」, 이화여대 석사논문, 2001.

최성희, 「19세기 평생도 연구」, 『미술사학』 16, 한국미술사교육학회, 2002.

■ 『소수록』의 소설 수용과 그 의미-<논창가지미(論娼家之味)>를 중심으로 / 김혜영

『소수록』, 국립중앙도서관 소장.

김기형 역주, 『적벽가·강릉매화타령·배비장전·무숙이타령·옹고집전』, 고려대학교 민족문화연구원, 2005.

민관동·정영호·김명신·장수연 공저, 『중국통속소설의 유입과 수용』, 학고방, 2014.

소소생, 강태현 옮김, 『금병매』, 솔, 2002.

신경숙·이상원·권순회·김용찬·박규홍·이형대 著, 『고시조 문헌 해제』, 고려대학교 민족문화연구원, 2012.

왕실보, 양회석 옮김, 『서상기』, 진원, 1996.

이능화, 『조선해어화사』, 동문선, 1992.

이윤석, 『남원고사 원전 비평』, 보고사, 2010.

이윤석·대곡삼번·정명기 편저, 『세책 고소설 연구』, 혜안, 2003.

정병설, 『나는 기생이다 : 소수록 읽기』, 문학동네, 2007.

조동일, 『한국문학통사(제4판)』 4, 지식산업사, 2005.

최기숙, 『17세기 장편소설 연구』, 월인, 1999.

최진아, 『환상, 욕망, 이데올로기』, 문학과 지성사, 2008.

포옹노인, 송문 편역, 『수古奇觀』, 형설출판사, 1992.

김혜영, 「『소수록』의 성격과 작자 문제」, 『어문론총』 61, 한국문학언어학회, 2014.

박애경, 「조선 후기 장편가사의 생애담적 기능에 대하여―<이정양가록>과 <소수록>을 중심으로」, 『열상고전연구』 18, 열상고전연구회, 2003.

박애경, 「'록자류'가사의 존재 양상과 그 의미」, 『한국문학연구』 26, 동국대 한국문학연구소, 2003.

박혜숙, 「여성 자기 서사체의 인식」, 『한국여성문학연구』 8, 한국고전여성문학연구학회, 2002.

박혜숙, 「기생의 자기서사―기생 명선 자술가와 내사랑 백석」, 『민족문학사연구』 25, 민족문학사학회, 2004.

박혜숙 외, 「한국여성의 자기서사(1)」, 『한국여성문학연구』 7, 한국고전여성문학연구학회, 2002.

신경숙, 「19세기 일급 예기의 삶과 섹슈얼리티―의녀 옥소선을 중심으로」, 『사회와 역사』 65, 한국사회사학회, 2004.

엄태식, 「『九雲夢』의 異本과 典故 硏究」, 경원대학교 석사학위논문, 2005.

윤지양, 「18세기~20세기 초 서상기 국내 수용양상 고찰」, 『대동문화연구』 83, 성균관대학교 대동문화연구원, 2013.

이화형, 「기생시가에 나타난 자의식 양상 고찰―작가의 자기 호명을 중심으로」, 『우리문학연구』 34, 우리문학회, 2011.

정병설, 「해주기생 명선의 인생독백」, 『문헌과 해석』 15, 2001.

■ 〈주장군전(朱將軍傳)〉에 나타난 성(性) 담론의 특징과 의미 / 조도현

조선왕조실록 홈페이지(http://sillok.history.go.kr/)
한국고전번역원 홈페이지(http://www.itkc.or.kr/)
『古今笑叢』, 오성사, 1981.

간호윤, 『아름다운 우리 고소설』, 김영사, 2010.
강명관, 『조선의 뒷골목 풍경』, 푸른역사, 2003.
강응천 외, 『16세기-성리학 유토피아』, 민음사, 2014.
김동욱, 『국문학사』, 일신사, 1994.
김창룡 편역, 『한국가전문학』上, 태학사, 1997.
김현룡, 『한국인이야기』, 자유문학사, 2001.
서거정 외 지음·박흰 옮김, 『신역 고금소총-한국인의 에로스』1·2, 돌고래, 1996.
오영교 편, 『조선 건국과 경국대전체제의 형성』, 혜안, 2004.
이상택 외, 『한국 고전소설의 세계』, 돌베개, 2005.
정상우 편역, 『古今笑叢』, 다문, 2010.
성오 소재영 교수 환력기념논총 간행위원회 편, 『고소설사의 제문제』, 집문당, 1993.
송세림 편저·윤석산 편역, 『禦眠楯』, 문학세계사, 1999.
정사룡, 『湖陰雜稿』, 『한국문집총간』 25권, 경인문화사, 1996.
조동일, 『한국문학통사』2, 지식산업사, 1994.
최영성, 『한국유학사상사Ⅱ』, 아세아문화사, 1997.
한국고소설학회 편, 『한국고소설과 섹슈얼리티』, 보고사, 2009.
황인덕, 『한국기록소화사론』, 태학사, 1999.

김영준, 「우리나라 笑話의 사적 전개양상」, 『논문집』 14집, 기전여자대학, 1994.
김준형, 「15~16세기 서사문학사에서 갈래간 넘나듦의 양상과 그 의미」, 『민족문학사
        연구』 24집, 민족문학사학회, 2004.
안병렬, 「조선전기 전 작품 연구」, 『한문학논집』 12집, 근역한문학회, 1994.
윤석산, 「<어면순> 연구」, 『한국언어문화』 18집, 한국언어문학회, 2000.
이후성, 「<어면순>의 성 담론 연구」, 동아대학교 교육대학원 석사학위논문, 2004.
임완혁, 「송세림론」, 『한문학보』 14집, 우리한문학회, 2006.
정출헌, 「16세기 사림파 문인의 문학사회학적 인식 지평과 문학생성 공간의 연구」,
        『동양한문학연구』 24집, 동양한문학회, 2007.
정희자, 「16, 17세기 문헌설화에 나타난 사회 비판적 성격 고찰」, 『인문학연구』 28집,

조선대학교 인문학연구소, 2002.

정희정, 「16·7세기 性 소재 소화에 나타난 성의식과 표현기법」, 『고전문학과 교육』
　　10집, 한국고전문학교육학회, 2005.

조도현, 「<설공찬전>을 통해 본 초기소설의 유통양상」, 『어문연구』 제51집, 어문연구
　　학회, 2006.

■ 허균의 이상향 개념과 유구국(琉球國)에 대한 인식 / 김수중

『홍길동전』, 김일렬 역주, 고려대학교 민족문화연구소, 1996.

『허균전집』, 성균관대학교 대동문화연구원, 1981.

『한국의 옛 지도』(도판편), 영남대학교 박물관, 1998.

강동엽, 「허균과 유토피아」, 『한국어문학연구』 41, 한국어문학연구학회, 2003.

강상규, 「일본의 유구병합과 동아시아 질서의 변동」, 『지방사와 지방문화』 10-1, 역사
　　문화학회, 2007.

김석하, 『한국문학의 낙원사상연구』, 일신사, 1973.

김수중, 「<유구왕세자외전>의 역사의식과 문학적 상상력」, 『한국언어문학』 88, 한국
　　언어문학회, 2014.

박재민, 「허균 작 홍길동전의 복원에 대한 시론」, 『한민족어문학』 65, 한민족어문학회,
　　2013.

설성경, 『홍길동전의 비밀』, 서울대학교출판부, 2004.

소재영, 「한국문학에 나타난 이상향 연구」, 『동양학』 23, 단국대학교 동양학연구소,
　　1993.

윤채근, 「<남궁선생전>에 나타난 도가적 고독」, 『한문학논집』 37, 근역한문학회,
　　2013.

이기동, 『천국을 거닐다, 소쇄원-김인후와 유토피아-』, 사람의 무늬·성균관대학교
　　출판부, 2014.

장효현, 「<홍길동전>의 생성과 유전에 대하여」, 『국어국문학』 129, 국어국문학회,
　　2001.

허경진, 『허균 평전』, 돌베개, 2002.

■ '금기' 코드로 풀어보는 〈숙영낭자전〉의 여성주의적 시각 / 김미령

서거정, 박경신 역주, 『태평한화골계전』 1권, 국학자료원, 1998.

황패강 역주, 〈숙영낭자전〉, 『숙향전·숙영낭자전·옥단춘전』, 연강학술도서 한국고
　　　전문학전집 5, 고려대학교민족문화연구소, 1995.

김기동, 『이조시대 소설론』, 정연사, 1959.

김미령, 「〈숙영낭자전〉 서사에 나타나는 대중성」, 『남도문화연구』 25, 순천대 지리산
　　　권문화연구원 남도문화연구소, 2013.

김선현, 「〈숙영낭자전〉에 나타난 여성해방공간, 옥련동」, 『고전문학과 교육』 21, 한
　　　국고전교육학회, 2011.

김용덕, 「금기설화의 구조와 상징적 의미 연구」, 『한국언어문화』 36, 한국언어문화학
　　　회, 2008.

김일렬, 「고전소설의 민요화-숙영낭자전과 옥단춘요를 대상으로」, 『어문논총』 16, 경
　　　북어문학회, 1982.

김일렬, 「조선조 소설에 나타난 효와 애정의 대립」, 서울대박사학위논문, 1984.

김일렬, 『〈숙영낭자전〉 연구』, 역락, 1999.

김종철, 『판소리의 정서와 미학』, 역사비평사, 1996.

김종철, 「판소리 〈숙영낭자전〉 연구」, 『난대이응백박사고희기념논문집』, 한샘, 1999.

김충실, 「숙영낭자전에 나타난 시련에 대한 연구」, 『이화어문논집』 7, 이화여자대학교
　　　한국어문학연구소, 1984.

김태준, 박희병 교주, 『조선소설사』, 한길사, 1990.

류호열, 「〈숙영낭자전〉 서사연구-설화, 소설, 판소리, 서사민요의 장르적 변모를 중
　　　심으로」, 건국대박사학위논문, 2010.

류호열·장영청, 「복잡계 이론을 활용한 '숙영낭자전 서사'의 텍스트 소통 상황과 서
　　　술의식 고찰」, 『문학치료연구』 22, 한국문학치료학회, 2012.

문복희, 「판소리 〈숙영낭자전〉 연구」, 『어문연구』 102, 한국어문교육연구회, 1999.

박태상, 「숙영낭자전」, 『고전소설연구』, 일지사, 1993.

손경희, 「숙영낭자전연구」, 연세대석사학위논문, 1986.

성현경, 「〈숙영낭자전〉과 〈숙영낭자가〉의 비교-소설의 판소리화 과정연구」, 『판소
　　　리연구』 6, 판소리학회, 1995.

양민정, 「디지털 콘텐츠 개발을 위한 고전소설의 활용방안 시론」, 『외국문학연구』 19,
　　　한국외국어대학교 외국문학연구소, 2005.

이상구, 『숙향전, 숙영낭자전』, 문학동네, 2010.

정노식, 『조선창극사』, 형일출판사, 1979.

정선희, 「외국인을 위한 한국문화－가치관 교육 제재 학장을 위한 시론 : <숙영낭자전>을 중심으로」, 『한국고전연구』 27, 한국고전연구학회, 2013.

정인혁, 「<숙영낭자전>의 '몸'의 이미지」, 『한국고전연구학회』, 한국고전연구 28, 한국고전연구학회, 2013.

장장식, 「금기의 갈등구조」, 『한국민속학』 18, 한국민속학회, 1985.

조동일, 『서사민요연구』, 계명대출판부, 1979.

조희웅, 『고전소설 이본목록』, 형일출판부, 1979.

프로이드, 이윤기 옮김, 「종교의 기원」, 『토템과 타부』, 열린책들, 2004.

최윤영, 「<숙영낭자전을 읽다>에 나타난 전통변용양상」, 『한국예술연구』 40, 한국예술학회, 2013.

최일성, 「금지와 타부, 혹은 이항대립적 사고의 정치사상적 기초에 관한 연구 : 레비스토로스의 『야생의 사고』에 대한 비판을 중심으로」, 『사회과학연구』 19집, 서강대 사회과학연구소, 2011.

■ 금기시된 욕망과 속임수－애정소설과 한문풍자소설의 소설사적 관련 양상 / 엄태식

박희병 표점·교석, 『한국한문소설 교합구해』, 소명출판, 2005.

성백효 역주, 『현토완역 소학집주』, 전통문화연구회, 1993.

신해진, 『역주 조선후기 세태소설선』, 월인, 1999.

이능화, 『朝鮮解語花史』, 翰南書林, 1927.

장효현·윤재민·최용철·심재숙·지연숙, 『교감본 한국한문소설 애정세태소설』, 고려대학교 민족문화연구원, 2007.

장효현·윤재민·최용철·심재숙·지연숙, 『교감본 한국한문소설 전기소설』, 고려대학교 민족문화연구원, 2007.

정구복·노중국·신동하·김태식·권덕영 감교, 『역주 삼국사기1(감교원문편)』, 한국학중앙연구원출판부, 2011.

강전섭 소장 한문필사본 <구운몽>(정규복 외, 『김만중문학연구』, 국학자료원, 1993).

전북대 소장 한문활자본 <왕경룡전>.

권도경, 「17세기 애정류 전기소설에 나타난 정절관념의 강화와 그 의미」, 『한국고전여성문학연구』 2, 한국고전여성문학회, 2001.

김경미, 「오유란전 연구사」, 『고소설연구사』, 월인, 2002.

김종철, 「중세 해체기의 두 웃음」, 『판소리의 정서와 미학』, 역사비평사, 1996.

김준형, 「정향전 연구사」, 『고소설연구사』, 월인, 2002.

박일용, 「운영전의 비극적 성격과 그 사회적 의미」, 『조선시대의 애정소설』, 집문당, 1993.

박일용, 「조선후기 훼절담의 변이양상과 그 사회적 의미」, 『조선시대의 애정소설』, 집문당, 1993.

박희병, 「전기소설의 문제」, 『한국전기소설의 미학』, 돌베개, 1997.

박희병, 「한국한문소설사의 전개와 전기소설」, 『한국전기소설의 미학』, 돌베개, 1997.

송하준, 「왕경룡전 연구」, 고려대학교 석사논문, 1998.

신재홍, 「구운몽의 서술원리와 이념성」, 『한국몽유소설연구』, 계명문화사, 1994.

신재홍, 「초기 한문소설집의 전기성에 관한 반성적 고찰」, 『관악어문연구』 14, 서울대학교 국어국문학과, 1989.

신해진, 「조선후기 세태소설의 작품세계」, 『역주 조선후기 세태소설선』, 월인, 1999.

양승민, 「17세기 전기소설의 통속화 경향과 그 소설사적 의미」, 고려대학교 박사논문, 2003.

엄태식, 「애정전기소설의 서사 문법과 결말 구조」, 『동양학』 53, 단국대학교 동양학연구원, 2013.

엄태식, 「최척전의 창작 배경과 열녀 담론」, 『한국고전여성문학연구』 24, 한국고전여성문학회, 2012.

엄태식, 「한국고전소설의 전등신화 수용 연구－전기소설과 몽유록을 중심으로」, 『동방학지』 167, 연세대학교 국학연구원, 2014.

여세주, 『남성훼절소설의 실상』, 국학자료원, 1995.

윤세순, 「지봉전 연구－17세기 애정전기소설과의 관련을 중심으로」, 『동방한문학』 29, 동방한문학회, 2005.

윤재민, 「전기소설의 인물 성격」, 『민족문화연구』 28, 고려대학교 민족문화연구소, 1995.

윤재민, 「조선 후기 전기소설의 향방」, 『민족문학사연구』 15, 민족문학사연구소, 1999.

이정원, 「조선조 애정 전기소설의 소설시학 연구」, 서강대학교 박사논문, 2003.

이종주, 「세태소설의 변모과정」, 『고소설사의 제문제』, 집문당, 1993.

임형택, 「나말여초의 전기문학」, 『한국문학사의 시각』, 창작과비평사, 1984.

정명기, 「고소설 유통사에 대한 새로운 시각」, 『열상고전연구』 33, 열상고전연구회, 2011.

정명기, 「야담의 변이 양상과 의미 연구」, 『한국야담문학연구』, 보고사, 1996.

정선희, 「오유란전의 향유층과 창작기법의 의의」, 『한국고전연구』 9, 한국고전연구학회, 2003.

정선희, 「종옥전 연구」, 이화여자대학교 석사논문, 1994.

정선희, 「종옥전 연구의 현황」, 『고소설연구사』, 월인, 2002.

조광국, 『기녀담 기녀등장소설 연구』, 월인, 2000.

필자 소개(원고 게재순)

심우장	국민대학교 국어국문학과 교수
정규식	동아대학교 교양교육원 교수
김영희	연세대학교 국어국문학과 교수
배덕임	동신대학교 한국어교원학과 초빙교수
신호림	고려대학교 국어국문학과 박사과정
김영학	조선대학교 자유전공학부 교수
윤예영	서강대학교 국어국문학과 박사과정
진재교	성균관대학교 한문교육과 교수
임준철	고려대학교 한문학과 교수
정우봉	고려대학교 국어국문학과 교수
박연호	충북대학교 국어국문학과 교수
이상원	조선대학교 국어국문학과 교수
김혜영	조선대학교 국어국문학과 박사과정
조도현	한밭대학교 교양학부 강의전담교수
김수중	조선대학교 국어국문학과 교수
김미령	조선대학교 자유전공학부 교수
엄태식	조선대학교 BK21+아시아금기문화전문인력양성사업팀 연구교수

아시아금기문화연구총서 1

고전문학과 금기

초판 인쇄 2015년 6월 16일
초판 발행 2015년 6월 26일
지은이 조선대학교 BK21+ 아시아금기문화전문인력양성사업팀
펴낸이 이대현
편 집 이소희
디자인 이홍주
펴낸곳 도서출판 역락
　　　　 서울 서초구 동광로 46길 6-6 문창빌딩 2층
　　　　 전화 02-3409-2058(영업부), 2060(편집부)
　　　　 팩시밀리 02-3409-2059
　　　　 이메일 youkrack@hanmail.net
　　　　 역락블로그 http://blog.naver.com/youkrack3888
　　　　 등록 1999년 4월 19일 제303-2002-000014호

ISBN 979-11-5686-213-0 94810
　　　　 979-11-5686-212-3 (전3권)

정 가 43,000원